风雅三曹建安骨

张兴海 著

陕西新华出版传媒集团
陕西人民出版社

图书在版编目（CIP）数据

风雅三曹建安骨 / 张兴海著. —西安：陕西人民出版社，2018

ISBN 978-7-224-12728-7

Ⅰ. ①风… Ⅱ. ①张… Ⅲ. ①长篇历史小说—中国—当代 Ⅳ. ① I247.5

中国版本图书馆 CIP 数据核字（2018）第 080802 号

风雅三曹建安骨

著　　者　张兴海

出版发行　陕西新华出版传媒集团　陕西人民出版社

（西安北大街 147 号　邮编：710003）

印　　刷　陕西汇丰印务有限公司

开　　本　787㎜×1092㎜　16 开　23 印张　1 插页

字　　数　420 千字

版　　次　2018 年 9 月第 1 版　2018 年 9 月第 1 次印刷

书　　号　ISBN 978-7-224-12728-7

定　　价　46.00 元

关于曹氏父子与建安文学的扛鼎之作

以诗家之笔、诗家之韵、当代理性眼光，以信史《三国志》为依据，杂以稗官野史，在诗文作品、父子家庭、妻妾床帏与士人关系中，塑造了一个具有空前思想深度的曹操形象。《风雅三曹建安骨》的文本价值不仅在于对《三国演义》的美学超越，还在于对“建安文学”现象的历史演绎和全新透视，揭示了在“王纲解纽”的社会时局动荡和军阀权力高压之下士大夫们的沉沦和坚守、背叛与忠诚，在对无限制的权势拷问的同时，也拷问了人性的卑微与阴暗。应当说，作品的文化含量是非常可观、值得称道的。

本书可能引起争议的，也是构成其最大叙事亮点的，在三个方面：

一是虚构的“青州军”下层军官“单耳人”（田艾）和艺伎出身的女艺人嫽人形象，从他们与曹操的交往和命运中，将视野的笔触由上层伸向民间，在大众生存和历史方向的意义上，审视了曹操的功与过、正义与邪恶、伟大与卑微。也正是在对他们爱恨情仇的表达中，小说的内容从文人的文学活动扩展到民间鼓舞、演唱等大众娱乐活动，创造了可信的历史文化及民俗风情，接通了地域文化和历史文化的地气文脉。

二是继作者第一部历史人物小说《圣哲老子》将性与色融入老子心理和著作之后，这部小说更加淋漓尽致地展示了色与性在曹操权力意志中的重要位置，在卞氏、甄妃、蔡琰、陈菲等杰出女性之外，又塑造了正史有考的崔氏、郭妃和虚构的风尘女子兰蕙等淫荡女性形象，表现了她们与权力的复杂关系。虽然对性色与人的心理意识，作者有着独特的理解与表现，但具体的性描写，却是有所克制，并没有给人以淫秽之感，做到了色而不淫。

三是《风雅三曹建安骨》的语言面貌呈现出驳杂而和谐的大雅大俗色彩。表现在：曹氏父子与众文士对话的半文言，在私密空间和下层人士中的粗言俗语，表达情绪心理时对《诗经》和当时一些诗文的大量借用。孔子说，不学诗，无以言；余秋雨在《中国文脉》一文中对《诗经》与北方土地、与当时生活的关系有着充分的肯定。因此以诗，包括《诗经》，来传达自己的情感，应该说在秦汉两代文人中间完全可能成为惯常之事。《风雅三曹建安骨》这样的表达方式，应该是于史有据，并能有力地实现多样的历史生活氛围和人物情感。

《风雅三曹建安骨》不仅写出了曹操自己的政治野心和理解士、爱士、怜士，却又不得不恨士、杀士的内心矛盾，而且写出了在评价历史人物时遇到的历史主义和道德主义的冲突，其实这正是早已为马克思所指出的永恒的“历史之谜”“人性之谜”（如他在《1844年经济学哲学手稿》之后，又在后来的关于费尔巴哈的文章中肯定了恶有时也是历史的动力）。应该说本书对在统一北方，结束战乱，抑制豪强，创造并推动“建安文学”辉煌方面的曹操是肯定的，对他嗜性成癖，残忍屠杀反对者又是否定的，批判也是深刻的，雄才大略与忌刻猜忌统一在他身上，也是恰切的，这些构成了本书基本的历史立场和评价准则。

作者新的可靠的历史观，是历史小说品位的关键所在。当今对于曹操的评价，基本上已经不存在否定的声音。“至少是一个英雄”，鲁迅当年的感慨不能说不新潮大胆且十分重要，今天谈及曹操，就会对鲁迅十分敬佩。“代汉”而不是“篡汉”，已经得到普遍认同。这集中体现在和荀彧的关系上。于是，小说多次写到曹操与荀彧的相处，注意了二人关系发展的层次。应当说，曹操是坚定的、毫不留情的，但又是多情的。

崇尚节俭，这是曹门风气的重要内容。曹操的俭啬，记载很多，除了日常用度的极为细致的规定，还有他在铜雀台看见曹植妻子衣着华丽而下令赐死的情节。这无疑是一个生动的用得上的情节。王修其人，为主子高干收尸，忠贞之士，清贫廉洁，家里只有十斛谷子，曹操将王修请到家里，让此人成为曹家楷模，由此看出曹操在这方面的决心。

曹操对不法豪门地主的打击，对平头百姓的体恤扶助，以此构成矛盾的线索，衍生了一系列故事，这是一种历史观的体现。曹操意在彻底改变东汉以来豪强愈强，贫民愈贫，两极分化严重的局面，创造太平世界，推行一条庶族政治路线，确实令人称道。王修，作为打击豪强的一线人物，他的坚定，曹操与他的配合，单耳人、嫽人、兰蕙、刘桢，以及吴质、曹丕、柴伦等裹挟其中，终使他们成为正义的一派。

“三曹”与建安文人，无疑是书稿的重点。在这方面，正史记载及稗官野史较多，“刘桢平视”，路粹做奸细以刀笔杀人，既是很真实的素材，也是很生动的情节。建安文人及建安文学,建安风骨,是激励后人的重要一笔。“不为轩冕肆志,不为穷约趋俗。”庄子的逸气，对士人影响很大。文学的自觉，实际上是因曹氏父子对文学的爱好和重视起了作用。这是中国文学史上一段重要的佳话,也是此书文化含量加重的根由所在,也使此书成为写建安文学的扛鼎之作。

那个年代对于民众来说是灾难深重的，对于有些官宦士人家庭来说也一样天降横祸。单耳人、嫽人、兰蕙、蔡琰，她们有了特殊的遭遇。和春秋末年战乱不息的情形相似，那个年代有“易子而食”“踊贵屦贱”(假足贵鞋子贱)的典故，但具体描写战争的苦难,还是三国时期的诗文为多,也更详尽。曹操的《蒿里行》,曹植的《送应氏》，建安文士的诗歌，将他们所见的凄凉惨景一一道出，这些诗作成了一个历史时代的文学代表作。下民如单耳人、嫽人、兰蕙,名门淑女蔡文姬,都有不寻常的遭遇,尤其是前三位女性，遭到惨绝人寰的蹂躏伤害，这是唯有小说可以表现的精彩之笔。战乱让民众受苦,作家却有了想象的依据。嫽人被董卓蹂躏,她却将董卓点了“天灯”,后来被冀州土豪蹂躏咬断舌头成了哑巴，最后惨遭“大卸八块”。这些情节，为曹操这个杰出人物的历史进步意义做了强有力的反衬。

作者张兴海因为写了《圣哲老子》，积累了处理历史素材和写好历史人物的经验，在思想文化精神的追求方面下了功夫，此书在构思和写法方面显得更为老到。当今，表现曹操以及曹门的文学艺术作品不少，但是有较高思想艺术品位的作品却不多，以高雅之笔风雅之事表现曹操、曹门和建安文人的作品更是凤毛麟角。此书填补了这个空白，是文坛一件值得庆幸的事情。

李　星[1]

2012年12月22日

[1] 李星，中国小说学会副会长，茅盾文学奖评委。

目录 CONTENTS

第六章　手足情深

第七章　豪强与下民

第八章　同一个夜晚

第九章　斩孔融，除恶霸

第十章　短歌与长歌

第一章 同一个夜晚

一、石枕上的预谋

好痛快的风！

曹操的头颅高扬，故意让这带着凉意的风把头发吹起，根根缕缕，苍黑间白，所有的发丝吹得如树杈上掉下的老鸹窝一样糟乱。

吹吧，这冀州的风！

曹操惯常在任何季节都是戴着帽子的，即使盛夏的日头能把人的皮剥下来，他也将一顶青色绸便帽牢牢扣在头顶。他有阵发性的头疼病，脑门子压着鬓围子箍着总会舒服一些。但此刻破例了，在这仲秋八月的夕阳暮风里，如此马上游风里走，逞七分得意，撒三分狂气，好不快活！

"兄长，头发成了竖毛鸡，乱得不成样子！"跟随身边的大将曹洪望着堂兄这副模样，急忙大声提醒。

曹操不屑："乱就乱吧，有碍何事？"

"会伤凉冒风的！"

"伤就伤冒就冒吧，我何等畅快！"

"旁人看见了不雅！"

"旁人与我何干？我呢，幸甚至哉！乐甚至哉！"

曹操在兴头上，总是一任性情放逐，对别人的反应无所顾忌。这兴头全在邺城。它，既是冀州牧袁绍的住所，又是袁绍控制的幽、青、冀、并四州的指挥中心，还是古老的魏郡所在。得到它，犹如当年刘邦得到咸阳，刘秀得到河内一样，立足可靠，根基扎牢，克定天下的宏愿就可能实现。

夕阳倾射的光芒那么耀眼，将这高城厚墙涂得一抹绯红，原本淡黄的外表颜色完全隐蔽。淡黄——不，简直是轻淡得发白的粉黄色，才说明它的古老，它的显贵！看来，八九百年前齐桓公筑建此城，单从这颜色判断，此说不谬！三天前，大军破城而入，在乘马进城的瞬间，他就注意到墙皮的颜色了。三天以来，他在处理军政事务的间隙，总要来城墙边儿兜风。或纵马绕城，或贴墙信步，他又发现墙上密布着大小不匀的点点麻坑，看来年代确实久远了。他当即命人剁下一块，放在案头。

落日愈是下沉，愈显鲜红。当西方的岗地托住红日，把一个即将陷落的圆球最后一刻完整呈现时，曹操上了城墙，直身向西眺望。他抓住了这个瞬间。

三天前的情形正是如此，令他振奋，也令他惶悚。首次登上巍然城墙，手抚雉堞沿口，向远方凝目，面前的辽阔原野，斑斓田畴，把一种巨大的兴奋感注入心田。“我得到了！得到了！”脚底似乎有一股青色雾气升起，皮肉酥酥发飘，整个身子好像浮动起来。他蓦然想起了牧野之战，姜太公率兵排山倒海般大破商军的情形，脍炙人口的诗句便脱口而出：

牧野洋洋（牧野何其宽广）
檀车煌煌（兵车威武堂皇）
驷騵彭彭（骏马烈烈飞腾）
维师尚父（统帅尚父吕望）
时维鹰扬（犹如苍鹰翱翔）
凉彼武王（全力辅佐武王）
肆伐大商（疾驰讨伐殷商）
会朝清明[1]（会师天下清亮）

“妙哉！妙哉！主公登高必赋，古为今用，恰到好处！”跟随在身边的首席谋士荀彧，虽然满心欢喜，但脸上的笑意却不易觉察。曹操似乎没有在意他在说什么，仍然极目远眺。冀州大地，沃野千里，放眼尽是一马平川，河流密布，天下粮仓名不虚传哪！

[1]《诗经·大雅·大明》

“袁绍是一只孬虎呵，他愧对了这片土地！”曹操回头望着荀彧，痛惜地说，“这方宝地更有先贤的光辉闪耀，齐桓公、魏文侯、西门豹，他们筑城戍国，除暴安民，兴修水利，听说现在邺城还在使用西门豹当年开凿的几条渠漕。”

“那就是一条！”荀彧朝南边挥臂一指，果然，在一片收获过的黄褐色地面，蜿蜒的渠岸显露出来。荀彧又朝正西的方向指去，说前面有一片逶迤起伏的高岗，那儿就有西门豹的坟墓，老百姓还为他修建了祠堂，至今香火不断。

“果真如此吗？”曹操向那边望去，黧黑的脸上现出惊喜：“倘若我在这儿有了建树，百年之后也在那儿安寝，与这位贤吏为邻，沾他一份瑞气；倘若没有什么功业，就将尸体埋在马厩化为粪土吧！”

“主公……莫说……”荀彧将脸偏过，斜瞅西方，躲闪的目光又对着他，欲言又止的样子令他不解。

他专注西望，看见地平线正好托住夕阳，即将陷落的日头浑圆红亮，沉落的一霎正在来临。

“噢——”他似乎明白了荀彧的心思，不禁仰头嘿嘿笑了。只重人为，不信天命，是他一贯的主张，什么天象呀，图谶呀，符画呀，咒语呀，他全然不理。

三天以来，清灭城内残匪，维持秩序，安定人心，军务政事非常忙碌，却也因此深入了解了邺城。同时，碰到的几件事，玄之又玄，秘而不宣，只能在内心不断琢磨，在这城墙上面理清思绪了。

他和曹洪又踏着石阶登上城楼，很快走到原先观察的位置，恰好看到日落西山的一幕。那片高出平地的岗塬，在彤日的丽色彩光下更显清晰，虽表面不显起伏，但一抹高台尤其突出。落日！落日！我今后要落在这里，以落日一样耀眼的身份，与西门豹为邻。虽然无法看见西门豹祠庙，但庙前肯定有相应的建筑，有令他心颤的那个象征。

当然，这冥冥中的玄妙对于曹操来说只是一种思路的启迪。秘而不宣，但总希望秘密地宣示给另一个人，为这个人一吐心思。

曹操赶回府邸时，天色已晚。风还在吹，凉意更甚，膳房的门窗都已关闭了。

卞夫人与爱妾尹氏正在食案旁待坐，卞夫人拿着一顶淡青色夹布紧边帽，在他面前晃了一下便往他的头上戴，扽扽拉拉，乱竖的头发都压在帽中了。

两个女人是今天早晨赶到邺城的。五天前，即攻破邺城的前两日，曹操就派员去鄄城接卞氏，孰料她从众妾中独挑了尹氏，一同匆匆赶来。上午是儿子曹丕与甄氏的婚礼，备了三桌酒席。晚饭各自进餐，曹丕与甄氏早早食毕入了洞房，二儿曹彰三儿曹植及一应侍员也都吃过饭歇息去了。

三人围着小案，抬眼就可平视任何一人。咽下一口高粱米与红豆熬得黏黏糊糊的稀饭，他移眼一瞟，尹氏白里透红的脸孔急忙低下去，仓促收回的目光还没有完全躲开，眼波中分明有一缕带着羞赧的笑意。移眼再看卞氏，她的双目对着他与尹氏之间的空隙，目光镇定而又机警，看似旁观，却等待着他的发话。

“哈哈哈”曹操忽然高声笑了，笑这揣心摸意非常到位的妻子，真有过人的预知能力！今夜，儿子曹丕洞房花烛，为父之人当有一言难尽的感怀思绪。新娘甄氏，这倾国倾城的上蔡美女，被大将军袁绍的次子袁熙娶走以前就声被四海。卞氏知道他有夺城纳妃的嗜好，官渡之战刚一结束，就在他面前戏言说：“甄氏当为曹门中人了。”而曹丕这精明小子可能早早在他母亲面前表述过心志，虽然何言何语怎么对答不得而知，但十有八九她了解儿子的心思，曹丕捷足先登，她早有预感。要不，这酷似甄氏身份的当年大将军何进的儿媳，这善于在情事爱欲中给男人注满活力的女人，怎么来得恰是时候?

他此刻明白了，会意了，感动了，兴奋了，连续朗然笑了几声，用筷子指着一盘辣味胡瓜说：“你们辛苦了，多吃这个，它下饭开胃哩！”

卞氏望着他不紧不慢地说：“夜饭少吃。多填一口，苦熬一宵！”

卞氏说罢，却把这个菜碟朝尹氏面前推了推：“你要多吃。正当芳龄，又要劳作，生克熟化都由得自己，紧吃慢吃生怕不够哩！”

说得尹氏脸庞又红了一层。她不敢抬头，只是哧哧笑着。

卞氏的镇定、通达，足以让她这个老妻料定丈夫的心事。但这一夜她错了。他选定了她。

“本夫今夜就是要你！”

曹操在寝室里又说了一遍，黧黑的脸盘在烛光里闪着一层油光，黑豆似的眼仁泛着三分诡秘。他的右手“啪”地一下落在她的后脊梁，上下来回像刷子涂漆一般抹动，手劲由重到轻，慢慢停住。

卞氏转过身拉住他的胳膊，满脸疑云。忽然，她看见卧榻上多了一样东西：石枕。一块青石，凿成凹槽，简单打磨，正好可以垫在颈项下面，手一摸，凉沁沁的。曹操说：昨日来了一位白发高道，名叫皇甫隆，名闻遐迩的老寿星，把这久浸药汁的石枕当作礼物奉送，还传授了一套道家养生与房中法术。他叮嘱说只要依法修持，就会年过百岁。我说只要我的头疼病好了就行了，不敢奢望百岁。高道却说你非常人，有真人相，而且邺城自曹军占领后已出现袅袅紫气了。高道所谈正好与当日另一位老人的话相照应。这日清晨，一位清瘦的乡间老人箪食壶浆进城慰问，声言一定要见我。见面后他跪下磕头，说一夜之间万民传言，救世王者已经来了！还有，在这之前，即破城之日，青州军的那个伍长“单耳人”，专门找到我说：将士们暗中风传，说曹大帅到了古魏郡就得到王位了！

曹操头枕青石，一口气说了这么多。

“我明白夫君的意思了。”卞氏的双手在他的额上掐捏推拿，脸上并未喜形于色。

“什么意思？”

“一个字。”

“哪个字？”

“魏。”

曹操猛然握住她的双手：“厉害！”

“我自然知晓的！”她说，朝野上下多年流传的那句谶语，她与他曾经密议过。那句谶语“代汉者，当涂高也”。人们纷纷猜测“当涂高”是什么，宫廷一位太史丞考证说，古代的宫殿祠庙前面建有两个高大的台子，台上又有楼观，两台之间留有空阙，这种建筑有一个生僻的称呼：“当涂而高”，又名“象魏”。于是有人暗中推测：代汉者魏也。

“兴魏建国，是顺势而为，天意所示。”曹操压低声音，黑豆眼仁熠熠生光，“这几天我一直察看城墙，果然年代久远，齐桓公筑城，古魏郡遗址，西门豹留踪，一清二楚。”

卞氏添了一句：“正好逢夫君的天命之年。”她又叹了口气：“你一生格虎，冒死征战，看来要累死在马鞍上了！”

“审时度势，尽力而为吧，我的墓地已经看好了！”

二、玉枕上的初夜

“成者王侯，败者皇后”，如果这两句话可以成为一个典故，那也因为她是天下罕见的绝色美人。对于这样的女人，常规也只好打破。她与袁熙、曹丕这两个男人之间的角色转换，味尽了自己，也叹够了世人。

美女甄洛在这决定命运的一刻，正像一只等待宰杀的羊羔，颤巍巍的身子依偎在婆婆刘氏的襟怀里。曹丕看见的是一具不见头的身子，而另外一群头脸清晰的女眷孩童，内中虽不乏姿色姣好者，但美貌绝伦令人为之倾倒的却不曾发现。他犹豫了一下，目光又对住这个身子歪斜的女人。随着他手中长剑的指令，她的头从刘氏胸前移开，曹丕想看清的面目，又被她帘布般的黑发遮住了。长剑不得不厌烦地拨动，哗啦一下，在剑光刺眼的闪动中，一个带泪的脸庞蓦然出现了。

她正在等待死亡。长剑在耳畔和脖颈肆意翻飞，仿佛要为一个败军之将的家眷送行。她的身子簌簌发抖，惊恐的眼睛瞥了他一下，又急惶惶避开了。

长剑刺啦一声，捅进鞘里了。

曹丕当时的惊喜，让自己也难以矜持。此刻，他只有连连“噫”声，身子直直地僵住了。

“不要惊怕，不必担心，我会保护你们的！”

对于甄妃来说，这分明是一场梦呀！杀头或者强暴都躲过去了，安然活着已是万幸，谁知鬼使神差地碰上新娘的角色。

不过，喜则喜矣，她并没有沉醉其中。世间万事皆有机缘，也都有来由。福兮祸兮，谁能说清？她生在一个官宦之家。刚刚出生，母亲恍恍惚惚看到有人拿着一件透明玉衣盖在她的身上。为解疑团，便请卜人看相。那位卜人见到她连声惊呼，说“此女贵不可言”。能贵到哪里去？天下最显贵的女人当是皇后了，父母便取传说中洛神宓妃的“宓”为其名。在亲人的愿望与关照中生活，她深知身为妇人只有贤淑明惠多施善举方能广结人缘，在闺阁中就以淑德出众。嫁到袁家，她和家人都以为当年卜人的预料应验了。公公袁绍雄踞河北，威震四海，一统天下指日可待。丈夫袁熙是袁家二公子，统军幽州，年轻得志，日后当不了国君也会封王列侯，这是板上钉钉的事情。谁知兵败如山倒，官渡之战没过四年邺城就失陷了！曹军没有伤害自己，自己本没有愧对天地，这是心里安宁的根本所在。至于另嫁豪门，这不过是天意为之，命中注定，有什么值得庆贺的呢？

从发际间长剑拨扰到发髻上插上凤簪，时间虽短，她的心情却有极大变化。三天之内，和曹丕一起准备婚礼，很快了解了曹家和这位夫君。公公婆婆，都主张婚礼从简，不许大操大办，令她从原先陪给袁家的嫁妆中挑选一些衣物即可，不必另行置办。这种通达，随意，毫无忌讳，是一般名门世家所没有的。而且，她问过曹丕：我曾为人妻，又长你几岁，待你娶妻后再纳为小妾方为合适，岂敢作为正妻来娶？曹丕笑着说“何妨何妨”，说曹家没有世俗讲究，他的母亲当年本是艺伎，后来还是做了正妻。

言谈举止间他显出豁达干练的气度，还流露出随父讨贼立功开创大业的宏愿，一派振振公子的英气，十个原夫袁熙也比不上！她顿然明白：这才是我命中的夫君！她挑选了从来没有沾身的衣裙头饰，高兴的是父母特意花重金定做的玉缕金带枕还压在箱子里！她立即焕发了精神：我真正是一个新人了！

接受爱慕的丈夫，迎接洞房之夜，她费了一番心思。考验等待着他们。

曹丕呢，这个十八岁的新郎倒很老练。正值火炭般的年华，周身的燥热渴望喷发，暴涨的波澜需要溢洪。但红烛之下，他没有急切入帐，而是先与她对面而坐，把她的双手握住，仔细端详后又几乎脸贴脸地对目注视，待她粉面红云羞赧难忍之时，突然抱住她的后腰，两手捧起她窈窕的身子，走着，颠着，笑着，飞步游了一个圆圈。当他舞步一般走近卧榻时，她伸手拨开了帷帐。他从容不迫，让她的脚、腿、臂、腰轻轻着褥，头颈落枕，一点也没有疼痛。

两根高大的红烛燃得正旺，火舌很长，向上飘立，散开半幽半明的光亮，如一层薄纱似的霞霓笼罩全屋。薄绡帐内，红得很酽，像一团初霁之晨的浓雾。薄薄的红绸被中，两人都成了精光光的鱼儿，一丝不留在身，也一丝不留在心。

曹丕速战速决，只顾强势拉弓，毕了的时候，连一个亲吻也没有，就放了弓弦。他分明听出甄宓喉咙里"唉"了一声，显然不够畅意。

"通体柔白，如罩玉衣。"记起别人形容她的话语，他一边吟咏，一边轻轻揭开被角。她的胴体，只露出前胸，那个鲜白，清润，光滑，莹柔，真如玉衣裹身。他又勃然情动，侧身一个攀跃，再展雄风。这岂止是白若透玉的胴体，简直就是可以纵马驰骋的广袤平畴。

"玉马临风，我何幸哉！"他六岁练习骑马，十岁从乱军险情中乘马逃脱，平时驰马游猎于山林野地，对马十分喜欢。腿、臂、腰的功力在透心的欢愉中调动起来，脑海中记忆的优雅诗句也脱口吟出："'燕赵多佳人，美者颜如玉'[1]，我的宓，这诗句正是为你而写的吧？你的家乡中山无极，不是燕赵之地吗？'有美一人，清扬婉兮，邂逅相遇，适我愿兮'[2]，可就是我的心声了！你的容貌，你的气度，堪称女中极品。三天前，一马当先，一见钟情，一锤定音！我有情意，天赐缘分……"

曹丕与其说是在讲述，不如说是在吟咏抒情。她虽无语，却让他感到了胶着中的呼应。终于，到了不可遏制的尽头，他大喊一声"哎哟"，低头俯脸，急急用嘴唇去寻找。

---

[1] 汉诗《东城高且长》

[2]《诗经·郑风·野有蔓草》

但她只是撮着双唇，勉强做着迎递。

就在他觉出了尽意，获得了酣畅，有了足够的骄矜时，新娘的那声“唉”，似用喉咙挤出了怨怅。

他正要探问，甄宓却把另一只胳膊揽过来，来了个侧身搂定。

“请问夫君，贱妾的哪一点让你心动？”

“当然是你的容貌，你的玉体，还有，你的心性。”

“我的心性，夫君怎么知道？”

“早已听人说过！你知书达理，多有佳话远传，广为人知。”曹丕觉得她的手臂更有力量，胸脯和脸面更温热了。“你不会失望的！我定要跟随父帅，文韬武略，创赫赫功业，垂千古声名。”

“我知道，你是志向远大的人，贱妾配你，当以为幸。”她伸出手臂，把他脖项下面的枕头抓住说：“这枕头是我的父母精心订制的，玉缕缀，金石镶，珍贵而又美好，喻在金玉良缘。你能感觉到他们二老的心意吗？”

“我不会让二老失望的！我们的婚姻一定如金玉般坚牢！我敢起誓！不信，看我的眼睛……”

帐外，红烛的焰芯跳跃了一下，倏地拉长了火舌。朝霞般的晕彩漫散开来，既有明朗的光色，又含玄秘的幻影。

两人无声对视，甄宓有了暗示的动作，他像等待似的，一跃而起。甄宓也展兴放情，毫无顾忌。他复燃的欲火被她汹涌的春潮回应得烈焰腾腾。他倾尽周身之力在寻觅，希望获得恣欲的极致。渐渐，似乎遇见深邈的蓝天了，应该飞过去，纵跃展翅，竭力飞吧！两人同时感到了异样，霎时到了瑶池仙界，飘飘悠悠，呼呼荡荡，完全失去了自己的心神。

曹丕在松弛后还牢牢咬着爱妻的双唇，而她狠命摇头将他的嘴唇摆脱。他定神一看，她竟然张嘴吐出一撮褐黄色的硬渣碎末，又喜悦地抱住他的脖子说：“破了！终于破了！”

原来，她嘴里噙着一枚杏核！她的母亲在她嫁到袁家前夕将它交给她，说这是那个卜人留下的。这本是罕见的八月黄杏的遗核，卜人说婚后枕上得破，便是归依所在，也是龙凤呈祥的瑞兆。与袁熙在一起曾有过试验，均未成功。她的等待，竟在今夜得以实现。

“破了，破了，破了……”

甄宓还在喜不自禁地念叨，曹丕已枕着她的胳膊呼呼睡着了。

三、绣枕上的思恋

十三岁，正是一般人未谙男女情爱的年龄，然而曹植却在这一夜躁动不安，有如胸膛扣着一个炭火盆子，烧得胸腔内外都快冒出烟来了。他的身子在卧榻上翻来翻去，不知何时淌下的泪水，已打湿了颈下绣枕。

谁也想不到，他正暗暗恋念着二十二岁的嫂子甄宓。

三个月前，他就听大哥曹丕得意地炫耀说他将要成亲了。其时曹丕带着一支人马参与攻打邺城，城洞灌水之法已经试验成功，破城之日近在眼前。这天他来中军大帐议事，顺便到随员营中看望三弟。兄弟俩相见，哥哥一边捋捋抚抚弟弟的头发，一边瞪着眼睛打量他的脸孔，观察他发生了哪些变化。末了他笑了，眼皮一眨一眨，嘴唇一咧一咧，再丢下两句话："城破之日，当兄成婚之时。哥到时请你饮酒！"今日婚礼场上，他一见新娘就懵了。嫂子甄宓，原来是自己的梦中所念呀！她，作为旷世佳人，早已被冀州地面的人们口耳相传，成为一个令人艳羡的梦中情人。杨修、阮瑀、刘桢、应场等一帮文士诗友相聚时，多次提及，群情昂奋，笑语喧哗，"玉体莹白""枕上尤物""工诗善赋"之类的评语，已在他的头脑中落地生根了。在简单的婚礼现场，这位新娘，刚一闪面就让他骨头酥软了。她那么光彩照人，并不因那身大红斜领广袖紧身长裾襦裙的华贵，也不因亲人们贺词的热烈。她与人相见，总是正眼相对，三分谦柔的笑意，七分庄重的沉默，秀而不艳，娟而不媚。她不会头低着眼睛仍然在瞟，也不会侧着脸用眼角在扫，更不会一眨一眨地故弄出脉脉情波。他相信自己没有看错，他切实地感受到了，这是一位心地纯正而又多情多思的佼妇。

而这种女人，正是曹植心目中的理想佳人。

眼看着天色将晚，曹植心里如炭火盆子腾起了烈焰。人家的洞房，自己的难场！这一夜，怎么熬得过去？他擦着泪水，离开枕头，坐了起来。

杨修，刘桢，去找这两位文士闲聊解闷吧！

杨修其人，曹植甚为仰慕。他才思敏捷，博闻强记，很早就跻身于天下名公子之列。其父杨彪官居太尉之职，爵高声显，敢言身正，连父亲曹操也让他几分。杨修被举为孝廉后，在朝廷任郎中，不过是个随从文书之类的小吏，曹操看重他的才华，让他跟随大军征讨，经常带在身边。杨修比曹植年长十七岁，以他的聪慧老成，不难看出少年曹植的奇才异质，对他大为赞赏。曹植对于杨修的认识也与别人不同，这位大兄长的才学堪称天下第一，他不但能充分理解自己，还能传道解惑，倾心交谈，是不可多得的良师益友。

暮气四合，天色已暗。曹植赶到杨修那儿时，灯火已经点起。杨修在一个临时住所安身，尽管房间很小，卧榻案几琴棋笔砚却摆放得极有条理，平机上的古铜长信宫灯已吐出淡红色的光亮。

“我知道你会来的。”杨修把头从古琴上抬起，嘴巴笑得挤翘了双颊，“你不找人闲扯，这一夜怎么过去呀？”

曹植心里咯噔了一下，却没有表示惊讶，只说过会儿刘桢要来，准备酒水要紧。

刘桢也是杨修的密友。二人脾性有很大差异，刘桢的生顶冷倔会让杨修喘不过气来，他的明嘲暗讽也会让杨修脸红耳烧，但骨子里都有仁人志士共有的正直善良，不同见解的唇枪舌剑反而会成为一种有趣的逗乐。

曹植坐下不久，刘桢就急急火火赶来了。

“夜间难得聚，狂言又一宵。”刘桢刚进门就高喉咙大嗓子地嚷嚷。

“贵公子的兄长今日新婚大喜，他心里高兴，约几位知己小酌。”杨修真会说话，他为曹植的邀请找到了恰当理由。

曹植毕竟年少，他内心的抑郁、苦闷是藏不住的。他对刘桢勉强笑了一下，抬手向侧面一指，招呼他赶快坐下。

刘桢疑虑地说：“这么大的喜事，怎么不露欣然之色？曹门长子大婚，新一代的喜事，具有首开一辈的意义，你这个未来的叔叔应当欢天喜地呀！”

“我当然喜不自禁！”曹植急忙搪塞。

杨修摆好了铜盏，给几案中央的青铜卧牛樽里倒了清洌洌的白酒。酒香散开，气息扑鼻，三人脸上顿时有了振奋之色。

曹植给他们面前的三足爵杯里酌了酒，自己面前的圆形小觯也斟满了，自己先举起小觯。

“同喜同贺！”三人举杯。

曹植饮毕，开口询问杨修：“德祖兄，我来找你却在你的预料之中，请问足下是如何料想的？”

杨修沉吟一笑：“因为你的嫂子非同一般！说她漂亮、美貌，甚至倾城倾国、举世无双，都不为过。但这倒在其次。重要的是她在迷人的‘玉体’之内，装了一颗贤惠之心。这种人的特质，只有慧眼慧心的人才能发现。而贵公子的不同凡俗，正好表现在这里。怜香惜玉，一见倾心，占为己有，生死契阔，这些心态就都不可避免地产生了。何况甄妃其人，咱们一起东侃西聊，屡屡作为谈资，你听得格外认真，表现出浓厚兴趣。以你的早熟，对女色的热衷，暗潮涌动，口缄心热，这是必然的！一旦在别人的婚礼上面面相觑，梦中情人变成人家的新妇，爱怜向往之情必然产生，醋意妒意也就难免。尽管是同胞兄长，却忽然成了情敌。今夜，人家洞房花烛，红罗帐暖，自己的心哪，比万箭刺穿还要难受！”

这番分析推理，让曹植几乎流出热泪。他不想掩饰自己的苦闷，也不怕显露自己的尴尬。他把失望的脸孔抬起，以哀痛的声调说："我跟她还没有说一句话呢！这才怪了！‘死生契阔，与子成说，执子之手，与子偕老’[1]，《诗经》中表达的这种感悟我却有了！”

刘桢端起三足爵一饮而尽。他一把擦去嘴角的酒水，狠气地说："你这点年纪，正是混沌未开的淘气鬼，怎么就知道男欢女爱了？当今天下大乱，四海不宁，正是男儿立功建业之时。你是豪门公子，小小年纪，当发愤读书，树壮夫之志，心忧天下，目注苍生，岂能为一妇人凄凄而念？”

出语突兀，如一棒子当顶打去，曹植立即将头埋在胸前了。

长信宫灯灯火通亮，在夜静时分光线显得清明了，通体鎏金的年轻宫女跪坐执灯，圆形轨道上调节的罩口正对着他们，光亮直喷过来，映照出三人清晰的神采。

“公干说得有理，子建当欣然领受。”杨修的笑意中含着谅解，他把目光对向曹植，“贵公子的高远之志不必怀疑。当下处在情感困扰之中，不妨想想国事，想想人生大局，让情感转移一下，就从这道坎上越过了。而且天下大势自邺城易主以后发生了重大变化，要不了多久整个河北就平定了，令尊大人有了可靠的立足之地，三分天下占其二，前景多么明朗！日后贵公子成了曹家的掌门人，泱泱大国，美女如云，挑不出多少甄妃来呢？”

曹植立即心里宽松眼前豁亮了，他望着杨修，频频颔首。

刘桢却瞪着眼睛，手在眼前摆了摆，说："哪有这么简单！就算河北平定，北有乌桓，那是人迹罕至的泥丸之地；南有孙权，长江是一道难以逾越的屏障；西蜀远在秦巴大山之外，关陇久在强兵掌控之中。大动干戈之外，还有天外之天——汉家朝廷的大旗

[1]《诗经·邶风·击鼓》

曹公一路高举，旗下聚着多少忠臣良将哪！怎么把它砍倒？就算这一个个关隘都过了，子建这第三排的位子，怎么就哗啦一下升到头排了？他的大哥、二哥都不是纸糊的人儿，曹公岂能稀里糊涂地把位子传给你子建？”

“我看到的正是这一点——曹公，他的高明正在这里！”杨修接过曹植斟好的酒，饮罢亮了亮底，自信地对着刘桢说：“官渡一战，曹公以少胜多，一举而显威名，今后的千难万险，哪一件胜过袁绍大兵压来的险恶？可以说，扫平四海，不必多虑。曹公乃谋大事建大业之人，立嗣当立长远，他必须有这个眼光。汉家以武力开国，以儒经治世，日后的重心在于治世。子建以才学凸显，正是合适人选。”

刘桢把嘴一撇，冷冷地说：“曹公其人，谋大事建大业，自然当顾大局。立嗣立长，这是规矩，是大道，他岂能说废就废？他不怕乱了朝纲大理？”

“曹公办事尚通脱，重实际，只要有利于天下治理，他自然无所顾忌！”杨修淡然一笑，显得胸有成竹，“天坼地裂，大厦倾危，自有豪杰挺身而出。扭转乾坤的人，怎能走循规蹈矩的步子？”

刘桢也冷笑了：“纲常就是纲常，大理就是大理，谁越雷池一步都是不行的！”

“好了好了！两位兄长暂且缄口！”曹植急急站起身子，挥手制止二位的争论。“继位的事，我们兄弟从来没有提说。这是后话，是家国大事，不由我们做主。倒是立志报效苍生，做一个热血壮夫，建功立业，青史垂名，这个提示令我钦佩。箴言难得，我心领神会。夜深了，窗外风紧，兄弟肠热，咱们乘兴饮酒，别让爵盏闲着！”

是夜，曹植失眠了。

回到卧榻上时，发现枕布上一片洇湿的泪痕。他揭开枕布，看见泪水并没有渗入枕头绣面。这是母亲专意安排女红刺绣的枕套，一只老虎文静安恬，浑身毛色鲜亮无比，五彩斑斓，名曰“绣虎”。母亲生他前夕，常常梦中有这种老虎。这是祥瑞之兆，母亲便请画匠绘出图样，女红依样绣了。

母亲呀，你梦见的这只老虎是雄性的吧？形单影只，无以为偶，它只能“耿耿不寐，如有隐忧”了。[1]

[1]《诗经·邶风·柏舟》

第二章 邺城一日

一、议定方略

没有掩饰，自得的笑容一下子在他黧黑的脸庞刺啦开了。

“三十万！三十万哪！如此之多，出乎意料！”曹操看罢冀州户丁数计呈表，喜出望外，当着厅内所有谋士武将的面，显得非常开心。“相当于一个兖州再加半个豫州！想不到呀，竟然有这么多人丁！”

坐在左侧文士群中，平日总是笑眯眯的陈群说：“冀州在献帝初年共有人丁近五百万。饥饿死亡加战争杀戮，富庶而又人口稠密的地方遭殃最甚。这儿其实是重灾区。要不是百姓死亡流徙，人口之众就更可观了！”

“东都洛阳，西都长安，人口锐减也很严重！”陈群旁边的贾诩也有附和曹操的意思，但乍听起来却是在附和陈群，“先是董卓大肆烧杀掳掠，后是李傕、郭汜作乱，中原、关中一带，黎民百姓其状之惨，明公在诗作《薤露行》《蒿里行》中已经详尽叙写过了。那里人口锐减的程度不逊于冀州呀！”

曹操故意沉下脸，目光牢牢锁住贾诩，生气地说：“还不是你心生一计，导致李、郭二鬼重返长安，掳天子、焚宫室，众多庶民才跟着遭殃吗？你们这些智士谋才真是能一言兴邦，一言丧邦呀！”

“呃……呃……”贾诩尴尬地低下头，又歉疚地叹了口气说：“不遇明主，谋臣也就浑浑噩噩，哪里会有昭昭之见？”

另一侧，曹洪、张辽等将领也替这位平日随和的谋士打圆场解围，哄笑声随即响起。“对呀，不遇明主，谋士也是肚子里的香油往粪堆上流，冒的尽是馊气！”此番感慨不知由谁发出，厅内哄笑的声浪又升高了。

座中最年轻的将领，平素腰侧总是佩着青钢宝剑的曹丕，坐在将领们的后边位置。他想把父亲的话题引回来，便说：“刚才父帅说的三十万人丁，证明冀州确实是个大州。不知父帅还要说什么？”

“添了这么多人丁，孤喜不自禁哪！”曹操仍然是一脸快慰之色，“攻城夺地，终究是为了壮大势力。人口这样扩充下去，往后……”

“明公不要这么得意！”

有人大唱反调，语言高畅，立即将厅内热烈喜悦的气氛冷却下去。

众人的目光都集中在体貌俊朗的崔琰身上。此人是近日才从袁绍麾下归附过来的，首次在群僚中露脸，却敢于违逆曹操的兴致，让不少人为之惊愕，曹仁、许褚等将领气得脸色阴青。

崔琰抬头望着曹操，面色凛然地说：“如今天下大乱，袁氏兄弟互相残杀，当地百姓苦不堪言。明公占据这里后，不去了解民众疾苦，救他们于水火之中，倒先关心人口多少，为人多势众而沾沾自喜。这难道是冀州的父老乡亲所盼望的吗？”

曹操一愣，一窘，又一笑，终而俯仰身子开怀大笑：“极是极是！季珪此言甚好！”他从几案边快步走来，站在崔琰对面，眼对眼凝望着他，点点头又望着众人说，“看，这就是当年为袁绍出谋，犯颜直申而被投进大狱，但却不改初衷的崔琰公，一位难得的刚直之士！”

人们都以冷静的目光看着崔琰。有人窃窃私语，也有人啧啧赞叹。曹操仍然站在那儿，神色凝重地说：“我敬重的正是这样体恤下民的有识之士！诸位随孤南争北战，东征西讨，难道不是为了治国安民？而治国安民的关键，在于延揽人才，广纳贤士，把像季珪这样的卓越人士尽量招揽过来。何以如此？一方面，时至今日，群雄割据的形势依然严峻！南面刘表、刘备、孙权，西部关陇，西南益州，北部乌桓，都有待兵戈克定。另一方面，北方安定后，我们的营盘，就有八个州了，三分天下有其二。古人讲‘文治武功’，必当文武并用，而且，文教治化，关乎人心，当为立国兴邦之本。要恢复礼制，严明法令，改革风俗，安定秩序，恢复生产，这些都离不开文教治化。不知诸位是否同意我的看法？”

尚书令荀彧向来以深谋远虑深得曹操倚重。曹操将目光首先对准了他。

荀彧微微点头说："明公曾以能明古学被朝廷召为议郎，儒理经学的根基自然是深固的，以往就有'教化武功并时而用'的想法，如今将招揽人才，文治武功的方略提出，非常适时。卑职要补充几点：冀州百姓多年遭受袁氏欺压，下民贫弱，还要代豪强缴纳租赋；那些豪门大户拥有强盛甲兵，目无法纪，肆意杀戮百姓，藏匿罪人，对抗朝廷，必须给予严惩。另外，可在魏郡、巨鹿、阳平、顿丘、阳平等地屯田，还可利用西门豹所修的漳水渠堰的基础再次兴修，绵延发展，扩展水利，让这富庶之地真正富庶起来。"

曹操连连点头，高声称许。

和崔琰一样，也是从袁营刚刚归附过来的文士陈琳，朝曹操眨巴了几下眼睛，嘴唇动了一下。曹操当即指着他说："孔璋莫非又要放箭？你的箭最厉害哟！"

厅内又响起一片笑声，不过，这笑声包含了些许揶揄。这个陈琳，已经连同"箭在弦上，不得不发"的典故，一起有趣地留在人们的记忆中。四年前，官渡之战告捷，陈琳被俘，被他那篇代袁绍起草的檄文激恼的曹操，一见他就怒火中烧，质问他为何要恶毒攻击他并丑化辱骂他的先祖，他却从容推托说："箭在弦上，不得不发。"惹得曹操反而乐了，爱其才而不咎，任命他为司空军师祭酒，与阮瑀同管记室。

"我的'箭'总是离不开文，但这回不是关于檄文，而是关于诗文。"陈琳拧头环顾了一下周围，望着几个文友说，"公干（刘桢）、伟长（徐干）、元瑜（阮瑀）、德琏（应玚）、德祖（杨修）、季重（吴质）、正礼（丁仪）、敬礼（丁廙）、文蔚（路粹）等诸君，以及贵公子子桓都在这里，还有另一位贵公子，天才少年子建，他们都是诗文妙手。明公也幸好雅好诗章，深谙他们的品性，如果能从时间、精力方面给予关照，能让他们经常雅集，彼此切磋，既以诗文自娱，也会为教化之风增添一些气息！"

"这一'箭'同样可治我的头痛病！"曹操又翻出老账，当年他读罢那篇檄文，气愤过度，沁出一头冷汗，不料难忍的头痛病居然好转。陈琳的建议挑起了他的兴头，"自董卓作乱，天下分崩离析，各路豪杰忙于战争，经书文章还有谁管？一代经学大师、文学才人伯喈（蔡邕）先生惨死在王允刀下，他的女儿，颇有文才的文姬（蔡琰）被匈奴劫走，至今下落不明；多少文士四海浪迹，无以为家，哪有心思哼哼唧唧吟诗弄文？如今有了安定的邺城，就要给各位文士提供方便。"曹丕忍不住激动地插话："开创一代风气的文学新局面即将来临！诸位饶有兴趣，就让文思信马由缰，纵意驰骋！我若有闲暇，也会来凑一份热闹！"

"明公不但高举征讨群凶的义旗，也高擎文学繁荣兴盛的大旗！"笑眯眯的陈群当即附和，“《薤露行》《蒿里行》以情感真挚、描摹细致而脍炙人口。谁不称赞这是真正的诗史？”

不喜欢人前讲话却以书法见长的钟繇忍不住说：“岂止吟诗作赋，即使挥动毫颖，笔走龙蛇，也是满纸淋漓，那是难得的草书呀！”

那班武将也得意地嚷嚷起来。在官渡之战被冷箭伤了左目的独眼将军夏侯惇挥动拳头说：“大将军武艺过人，格虎双戟、大刀、短矛，拿在手上也只有四两重，指头粗的毛笔岂在话下？”曹仁说：“没有真功夫能打下江山？哪有蒸好的馒头叫你顺手来抓？”“大将军把头颅提在手上，拼死拼活，浴血奋战，怎么打不出天下？”“打江山，坐江山，非大将军不可！”

荀彧似乎听出了弦外之音，他仍然一脸肃然，不紧不慢地说：“明公多年以来手不舍书，白天讲武策，夜晚思经传，文韬武略，无人匹敌，可谓命世之才，即上天造就的扶助汉室的特殊人才。令人敬佩哪！”

曹操急忙摆手：“过誉也就谀了，不必再讲。尽快起草文令，免除冀州百姓一年租赋……”

二、不同应对

“他们何等清正廉明，又何等令人生心畏惧！”想起荀彧、崔琰的言语神态，曹操既兴奋不已，又惴惴不安。

尤其是荀彧，他话中有话，一语道破心机，针对着他的预谋。

尽管心中不快，他还是像往常那样，开罢议会之后，将荀彧单独留下。

“文若贤弟，足下身上的清香有一股野艾气，孤一闻这种气息就非常舒服！”曹操说的是实情，也用这话来调解气氛。

“唔……”荀彧支吾了一下，他知道对方是不主张熏香的。

曹操一边为他斟酒，一边说：“我从小就喜欢狩猎，山林中有许多野草，唯有艾蒿的气味特别。它能驱蚊避蛇，有人采回去别在门板上或放在炕头，既好闻又有用场。”

荀彧微微仰脸，静静听着。“主公狩猎是有绝技的，听说一天可射得六十三只野鸡！”

曹操举杯，与荀彧碰了一下。荀彧不断为他倒酒，微微仰脸，静静听着，眉眼脸色和先前一样从容自若，丝毫没有因刺激了对方而惶恐不安的神情。这个人，不光心机深沉，而且具有持守道义的自信，内心的坚定难以让任何力量攻克。孔子说：智者不惑，仁者不忧，勇者不惧。此人正是这样的君子。

望着荀彧近在咫尺的眼睛，曹操知道，在此人面前是不能虚与委蛇的，而且他也不愿意虚伪应对，否则就有愧于心。这位“吾之子房”，为他规划了统一北方的蓝图和军事路线，并在战术方面多有奇策，还为他举荐了钟繇、荀攸、郭嘉、司马懿等优秀人才。对这样的幕僚不能肝胆相照，不要说人，就连胳膊上的鹰、胯下的马也不如了！“有一事，我不知怎么处置。”他恳切地提出一个问题：自他兼领冀州牧后，有人建议恢复九州旧制，即把目前全国十三个州改划为过去的九个州，这样，冀州地盘将扩大三分之一，真正成为九州之首，其他各州只能望其项背，不慑服也不行的！

“不可！”荀彧明确反对。他认为：如果恢复旧制，冀州将得到河东、冯翊、扶风、西河以及幽州、并州的不少地方，受到损失的区域很广。人们会以为下一步将夺取他们的土地，一旦有什么变故，刚归附的势力就可能与他们接应而反叛，引起大乱。应该立即举兵消灭袁氏残余势力，首先安定河北，再恢复旧京洛阳，然后向南挺进荆州，以未朝贡之罪讨伐刘表，世人明白了明公意图，将会人人自安。待四海平定，再议九州古制之事，会利于社稷的长治久安。

服了！服了！他当即拿起青铜方壶为荀彧的圆觯斟满酒汁，“孤的敬佩，孤的感激，尽在这里！”

送荀彧出门时，他比往常还要动情，双手在他的胳膊肘部牢牢抓着，狠劲摇了几下，黑豆眼火球般灼热。“文若呀，记得那年贤弟二十九岁，毅然离开袁绍投奔过来，咱们在东郡会晤，我那时不过是个区区太守。与贤弟交谈后我多么喜悦，断然说这就是我的子房呀！十三年了，袁绍的雄踞之地终于让我们夺过来了！这期间征陶谦，定徐州，收张邈，破黄巾，奉迎天子，定都许昌，除吕布，灭袁氏二兄弟，无一不与贤弟的进策有关，也无一不验证了我的断言。往后的历程，朝着天下归心，一统江山的目标，同样艰险坎坷，文若可得与我共赴危难呀！”

他说着，小小眼珠蒙上一层泪液了。

荀彧也动情了，双手从下面抓住他的肘节，提高嗓音说：“明公自首倡义兵以来，抛生死，历艰难，从民望，扶汉室，既是大略雄杰，又是血性义士，不才我唯有高山仰止之心，能与明公同车共帐，以死效命也终身不悔！”

荀彧说得眼圈也红渍渍的。

曹操刚送走荀彧，孔融就在门外高呼“司空”了。

“‘鲁国男子’文举兄，快请快请！”曹操高呼孔融平日自我标榜的称号，趋身快步，赶忙迎了上去。

孔融虽然担任九卿之一的少府，却像往日出游那样不穿官服，不戴头巾，而是衣襦短衣，上下粗丝布料，竹笄系发，形体装扮像个不合时尚的下层文士。不过，他像先祖孔丘那样脸盘壮阔，白眼仁多黑眼仁少，体貌神色总显出几分异质贵气。

而且，百官中只有他不称曹操为“大将军”，而正规地称“司空”。八年前曹操奉迎献帝迁都许昌，献帝封他为大将军，因袁绍愤愤不平，他又将此职出让，献帝又封他为司空，行车骑将军。相随而来的还有文士刘桢和路粹。

“孟德公攻下邺城，不久将完全掌控北方，三分天下有其二，汉室江山一统指日可待，足下功盖四海！”孔融举觯，与曹操呼应了一下，一饮而尽。

能得这位当今鸿儒的嘉勉，曹操感激得连声说着“过誉”，觉得这是讨教的良机，便向他说出以邺城为立足点，外定武功内兴文学的计划，利用文士云集的优势倡兴诗文。他一边讲述，一边用眼睛瞟着刘桢、路粹。

路粹频频点头，满脸堆笑，一直睁大眼睛望着曹操。

孔融放下铜觯，沉默中脸色一片冷戚，渐渐扬起脸孔，望着他们三人说：“兵荒马乱，战祸连年，已经让知识礼教零落殆尽。明经好学志怀霜雪的人少之又少。当年舜帝让后稷、契和皋陶管理百事，布教四方，周朝礼乐征伐，天子亲自掌管；及至高祖初年，尽管战事频繁，犹能重视教化，让叔孙通在戎旅之间与儒生共议朝事。到了世祖皇帝，更有投戈讲艺、息马论道的佳话流传。文治武功都是为了天下和平，大道流行，国难消弭，六礼俱兴，周公辅周之所以卓有成效也就是这个原因。若要等到战争结束再行文事，敏达的时机就错过了。立德立功，又兼立言，这正是我的先祖仲尼夫子的主张。”

“足下所言，乃智士高见！”曹操心悦诚服，又为他斟了一觯酒。

“他们都是圣人、贤人、明达君子啊！”孔融叹了口气，白多黑少的眼睛紧紧盯住曹操：“孟德公，恕我直言：教化之事，必由圣人大贤出面推行，方能让四海诚服，万民乐意遵奉。正像圣哲老子所说：‘圣人处无为之事，行不言之教。’像司空这样善于权谋、精于韬略、功业有成、德行尚亏的人，怎么能举起推行教化的大旗？”

“……哟，足下真是骨鲠之臣，不愧是‘鲁国男子’、圣人之后！”曹操略一迟疑就以赞赏的口气，神色恭敬地说，“当今教化之事究竟该如何推行，何人方能举旗，孟德愿闻其详！”

说罢，他又故露喜色地笑着，朝侧面望了一眼，发现刘桢正凝神注目地与自己对视，路粹早已吓得弯腰俯首，额头几乎挨住几案。

孔融仍然昂头挺胸，言语中以自身为例，如何在任北海相期间表显儒术、重视政教、举荐贤良、抚慰难民，终于博得世人称颂，赢得“孔北海”的名声。他又历数曹操的过失：马不停蹄地攻城夺地，整年整月地屯田蓄粮，却少有文教建树；交战中，对于负隅顽抗之敌，破城后统统活埋，丧失人道；治军太严，重奖重罚，打了败仗的要治罪，临阵逃脱的士兵惨遭杀戮……

曹操已经看清了这个习惯清议的儒派书生不能切合实际的偏颇，反倒心里轻松，装出一副谦恭的样子，仔细聆听，看他到底能抛出什么货色。

“‘吾未见好德者如好色者也！’可悲哪！我的先祖当年的喟然长叹，隔了七百年的岁月幕缦，如今依然是惊世强音！有的人，自己好色，夺城必夺美人，甚至为此丧失了爱子爱将，影响得他的儿子也在夺城后先觅美色……”

一缕愤恨从心头蹿起，他明显的眼袋肉棱忽然颤动不止。那边路粹的额颅“啪”的一声碰到几案上，而刘桢却扬着头别有兴致地望着他们。

“文举兄近日写信说‘武王伐纣，以妲己赐周公’，看来武王、周公和本人一样，也有喜好女色的毛病！”曹操竟然以自嘲的方式坦然应对，说罢还用目光斜睨着他们，放声大笑起来。

孔融摆手说：“史上哪有这事！我是借今日之事推测古人，讥刺之意蕴含其中，难道你没有察觉？”

“不才浅陋而又迟钝，哪有‘孔北海’明敏机智？”曹操说罢，抓起酒觯向他们晃了一下，“备酒设宴为文举兄接风，席上再细听指教之言，二位高士一起作陪，请！”

三、《烈士壮心》

太阳西坠，血色黄昏预示着夜晚的降临。

暮色中一支部队集结完毕，校兵场上布满了黑压压的徒卒。曹操把他偏爱的一支部队——青州军中常作先锋的青龙兵团调集到这儿，给将士们布置了一项特殊任务：观赏冀州当地艺伎“相和歌”的演出。

校兵场位于邺城的西北方向，西临城墙，东、北、南三面都是街道房屋，地面平坦广阔，早在齐桓公时就在这儿辟地建场，成为兵马训练校点之地。袁绍自领冀州牧后，加强兵势，为校兵场扩大了面积，并以青砖铺地，四周各竖了一排十丈高的铁杆旗幡，靠城墙建了高出地面三尺的校阅台，校兵场的威风壮观凸显出来了。

曹军今夜的举动在校兵场破了规矩，刀枪剑戟人喊马嘶被金石丝竹声色歌舞取代了。万众瞩目的校阅台，俗名点将台的三尺高台，今夜成了演艺台。

当周围的铁杆上挂起的吊子灯点燃了油捻子，人们眼前亮起一片昏黄泛红的光芒时，台上突然响起了分外震耳的鼓声。一个精胳膊光上身下面穿着灰布裤挽起裤腿的汉子，双手抓着两根胳膊粗的短棍，朝鼓心狠狠一击，双槌齐下，一声震响，让人们惊愕之后，却半天不见第二声响动。他站在原地，双臂高高举起，一动不动，眼睛盯着鼓心，似在观察思索着什么，人们被吸引得大气不出一口。忽然间，单槌落下，双脚一跳，站在鼓的另一边，正面对着台下，鼓槌渐抡渐快，快到急处，已经看不见槌起槌落，却有一条长长的棍子隐隐直竖鼓面。

这叫“抡圆了”技法，鼓槌之间，扔不进一粒沙子。

一通打罢，鼓手的双槌停在鼓心，身子向后一仰，脸孔朝上，浑身纹丝不动。

片刻寂静，接着响起一片奇异的响彻云天的声音。士兵们没有鼓掌，却全都用手掌拍击膝盖，左掌左膝，右掌右膝，拍得狠劲，像一大群水鸟惊飞而起，一个个扇动翅膀，引得风生水起。

“单耳子！单耳子……”不少人狂喊乱叫，引起一阵哄笑吵嚷。

“他确实是单耳！”曹操向身边的荀彧介绍说：“此人性情倔强，喜欢拼命，在和当地一位土豪争辩是非时，被人家一刀劈下去，一只耳朵没了。在黄巾军中就是鼓手。往往打硬仗，拔城夺寨，都离不开他的催战鼓。”

荀彧及一批官员文士在曹操两侧、身后席地而坐，他们位于台下前方正中，台上人的眼神手指也能看得清楚。这个单耳人高瘦身材，苍白头发，四十多岁年纪，左耳被刀削去后脸皮上还留着一道长疤。

单耳人始终是冷脸冷色的表情。在青州军将士的一片呼叫声中，他又开始打二通鼓，已有四面铜锣相伴。五人组成东西南北中的格局，一鼓四锣，鼓在东方，锣在另外四方。场面看来并不协调，但大有寓意。华夏大地，古有九州，东方为木，木色为青，最东方的这个州便取名青州。军队号令，擂鼓出征，鸣金收兵，这也是有来历的。古代哲人认为一年四季的规律是春生、夏长、秋收、冬藏，春生之木代表了生机勃发，以木制成的鼓敲起来就会振奋人心，木又是东方的标志，军队就是为了征战，青州军也就特别看重鼓了。“金”与“秋”在古人看来都是收敛的意思，铜锣一敲，金属发音，就该收兵回营了。军人以攻为勇，以退为耻，鸣金收兵是迫不得已的事情，应该居于下位，也就将锣放在鼓的一侧了。

单耳人绕着鼓边飞步打圈鼓为第二通。第三通加了三十六个刁斗，即三十六人手执刁斗，以木棒狠敲，组成一鼓指挥、四十金响应的大型打击乐团。为何要出三十六个？曹操收编黄巾军以后，不但汲取了它且战且耕、屯田生产的经验，还尊重它作为思想支撑的太平道的教义。太平道的理想世界是无灾异、无病疫、无战争，君明臣贤，家富人足，各得其乐的太平世道。道徒们推崇仙人，认为天有三十六层，是神仙居住之地。因而黄巾军首领张角将数十万众徒分置为三十六方，即三十六个方面军。曹操虽然不怎么相信仙人之说，但非常理解他们的美好愿望。青州军组建不久，有一次战地休息，单耳人向曹操要求打一通家乡过年时的娱乐鼓，曹操欣然同意。单耳人抡圆了鼓槌，像豆子从筒子里倒出来一样飞溅鼓面，锣手们看得手痒，也围着他敲起铜锣，负责巡更的兵士也拿起刁斗在一旁纵情击打。咚咚、噹噹、叮叮，这些军中必用之器别有一种气势与苍凉。曹操当即心动，及时指点，把刁斗增加为三十六个，既代表了原黄巾军的建制，又与四面锣正好组成一个方阵，通通接受大鼓的指挥。曹操又请专职乐工在演奏曲谱方面改进，并亲自将这个曲目命名为《烈士壮心》。

此刻，单耳人打的是跳鼓，他精瘦的身子靠着双脚的弹跳忽地蹿高，在落地的一霎锣声骤起；精胳膊挥动的鼓槌敲出不同的音节，刁斗垫着鼓点间的空子。铜锣和刁斗在这些同样精胳膊赤上身的士兵手中有起有落，单耳人的双槌在头顶如双鹞盘旋时，他们的铜锣与刁斗就会在头顶敲响，单耳人俯身偏头压低鼓槌打起闷鼓时，他们都会弯下腰身放慢节奏敲出一片低沉之音。

昏黄的灯火照着台下一个个仰头挺脸的官员将士。人们全都屏住呼吸，被台上激越的姿影声音压抑了情绪。

忽然，单耳人双击鼓面后扔掉了鼓槌，一个猛子跳到鼓上。他面朝台下，双臂高举，与举起铜锣刁斗的伙伴们齐声高呼："太平太平，天下大吉！曹公曹公，救世真人！"

台下的青州军立即回应，全体将士如台上演奏者一样，一齐振臂高呼："太平太平，天下大吉！曹公曹公，救世真人！"

曹操没有料到场面如此火热，但又觉得是在情理之中。自三十八岁那年受任兖州牧，大破青州黄巾军，将这三十万丁壮收编为青州军，其余老弱妇幼以屯田之法妥善安置，让这伙边打仗边逃亡的可怜农人结束了颠沛流离的日子，青州军内部就有他乃上苍派往世间的救世真人的传言。官渡一战，以少胜多，战争神话引发了政治神话，冀州又有"真人起于梁沛之间，其锋不可当"的传说流行，应验了青州军中当年暗传的预言。攻占邺城之日，伍长单耳人率领八十名长矛手首先杀死卫兵冲进袁府，当他看见曹操骑着战马向袁府急奔而来时，命人迅速将两扇朱红大门敞开。曹操仗剑勒缰，高声赞许道："你们此番功劳不小哇！"孰料单耳人这么应答："全仗真人神威，锋不可当！"看来，"真人"的灵光已在青州军将士的心目中灼灼闪耀了。

台上台下前呼后应的一片声浪，把他的心之火一下子点燃了。他霍地站起身，双拳向上耸动了几下，转动身子朝周围望着放声呼喊："誓同生死，夺取天下！"

他身边的文武官员也都受了鼓励，曹仁、曹洪、曹丕、于禁、乐进等近亲爱将，也像青州军将士一样起立高呼；陈群、程昱、钟繇、贾诩等那帮文臣倒显得有些节制，他们只是满脸喜气地拍着手掌；只有荀彧、崔琰等少数人，偏过脸孔，不愿朝台上注目。

曹操已经顾不得向两边注视了。他胸中烈焰腾腾，催生出一种宁愿自身不得好死也要当一个强梁者，以凶狠的力量扫除群凶荡平天下的愿望。他的高呼声一遍又一遍响起，嗓门都快要喊破了！

月亮不知什么时候，在东侧临街的阁楼上方，在淡淡的云团之间，悄悄升起来了，油灯围拢的广场，渐渐笼罩了一层柔白的明光。恰在这时，由当地艺伎演出的《相和歌》登场，第一个曲目正是这组表演唱中的《明月何皎皎》。

"相和歌"，是一种演唱者在丝竹管弦的伴奏下相和而歌的形式，要求歌者边唱边舞，手里拿着木梆之类的"节"按节奏敲打，唱的多是乐府搜集的民间歌谣。"明月何皎皎，照我罗床帏，忧愁不能寐，揽衣起徘徊。"三名年轻妩媚的女子扮作新婚不久的少妇，夜晚独守闺房，隔窗望月，孤寂难忍，悄然出户，对着清冷的月光怅然起舞。当中那个妇人动了真情，偏瘦的脸孔尽显悲怆，腮肉抽搐，泪水长流，舞步与手臂也带几分凄凉。

在人们平心静气的观赏中，那个刘桢，坐在曹操后边偏侧的文士堆里，却像锥子扎了似的坐不住了，突然站直身子朝台上大喊一声："嫽——人——"台上那个动情艺人突然愣住了，舞步也乱了，面朝刘桢那儿看了一眼。在人们的一片嘘声中，刘桢坐下身子。

接下来的曲目，是《相和歌》曲调新配的《蒿里行》，一支悲凉的挽歌，歌词是曹操十三年前亲历关东义军征讨董卓失败后所作，是逼真的社会生活景象实录。卞氏这些天组织艺伎排练了这个曲目。十二名女艺人，包括刘桢认出的"嫽人"，鱼贯而出后分成两排，一排歌唱，一排表演，轮流而又交叉。曹操的这首诗早就在官员文士平头百姓中广为传诵，因而当台上唱出"铠甲生虮虱，万姓已死亡。白骨露于野，千里无鸡鸣。生民百遗一，念之断人肠”时，台下有不少人跟声唱和。那位“嫽人”在捶胸顿足中泪水长流，另外十一名也边歌边泣。曲未终了，青龙兵团的将士全部起立，一个个开口唱和，台上台下歌声相融，渐渐，哭声响成一片……

曹操仍然仰首观赏，但已泪水长流，并有搐动鼻孔的唏嘘之声。

荀彧、贾诩等上前劝慰说：“有这样威武的军队，激昂的士气，何愁敌虏不灭？万千生民也就会过上太平日子了！”

第三章 看看王修

一、只有十斛谷子

一颗人头高高悬挂在城门顶端的木杆上。在这滴水成冰的隆冬，北风呼啸，积雪盈尺，一抹城墙高耸的箭楼被惨白的阳光照得冷森森的。那颗刚刚砍下的人头吊在高高的杆顶，风的尖厉叫声，雪片和杂叶的狂舞，都围着这血淋淋恶煞煞的东西喧闹不止。

“大将军有令：今以反军首领袁谭首级示众，敢有泣哭者——斩——”

城门上面的士兵，敲响铜锣，朗声宣令，把那个令人发怵的“斩”字，故意突出了音位。

城门对面的空场上，积雪变成了清凌凌的冰层，四周强劲的风刮起白花花的雪粉，在冰面翻来滚去地折腾，似乎在为袁谭的头颅护卫，看谁敢来此地观看这悲惨的下场？

但是，这高空的人头，示众的方式，明令的悬念，毕竟太诱人了！自锣声响起，南皮的庶民百姓就络绎不绝地赶来，将这个空场外围挤得水泄不通。

黑压压的人群，乱糟糟的议论，人多嘴杂，说什么的都有。

“曹操真狠毒呀！”一位鬓发斑白的老者指着半空的人头说，“三月前在袁绍墓前哭得呜里哇啦，长眼泪短眼泪的，这回抓住人家的公子怎么不念旧情？放小伙一条命，他能把天捅破？”

“袁谭出尔反尔，气恼了曹操！”旁边一位头戴蓝布棉帽的年轻人说，“袁谭和弟弟袁尚成了生死冤家，为了争取曹操的支持，假装投降，还要把女儿嫁给曹操的儿子。

曹操攻打邺城时袁谭又反叛了，趁机夺取了甘陵、安平、渤海、河间，气得曹操连他的女儿也送回去了。”

老者叹了口气说："打断骨头连着筋，人家毕竟是袁门后人么！依人情世故，败兵之将，罚一辈子劳役，留一条活命，总比砍了脑袋叫人心里舒坦些！"

年轻人望着老者说："曹操故意叫一些人心里不舒坦！这年月，谁都想招兵买马，独霸一方，天下乱成一窝蜂了！曹操不下狠手，放猛料，怎么能攻下这么大地盘？"

站在他们身后的一位文士模样的人，不以为然地笑着说："高杆悬头，鸣金示众，不会是为着严惩背信弃义之人吧？曹操是个奇人，听说把长身材的料子也用在长头脑上了，落下个身材短小、脑袋蛮大的貌寝之相，要不怎么脑子出奇地好使？官渡之战，十万胜百万是怎么来的？"

话音刚落，人群忽然像海水遇了飓风，浪潮一般汹汹地涌动过来。人们拥拥挤挤，大呼小叫，眼见着一辆马车豁开一条道儿，从外面一阵风似的驶进空场。

这辆双马双轭带黑褐色篷厢的车舆在空场中央停住。从车厢走下的人，头缠一圈白布，身穿一领缟衫，脚蹬麻鞋，抬头望着城门顶端。

站在门楼二层的令兵，显然发觉了车马来人，立即加重了锣音，"当当当"一阵猛敲之后，用足气力又宣布道："大将军有令，今以反军首领袁谭首级示众。敢有泣哭者——斩——"

"使君哪，使君……"一身缟素的官人连连大声哭叫，并且不忘揖礼跪拜的整套动作，对着门楼上方，一边施行祭礼，一边扯心揪肺地哭号："将军哪！这普天之下，恐怕只有卑职一人，来祭奠您的亡魂了……"

门楼之上，空场之围，士兵，民众，都被这胆大包天的官人搞乱了秩序。士兵们挥刀舞剑，呼喊着冲下城楼，将此人双臂架住带走。人群像炸锅泄油滴进了火堆，一哄而起的惊叫声冲天而起……

就这样，曹操见到了王修。

尽管荀彧、崔琰意料到王修必来祭奠，并给他讲述了王修一贯忠贞的往事，但是，当这个高颧骨、深眼窝，留着两撇墨黑短须，着意披麻戴孝的汉子被押到面前时，曹操还是有些气愤。此次南皮之战，三九寒天，长途奔袭，将士伤亡惨重，急得他亲自擂鼓督战，要不是冒死坚持，就会大败而归。再说，袁谭这种没有血性的小人，正是他最忌恨的。

"死臣、死党、死心塌地！"曹操的黑豆眼仁闪出一丝凶光，"成心往我的刀刃上碰！听说你当年凭着一腔忠义，解救过上司孔融，可孔融是何人？他德高才显，名重天下！而袁谭，听信奸佞，兄弟相争，投机诈降，狗苟小人……”

“袁谭若非小人，哪有你曹操捞得便宜？”王修昂头正色，打断了他的话，“我早就提醒：兄弟争锋，必然败亡。作为下僚，我算尽了职责！”

“如今，还有什么要说？”

“我要替袁州牧收尸！”王修深陷的眼珠露出乞求的神色，“让我搬尸回邺，棺木成殓，让他在父亲的墓边入土为安！然后，我引颈就戮，无恨无憾。明公不会拒绝一个将死之人的请求吧！”

说得曹操一惊。于禁、曹洪等吓得屏住了呼吸，荀彧、崔琰等人却面露喜色。

曹操凝神望着荀彧，叹气说：“如此忠心烈气，反倒让人钦佩！”

“主公，叔治还是一位廉明守俭之士。”荀彧指着王修，感慨地说，“他笃诚恭谨，自律很严，实在是难得的志士君子！”

崔琰也附和说：“我与叔治在袁绍幕府共事日久，深知其为人处世。他明经守身，操志高洁，恰好是审配的反衬。不妨到他的府上去看看！”

曹操被说动了。他对左右吩咐：“给叔治备马，一起去王公府邸看看吧！”

这是什么府邸？分明是一个破落的书香之家！在一条僻背的小巷，直直拐过去一条甬道，甬道两边排列着许多小家住户。门前栽着两株柏树的这家，门楣门扇的大小颜色与普通人家无异，只是锁扣铁环上日常插着几枝艾蒿，门内的小小庭院栽着几株海棠，树下一方草地。正房是客厅兼书房，后面是几间厢房，分别是居室、膳房和杂物库。整个宅第约有三亩面积。

王修的夫人正带着儿子在大厅课读，稚嫩的童声清晰传出：“圣人吾不得而见之矣！得见有君子者，斯可矣。善人吾不得而见之矣！得见有恒者，斯可矣……”[1]

“看看我是不是善人？”曹操眯眼笑着向孩子逗趣。他目光一扫，兴致大增。这偌大的厅房，几案和一片座席约占去三成，其余皆是木柜架板，纸张、竹简、牍片等各式各样的书籍内藏外堆，上至屋顶，下临砖地，密密排列，几乎没有缝隙。

“明经在于泛览，泛览须得广搜。”崔琰指着沿墙壁垒上去的简捆说，“叔治的俸禄全花在这上面了。”

“有什么好版本？”曹操望着王修，“我也喜好古学呀！”

[1]《论语·述而第七》

王修抬手朝门外一指："后面屋子放着几箱古书，据说是蔡伯喈先生的收藏。"

听说有一代学宗蔡邕的藏书，幕僚们轰然议论开了。

厢房的杂物库中也放着几个书柜，旁边垒着一堆未经油漆的白板箱子，里面放着许多布包。布包里的竹简呈赭黄色，细条竹页上刀刻的大篆文字，繁密工整。竹页之间用细如丝线的牛筋绳子网状连接，展卷之间相当顺畅。这是一套春秋时期流布于鲁国的《三坟》《五典》，蔡邕的女儿蔡琰逃亡途中遭劫，它们流失在南皮一带，去年王修用三十斛谷子换了回来。

"蔡琰今在何处，可有什么消息？"曹操黑黢黢的脸庞显出了红晕。

王修说："据说在南皮境内遭遇胡兵，掳掠到哪里，西面还是北面，一直没有消息。"

荀彧已经在其他房间巡看完毕，走来向曹操说："除了书籍，就是约有不足十斛的谷子了！"

"不足十斛谷子？"曹操非常吃惊，但他又点点头，明白了。王修的夫人、孩子都是粗布衣衫，家里连一架屏风、一只彩陶也没有。他慢慢挪动步子，低头望着脚下褐土压平的地面，伸手摸着光秃秃的土墙，环顾着简陋小屋里的一切陈设，双眼一酸，疾步跑到王修面前，张开双臂抱住了他的肩头。"这不是真正的君子、善人吗？孔老夫子不必担心'不得而见之矣'了吧！这样的人还不能重用吗……"

二、"我还要明令"

得到王修，令曹操无限欣喜。

他请了王修，来家里共话节俭。

此时曹家已搬出了袁宅。袁绍的家居宅院，是十三年前他胁迫韩馥让位，自领冀州牧后特意兴建的，仿古叠楼，奇石流水，奢过王制。曹家在其中一个庭院里住了一个月就搬走了。这是袁绍治下的一个旧军械场，如今隔了围墙，几排蓝瓦土墙的房子，一个居中庭院，十几株槐柳，一眼带辘轳的井，倒也清静实用。

五间厅堂里，夫人卞氏，曹丕等二十个儿子，已经聚在一起。

正中的几案旁，坐着曹操和王修，卞氏坐在一侧，晚辈们则面朝他们恭正肃立。

"我给你们请来一位高士、贤人，一位大君子。"曹操令人给王修上茶后，向儿子们挥手介绍说，"叔治公是有意冒犯法令才让我相知的。他原为冀州别驾，后来是袁谭部下，袁谭被斩首示众，他竟然披麻戴孝前去祭奠收尸，号啕痛哭，悲伤欲绝，够得上一位义士。但我更看重他的廉洁自律。他的住宅很少有贵气豪风，简直就跟乡间中等民宅差不多。他家里没有一件贵重物品，却有满架满屋的藏书。除了书，家里的财产就是不足十斛谷子……"

他正语调激昂，却发现除了曹丕、曹植二人专注地望着他，曹彰等多数孩子却面露嬉笑，目光转向别处。

"噢——"他终于发现缘由：身边的王修双手捂脸，头颅垂下，额颡几乎挨住几案。

"叔治这是何意？"曹操转脸问道。

王修慢慢抬头，脸孔涨红，低声怯怯地说："无地自容，不忍卒听！"

曹操明白了："足下过谦了！依孤看来，当今风气败坏，官吏豪强浮靡成风，以富贵享乐为荣，像足下这样自奉俭约的人实属难得！"

王修苦笑摇头："当今世风如江河滚滚而下，明公应该回望古人，和老祖宗相比。上古圣王，俭朴得如山野之人。尧做天子，吃饭用土碗，饮水用土瓶，用茅草覆盖屋顶，也不用修剪整齐，栎木椽子不经砍削，原木原貌，简单实用。他们与草民衣食无异，天下臣服。后来舜即位，开始讲究，木碗木盆，涂漆磨光，衣食住行高于常人，结果呢，十三国诸侯背叛了他。至夏、商、周，天机浅陋、贪欲深重的人更多。盖凡末代亡国之君，莫不是以奢侈享乐称著的。"

曹操通古明经，自然知晓这些，但从王修的嘴里说出，他还是十分感动。史书记载的故人物事，读过书的尽皆明白，但谁又能躬身力行呢？

"大汉兴国，励精图治的几代帝王，他们也还算贤明！"曹操凝望着王修，引出话题。

王修呷过茶，深陷的眼珠放出一缕光彩，左手抬上来捋捋墨黑短须，扫视着面前的公子们，点点头说："开明之君都尚俭。汉初，以黄老之学治国，推崇'寡欲''无为'，日常所用极力保持节俭。上自天子，下至黎民，皆以节俭为美德。《汉书·高帝纪》记载：萧何治未央宫，立东阙、北阙、前殿、武库、大仓。上见其壮丽，甚怒，谓何曰：'天下汹汹，劳苦数岁，成败未可知，是何治宫室过度也。'高祖反对萧何修建皇宫过于壮丽，不仅批评，而且'甚怒'。他循古节俭，厩马只有百匹，禁止用粮食喂马。西汉中期开始，上下趋向崇奢。皇亲宗室，公卿大夫，商贾士人，竞相攀比，车马衣裘宫室园苑，不吝千金，穷极丽靡；为了炫耀富贵，婚嫁极其铺张，丧葬盛行厚风，富者奢僭靡财，贫者倾家荡产。直至今日冀州，审配家族的宅府不逊于洛阳皇家王室宫院，他的远门侄子成婚，仅车队就占了邺城的半条街。"

"如此奢华，必然会引出贪婪，引出掳掠。"曹操接过话茬，"进城那日，有个荷杖老人肩负一箪，一见我就跪倒在地，直呼‘救世真人’。他就是审配家族治下的农户，祖上传下的十亩耕地不到几年就到了人家名下，变成租种人以后就得依赖人家，每年只拿三分收成，还要代出租赋，变卖家财。穷人无法活命，怎能不盼望乾坤生变呢？”

曹操一贯家法严厉，孩子们听他讲话都显得很恭顺，谁也不敢有轻漫之举。他们全都肃然站立，洗耳恭听，除了曹丕、曹植能够透彻领会，曹彰等多数孩子只是懵懂领悟，八岁以下的幼小孩子更加懵懂，但也都大睁两眼，平心静气，听得认真。

但是，曹操还是发现了问题。

他望着曹丕：“子桓，你能说说孔子、老子两位圣人关于节俭的论述吗？”

曹丕略一思忖，答道：“孔夫子说：‘俭，吾从众。’他赞同大家都节俭。他的首席弟子颜回是节俭的典范，他赞扬说：‘贤哉，回也！一箪食，一瓢饮，在陋巷，人不堪其忧，回不改其乐。贤哉，回也！’孔夫子是礼仪大师，经常主持葬礼。看到不少人以奢为礼，他说：‘与其奢也，守俭。’崇尚自然的老子，更是主张俭啬。他说：‘治人事天莫若啬。’还提出‘去甚、去奢、去泰’，公开声明节俭是自己的三件法宝之一。”

曹操一直注视着曹丕的面孔，脸色欣然。

就连王修也不断颔首。

“子文，黄须儿，”曹操又望着二儿曹彰，“你的眼睛瞪得老圆！能听进去吗？”

“长辈有学问，说起道理，总是一套一套的。吃穿用度，该花就花，该省就省，这个理儿，能记在心里。只有一样，我直说了，父亲勿怒。打仗嘛，千军万马还嫌少，只养一百匹怎么行？人要吃好，马要吃饱，人离不开米面，马离不开草料；驰骋沙场的马，不吃豌豆跑不快呀！禁止用粮食喂马，是存心要打败仗吗？”

曹操仰头笑罢，又叹息一声：“不说了，只知道打仗！”

当曹植被父亲点名后，他不慌不忙地向王修躬身揖礼，说了声“多谢先生指教”，然后面朝父亲：“儿可否直言？”曹操说：“当然。”曹植站直身子说：“崇尚节俭自然是优良的品德，然而节俭的尺度却不能一成不变。《诗·大雅》中记述周人迁到岐地开创业绩的情形，‘陶复陶穴，未有家室’，刚开始住的是窑洞。‘乃立皋门，皋门有伉’，后来不但盖了房子，还筑城立郭，郭门高耸入云。倘若当今有谁还在使用土碗土盆、红漆木碗，那就是怪异之人了！父亲平日处理事务通脱务实，不拘一格，天下万物为人所生，为人所用，难道父亲不明此理？另外，铺张，富丽，华茂，炫饰，在另一个世界却是难得而宝贵的！”

曹植说到这儿，故意顿了一下。

曹操面带感色："说下去！"

曹植从容一笑："诗赋文章难道不是这样吗？汉赋到了司马相如笔下，极尽铺排之能事，波澜壮阔，跌宕多姿；状物造势，极度夸饰，华辞丽藻络绎而来，令人眼花缭乱。如此不讲节制地铺写，才开大赋之风。汉代民谣诗歌有了五言流调，比之《诗》的四言正体，多了细致铺排，也多了华辞茂采，这难道不是一种进步？"

王修由惊诧而赞许："公子奇质异禀，日后必是罕世才人！"但是他又把脸一沉，"不论何等人物，他若丢弃了俭朴，也会自毁前程的！"

"一派胡诌！"曹操手指曹植，怒气冲冲，黑豆眼仁放出闪闪凶光，"我有意请叔治公来此庭训[1]，倡尚俭家风，溯古至今，有理有据。你别出心裁，岔出话题，由日常用度扯到诗赋文章，风马牛不相及，扰乱正题，是何居心？还不快向叔治夫子道歉？"

曹植当即瞅着王修，跪地磕头："小侄无礼，恳请宽谅！"

曹操扫视了诸儿一眼，高声说："究竟如何节俭，衣食用度必有细则可依，下次庭训，会一一告知。除了口谕，我还要明令。子桓，你带他们下去吧，我要和叔治公叙话。"

送走王修，曹操又将曹丕、曹彰、曹植找来，另有训示。

曹丕毕竟年长，又在军中任职，曾有过战场历险、攻城拔寨、参与军事运筹的经历，毕竟显得老成一些。自从夺得邺城，他父亲慨然允诺了那桩婚事，他成为曹门第一个有了家室的人，不仅择妻如愿，而且开了一代香火，喜悦与昂奋填满他的内心。刚才在厅堂，他对答如流，父亲的神色令他满意。

"子桓，看来经史子集，你大致读了不少，也将一些精义记住了。我提醒你，老子学说玄之又玄，微妙难识，他说'无为'是无为而无不为，不谋小事而成大事；'去甚、去奢、去泰'，'甚'是过头的意思，但如今这年月，世道乱成这样，没有特殊的法子难以治理，必须明刑严法，矫枉过正，不过头怎么行？看来书要多读，上自河图洛书九流百技，下至稗官野史壬奇盾甲，无所不览，然后面对实际，为我所用。子建说我通脱务实，他说对了！"

曹植得意地应声："知父莫若子也！"

"你知晓天有多高地有多厚？太浅薄了！"曹操的脸色阴沉下来，"你知晓我如何评价你的回答？"

"父亲表面发怒，因为碍着叔治公的面子。人家是节俭典范，请来的贵客，而我

[1] 古代泛指家庭教育。

却当面提出异议，让客人顿生难堪。父亲怒斥儿子，必定是违心的。”曹植激动起来，两只手臂也晃动开了，“父亲平素要求我们是者是之，非者非之，心口如一，胸怀坦荡。父亲的内心其实是嘉许孩儿的！”

“大谬特谬，自作聪明！”曹操望着他稚气未脱的眉眼神气，心情平静下来，口气缓和多了，“我真的不以为然。推崇司马相如的文风，对那种大肆铺张，极度夸饰，什么双声叠韵，连连排比，丽辞堆砌，如此之类的矫情之笔那么着迷，我怎么能够赞同？刚才你说心口如一，胸怀坦荡。不错！既然坦荡为人，何不坦荡为文？《诗》三百篇，均以真情动人，哪篇不是文辞简约？看看乐府民谣，读来上口，歌来和声，叙民之悲苦，字字血，声声泪，何等真挚感人，却无一个虚字。我反对虚华之文，更反对虚华之人。孩子，这就是我的主张。”

“然而，”曹植思忖了一下，上下拉长的月字脸庞泛出两片红晕。父亲激活了他的思维，他的话音提高，语速加快，“同样属于《诗》，歌窈窕之章，颂明月之诗，细致描摹的《硕人》，重写意境的《采薇》，难道不是以文辞华美取胜？乐府民歌自有朴拙之气，文人诗作亦有富瞻之象。孔子删《诗》已经七百年了，杂言、四言、五言、七言，星星点点，如山花散开，其光彩正在于文辞变化，更利于文人才情的发挥。父亲的《薤露行》《蒿里行》不也是五言吗……”

“且慢！”曹操截住他的话头，顿了一下，苦笑道，“良马驽马，越来越分不清了！看来还是好恶不同。《诗》三百篇，大抵圣贤发愤之作。鞭挞权贵压榨，倾诉下民悲苦，战乱不止，志士心忧，这样的诗篇你喜欢吗？多年以来，我常读《七月》《东山》，每每忧心殷殷，泪流满面。也难怪，你们一直随军奔波，很少见贫苦下民怎样度日，怎能有悲天悯人之心？怎能有报国效民之志？怎能有慷慨激越之情？”

曹丕忍不住插言：“父亲说得恳挚，我亲眼见过父亲阅读竹简篆刻《东山》的情景。子建呀，再莫要留恋司马相如，倾心风花雪月了！”

曹彰也瞪了曹植一眼：“读的何样烂书，惹父亲动火，还不如烧了书跟我练骑射去！”

曹操看着他们三个，神色凝重：“你们应该多读司马迁，他笔下的人物多有血性！我年轻时，常听人说卫青霍去病的故事，‘匈奴不灭，何以家为’，‘封狼居胥’，‘马革裹尸’，这些词儿埋在心里，烧得热血鼓荡，真想沙场格虎，拼个血身子回来！”

三个儿子都被父亲的情绪感染，神情也昂奋起来。

曹操起身，走到他们背后，面对一架木板屏风，让他们围过来说，这架屏风本是祖传，普通木料，四扇连折，刻着山水人物，刀工粗粝，没有镶珠镂玉，漆皮剥落了再刷一次，如今三个支腿重新换过。

曹丕补充说，年年祭祀，没有用过青铜礼器，一应用物，全是素陶，就连父亲用过几十年的书箱都修理过几回，连洗脸盆也是木头镟做的。

“器物皆素，不尚华丽，这是家规！”曹操的声音高了，黑豆眼仁闪出两束凶光，“你们刚才听见了，叔治公说，盖凡末代亡国之君，莫不是以奢侈享乐称著的。我的家底，我的基业，要传给能定大事的有出息的人，不会传给虚华的没出息的小聪明。你们三个，年龄已经不小，自小跟随军队流徙，为的是得到安全保护。我是多么疼爱你们！古语说：男儿十二，当夺父志。你们不乏继承父业的志向。邺城到手，北方的安定有望，我也在考虑如何立嗣。战国名将乐毅说：‘贤圣之君不以禄私亲，其功多者赏之，其能当者处之。故察能而授官者，成功之君也；论行而结交者，立名之士也。’不徇私情，论功行赏，量才施用，我对臣吏都是这样，对你们也不会偏私，更不会有另外的主张。”

“请父亲放心，儿会刻苦自励的！”曹丕说罢，又伸出两臂，分别搂住两位弟弟的肩膀，左右摆脸望着他们，“袁氏兄弟三虎相争，互相撕咬，自伤本身，咱们可要引以为戒呀！”

曹彰挥着拳头说：“我早就想当卫青、霍去病了，披上甲胄，手执利刃，纵马疆场，格杀顽敌。大哥、三弟，我甘心当一员大将，不会和你们争夺帅旗，请放心！”

曹植微笑面对父亲：“北冥有鱼，化而为鹏，水击三千里，扶摇而上者九万里。典出《庄子》，可当作我的志向！”

“好！”曹操喜不自禁。

三、“我是大阳大刚的身胚”

厅堂送走三个儿子，妻室又提起两个女人。

曹操去见卞氏，说起衣食与内眷如何奉守节俭，很快一拍即合。卞氏已有考虑，随着近日整顿军队，安排文治武功，她意识到家庭风习也该正令明规，自己设想了多条细则，如每日食不过一肉、女饰不得珠翠等。

“王修这人厉害！”他又夸赞王修，提及那个“历代亡国之君皆以奢侈享乐称著”的论断，觉得在得到邺城后尤感这个论断的重要。他还说，以子桓、子建那样的心性才情，今后能否开创守成，很难预料。

“子建确有异质！”他显得既兴奋，又不安。

“应该给他提亲了！”卞氏忽然冒出了这句，脸上也是喜忧参半的神色。她近日发现曹植有渴望见到甄妃的举动，当母亲的早就知道儿子早熟，不让他心里燥热是不可能的。听人说那个正直敢言的崔琰有个侄女，现今十八岁，心灵手巧，长于女红。子建有了如意妻子，就会心里安顺。

“崔琰的侄女，当是贤淑闺女。”曹操说着，躺下身子，枕在青石上，拉住卞氏胳膊，“来，在额颅推拿几下，看看你的兰花指。”

卞氏俯身伸手，在他的额上挤压抚按，手指飞动时恰似两朵兰花迎风摇摆。这是她歌舞艺人养成的职业手势，平日梳头扣纽也是兰花指飞动。

“上有兰花，下临青石，林泉之声，且幽且馨……”他采用皇甫隆传授的存思功法，从容闭目，意念入静，本想气定神安，物我两忘，但却悠悠乎乎地兴奋起来，在体味额上的纤指抚动时，诗兴也不觉涌动。

卞氏沉默片刻，停止推拿。“听说王修得了蔡伯喈的藏书，蔡文姬的去向他也略知一二。应该设法将文姬找到，她是你心仪之人，旷世才女，要让教化风行，当有她的参与。”

曹操睁开眼睛，心里一热，把她的双手紧紧攥住，“我已有考虑。待北征乌桓，到了塞外，仔细打探，便可得知她的下落。她若能在身边，我的一生将多一份色彩！”

“你不如王修！”卞氏轻轻叹息之后，又说，“王修忠贞、廉正、俭朴，又自律极严，不好女色。你如此好色，上下尽知，孩子们能不受感染吗？”

像被炭火灼烧了皮肉，曹操蓦地坐直身子，目光射出怒气，双臂抱住卞氏腰肢，拼命箍得紧紧，勒得她脸色发青。

“你分明想要气死我，故意往伤疤上捅！我是大阳大刚的身胚，先天的造化，心性的禀赋，我只能如此哇！”他狂吼般倾诉，双臂松开，紧握拳头，朝她晃了一下，“声色诗酒，这是我的逸性。阳者放逸，不放不飞，想憋死我不成？”她毫无惧色，抓住他的拳头往自己头上打：“任何事情都是有分寸的，难道毫无节制是对的吗？”

第四章 格虎游侠

一、"我儿性大"

卞氏的埋怨，与其说令他气愤，不如说令他尴尬。

也难怪这位平素通达的妻子抱怨，曹操真的太好色了。截至得到邺城，即他的天命之年，已正式纳妾十二位。除了这一打有名有姓居养在曹门的爱妾，还有无数在战地旅途随遇而戏的无名美妇。作为妻子，卞氏尽管十分理解他的这种偏好，并且对那些偏房少妇十分关爱，但一想到对后辈人的影响，她就不由得怨声怨气。

不！他可以辩解说，自己太阳刚了。

这种习性出自少年，出自家庭。

他的家庭非常特殊，家世难以说清。首先，他的远古祖先，曾祖父以上的先辈，连他的祖父也说不清楚。另外，也是最令人感到蹊跷的，是他的父亲曹嵩。他是从别人家里抱来的，有其人，却无其根底，出自本族还是旁门外姓，无人说得清楚。

但是，谯县城东涡河岸边的曹家，却是远近闻名的富足之户。曹操的祖父曹腾名声甚大。他年少时就被送入宫廷充当太监，伺候皇太子刘保读书；刘保登基为帝，他受到重用，位至中常侍、大长秋。他先后侍奉过四五个皇帝，时间长达三十余年，以特殊的身份摄揽朝政，封侯加爵，娶妻养子，家资颇丰，又得了皇帝不少赏赐。荣耀固然炫目，但说到底是个家奴，而且又被阉割，身子不全，自然是奇耻大辱，外表包得愈加华丽，背地愈是让人耻笑。

令曹操明白这难言之隐的是一顿饱打。六岁那年，在生养他的那个村庄，那天他和小伙伴们在树下用弹弓打鸟，忽然听到一阵惨烈的猪叫声，原来邻居“高粱秆”家门前正在劁猪崽儿，不少村民围住观看，他们一伙孩子立即跑了过去。小公猪早已被“高粱秆”弄倒在地，它侧着身子，脊梁被一只膝盖压着，耳朵和后腿被两只手攥住，肚皮和鬃毛不住颤抖。劁匠蹲在猪肚子旁边，右手拿着一个长把儿刀子，左手在猪崽后腿间来回揣摸，忽然间右手下去，抖动似地动了刀子，就把两只带血的肉卵蛋割下，炫耀似地高举起来让众人过目。曹操身子一阵发怵，惊讶地问：“小猪多疼呀，割那个做甚？”“高粱秆”笑嘻嘻地说：“你爷爷知道，拿回去问他吧！”

其时祖父和父亲正好在家，瘦黄脸的爷爷见这血污肉蛋，听着他的讲述，一下子气绝倒地，浑身痉挛。父亲将祖父抢救过来后，用板子狠打他的屁股。曹操一边抹眼泪，一边在母亲膝下听她悄声讲述，他才明白祖父与那只小公猪有着相同的遭遇。

“这猪蛋要给俺孩子大补哩！”母亲用小勺油煎了那污物，说是吃啥补啥，曹家先人那地方亏，后人那地方就应格外强。“俺孩儿长大成人，鸡鸡儿成擎天柱，把九层天戳个透窟窿，为娘的也就心宽了！”母亲自此便有意弄回村邻的猪卵蛋为他煎炒。

他恨透了那个身子又瘦又长形如高粱秆的邻居，却想不到此人没过几天又成了他的忘年交，成为他一生中难忘的乡野哲人。

这天傍晚，他拿着自己刀削线挽的弓箭，沿野外路径回来，发现村口的碾盘上躺着正在纳凉的“高粱秆”。他心怀怨气，偏头乜斜了他一眼，轻手轻脚地从一侧走过。谁知这家伙的眼睛贼亮，只见他诡秘地眨着眼睛，坐起身子向他招手：“你上来。”好奇心止住了曹操的脚步，他上了碾盘，如他那样躺平身子，头枕在他的胳膊上。这家伙平时游手好闲，喜欢用网子猎兔，卖得几个小钱。他的手掌光溜溜的，是那只右手吧，解开了他的裤带后，一下子伸进去，轻轻地沿着肚皮滑向下面，停在了鸡鸡上面。怪了，经他三拨拉耍摩，鸡鸡竟然热痒畅快。“哟，叫鸣的鸡儿站起来了，黑丁子是个硬成货！”他一边抚弄，一边说，“这玩意儿就是顶门杠子，有了它，就撑住门户了，香烟就续上了。男人一生，手上的杠子要抡，抡出饭馍，抡出名利，抡出江山；底下的杠子也要抡，抡出后代，抡出欢乐，抡出精神。你要想把世事闹大，先要把杠子弄大。上面的杠子在书里，下面的杠子在手里。这玩意儿灵得很，知冷热，懂饥饱，娶媳妇前先拿手耍弄，越耍它越长身子。像你这样又黑又矮的胚子，没有妙法休想有大杠子，一辈子也休想闹出一番世事……”

从此，夜晚变得神秘而美好。他的那儿，母亲所特意关照的，高叔所戏耍指拨的，那个羞于露面的东西，果然给了他无法形容的欢愉。不需要求助于人，也不需要花钱费力，只要自己动手就可以了。他闭着眼睛，躺在暗夜的榻上，随着手指掌心的抚摩，眼前就有女人的笑脸、腰肢和皮肉出现，这些平日觉得漂亮高贵难以接近的女人纷纷赶来，供自己任意摆耍。

从此，白天令他多了一点兴趣。在家乡的村道，在洛阳的大街，在读书的学堂，在豪府的门口，他都会格外留意。那些着意装扮的少妇，天生丽质的闺女，雍容华贵的中年妇人，窈窕善舞的职业艺伎，尽管相貌不同却有姣好姿容的女流，都在他的注目下刻印在脑海，特别优异的会定格心中，夜间一一与之幽会。

他多么渴望成婚，把自己心仪的女人娶进洞房，在私密的帷帐内，与那个实在的胴体相亲。但即使崇尚早婚的富有之家，十三岁也嫌太早，十五六岁方可考虑。不能如愿，但别人完婚却是好机会。他很留意人家的新娘子，喜欢闹洞房。这真是饱阅女色的大好时机！那些妙龄女子，在这大喜之日全都精心妆饰，陡添几分姿韵。她们的姿容神情，一颦一笑，都是为了让人欣赏。那些面容姣美的，眉目传情的，善解人意的，当场会得到人们的称赞。闹房是最令男人们开心的事情。可以放肆地说，放肆地笑，放肆地动手脚。这个场合不分老幼，老人小孩都可以挤进去，脏俚话，荤故事，酸曲儿，比赛似的往外抛。“高粱秆”是这里最受欢迎的人，他的点子多，出语怪，经常把新娘难倒。他出了谜语让新娘猜：“姻缘凑得好，两个搂得牢。系定同心结，绾下刎颈交。一会儿要分开，一会儿又拢了。”新娘羞红了脸，不肯开口，在众人的威赫下，才说是“夫妻”。他说：“分明是纽扣，你怎么往房事上想，想必等不及了？”众人趁机惩罚，齐声喊“拥”，小伙子们从后面掀起人浪，把前面的人往新娘身上推，有人趁机动手摸揣。曹操从人缝中钻进去，碰到新娘身子后，佯装要保护她，将她推到墙角，搂腰抱定，把屁股撅向众人，尽管你推我挤，朝他的身上冲撞，他也死活不肯丢手。

“黑丁子，好大胆！”次日“高粱秆”在村道碰见他，故作生气地说：“人家新郎还没有睡，倒叫你先睡了！”

“没脱衣服，怎么睡？”

“你在她身上丢了，还不算睡？”他的眼睛闪着精光，显得不容置疑，“你敢脱下裤子叫我看看里面吗？”

“正像你说的，这玩意儿灵得很。”曹操脸不红口不噎，从容镇定，“她身上每一处都是地方，碰到哪儿都行！”

“不要急！等你手上的杠子打开了世事，底下的杠子爱怎么抡就怎么抡，世上的妲己西施多的是！”

风言浪语，传播着曹操闹房不规的怪骚事儿。母亲逮到这风声倒很高兴。“俺儿性子大，俺知道！”她早已从被褥、裤子上发现了某种迹象，当母亲的谁不细心？曹家要的就是这种男儿！她关照得更加细致，买了红枣、山药、黑豆往稀粥里加，年节特意切一碟“金钱”肉，弄一觯鹿茸酒，给儿子添添元气。

“唉，阿瞒身子不正呵！”平素喜欢沉默的父亲，黑黢黢的瘦脸上布满阴云。

“曹家不缺钱财，不缺名望，缺的是顶门杠子！”母亲一脸笑意，“只要这杠子硬成就好！”

二、“阿瞒胆大”

洛阳，古老的都城，自周朝天子定鼎而名闻天下，汉光武帝在此定都后，随着国势中兴，街市日显繁华。东周时期的洛邑，“前朝后市，左右三廛，中为公宫”，即前面是三公六卿、宗庙、社稷，后面是商贸场所手工作坊，寓先义后利之意；“廛”即民房，两边的民房与前朝后市将王宫主公围在最核心的位置，表示天子取得居重驭轻之势。神武莫测的光武帝刘秀是一位驾驭朝纲的高手，他自然看中周都王宫的居中寓意，便借鉴周制，整体布局略作扩展，宫室阙庭，园林池沼，在中央森森大殿的辉映下，无不显露出雄霸的帝王之气。

古王城之侧有两条河流，除了东西横贯全城的洛河，还有北向而南的瀍河，它们都以清流漾波为都城增添了秀色。在老子故居，即周守藏史老子当年任职的瀍河旁边，一条大街侧出的小巷里，有一家多进房子的深宅大院，这就是太尉曹嵩的京城住宅。这所老宅是曹操的爷爷曹腾位居中常侍时购置的，其外观内置，与一般士绅人家无异。曹腾是老子“无为”“不争”处世思想的践行者，他在外戚与宦官的激烈斗争中不露声色地步步稳升，又与士大夫暗中建立牢固关系，极有远见地提携青年才俊，口碑很好。为曹嵩买的太尉之职，他去世后不到一年就被袭封的费亭侯代替。曹嵩空享侯爵，驻守京城，图谋有二：自己的敛财，儿子的前程。曹嵩看到儿子回到乡下老家行为放荡，有伤风化，便将他牢牢控制，不再放他回归故里。

老子故居西侧有一座周代泮宫，即那个久远年月的公卿子弟学堂，汉光武帝修葺沿用，成为设施优越的官僚子弟学校。家离这儿不远的曹操反而因学校的优越深感自卑。同师者大都出自名门望族，如同班的袁绍的门第就很显赫，父辈以上的四代人位居太尉、司空、司徒，人称“四世三公”。而且，这些长辈多为饱学之士，他们既像孔子那样迟早见到儿子都会叮嘱读诗识礼何等重要，又会像孟子的母亲那样一而再再而三地为孩子选择读书环境。曹操的祖父是有名的宦官，有些孩子不但对他当面嘲笑，而且对此极有兴趣。既然爷爷没有那个玩意儿，阿瞒怎么来到世上？那个喜欢往脸上敷粉的白面郎袁绍，竟然带领一帮同学强拉硬拽脱了他的裤子，当众察验太监之孙是否发育健全。除了受辱，他又感到自己的长辈缺乏士大夫的学识，在家里缺乏那样的教育。他后来在一首诗中感叹道：“自惜身薄祜，夙贱罹孤苦。既无三徙教，不闻过庭语。其穷如抽裂，自以思所怙。”

暗暗憋气的曹阿瞒几年下来就在班里拔尖儿了。先生教授的《诗》《书》《易》《春秋》《论语》《孟子》《尚书》，他不仅领略要义，而且对于字词音义和各种典故相当谙熟。学业优异的他渐渐树立了威信，又因点子多喜助人善决断成为一帮头目。一天，他串通十多名同学将袁绍诱至澧河岸边，自己并不动手，一个眼色摆过去，小兄弟们就扑上去撂倒袁绍，拉拉拽拽地脱了他的裤子，曹操用树棍在湿土里挖了一条蚯蚓缠在他的玩意儿上面，惹得大家笑破肚子。

接替桓帝的灵帝像他的老子一样，完全丧失了先祖武帝那样总揽朝政的能力，巍峨帝宫不再显出雄踞中央的森然王气。曹操十四岁那年，即灵帝继位之初，外戚与宦官的斗争又加剧了。正月，窦太后临朝，任自己的父亲窦武为大将军，士大夫陈蕃也被重用。窦武虽是宦官首领，却同情党锢之祸中刚正不阿的士人，便与陈蕃同谋准备逮捕宦官曹节等人。曹节等闻讯后挟持灵帝，劫走太后，假颁诏令，逮捕窦、陈，以致二人惨死，他们的宗亲、宾客、姻属、门生、故吏全部受到株连。满朝官吏，人人自危，不但没有一个反抗者，就连忠言者也黯然绝迹了。

“读书何用？痛哉！哀哉！”曹操一向崇敬的宋先生，这位能将《论语》倒背如流的老学究，在讲堂上大动肝火，竟然将他平日用黑漆匣装存的竹简《论语》，哗啦一下推到地上，高棱长眉下的眼睛充满怒气。“孔夫子多么推崇君子之道呀！这区区二万余言，竟有一百多处‘君子’，二十多处‘小人’！可当今世道，君子落难，奸佞当道，连骨鲠之臣也变成无耻小人了！”

先生连声感慨，学生全都哑然了。

“我平素教你们做正人君子，可这正人君子敌不过奸邪小人哪！”先生平静下来，娓娓而谈，道出了切身由头。原来，他是太学之师，八年前窦武任洛邑城门校尉时，节衣缩食，廉洁奉公，将节省的俸禄和所得的赏赐，用来接济太学诸生，他当时也得到一件丝绵袍子。宋先生就因当众说了清议党人几句赞词，被人告密，宦官得势，大肆捕杀党人，连一些太学生也被下狱严讯。他因与窦太后有远亲之故，受到保护，也就贬到这所学校了。

“敢问夫子，如何铲除这些虎狼？”曹操第一个发问，他的黑豆眼眨了几下。

“猛虎虽恶，天下却有格虎英雄！”先生点点头，又皱起眉头，“鲜卑、乌桓、匈奴等外族趁机骚扰边郡，有的还侵入几百里内境，疯狂掳掠。国难当头哇，我的弟子们，与其和你们日日奢谈君子之风，不如给你们身上添些许豪勇之气。这年头，血腥气太重，没有非常之人非常之血性是平不了天下的。当年卫青霍去病塞外格虎，马革裹尸，何等爽气！我建议你们读读司马迁，看看那些大将那些游侠，或许将来有实际用场！”

曹操回到家里，很快从祖父的遗物中找到金丝穿钉的竹简《太史公书》，这是皇帝赏赐之物。读罢《李将军列传》《卫将军骠骑列传》《刺客列传》《游侠列传》，他只觉胸口灼烧，脚底发飘，耳边响起一片风声。

出门时，他的腰部已经挎上一把长剑了。

袁绍也不是个孬种！他不再脸孔敷粉，不再穿体面的羊裘豹饰宽袖旋腰锦袍，不再坐双马并轭的华美车子，而是像武士那样在头顶高绾发柱，身披甲胄，骑着骏马，手提大刀，一路吼叫而来。

学校门口，二人相遇。

相视一笑。袁绍跳下马，当即与曹操比武。刀来剑往，左砍右挡，曹操毕竟个儿矮，战了几合就拱手告输了。

“走，到我家训练，我家有格虎厅！”

袁绍翻身上马，曹操也跟了上去，在他身后就座。高头大马驮着他俩飞驰而去，二人从此辍学半年。

格虎厅即练武场。袁家有专职教头八名，刀枪剑戟，格斗骑射，人人各有专长，个个身怀绝技。袁府五岁以上五十岁以下的一百多名男子，排定日程，都来这儿训练。

根据曹操的体型特点，教头让他先练双戟。这种武器，下面带柄，双面有刃，两手舞动，身子快速旋转，戟身犹如水车轮子一般兜成圆圈，密不透风，不要说刀剑，即使冷箭射来，也会挡在圈外。

袁绍喜欢长柄大刀，那丈余铁柄，钢刃刀头，举起来虽不轻巧，但因为它自身沉重，砍下去就更有力量。两军对阵，不要说用利刃去砍，用刀背抡过去对方也会毙命。

“我这大刀还可以马上杀敌！”袁绍在曹操面前颇感自豪，“你这双戟，地面可以，马上就难以展开！”

“当刺客怎么骑马？人家在厅堂，在卧室，你能策马而入？”

“这么说，你的双戟也怕难用。荆轲当年用的是匕首呀！”

“双戟用惯了，匕首就是小菜一碟！”

曹操苦苦练功，为的是尽快效力，刺杀奸贼，给天下人一个震动，给正直士人一个鼓舞。他选择的目标是宦官头子张让。

张让本来是个杂役太监，凭谄媚巴结当上灵帝亲近的中常侍。他怂恿昏君公开卖官敛财，又在王宫西苑设裸游馆，让皇帝肆意淫乐，自己趁机谋利。

曹操和袁绍趁着夜色到了张宅墙外，两人毕竟还是孩子，身手灵活利索，他们爬上一棵大树，竟能跳到墙头，恰好里边不远有一座矮房，二人跳到房顶，轻松落到地面。曹操心细，想到离开时必定仓皇急迫，从屋顶跃上墙头实属不易，便在附近找了两根木料，把墙头与屋顶连接起来。

二人贴着墙根，猫腰轻步，从月光下的树影穿过偌大的花园，来到一道横墙面前。这道高墙外贴雕花大砖，高约两丈，当中一座拱门，两名武士持戟把守，门口两面壁灯将他们的盔甲照得闪闪发亮。

袁绍叹了口气，他怯了。

“怕什么？”曹操悄声问，“里面才是我们要去的地方。狗贼正好与女娥作乐，一个阉过的废人如何御女，有景可看！”

“那些兵卒是干什么的？”袁绍将匕首插进挎鞘，“我们有几条命？”

“一条命也要舍！”曹操快速背诵了太史公对游侠的赞语，“‘然其言必信，其行必果，已诺必诚，不爱其躯，赴士之厄困。’不能舍己躯，怎能受人尊敬？”

“我们并没有承诺于人！一时冲动，不过来尝试一下，怎能冒险行事？”

“那你回吧，刺客原本就是一人！”

下来发生的事情，即曹操单身闯入张宅的轶事，在京城传得沸沸扬扬。他身背双戟，夜半时分趁卫兵俯身打盹溜了进去，摸到深院中的张让门外，却被送夜宵的女娥发现，惊呼中来了一伙武士，他且战且退，扔出一戟击倒前面徒卒，吓得其他人不敢近身。袁绍并未回家，他一直蹲在矮房上等着，及时拉了他一把，二人爬上墙头，终于脱身。

“阿瞒胆大！”袁绍后来念及此事，常如此感叹。

三、“夫君心大”

曹操企图刺杀张让的事情令父亲十分震惊，父亲立即将他带回谯县老家。此前曹嵩一直暗中从事朝廷卖官鬻爵的中介营生，利用父亲的故旧关系为愿意以钱财换取爵位名声的人牵线，从中获取过手费和酬金。自桓帝中期至灵帝初年，正是朝廷卖官鬻爵的高峰，他恰逢其时，不露声色，这种秘密勾当干得非常顺手，谯县故居的后院密仓中储满了金银珠宝。

父亲又气又急，儿子如此荒唐不仅让他放弃了敛财计划，更担心儿子今后的仕官前程。按照他的设想，儿子最好征辟成功，即以举孝廉的途径步入仕途，万一不能如愿，就花重金买得官职。但不论何种途径，得官位者应是读书识礼之人。曹嵩连哄带拉将任性的曹操弄上马车，带他回到老家后，几乎想跪在他面前乞求，哭泣着要求他千万收心，再也不要想入非非招灾惹祸了。

“俺儿大了，精力太饱，不得内泄，就要外流。”母亲后悔了，两年前满足儿子成亲的愿望，让他有房中之乐，必然不会在外面胡乱闯荡。于是，曹操十六岁娶媳，有了结发妻子丁氏。

长丈夫两岁的丁氏体形丰满，性格直爽，不识文墨，却通大礼。她首先满足了新婚丈夫的榻上热望，让他把青石碾上学来的指法之趣转化为肌肤之亲，让他闭目遐想的空幻之思被灯下实在红颜玉体所代替。与他连续十日不舍昼夜的交欢中，她也了解了这位黑矮而又狂野的十六岁男子。

“你真是一个赳赳雄夫！”望着丈夫每每在尽兴之后，仍然依偎在她的臂弯里，一只手频频摩挲在她的乳房上，丁氏就会悄声赞叹。十天内，夜晚她有求必应，屡屡让他“连战几合不肯下马”，白天她也不能出门，陪他在洞房就餐，激情来潮还要即兴缠绵，不能耽搁。

他得意的目光中露出一丝报复的凶光，我的祖父为了家业兴旺自毁身体，成了废物。现今我有了房中之乐，才知晓祖父的心有多苦多深！高叔说这东西灵得很，懂冷热，知饥饱，我怎么吃饱了还想吃？”

“还想吃了好！母亲正希望你一心守家，将你拴在我的腰胯上呢！”

“我是非常之饥呀！”曹操赤身在榻边踱步，一只拳头忽然擂在自己胸膛上，“将世间所有的女人拴在我的腰胯上如何？”

说罢，他高举两只拳头仰脖大笑起来。

“无耻！比殷纣王还荒淫！”丁氏当即火了，斥责说，“人可得手按胸口行事，天地良心要紧！”

“我就是这么想的！”曹操倒很沉静，他说，男女之间，两情相悦，此乐何及？有了这种想法，这种体会，才会以己推人，希望天下安定，人人得福。看看世间吧，新婚夫妇，为征战而别离，“君子于役，不知其期！”[1]年轻妇人多么忧伤！那些官高势大的豪强，他们身边妻妾众多，婢女无数，就连太监张让也有嫔娥数千，让天下多少穷苦男子不能成家……

次日五更，曹操离家出走，不知去向。

丁氏受到婆婆责备。她如实禀告：“夫君心大，一个女人拴不住他！”

曹家在当地算是大门大族，曹操的远门堂弟曹仁、曹洪、曹休，世代姻亲的夏侯氏家族中的同辈夏侯惇、夏侯渊，都喜欢逐狗放鹰，纵马山林。曹操一头扎进兄弟堆里，凭着在袁绍家的格虎厅学的武功，又当起格虎头子。

所谓格虎，就是狩猎，也叫“打围”。当时有一种风气，年轻人以勇敢为荣，打猎时遇见猛兽，若能近距离与之格斗，手刃棒打，不避凶险，便会传为佳话，令人称赞。这些小伙子曾经手格黑熊、恶狼、麋鹿、毒蛇，却未曾碰见猛虎，人人迫切希望格杀猛虎，“格虎”遂成游猎的俗称，也成了他们口头挂着的常见语。

“兄长十日之内常常骑的骒马，今日该换一匹公马压在胯下了！”在黎明的曙色中，曹洪把一匹枣红马的缰绳递过来，声音中露出一缕调笑。

“房中之事休提，你还乳臭未干！”曹操望着仅小他两岁的堂弟，故意绷着脸，装出威重之色，“正是读书识礼的年龄，不可胡思乱想！”

黏红眼曹洪却更加放肆，揭了他青石碾上跟“高粱秆”裤裆学耍的老底，伯母说“俺儿性大”的缘由，末了反问一句：“当初你几岁？”

看来，高叔走风了！

“不说了，上马！”曹操跨上马鞍，抖动缰绳，双腿一夹，朝后面的兄弟说，“不管是骒马还是公马，碾上、榻上还是马上，哥都是烈性游侠，血气汉子！来，咱们一起吼唱——

密密结兔网，（肃肃兔罝）

打桩丁丁响；（椓之丁丁）

---

[1]《诗经·王风·君子于役》

武士雄赳赳，（赳赳武夫）
公侯有屏障！（公侯干城）
密密结兔网，（肃肃兔罝）
结在岔道上；（施于中逵）
武士雄赳赳；（赳赳武夫）
公侯在我旁！（公侯好仇）
密密结兔网，（肃肃兔罝）
结在大林莽；（施于中林）
武士雄赳赳，（赳赳武夫）
公侯心腹郎！[1]（公侯腹心）

这首赞扬武士勇豪风采的歌，是喜欢格虎的年轻人离开村庄时必唱的壮行曲。马蹄嘚嘚，迎着晨曦，沿着涡河堤岸，向东边塬坡的丛林驰去。

曹操毕竟在袁家格虎厅接受过半年武功训练，骑术箭法长进很快。他一天可以射得六十三只野鸡。但这只能算雕虫小技。他读过《太史公书·殷本纪》，商纣王“膂力过人，手格猛兽”，令世人称奇；宫廷和民间也流传着汉武帝行猎时手格熊罴的故事，更令后人羡慕。他决心超过这两位帝王，渴望在山林深处遇见一啸生风的老虎，自己带着这帮“赳赳武夫”将其团团围定，不放乱箭，不扔飞戟，只用短矛，看谁能刺中它的咽喉。如此手刃，风险确实很大，但唯其如此才是真正的格虎，侠气、烈气、血气，才能充分展现。

接连数月，他们白天驰马放鹰，夜晚住在石洞里，吃的野火烤肉，喝的小溪流水，足迹踏遍峭崖绝谷，却连一根虎毛也未碰到。但是，还算幸运，他们还是碰见一只庞然大物——黑熊。他们悄悄地匍匐前进，埋伏在距它几丈远的一丛荆棘后面，待它倚着大树用后腿站立时，曹操将一支短矛准确掷向它胸前那块黄白色的月牙形斑纹。它吼叫着向前疯狂扑来，一下子翻跌在陡峭的坡地上，眼看这滚动的身子就要压住他们的身体，吓得他们乱叫着四散躲开。慌忙中曹洪被荆棘绊倒，“黑瞎子”的一只前掌正好落在他的屁股蛋子上。“不要动！”曹操大喊一声，捡起地上的长柄大戟，待这凶猛的家伙转身吼叫时，他和曹仁、夏侯惇共同举起了长柄，将戟头狠狠捅进它胸前的血窟窿。虽然曹洪的皮肉受伤，但这令人望而生畏的猛兽却被一伙娃娃格杀了！

---

[1]《诗经·周南·兔罝》

“我和汉武帝一样了！”曹操得意地挥动大戟，飞快转动身子，朝着四面山林不断狂喊……

他们只顾自己撒狂放野，却不知家人何等焦急。这期间曹仁取衣带物回家一次，顺便给曹操家捎去几只野鸡。

“我拴不住他。我不如一只野鸡呀！”丁氏在婆婆面前伤心地哭了。

“你不是说他心大吗？”婆婆眉头皱成一道高梁，连声叹气，“他应该想到功名大业，立公封侯，怎么不走正道，不务正业呀？”

四、“孟德命大”

曹洪伤好以后，吊着脸，向曹操提醒说，天天发狂，梦想格虎，迟早要出事的。他把家里人的担忧，嫂子丁氏的愁苦也说了，建议早点回去。

曹操野性正足，哪里肯听？何况，如何追击，如何伏击，如何围击，每次行动都预先谋划，运用策略，捕获的猎物更多。

但是，曹洪的话还是应验了。那天午后，他们十多人将一群梅花鹿包围，故意留出缺口，让鹿群沿着河堤逃脱，他们在后面喧哗追赶。一会儿，群鹿一个个掉进陷阱，但那只九岔犄角的鹿王却跃过陷阱逃脱了。曹操大呼“追赶”，纵马随后，紧追不舍。眼看到了崖边，鹿王打了个趔儿，回头一闪就不见了，他却连人带马掉到崖下。幸好底下不深，又有厚密的蒿草，他只崴了脚，马跛了腿。

曹操追鹿受伤的消息在村里传得沸沸扬扬。他的家人被这带着天意加妄猜的传言弄懵了。

这天，正是曹操的祖父逝世六周年的忌日，曹嵩因儿子久猎不归而忧愤在胸，祭了祖庙再到墓园后，跪在坟前的银杏树下默默流泪，瘦长脸上的每一道皱褶都贮满悲戚。用网捕兔路过这儿的邻居“高粱秆”，那个在青石碾上成为曹操密友的人，却像特来恭喜似的走到他面前。

“曹大哥应节哀呀！先祖去世多年，入土为安，不必再为他淌眼泪了！”他把他搀着胳膊拉起来，又在他的膝盖上拍了拍，“先人劳苦，还不是为了后人？如今你家后人不是凡人了，他是上天保佑的贵人。那个九岔犄角的鹿王是一尊神仙，专门下到山林，引诱阿瞒，让他跌进深沟，既不受皮肉伤害，还捡到一卷真经，将来必是王侯，拯救天下苍生。我这几天一直做梦，你家这坟园成天往上冒紫气，银杏树的叶子让紫气罩得雾蒙蒙的……”

“什么？你说什么？”

“我说你有本事，肏出一个人物来，日后，他的杠子必定打出一个王位，给这坟头争光哩！”他面色轻佻，口出粗言，笑了几声就拧身走了。

接连几天，曹嵩夫妇只要碰见乡人，总会听到这类有关仙鹿、真经、王侯的传说，被他们恭喜的神情所感动。

果然，儿子回来后坦言追赶鹿王跌到沟底却无大碍的事情；不过，他否认臆想的神话，也不相信天命，但他相信“杠子必定打出一个王位”的预料。还有，“捡到一卷真经”倒是非常宝贵的提示，他也有这个愿望，准备苦下功夫读书，寻找有用的真经。

曹操重返洛阳，找到那位为窦武大鸣不平的宋老先生，请他收为关门弟子。宋先生本来就因他的突然隐匿而抱憾，他清楚曹操是受了他的情绪感化才去谋刺张让的。他看重这位不同凡俗的血性后生，为他开了一串驳杂书目，让他泛览群书，不拘一家一派。

“孟德呀，知天命，尽人事，《易》之精义也！”得知狩猎遇鹿引起乡民的传言后，宋先生非常欣喜，他说，其实，冥冥之中，天命是存在的。孔子、孟子都说过天命。孟子说得殷切，实在，更有力量：“五百年必有王者兴，其间必有名世者。”这是天律！纵观古代平治天下之圣人，自尧舜至汤，汤至文王，文王至孔子，约五百年；而孟子之言至今，五百年左右。

“如欲平治天下，当今之世，舍我其谁也？”宋先生一字一板地说罢孟子原语，高棱长眉向上挑了几下，眼睛直瞪过来，“舍我其谁。舍我其谁？舍我其谁！”

一连三声，声声有异。

曹操急忙跪倒，伏地叩首。此刻，只有这个动作，才能表示对孟子壮怀之语的理解，对先生殷殷之心的感激。

舍我其谁！昔日慕游侠，欲刺张让；山林逞豪气，企盼格虎，不就是这等气概？

不过，在“平治天下”面前，一时之意气，匹夫之豪勇，就显得微不足道了。

宋先生家里藏书颇丰，他又向亲友借了不少书籍，让曹操广泛涉猎，从经史子集到稗官野史，靡不极究。

三年后，即曹操十九岁时，宋先生提出，要他注重结交名士，寻觅知音，得到他们的品评。朝廷取士用人有两个渠道：公府征辟和地方察举，主要依据是名士评议，即一种舆论鉴定。

当时名士中最有权威的当数尚书令桥玄了。此人刚毅果断，廉洁自守，身居要职却从未提携子弟宗亲，威望甚高。他善于观察品评人物，也是饱学之士。他和宋先生是有深厚情谊的，但宋先生却不愿引荐弟子。

年近六旬的桥玄须发皆白，体态微胖，见人三分笑意，说话机趣诙谐。孤身找上门来的曹操在他面前无拘无束，二人谈话充满情趣——

桥玄：足下找我作甚？莫非想陪老朽痛饮几杯？

曹操：岂敢！岂敢！晚辈弟子，位卑才陋，岂能与夫子同饮？

桥玄：莫非足下不喜饮酒？酒可是助兴之逸品！

曹操：弟子不仅喜酒，且声色诗酒，样样喜好。然而……

桥玄：（诧异）慢！声、色、诗、酒，如何喜好，可否一一道来？

曹操：出世三月，母亲抱我参加宗庙祭祀，初闻清商之音，我竟在母怀中鱼儿游摆一般跃动起来，奇怪的是一摆一动正合钟鼓的节奏。

桥玄：（惊喜）天哉！快讲！

曹操：父母不喜音乐，视乐工歌伎为贱人，怕我日后染上这种嗜好，设法让我避开郊祀燕射。待我能行会走，乡间锣鼓，民谣俚曲，农人在门首阡陌田间地头且行且唱且耕且哼的散腔俗调，让我十分留意。后来熟悉了典雅凝重的金石之音雅乐，流布民间的悦耳清新摇曳多变的俗乐，二者比较，更喜俗乐。我能记住《但歌》《相和曲》中的许多歌词，日后若有机会，我将缘事而发，即兴填词，然后被之管弦，让它广为传唱，感化世人。

桥玄：（颔首）……色，不好言说，免了吧！

曹操：（微笑）所思所为，皆可对人言，乃弟子心性！谈色何妨？昔日尚游侠慕格虎，性命在所不惜，岂惧身外之名声？

桥玄：壮哉！

曹操：我十六岁娶妻，之前邻居一位叔叔青石碾上教我以手自乐，早就有美女佳人在思幻中为伴。妻之美体让我加倍冲动，婚后沉湎十日，不出新房。妻戏言将牢牢拴我于腰胯，我却想将世间所有美女拴在自己的腰胯上！

桥玄：（震惊）……噫乎哉……

曹操：确实如此，此言出于我口我心。然而，凡俗之人亦知礼义廉耻，我岂能越礼而行？但“有美一人，清扬婉兮”[1]，女色的确令人身心愉悦，如花株品类，每一样自有特色，个个不忍丢手。我知晓这为正人君子所不齿，但恐终其一生也不能改此邪念。好色之徒，乃曹操也，让世人嘲笑去吧！

桥玄：（大笑）奇异！诗——

曹操：由于幼年喜爱歌谣，后来习《诗》及楚辞、汉诗，便不难理解。昔时黄帝教民歌于野，庶民有歌，便有了心志寄托。世积乱离，苍生愁苦，士人忧伤，人人得以抒怀。当今天下，黔首百姓，其苦不逊春秋，歌于野的庶民多怀悲戚苍凉之情，《相和歌》之词，沉郁、鲜活、实在，实乃诗中上品，弟子甚爱之。

桥玄：酒，不必言说，对饮一杯就知晓了！

曹操：（起身拱礼，把盏，观酒色，饮毕，为对方斟酒）这是春酒呀！古代佳醇！

桥玄：（笑了）何以知晓？

曹操：《诗》曰：“为此春酒，以介眉寿。”[2]此酒在周代已很驰名，色清白偏黄，味辣，余甘，有淡香。我在一位亲戚家里喝过，它不易醉人，价钱也不昂贵。

桥玄：只有常饮酒的人才能辨出酒种。足下小小年纪，岂能常常饮酒？

曹操：我虽不常饮酒，但喜酒。我的家乡盛产九酿酒，宗庙祭祀招待亲朋，风味极美，十五岁畅饮之后就上瘾。我们一帮兄弟山林格虎，以猎物在集市换得一些酒来，围火烤肉，酒香扑鼻，饱愣愣醉醺醺之后，仰头展腿，盖天铺地，梦中还在饮酒，不知东方之既白！

桥玄：此乐何极！足下有山林之乐，豪饮之快，可知书山经海中尚有一趣？

曹操：惭愧！弟子虽入学拜师，伏案数载，然所学不过书山一角，经海一瓢而已！不过，书山可仰，经海倒未必可慕。

桥玄：（惊诧）何以见得？圣人之教该舍弃了？

曹操：自汉武帝独尊儒术，罢黜百家，儒学的繁衍盛极一时，经学之林中，士子云集；户习经术，士民秉礼。时至今日，士人以穷究章句为荣耀，一典之故，动辄数万言，不少人终其一生不能穷尽一经。礼仪之隆，被世人看重，逼得贫民因丧葬而倾家荡产……

桥玄：（故作高声）因此就反对儒家之言了？

[1]《诗经·郑风·野有蔓草》

[2]《诗经·豳风·七月》

曹操：这须因时势而定。治定之化，以礼为首；拨乱之政，以刑为先；割据裂国，以兵戢兵。与民生息，无为而治。兼爱尚同，俭为共德。儒、法、兵、道、墨，各有优长，就连壬奇盾甲、卜卦谶语，皆可为我所用！

桥玄：(赞叹)通才！通达！通脱！孟德呀，持经达变，要有过人胆识。三代至秦汉，涌现了大批安邦治国才俊，他们除了英名，还把自己的真知灼见留给后人。不知足下喜欢哪些英才人物?

曹操：我既看重仁政，教化，又要不断用兵，“外定武功，内兴文学”。我崇尚商鞅的严刑峻法，欣赏他特立独行不顾他人非议的个性。他说：“且夫有高人之行者，固见非于世……论至德者不和于俗，成大功者不谋于众。是以圣人苟可以强国，不法其故；苟可以利民，不循其礼。”[1]我行我素，即使众人、流俗带来的责难将我团团包围，也不能改变我的主张。

桥玄：(震惊)……

曹操：勠力上国，流惠于民。我问心无愧，即使苍天怪罪，也是无所谓的！

桥玄：孟德乃罕见的血性男儿！

曹操：我仰慕烈士之风！

桥玄：慷慨任气！

曹操：舍我其谁！

桥玄：(停顿，捋须，微笑)来，老朽敬你一杯！

曹操：不敢！弟子敬夫子当宜！

桥玄：我这酒有恭贺的意思。来，同饮同贺吧！

曹操：(主动上前为桥玄斟酒，为自己斟酒后举杯)夫子请——

桥玄：幸甚！幸甚！老朽今见识了一位奇高才俊！孟德呀，我见过的名士多了，没有一个如你这样！当今朝廷，外戚与宦官的斗争日趋激烈，天下将要大乱，非命世之才不能安定。慷慨任气，舍我其谁！我等的就是这种人这句话。我已是老迈之人，来日无多，愿将一家老小托付与你！

曹操：(流泪)夫子！

桥玄：(起身走近曹操，二人相拥)就看以后了！我若死去，你路过我的墓旁，如若不用斗酒只鸡祭奠，车过三步，必会腹痛，切勿怪我！

---

[1]《史记·商君列传》

曹操：（破涕为笑）孟德记下了。

桥玄激赏曹操的消息在洛阳和谯县很快流传开来，曹家那帮兄弟分外高兴。他们将桥玄说的“命世之才”和仙鹿保佑曹操的故事联系起来，对于“曹操命大”有了新的理解，认为曹操不光性命有上天保佑，他的命中还有重大责任。因而，十多年后曹操首倡义兵讨伐董卓时，这帮兄弟个个热心响应，很快组建了五千人的军队，曹洪还在一次激战中将自己的坐骑让给受伤的曹操，并说：“天下可以无曹洪，但却不可无孟德。”曹操在多次战斗拼杀中死里逃生，性命得以保全，人们说他的“命大”是上天注定。

第五章 孔融与诸士

一、婚庆弦歌

欠别重逢，刘桢和昔日的情人相遇了！

消息不需要外人传播。演出正酣，众目睽睽，他在台下突然高声喊叫，她在台上猝然乱了手脚。这已经是在发布惊人消息了。

次日，杨修、陈琳、吴质、路粹、应玚、阮瑀、徐干、邯郸淳等一行十多人，带着礼盒，去找刘桢讨喜酒喝。

“公干呀，你们已经洞房合卺，还不快请诸位兄弟饮酒？”徐干刚走到刘桢家门外，就迫不及待地喊叫了。

“新婚宴尔，良宵一夜，可能还在温柔之乡。”杨修又在分析，又在预料。

大门两扇，不是闭着，而是关着。

咚咚咚，徐干不断敲门。

“不能敲得如擂鼓，如急雨，应该如和畅惠风。”陈琳在旁边指点。他毕竟上了点年纪，平日又宽和文静，总是显得不急不躁，“‘宴尔新婚，如兄如弟。’[1]他们如胶似漆，正在享受亲密。尔等应该体谅才是！”

路粹不以为然：“公干是老光棍，久旱逢甘霖，饱食仍觉饥。昼以继夜，交战正酣。

[1]《诗经·邶风·谷风》

咱们伴之响鼓，重槌急击，他闻之鼓舞，也许正和着节奏，岂不尽兴？”

“不许用酸溜言子损人！”陈琳瞪了他一眼，“公干是少有的正直君子，房中之事，休要再提！”

在众人的嘈杂声中，门吱呀一声开了。

刘桢的脸上略显窘意。他默默笑着，将客人礼让进小小的外间。

在这样的时刻，众人必然有所期待。

少顷，众人的目光直了！

新婚佳人，那个被刘桢称为嫽人的佼人，从里间出来了！

体貌不俗呵！她虽已年过三十，面孔微黑，但脸盘十分周正，眉眼嘴鼻全都恰如其分地长在合适的地方，有一种经久耐看的魅力，正是人们常说的那种“黑牡丹”。艺人精于修饰，她的上衣下裙不过是常见的丝布面料，但纁红色的长裙束腰曳地，头顶的乌发扎成匀称的双鬟，便露出卓尔不凡的韵致。

大凡艺伎，见人露脸，少不了眉目传情。嫽人为众人提壶倒茶，对谁都是抬头一瞥，又低下头，眼波漾出一缕多情的笑意。

“真是佼个人儿！”杨修当面赞赏，“公干呀，你这末等腐士艳福不浅呵！”

陈琳诧异了：“佳人的姓名不会是‘嫽人’吧？”

“请问足下与嫽人是怎么遇合的？”路粹也急切地问。

刘桢扫视了众人一眼，目光又对准嫽人。“她是秦人，当年她太出众了……”

十五年前，秦地一位年仅十六岁的歌女，因歌、舞、筝三艺俱佳而迅速蹿红，上自长安公侯，下至乡野农夫，都以一睹她的演出为幸事。“月出皎兮，佼人僚兮。”自弹自唱《月出》是她的拿手曲目，因“嫽”是秦人赞赏美好事物常用的方言，人们便称她“嫽兮佼人”，渐渐简化为嫽人了。这时，董卓挟持天子迁都长安，这个生性暴虐横行无忌的家伙那天却来了游览山林的兴致，挑选了汉武帝喜欢的终南山下的长杨宫，并要当地的美女陪伴。嫽人那么出名，家又在长杨宫附近，自然难逃魔掌，但嫽人还是设法逃脱了。那段日子刘桢浪迹关中，那天正好和几位处士在长杨宫附近游玩，眼见一位妇人急急惶惶奔跑过来，后面传来一片官兵的追杀声，便明白是怎么回事了。刘桢不顾同伴劝阻，搀着身子趔趄口喘粗气的妇人一起逃跑，撇开小路拐入密林。两天后，全面搜山的官兵将一个山头围定，躲在山民家的刘桢嫽人慌了手脚，嫽人担心刘桢受到牵连，硬是从悬崖背面的石径上只身逃走，但还是被人家捉住了。他们就此音容相隔了。

“天地有灵，良人遇合。”刘桢苦笑着点头，头发扎成的朝天锥微微颤抖，山羊胡子却抖得厉害，“嫽人之嫽，非我莫知。我的良人，你说对吗？”

嫽人甜美地笑着，连连颔首。

“给我们唱一支《月出》吧！”杨修及时提议，“看看嫽人何等撩人！”

刘桢慨然说“好”，嫽人却忸怩地偏过身子。

刘桢从里间取出一架筝，把众人带到后面小院。日上三竿，暖意融融，在不寒不暑的宜人春光里，既是秦地名伎，又是邺城新娘的嫽人登场了。

她在筝边坐定，双臂抬起，稍作停顿，突然双手临弦，铮然一个短音，又一个短音，渐急渐强之后才是一段舒缓的乐音。

再一下停顿，她的扎着对称双鬟的头抬起，望着旁边直身站着的刘桢。

两个人，一对夫妻，同时唱了。男声女声，合而为一。奇怪的是，嫽人只是哼，用单音“哎”的高低长短哼出旋律，专为刘桢伴唱。刘桢唱的并不出色，只是拼嗓子，舍气力，声音发嘶，字音倒也清楚：

月出皎兮，（月儿出来明皎皎）
佼人僚兮，（美人月下好品貌）
舒窈纠兮，（悠悠步态添风韵）
劳心悄兮。（想你想得我心焦）
月出皓兮，（月儿出来照城郊）
佼人懰兮，（美人月下更妖娆）
舒忧受兮，（悠悠步态显风姿）
劳心慅兮。（想你想得心发烧）
月出照兮，（月儿出来朗朗照）
佼人僚兮，（美人月下如玉雕）
舒夭绍兮，（悠悠步态展仪容）
劳心惨兮。[1]（想你想得心烦恼）

“佼人僚兮！嫽人佼兮！”陈琳首先发出感慨，“有现成的褒奖之词，何必挖空心思弄出别的词语？”

“还是听听嫽人自己的妙音吧！她不是歌、舞、筝俱佳吗？”路粹的眼睛眨巴了

[1]《国风·陈风·月出》

几下，伸手指向嫽人。

嫽人急忙偏过头，脸色窘迫。倏地，她又抬头望着众人，张大嘴巴，用手朝口中指着，发出几声瘆人的怪叫。

“她没有舌头了！”刘桢冷冷地解释，脸色悲愤，不再言语。场面一下子僵住了。

嫽人凝望筝面，又悬起双臂，手指在五条弦上弹抚挑拈，铮铮之音如疾风卷起暴雨，小小庭院似乎被撼动得摇摇晃晃了！

这些文人雅士大都遭遇坎坷，备历忧患，又都感觉敏锐，谁还不明白这弦外之音？这弦内之意？而谁又能将它言说穷尽？

“激哀之音，莫大秦筝！”阮瑀在筝声戛然而止后，一边擦泪，一边慨叹，“也是幸有曹公呀！是他戡战平逆，夺取邺城，才使得一对失散已久的有情人团聚。”

素来不喜言谈的阮瑀也泪眼模糊，声音哽咽着说：“还有诸位，本如蓬草一般飘零，为躲避祸乱，亡命辗转，谁没有受尽风霜之苦？若无有曹公器重，怎能供职于幕府军旅？”

“曹公圣明！他不仅雅好诗章，独领风骚，还要罗致人才，奖掖文士，大兴文学之业，开创一个文学兴盛的时代！”陈琳以喜悦的语调打破了凄哀气氛。

杨修仰起脸，拍拍手，故作神秘地透露：待吃掉东吴，平了江南江东，就要大张旗鼓地扯起文学的风帆，邺下文人要带动全国的文学潮流。

“曹公有这个神力吗？”路粹提出疑问。他把孔融那天在曹操面前的言辞和盘托出。“孔融是朝廷高官，是圣人子孙，也是文学大才。他一再强调说曹公举旗不够资格！再说，曹公凡事都很严厉，一声令下，全面禁酒，就连下属新婚喜事也不例外，我们今日只有喝茶了！”

“曹公是凡间的人还是天上的神？”刘桢也在嘀咕，“如今冀州地面，不少人传播谶言，说曹公是真人下凡。青州军将士还在校兵场狂呼乱叫，公开说曹公是救世真人！曹公呢，竟然以此为荣！我刘桢可不喜欢这种风气！不喜欢这种人！”

“啊啊啊……”嫽人急忙叫喊，面对丈夫连连摇手，神色气咻咻的。

陈琳举着茶杯走到刘桢面前，笑呵呵地说：“刚喝了合卺酒就吵架吗？公干呀，嫽人她有亲历之痛，感受来自自身遭际，你也有四方飘零的经历，如今身为曹公委任的幕府掾属，有职有俸，居有定所，还是怀感恩之心，与嫽人好生当夫妻吧！来，诸位兄弟，一起举杯，为这对文士歌女的宴尔新婚庆贺吧！”

二、孔融游说

孔融如热锅上的蚂蚁一般难熬日月了！在洛阳伊河之畔的那座僻静住所，那间粉白墙壁上挂着一件晶莹白圭的客厅里，他茶饭不思，愁容满面。

“天杀的曹阿瞒，你真是阴险的逆贼，是十恶不赦的强梁者呀！”他赤着脚，在案几边的垫席上慢慢走动，大声自言自语。近些日子，不断有邺城方面的消息传来，曹操顺利扫除袁绍在北方的残余势力，局势愈加稳定。那个想得到也做得到的曹操，一面整顿武备企图独占天下，一面大兴文学广施教化，朝着自创基业伺机代汉的目标愈走愈近。对汉王室怀着万分感念之情的孔融及他的家族，三百多年来在举国上下独尊儒学的气氛中备感荣耀，而今汉祚将尽，原来指望曹操匡扶汉室的愿望眼看要落空，他怎能不有切肤之痛？那个出身阉门的曹操，从骨子里就不是儒门正生。自小飞鹰走狗，格虎游侠，后来招兵买马，拥兵自重，依靠反叛朝廷的黄巾乱贼壮大势力。他的眼里，他的心里，儒学不再独尊，而法家、兵家、墨家、道家，哪家有用就向哪家伸手。如果让他得势，天下将成什么样子？

“孔融呀，你四岁让梨[1]，以知礼仪而名闻四海；十岁巧辩[2]，以机智赢得神童之誉；在黄巾叛匪最盛的青州北海郡为相而颇有政声，留下‘孔北海’的英名；以好学不倦、举荐贤良、诱益后进，博得海内才俊莫不信服的威望。可是面对势焰熏天的曹贼，你怎么一筹莫展了呀？”他在踱步中不断捶胸叹气，不断伤感自语。待看见墙正中悬挂的家传白圭，不禁想起先祖遗教，[3]猝然间浑身颤抖，泪水横流。“你以‘鲁国男子’自标自励，你玷污了这个称号！”

他定要一搏，哪怕玉碎。

在许昌，那座曹操修建的刚满十年的皇宫大门前，孔融的车马拦住了荀彧的车马。

“荀令君！”

“孔夫子！”荀彧小他十岁，对他又有崇敬之情，故以弟子之礼参拜。

“我特地待在这儿拦足下的大驾了！”

---

[1]《三字经》中有“融四岁，能让梨”句。

[2] 孔融十岁时在京城拜访著名官员李膺，守门人因他不是名士不予通报，他便说是李膺亲戚。见面后李膺问他是什么亲戚？他说我的先祖（孔子）与你的先祖（老子，即李耳）是师生关系，因而是世交。在座嘉宾为之惊叹。有一名叫陈韪的人不以为然地说：“小时了了，大未必佳。”孔融反驳道：“想君小时，必当了了。”众皆称赞。

[3]《论语·先进篇第十一》：“南容三复白圭，孔子以其兄之子妻之。”《诗经》写白圭：“白圭之玷，尚可磨也，斯言之玷，不可磨也。”

“岂敢！想必有要事吩咐？”

“谈何吩咐！足下如今是曹操倚重之臣，可谓高祖之子房，朝廷之匡弼，一言九鼎，举足轻重，我一小小儒生岂敢不尊？”孔融心有火气，先来了一段讥讽，让荀彧身心发烧，这才恳挚地告诉他，曹操迎天子，建王宫，战群雄，平天下，名为匡扶王室，实有篡汉之心。你们这些辅佐他的臣僚可要警惕呀！你们荀氏家族，是颍川名门世家，累代高官，隆沐皇恩，定要心系王室。那个曹操，出身卑贱，放荡不羁，凭机诈打了几个胜仗，靠弄权网罗了一批人才，归根结底，他是为自己扯旗奠基。他说什么“夫治定之化，以礼为首；拨乱之政，以刑为先”，竟然将刑与礼等同起来。他要外定武功，内兴文学，这个“文学”已经变味，不再单指经学，还包括诗赋小道……

“孔夫子满口高论，滔滔不绝，路旁岂能说清？”荀彧在他话语稍顿的间隙插话了，他神色谦和，语气和婉，“公务繁忙，弟子还须赶紧返回邺城，不日专程去府上讨教。”

“慢！足下请回答一个问题，以解我疑心。”孔融急于知道的是，“你怎样对待曹操的篡汉野心？”

荀彧淡然一笑：“目前曹公并未有代汉之举。”

孔融冷笑：“公将何以为人？何以处世？”

荀彧倒很沉静：“清者自清，浊者自浊。”

孔融的黑眼仁少白眼仁多的眼睛忽然瞪圆了。他哑口了，无言了。

碰了个软钉子。

荀彧又深深弯腰向他揖了一礼：“我记得孔圣人有言‘君子和而不同，小人同而不和’。”说罢转身上车，只把官服上清香的野艾气息留了下来。

这是什么意思？论起对孔子言论的理解，在蔡邕死后，恐怕天下儒生无人可与他孔融相提并论。但明白先祖言论又能怎样？荀彧的内心他仍然不明白。你到底与我和还是不和？

“阴晦之人，何必相交？”他壮阔的脸盘蓦地高高仰起，气咻咻地登车而去。

他的车子也驶向邺城，却远远与荀彧的车子保持着距离。

在魏郡太守治所，邺城城区偏南的一座威严官府，担任太守不足三月的王修被几个下层贫民的申冤诉苦深深感动。他的深陷的眼睛里满含忧愤之色，正想再做了解，孔融却赶来了。

王修备了宴席，为老上司接风洗尘。

“我的眼力不错，叔治不愧是忠贞之士！”孔融难掩喜悦之情，望着坐在下首的王修，一边抄动筷子一边讲起往事。初平年间，即十五年前，时任北海相的孔融慧眼识英才，选拔二十三岁的贫寒士人王修为主簿，守高密令，这位才俊自此步入仕途。孔融后来多次遭遇暴乱凶杀之祸，都是王修及时带人营救才避开凶险。

“听说因了一颗人头、十斛谷子、百卷藏书，叔治成了曹操的红人？”说着说着，孔融又显出冷嘲热讽的习性，“曹操奉你为楷模了，倡导节俭，整齐风俗，连久传的隆重葬礼、婚庆酒宴也免除了，怪不得今日连一杯接风酒也不敢上……”

王修满脸通红，唇上的两撇短须也颤抖起来。

“叔治呀，别以为他让你高官得坐就踌躇满志忘乎所以，在这等奸恶之人的麾下，须得处处提防。首先，他得志了展翼了得逞了，你就倒霉了，因为他成就了自己的王霸之业，你最终得到了骂名；其次，他会层出不穷地给你设圈使套，你栽了跟头连眼皮眨几下也来不及……”

“曹公不是这种人！”王修打断了他的指教，神情庄重，腰板挺直，语调忽然高了，“他是当今世间少有的通才，政事、军事、文事，样样占优。举国上下已经乱得不可收拾，深受其害的是下层百姓，他们期盼着早日安定天下。如果他不是举旗担纲之人，难道胸无韬略的清谈之士能担当此任吗？”

孔融当即懵了。想不到呵，当年忠贞不贰的王修竟然如此不逊！

“叔治呀，你毕竟年轻，曹操以申不害商鞅的弄权手段掌控人事，欺上瞒下……”

王修当即站起身子，双手拱礼：“先生莫要非议上司，谤毁他人，这是君子之风。孔圣人也曾表示厌恶‘群居终日，言不及义’的人……”

“啪”的一声，孔融拍案而起，伸长胳膊指着王修，黑少白多的眼睛喷出怒火：“大胆！‘鲁国男子’孔融为汉室王业而不惜身家性命奔走，如何不义？你身上有几根经毛，长了几块儒骨，竟在我面前谈君子讲义气，你配不配羞不羞？”

说罢，“哼”了一声，长袖一甩，转身而去。

直把王修足足半日怔在了那里。

显然，荀彧、王修是被曹操的官位诱惑买动，那么，官职低微的文士们不是可以劝诱说服吗？

一轮淡白色的满月挂在西门豹故居前的白杨树梢头，照亮了这座三间两进灰瓦覆顶形制简朴的古老建筑。每次来邺，孔融都要顺便来这儿注目，但今夜来此却无愉悦的休闲之心。他已委托刘桢和路粹约请一帮文友共聚赏月，自己也应有个下层士人的样子，未乘马车，独自悠悠地赶来了。

合抱粗的白杨树南侧，铺着几张芦席，摆着糕点茶水。席面阔大，但恭候他的只有寥寥二人，老班底——刘桢和路粹。

“悲乎哉，痛乎！”当他知道那些文士纷纷借故爽约的情形后，不禁仰头对月伤叹。

“杨修呀，你不算年老，却如此世故而又胆小，令人心寒哪！”想当年袁术称帝，袁术的姻亲杨彪受了牵连。他为保杨彪，来不及穿上朝服就跑去见曹操，与他据理力争，威胁说：“如果杀掉这位忠良臣子，‘鲁国男子’孔融明日就不上朝了。”由于自己的强硬、明确、孤注一掷，曹操未敢下手，才保住了杨修的老爹。后来杨彪带着二十三岁的杨修来孔府拜谢，杨修在他面前长跪不起，流泪喊叔，道不尽的救父大恩。上次他与邺城文人会面，杨修寒暄之后就匆忙离开，这次又称病罢邀，怎不令人气愤？

那个陈琳，一提起就令人愤慨。当年袁绍之子袁谭攻打青州，自己急迫中仓皇出奔，妻子被俘，如此尴尬的情形成为时任袁谭军中主簿的陈琳的笔下嘲讽，歪诗《丢妻》传得沸沸扬扬。后来自己升任朝廷将作大匠，在许昌见到小八岁的陈琳，不计前嫌，坦诚以待，多次邀他到家里做客，给了他多少面子！想不到他仍然怀有异心，真是热餐熟饭喂不饱的东西！

还有，那个自以为骨气铮然的徐干，以正直自居的阮瑀……

夜色渐渐浓重，尽管满月当空，面前人的脸盘神情却依然模糊，就连西来的徐徐清风也是冷冽的。蓦地，一阵刺心的孤独感向他袭来。他环顾左右，低声叹息：“首鼠两端呀，文人雅士们……”

“饮茶吧，孔夫子！”路粹苦笑着向他举杯，“曹公禁酒，请夫子体谅！”

“禁酒禁酒，又是禁酒！”孔融推开面前的茶杯，借题嘲讽道：“如果说禁酒是为了防止浪费粮食，那么，禁婚就可以防止女色误国。尔等何不去质问曹大司空，为何不颁布禁婚令呢？”

路粹、刘桢放下茶杯放声笑了，孔融自己也歪着身子笑了！

“禁酒不过小事一桩。”刘桢说得不紧不慢，头上的朝天锥发柱在月光下定定地立着，“对于曹公用兵理政，在下不予评说，只是那个‘真人’一说，心里总是别扭。曹公分明是血肉之躯，和凡人一样的声色诗酒，怎么打下邺城就成神仙了？”

“对呀，这里面有文章！”孔融一针见血地指出，“他欲将邺城建成自己的王霸之府，颐指气使，为所欲为，别人都应把他当神仙敬奉，待日后独霸天下，就成了天下人的神仙了！”

笑声荡漾，茶杯碰在一起了。

“清风入怀，满月在天。”路粹长期受压抑的心绪得以释放，不禁有了诗兴，“难得与一代大儒聚于明月之下，既来之则教之，我自占一首咏月五言，请夫子不吝赐教……”

三、路粹告密

路粹长展展蔫溜溜地躺在榻上。头脑昏晕，茶饭不思。他懊丧至极，真想手刃咽喉，一死了事。

就在西门豹故居门前赏月会友的次日，杨修专程赶来，三言两语就让他的精神几近崩溃。

“文蔚兄，你长了几个脑袋，怎么往曹公的刀刃上撞呀？”杨修刚一开口，他就发愣了。

杨修出自名门世家，其高祖、曾祖、祖父、父亲四世历任司空、司徒、太尉，家族显赫，被孔门看重，其父杨彪与孔融私交甚洽，自然了解他的真实情形。孔融在曹操奉迎天子于许昌之前就有奉迎天子还洛阳的设想，不过因势单力薄未能如愿。以他的资历、才能、声望，怎一个将作大匠了得，实在应该位居曹操之上，至少拣一个三公职位。他看得清楚，大权在握的曹操与他从骨子里就十分隔膜，出身门第的天壤之别早就把忌恨埋在各自的肌腠里了。

“人家反曹，你也跟着嚷嚷。驴跟马跑，是何下场？”杨修出奇的大眼睛睁了一下，又闭上了，话语却没有停止，“风声传到曹公耳里就要命了。人家的身胚大，曹公拿起刀子还须斟酌；兄长呢，虱子大的身架，曹公指甲盖儿轻轻一抿就完事了。”

“是呀……是呀……”冷汗从额上、胸前、大腿、脚面泉水般涌出，一霎间，他浑身上下的衣服全湿透了。

他像发了疟疾似的忽儿发烧忽儿发冷，三天三夜没有合眼没有进食。他的妻子宋氏，总是收拾得满头珠翠化妆得粉白如雪的三十岁女人，整日坐在身边用玉手抚拭他的额头。那两个更年轻的小妾袅袅婷婷地在榻边走来走去，端茶递药嘘寒问暖忙碌不停。

第四个黎明来临时，他那大得出奇的眼睛不再睁开。宋氏急得“天爷呀”一声高喊，两个小妾立时扯着高音拉出拖腔如吊丧一般大放悲声了。

宋氏焦急地用粉脸贴着丈夫的额头试感他皮肤的热凉，忽然觉得手腕被捏了一下。

她的耳朵当即移向他的嘴巴，听见微弱的声音说："备酒。"

备酒！备酒当然好嘛！宋氏自己会酿酒，她用精选的稻米，上好的麸曲，三九天浸泡，九九天过滤去滓，滴落在大瓮里的清亮酒液甘醇稍辣，满口带香。

路粹由两个爱妾搀扶，走到几案旁坐下。这儿已经摆满了酒菜羹汤，路粹睁眼看了一下，急忙打着手势，比画着告诉妻子：将小小青铜爵换成大碗！

三位妻妾惊喜地看着夫君"咕咚咕咚"将满满一碗酒汁喝下，在她们为他以巾拭唇以手指捋喉结的瞬间，发现他的脸孔渐渐有了血色，一双眼睛又开始眨巴了。

"来——"路粹伸手讨要。

"吃一碗红枣粥吧！"宋氏喜盈盈地劝阻说，"空心空肚了几天，岂敢再见烈酒？"

"你知道个甚？"路粹的眼睛又闭上了。

"取酒！"宋氏急忙向二位小妾使了眼色。

第二碗咕咚咚灌下后，路粹伸手抹了一把嘴唇，说话的语调提高了："再来——"

宋氏慌了手脚，握住他的双手，笑嘻嘻地求饶似的说："不敢不敢！空肠空肚地一而再再而三，只怕……"

"不怕！"路粹抬起手来拍拍她的肩膀说："放心！本夫还会和你们一起'勾脚儿'的！"

说得她们三位一个个又喜又羞背过了身子。

这话的由头她们只知其一，不知其二。

路粹是个内向才子。他少年时期从学于文章宗师蔡邕，十日之内便将《论语》全文背诵如流，十岁通解《尚书》，十二岁通透《易》，蔡邕称其为"异才"。建安初，即十年前，与被称为"高才"的京兆人严象一起被朝廷拔擢为尚书郎，自此令人侧目。但他只喜文不爱武，言谈举止文质彬彬，身上带有孔夫子要求的"温、良、恭、俭、让"。多年的典记生涯单调而平静，别人升迁提擢坐郡掌衙呼风唤雨，自己仍然靠一支笔独守斗室，心中愤愤，牢骚满腹，却不愿直面直言。在家里，关上门，他才活跃而有生气。不论白天晚上，只要和妻妾们在一起，就要饮酒作乐，变着花样做枕上游戏。

重恋女色的路粹正是从身边的女人声气中获得重新振作的力量的。在榻上昏昏欲死的沮丧折磨中，她们的娇声不断传来：询问的关切的焦急的痛苦的不时说话声，走路的放盏的端盘的洗巾的各种动作声，点点滴滴由小到大，渐渐汇成一条汹汹流水直灌他的心田。在滋润的气息中声音在继续在分化，分明化成她们与他交欢的畅叫声和欢唱声。在这熟悉的浪场上的交响声中，他开始做梦，梦中一个浪头把他临死的心激活了：她们三个竟同宿一榻，联袂与他交欢。他的平日难免有些妒意的妻子竟然把自己创造的勾脚鼓动法传授给她俩，并为她俩做示范表演。当他的双脚与她的双脚成相钩状态时腰与臀便有了千钧之力，就在他在她身上猛然发力浑身飘然升入仙境时，三个女人同时如仙女般拍手哼唱起来。

"快，快去取酒，我要饮第三碗！"

又是一个仰面猛灌，末了来个碗底朝天！

马车飞奔，路粹到了曹府。

"明公呵，路粹有罪，请明公严惩厉处！"路粹跪在地上，以头磕地，久久不敢抬脸。

曹操踱步过来，面含三分笑意。"酒气逼人哪！文蔚，你破了酒令，想必家有佳酿？"

"不才之妻是酿酒好手。"

"噢？你先平身安坐，细说如何酿制。我在家乡谯县也得了一套酿造九酝春酒的法子。"

"不……不……不才鬼迷心窍，黑白不辨，竟然被图谋不轨的轻浮士人孔融利用，听任他大放厥词，诽谤明公。不才愿坦诚交代，一一道出实情，乞望明公治罪！"

曹操搀着他的腋下将他拉起来，让他在前面的几案旁落座，亲递茶水，哈哈笑了一阵，拍拍他的肩膀说："文举先生才高气盛，有时难免说东道西，非议他人。你们这些文士哪一位不恃才傲物，随意臧否人物？这算什么罪过？至于对孤说三道四，品藻褒贬，也不算什么错谬。"

"不……不……"路粹急得结巴起来，"他……他……有备……而来，先去……许昌……找的荀彧……"

自前至后，他将所知道的情形和盘托出了。

"路粹！"曹操忽然一声高喊，声震厅堂，"你们分明沆瀣一气，谤议朝廷，本将军将以大逆不道问罪，定要诛灭九族！"

路粹手伏几案身子发颤，头低垂于胸前，惊悚中听着曹操厉声训斥。曹操说："自上次你和刘桢陪孔融来我这儿后就受到秘密监视了，你们的言语行踪随时有人报告。说什么你被利用，你在刘桢家里的聚会场所散布孔融言论，又为孔融邀集文士，实为他的鹰犬爪牙，为他张目替他卖命，本质上属于同类！"

"路粹！"曹操又大喝一声，黑豆眼的凶光端直射了过来，"孤的所言，哪一条不是事实？"

"属……实……"

“我知晓你胸有块垒呀！建安初年与你一起擢为尚书郎的严象不久升为扬州刺史，而你还是个小小的典记郎。你怎么不看看人家是文武全才？再说，人家有时带兵戡战，过刀锋刃口的日子，你安居斗室性命无忧，况且文典秘事关涉军政机密，非心腹之人莫用。”

路粹觉得曹操的语气趋于平静和婉，才抬起热汗淋漓的脸孔。目光与主子热切的目光相遇时，他“主公呀”一声哭喊，头颅挨伏在几案上，抽抽噎噎地放声哭了。

第六章 手足情深

一、喜生男婴

一个在娘胎里发育了八个多月的婴儿诞生了。他很幸运，能生在豪门，成为中国北方最大的割据头子曹操的长孙。

这个婴儿刚脱离母体就号啕大哭，声调高亢，气力很足，哭起来四肢伸缩颤动，黑茸茸的头颅不住扭动。接生婆高兴地呼叫“真是个男子汉”，让做母亲的赶紧喂乳止哭。卞氏把做襁褓的小棉褥递过去说：“叫他多哭几声，消消气，嫌人家把他接迟了。急着早早地来到世间，想跟爷爷一起骑马打仗去呀？”她接过孩子，朝着两只翘得老高的鲜红脚掌拍了几下。小东西的哭声可以掀翻屋顶了。卞氏在孩子浑身抖索的哭闹中，眯着眼睛仔细看看怀中的孩子，瞅着他的脸盘五官，他的头发和周身皮肤的颜色。

甄妃半躺着身子，双手捧碗喝着糯米酒调配的鱼汤。她的眼睛一直朝婆婆怀里瞟着。可想而知她此时的愉悦与欣慰。放下碗，她躺下去，侧身望着婆母说：“给我吧，别叫他闹了。”卞氏将孩子递过去，叮嘱说不要怕孩子哭，哭时浑身发力，气息吐纳，内脏才会使上劲儿，会猛促发育。小东西带着寻食的天性，小嘴儿噘来噘去，很快就噙住乳头，吧唧吧唧地大口吮吸，小手儿还在大白乳上抓来抓去。甄妃在婆母面前有点羞窘，苍白的脸颜一下子有了红晕。卞氏哎了一声说：“多像他老子，又是个恋母的角儿！”

过了一个时辰，窗外有了吵嚷之声。“听说生男婴了，让我们进来！”是曹丕的声音，另有二人哧哧笑着。卞氏朝外面说："子桓进来吧，别人不要进来！"只听曹丕又说："子建也要进来，他还抱着一块石头呢！"卞氏生气地说："荒唐！"

曹丕一个人进来了。他望了一眼榻上就连声"哎哟"，高兴地扑到甄妃身边，伸出双手要抱孩子。甄妃急忙用胳膊隔住了他。

"他跟你刚生下来是一个模样：大胚子脸，眉毛很淡，眼角细长，鼻头带点鹰勾，五官紧向里收，头发黑旺旺的。只是皮色比你白净。"卞氏一边说，一边打量儿子的脸庞。

曹丕俯身望着婴儿说："皮肤是血红色呀，哪里白净？"

"这种色气是初色，变成定色就白细光溜了。"她的内心话并没有说出：早产儿就是这种颜色。

"我来抱！我来抱！"曹丕又伸出双臂去夺婴儿，被甄妃背过身子拒绝了。

卞氏站起身，板着脸叮咛说："女人坐月子，蛇蜕一层皮，回精缓神须得六个旬日。切莫由着性子干糊涂事哟！"

母亲出屋后，曹丕立即恢复了小夫妻秘密天地的性子，变得轻佻、任性而调皮。他旋风般的冲到榻前，两臂猛然伸出，像两只大铲一样倏地从甄妃后腰和大腿下伸过，向上一挑就将她捧在怀中，连孩子一起抱下卧榻，又如旋风一般在地上转起圈儿。

"慢！慢……"

曹丕已经意识到婴儿了。婴儿，他的婴儿，曹门的下一代长子，他现在需要安静，需要呵护，需要成长。

为父亲了！

一股豪壮而自得的情绪自心头滋生，迅速弥漫了他的全身。他快步走过去，像抱着一件极易打碎的宝玉，轻轻地将怀中的玉体平顺地放在榻上。在弯腰低头的瞬间，脸孔几乎贴住婴儿的脸孔。这张拳头大的脸盘上，五官小巧而紧凑，红胀的眼泡，红挺的鼻梁，红翘的嘴唇，红凸的耳朵，精致曼妙，妙手雕成，美好得不可思议！

就在他端详着思考赞叹着的时刻，婴儿闭着的眼睛忽然睁开，张大小嘴，"啊儿啊儿……"尖亢的哭声紧急逼人。

"快，快，快……"他焦灼不安地喊起来。

甄妃却抿嘴一笑，一只手慢慢在腋下解着纽扣。

婴儿哭声更加急迫，更加尖啸。

"快，快呀……"他确实生气了。

甄妃笑意盈盈地眨眼望着他，神情中含着一丝嘲笑。

“你怎么了，快，快呀……”

当乳头乳汁灵验地让哭声戛然而止，曹丕才放心地笑了。

“怕哭坏了你的宝贝！”甄妃的脸孔从婴儿那边拧了过来。

“你的宝贝！”

“你的宝贝！”

“……”曹丕一个箭步冲到对面墙壁旁边，伸手抓住悬挂的青钢剑把柄，刺啦一声，抽出宝剑，一个鹞子翻身，长剑闪出弧光，咚的一声，坐马势扎定，剑头正好落在榻边，指向甄妃咽喉。

“说，谁的宝贝？”目光和剑光一样凶狠。

“你的宝贝！”仍不改口。

“哈哈哈……我的宝贝！我的宝贝……”

“你的宝贝是怎么来的？”甄妃用一根指头指着他的鼻子。

曹丕收了宝剑，淡然说：“夫妻恩爱，相交房中，有了身孕，产下婴儿。这还用问？”

甄妃闭目细听，脸神却不以为然。

“难道不是这样吗？是龙王爷吩咐漳河水漂下来的？”

“粗率男子！”甄妃缓声说，该算算时间账。去年九月二十八日完婚，今年六月十五日生子，满打满算八个月又十五天。时间如此紧促，说明在洞房之夜就栽下喜根了。

“壮哉！壮哉！”曹丕惊喜得连声喊叫。

他记起了那夜，那后来的一次，她咬破口中暗含的杏核的瞬间，他如攻开了城门似的一冲而入，大兵倾进，一下子路程豁然……

“你才十八岁，真是个急性子！”

“是呀，父亲得我，已经三十三岁了！”曹丕坐在榻边，握着她白嫩的手腕说，“一朝骑马，便有中的之箭。真是宝马良骏，知情知性呀！”

“贱妾岂敢享宝马之誉，不过是有幸落入宝厩罢了！”甄妃又恢复了惯常的谦逊，目光温顺而和善。

二、子建傅粉

一面耀目炫光的铜镜倚墙挂着，镜子里光临了一张等待化妆的脸孔。这个人双手上下不断搓抚面颜之后，左手端着锦盒，右手拿着粉扑，在锦盒沾了白粉，对着镜子朝脸孔轻轻扑搌。淡黄的肤色渐渐变得白生生了，两道弯眉下的眼睛显得焦黑有神，上下长吊的月字脸与两鬓乌发黑白映衬，配上脖颈边的朱红尖领，一张美人儿的娇颜俏面出现了。

此人正是曹植，“子建傅粉”日后成为一个文士不拘形色的流传久远的掌故。

看见自己的脸庞露出嫂子那样凝雪般的白皙妩媚，曹植内心的苦闷才减少了一些。他聚精会神，望着自己的面容思索嫂子的长相。那张莹白的妇人脸孔除了下巴，几乎就像铜镜这么圆整，而又丰满大样，称得上是一张银盘大脸了。很深的双眼皮，很长的眼睫毛，搭配着一双黑白分明的大眼，显得特别端丽。那鼻子轮廓，双唇的棱线，仿佛为了这张脸形而雕刻出来，让这银盘大脸只能显得富态而无一丝过腴。相比之下，自己的这张脸显然缺乏贵人之气。但是，凭他的自信，两张同样白皙的脸孔，都有一种从心底向上荡漾而出的气息。这气息究竟是什么？他还分辨不出。

一边端详，一边思念，他觉得自己和嫂子之间被这种莫名的东西系在一起，一生一世也不会分开了。为什么这个可爱的人儿却要与兄长系在一起呢？他们又有了孩子，有了感情的证明。说来也怪，自己既嫉妒兄长，又希望兄长能真心实意地对待嫂子，希望他们的感情“如月之恒，如日之升”[1]。当听到嫂子即将分娩时，他十分高兴。这时兄长来找他，说按照“躲生”的习俗，此时他不能在房子里待，但他又牵念得厉害，怎么办？他说咱们出去吧，干一件有趣的事情，可以化解你的牵念。兄长跟随着，二人来到漳河边的一棵主干粗壮的大柳树下，这儿的河床内有一片窄窄的胶泥湿地，长满茂密的蒲苇。他指着那片长茎绿叶的蒲苇说，兄长，蒲苇入诗了，将它栽到庭院的水池中，就日常有诗读了。子桓也是灵慧之人，平日除了骑射剑击就是诗赋文章，随即吟了“君当作磐石，妾当作蒲苇。蒲苇韧如丝，磐石无转移”[2]。他说，“今日是你嫂子生产之日，我就栽了它留作纪念吧！”在兄长下到水里朝那边走去时，他也在河水中忙碌，找到一块光洁闪亮好像涂着油粉似的白蜡石。

“妙哉！巧哉！”曹丕用剑刃挖了几株基部丛生的长茎蒲苇，双手握着根部，望着他扛在肩上的白蜡石，兴奋地连连欢呼。“你怎么知道这儿有这些美物？”

“……”他哪里敢说？

“我常常来这儿观水赏鱼，寻花问柳，自然就看到它们了！”

“子建呀，如此闲适，说明你胸无大志！”曹丕窄细的眼睛流露出一丝凶光，说

[1]《诗经·小雅·天保》

[2]《汉魏六朝诗选·焦仲卿妻》

变脸就变脸。“父亲希望我们可定大事，你倒好，安逸游荡，闲云野鹤！”

“兄长指教极是，小弟知错了！”

他遮掩的事实是羞于见人难以启齿的。那天，他尾随了她，像处心积虑的窃贼那样，偷偷摸摸，蹑手蹑脚，与嫂子保持了一段距离，来到漳河边的这个地方。在家里，只有在一日三餐，男女混杂的膳房中可以见到嫂子，但也只能隔着几案，在看似不经意的一瞥中，望见女案那边正在吃饭的心仪之人。她是那种特别温良的性子，在这个场合特别恪守礼仪，走路轻脚小步，微微低头，目不斜睨，见了长辈便恭正揖礼，必定坐在婆母的下首，一边用膳一边做着照料。曹植几次与嫂子劈面而遇，他心里惊喜，不好意思执意观看，目光躲躲闪闪。她小步慢走，目光相遇时轻轻颔首，躲让一边就闪身过去了。

曹植只有在关闭的小屋发泄对伊人的思念之情了。

阳气动而淑清，（阳春三月天朗气清）

百卉郁兮含英。（百草繁茂一片葱茏）

春风起兮萧条，（春风打破了沉静）

蛰虫出兮悲鸣。（藏虫跳出来悲鸣）

顾有怀兮妖娆，（怀念心中的美人）

用搔首兮屏营。（骚首顿足多么伤痛）

登清台以荡志，（登清台以抒怀）

伏高轩而游情。（乘高车而寄情）

悲良媒之不顾，（可悲未遇良媒）

惧欢媾兮不成。（婚姻故而不成）

慨仰首而太息，（慨然叹息良久）

风飘飘以动缨。[1]（飘风吹动了帽缨）

这篇写于万般思念苦苦煎熬中的赋，他又翻出来了，反复地吟咏歌唱。随着哀怨的歌声，他伸臂、扭腰、摆臀、踢腿，形随声动，边歌边舞。待浑身大汗淋漓，从案头取了九华竹扇，为自己扇起风来。

任何外在的风都不能解除心中的烦热。无论如何，非单独见见这个伊人不可！

有色胆者，在个人的周密筹划中，常常无所不能。潜心留意，仔细观察，他终于

[1]《曹植集校注·感婚赋》

等到了她单独外出的机会。在她只身离开府宅，走上大街，出了小巷，踏上河堤，走到那棵主干粗大的柳树下时，他加快了脚步，在她的身边蓦然出现了。

“嫂夫人！”他轻声呼唤，并双手一揖。

她转过身，受了一惊，手摸着鬓发，慌乱点头。

“子建！”她叫着他的字，微微一笑，“贤弟也来此游玩？”

“我追着嫂夫人的背影而来。”他如实告知，毫不隐讳，“小弟想与嫂夫人独处一回！”

她惊讶地瞥了他一眼，半转身子，抬头望着别处，轻声说：“叔嫂不通问、勿嬉笑，此乃常礼。难道贤弟置禁忌于不顾了？”

“周礼三千，皆缘人情而定。”他倒显得镇定，说得从容，“嫂夫人早年曾以仁德恤民名闻乡里，嫁到曹家又以贤淑亲和令人称赞，我曹植也是书礼通达之人，想必在一起遇会就做下苟且之事了？”

“那么，贤弟急于见妾，有何指教？”

“……”他竟然语塞。

“男女之间，本有大妨。”她正脸正眼地对着他，庄重严正，“曹家家法严厉，父令如山，对外对内都是说一不二，贤弟切莫有非分之念，非分之举。”

“小……弟……知道，嫂夫人……原本也是诗文妙手，小弟拙笔，写了一首《感婚赋》，请……”

“别说了！”她显得烦躁而生气，很深的双眼皮向上一翻，被滢滢水光包围的眼珠完全显露出来。“君子淑女缠绵悱恻的东西我不想看！你想到哪里去就尽早去吧，否则，我就立即离开这儿！”

曹植满脸通红，踌躇了一会儿，嗫嚅道：“好……好……我……回去了，嫂夫人……早点回来！”

他转身快步，急急离开这尴尬之地。

好像宣示似的，她定定站着，目光对着河滩那片开着银白色穗花的蒲苇，声声入情地吟诵起来：

君当作磐石，
妾当作蒲苇。
蒲苇韧如丝，
磐石无转移。

……

他回头望了一眼，什么都明白了。

原来，她是为了面对这片野生蒲苇，抒怀明志而来！

这，不也是自己内心的祈愿吗？尤其是，面对子桓，那个整天激昂乐观很有心劲又对自己体贴入微的大哥，他怎能有非分之念呢？

他立即站住脚，会意地回头望去。

她正好向这边凝望，与他目光相对，又倏地转过头，挺直身子望着前方，两鬓乌发和脚面的裙裾被渐渐猛烈的西风吹得飘飘袅袅。

他又觉难堪，急忙跷步向回走去。

她在他身后又口齿清晰地吟咏了：

维天之命，（天公传下旨令）

于穆不已。（美德流传不停）

于乎不显，（这岂不是光明）

文王之德之纯。（文王之德昌盛）

假以溢我，（嘉言善道盈溢）

我其收之。（我应将它尽用）

骏惠我文王，（法度顺应文王）

曾孙笃之。[1]（子孙万代笃行）

这响过耳畔的声音，是在彰显自己追求美德之心，还是为了赠予、互勉、激励？

他心海的潮水顷刻间汹汹奔腾了。自幼喜读《诗经》的他早就把三百零五篇烂熟于心，这首《维天之命》最为上心，因为授课的那位老夫子曾明示说，《诗经》的道德境界就在此篇，可用“维天之命，于穆不已”一言蔽之。

自愧自疚，脸红心跳。他加快了步伐。

但是，此刻，在嫂子分娩之后，在自己的房间，为何又有无法排遣的惆怅滋生呢？

曹植再次对着铜镜，注视着自己刻意饰化的粉脸，回想嫂子嗔怨时那张银盘大脸上的表情，那很深的不断眨动的重眼皮，滢滢水光包围的黑眼珠，令他心里一阵惶悚。那首《维天之命》的吟诵声似乎又在耳边响起了。

“咣当”一声，他朝这张粉脸打出一拳，胳膊肘撞得铜镜跳了一下摔在砖地上了。

[1]《诗经 · 周颂 · 维天之命》

"连一个女人都不如！你能成大事吗？你算什么绣虎？"他抓起榻上的丝布绣花枕头朝自己的脑门狠砸，泪珠滚滚落下。

三、兄弟乘骑

镜子里又出现了一张脸孔：上下长吊的月字脸黄中泛青，两道弯眉下的眼睛焦黑有神，瞳仁特别凸显，好像不是融进眼珠，倒像贴上去一样。

你何必傅粉何必虚华呢？难道你的才华你的禀赋不足以令人折服吗？

曹植自幼便以异质才童名闻遐迩。他的母亲卞氏因梦绣虎而有孕，五岁时已能过目成诵，将诗文吟咏得抑扬顿挫，声声妥帖，且长得长身长脸，浑身皮色发青，似为病相，但却喜欢蹦跳，生机勃发，使人想起竹林里出土不久刚刚脱掉包叶的幼笋。他的祖父曹腾当过汉桓帝的中常侍，得到不少御赐宝物，其中有一把九华竹扇，细篾精编，纹自成图，看似一片华茂的虎皮斑纹。一日，曹腾在院中手摇九华扇纳凉，刚会挪步走路的曹植在门口看见爷爷，口里喊了声"我要"，那竹扇便从那边脱手而飞，呼呼飘来，直落到他的小手中。曹腾惊得连声"哎哟"，后来对曹操说："九华扇本是光武帝亲传，代代天子临终授言，此扇必配才高华茂之士，左扇右笔，另为九五。是为何意？"曹操抱着双手攥紧扇柄的曹植，望着他发青的脸皮，凸显的瞳仁说："或龙或虎，登峰造极，就看他日后的志向了。"

曹植自己也会感到一些异样。每每课堂，展开书卷，那些竹简上的个个字体，总会嗖嗖有声地向他的眼目飞来，又在他的脑中落根，过目之后就了然于心了。他不光记忆惊人，而且阅读广泛，对于宇宙生成，天地玄机，古代圣哲，山水风光，也饶有兴趣。

"要说立志，我曹植原本心雄万夫！"对着铜镜里自己的脸颊，他非常自信地撇着嘴唇。他想起兄长曹丕对他"胸无大志"的训斥，心里有一种沉重的懊悔。

坐在案几前面，面对一摞摞书籍，他立刻有了沉浸于其中的冲动，一对凸显的眸子顿时亮了许多。

拿起父亲当年翻阅过的《太史公书》，正翻到卷首的《五帝本纪》，好友杨修匆匆赶来了。

"我知道你有鸿鹄之志，伏羲、黄帝、尧、舜、禹之类的圣人，才是立身的楷模。"之后，杨修来了个"然而"，他认为，对于他来说，立身的前提是立嗣，立嗣立稳了才有可能成为一代贤君，如果立嗣失败了只能得个闲职，甚至沦为阶下囚。

说得曹植当即发懵了。

杨修对他详叙了孔融在洛阳、许都和邺城摇唇鼓舌煽风点火的情形。孔融已经看清了曹公的意图，待平定江南之后曹家独霸天下的意图就明朗了。

“你和曹丕必有一争，不如趁早准备！”

这是他今日登门对他劝说的主要用语。

“生于豪门，其实是很悲哀的！”白面书生的杨修瞪着那双大得出奇的眼睛，提出一个令人震惊的看法。他扳着指头细数，从七百年前的周景王的王子们数到当今袁绍的公子们，数不胜数的帝王贵胄之家发生了血拼之祸，说明权位是把杀人的利刃，谁都想为它舍命争夺。

“你的优长之处在诗赋文章，明公登高必赋，颇喜文学才士，”杨修嘱咐说，“你若以此占了上风，博得父亲看重，就稳操胜券了。”

提起和兄长争夺什么，曹植就觉得非常别扭。兄长那么可亲，那么仁厚，为何要与他争？如果他有继位的愿望就满足他行了，我作为弟弟自然应该礼让，而且是真心诚意，为何去争去抢？

“你要多读《诗经》《楚辞》，司马相如、扬雄、班固、蔡邕等人的赋，还有乐府民歌、民谣。曹公的诗都是唱出来的，多为《相和歌》写的歌词，既有《诗经》的功底，又掺和民间谣词，你要尽量往这儿靠。”

杨修说罢，看他不言不语犹豫惘然的样子，叹息一声就告辞而去了。

“我仰慕的是大圣先贤，他们都是可敬的温温恭人，尧、舜、禹、许由、巢父、叔齐、伯夷，都有谦逊禅让的佳话流传，我岂能以小弟之身与兄长争夺？”这么一想，他心里反而很平静了。“暗恋嫂子对他有所嫉妒，我已经很内疚了。再说，嫂夫人对蒲明志，那样忠贞于他，为了嫂夫人也该尽量成全他吧？”

此时，窗外响起一片人喊马嘶的声音。

“子建，整日闷在房中不怕身子发霉？快，随哥们一块儿耍弓子去！”是二哥曹彰在喊。

曹植赶紧出门，看见大哥二哥各牵着一匹大马，戴盔穿甲，腰挎箭囊，斜背一把弯弓，分明是去练习骑射。

他对弓马剑戈有一种本能的怯惧，虽然父亲明令操练，却总是难以喜欢。

“我正在读书，二位兄长去吧！”

“不行，这是你的短处，非多多操习不可！”曹丕看他仍然站在那里，向曹彰招手指了一下，“把那个东西给我扛过来！”

曹彰哈哈笑着跑来，不容分辩，就像夹着一根木头似地将他裹在腋下，又抱在怀中，扔上曹丕的马背。

四野的风徐徐吹来，带着初夏的温热，吹拂马颈的长鬃，吹动大路两旁的白杨树叶，送来周遭田地里即将成熟的麦子的清香气息。曹植却视而不见充耳不闻这些景致气息，他的全部精力都耗在马身上。前面是曹彰的枣红马，四蹄生风，一路狂奔，他胯下的这匹名号“鹏腾”的白马紧随其后，奔跑的速度一点也不逊于前者，而且也不需要下达任何指令。但是正因为它旋风一般的速度，过于精灵的习性，让疏于乘骑的他心生畏惧。他只觉身子不稳，忽左忽右，前倾后斜，双胯撑得过大，屁股颠得生疼。

“注意，前面有树杈，弯腰俯首！”曹丕的嘴唇贴着他的耳畔提醒。

他立即照办。额头几乎挨住马鬃，马喷出的腥咸气息被他大口吸进喉咙。路边斜伸过来的白杨枝杈扫过他的后背，唰唰唰一片响声。

他心里掠过一缕惊悚。惶恐间刚一直腰，看前方二哥的坐骑拐了个急弯，一霎间消失在行道树一侧。

“身子前倾，头向右斜，踩紧马镫！”曹丕说着，双臂搂住他的腰杆，抱得很紧，箍得他的小腹一阵憋疼。

“前面有沟！”曹丕又喊了一声。

曹植心里惊慌，不知所措，曹丕已急急伸手接过马缰，命令他身子前倾，夹紧马肚，臀部提起，他自己用脚后跟朝马身狠蹭了几下。啸风白马奋起前蹄，腾空一跃，越过一道沟渠，进入一片开阔地带。

这儿一片蒿草，平坦空旷，成了众多武士的训练场。曹彰跳下马，回头望着他们。曹植下马后打了个趔趄，几乎倒在地上。他手按膝盖，慢慢站直身子，挪步朝白马走去，心想拉住马缰。眼看接近马尾，突然，马尥起了后蹄，一个蹶子飞来，正好踢向他的前胸。曹彰高喊一声“当心——”远处曹洪等人也急得大叫。曹植没有料到马会突然袭击陌生的来犯者，哪里有防范！他只觉身子被谁猛推了一把，就斜斜躺在地上了。

情急中推他的人正是蹲在一旁整理弓箭的曹丕。他在这个瞬间突然侧过身子，推走弟弟，把屁股拧了过去。可想而知，他像被暴风抛起来一样一个猛子就蹿倒在远远的草地上了。

整整半天，曹洪、曹彰、曹植及不少曹门中人，都焦急地将曹丕围住救治。

“蠢货！你怎能在马尾巴后面走动！”曹彰怒气冲冲，陡斜的剑眉一耸，唇上的茸茸黄须颤动起来，“平时不沾马，才闹出这种笑话！”

曹洪一边在曹丕的屁股上揉搌，一边和气地望着曹植：“贤侄呀，地盘是在马鞍上打出来的，不是在书案上写出来的。你的父亲一生都在格杀，直到如今，夜间安寝铠甲穿着格虎大刀还在卧榻边放着，他还要仗仗打在最危险的阵前。”

“叔父哇，子建才华出众，只是偏爱读书罢了。”曹丕痛苦地趴在地上，此时黏汗湿透的内衣已经由体温暖干，但双胯被马背颠磨的疼痛丝毫未减，屁股上的蹄伤倒在其次。他艰难抬头望着曹洪说，“如果他的武艺大有长进，曹家就有顶门杠子了！”

曹植俯首忍泪，不敢抬头面对众人。他的心里还想着另一个人。杨修呵杨修，你本是外姓之人，为何要自作多情，挑拨我们兄弟之间的关系？

“这匹‘鹏腾’就送给你了。只要常常操练，你肯定弓马娴熟，成为杀伐骁勇的虎将！”曹丕还在为他鼓气。

第七章 豪强与下民

一、街头偶遇

王修枯坐大堂已经三天了。

静悄悄的厅堂，除了王修自己翻动户籍田亩册页的清脆响声，就是主簿与两个差役的轻微走动声。与先前一群一拨的黔首百姓前来申冤告状，整天吵吵嚷嚷终日忙忙碌碌的景象相比，这儿简直成了清静的道林宫院了。

戛然而止！匪夷所思！难道一夜之间神灵将福祉降到了万千百姓家？

然而，他的助手，魏郡别驾徐良却进厅向他禀报了好消息：今日有不少自耕户缴纳绢绵，仓有所进，抗租罢赋的暴匪逆流终于消退了！

"哎哟——多少户？多少斤？"王修一怔。

三十多岁的胖高个儿徐良一脸喜色："约有一百五十户，绢五百匹，绵五百斤。"

王修难得一笑，但此刻他的麻刀瘦脸上有了一丝难掩的笑意。

徐良走到几案边，将手中的记录纸页递了过去。

"难道那些庶民告的是刁状？"他又犯了疑惑。

"不可能是刁状。"徐良分析说，"那些哭哭啼啼的苦难下民一看表情就知道是良善之辈。他们所告的人，那些豪强地主，一听草民到郡所上告了，心怯了，胆战了，让步了，出'血'了，把钱粮绢丝拿出来，赔礼讲和，官司也就撤了，租赋也就缴了。"

说毕，他两手一摊："都知晓王太守的厉害嘛！"

王修低头苦笑，对这种当面阿谀，脊梁骨一阵阵发冷。

一会儿，老友陈琳赶来了。

陈琳与王修曾同在袁绍帐下共事多年，交谊不浅，常有来往。他听到了孔融游说与王修会面的风声，替他担心，就赶过来了。

“我这人从来不避嫌，不怕主公误解，也不怕革职杀头，只怕亏了自己的良心。”王修望着陈琳，语调平平，口气淡淡，没有叙说如何与孔融交谈。“孔文举先生非议曹公固然不对，曹公是否真的能救治天下，当下还很难说。”

“不要说了！”陈琳警惕地望着身边的徐良及其他几人，声音压得很低。

“曹公对我委以重任，他也有打击豪强、悲悯下民的良苦用心。去年邺城到手就下令免除河北一年租赋，接着又下了《抑兼并令》。”王修凝望着陈琳，又环顾左右，说得一字一板，声调铿锵。“但是，光有命令法度是不够的，裹在事情的纠葛中，才能看出下令者的决心。汉光武帝当年何其英明，眼看着豪强地主势力日益猖獗，他们又有各种特权，严重削弱了国家的赋役收入，便下诏度田，核查垦田与户口实数。但京城和光武帝家乡南阳一带的豪强大户联合起来滋事生非，闹得帝王皱了眉头，最终还是屈服让步。”

“我明白足下的意思。”陈琳不愿在厅堂之间与他人一起议论朝廷，便起身告辞。

王修却起身摆手，邀他一起去大仓查巡。

所谓大仓，即官府存贮收缴来的租赋的仓库，由于四周筑有城墙，也叫仓城。王修任魏郡太守的当日，就来仓城亲自盘点了粮食丝绢贮量，早就心中有数。赴任之前，曹操为他饯行，破例开了酒戒，给几案上的青铜高体细腰翻口觚倒满九酝春酒，让他一连饮了三觚。曹操只说了一句话：“孤的酒可是满杯满盏的啊！”

“我的仓城也会满起来的！”他应答。

仓城位于邺城南端，那儿有一片平台高地。马车出了郡所大门，沿着西门豹故居所在的东西大街一路疾驰。十月深秋，飒飒西风吹落了街头银白杨的叶片，悠悠飘动的枯黄叶片挨地后又忽闪拂起，两排店铺门前，来往的行人脚下，都被呼呼滚动的黄叶撞着了。

“秋风凉，谷子黄，手把镰刀扦高粱。”王修望着街面飘闪纷纷的落叶，忆起家乡的谣谚，禁不住吟诵起来。

陈琳随口吟咏了几句《诗经》答对：“九月修谷场，十月谷进仓，早谷晚谷与高粱，芝麻豆麦满袋装。”[1]

陈琳吟罢，指着旁边几个担着藤筐卖谷子的人说：“看，他们挑的谷子黄澄澄的，看来年成不错，你这个太守不愁仓饱了！”

突然，马车停下来了。

王修发现了一个熟悉的身影：街道左侧一个肩挑箩筐的老人，腰弯得似一把弓，头缠一块黑色麻布。当他头拧过来望着这边时，王修的眼睛似被什么刺了一下。

他们将弓腰老叟围住了。

“老者，还认得下官吗？”王修朝他双手打拱，笑眉笑脸地问。

弓腰老叟放下担子，扭头看了他一眼，流着汗水冒着热气的核桃纹脸盘霎时变得煞白。他瞪着眼睛，嘴唇抖动了几下，又急忙背过身子。

“老者，太守向你提问，休得无礼！”徐良走到弓腰老叟对面，对他大声斥责。

老叟慢慢转过身子，将头低下，原本弯着的上身恰似笼子上端的木提系。

王修心里沉沉地发闷：他怎么变成这样？几天前来治所申冤，没说几句，孔融来了，令他暂避一时，之后再未见他过来。难道与欺压他的地主和解了？

“老人家，到底发生什么事了？”王修伸手拍着老叟的肩膀，“不用怕，尽管说。”

这当儿，陈琳忽然惊叫了一声：“单耳人！威风八面的鼓客！”

果然，伍长单耳人带着两个年轻兵卒朝他们快步走来了。

“陈记室，巧遇！巧遇！”单耳人笑眯眯地望着陈琳，又气咻咻地望着那位老叟，“我们正在找他！”

单耳人说罢猛然扑到老叟旁边，抬起一脚，朝他的屁股猛然一蹬。老叟打了个趔趄，头往后一仰，身子往前一倾，扑倒在迎面伸手帮扶他的徐良怀中。另外两个兵卒早已动了手脚，将扁担和两个谷筐夺了过去。

王修的深眼窝里盈满怒气：“大胆！你们干什么？”

“这是太守王修先生！”陈琳拉住单耳人的双手，急忙向他说明王修的身份。

“是太守了好，巴不得到府上叩头作揖，我们是瞌睡碰见枕头了！”

单耳人说着，扑通一下跪在王修面前了。

那个弯腰老叟却像遭遇天大不幸似的抬头痛哭，面对围观的人群呜呜长啼，声音非常凄惨。

---

[1]《诗经·豳风·七月》，原诗为“九月筑场圃，十月纳禾稼。黍稷重穋，禾麻菽麦。”

二、缉拿孟虎

陈琳与单耳人是在曹操府邸认识的。作为曹操身边的记室主管，他常常见到这位军职低微的伍长居然像一位大将军似的频频出入曹操幕府。

“我的那首诗《谣俗词》，正是写他。”曹操曾对陈琳说明原委。他黧黑的容颜泛出一层油光，黑豆眼射出灼灼亮色，低矮微胖的身躯忽然拉长了一截。

他挺身站着望着他们半吟半唱了：

瓮中无斗储，

发箧无尺缯。

友来从我贷，

不知所以应。

曹操的吟唱中带出《相和歌》中挽歌的苦悲，似乎在出殡的一片缟素的队伍中哭号。

原籍青州北海的单耳人是以自己残缺的脸形和精熟的鼓技引起曹操注意的，叙说家世中的细枝末节感动了他的主帅。但是他的家庭的苦难远远不止这些。在他参加黄巾起义的前十年，数十户本家门系的三百多口人已不堪活命四散迁徙，其中一支逃往冀州。他怎么也想不到随曹军进驻邺城后能在这儿碰到二十多年未有音信的堂兄。

“他就是我的堂兄！”单耳人面对陈琳指着还在悲啼哭号的老叟。

“唉，叫人踩惯了的软蛋呀！”单耳人又长叹一声，皱纹扯到左边缺少耳轮的耳孔旁边，精瘦的身子也抖动起来，“谁叫你去缴租粮的？”

他对这位年已六旬的堂兄充满气愤。前些天，他鼓动他与邻居们一起告状，大户孟虎多年来瞒田短亩，强迫乡邻租户代出租赋，逼得穷民只有冒险向官府申诉了。但是，孟虎毕竟是“猛虎”，闻知有人告状，连夜派官兵将起事的头目抓捕，并公然砸门抄家，抢掠财物，将其妻儿老小赶出门外，故意杀鸡儆猴，警告乡人。

“这个孟虎，就是那个送白圭的人！”徐良立即向王修提示。

王修想起来了。

早在两个月前，田里的谷穗刚弯了脖子颗粒还未熟饱时，一位四十多岁的魁梧汉子来见王修。此人头戴紫色无檐平顶帻，身穿淡蓝宽袖紧袪曲裾袍，领口至下摆蜿蜒贯通了菱形纹勾边，脚步一动浑身就流溢出丰满雍容的曲线。他朝王修揖礼后首先慷慨说今年将全力支持官府，自己的二百三十顷良田租赋可于九月上旬缴纳，届时不论收成如何不管收获与否都会不误时机，在全郡做一纳赋楷模。王修观他的言语举止不像个无信鼠辈，也不似鲁莽野夫，便信以为真，心中满怀感激。王修本不随和善谈，只是露出微笑连连点头。此人当即得意，话语滔滔，炫耀其门第显赫，家资巨亿，之后便露出意图:提出将十六岁的女儿许配王太守的公子。王修坚辞不许,此人还要坚持,气得他离开厅堂拂袖而去。这外表儒雅的汉子怀中还揣着一件精致宝物——西周王室白圭，递到旁边陪坐的别驾徐良面前，要他转交给王修。“联姻不成，交谊如何？”

徐良哪里敢接，但也因此忘不了此人嘴脸。

“王太守，小卒看中大人的清廉正直，才鼓动堂兄去大堂告状。”单耳人恢复了平静，面对王修弯腰揖了一礼，“曹公的主张我尽知，他要得民心，除恶霸，是民众盼望的救世真人。你要是不为下民做主，下民也不会饶你，我会把青州鼓打到你的大堂上抡圆了打！”

“魏郡乃冀州首郡，太守难当呵！”陈琳目送单耳人及弯腰老叟离去，轻声向王修感叹。

街头依旧熙来攘往，落叶依旧飘飘摇摇。

“难道下民真如秋后西风里的白杨树叶子吗？”王修自语，久久伫立不动，“我可不是叫人踩惯了的软蛋！”

次日，王修亲率一千名兵丁，去十里外的小镇缉拿孟虎。

孟虎已经有所防备。

他此刻安然躲在自己的深宅大院里。这可不是人们习见的庭院深深，楼台水榭，而是坞堡庄园。所谓坞堡，就是壁垒森严的城堡，外有环绕的深沟，上有高耸的望楼，防御设施完善。庄园里，除了连栋无数的居室，还分布着仓楼、谷囤、地窖、蚕室、织屋、磨坊、手工作坊，养牲畜的马厩、牛棚、猪舍、羊圈，并有经营日常百货的店铺。如果兵匪围困，守它一年半载也不妨事。

王修率领的徒卒虽然兵临城下，却不能给这座坞堡造成任何威胁。隔着两丈宽的深沟，兵士们只有填土造桥，但城上的防军就会发弩放矢，何况城墙如山，即使越过沟壕又能如何？

王修望着高城上布满防守的兵士，当即就失望了。他的兵卒全是多年的府役杂丁，没有经过正规训练，也没有经过战争火拼，抓捕逃犯对付乡民暴乱还能凑合过去，攻城拔寨就成了一件难事。但他还是下令进攻，就近砍树剁木，强行搭桥。但是兵卒们刚刚接近大沟，就被飞来的乱箭射倒。眼看着这些面带惧色的汉子白白伤亡，王修于心不忍，只得下令收兵。

回到府邸，这个一贯硬气的太守便如霜打的菜秧，身心都蔫下去了。家藏百卷书，不抵一歹徒；郡守何渺渺，乡霸何巍巍！

“朝廷何在！太平何在？苍天何在……”

王修如一个犯了疯病的人，衣冠不整，脱掉鞋袜，独个儿在偌大厅堂旋步狂颠，挥臂高喊。

徐良闻声进来，却只能静静呆立，不敢近前。

筋疲力尽，王修软瘫一般，躺倒在地。

“不如上报曹公，求他发兵。”待他缓过神来，徐良悄声建议。

“不必。”只说了两个字。

王修用了绝招。

三天后，攻城依旧。

站在士兵们前面的是一位形容整肃的文职官员，身穿深红色宽博大袖张袂白袪绫袍，头戴前高后低长八寸横二梁的进贤冠，腰扎金色绶带，佩鱼形刀，高坐马背，颇有威仪，又从容不迫。他根本就不朝城楼望去，只是朝身后的士兵指画吩咐。

王修的举动让城上的家兵不知所措，面对朝廷大官，箭矢不再射出。

半个时辰过后，桥梁即将搭好，城门打开了。

“王大人快快请进！”城上有人高声邀请。

三、谁在幕后

王修虽然以自身性命孤注一掷，赢了城门大开这一盘，但愿望还是落空了。

孟虎已经从北面的后门逃之夭夭了。王修本来在这儿安排了围守兵士，但人数很少，孟虎的家兵突然出门冲杀，兵势强盛，锐不可当。这条地头蛇逃窜时，他的妻妾儿女一家老小也一并乘车随行了。

王修得到的并非一座空城，仓楼里的储粮，地窖里的财物，织室里的帛绢，厩棚里的牲畜，价值不菲，足以折还不少租赋。而且，他还博得以法行令的成功，干出令万千下民拍手称赞的快事。理应庆贺！

但在这个庄园内浏览查点时，抬脚行步，目睹耳闻，事事物物，宗宗件件，都让他的思索深深地沉入到那个常常泛起的忧虑之中。自己的嗜书如命，厉行节俭，君子慎独，崇尚忠贞的心性行为，无不以仁者爱人，天下大同为目的。可是，这里的一切，不仅展示了贪婪、奢侈、残暴和为所欲为的肆虐，而且也显示了它们的主子摧枯拉朽一般势不可当的魔力。

就在当日，单耳人的堂兄弓腰老叟就匆匆赶来了。他找到一些本族弟侄，他们早就像囚犯一样待在这儿，有的是家兵，有的是饲工，有的是杂役，还有几个做婢女的不知去向，死活不明。

弓腰老叟带着这伙奴丁在庄园中心的豪华厅堂见到了王修。在他跪地行礼的一霎，他的麻布头巾牢牢挨住地面。这伙奴丁齐刷刷跪了一片，掩面哭泣，无限悲伤。不到十年，因为战祸天灾，他们的田地被孟虎以租借贷当的方式吞噬掉了。走投无路，只有依附到王修的门下，充当他的“荫户”，像鱼儿离不开水一样委身养命，并且世代因袭，难以脱离。弓腰老叟是田亩渐渐减少的自耕户，也没有自己独立的权利，慑于坐地虎孟家的横行无忌，每年都要完成代替纳赋的定额。前几天他挑担交谷，只是今年代出租赋的三分之一。本来，堂弟单耳人怂恿说有救世真人曹公当家，今非昔比，不用再做傻驴了。在孟虎摊派的指令下传后，村里敢言的承头人还召集了一些乡民去告状，但孟虎立即将年轻的承头人用铡牛草的铡刀切成几截，令家兵挑在长矛上游街示众……

“‘下民贫弱’，下民太贫太弱，‘豪强擅恣’，豪强擅权放恣，因而草民百姓就‘不足应命’了！”[1]想起曹操去年九月刚刚夺得邺城就下了明令中的文辞，王修面对长跪不起的难民，抑郁悲愤连声感叹。

“我们恨不得将这等恶人噙在嘴里，咬来咬去，嚼成渣渣末末，咽到肚里！”弓腰老叟又放声哀号。

几天后，徐良报告了孟虎的下落。

还是在魏郡，与偏北的邺郡接壤的地方，有一户柴姓世家，早年出过不少高官，东汉又出过几个地方官员，世代经营盐铁，家业颇为丰隆。由于与袁绍重臣审配联姻，柴家前些年在冀州跋扈一时。袁绍败亡后柴家冷寂下去，今年夏天过后家主柴坤又频频走动于洛阳许昌，在邺城停业的盐铁店铺又重新开张了。柴家的田亩不过是孟虎的两倍，但盐铁生意兴旺，商号满街，财货难以计数。柴坤也曾举过孝廉，腹藏诗书，胸中有些韬略。据徐良近日核查，孟虎与柴坤也是儿女亲家，平素多有来往，那天逃

[1] 曹操《抑兼并令》：“袁氏之治也，使豪强擅恣，亲戚兼并，下民贫弱，代出租赋，衒鬻家财，不足应命。”

窜乘了十八辆双轭轿车，从东南向西北的一条斜路直直过去两个时辰就赶到柴坤那里了。

怎么办？依然派甲兵去攻柴家的坞堡吗？

望着别驾徐良，王修陡斜的眉毛骤然抖动了几下。他犯了踌躇。

林子深了，老虎大了！

老虎大了又有何惧？即使能吃人，人被吃了依然是人！

就这样，一个心志光明、行为磊落的官吏，在棘手的碰撞发生时，反而迸发出抗争下去的硬气。

王修当即召集所属吏员于厅堂议事，通报此事经过，宣读了两道指令：

一、《缉重犯孟虎令》

豪霸孟虎，武断乡曲，私瞒田亩，强令弱民兼赋，虐弑上郡不堪黔首，畏罪出逃。有藏匿罪人，为逋逃主者，当以同案并缉。

二、复申《抑兼并令》

昔圣皇光武帝下诏“度田”，令“州郡检核垦田顷亩及户口年纪”，今司空兼领冀州牧曹公下《抑兼并令》，同诏旨义，戒豪强擅恣，瞒田减租，黔首兼赋。复令县亭部吏历行不殆，严查检核，无令孟虎类强民有所隐藏，而弱民兼赋也。

王修激昂高亢的宣读声在厅堂里回荡。毕竟这是代表朝廷代表官府在执法，在威慑，又含着对那些目无官府藐视本郡守的满腔仇恨，一股特别拥堵的气息发自丹田，鼓满胸膛，喷出喉咙，显出变形的尖细刺耳。

黑压压坐在一起的所有吏员都被太守的声色形容触动了，感化了，被这内外俱在的威严与激愤撞开了围住心潮的堤坝。多年以来，地方豪门与上层权门勾结，横行无忌，欺凌下民，恶迹昭著，州郡官吏不敢过问，逼得农民暴起反抗。若能抑制豪强，打击不法恶霸，必定让广大百姓开心。可是像柴坤这样树大根深的望族，不论谁在邺城主政，他都能打通关节接上关系。他们世代违法经营盐铁，历任主治官员也奈何不得。像柴家这等户族根本不把地方官员放在眼里，吏员们平日里都憋着一股暗气，就看此番王修是否能将这条恶狗除了！

王修宣读指令一毕，还未结束厅议，大门外忽然传来一片嘹亮悦耳的弦歌声。

待厅议结束，吏员们走出大门，才发现弦歌演出正是冲着郡所来的。

这儿正是郡所门口的空场，里三层外三层围满了观者，挤得水泄不通。从曲调和歌声中可以听出是民间流传的“相和歌”，伴奏的是一架激越的秦筝，歌声是艺伎们清亮嗓子的和声。

狗叫声声闹喧喧，（狗吠何喧喧）
官吏大人到门前。（有吏来在门）
披上衣服出门看，（披衣出门应）
原是官府催税钱。（府记欲得钱）
说尽穷困求延缓，（语穷乞请期）
官吏反而怒气添。（吏怒反见尤）
转身回到屋里看，（旋步顾家中）
室内空空好穷酸！（家中无可为）
有心找人去借贷，（思往从邻贷）
邻居已说钱用完。（邻人已言匮）
钱呀钱呀难上难，（钱钱何难得）
令我憔悴发熬煎！[1]（令我独憔悴）

显然，场中唱的正是官府催粮逼赋的情形。

王修的车子从大门驶出后，被等在旁边的陈琳拦住了。

陈琳隔着驭夫的脊背拉住王修的手，要他下车观看。他告诉说，邺城艺伎班专程声援来了。他还说，艺伎班头目獠人与孟虎柴坤是冤家对头，獠人的舌头就是在柴坤家里被割掉的。

“嗟夫！”王修惊叫一声，立即跳下车子。

[1]《汉乐府·刺巴郡守诗》

第八章 同一个夜晚

一、军营之夜

直到傍晚，西天显出一钩清冷的新月时，曹操才回到统领帐中。

已经有两根蜡烛点燃在青铜高杆擎台上了，烛焰如一只伸展朝上的手掌，似乎凝固了一般，不摇不跳，发出沉闷的黄白难辨的光亮。

曹操在案几边坐定，目光习惯地对准了那块来自城墙上的土疙瘩。在他眼里，这块土疙瘩时常在变。它时而像马蹄，会发出催马疾驰攻城夺寨时的“嘀嗒”声；时而如秤砣，它分明压住了天地乾坤这杆大秤的分量；它是待雕的玉石，金色印绶系着的那枚玉玺也会由它刻镌。

此刻，望着这日日不离的土块，他的心里异常沉闷。连续一月，攻城不克，天寒地冻，滴水成冰，不少士兵冻得体肤红肿起疮，人人都成了血红鼻子。而且，崎岖山道运输不便，已经十天没有给养。驻守壶关城的高干，这个袁绍的外甥，投降复又反叛的无赖，凭借山势之险，五万精兵之勇，守得滴水不漏。出于无奈，他抛出了最后一招——下了绝令：“攻下城池，不留活口，全体活埋！”

这道铁令，是今日午后全体将士吃罢羊肉酒宴满头满脸大冒热气时冲着城墙上的全体守军齐声喊出的。

下午，他和几个将领仔细检查各部的准备情况，又做了一番部署。不知不觉，天色黑了。

激战前夜，心绪与寒冬的酷冷正好相反。也许是羊肉黍酒肠肚装得太饱，他觉得浑身燥热，胸口胀闷。

望着烛光中愈显浑黄的土疙瘩，他头脑一阵发晕，很快闭上眼睛。

这时，卫卒通报说，伍长田艾来了。

田艾即单耳人。

“快请！快请！”曹操立刻焕发出一股喜悦之情。

单耳人本来就单薄消瘦，耐不得寒冷的身子在冬夜里尤显得不堪忍受。脸孔不像脸孔，突出的双颧与鼻头三点通红，两只眼窝青黑，其余全是紫青，烛光下真像一个跳出坟墓的骷髅。

这容貌反而让曹操怜惜感动。待他揖礼后站到几案旁边，他一只胳膊伸过去搂住他的脖子，顺势提起胸前紫色锦袍的下摆，将他使劲拽过来，让他坐在他的膝盖上，豁开锦袍下摆盖住他的双腿。

“不，不，我不怕冷！”单耳人挣扎着，推开他的双臂，双脚蹦着，躲在一旁。

“我正要找你呢！”曹操兴奋地指着他的鼻子，黧黑的脸庞放出一层闪闪油光。“你发现了山羊，这一个棋子让全盘皆活！”

确实，他准备破城后对田艾进行嘉奖。正当多日断炊，将士们饿得面呈菜色时，单耳人向曹操报告说周围山岭多有羊群，于是停战打猎，满载而归。曹操破了酒禁，从山民手中高价买酒。有了山羊肉高粱酒，士气一下子暴涨了。

“一个睡梦中知道的，神灵保护曹军！”单耳人说。真的，在夜晚的梦中，山林里一群头长弯弯犄角的山羊，似白云片片，叫声咩咩，在葱绿的草丛树干间流动。令人奇怪的是，竟然有一位白眉白发的老者，手挥拂尘指向羊群说：“羊兮羊兮，粮兮粮兮！”次日清早，他就只身去了附近山林，果然看见了羊群。

“神灵保佑，冲着你这救世真人！”单耳人神色恳切，毫无做作之态。

“神乎其神，天命在我！”曹操抓起青铜斛，倒了两爵美酒。

“咣”的一声，二人一碰，仰脖即饮。

酒后说明来意：明日攻城，建议曹公亲擂大鼓，他，带人上云梯！

“好！”他极力赞成！

单耳人走后，荀彧又来了。

香气袭人！看来外出从戎，身处军旅，他熏衣的香料换了。是那种山洼野地常见的茵陈的气味，浓郁的药香，随着他的蓝锦白底靴的前行，一直蹿到他的面前。

曹操惊喜地迎上前去："文若君，这般时候，还有劳前来议事？"

二人目光相对，含着同样的诚挚，同样的灼灼热气。

从路粹口中知晓了他对孔融的态度，他对荀彧由衷地增加了敬重。本来，在四年前他已表封荀彧为万岁亭侯，食邑千户，如今又准备为他增邑千户，并为他授予三公之职。以诚取人，洞见肺腑，他坚信会感化这位信义君子的。

荀彧自然也会看透他的内心。这个人向来以个人品行为立身之本，去留天地之间，浑身透出不露锋芒的凛然之气，因而对于曹操的感激也不会溢于言表。他揖礼后没有落座，直截了当地说明他的建议："攻下城池，不留活口，全体活埋"这个口号表明屠城的决心，虽然有震慑作用，但反而坚定他们死守的信念。如果针对头目高干一人，其余全部赦免，给予将士们活命的机会，就会离间他们主从之间的关系，瓦解斗志，赢得人心。

"高见！高见！高见！"曹操激动得双手打拱，"兵家有'穷寇勿迫''围师必阙'之说，放活口正合乎此理。一将无谋，累死千军，文若一见换得万千将士性命！"

直到荀彧走后多时，他还回味着屠城与活口战略的异同，沉浸在新方略带来的兴奋之中。

烛焰瞳瞳，渐渐深下去的暗夜时分让四周愈显冷寂。他用手摸住了面前的土疙瘩，攻城、单耳人、荀彧、王修、孔融、路粹以及远在许都的汉家刘室，眼前脑后的众多人物，明里暗里的计策谋划，全都往他的脑际拥挤。欢畅、得意、不安、焦虑，每每午夜独处于战地营帐，这种思索引起的烦冗滞闷情绪总要带来难忍的折磨。

自幼性大好色，快意莫过房中。戎马倥偬，野外营帐，总会有左右心腹为他暗中物色一女应急。可是今夜，在这人烟稀少的山林旁边，他们怎能找到一位看得过眼的红颜?

正在犯愁，堂弟曹洪一脸嬉笑地赶来了。

这神色，和当年在村外揭他青石碾上的老底，说他"常常骑的骡马"时的情形完全一样，无言中带着一种放肆的调笑。

他似乎明白了什么，还未说话，帐门口，多日未见的美妾尹氏面目一现，鹞子入林一般一闪身子就来到眼前了。

曹洪嘿嘿笑着，转身而去。

尹氏入怀，小嘴噘近他的耳孔，嗲声嗲气地说着粗话，"多日子干涝池，岸边子都生绿苔了！骨头心子痒得快出虫了！"

尹氏的粗俗言辞，对于惯读古书的他来说，犹如一阵清鲜的山风，有一种特别的筋道。一开始，这位出自大将军何进府中的少妇枕边露出几句粗鄙话，他听之受耳，便鼓励了几句，等于给她指明了路子。

“你今夜怎样伺候孤家？”他一手攥住她脑后的堕马髻，一手抚摩着她的脸颊，仔细看着他亲自为之设计的“仙娥妆”：修过的细弯长眉，耳垂下的几缕长鬓，不施粉黛的粉红腮肉，自然起线的环状唇纹，闪着茸毛的隆起额头，真切无掩地把女人的本色脸颜展露眼前。他刹那间有了青石碾上的春情涌动的感觉。

尹氏的七分放浪三分轻蔑让他一时火起，不过，毕竟五十二岁，不是放情任性的年纪，须有一套房中秘法。他使了眼色，朝她的脸蛋儿拍了拍。这是“咽津”“煨梨”的暗号。那个道家寿星皇甫隆，几年前向他传授了两条养生秘招，一条是“漱玉泉生津”，一条是“手煨两颗梨”。在这位道家方士看来，口中生出的津液乃天池之水，滋养气血，荡涤五脏，不可唾出，只可咽下，以补精血。本来，自己的舌头在口腔搅动，即可生津，但若有女人帮助生津，舌头与舌头在口腔交逗，生出的津液更汪更足。“两颗梨”是一种暗称，用手掌心将它向上贴托，以手温保暖，如文火煨梨，道家称“暖外肾”，有壮阳益寿之功。当然，姣美女人以她温软的手掌伺候，图的是另一种意趣。

尹氏上面伸舌下面伸手，上面绕绕拐拐搅搅碰碰，下面轻轻贴贴微微颤颤。这一手也是功夫活儿，几年前曹操把这活儿安排给她，她就很快上道，成为卧榻上配合最出色的女人。她知道，大凡有雄心创功业的男人，莫不看重寿命，因而在这件事上她格外上心。平时她关上门专练舌尖儿，手掌儿，练得舌头伸得很长变得很尖搅得很快，练得掌心在交磨中热得像火炭一样。曹操把满口的津液连连咽下，下面的温热令全身的筋骨爆热，一个大鹏展翅乌云盖雪，尹氏就化成一摊热水了。

她问：“你够了，神安了，心定了，贱妾能说几句话吗？”

“讲。”

曹操不待她说完就勃然动怒，先是一猛拳，又一个飞脚，将这个不知趣的小妾打下卧榻。如此聪明的她犯了妻妾言政的禁忌，竟然说起魏郡太守王修擒拿逃犯一事，替一位姓柴的豪强求情。

二、密谋之夜

当暮色渐渐变成夜色，岗坡上的树木变成黑乎乎的剪影时，曹丕还带着几个亲信在山林穿巡，为追寻一只中箭的獐子而纵马狂奔。吴质早就提醒他该撤回了，已经有九只鹿三十只兔子的收获，该知足该庆幸了，他却正在兴头上，哪里肯听。

直到将这只善跑的棕色獐子擒拿，天也黑得看不见路径，他才对吴质说："回吧，明日再来！"

回到邺城，已是夜间亥时。所有的店铺摊点都已关门灭灯，街上一片漆黑，行人稀少，无边的嘈杂声早已散尽。那个一贯面孔俨然的崔琰，此时一定还在留守府恭谨守候。他对吴质说，这些天有崔琰全盘料理军政事务，咱们才得以清闲狩猎，今日有丰厚的猎物可资展耀，也让他观赏一番，再送他一些作为酬谢，岂不两情相悦？

崔琰果然还在府内秉烛安坐，身边的值班吏员也都是严阵以待的神情。他走到崔琰面前深施一礼，一招手让吴质等人将两只鹿五只兔子抬了过来，粗重的黑眉一挑，咧嘴笑着说："崔公连日来辛苦值守，愚侄多谢了！"因为曹植已与崔琰的侄女完婚，崔琰也就成了他的姻亲长辈。

崔琰只是站起身子，并没有高兴地走到猎物面前欣赏赞叹，相反，他的神色冷漠，双眼含着明显的不屑。

"公子的锦袍呢？绶带呢？丝靴呢？浑身上下怎么成了泥毛猪？"他的一只手恶狠狠地朝他的鼻子点着，飘飘长须也在胸前随之颤抖，愤慨的情绪不可抑制。

曹丕一下子如房檐水遇到了三九寒气，直溜溜地僵住身子。始料未及，接受自己副手的质问，脸面上很觉得羞耻，但情理上不得不服。"身为朝廷官员，曹门公子，肩负重任，众望所指，理应竭尽全力，忠于职守，以图上进，怎能废正务邪，整日在山林逍遥？"这个崔琰，不仅是正人君子的品格，不苟言笑的脾性，而且博览群书，发言为论，引经据典。他说当年周文王不敢游逸田猎，要给各诸侯国做正道法则的表率，《尚书》记载了周公的这条戒律；鲁隐公喜欢水边观鱼，孔子所著的《春秋》对此无情讥讽。除了周公与孔圣人的教诲，《诗》与《礼》都有这类驱邪养正的记述，值得深察。袁氏家族，势大根深，称雄北方，门第何等显赫，就因年轻的公子们不能从严管束，过于放任，虽有百万雄兵，千里沃野，自己却无从立足。当今你们曹家，是天下人的希望所在。令尊大人三九严寒远征在外，邺城留守的职责难道不重要吗？可是你，贪雉兔之小娱，忘社稷之大局，看看你这身猥衣贱服，让人何等寒心呀！

说罢殷切之语，他又痛苦万状地用拳头击打自己的胸口，好像不如此发泄就会一命呜呼似的。

"好了好了，晚辈明白了！"曹丕连连揖礼，高声道谢，命人急急将猎物抬出。

“哎呀，这个崔公，貌似严正，实际上他最不严也最不正！”出了留守府大门，吴质不禁高声埋怨，表示对那个板起面孔声色俱厉训斥大公子的崔琰的气愤。依他看来，崔琰与曹丕虽有亲戚关系，但进了留守府就是上下级，他只是辅佐与幕僚，怎能对留守主公高声斥责？再说，目前邺城政局稳定秩序良好，哪有什么危机可忧？

清冷的月光照着曹丕凝重沉思的脸膛，他异常惭愧的心绪在吴质对崔琰的非议声中得到些许安抚。这位连他父亲也敢当面顶撞的人明明出于满腔热忱才如此动情如此恳挚，自己的过错因他的痛斥显得那么严重，无地自容的愧疚感压得他浑身乏力，吴质找出崔琰的一些弊病才让自己心里轻松一些。

“刚正端方，耿直敢言，父亲喜欢的正是这样的人！”曹丕说着，将身上穿的沾满尘土污血的短皮衣紧布袄脱下，狠狠摔在地上。

吴质极有眼色，急忙令兵士脱下棉衣给主子换上，备了车马，送曹丕回家歇息。

“玉体佳人在红烛之下绣榻之上静等，公子可以继续乘马驰骋了！”吴质扶他上车时适时地开了玩笑。

“当然，天下绝色美人，玉体横陈，只待驾驭，那交合之乐，比之飞马射雕，有过之而无不及也！”曹丕说得眉飞色舞，一颗心已经飞到那个久等闺房的妻子身边了。

吴质说得没错，美女甄妃不论夜间何时总是点着两根红色蜡烛，怀着新婚之夜的喜悦与隆重，脱光衣服在枕上静等，即使丈夫外出打仗也如此在空房独守。“她不光貌美，而且也心诚”。曹丕感激而自豪，常常在吴质面前显耀地夸赞妻子。

看着好友曹丕的车子在暗夜中隐没，吴质长长吁了口气，感到浑身完全放松了。和曹丕在一起，他不仅要绞尽脑汁地逢迎，说出让他顺心顺意的话语，而且有时要扮演仆人的角色，为他牵马踹镫，扶脚扶手。当然，这一切出于自愿，并非曹丕所逼。他乐于这么做。不仅是他，在他的背后还有几个人，他们都希望扒住这位曹门长子，以图拓展自己的前景。

寒夜寂寂，冷风袭人。吴质并没有及时回到住所，而是往陈群的家宅走去。四十三岁的陈群任司徒掾，主管教化，受到曹操重用，在官署东侧的官吏居住区有一套住宅。吴质几乎每天夜晚都要去陈家，而另一位神秘人物司马懿也会准时在这儿会面。

吴质赶到这儿时已将近子夜。客厅里点着几盏青铜壁灯，备着火炉，明亮温暖。吴质刚一出现，陈群和司马懿就着急地站起来，为他的衣着脸色而吃惊。他们知晓他陪曹丕整日狩猎，但想不到会弄得脏头污脸，血衣烂裳。

洗了手脸，换了衣服，一杯热茶在手，吴质便将曹丕如何陶醉于田猎，崔琰如何训斥其主子，一一讲述给二位。他们听罢久久没有言语。

“不得了，这样下去，此人将成为曹门的倚重之臣！”陈群面色阴重，眼神不安。

司马懿深深低着头，沉默不语。

陈群，能在曹操面前一贯柔声下气，却不能容忍客人神情的漠然。他朝司马懿高声质问道：“仲达，你怎么不开口呀？”

“倚重也罢，轻视也罢，我等有什么办法？这是人家的事情，只能听之任之，焦虑也是无益。”司马懿抬起那张皮色寡白的脸孔，半睁着没有睫毛的眼睛，以惯常的有气无力的声调说。这个年轻人虽然出身于名门世家，却对功名利禄兴趣全无，要不是荀彧竭力举荐，曹操亲自登门邀请，他至今还会在河内郡温县家乡赋闲修行哩！

陈群知晓他的心机很深，这种无所谓的态度虽然出于无奈，然而更是一种明智的期待。在他们看来，曹操极有可能夺取天下，谁能成为他的宠信之人谁就可能权倾朝野。那个崔琰过于清高刚正，眼里容不得半点沙子，像他们这样怀着私心的人必定会受到排挤。

“唉，子桓真的很感激此人！”吴质赞同陈群的分析，也和他一样心存忧虑。

司马懿沉静地望着他们，不紧不慢地说：“与其嫉妒，不如赞赏。”

陈群和吴质都愣住了，不明白他话中的具体含意。司马懿说，要是滋长了崔琰这种脾性，长此以往，直到曹公稳获大权，他就会有灭顶之灾。

“对，正是这样，曹公最有权谋，绝不会允许损伤尊严的事情在众人眼皮下发生。”

“见机行事吧！”陈群点点头说，“对于大公子，要不遗余力地缠附，一定要帮助他继承父业。”

“既要帮他务正，又要诱他走邪。”司马懿又是一次出语惊人，“除了飞鹰走狗，还有美酒、女色，诱他爱慕虚荣，纵情享乐……”

陈群似有疑惑，吴质当即问道:“这不是教唆使坏吗？如此一来，还能再黏住他？”

“不但能黏他，还能绑住他。”司马懿寡白的脸孔仍然显得很平静，“有本事的人都有爱面子爱享乐的愿望，本事越强，愿望越大。只要循循善诱，他一步步上瘾成性，还会有求于你。有求于你就会受制于你。”

“妙哉！妙哉！”陈群也不禁乐了。

司马懿却显得很不乐观：“这就把难题交给季重兄了。在他面前说顺心话，办顺气事，出主意，想办法，鞍前马后，讨好逢迎，还要往声色犬马上引诱。再说，曹公阅人历事，明察秋毫，岂有我们钻的空子？”望着吴质，他又将头深深地垂在胸前了。

陈群却不以为然。他知人察性的本领曾受到曹操称赞，他也对自己的这一长处深感自信。以他看来，他们在曹操面前奉行的策略——竭尽全力支持他的王霸事业，伺机维护士族地主豪族的利益——将会十分有效。他对司马懿安慰道：“曹公称赞足下有大略之才，一定会有腾达之日。”

司马懿反而惶恐地连连摆手，苦笑道：“不论曹公今后怎样对我，我还是要落脚到温县老家。我是个病身子，不离药罐子，在老家一边养病，一边为先人守墓。做官为宦，说到底是为人鹰犬，还不如给先人当守坟狗算了！”

“唉——你这个人！”陈群长叹了一声。

三、荒野之夜

初婚蜜月中的曹植尽管耽于房中，但这日在暮色沉黯月牙已现天际时分，他还在城北的荒郊野外忍受着风寒侵袭，迟迟不愿脱身。

他总算享用女体，而且在日以继夜的欢爱中浮想联翩，嫂子甄妃就成了怀中娇妻，难以约束自己，婚后十日还不想习文练武。父亲与二哥曹彰带兵西征远去，大哥留守邺城忙于兵政，因为新婚他才没有领受任务。父亲迫于战事，就连他喜结良缘也未回来欢聚，母亲一手操办婚礼并嘱咐他不要沉溺闺房，要不是她今日午膳后叩门催促，他怎么也不会离开新娘的。

枣骝马鬃毛飘拂，四蹄生风，沿城北大路向荒郊野外驰去。曹植俯身马上，腰挎弓箭，两眼直视前方。毕竟是数九寒天，马的鼻嘴喷出的气息化成乳白色雾圈，他眼中的树木野地全罩在一团团雾气之中。马跑着颠着，一阵晕眩袭上头脑，只觉胸口发闷，浑身冷凉，便高声吁吁喝令，让马蹄渐渐松缓下来。忽然间，一阵声浪自远方响来，渐渐近了，歌声也听清了：

世溷浊而莫余知兮，（世道混浊无人理解我啊）

吾方高驰而不顾。（我奔向远方不愿回顾）

驾青虬兮骖白螭，（驾起青龙白龙车）

吾与重华游兮瑶之圃。（我与舜帝同游天上玉园）

登昆仑兮食玉英，（登上昆仑服用石药树花）

与天地兮同寿，（与天地一般长寿）

与日月兮齐光。（与日月一样光华）

随着一伙乡下人走来的是陈琳、刘桢、徐干、阮瑀、应玚、丁仪、丁廙、邯郸淳等文士，唱歌的是服饰邋遢喜欢养性的徐干。他们准备去西边的小镇赶年集看热闹。“哎哟，三公子！”陈琳惊喜地望着他，又即刻叹了口气，“怎么成了霉气脸，面色晦暗，眼圈发黑？”刘桢瞪了他一眼，冷笑道：“色乃下山猛虎，恣意房中，则命如夕霞也！”徐干的言词更为尖刻：“他们曹家，个个都在女人的腰胯上拴着，恨不得连头带身子钻进去才申申如也夭夭如也！”说得他们一片哄笑。

曹植反而觉出了他们的亲近，便牵马随后相跟。年逾五旬的陈琳和善慈祥，有意与他走在一起，告诉他一些情形。这些士人多数在军中政界本有职务，但曹公有意让他们不受公务约束，随意赶集逛会，赏梅踏雪，游走四方。冀州当地习俗，正月里元宵节过了还要过小年，小镇仍有各种娱乐，他们已经连续去过邺城北面十多个集镇。

曹植没有想到这伙文人是那样的开活性子。他们一路不是打口哨就是高声说笑，一到集会地点就钻进人堆中。看斗鸡，看杂耍，邯郸淳专拣闲聊趣话的人堆钻，他有意搜集博人一笑的慧语小段；陈琳、刘桢喜看艺伎演出，留意这些曲目的歌词曲调。丁仪丁廙二兄弟拉着曹植去了乞丐云集的大庙场。这儿原是一片空旷的野地，如今却被一片黑压压的讨饭者占满。他们大多身有残疾，缺胳膊少腿，跪倒或卧倒在地，有意展示自己的疾患，面前摆放着一只碗，扯着瘆人的哭腔放声呻唤，祈求进庙烧香人的施舍。丁仪告诉曹植，这些可怜人除了战争致残，还有不少人受了刑罚，他们因偷盗抢劫而犯罪，董卓之祸以后战争不断，犯罪的人数迅猛增多，是过去的五倍。他早有准备，带了不少铜钱，挨个儿给他们手里塞铜子儿，一一询问他们受伤致残的原因。阮瑀、应玚邀他又去了买卖交易场和牲畜市场，除了一些传统编织农具和很少的瘦牛驴子，高大的马匹骡子几乎难以见到。竟然还有人卖儿女妻子，不时听到嘤嘤呜呜的哭泣声。

当他们拣了一个土壕架火烤兔时，一弯新月已经露脸，夜幕笼罩了大地。围火而坐，都是跨开双腿屁股着地随意不拘的箕形式子，噼啪的柴火将泛着油光的脸孔照得红亮如天上神仙。刘桢、丁仪、丁廙和邯郸淳唱起屈原的《九歌》，徐干打着口哨伴奏，曹植添柴煨火翻转烧烤得黑乎乎的兔身。

“无诗不成雅集，”陈琳感慨地说，“曹公开明呵！他主张‘教化征伐，并时而用’，在郡、县、邑设置文学掾，恢复学校，广兴诗文，厉行节俭，整齐风俗。把成批的文人学士供养起来，我们的雅兴才情便有了用武之地。现已夜静更深，在这露天远地，野火野炊，不拘形迹，谁还有你我这份逸性？何不吟诗诵赋，以表寸心？”

“甚好！甚好！”邯郸淳欣然捋着浓密的胡须说，“足下乃北方著名文士，连曹公也赞赏不已，何不率先吟哦佳作？”

陈琳摇摇头笑道：“不才徒有虚名，曹公才是真正的诗文高才！北征乌桓归来，他将一首《步出夏门行》的诗篇拿给我看。虽是四言正体，比之《诗经》，犹如异峰突起，自开奇响！其中一章《龟虽寿》是这样的，请诸位欣赏——

神龟虽寿，犹有竟时。

腾蛇乘雾，终为土灰。

老骥伏枥，志在千里；

烈士暮年，壮心不已。

盈缩之期，不但在天；

养怡之福，可得永年。

“绝妙好诗！不同凡响！”阮瑀连声赞叹，络腮胡子围罩的嘴巴笑得张大了，“好诗如擂战鼓，催人奋进！曹公是性情中人，自写自心，畅抒豪情。一代雄主，烈士情怀，就像刚入邺城那夜在校兵场上的演出，台上台下鼓荡着一种暴风雨般的热情，谁的心胸都会被它的风潮填满！”

“一代雄主可不能逞霸王之气呀！”刘桢头上的朝天椎在火光的映照下像一根红烛，他的脸面犹如一个烧红的铁盘。“连龟龙这样的通灵神物也不放在眼里，蔑视天命，企望永年，岂不是太轻狂了？‘救世真人’的自命不凡，令人生厌！”

曹植忍不住了！他停下手中拨火的棍子，月字形长脸对着刘桢冷笑道：“没有比兴、夸张、心骛八极的想象，哪里还有什么诗歌？分明是高涨的报国之情，怎么说是霸王之气？”

刘桢脖子一梗正要争辩，应玚的一只胳膊伸了过来，手拍他的肩膀说：“各抒己见嘛，在这黑天野地，话一出口，风就刮得四散无影了，计较什么？何况三公子还是一个翩翩少年郎哩！”

邯郸淳赶紧转移话题：“公干的《赠从弟三首》在友人间广为传诵，从此人称松柏才子。何不当场献出，令诸位有幸领略？”

刘桢也不推让，好像憋着一股气似的，身子一挺就站起来了，仰头望天，双臂比画，朗声吟诵道——

亭亭山上松，瑟瑟谷中风。

风声一何盛，松枝一何劲！

冰霜正凄惨，终岁常端正。

岂不罹凝寒？松柏有本性！

“高风跨俗，铮铮铁骨！”曹植拍响手掌，第一个表示赞赏。他的内心被深深打动了。想起那年在兄长的新婚之夜，自己和杨修、刘桢一起闲侃，刘桢对他毫不留情地指责，他心里不禁涌起对此人的感激之情。

“三公子何不也来一首佳作？”陈琳将热望的目光投了过来。

一直没有开言的邋遢士人徐干以怀疑的口气说：“不是盛传子建有诗文奇才吗？我倒想见识一下。”

“岂止有奇才，三公子还胸有大志，是可定大事之杰士！”丁仪的独眼之光扫过了柴火周围的一张张面孔，口气郑重地说：“曹家满门才子，子建当为才中之才，比他的大哥子桓纯正善良，是我等文士的良朋益友。”

丁仪显然是在抑丕扬植，这是有来历的。曹丁两家本是世家，三年前，曹操听说丁仪才识不凡，想把一个女儿许配给他，不料曹丕却说丁仪是瞎眼郎，相貌丑陋，坏了这桩美事。丁仪听说后认为曹丕非善良厚道之人，他们兄弟便有意避开了曹丕，多与曹植来往，且在频繁交往中意气相投，再加上杨修，四人话语投机，遂成朝夕挚友。

“三公子才捷若神，倚马可待，今夜荒野聚会，何不为众文友即席吟诗一首？”年仅十五岁的丁廙提议说。

曹植的思绪仍然沉浸在那片黑压压的乞丐群与交易场的难民啼哭呻唤声中。他先前与应玚、阮瑀写过唱和诗，反映了在洛阳附近见到的种种凄惨景象，不禁悲伤难耐，哽咽吟咏，其中有“烈士多悲心，小人偷自闲”二句，令火堆边的他们一个个昂起头来。

陈琳拍手笑着说：“有其父必有其子！他们曹家公子，个个有龙虎之志。就说这父子俩，各人的诗中都有‘烈士’二字，他们都是烈士壮心……”

“我愧对父亲呵……”曹植却突然抽噎着哭了……

打马回归，夜过子时。曹植不觉夜深，亦不觉天暗，反而发觉东方熹微，百鸟啁啾。回到闺房，望着红绡锦被，新妇娇态，长叹一声：“我如此没出息！”

不难想见，已经愧悔的他会给新娘崔姝带来怎样的困惑。她为了等他，这般时分还在榻边守候，从头到脚衣饰整齐，连耳畔鬓发都丝丝不乱。与其说是习惯不如说是约定，小她三岁的新郎很有讲究，上榻前须经他亲自动手宽衣解带，从头上的簪珥到脚上的鞋袜全由他一一除去，随着他欣赏的目光赞许的言辞惊讶的感叹，她的胴体这才呈现，由他的双臂郑重托起放进合欢被内。可是这夜，迟迟归来的他显然是中魔了，进门后连一个正脸相对也没有就自个儿上榻入睡，把苦苦守候的她忘在一边。

崔姝可不是个能忍让的懦弱角儿，她手脚麻利地脱了个溜溜光，一口吹灭蜡烛，钻进被内，扳住他的肩膀，要他说明冷落的原因。曹植虽然没有睡意，但已下定决心，不予理睬。她却不依不饶，摇着喊着，弄得他生气了："从今往后，我不会再成霉气脸了！""谁家小夫妻不热热火火？可笑！"崔姝又一笑，就上去了。用玉手摸，香腮偎，奶头蹭，他总不起性子。"你的桶不往我的井里下，我这井水再深也舀不上一点点。哎呀，水都冒上井沿沿了！我……多么霉气呀……"她终究忍不住大声哭号起来。

第九章 斩孔融，除恶霸

一、路粹暗访

路粹已经成为孔融的座上客了。

连日来，在洛阳，路粹总是以虔诚弟子的身份求教于这位当今大儒。每次拜会，两手空空，不带任何礼品。他只靠巧嘴一张。

五十三岁的孔融，他的胸腔里依然贮满年轻人的激情，只要别人心存敬意，哪怕只递去一个讨教的眼色，他的热情就会化作熊熊烈火，喷射出来与你一起燃烧。

他太值得人们敬仰了：出身圣门、三岁让梨、才华过人、位列九卿、举荐才俊、伸张教化、刚直敢言、重情多友、文章宗师……路粹并没有逐条列举一一提及全面赞颂，而是只抓一点，单就刚直敢言一项表示看法发出感慨，孔融的激情之火就被点燃了。

“千人诺诺，不如一士之谔谔。”[1] 路粹铜铃似的大眼牢牢盯住孔融，说得一字一顿，“司马迁真知灼见，说得人人敬服。当年董卓何其凶暴，先生常常忤逆他的用心，顶撞得他也只能心生暗气，结果呢，虎贲中郎将降职为议郎。谁不知董卓暴虐如禽兽，动辄将大臣残杀于金殿，甚至‘枭其首，食其肉，饮其血’，令人发指！先生缘何以卵击石？”

热血涌上孔融的脸膛，凛凛皓皓的气色洋溢而出，矜持而又肃然地仰着头颅，似在回忆地顿了一下说：“有人会以为我受先祖教诲，君子须有仁、智、勇的品质，其实呢，

[1]《史记 · 商君列传》

我喜欢《诗经》，八岁就背诵‘柔亦不茹，刚亦不吐，不侮矜寡，不畏强御’[1]。怎怕强权的威胁？董卓滥施淫威，专横暴戾，不过是个强梁者，这种人最不可怕。”

“哎哟天，这种人还不可怕？颐指气使，摆头杀人，谁有几颗头颅？”路粹惊讶得直伸舌头，自己的身子也似乎瑟瑟发抖，“凡俗之辈谁敢说不怕强梁者？举目世间，熙攘人群，皆势利小人，不要说胸无点墨的平头百姓，即使腹有诗书的朝廷命官，自党锢之祸至今日曹操弄权，像李膺、李固、窦武这样有骨气的忠贞之士少之又少，就连荀彧、崔琰、杨修这样世受皇恩标榜名节的人也趋炎附势，更不要说那些寒门小舍出身的穷酸文人，如王修、陈琳之流，不让他们闻风跟屁仰人鼻息确实难哪！要不曹操怎么越来越霸道？要是像先生这样刚正敢言的官员再有几个，他曹操岂能不收敛几分？”

“表面看是士人变成庸人，正气变成邪气，实际上是儒学荒废，经学知识零落殆尽。”孔融沮丧地偏过脸庞，目光一瞥时白眼仁完全显露出来。

看见了这满眼皆白的白眼仁，他蓦地想起那双不大却闪着咄咄凶光的黑豆眼。那才叫令人战栗！

“老子说：‘强梁者不得其死！’像曹操这样的强梁者绝没有好下场！”路粹说得恶狠狠的，眼睛又眨巴了几下，“说什么‘外定武功，内兴文学’，其实武是为自己打江山，文是为自己造声势，从里到外都是为了曹家天下！”

“奸雄奸雄，既奸且雄。既靠武力，又靠计谋。自古以来，这是祸乱天下的根源。我的先祖曾说：‘礼乐征伐自天子出。’礼乐征伐，以礼乐为首，征伐是迫不得已的事。如今汉王室除了袁术另立分庭抗礼，还没有人公然对抗。以天子恩威，施行礼乐教化，割据势力必然会归顺朝廷。”

“先生高明呵！何不将此方略说与曹操？”

“他连禁酒这等小事也不听我劝阻，军国大事岂能容别人参议？”

“听说先生驳斥曹操禁酒还有一番妙论？”路粹对这个问题颇感兴趣。他起身为孔融的青铜爵里添满了酒。

孔融得意地扬头一笑：“曹操不是说戒酒是为了节约谷物，怕因酗酒误事吗？我来个针锋相对：也有因妇人失天下的，为何不禁婚姻？揭穿老底吧，他禁酒并非为了爱惜谷物，而是贪图王位罢了！”

“果然绝妙！绝妙……”

[1]《诗经·大雅·烝民》

路粹得到了，满足了。

他又去找杨修。

杨修刚随曹操征战归来，他被请到家里来了。

这里有酒，他的妻子宋氏酿的好酒，甘醇稍辣，满口带香。杨修除了严寒天气断炊猎羊攻打壶关破例喝了几天酒，平日在曹操身边戒酒很严。他连饮五杯，已觉头晕。

“文蔚兄，我明白你的意思。这是谢酬酒。没有我的提醒，足下定会挨曹公的刀子！”杨修的目光总是那么敏锐。

路粹又为他斟满一杯。“一句箴言，救我一命。不仅谢之以酒，来日方长，往后事中见人心，若有报谢机会，在下肝脑涂地，也在所不辞。”

说罢，朝里间使了个眼色，宋氏欢溜着小步急急走进客厅。

“让贱内为足下看酒！”路粹将双环酒樽递给妻子，并对她说：“德祖是大才子，机敏过人，今年才三十三岁，前程无量。”

杨修瞥了一眼宋氏，摇摇手说：“岂敢岂敢！文蔚兄当年被蔡邕夫子称为‘异才’，十年前就被擢为尚书郎，真正的才华过人。”

宋氏一边斟酒一边媚眼看着杨修：“足下大名早有耳闻。祢衡当年何其狂傲，普天之下只看重二人，一为圣门之后孔文举，另一位就是弘农杨德祖贤弟了。以祢衡那样的轻狂，尚能将贤弟抬举，可见贤弟是怎样的不凡了！”

杨修在曹操身边总有一种难言的压抑，才华意气难以施展放开，祢衡其人更是无人敢提。他一时兴起，连连举杯，仰脖痛饮，喝得头重脚轻，满脸绯红。

“听说孔融向曹公举荐祢衡，还写过一封信。到底是怎么回事？”路粹接着话题提问。

“孔文举确实写过一封信，说祢衡‘淑质贞亮，英才卓荦。目所一见，辄颂之口，耳所暂闻，不忘于心；性于道合，思若有神；忠果正直，志怀霜雪……’后面还有大段评语，说明他不是一般的才俊，简直就是一位上苍降下的天才了！”

宋氏又添酒劝酒，问道：“曹公怎么没有用此人？”

杨修低头抚胸缓了口气，口齿不清，语调反而高了：“祢衡是那样狂放傲慢，到了曹府，把荀彧、荀攸、郭嘉、张辽、徐晃等文武百官一概贬斥，出言不逊，甚至称他们为奴才。曹公能不恼火吗？但他还是强忍怒火，以‘护送’‘举荐’的名义将他押解给刘表，刘表又借武夫黄祖的手杀了祢衡，可见轻狂无礼的人路是走不远的。”

“如此看来，孔文举先生与祢衡可能有一层特殊关系，不知德祖如何看的？”路粹又眨巴着大眼，语调很是恳切。

杨修拭额仰面，打了个酒嗝："当然，事出有因嘛！二人皆有超人才智，又都生性耿介，豪纵放言，锋芒毕露，相识不久就心心相印，互相赞赏、褒扬、溢美，师夸弟子，弟子捧师，一个说'仲尼不死也'，一个回敬'颜渊复生'，俨然都成了圣人！"

"过头了吧？连我这贱妇也觉得出格了！"宋氏得意地尖声笑了。

路粹如获至宝，腰杆硬了，眼波中闪着几分矜持，"出格也罢，合辙也罢，反正有他的好戏看了！"

按照掌握的线索，他又去找陈琳。

在陈琳家里，他将带着的一件黄缎裱成的书法卷轴徐徐展开，原来是他自己用毛笔写成的篆体书法，正是陈琳的得意之作《饮马长城窟行》。书体清丽秀婉，十分雅致。

"孔璋兄诗、赋、文俱佳，可谓当今文魁！"路粹满脸堆笑，双手拱礼，"仆弟尤喜这首五言，每日在家诵读，边吟边叹，悲从中来，还流过几次泪水！"

陈琳感激地让座，沏茶，又将书法条幅挂在墙壁欣赏。

"无事不扰，仆弟是请仁兄相助来了！"路粹提出了要求：请他谈谈，孔融在冀州北海任职时有哪些错谬不轨言行。

"贤弟这是何意？"陈琳吃惊了，"缘何专找人的弊端？"

路粹说："孔融恃才傲物，谤讥曹公，毁誉朝廷，欲图不轨，难道不应将这等逆妄之臣除去？"

"不妥不妥！"陈琳毫不含糊地指出是非曲直，"仲尼夫子曾说：'志士仁人，无求生以害仁，有杀身以成仁。'以伤害别人而换得一己发达，非良士所为也！"

路粹眨巴着眼睛急忙改口，说并非想将孔融先生如何，只因亲戚中有人欲与其子女缔结秦晋之好，听说其任北海相时有些放恣狂浪，恐日后生非，故而私下询问。

陈琳这才放松了皱紧的眉头。但是他毕竟是在孔融离开冀州后才投奔袁绍的，未曾与他一起共事，不知晓他在北海的情形。

"仁兄没有听到过什么相关的风声？"

"听是听到了，这年月，风气败坏，人们结党营私，排除异己，颠倒黑白，有些父子兄弟也彼此诋毁，谁能没有风声？"

路粹连说"当然"，兴致骤然大增。

陈琳摇头苦笑了一下，告诉他当年北海是农民暴动最甚的地方，孔融为了本地安靖，招合徒众，组建队伍。有人反诬说他见王室不宁，自己拥兵树旗，并扬言说："我大圣之后也，而灭于宋[1]，有天下者何必卯金刀[2]？”

“文举先生竭力匡扶汉室，岂能这般妄言？”路粹嘴上这么应付，心里却想：将这个反诬变成正取，篡逆之罪就成立了。

二、二君受命

听说路粹来见，曹操急忙屏退左右，迎到门口。

路粹将他目睹耳闻明察暗访得到的，条分缕析，添枝加叶，禀报完毕，又将一张素色纸笺呈了上去。

这上面记述的是孔融忤言逆行的精要：

> 融昔在北海，见王室不宁，招合徒众，欲图不轨，言“我大圣之后也，而灭于宋。有天下者何必卯金刀？”融为九列，不遵朝仪，秃巾微行，唐突宫掖。又与白衣祢衡言论放荡，衡与融更相赞扬。衡为融曰：“仲尼不死也。”融答曰：“颜渊复生。”……

“足矣！足矣！”曹操又惊又喜，将手中的纸笺晃了晃，“以此为据，就可满门诛之了！”

路粹愣了一下，脸色蓦地变青，鼻孔出气也喘出声音，瞪着眼睛说：“要灭九族哩！孔家世代受帝王恩宠，门系庞大，若不铲除净尽，日后他们滋事报复，必成祸患！”

曹操仰头笑了一阵说：“怕什么？他们孔家世受皇恩，理应忠君尊王，出了孔融这种忤逆之臣，辱没祖宗，败坏门风，他们定会内心诚服的！”

他说毕，又改变了主意。他快步走到路粹身边，两只黑豆眼直直对着路粹的眼睛。“孔圣人不是再三强调一个‘仁’字吗？汉朝以仁孝治天下，不仁不孝者必遭世人唾骂。足下在这方面多做访查，在不仁不孝方面大做文章。此人虽为当今名儒，却也放言无忌，据说常常离经叛道。就看你的了！”

曹操决定暂缓一步除掉这块绊脚石。按他的气愤和冲动，非得立即将他诛杀不可。他最厌恶的正是这种浮华文人。孔融和他所器重的人，大都是一些只能喋喋不休的儒

[1] 据《史记·孔子世家》记载，孔子的祖先本是殷商后裔。周灭商后，周成王封商纣王的庶兄，商朝忠正的名臣微子启于宋。微子启死后，其弟微仲即位，微仲即为孔子的先祖。孔子的六代祖叫孔父嘉。曾祖父孔防叔为了躲避宋国内乱，逃到鲁国。

[2] 指刘姓。

士，他们只知“清议”，自视甚高，对决心拯救危世者横挑鼻子竖挑眼，不仅于事无补，反而产生煽惑人心扰乱局势的作用。他们推行的是禁锢人心的旧儒学，维护的是东汉以来支撑这个政权的大地主大豪强的利益，心里没有寒门下士贫民黔首的位置。按照他目下的权势，一声令下就可将孔融处以极刑，但是，北方尚有乌桓之患，南方、关中、西南的割据势力还很强盛，急需招贤纳士罗致人才，如果将这个声名显赫的儒士除掉，肯定会产生不利影响。

路粹临走，曹操将素色纸笺拿在手上举了举，又朝他旁边兵器架上的大刀长剑指了指，哈哈笑道：“足下的笔和我日常所用的刀枪剑戟是一样的。我格虎，你也格虎，事成之后定会有功有赏！”

他又想起两个人：荀彧和崔琰。孔融与他们同为名门望族，同为王室忠心效力，同为大地主大富豪利益的维护者，所不同的是性格，孔大才子过于轻狂，而他们相当沉稳。这次对待孔融，既要有理有节，下手凶狠，又要杀一儆百，给他们做出样子！

荀彧被请来了。厅堂里弥漫着茵陈的淡淡药香。崔琰随后也来了。

荀彧与他一起西征归来不久，真是一日不见如隔三秋，他真有一种怀念的亲热感，抓着他的手久久摇着，“荀令公，文若贤弟，我的子房呀！”崔琰辅佐曹丕留守邺城，并将兄长的女儿嫁给曹植，他面对这位身形伟岸、长须拂胸的刚正士人，感激与敬重的情怀一并滋生。他急急上前按住他的肩膀，让他坐在几案旁，为他俩一一递过茶水，说明意图。

“那个少府孔文举，孤对他向来敬重，他反倒负其高气，目无朝纲，身为九卿要臣，偏要与军国大计违拗。他的种种忤言逆施，孤早有耳闻，如今有人奏章禀报，条条分明，件件确切。烦劳二位专程前去警告，就说孤虽然进不能对天下民众施行教化，退不能广布恩德令世人和睦友爱，然而抚养战士，杀敌为国，剿除那些专以文辞谤议，彼此互相勾结的人，办法是绰绰有余的！”

荀彧一改往日平静从容的神态，端正清朗的面颜也现出几分激愤。他沉思了一下说：“主公外用武力，东征西杀，颠沛流离于马背；内施仁义，打击豪强，安抚百姓于乡野；天下非主公莫与之定，王室非主公难与之兴！孔文举不识时务，言语轻妄，扰乱人心，确实应该予以警示。”

“不过——”崔琰淡然一笑，神色倒很沉静，“他毕竟是一介书生，与之交往的大都是些清谈文人，平日百无聊赖，好作妄思，蒲草中的小鱼儿翻不起大浪。主公欲使四海宾服，天下归心，就应海纳百川，广开言路，对这等放荡文人的处置应慎之又慎。”

曹操明白他们的潜心所在。他有意开诚布公，坦露心迹，就直率地说："孤的为人处世你们尽知。奖赏有功者，不吝千金；处罚有过者，毫不手软。对内对外，决不偏私。凡是出言行事对孤有歹心者，今日不除，必在明日！请将这番言语一字不漏地告知孔融，由他好自为之。"

"主公明哲，哪里会滥杀无辜？"荀彧勉强笑着，脸孔倏地红了。

就这样，领受了曹操的指令，荀彧与崔琰一起乘车去见孔融了。他俩对面而坐，气息相闻，沉默中倾听着清晰的马铃声。如此同坐一车，对于相识已经二十多年的他们还是第一次。当年同在袁绍帐下，虽然在议事厅、酒宴上常常会面，却只是拱礼寒暄，或是颔首一笑，从未在一起敞开心扉，尽兴而谈。他们都是冰清玉洁的纯正士人，自有清高孤傲的内心，互相又有所防范，当然不可能彼此交心。如今，机缘凑巧，因事遇合，他俩只有同乘一车了。

荀彧是一贯的沉静从容，他的目光含着三分微笑，朝着与他同庚的崔琰轻轻点头，之后就一直望着窗外的田野。崔琰也照样望着田野，却难以抑制自己的兴奋，不住夸赞曹公的功绩。短短几年时间，冀州原野就修堤引水，渠道纵横，大批减轻租赋的农民恢复了生产，六月的田野多彩斑斓。收罢麦子的田垄褐土毕露，出土已三月的高粱恰似竹林般的高台，正在开花结荚的大豆却像一方方低平的绿毯。田间地头，横竖阡陌，忙碌着头戴淡金色草帽的农人。长期在冀州为官的他看惯了豪强逞凶，下民困厄，四野渠堰壅塞，禾苗焦黄，田园荒芜，饿死的难民暴尸路边，心里何等忧愤！为此，他多次向袁绍直陈己见，却落得投入大狱的下场！

"曹公真是治世之能臣呀！"崔琰不禁想起南阳许邵曾经对年轻曹操的品评，目光直对荀彧，用敞亮的声音赞叹起来。

荀彧总是三分淡笑的样子，望着他回应说："真是如此。"他的目光又很快转向车外，投向远方岗地以上的缥缈天际。但是他的思绪却留在车内，留在自身。为何这个使命交给了自己，再加一个崔琰？难道被警告的仅仅是孔融一人？难道除了警告，不应加上对自己忠诚的考验？

"然而孔文举夫子却看不见曹公的英才！"崔琰的话题移了过来，无意中与荀彧贴近了，"曹公就像一根擎天大柱，只有他才能将大汉塌倾的天顶撑住。狂傲偏激，自以为是，书生意气，自毁自弃，还要烦劳你我奔波一回。荀令公，依在下看来，我们此番前去，定然也是徒劳一场！"

"为何这么说？"荀彧来了兴趣。

崔琰冷笑了一声："一个是圣人之后，一个是'阉门遗丑'，从精血脉气上就有天壤之别，高贵无比的当今大儒怎能容忍一个门第低贱而又广纳百家的人权势大增？"

荀彧深思了一下，试探地问："孔文举的矛头指向，是曹公打着奉天子的旗帜，实现代汉室的意图。足下对此怎么看？"

"曹公为人处世，坦诚义气，洞见肺腑，要不，怎么会有四方智士如过江之鲫一样纷至沓来？"崔琰红润的脸庞因激奋的涌动而一片通红，"他要是到头来出尔反尔，怎么挺胸抬头地面对世人？"

荀彧当即点头，附和说："是的，是的，我也这么看。"

三、孔融弃市

用完早膳，孔融准备离开府邸赶赴邺城时，特地去后院家宅与妻子儿子告别。他清醒地意识到这或许是诀别了。

自从荀彧、崔琰被他义正词严声色俱厉顶撞回去之后，他就想到这一天了。时光又过了两年，他在"座中客常满，杯中酒不空"的广泛而又逍遥的应酬中，对曹操的奸诈为人和险恶用心明讥暗讽，肯定有人告知了曹操，不过因为自己出身特殊声望甚高，他还不敢动手罢了。如今形势变了，曹操北征乌桓，安定河北，自任丞相，势焰熏天，拿他开刀已没有后顾之忧了。与其束手待毙，不如上门挑衅，"鲁国男子"临死也要落个雄赳赳的气概！

他的妻子带着两个儿子正在四方庭院里课读，不时传来稚童那节奏分明的诵读之声。东斜的阳光还仅仅照在院子的西墙上，秋末冬初的寒冷在这个时辰显而易感，笼罩在银杏树上的稠密叶片正在把沾腻的白花花的夜霜化成湿水淅沥落下。孔家的庭训规矩一代一代传了七百多年，《诗》《礼》咏读是孩子们的日常课，自他手里由庭堂改为庭院，寒暑不避，以示磨砺。

他的现任妻子是续弦，只有二十六岁，为他生了一男一女。原配夫人林氏为他生了两个女儿，虽然没有生子，却能与他诗赋唱和，实在是他的钟爱。但她临死时却伤心地说："贱妾是生生让你吓死的。"十三年前，他在青州北海相任上，袁绍之子袁谭率兵将北海包围，一连数月，城内守军只余百十来个，眼看性命难保，他却照样身子靠着几案手里捧着书卷，与友人谈论自若。城破之后让人家逮了个满门，兵卒当着家人的面将他刀架脖子押上囚车。现任妻子是林氏娘家的侄女，本来是称他"姑父"的。

有一次他在丈人家院子碰见一个披散头发的小姑娘，手里拿着一件白圭，一边奔跑一边喊叫：“白圭之玷，尚可磨也；斯言之玷，不可为也。”便心生好奇，记住了她的音容。吊唁亡妻的那些天，他又见到这个已经出脱成高髻高胸高个头而又喜高声谈笑的姑娘，两人搭上眼波之后他便托人说媒，媒人担忧是否有乱伦之嫌，问他合不合礼仪。他仰头笑了一阵说：“圣人缘人情而制礼，依人性而作仪，岂能让表面的条文将活活的人情拘死？”婚后不久就发现这个内人其实是个年轻固执的呆子，除了处处与他闹别扭之外，就是一心想生个圣人。他的过激言行与她的“白圭之喻”常常碰撞出不悦，他不免常生叹怨：吾乃高士，何日与汝等“高妇”心心相通耶？

就在这日，他动身离家的日子，夫人林氏竟与他通心了。当他伸开双臂一下子搂起两个孩子高高站起时，她在一旁偏过头说：“请放心前行，贱妾今日就将夫君十六岁那年因掩护张俭被捕入狱，在刑场与兄长争死的事迹一一说给孩子，他们得长点血性。”孔融捋须笑了：“我当年没有看错，贤妻对于白圭之喻的理解，确实高人一筹。”林氏反而不屑：“有何之高？世间的事，黑白相吃，要一心守白，守住了是白圭，守不住了权当游戏。贱妾今日就教俩孩儿下棋。”孔融将两个孩子放在地上对他们说：“好，今日不读圣贤书了，与你们的母亲尽情游戏。把输赢看淡。你们的二十一代先祖是有名的丧家之犬，他一生苦累受尽才做了圣人。尔等在官府宅第出长，膏粱鱼肉，居有华屋，也算幸运之人了。”

孔融走出府邸，走到马车旁边，才感到脸颊上的泪珠在阴风中的寒凉。但是他上了马车就有一股火气在心底猛烈蹿动，那纯粹是战争之火点燃起来的情感烈焰。烈焰烧心，只有很快见到曹操才能缓解内心的火气。

曹操忙于水上备战，虽然荀彧告知孔融要来晋见，还是没有给予客厅接见的礼遇。

人工开凿的玄武湖占去玄武苑四分之三的面积，引进的漳河水在这里已不再温和清秀，而成了暴怒的海洋。在午后的暖阳下，水面一片鼎沸，战船密排，帆樯如箭，故意碰撞的船只的迸裂声，兵卒们落水顽战的吼叫声，搅起一片混沌的水雾。

孔融在岸边一座简易营帐内等待了两个时辰，他的耳孔早就被震天的嘈杂声灌胀了。“‘鲁国男子’文举兄，敝职实在抱歉，让足下久等了！”曹操声气很足，音到人到。他头戴铁盔，身披甲胄，腰挎长剑，双手打拱，黑豆眼中溢出笑意，他面前的青铜觯中斟满酒，扬手朝帐外一指，问道：“君不见玄武湖上战船云集，群帆劲发，大军即将南下过江剿灭孙权么？兄长莫非是为卑职此次进军献策而来？”孔融回答：“传道之人得遇载道之器方能开口，足下以往是奸诡之徒，如今是战争元凶，无论是今是昔皆非良善之辈，与道格格不入。”曹操一仰脖子朗声笑了：“卑职除了‘往昔’‘如今’，再加一条‘出身门第’——‘赘阉余丑’，岂不更能说明本人的卑下？”

孔融想不到这个家伙厚颜无耻地丢掉了全部尊严，简直是一个无赖了。他反而无话可说，闭目沉思中，曹操将酒觯伸到他面前，满脸堆笑地劝酒：“文举兄一路车马劳顿，先饮一杯淡酒。”

孔融鼻孔长嘘一股浊气，站起身子，背手挺胸，头颅昂得老高，慢慢踱着步子，像是自语：“孔融活到五十五岁，只知一个尺度衡量自己：‘仰不愧于天，俯不怍于人。’孟夫子之教成为自己安身立命的信条，唯其如此，才有凛凛皓皓之高气，海内英俊皆信服之。说到底，是因一种羞恶之心在胸中支撑。而今，当朝丞相如此厚颜无耻，不要说大汉社稷，只怕浩浩人寰也难以救药了！”

“浩浩人寰是英雄智士救的，还是庸才腐儒救的？”曹操冷笑一声，也离开几案，手抚络腮胡须，仰头踱起步子，“上古中原乃逐鹿之野，部落之间征战不休，若没有黄帝战蚩尤，哪来的朗朗乾坤、华夏文明？没有尧、舜、禹、汤，文、武、周公，秦皇汉武，这些圣贤英雄摧枯拉朽荡平天下，哪来的清平盛世万民欢欣？难道这茫茫寰宇纷纷乱世是靠那些志大才疏空谈虚论的书生们去克定去治理吗？”

孔融回过头，正好与曹操对面而立。他的黑少白多的眼睛——不，不光是这双眼睛，他的整个壮阔的脸盘，从发际到下颌的每一个部位，都露出了忧愤的气色！

“‘征战’‘荡平’‘克定’，这些攘践性命沾染血腥的词语，对于先古圣贤可是不堪入耳的！说什么部落争锋中原逐鹿，那实在是未开化的原始遗民的刁野习性所致，黄帝不得已而战。后来的尧舜禹，不是以谦顺的禅让赢得人心？至于汤、文、武、周公、秦皇汉武，完全是因先朝帝王的腐朽无道、丧失仁义，才导致天下大乱。倘若圣人之道广布天下，纷争、征战何以产生？故而圣哲老子说：‘夫战，不祥之气也。’就连兵家圣贤孙武也主张‘不战而屈人之兵’。我的先祖孔子提出‘克己复礼，天下归仁’，又说‘天下有道，礼乐征伐自天子出’。礼乐重于征伐，不是明明白白吗？”

“妙哉！妙哉！”曹操一迭声地咯咯笑了一阵，又深深弯腰施了一礼，这才高兴地说，“有劳文举兄带着天子旨令诏见孙权，令他缴出兵械，归顺朝廷。”孔融说：“孙权原本就是恭顺之臣，足下不去侵扰，纵有十个他也不会犯兵中原。”曹操冷笑：“恭顺之臣？是谁连续发兵最终灭了江夏太守黄祖？是谁昼夜训练水军在长江布防？难道他没有王霸之心？”“孙权乃小后生一个，也是建安八年才开始征讨黄祖的，比之足下为壮大势力东荡西杀晚得多了。难道这不是上行下效？”

曹操冷笑一声。他端着酒觯走到大帐口，一仰脖子饮干了酒，一手抹着沾酒的嘴唇，另一只握酒觯的手指着湖面上的兵士船只说："这回就是要'效'给孙权小儿看看，这八十万大军是'礼乐'之师还是'征伐'之师！"

孔融走到他身边，也伸手朝湖面指去："'天下无道，礼乐征伐自诸侯出'。这无道之师，只怕要在长江的风浪中化为鱼鳖了！"

曹操终于被这不祥之语激怒了："文举先生，你已经屡犯诽谤朝廷之罪，孤念你圣门之后，爵高名显，多次忍让，还令荀令公登门陈以利害。实话说，对付那些重握兵权又很狡诈的人我比较棘手，但对付像你这等浮华清谈之徒还是有不少法子的！"

"不就是一个杀字么？难道还有别的什么法子？"孔融反而恢复了惯常的高傲，壮硕的脸膛饱满的腮内像秋阳下成熟的柿子一样圆润通红，只是得意的眼神中藏着一缕凶光，"而你，一个背弃朝廷却能代表朝廷的人，动辄诛戮杀伐，给那些正直清廉手无寸铁的士人问罪，不过是两个字占住了：权势。权势让你无所不能，但权势也会让你骑虎难下，更会让你丢掉道义而背负千载骂名！为了权势的扩大，你还要不断诛戮杀伐，除了高义的士人，还有面前这八十万将士。可悲呀，这些背井离乡手执利刃专意杀死对手也准备叫对手杀死的士卒们，你们每人只有一条性命呀，过了不久你们要为某个人的权势白白丢掉性命……"

曹操当然不再犹豫，不再手软。他及时安排路粹上表启奏，说孔融"招合徒众，欲谋不轨""谤讪朝廷""大逆不道，宜极重诛"，让主管弹劾纠察的御史大夫将他逮捕。

正像孔融预料的那样，他的妻子儿女也遭到杀戮，他自己也以炫人耳目的方式被杀——弃市。所谓弃市，就是在众人集聚的闹市对犯人执行死刑，以示为大众所弃。

孔融弃市无疑是当时最为轰动的事件。邺城的大街小巷布满人群，众目睽睽之下，一辆囚车徐徐从街心穿过。孔融被剥去锦衣绣服，头披乱发，光着上身，反绑双手，在木头笼子里直直站着。在最繁华的横亘东西的主干大道正中，即新建的官府宫殿群落南端的司马门前面的车马场，是行刑之地，孔融在这儿被押下囚车。

"奸诡之徒！奸诡之徒……"孔融不断重复着这句话语。他已经口舌出血，嘴唇和胡须被血污浆得黏黏糊糊，气力殆尽，声音只有他能够听见了。

正当孔融耷着头颅被绑上台前木桩，再过半个时辰就会斩首时，有人高呼一声！"文举先生，不才为你送行来了！"看来此人是有备而来，不仅手提一把方形青铜酒壶，而且早就混入台下围观的人群中，不然是难以准时出现在这儿的。

但是，当他的脚步刚踏上第一道台阶，就被迅速扑上来的兵卒擒拿了。此人在士兵缚绑他的时刻还不断朝孔融高呼“文举先生”，引起黑压压的围观人群顿时骚动起来。

此人正是曾经冷遇孔融的邺郡长官王修。

四、智擒柴坤

王修此举，不仅让曹操气愤，而且也让他沮丧。虽然王修没有主动向他禀报过任职期间的业绩政举，但邺郡适时缴纳了税赋，兑现了他的仓廪充实的承诺，基本安定了当地的社会秩序。尤其令他欣喜的是，王修打击不法豪门毫不退让，可以将此人当作执行自己安定天下方略的一面旗帜，而且他又是自己树立的奉行节俭的楷模，对他何等看重啊！连这样的人都不堪信任，还有哪种人可以任用呢？

在相国府后院的一排灰瓦覆顶青砖铺地的宽大房间，他的会客兼读书、休息的地方，此刻他一个人低头默声，怅然踱步。方才，在前排的议事大厅，荀彧和崔琰都为王修说情，认为他的品格和秉性决定了他会这么做。像他这样的忠贞之士死节之臣非常看重旧情，但他未必怀有异心，也未必有反抗主公的意图。他俩在曹操心头火起的时候敢于出面救护王修，在以往是会得到他的认同的。但这次不同，孔融不同于任何一个割据豪雄，也不同于任何一个朝廷，他在文人学士阶层和老百姓心目中有广泛影响，他的名声至今还有感召的力量，因而灭门弃市，给予重诛。王修以这样的方式，公然唱了反调，影响何等恶劣，何等严重啊！

“什么忠贞之士死节之臣，你连自己的主子也忘了，不知为谁而忠，为谁而死，岂能不助纣为虐？”他一面踱步，一面气咻咻地思考，黧黑的脸庞阴沉得墨黑可怖。

这当儿，陈琳、单耳人和嫽人求见。

“丞相——”三个人同时高喊。

齐刷刷，又同时跪下了。

他的黑豆眼瞪向他们：“别说王修，别的事尽管说！”

他们久久无言，头垂得更低了。

“没有事，起身回去吧！”他冷笑了。

三人中除了嫽人，都曾在他面前赞扬过王修。虽然还没有将孟虎和柴坤捉住，但打击了豪强的嚣张气焰，王修也受到了民众的普遍赞誉。

单耳人抬头望着他冷峻的面孔，毅然站起身子说：“叫我回部队，还是回老家？”

曹操一怔，不知如何回答。

单耳人的刀疤脸上现出万分痛苦的表情。他一直逼视着他，双手打拱说："主公已取得半壁江山，不需要难兄难弟了，我们这些寻吃讨衣的流浪下人该回去了！"

嫽人也瞅了曹操一眼站起身子，赌气似的偏过头颅。

曹操急忙上前拉住单耳人的胳膊，又拍拍陈琳的肩膀让他平身。他大惑不解："我的伍长兄弟，何出此言呀？"

陈琳说："王修在邺郡深得人心，明公若对他严惩，将严重地失去人心，又让孟虎、柴坤之流重新嚣张起来，后果不堪设想！"

曹操心里咯噔了下，像被谁刺了一枪。下民亲附，甲兵强盛，是他统一天下两条原则，也是能够站稳脚跟的根本原因。倘若失去人心，夺得地盘何用？

"什么孟虎、柴坤？"陈琳提到的这两个人，又让曹操想起那个寒冷的军营之夜，曹洪为他适时送来了尹氏，尹氏吹枕头风被他一脚踹到榻下，她供出了曹洪，曹洪招出了和柴坤之间的勾当，本应查处惩治，因战争频仍，王修那边倒也平静，就将此事搁在一边了。

一个念头忽然在脑海浮现。"好！好！好！"他一连高喊了三声。

正像陈琳分析的那样，王修的犯事在冀州掀起了一场风波。自从曹操发布《抑兼并令》以来，被袁绍放纵的豪强地主已不能肆意欺压百姓，下层贫民对曹操、王修等人感恩戴德，恶霸豪门则在忍让中等待窥望，伺机反扑。

孟虎和柴坤的期待更为强烈。孟虎仓皇逃命到了柴家后，柴坤已经和曹洪通过买卖土地有了勾扯，希望曹洪在曹操面前说情。曹洪受到曹操严厉训斥，说情不成反而暴露，柴坤只有战战兢兢地躲藏。王修曾经带着士卒和民众好不容易攻克了柴坤的坞堡，却没有抓住他。

柴坤和孟虎其实都在邺城藏匿。柴坤的盐店铁铺已在曹操的肃整中关闭转营，他在邺城又做了丝绸布匹生意。柴坤和孟虎不能正常出面，整天提心吊胆，但却没有完全失去信心。他们的家资田亩依然大得惊人，具有荣耀逸乐的资本，而且，他们深信即使曹操打下了江山，这种打击豪强周济下民的方略也只是暂时的。势利，这是任何官僚任何士人也不可能丢掉的为人处世律条，像王修这样又迂又硬的官吏实在太少了。

王修被捕的消息对他们无疑是一条喜讯。在人们乱纷纷的传言和猜测中，王修八成是活够了。还有人说，孔融遭了弃市，王修还要罪加一等，他是对曹操的公然挑衅嘛！

趁着这个机会，柴坤和孟虎暗暗回到了久别的故巢。几天后，曹洪差人来找柴坤，联系再买几顷土地。又过几天，曹洪亲自来了，将所需银两交到柴坤手中，告诉他今后可以放手扩地，放手兼并了，那个王修犯了大法，即使另派新吏，也不会执法如山了。

孟虎回家后，他亲眼看到不少粮食、财产、田亩被官府和贫民分吞，先前投附的家奴、佃客重新获得了田地，成为独主农户，被他兼并的小地主又都张牙舞爪神气活现。还有人报告说，那个曾被他割掉舌头的秦地歌女又登台演唱了，就在他慌忙逃走的那天晚上，王修带着她和一帮艺人庆祝演出，台子就搭在他坞堡内的正中十字。那个歌女只能边弹筝边哼哼，只听悲怆之音，不闻清晰之词，愈加令人同情。于是，当年此人在他的掌控中誓死不愿演唱不与交欢而被割舌遗弃的往事就被纷纷传播，在邺郡以至整个冀州成了一件最骇人的丑事。

他强烈的复仇欲望不久就被一次突如其来的风暴逼促成决然的行动。当邺城盛传王修十日后将被问斩弃市的消息时，邺郡的下民百姓一片惊慌，他们暗中串通，准备去丞相府门前下跪请愿。这些民众中最惶悚不安的是孟虎过去的家奴佃户，他们知道当年的主子回到故居后，一个个吓得丢魂失魄，有些人趁早找到孟家，愿意退回土地重新成为佃户。

这当儿，邺城的一帮文人和那个哑巴歌女嫽人出面了。他们下到邺郡，走村串堡，煽风点火，为营救王修而四处奔走。《斩了王修，活了孟虎》，是他们拟好的文告题目，孟虎所在的方圆十里各村都贴着此种文告。

就在这期间，一个舞台搭在了孟虎坞堡的门口——孟虎曾经由此逃出的地方，嫽人将带着艺伎登台，为次日大规模的民众进城请愿做动员演出。

深秋的太阳被层叠的灰云遮住，从西北刮来的霜风一阵紧过一阵，它将野地的白杨树吹得飒飒作响，又将路面和城墙上的沙尘漫天掀起，黄沙裹着败叶在人们的头顶翻卷飘荡。望着台下黑压压的人群，嫽人心潮涌动，一股哀伤惆怅的意绪涨满胸腔，泪珠忽然汹汹涌出。

出门无所见，白骨蔽平原。
路有饥妇人，抱子弃草间。
顾闻号泣声，挥泪独不还：
"未知身死处，何能两相完？"
驱马弃之去，不忍听此言。[1]
……

[1] 王粲《七哀》。

忽然，台下一阵骚动。在人们惊悚的呼喊声中，一伙手执刀剑的汉子冲上舞台，首先将唱歌的嫽人擒拿，文士及艺伎全都成了俘虏。

嫽人并没有紧张，她知道捕捉猎物的大网正在收口。这边，台下观众中混入的士兵迅速行动，将孟虎的家卒活捉，隐藏在坞堡内的官兵也将出窝的孟虎逮捕。那边，曹洪带着人马与混入柴坤坞堡的兵卒里应外合，将没有提防的柴坤捉拿归案。

两颗人头高高地挂在郡府大门两侧直直竖起的木杆上端，三盏灯笼吊在连接木杆的绳子上，惨白的光亮照着一个黑发系着的头颅，那静静垂悬的样子，定格着曹丞相和王修太守剪除恶霸的决心。

天下最能让普遍的民众大快人心的事情，莫过于这种替下民出气解恨的斩首示众了。看吧看吧，当年这两个家伙把穷人当蚂蚁一样踩在脚下，良心丧尽坏事干绝，草民呼天不应叫地不灵，今日终于看到报应了！可以想见会聚的百姓之多，人们的兴致之高了。

曹操及时召见了曹洪。

犯了罪又立了功的曹洪哽咽无语，将头伏在膝盖，一会儿又像女人一样哭号起来。

“走，去见王修，你先向他请罪！”

第十章 短歌与长歌

一、长江短歌

号称雄兵百万的威武之师挺进到了长江岸边。他成竹在胸，志在必得。若一举功成，天下清平的局面即将来临了。

但是，一连串的不测不顺接踵而来。首先是寒冷，想不到南方的冬天比北方还要严寒，将士们都冻得脸皮发青，僵手僵脚，主要是天气一直阴晦，江边地面开阔，从乌桓刮来的刀子风到这儿后有了加速。士兵们水土不服，不是呕吐，就是拉稀。更重要的是进入真正的江面，将士们大都“晕船”，不要说挥戈发弩，恐怕连日常的昼食夜宿也难以维持了。

与此相反，自己的对手却显得镇定从容，士气高涨。孙权和刘备的关系异常亲近，布防的水军照常操练，船艇如飞，喊声如雷。

近在咫尺！水上对垒！不靠飞奔的战马，不靠练就的拼杀，而要依靠扬帆的船只，依靠手中的木浆，与陆地作战截然不同呵。前些日子水上训练，人工湖上风平浪静，没有激流，也无逆流，更没有严寒的气候。如今，身经百战善于用兵的曹操，站在船舷望着对面点点白帆密密排列的船阵，心中已经一片茫然了。

这是他从来没有历经的感觉。大兵压境带来的踌躇满志，随着咄咄逼人的寒风一起飘散殆尽了。

“酒！酒！酒！”

两名侍卫急忙上前，一个手提高身细腰翻口铜觚，一个手捧单耳大爵，斟满后被他背着的右手抓了过去。

酒到唇边，还未倾杯，忽然，对岸天空一声炸雷——怪了，冬日竟有电闪雷鸣——噼啪一道刺眼的弧光，令他惊悚地身子一颤。他似乎看到了一团火球，一片火海。八年前，夜袭乌巢，他下令放火烧了袁军粮草，可以说，一把火烧赢了官渡之战，创造了战争史上的奇迹。如今，这一战，打了颠倒，“少”在他那边，“多”在我这边，他那边会不会给我也放一把火呢？那个出言不逊的孔融战前就面对演习的水军恶毒诅咒，而且这鬼地方起名就叫“赤壁”……

“他们会不会放一把火呢？”当夜，在与臣僚们议论部署时，他敏感地提出这个问题。

火烧？战船是流动的，我方不与敌方接触，他怎么纵火？敌方居南，我方居北，冬季刮的是西北风，南方的火即使燃起，火势怎么向北方蔓延？曹仁、曹洪、夏侯惇等一班将领，哄笑着摇头摆手，以他们武将粗率的方式，将他的疑虑一下子打消了。

天气极不正常，方才还阴霾闪电发生震怒之音，转瞬又晴空万里一派祥和，夕阳西下时彩霞浓重地映红江面，仿佛夏日的俏丽新娘忽然扬臂甩袖展开了炫目的练裙。

“天气不冷了，人就展脱了，就能放手格杀。孙权那没长牙的崽娃子还能蹦跶几天？”曹家将领首先指点着落日号叫起来。

兴奋中就有奇特之策，有人建议将战船用铁链互相连接，以减轻船身的摇晃。这样一来，士兵在船上如履平地，陆地作战的精锐就显现出来了。

“如此‘兼并’，如此‘统一’，妙哉妙哉！”

不仅曹操叫好，文武要员也是一片喝彩。

每人赏酒一杯，算是议事决策满意的表示。人心齐，士气盛，开战之前能有这种气氛就很惬意了。

暮色与月色分不清先后，一起降临在江面上，也一起被他发觉了。这是大江上的风景，他头一遭感受，自然感觉到奇异。湍急的水流在开朗辽阔的视野中东去，一路波涛汹涌，掀来倒去，浪花起伏，既移动又相连，马不停蹄地奔跑，又回过身子打下旋儿，嬉戏之中发出震耳的吼声。暮色涂抹的江面渐渐沉暗下来，一浪一浪的波涛只留下剪影，朦胧的月光下，犹如披着白色丝绢的骏马东驰而去。

“你这一生要累死在马上了！”爱妻卞氏的话语忽然在耳畔响起。那天晚上，占领邺城的巨大喜悦飞扬起他的思绪，他向她透露了天大的心事，其实只有一个字：魏。

她便有了推测，料定他今生今世胯下不会脱离马鞍了。

“她的话莫非是咒语？我如今白发暮年，却还要铠甲裹身，东荡西杀，踩着刀锋戈刃赶日子。天地呀，明月呀，江流呀，何年何月可以看到江山一统，天下太平？我也不再征战，让士兵回家团聚，骡马还耕于田垄呢？”

“酒！酒！酒……”独立月下，他只觉胸腔憋闷，又高声喊叫起来。

荀彧、华歆、陈群、王粲，立即从舱间走出，来到他的身旁。瘦弱矮小的王粲由于劝告刘表之子刘琮归降有功，加之很有文才，被任命为丞相掾，不离他的身边。

夜在深沉中愈加显得冷寂。风力加猛，浪涛拍岸打船的响声更甚。这无边无尽的有变化的声音白天很少听见，周遭世界的寂寥显而易见了。

“主公虽有逸性，也该回舱歇息。外面太清冷了。”荀彧看他连连倾杯的样子，不免一番劝告。

陈群立即附和，声调很是恳切。

王粲却说：“主公正在兴头上，触景生情，肯定有美诗妙词卡在喉下，只待酒水一浇，倾情一吐了！”

好像提醒了曹操，他急忙令人去请陈琳、阮瑀等一帮文士，共同饮酒赏月。

江边一株树冠博大的古柏上栖息的乌鸦被什么惊动了，惶悚地嘎嘎乱叫，飞到江心上空，掠过他们头顶时似乎有意观察，俯冲下来又猛扎上去，打着旋儿盘转了几圈，鸣叫之声尖厉而凄凉。

不祥的预感再次袭上心头。他伫立船头，望着黑乎乎的鸟影朝南边逝去，暗自叹息道：难道天不佑我？

陈琳、阮瑀他们自然不知晓他的心思，到了这艘躯体庞大的战船以后，不禁兴致勃然，笑语喧哗。陈琳对曹操说：“这次发兵恰逢其时，西北风如此强劲，我军扬帆而行，顺风顺水。主公旄麾南指，敌军只有望风披靡了！”

曹操苦笑说：“‘箭在弦上，不得不发’——这话是足下说过的，如今由我说了。孙权小儿盘踞江东，此患不除，难平天下。不仅此战，孤的每一战都是不得已而为之。”

“每一战，都是奉旨伐罪，据天子之命讨伐罪臣。”荀彧及时补充，“这一战，和官渡之战可比，事关天下大势呀！”

大船前沿临舷站着的王粲，早已耐不住沉吟，此时亮起嗓子放开喉咙，独自仰头而唱——

皎月荧荧，玉盘天成。

嗷嗷啼鸟，飘飘北风。

洒彼江河，其流汤汤。

列舟列艇，载飞载扬！

卓尔众英，随主南征。

君子歌兮，一举功成！

身躯瘦小的王粲不知胸腔怎么鼓荡，竟能发出骡马一般野嚎浪嘶的粗犷之声，虽不太合乎音律，却充满激情，那悍野的气息正与月夜江上的情境吻合。

“好歌！快以好酒犒劳！”曹操的笑声高了，“哈哈”之声带着一点沙哑。

“不才有好诗！”陈琳被激得浑身轻飘起来，心热手烫，很想援笔书写。正要口吐妙珠，陈群插言说：“去年随主公北征乌桓，回来足下一首《神武赋》尽显丞相豪雄气概，何不咏诵给诸位听听？”

陈琳愣了一下，说声“见笑”，便手抚唇须开口了：

伫盘桓以淹次，乃申命而后征。觐狄民之故土，追大晋之遐纵。恶先縠之惩寇，善魏降之和戎。受金石而弗伐，盖礼乐而思终。陵九城而上济，起齐轨乎玉绳。车轩辚于雷室，骑浮厉乎云宫。晖曜连乎白日，旗旐继于电光。旆既轶乎白狼，殿未出乎卢龙。威凌天地，势括十冲，单鼓未伐，虏已溃崩。克俊馘首，枭其魁雄……

正在高潮处，却哽住了。陈琳已经声嘶力竭。面对空旷的江面和对面星星点点的敌阵灯火，他太动情太心切了。论年纪，他与曹操同庚。五十四岁的人了，江上的冷风寒气仿佛全灌进他的胸腔。他连声咳嗽，一个踉跄，险些跌倒。

华歆、陈群、阮瑀等慌了手脚，连忙将他扶回舱内。

华歆望着陈琳的背影说：“孔璋兄这首赋气势恢宏，排山倒海，和这大江月夜非常相宜！”

“看来丞相已经成诗在胸了！”陈群扭头朝正在举觯猛灌的曹操笑眼望着，挥手制止了别人议论，“丞相眉头一皱，气吞山河的大作就会面世。”

“酒！酒！酒！”曹操又连声要酒，华发满头来日无多的悲哀已经由陈琳唤起，想到岁月逝去太多，众多官员将士还要跟随自己遭受战争苦难，一股酸楚的意绪从心底奔涌上来，脱口吟诵道——

对酒当歌，人生几何？

譬如朝露，去日苦多。

慨当以慷，忧思难忘。

何以解忧，唯有杜康。

无人喝彩，却都举起酒杯，默默品饮。

远处，一人背身伫立，似在凝望江水。曹操知道，那是睿智清高的荀彧。想到以荀彧为首的智士贤人纷纷投奔而来，与自己风雨同舟，共历危难，热诚感激的潮水便在胸腔涌动激荡——

青青子衿，悠悠我心。

但为君故，沉吟至今。

呦呦鹿鸣，食野之苹。

我有嘉宾，鼓瑟吹笙。

显然，《诗经》的《子衿》《鹿鸣》中的句子稍加改动，灵活地套用过来，熟悉的掌故与眼前的情景交融，在他高昂的声调中恰到好处地表露了真情。

所有的人都是他的嘉宾，都被他的“沉吟至今”和“鼓瑟吹笙”所感动，一个个朝他弯腰揖礼以示知遇感激。

突然，一头驴子的叫声横空而来，听得出，那是刚御套的经受疲累的小驴子在地上打滚时的欢叫，“昂——叽”“昂——叽”，节奏很快，畅意活泼，又不乏轻松逗乐的趣味。当众人看见是王粲在船头模仿驴叫时，才都仰头屈身开怀大笑了。

长期以来在刘表麾下受尽屈辱的王粲很像一头备受压抑的驴子，他的放开嬉闹正好是一种充分的宣泄。曹操不由得泪眼模糊，招揽天下贤士的心愿更为迫切。抬头望月，觉得远方的智士就像这皎月一般不可受撷，不禁又伤感起来：

明明如月，何时可掇？

忧从中来，不可断绝。

越陌度阡，枉用相存。

契阔谈宴，心念旧恩。

月明星稀，乌鹊南飞。

绕树三匝，何枝可依？

要员文士们已经围拢过来，全都聚神凝目，注意聆听。想不到他竟像歌女在宴会上演唱一样，用《短歌行》的曲调将结尾部分激昂地唱了出来：

山不厌高，海不厌深。

周公吐哺，天下归心！

二、二八歌女

当这首情真意切的《短歌行》由一位新的年轻艺伎演唱时，火烧赤壁的战争已经结束了半年之久。兵败如山倒，除了数十万兵卒死于火海与瘟疫，孙权、刘备还水陆并进，乘胜追击，一直追到南郡，并准备围攻合肥，关陇的马超、韩遂也有趁势东下的举动。连续数月他调兵遣将挽救危局，一直做着火烧眉睫疲于奔命的应对。

“盖有运数，天实为之，罢了罢了！”曹操躺在卞氏身边连声叹息，对那场突然转向的东南风，对那天的阴霾闪电和乌鹊惊飞，以及退兵路上忽遇大雾等诸多天象困惑不已。

卞氏倒很镇定，那张总是血色很足的团扇般的圆脸上反而泛起三分笑意，一边继续着兰花指抚拈飞动的手法，一边微微俯首说：“天命难违，躲是躲不过去的。既然风向都变了，就等它又变过去时再说吧！”

曹操一直闭目静神，在额头接受妻子手指推拿的过程中，眼前仍然有连天大火忽隐忽现，心里的惊悚烦躁不断滋生，头颅的炸疼并没有一丝减退。

“那个字，你知，我知。它，要变成事实，原想只用三年。”他一字一板，说得很慢，“哎，如今看来……”

“顺天应事，不必心急。”卞氏的兰花指停在他花白的胡须上，捋捋抚抚。他立即觉出她的意思，年岁不饶人呀！他伸手将她的手攥住，“正因为年老，我才焦急呵！”

连续几夜，他要了尹氏。

“千怪万怪，都怪夫君太能行太有本领，不然怎会以少胜多打败袁绍？怎能很快扫平乌桓收囊荆州？太顺太快就心急心切，心急心切就上了燥火，上了燥火就蒙住眼睛，连东南西北也分不清了。”

曹操一惊，心底的纠结翻腾而出。其实自己是有失于轻敌而自傲自负的感觉的，只是不愿部下说在明处罢了。当初攻占荆州后，贾诩曾经劝他从长计议，养精蓄锐，站稳脚跟，务求稳妥。

骄横、急躁，岂能不败？

那帮文士，王粲、陈琳他们，却不去思考胜败之因，一个个仍然兴致勃勃，向朋友诉说那个战船击水江面朦胧诗人兴会的明月之夜，说那夜士人们激情迸发遐思奔涌出口成章佳作迭出，当然，够得上千古绝唱的乃是曹丞相的《短歌行》。

陈琳出面推荐，先由嫽人将这首诗被之管弦，在邺城演唱。

首场演出，观众多为文人雅士。嫽人以筝伴奏，艺伎们分成两排，前排执长板夹，后排跳长袖舞，筝奏音律，夹打节奏，全体共唱，变换队形，悲凉慷慨激越豪迈的气氛相当感人。

陈琳立即去找曹操，邀他欣赏这个曲目。

“兵家不幸诗家幸。”文质彬彬的陈琳，手捻胸前白须，面带微笑。“赤壁之战，损失惨重，唯留下一首好诗。《关雎》之章，《离骚》之韵，已经千古流传。如此佳妙之作，不抵它半壁江山？”

曹操一愣，黧黑的脸庞泛起一缕笑意。

“嫽人的艺伎团已将它编成歌舞，在下看来非常成功。明公何不前往观赏？”

曹操被他说动，便带着荀彧、贾诩、崔琰、陈群，来到北宫文昌殿。

这座新落成的宫殿，位于九层台阶之上，檐角飞翘，两侧连廊，古朴典雅。修筑此殿，供奉先古圣贤，召开会议，供人游览，旨在昌文兴教，文运亨通。还未正式启用，一次歌舞演出先在殿前开场了。

嫽人已经出够了风头，曹操对她是熟悉的，而且也知晓她的身世，知晓她的现任丈夫是刘桢。她坐在三尺筝之前，双臂蓦然一拨，铮铮之声奋起。两排艺伎闻声而动，夹板的节拍嘎嘎作响，一身青色裙服的后排女子翩然而舞，在齐声歌唱的雄壮声乐中，队列不断变化，最末四句正是曹操那夜唱出的曲调，只是更显出女声的高亢。

毕了，众人一片喝彩。

“孤正是这种情绪。”曹操面露喜色，对陈琳连连颔首，“她们一演，既可闻之，又可观之，便于欣赏，且广为传播了。”

“丞相广揽智士，求贤若渴，重整山河，天下归心。这个曲目表达的题旨相当重要，应该安排一下，到军营和各州郡演出。”陈群当即向曹操建议。

曹操没有回答。他的目光追随着正在下场的那群艺人，其中一位惹得他的一双黑豆眼泛出晶亮的光彩。

无人看出他的兴奋缘由，也无人知晓这双眼睛的光点落在何处。

令他勃然心动的是那个年纪最小的歌女。她的体态是袖珍型的娇小，神色尽显聪慧，一笑一颦一招一式都与诗句的意蕴切合。作为人前显摆的艺伎，她的眉目之间毫无佻易之色，那副人小尊严大的表情，加之一双深汪汪的大眼，给人一种猜不透的感觉。

“她只是个嫩骨朵，我想纳在门庭。”说给卞氏，是在当夜。

卞氏却拧紧眉头，表示不悦。这般年纪，再要纳妾，一是怕房中滥施会过分耗力，二是担心给后人带来不良影响。

曹操坦然说："房中之事，重在自节，妻妾多的未必过淫，不纳妾的也未必节欲。至于儿子效法父亲，那倒不错，孩子们只要个个都像他的令尊，我在阴间也会开怀大笑的！"

卞氏只好说："但愿如此吧！"

到底纳了。

红烛之夜，爱妾兰蕙，刚满十六岁的粉嫩骨朵，早早地仰躺在纱绡帐内的软榻上。盛夏的燠热令谁都会汗流浃背，她却上穿紧身衣，下穿大帛裙，用手拉住裙裾，将身子牢牢裹住。曹操入帐后，发现她已泪流满面。

"孤已五十五岁，而你，年方二八。是嫌孤太老了吧？"

没有回话，一双手捂住眼睛。随着凄怆的抽泣，指缝间泪水汩汩涌出。曹操愣了一会儿，低声说："你虽年幼，但不少像你这样的姑娘也出嫁了。女人，不论怎样的出身家境，或富贵之花，或贫贱之花，或园圃之花，或山野之花，都会蝶恋蜂采。一阴一阳，天作之合。阳无阴，必亢火；阴无阳，则滞枯。你这粉嫩的花骨朵，遇到春风吹拂，岂能不开？"

兰蕙一骨碌爬起来，跪在他面前，哽咽道："贱奴……早就……开败了！"

兰蕙原本不是艺伎，也没有自小受到演艺训练，而是一年前柴坤被擒时从柴氏坞堡中逃出来的家奴。得遇嫽人，被她收留并选入艺伎团。九年前，即她七岁时，佃户出身的她被恶霸东家孟虎看中，成为他的家奴。孟虎喜欢女童，她从此成为他的贴身夜侍。十岁时又被柴坤看中，孟虎便将她送到柴手。柴坤的恶癖更胜一筹，他蓄养了众多女婴男童，变着花样寻欢作乐，扬言说要将自己的家室变成"桓帝灵帝的后宫"。兰蕙等幼女被他特殊训练，不用常法，不用床笫，而是在水池，用特殊法窍，搞"水漾箫声"的娱乐。为了让这类女子永远驯服，强行给她们"铁将军把门"，即给她的秘处穿环扣锁，至今那把铁锁还戴在她身上。

"五年了……"兰蕙抱住他的胳膊大哭，"我一直……戴……着……"

曹操惊得汗水淋漓，满把的连鬓胡须顿然湿漉漉的。

"贱奴对……对不……起……"她连连叩首。

他猛然张开两臂抱她入怀，抖索的手掌为她擦着泪珠，再发疯似的，满屋子奔跑咆哮："下民贫弱，受尽欺凌，竟然到了如此地步！世无清平，民何以堪……"

三、悲愤长歌

和兰蕙一样遭到异常蹂躏的还有蔡邕的女儿蔡琰。

曹操多年以来一直打听蔡琰的下落，听人说她已经被掳到匈奴，途中几经辗转，总是被押送的兵士轮奸。王修曾经告诉他，王允将蔡邕打入监牢后，蔡宅即遭到流寇洗劫，蔡琰被掳到太行山下的山寨，被寇匪头目霸占，一年后又被侵入内地的胡兵劫掠，北去途中不断转手，由带兵的头目收为营妓。董祀禀告说她在匈奴流亡，幸被左贤王发现，才由他正式接娶。

曹操知晓兰蕙的骇人遭遇后，立即想到了蔡琰。

不久，蔡琰归来了。这是曹操苦心斡旋的结果。他特派使者带了黄金千两、玉璧一双，去南匈奴将她赎回。

当蔡琰，这位患难才女终于出现在他面前时，阅人已多的他还是无比惊诧。她并没有消瘦，没有失神，没有颓丧，那高大的身子变得丰腴了，脸盘壮阔了，嗓门粗高了，只是肤色略显青黑，脸颊的两个红坨凸现，额头与眼角有了明显的皱纹。她依然衣着考究，仪表不俗，高髻、广眉、大袖裙，款款行步时微微露出绿缎鞋的前尖，汉家贵族女子的标准服饰依然如故，只是脖子四围的高领上缀了一圈雪白的羊茸饰边，北方胡人的衣饰精华巧妙借用过来了。

他惊喜地凝目而望，注视着她揖礼请安的动作。

“孟德尊兄费尽周折，破财用力，换回一个卑贱女子，大恩大德，怎能是一个谢字了得？”她的双眼一瞥，额头一低，热泪滚出来了。

曹操“哈哈哈”一串笑声响过，上前两手抚住她的肩膀，仔细端详这张脸孔。

“文姬小妹，你三十三岁了吧？”

“对，兄长也五十五岁了吧？”

十七年前，曹操击败黄巾军并将其精锐收编为青州军，一时势力大增，但也树大招风，激战正酣，忽闻蔡邕老夫子被捕入狱，便派人去蔡府送些银两，谁知蔡府连门窗也被人挖走，蔡琰早已不知去向。

说来可笑，他第一次去蔡府拜见这位名满天下的大儒，并非出于求学或是仰慕，而是觉出了这位老夫子的“风流不检点”，和自己的喜好息息相通。那天，他进了蔡宅，虽然有人向郎中蔡大人禀报说顿丘令曹操求见，他还是没有回到厅堂，而是约他在书房会见。他跨过书房的门槛，就看见一名侍女正在为埋首书案的蔡夫子沏茶，蔡夫子一身清素发系木笄倒不怎么显眼，那位侍女却因衣着华丽容貌俊秀非常令人心动。“盼倩淑丽，皓齿蛾眉。玄发光润，领如蝤蛴。修长冉冉，硕人其倾。绮绣丹裳，蹑蹈丝扉。”蔡夫子《青衣赋》中的这段描写，莫非指的正是这位婢女？美人在侧，难怪当今大儒也发乎情而难止于礼了。

交谈时，曹操故作谦虚，先以请教的方式提出经学方面的几个问题，待蔡邕口若悬河神采飞扬时，才话题一转，说原道宗经固然要庄重高深，板起脸孔，但一般诗赋文章还是通脱随意写出肺腑之情为好。以往不少赋文注重形式大肆铺排言不由衷，令人不能卒读，但是夫子的《青衣赋》就别开生面，不但以绝妙文辞写出一位婢女的衣饰情态，还大胆披露了“明月昭昭，当我户扉，条风狎猎，吹予床帏。河上逍遥，徙倚庭阶”。如此坦诚放逸，谁能不受感染？蔡邕自得地放声大笑，说这算什么，我在另外两篇赋中还有更放纵的描写呢。还说诗赋文章，表情达意，真挚方能感人，你的通脱之见很值得提倡。老夫子又鼓励说：“孟德呀，你在顿丘不畏豪强严厉执法，欲开一代仕风，若能在文风方面另开先河，当功莫大焉！”

他的信心大增。通达洒脱，没有错！

他清楚记得，这年老夫子喜得千金。

蔡琰十岁那年黄巾起义爆发，曹操带兵在颍川与之交战，回到洛阳见了蔡邕，他正把早年写的《述行赋》付诸管弦。他唱，女儿蔡琰操琴。这篇脍炙人口的赋抒发了对于宦官专权，民众冻馁而死，忠臣上谏诋罪的忧愤，五十二岁的老夫子扬头挺胸，声调激昂。以赋入曲，唱出音律，怕是这父女二人的首创了。

伫立一旁仔细观赏，曹操才觉出了什么叫清正，什么叫风骨，什么叫雅致。

蔡琰面前的琴身右首焦黑，这块优质桐木板是她的父亲发现邻居正在焚烧它连忙劝阻抢救出来的上等琴料，此琴遂取名焦尾琴。曲罢起身，老夫子对女儿说：“孟德叔叔来了，此人乃我的高足！”

“孟德兄——既然是家父的弟子，和我就是平辈了。”八岁的蔡琰，出语如此突兀。

“甚好！甚好！”他反而觉出一种暖意。

他渐去渐多，文姬也眼看着长大，将要出阁了。

那年她才十六岁，阔大脸胚，黑粗眉毛，角梢很长的眼睛，俨然一个大姑娘了。但似乎更加纯真，见了亲近的客人就上前抱住双臂。时任东郡太守的曹操去了蔡府，文姬正试穿嫁衣，长裙曳地，发系假髻，头戴步摇，耳戴玉珥，一副贵妇人的派头。

扭头看见了他就快步上前，抱住他的肩膀哭着说："我不嫁，死活不嫁！若是你这样的夫君倒好，那河东卫家的公子光面麻脸是何脾性一概不知，怎能与他日夜厮守？"哭诉声中，两手将他抱得更紧。

之后，就再也没有相遇。她在卫家不到一年就丧夫成寡，回到父家又连遭祸事，备受煎熬。蔡邕死在狱中后，他就多了一份牵挂，一有机会就探寻文姬的下落，希望老夫子的血宗得以承续。

"斯人安在！天佑吉人！"此刻，曹操仔细端详着这张久违的脸孔，看出那额头眼角的皱纹很深，鼻梁上端也有细密的纹痕，脸皮如针尖扎过一般布满粗大的毛孔。

一股辛酸涌上心头，他没有言语。

蔡琰在另一张几案旁坐下，端起茶杯，泪水才涌出眼眶。

另一位文姬的熟友，与她同庚的文士王粲被请来了。他幼时常入蔡府，深得老夫子器重。

"文姬，我们知晓你的苦难异乎常人。"王粲在她旁边坐定，安慰说，"心里有泪，流出来也是好的。"

蔡琰以帛巾拭泪，哽咽着说："还是……从……琴弦上……流吧……"

随行的董祀送来了焦尾琴。二十五岁的董祀是曹操委任的屯田都尉，与文姬同乡，还是她的远门亲戚。是他了解到文姬的具体下落，曹操才让他出任使节去了北域。往返半年时间他已学会了塞外乐器胡笳，从布袋里抽出一杆类似竹笛的器物，站在文姬旁边。

文姬身子坐直，泪眼蒙眬，双手悬起后沉静片刻，缓缓分开又轻轻落下，细若游丝般的弦音开始幽怨，三孔胡笳的呜咽掺入后，琴弦骤然发出强音，大河决堤般的悲愤漫溢开来，汹汹泱泱，流向天际。

文姬抬起头来，以少见的浑厚低声唱道：

> 我生之初尚无为，我生之后汉祚衰。
>
> 天不仁兮降离乱，地不仁兮使我逢此时。
>
> 干戈日寻兮道路危，民卒流亡兮共哀悲。
>
> 烟尘蔽野兮胡虏盛，志义乖兮节文亏。
>
> 对殊俗兮非我宜。遭恶辱兮当告谁？
>
> 笳一会兮琴一拍，心愤怨兮无人知
>
> ……

由她编曲作词的这首《胡笳曲》，共十八节，二百一十六句，表现了她身遭离乱，饱受屈辱，思念亲人，十二年间心灵的创痛、矛盾和凄苦。归来前夕，又诀别夫君，抛离幼子，再次经历了巨大创伤。返回途中，她难忍悲愤，只有将心曲付之管弦。董祀为之所动，自愿参与其中，一路奏琴吹笳，一唱三叹，车马载着歌声而还。

曹操与王粲一直在默默流泪。

“高田种小麦，经久不成穗。男儿在他乡，焉得不憔悴？”[1] 王粲缓缓吟诵了一首民谣，以疑问的口气安慰说：“即使七尺男儿也不堪流离，何况文姬一介女子！如此磨难却保有健硕之身，有何招数在其中呢？”

“信念哪！”文姬抬起头说，“多少次想寻短见，一死了之，但一想到父亲，我就忍了。死，可以了结屈辱，但父亲的遗愿未了，我在阴间有何颜面去见他老人家？当年，他在狱中，郑重向王允提出，宁可遭受劓刑[2] 也要将《后汉书》续写完毕。这是怎样的心志呵！”

“高山仰止，景行行止！”曹操手拍几案称赞，又问，“贤妹打算怎样实现这个宏意？”

“我准备先到洛阳为父亲扫墓，改日来见你们。”蔡琰这才显出一丝笑意。

[1]《汉乐府·古歌》

[2] 古代一种割掉鼻子的酷刑。

第十一章 风生水起

一、再议方略

无论是长歌还是短歌，都和美酒、女色一样，不过是曹操“大阳大刚身胚”的一种需要，“阳者放逸，不放不飞”。当浑身的热血被情绪点燃时，当疲惫、烦躁、焦虑、懊丧、困惑等恶劣心绪难以排解时，谁还不想着法子将它们释放？

他实在太忙，急迫的应付太多。首先，战争吃紧。赤壁兵败之后，合肥被围，江陵还在激战，关陇的韩遂马超不时挑衅，某些已经偃旗息鼓的归降将领又聚众叛乱。他几乎每天都在调兵遣将。

这天，单耳人带着一位道家方士皇甫隆来见他。皇甫隆白发白眉面色红润，是冀北有名的老寿星，百余岁仍然体力不衰，人称“皇神仙”。当年，他是黄巾义军的一员将领，在连连战争的溃败后脱离军队，遁入山林。几年前由单耳人引见认识了曹操，他传授养生之道，当场演示了浴面、坐忘、咽津、煨梨等功法。这回，刚一见面他就说：“‘对酒当歌，人生几何？譬如朝露，去日苦多。’如果丞相长寿如仙人，就不会如此悲伤了。”曹操急切地说：“请高道常作指点，孤当竭力效仿。”老者却苦笑了：“养生有道，道甚易知，但莫能行。”“道是远人的吗？”“道不远人，却也在选人。天下智者，莫过八百多年前的老子。以他那样的才学，见周衰而去，入了终南山闻仙里。而足下，见汉衰勉力救之。”“难道不该救？”“该救！唉，贫道哪敢参议军国大事？不过夕阳沉没之时，就有好景致看了！”

曹操心里一沉，蓦然想起初登邺城墙顶朝西观望正好遇见日头滚在山边的那个瞬间。

单耳人跟上说："天下也不好打，主公干脆当个北国王，不用再费力劳神了。弟兄们常年打仗，铠甲上的虱子臭虫多得拿笤帚扫，何必再受这份罪？"

曹操一顿，当即脸色加黑了一层。

这话也除非单耳人当面说，他是知面知心的亲信，是多年相处的下层士卒代表，换了谁都会掉头颅的。

沉思之后，他将荀彧召唤来了。

"荀令公，世间诸事，实难意料。削平割据势力，看来，一朝一夕是不行的。"他的黑豆眼一直对着荀彧，语气恳挚而沉重，"依足下之见，我们统一天下的希望有多大的可能？应该固守北方，就此罢兵呢，还是一边治理，一边用兵呢？"

"明公完全有望荡平天下，不必心存顾虑！"荀彧以脱口而出的急速语调表示了态度的坚决。他停顿了一下，又作解释："孙权、刘备本有仇隙，地盘的争夺必然打破他们之间的联合。当下坚守淮南，再平定关陇，三分天下，有其二，大势就定了。当年汉光武帝刘秀不就这样扫平群逆的？刘备已经准备向益州巴蜀伸手，我们再设法夺取汉中，将孙刘二贼分割，再向江东挺进。刘备在弹丸之地能守多少时间？再说，明公以汉家天子的名义征讨逆贼，率领的是正义之师，麾下聚集着天下精英，而孙权、刘备这些不臣贼子，附属人才只有本地区区少数。当然，如明公所说，统一天下也非一朝一夕可图。一边治理，一边用兵，当下治理已见成效，用兵也是明公所长，只是不能操之过急，以往，明公所征必举，所攻必克，岂能没有这种自信？"

曹操立即有一种心热身暖的感觉。"对，说得对！进军方向，战略规划，如此甚好！足下真乃吾之子房呀！"

"明公真乃汉室之栋梁呀！"

本来荀彧是不会当面恭维曹操的。但这句话显然另有暗示，既表明了自己的一贯主张，又是他近期心理情绪的体现。赤壁之战以后，本来应该对失败的原因深入分析，吸取教训，但曹操却有意回避过失，不像以往那样坦率地承担责任。这倒也罢了，为统帅者恐怕自己的威望丧失，以天象反常掩人耳目，只是胸襟不够广阔而已，令人生气的是，陈群、钟繇、王粲等人竟放话说，即使曹公夺不了天下，北方的王霸之业也创定了！

曹操看出了他的用心，嘿嘿笑着点头应付。

接着召见的崔琰也是一贯的脾性：敢出诤言，令曹操敬畏。

“主公向来广开言路，善于采纳智士良言，为何赤壁之战前对贾诩的建议充耳不闻？骄矜自大，目空一切，刚愎自用，必然导致失败。”他说得一字一顿，音调激昂，拂胸的长须也不住颤抖起来，“说到底是权势者常犯的毛病。主公若不能克服这种毛病，就会落下袁绍一样的可悲下场！”

“季珪此言极是！极是！”

“外定武功，内兴文学，主公不是早就有明确方略了吗？文治武功，守好地盘，不断扩展，不必着急。一代不行，二代三代地努力。还有一事：主公毕竟年岁大了，立嗣之事务必早定。”临走他又叮嘱一番。

陈群和司马懿是一起请来的。曹操对他俩，既不装作恭敬，又不心存畏怯，而是嬉笑怒骂，不拘礼节，心里特别放松。而他们，始终温良柔顺，和颜悦色，即使有不同看法，也以婉转的方式表示。

“西有午，言居东。两日并，王者兴。日载东，灭火星。”陈群刚入厅内，就以七分诡秘、三分喜悦的神情低声唱了一首近日在许昌民间流传的歌谣。

曹操虽然初次听到这歌，意思却全然明白。前四句，字形合并成“许”“昌”，“日载东”，是指“曹”姓[1]，“火”为汉的五行德号。当初将汉献帝奉迎至许县，便将地名更改为许昌，意在自己的大业昌盛。这首暗中产生的歌谣，显然经过了文人润色，它比近几年流行的不少谶言更进了一步，明确了灭汉者的姓氏。

“反叛朝廷，蛊惑人心，该当何罪？”曹操拍着几案，怒气冲冲地对着陈群质问。

陈群嬉皮涎脸地反驳说：“民间歌谣体现了民情民意，百姓心声，汉武帝当年设立乐府，采诗合乐，闾巷歌谣才被广为传唱，谁敢明令禁止它流行？自古以来，乱世出英雄，英雄打天下，帝王朝廷顺天应人而生。汉高祖刘邦还不是布衣出身？当今，寸土一民，非汉所有……”

“主公不顾身家性命，东荡西杀，消灭割据，打击豪强，安抚百姓，救下民于水火，挺一身而安天下。如果要将这美好基业拱手让给祚分已尽的汉室，众将士将作何感受？庶民百姓将置之何地？“

曹操仍然脸气森森，声音低沉地说：“如今战事正紧，局势动荡，作这种思谋，弄不妥会坏事的！”

“正因为局势如此，主公才应及早筹谋，凡事预则立，张本当在先。赤壁一战，

---

[1] 篆字“曹”字具有“日载东”的基本构形。

孙权振奋了军心，刘备也有了立足之地，孙刘联盟会有较长时间的巩固，几方都会安定下来。日久生变，主公的王霸之业定得从体制上确立呵！”

曹操心里一亮，当即点头，黑豆眼闪出一缕灼灼晶光。他几步上前抱住陈群的双臂，万语千言都包含在这一抱之中。

司马懿一直低头不语，头颅垂在膝上，听见曹操的叫声抬脸后显得憔悴不堪。曹操知晓他常常“示弱”，显示自己不愿进取，其实他腹有韬略，藏得很深。

“老子说：‘居善地，心善渊，与善仁，言善信。政善治，事善能，动善时。’”司马懿被曹操再三催促，终于开口，“办事圆通，行动适时，是圣哲老子的主张。主公乃命世之才，岂能不懂这些？”

临走，陈群建议曹丕为相府中尉，负责丞相府警戒。

当日，曹操还会见了王修和王粲。

在邺郡业绩突出的王修，依然麻刀脸，高眉棱高颧骨，寡言少语，衣着朴素。他提出加强屯田，招募农民开垦荒地，既藏粮于民，又贮积军粮。曹操当即命他为大司农。

曹操在王粲进厅的一霎就哈哈大笑了。驴子！他不仅爱仿驴叫，而且形貌瘦小，肤色纯黑，长脸凸鼻，带几分驴相。尤其是他能忍能耐，在刘表帐下忍辱负重多年，终于在刘表死后得到展脱，劝刘琮归降成功。

“驴才仲宣，孤一见你就来了酒兴！”曹操斟了两爵酒，为他递去一爵。

王粲着重谈诗文如何兴盛，希望文士们的写作与生活得到重视。从五湖四海汇聚到邺城的人才中，有不少文学之士，形成了庞大的文人集团。这是历史上少见的文士集会，而且又有雅好诗章的曹丞相当领袖，若能顺应文士们的心理，关照他们的生活，就会出现彬彬之盛的文学景象。

“文学——”王粲强调说，“绝非指以儒家经学为主体的旧文学。在旧文学中诗赋文章只能被看作狗尾续貂，不登大雅，文人被‘俳优畜之’。尤其是大乱之年，自保性命尚且不易，文士们这一口闷气实在是憋得久了！”

曹操指着王粲笑道：“长期压抑，逸气难散，——以刘桢和足下为例——就只有整天梗着脖子和人较劲，或者在大天野地学驴叫了！”

二、碾台边的测试

“他们都是智士，都有高见呵！”

回味着以上诸位倚重之臣的建议，他觉得头脑清醒了，相应的策略也就产生了。他决定主动放弃江陵，退守襄樊，减少防御的压力，致力于整饬内部，增强实力，不久平定关陇，伺机夺取汉中，既存统一天下之志，又对王霸之业具体部署。

他思谋：待平定关陇之后，立国的步伐明确跨出。

他明白陈群建议儿子曹丕任职的意图，虽然，曹丕的职务下令任了，但他的内心仍然看好志存高远的曹植。

他知道，曹植也有他的弱点：只喜文，不重武，带兵打仗不如曹丕。但是，他相信，待他继位执政时，天下必然安定。退一步看，即使以后出现了动乱，自有文臣武将出面协助。汉武帝刘彻不曾以兵戈打出江山，还不是文治武功样样出色?

当夜，他和妻子卞氏说到了两个儿子。

卞氏却说曹丕具有帝王相。她将他刚刚生下，就觉得紫色雾气渐渐笼罩全屋，似有一条青色长龙在雾中忽悠摆动。而曹植呢，生他的前夜，却梦见一片翁郁的青竹，竹林中一只大虎跃身而出，虎身上的斑斓毛纹十分炫眼，一龙一虎，分明是两种预示。

曹操虽然对某些天象和谶言特别在意，却从来不相信鬼怪和梦幻。他看重现实，看重人为，看重自己的努力。“老虎也算王，青龙谁见过？”一笑置之。

接下来，在故乡之行中，又来了一番测试。

为了在淮南大规模屯田，曹操要亲自去那里考察。他趁机回到故乡，准备从涡水进入淮河。

卞氏、曹丕、曹植也随行去了。

家乡，这个承载着他青少年时期的聪敏、顽劣、放荡和恶作剧，给了他无限遐想和欢乐的村庄，自从十六年前父亲曹嵩被害匆匆回家安坟建庙至今，再也没有回去过。在这期间，这块土地的归属发生了变化。谯县属于豫州，董卓之乱后几次更换首领，十二年前他举荐刘备为豫州牧，但实际掌权的是吕布，一年后，杀了吕布才夺回了这片土地。这儿既是家乡，又是管辖之地，他感到特别亲切。

他亲自委派的县令为他修缮了故居，在祖坟祖庙周围封土植树，这是他不曾知晓的实情。地垄，绿树，村街和几排房舍，基本的轮廓依旧，但是十三年来有了安定的生活，村人们的心情变了，那些很穷的人家也有了几分起色。

没有起色而且更加凄凉悲惨的是他最惦念的人——高叔，“高粱秆”。他生性懒散，自己没有土地，也不愿给地主家干活，只喜欢背着网绳去田野套兔子，可以勉强混饱肚子。

他自幼丧失父母，终生未娶，无有妻小，遇到拉丁逼款就逃亡在外。如今六十八岁，虽然贫病交加，却躲过了兵祸瘟疫，成了村里穷人中年龄最长的老寿星。

“黑丁子——”他躺在高粱秆围成的人字形小庵中，身下铺着麦秸，盖着一张磨光的老牛皮，瘦得只剩下骨头架子，口里吐出的话音微若蚊声，脸上已难显示神情，但骨子里的怪气却依然如故。“叔……知道你……杠子厉害，打的……世面……大，肏的……女人……多。你……能肏……毕竟……还……有个数，叔……不……能……肏，却……比你强，叔……想……肏……谁……立马……就肏谁，神仙……咋肏……叔……咋肏，眼睛……一闭，皇宫……妃子……天上……嫦娥，都往叔……怀里……扑……”

曹操一边抹泪，一边大笑。

他又带来两个儿子来小庵探望。

这儿原来是四面土墙架着的草棚，安着木板门，门前发生过劁猪及两个猪卵蛋的故事。曹操给他们讲了这个故事。“有人说你们的父亲是‘赘阉遗丑’，这是事实，咱们的先人是阉了以后才伺候皇帝的！”

村子东口的青石碾还是老样子，光溜溜的碾盘，圆滚滚的碌碡，套牢碌碡的木架上带着一条长杠，长杠是留着套牲口的。在村里，井台和碾台是公用物，也是公共场所，但也只有穷人常来光顾。小地主有仆役代劳，大地主的庄园里设施齐全，这儿怎能见到他们的影子？再说，穷人使用碾子，大多是碾高粱米，有人将麦秸的结子剪下来当粮食碾，还有人将树皮树叶弄来碾。而且，套在长杠上的不是牲口，正是他们自己！

“看见这长长的杠子了吗？当年那个高叔，在碾盘上和我逗乐，他为我讲杠子。”曹操隐瞒了难以启齿的那个隐秘，只说了高叔说过的顶门杠子及杠子打天下的意思。他又讲了碾台所维系的穷人的种种苦悲，富人的种种荣乐，向两个儿子提出了问题：“豪强地主与穷苦下民二者相距如此之巨，根源何在？”

他凝望着他俩，黑豆眼一眨，心里说：“我可是在选顶门杠子哪！”

自从那次请王修谈尚俭之风并宣布如何立嗣的原则后，五年多来他多次在厅堂召集他们兄弟训示，每次都热诚希望他们将来“可定大事”。有一次还有意对曹丕曹植进行测试。

“山河一统，指日可待！我常常为天下不治忧心，到了四海归一的时日，该如何富国安民？现在就以此为题，你们各自提出切实的方略，说与我听听。”

说罢，目光对准了曹丕。

曹丕略一思忖就开口了："将'外用武功，内兴文学'的方略稍变，'外以武定，内施仁政'，像汉武帝那样，以武力镇压叛逆，开拓疆域，以强兵为治国前提；施政中儒法兼用，设立刺史，监察地方，大权集于中央，铁盐官营，兴修水利，减轻下民赋税。长此以往，就国富民强了。"

他的黑豆眼闪出一丝笑意，又朝曹植点头。

"书不读先秦以下，意常在圣贤之间。"曹植用两句联语开头，讲了混元造化以来伏羲至三王周公所有先贤的英名业绩之后，提出治世者首先应该是圣心盛德的大贤之人，具有很高的道德修养，淳心正道，没有私心，只知爱民，他们的境界，如庄子所说："至人无己，神人无功，圣人无名。"他们创帝道立德基，百姓仰敬，不教自化，四海升平，天下殷富。周公以后至今，纷争动荡多于安定和顺，原因正是出自治世者本身，他们均非盛德之人。天下不平根于人心不平，人心不平在于贫富不均。东汉后期，富豪地主对农民的土地兼并日益剧烈，农民的赋税负担越来越繁重，富豪大户与下层庶民两极分化，阴阳失和，物事无序，岂有不颠覆动荡的道理？施政者只有任用王修这样的铁臂硬掌，狠狠打击强者，扶助弱者，才能做一些补救，然而也只是补救而已。

一席话，说得他连声叫好。

"是治本之见，也是长远之策。"他也毫不含糊地批评了曹丕，"子桓，你比子建年长五岁，却没有他看得透彻，目光不能放远，就治理谈经世，只见举措不见方略，根基太浅，不足以令人敬服。"

曹丕有了上次教训，想把着眼点放得长远，放在根本上。他的大胚子脸上闪出自信的笑意，粗重的眉毛向上一挑，以洪亮的嗓音说："根源在帝王身上。从上古的伏羲到西周初年的文、武、周公，只要是盛德贤能之人治世，就社会安定，世风纯正，豪强地主怎么能够产生？即使有个别豪强放肆，官吏也会严加惩治。东汉的开国皇帝刘秀虽然对豪强地主的疯狂兼并忧心忡忡，也曾下诏度田，削弱他们的势力，但遭到强硬抵制就望而生畏了。后来的历代皇帝都无所作为，每况愈下，导致豪强地主的兼并愈演愈烈。可见，君王昏庸是引起这种现象的根源。"

"其实很简单，是土地制度所致。"曹植手摇九华扇，上下拉长的月字脸上平静如止水，两粒黑漆瞳仁依然灼灼闪光。"'普天之下，莫非王土'，很早以前的土地属于帝王，西周实行井田制，方九百亩为一井，中间一方是公田，周围八方是私田，种私田的要无偿耕种公田，以此代缴租赋。春秋以后，井田制逐渐瓦解，农民获得了不少自由，土地可以自由买卖，才导致了土地兼并的发生。"

曹操黧黑的脸上泛出一丝喜悦，前些天王修就建议尝试一种新的土地制度。“子建，你有哪种针对的设想？”

“规定每户最多可占有的田亩，多余的没收为国有，或者征收大额租税，看他谁还想多占土地！”

曹操当即认可：“国家统一了安定了就可以实行此律。子桓呀，上次你看得太近，这回又扯得太远。子建胜你一筹呀！”

三、吴质荐妃

曹丕整天闷闷不乐，一颗心不知道飞向了何方，以至于父亲讲他当年如何狩猎，如何盼望手刃猛虎，如何与袁绍行刺张让，全都未能入耳上心。

烦躁袭上心头，他真想骑上快马，和吴质一起去邺城附近的山岗恣意逍遥。回到自家院中，他忽然抽出腰间的青钢剑，旋转身子狂舞起来。曹植在一旁站着，只见闪闪剑刃连续划出美妙诡奇的弧线，嗖嗖的风声如雷电震怒，疾走于山巅林莽之上。而兄长一脸的气色，粗暴而蛮野，如受惊的毒蛇吐着芯子，咄咄逼人。

“大哥——”他忍不住高喊一声，“舞得不顾性命，你疯了！”

“关你何事！”舞毕，拿着剑，直直照着一棵小树砍去。剑光一闪，树干哗然斩断。

曹植似乎明白了。“大哥，你分明有气嘛！”

“我在生自己的气。总是输你一筹，兄长败给弟弟。能不气吗？”

曹植撇嘴冷笑：“那就是小人了！嫉贤妒能，心胸狭小，不配当我的兄长！”

“没良心的东西！”曹丕的怒火终于喷泻而出，他将宝剑入鞘，跨出几步，手指着弟弟的面孔斥责道：“同胞兄弟，骨肉情深，我爱你胜过爱我自己。我读过的书全都让你读，学到的武艺全都教给你，希望你能文善武，成为人才。谁知你不知进退，成心和我竞争，直到你取得成功，让我这个当兄长的在你的麾下俯首称臣。你的志向多高远呀！开口伏羲三皇，闭口先古圣贤，可是，唐尧虞舜的禅让，伯夷叔齐的逃避，他们的圣心圣德你学到了吗？”

曹植起初还有一丝愧疚，听到后来反而鄙夷地嘿嘿笑了。他说，像你这种明争暗求的禅让，不是对圣心圣德的亵渎吗？既然是同胞兄弟，骨肉情深，何必计较你我？父亲立嗣选贤，选中的继承重任，再创业绩，还不是为了曹家，为了天下？再说，我如今当你的对手，还不是逼迫你更加上进？

卞氏一直在檐下坐着，把这一切观看得清清楚楚。

当曹丕还要怒气冲冲争辩时，她上前制止了他。她对兄弟俩一并指教，以兄友弟恭的箴言要求，说他们有失和气的言语均为不妥；然后，指出曹丕的错误：没有找自身的不足，反而对弟弟嫉妒，如此下去，只能违背父亲的教诲，辜负父母的希望。

曹丕一向敬重母亲。母亲没有父亲那么威严，那么锐利，和婉平易的神色话语总会透出一种女人少有的明智。他没有再说什么，只是歉意地拉住母亲的双手。

不过，郁闷在心里埋得更深了。

回到小院里的家，五岁的儿子曹睿正在院子里朗诵《诗经》，看见了他，欢喜地拍着小手，边跑边喊："振振君子，归哉归哉！"[1]

他的心潮立即涌动起来，又想起了曹植。三弟很爱这个侄儿，常常与他逗乐，教他识字读诗，又教给他一个习惯，每逢他从外面回来他都要这么拍手欢呼，以这两句诗相迎。

妻子甄妃是那种宠而不骄、媚而不妖的淑媛，以日久弥强的魅力牢牢吸引着丈夫，总是会让他在闺房得到畅爽的愉悦。细心的女人总会在缠绵中发觉男人的心绪变化，热衷房事的男人一定会暴露自己，他的心力在难以遮掩的放飞展翅中总会见个高低，——曹丕也不例外。

甄妃发现了丈夫的蹊跷。成婚五年多来，玉缕金带枕上总是火热得一如初夜。潜龙在渊，冲浪击水，在最动情最放任最欢畅的时刻，青龙就会愈发贪婪，游弋潜沉，以豪健无比的力量撞击，开创更为辽阔的疆域。"至矣！尽矣！"她有感觉，他也一样，都抑制着笑意，有意在沉醉中留恋。可是，这回丈夫却丧失了几分豪健，难以抵达沉醉的极致，几次振翅欲飞就偃旗息鼓了。本来，小别胜新婚，他一定会饿马奔槽，勇猛异常，怎么会如此颓靡？

曹丕诉说了缘由。他是为兄弟竞争而忧伤的！

"唉，一门至亲兄弟争什么呢？"她的看法与婆婆卞氏相近，但也分明向着曹植。她说立嗣是家国大事，或兄或弟，当由父亲决断。自己应当尽力争取，但不应对弟弟心存妒意。作为兄长，应比弟弟胸襟大度。即使自己不能如愿，也应替天下万民高兴，替曹家高兴，何忧之有？何虑之有？夫君是兄长呀！说着，她自己先和悦地笑了。

次日，他急匆匆地去找吴质。

---

[1]《诗经·召南·殷其靁》

他多想去狩猎，飞马弯弓，一箭中的，在追赶血淋淋的麋鹿驰骋中一展闷气。

但是吴质劝阻了他，说那个一脸冷森森的崔琰为此斥责得那么严厉，何必旧病发作？

他带他去了一个诡秘场所——“女闾”。在城东的偏陋之地，不少简易民房中租住着一群艺伎，她们平时在街头卖唱，或者为有钱人家的婚丧寿诞助演，闲暇下来便操起皮肉营生。这群从青州沿海地区流徙过来的年轻女子，承袭了春秋时齐国“女闾”的风习，以满足男子的肉欲来补充自己的腰包。她们既有撩人的热情，又有独特的技巧，伺候男人绝对胜过男人的妻妾。

曹丕挑一名姿色不俗的女伎，果然深感奇妙。不待上榻，他就欲火喷出，僵死了以后又渐渐活了，以至生机勃勃，再度欢境。神飘梦游的时间更长，最后融化得成了烂泥。女人并不宽衣解带，不用肌肤之亲，只用舌功就达到了胜境。

“这齷齪之地，可不敢常来呀！”吴质看出了他的欢愉，及时提醒，并说出了一个安妥法子：“何不纳一个善解人意精通妙术的小妾？”他看中了一名女子，比甄妃还年轻两岁，出身名门，姓郭名照，字女王。单这名与字，就看出心高气盛，志向非凡。她知书达礼，贤淑可人，既谙熟房中之术，让丈夫在帷帐中涵养精血，百病消除，又善观天人，掌握相人法术，知时察变，排除异己，实在是一位枕边良侣。

曹丕惊诧了：如此良人，如何才能得手？

吴质笑道：“不是我们去找她，而是她的主子要殷勤地将她送给公子！”

原来，郭照十岁时父母双亡，辗转流亡途中被一位乡吏收留，成为他家的婢女，人们纷纷传说这位婢女早年的故事：她的父亲郭永曾任南郡太守，通晓“河图洛书”，女儿未出满月便看出她的脸气神色带有日月之光，据此为她取名立字。沦为婢女后，她以勤快、机敏、多礼，赢得乡吏喜欢，后来又见她出脱成一副贵人相，便想为她找一位王侯人家。待人们盛传救世真人曹操将要代汉登基时，就想将此女嫁给曹家公子。托三托四中恰好遇见吴质，他首先来乡吏家会面考察，非常满意，才向曹丕举荐。

曹丕接受他们的安排单独会见了郭照。当她从屏风后面款步走来时，曹丕的大胚子脸上三分惊异、七分欣喜。她，高挑个儿，凸胸大臀，杏核眼，青眼圈，脸上似有一层如葡萄成熟后黏在皮上的隐隐可见的腻粉，腰胯飘出两条紫红带子，身上飘散着袅袅雾气，真有天上仙女下到凡间的缥缈风致。

“听说贵人善观天人，有相面之术。”曹丕望着她的青眼圈，迫不及待地试探，“在贵人眼中，本人的命相前程如何？”她微微仰起的脸盘，一霎间褪尽了熟葡萄的黏腻粉色，焕发出二月早春绚烂桃花般的粉红，那对杏核眼渗出一层粼粼水光，无言的羞笑中含着摄人心魄的柔情。他不待她说话就搂紧了抚了吻吮了，喘息中，她说自己有精通阴阳的招数，枕上情，讲功法，紧水荡鱼，令夫君晕而不死。他急了，欲动手脚，她却推开他的身子说：房中也有天地，一日一月，惊神动鬼，必有时有序，法于阴阳，和于术数。岂能这么轻率随意？

曹丕吼叫一般说：三天之内，我要将贵人正式收纳！

第十二章 铜雀台

一、喜得铜雀

秘密状态中的预谋在进行中常常会产生亢奋，它跨出的每一步只要有力，都会令人沉醉在未来胜利的巨大喜悦之中。

这些天陈群一直处于这种状态。私访密谈，触及那个敏感的话题，那几个既是股肱要员又是知己心腹的同僚——钟繇、程昱、荀攸、贾诩、王粲等，都私下许诺了坚定的支持。目前，像他们这样暗中拥曹的人约有三分之一，像荀彧这样坚持拥汉的人同样占三分之一，其余的三分之一为中立派。这个估计已经足以令人振奋，因为随着局势的发展，后面的两股势力还会分化拥曹派。

改朝换代的密谋就由他们少数几人暗中实施，此举正是暗窃国家神器，事成之后，不就可以成为开国功臣了吗？

陈群，这个和孔融、荀彧、崔琰一样出身于名门望族，一样清流雅望的朝臣，他的心机性格却和他们大不一样。他和曹操一样尚通脱，看实际，重效果。曹操发现了他察事知人的本领，提拔重用节节高升，他也知恩当报，并在依附中看到了实现自己宏愿的前景。

亢奋中的陈群严谨谦和，不露声色。

有一个地方将要发生一件诡异的事情，等待着他去不露声色地判定。

初夏的一天清晨，当熹微的晨光把校兵场附近的道路、树木、房舍照亮的时光，三三两两赶早集的行人已经在横亘全城的东西大道上走动了。操练的队伍很快朝这儿跑步赶来，修建西园的役工们也操着锄头铁锨陆续出工，嘈杂与响动随着浑圆的太阳一起由地面渐渐升腾起来。

这时，曹洪骑着一匹骏马奔驰而来。他在遛马，有意纵马飞奔，双腿牢牢夹住马肚，右手在身后频频挥鞭，跳跃的马蹄一路踩出急骤的嘚嘚声。

忽然，马撇了大路，朝一侧的园地斜刺冲去。这儿是正在修建的西园花圃，已经栽植了成片的苗木花卉，只有稀疏的几片空地尚未完工。栗色烈马驮着曹洪越过草地花丛来到一片空闲场地，在这儿打圆场兜圈子，昂头嘶鸣，越跑越欢，圈子也越转越小。

“怪了！怪了！”曹洪终于制服烈马跳了下来，厚嘴唇上下翻开喷出唾沫星子大吼大叫，“马不听话朝这儿飞跑，不停地转圈圈，这儿有啥邪气扯住了马腿的筋？”

四周挖地浇水正在干活的人，大路上来来往往的行人，全都被他的吼叫吸引。很快，围观者将曹洪和马围在中央，指手画脚七嘴八舌地议论猜测起来。有人说，这儿过去可能是兵家的草料场，马的嗅觉灵敏，被它经久不散的气息吸引，故而撒蹄赶来，想必马是饿急了。曹洪摆手笑了：“这是曹丞相的坐骑，我是替他来遛的。它有专门的人照管，吃的豌豆精料，迟早都肚儿圆滚滚的，怎能说饥？”有人说，这里正在动土，想必前阵子撞在地煞星的气脉上了，马的灵性正好与放出来的脉气相通，就被牵引过来，发摆子一样转圈儿，说明地煞星在发怒哩！

这当儿，正好有一位手摇铜铃的道士在旁边大路上行走，口里吆喝着“太平太平，行道祛病”。有人出主意说何不请高道来看看。曹洪便朝那道士喊叫，请他过来一看究竟。

中年道士问明了情形，又跷腿跨步沿着马跑的痕迹走了一圈，朝天上望了一眼，闭住双眼朗声唱道——

园中圈，事相连；
马遇马，人相关。
天上金贵鸟，
入地找根源。

人群一阵骚动，议论纷纷，竞相猜度道士歌中的所指。曹洪也没听出个眉毛胡子，他急匆匆地朝道士说：“你葫芦里卖的什么药？何不明言明语地说出来？”那道士也不言语，径直走到圆圈中央说：“掘地三尺，自见分晓。”

挖！

果然，人们抡锄挥锨挖掘不久，在大约三尺深度就发现了东西：一块木板下面压着一个广口扁圆形陶罐，罐中放着一件黄铜雕刻物品。那铜，金灿灿地闪光，显然是鸟的形状，飘飘欲飞的羽翼上现出一波一波的翅纹。但究竟是什么鸟，燕子？鹌鹑？喜鹊？谁也说不清楚。

那个摇铃的道士不知何时离开了。

就在这当儿，大路上一辆没有华盖绣帷的简易车子停了下来，车上的陈群看到了这儿的热闹，他步履从容地朝人群走来了。

曹洪知道博学的陈群肯定会对这物件做出判定，便将它递了过去。

陈群双手捧起铜雕仔细端详，翻来转去，左瞅右觑，皱眉沉思之后说："对了，铜雀！雀是指朱雀，天上神鸟，命主吉祥。当年秦始皇崇拜朱雀，令工匠做了不少铜雕置于宫廷案头，悬于城门之上，又将他的坐骑命名为铜雀。后来他灭六国建大秦，说是铜雀带来的福祉！"

"奇了！"曹洪指着身边的骏马说："这正是曹公的战马呢！"

"那个道士早看出来了！"人群哗然，无不高叫奇巧。

那边，丞相府内，曹操与荀彧、崔琰、王粲等人正在议事。当今第一书家钟繇已经在几案上铺平了粗麻纸，长毫毛笔蘸饱了墨汁，准备尽兴挥毫，题写台名。究竟是何台名？他们各说各的，还在争论。

那高台，依邺城城墙为基，向上垒了十丈，台上建有观台、会馆和一百多间房舍。它是主台，两边还有同样高耸的辅台。这三座巍峨的台榭，将是游乐风景区西园最吸引人的建筑，主台的名称自然极其重要。

"叫大风台吧！"荀彧坚持自己的看法：《大风歌》是大汉开国天子刘邦的名作，它恢宏豪迈的气势，雄浑遒劲的风格，会对官员民众产生振奋的作用。

崔琰表示赞同："主公不是主张招贤纳士吗？《大风歌》正好表达了这个意思。'安得猛士兮守四方'，也是当下时势的需要。"

钟繇、程昱、王粲三人主张叫"迎旭台"。他们口头上说旭日象征崭新的气象光明的前景，心里却想着陈群说过的"日载东，灭火星"。

曹操朝荀彧连连颔首："荀令公所言极是。孤年轻时最喜射猎，打马驰骋，口念《大风歌》，只觉龙吟虎啸，大地起风。力拔山兮气盖世，的确能给人以激励。"

钟繇反驳说，当年汉高祖平定淮南王英布叛乱后唱了这首歌，其时天下平定，四海归一，高祖才强调一个"守"字。如今国家四分五裂，孙权刘备占地为王，逼迫得我们连年征战。所谓外定武功，其实是一个“攻”字。两种时势迥然不同，它会反过来麻痹人心的！

荀彧侧过脸孔不再言语，崔琰手捋长须正要争辩，陈群手捧铜雀赶来了。

见到灿光锃亮的铜雀，要员们莫不惊讶。

陈群详细叙述了发现它的经过：曹洪如何被烈马执拗地驮着绕圈子，众人如何围观议论，道士如何指点，役工如何掘土，自己如何判定，民众如何喝彩，说得绘声绘色，滴水不漏。

同样是一片喝彩！

“铜雀台——”王粲高叫一声，短小精瘦的身子跳动起来。

“天降祥瑞，上苍有灵呀！”

“神鸟展翅，我等似乎飞起来了！”

在多数人激动的赞叹声中，曹操朝荀彧、崔琰凝目望去。荀彧低头，回避他的目光。崔琰倒爽朗地笑着说，既然这么巧合，就按诸位的意思办吧。

二、松林风波

孔融弃市的当日，路粹就像严霜打过的菜叶，蔫塌塌地打不起精神，不是萎靡地蒙首睡觉，就是一边饮酒一边叹气。

“一位高蹈之士毙命街头，我路粹无颜再见亲朋故友了！”他长吁短叹，泪水涌流。

他的妻子宋氏和两个小妾总是和婉相劝，想尽法子开导，但收效甚微。

往常，夜晚是他最提神最愉悦的时光。花骚的宋氏贴己揣心，总会想着法子迎合他的心思。首先，她会在傍晚时分将自己泡在浴汤中，让香料的芬芳浸渗每一寸肌肤，再细致地浆洗长发，画眉敷粉，然后才与他双双进帐，互相宽衣解带，在娇喘连连的喝盼中扶他上马。“勾脚儿”发生在二人滚火一般的热望上来之后，她伴随着抓扯呼叫故意激发他饿马奔槽的贪狠，让他在那个瞬间有浑身空壳般的痛快。

但在那几夜，宋氏使尽了招数，甚至与另外两个年轻小妾同侍一榻，前后夹击，左右媚抚，也不能让丈夫焕发春情。

“德祖贤弟！德祖贤弟……”路粹又喝多了，被小妾搀到榻上后，仍然嘶叫着自语，“我有何脸面出门见人哪……”

宋氏一愣，从他的呼叫中生出了主意。

她请来了杨修。

“文蔚兄——”杨修一边悠闲呷酒，一边瞅着脸色灰暗的路粹，好奇地问：“家有美酒娇妻媚妾，双脚踏进家门就神魂迷醉，乐而忘忧。我杨修倘若有这等福分，也不枉来一遭人世了！”

说罢，凝望着一侧那位满头珠翠脸孔粉白的妻子，故意挤了挤眼睛。

“你还在取笑！”路粹生气地说，“我干下这等下作的事情，羞于见人了！”

杨修故意问：“干下什么事了？何言‘下作’？”

路粹坐起身子，哭丧着脸，引用了孔子“志士仁人，无求生以害人，有杀身以成仁”[1]的教诲，说自己乘人之危，罗织罪名，成书具状，令人获罪，一代大儒暴尸街头，还不遭天下人唾骂？

“孔文举屡屡向曹公挑衅，他是自取灭亡呀！”杨修流星般闪烁的眼睛漾着轻松的笑意，他说曹公节节取胜，有识之士无不叫好，孔融不识时务，背道而行，必遭唾弃。与其说杀他的是曹公，不如说杀他的是他自己。你不写这个具状，还会有人来写。不要关起门来自责自弃，只管挺起身子做自己的事！

说得那位俏眉娇眼的妻子眉开眼笑，不住为他斟酒。

路粹也端起了酒觯。

他恢复了精神，照常去记室值守，只是不愿在公众场合露面。

他心里最怯惧的人是刘桢和徐干。刘桢其人对曹操也敢表示强烈不满，迟早梗着脖子，头顶的朝天椎直直高竖，一副孤高自傲的神气，早就对他流露出不屑。徐干呢，看似耽虚好静，不问世事，实则清高自大，桀骜不驯。若遇到他俩，肯定会受到奚落讥笑的。

但是躲避不掉，后来还是碰见了。

铜雀台落成那几天，不论官吏还是庶民，富豪还是穷人，男人还是妇人，都想及早前往，一睹胜景。宋氏本是喜欢人前显耀的角儿，怂恿丈夫带她去游逛，路粹拗不过她，便答应了。

夫妇俩乘着马车，华盖锦帷，鸾铃叮咚，一路向西驶去。想不到过了文昌殿，就人流汹涌，车马拥塞，只好下车而行。

夹在摩肩接踵的行人中间，路粹就有些惊慌，总觉得刘桢会突然迎面走来。在一

---

[1]《论语·卫灵公》

个岔道口，人流分成两股，一股径直向西抵达铜雀台，一股向南斜去可达芙蓉池。路粹分析芙蓉池周围还有亭阁花圃鹿囿绿林游乐场，景点多地域广，碰见难堪的人也好躲避。于是，他和宋氏随了向南斜去的人流。

秋日的阳光一派和煦，西引漳水灌园造湖的长明渠蜿蜒迂回，堤内流水闪动着碧波，岸柳的条条枝叶轻轻摇曳。万千游人在纵横交织的堤岸和路径上徜徉，被流水、湖面、水鸟、游鱼、小舟的诸多景象吸引，一边兴味十足地观赏，一边指指点点地议论。

“看，那边的松树林里有什么？”路粹想从林中小路向铜雀台绕去，故意大呼小叫，好像林中有稀奇景致在等待。宋氏便跟随他进了一片飒飒松林。

碗口粗的直立松树尽是挺拔的腰身，向上两丈开外才有侧枝旁逸而出，上面伸展的树冠几乎针叶相连，下面倒显得一片空旷。光洁的地面，丛状的野草，可听鸟语，不闻市声，确是僻静而幽雅的所在。

“文蔚来了——来呀，在这里！”

这是陈琳的喊声，接着是邯郸淳的笑声。循声望去，在左前方稀疏的大树之间，一块卧牛似的大石头旁边，席地坐着一伙人。

路粹又喜又惊，心生忐忑，但不去不行，而且还带着喜欢人前显摆的妻子。

心存侥幸的他立即感到了冤家路窄。倚着大青石挺腰坐着的正是刘桢，他旁边的徐干七仰八叉地躺在地上，二人都没有抬眼望他。阮瑀、应玚、王粲以及刘桢的妻子嫽人手提翻口大觚来回走动，其余几人都屁股着地，两腿盘成箕形，酒盏放在脚边，有的还双肘朝后撑起半仰的身子，神情都很懒散。

路粹一看这伙人的样子就预感不妙，与陈琳、邯郸淳寒暄后立即转身快走。不料，背后传来几声刺耳的冷笑，夹杂着尖厉怪诞的呼哨声，引起几个人一阵大笑。“也不撒泡尿照照，舔屁眼的哈巴狗，咬人的疯狗，怎能往这林子里钻？这是松树林呀，不是臭蒿子地，不是咬人下口的地方！”

宋氏原来不明白丈夫为何没有站定身子就急欲离开，转身看见了这伙人撇嘴挑眉的神气，注视着刘桢扬手朝这边肮言秽语地说风凉话，便明白了几分缘由。她是个话语方便的人，当即抬起胳膊指着刘桢说：“你们这些官员文士，哪个不是狗呀？不知道咬人下口，主子养你干什么？像你这样该咬的不咬，不该咬的却要咬，不是一条瞎眼狗吗？”

陈琳和邯郸淳急忙走到他们身边劝阻，阮瑀、应玚等人站起身子，朝回过头来的路粹鄙夷地挥手，示意他知趣地及早离去。这时，王粲却走过来对众人说：“我们都是曹丞相的幕僚，都倚仗曹丞相立足，文蔚公也不例外，他只是奉命上书而已，没有什么过失，可以与之为伍。”徐干仍然在地上躺着，却闭着眼睛插言：“曹公尽管是救世英雄，也不能动辄杀人呀！孔文举高洁而狂傲，屡屡出言不恭，举止浮慢，当以错咎论处，不至于受弃市之刑吧？”王粲惊诧了：“曹公下令宣示孔文举的罪状：‘融违天反道,败伦乱理。’难道这罪行不严重吗？”问得刘桢反而拍手大笑起来:“这就对了，由此才显出路粹先生的才华了。他不同于你我，不同于一般文士。他心里有刀，笔下才犀利无比，一具文书，可以让一代大儒身毁名裂！我们实在不配与之为伍呀！”

呆立的路粹一直没有开口。他还能说什么？除了心怯，还有理屈，再就是势单人寡。在陈琳、邯郸淳的推搡劝说下，他们夫妇只好悻悻地离去了。

无比沮丧。路粹在榻上躺了三日。

无比气愤。宋氏在榻边骂了三日。

“他们在诬蔑曹丞相！你何不去告他们？”宋氏恨气难消，想出了一招。

沉思之后，路粹上路了。

归来时，他满脸得意。

“丞相擢升本丈夫为秘书令了！”迎面报喜,他铜铃似的大眼睛溢出无限喜悦,“秘书令，与郡守同等爵位呢！俸禄提两级，车子上的轮辋雕饰轩帷盖顶也要上规格呢！”

“好么！曹丞相真是救世真人呀！”

路粹一把将她搂在怀中，噘嘴对着她的耳孔说，曹丞相要求密切监视他们，一旦发现动静，立即汇报……

三、反叛的火光

曹操自然明白陈群的用心,明白所谓偶得铜雀其实不过是他自己暗中策划的结果。但是他还要佯装不知，彼此心照不宣，并且相信不会有第三人窥破真相。

由钟繇题写的隶体榜书“铜雀台”三个大字，制成簸箕大的铜体，表面鎏金，溢光流彩，嵌在高台顶端的腰檐上，显得特别耀眼。它面向东方，黎明的曙光会首先照耀在这高台上，整个西园都会被这赤光金字相映的光芒照亮。

接连多日，曹操一直忙于战事，颠簸在奔驰的马背上。南边的孙权将南郡借给刘备，他们的联盟更加牢固，加剧了对合肥的攻击。西边的马超、韩遂等拥兵十万反叛，公然向曹军挑衅，双方在潼关交兵。

待战局稍稳下来他返回邺城时，这里已发生了一场军事动乱。在一个月色朦胧的夜晚，一支地主武装的数千家兵从西门突破，首先袭击了铜雀台，杀了卫兵，放火烧毁了阁楼。所幸一百多间房子还未装饰完毕，暂无人住，艺伎团及女娥们没有受到伤害。当夜，守城部队与地主武装混战至天明，双方伤亡五千多人，一千多名反叛甲兵逃窜。事后查明，这次叛乱是由三年前被斩首的豪强柴坤的儿子柴伦策动的。此人只有二十出头年纪，其父犯事时正在洛阳读书，后来隐姓埋名暗中奔波，维持家业，联系同伙，伺机报复。

“柴伦？”曹操听罢陈群的汇报，由这个陌生的姓名引发了思索，想到另一件事。三个月前，已经擢升为大司农的王修在去江淮查巡屯田途中被刺伤，幸亏保卫的徒卒身手矫健，否则会丢掉性命。在冀州、并州、青州，不少郡所县衙受到地主武装袭击，反叛事件屡屡发生。

“除暴安良，何其难也！”曹操哀叹一声，苍白头发下那颗自以为智慧的头颅立即疼痛起来。

他手抚额颡，黑豆眼仁的眸子对准了案几上的那个拳头大的土疙瘩。国土，社稷，王霸之路，还有多远？

一贯笑眯眯的陈群也神色黯然。他引用了老子所说的“祸兮，福所倚；福兮，祸所伏”，真诚地告诉他：民间流行的那些歌谣谶语既有利又有害，它使我们暗中希冀的目标明朗化，激起了各方反对派的疯狂反扑。

“刘家王室，怎么会甘心呢？”曹操想到了十一年前的衣带诏事件，群臣合伙密谋将他诛杀，参与者刘备自称汉室后裔，与孙权公然将“托名汉相，实为汉贼”作为攻击他的口号，以此激励将士获取民心。

陈群又说，主公的军队中，一些归属过来的降将，他们原本怀有异心，稍有风浪就颠动倾覆。去年发生的庐江人陈兰反叛起义，就是听到乡间闾巷流传的那首歌曲，才打出捍卫王室的旗幡。

“还有荀彧，荀令公，吾之子房——”曹操黧黑的脸庞沁出汗珠，神色是苦涩的讪笑，目光也没有对着陈群，“他尽忠于国，效力王事，品志高洁，毫无瑕疵。他就是要匡扶汉室，你心有怨愤，又能把他怎样？他的存在，就是一面高扬的旗幡。过去对他又敬又畏，如今还是又敬又畏……”

“又添了七分憎恶！”陈群插了一句。

“但又能将他如何？”

头痛难耐,他在榻上静躺了三日。三日病榻,他接见了一个人,接到了一件“飞章”。

接见的是单耳人。他并不知晓他患病，只是急匆匆地前来求见。

他是那天夜晚平叛战斗的参与者。他亲眼看见了烧毁铜雀台的冲天大火，在街巷里与敌兵殊死拼杀，从衣着武器和格斗方式判断对方可能是“部曲”，即贵族之家的私兵。过了几天，他的那位缴不起赋租的堂兄专程找他，说孟虎的家兵参加了反叛，还说自王修调离后那些豪强地主又嚣张了，扬言说杀人魔鬼曹操狗命不长了!

“主公，他们要是得势，下民就没有活路了！”单耳人气得满脸通红，缺耳的那一绺伤疤在窗光下闪着晶润的光亮。“咱们栽破头碰破脑也要将他们扳倒哇！”

“这话孤高兴！他们咒孤，为孤添寿哩！”曹操咧嘴大笑，他真的很开心。

接到的“飞章”，也叫“飞书”，即匿名奏章。它是呈给皇帝的奏书，用绿绨[1]方底囊盛着,封裹完整,可见来头不小,也可见内容的隐秘性。以这种方式进行政治斗争,在汉一朝已经屡见不鲜。汉章帝时窦太后为了争取将梁贵人生下的儿子养为自己的亲子而获得外戚名号，便作飞书举报陷害梁竦，导致梁竦被诛，梁贵人姐妹也忧郁而死。

这件飞书的内容并非陷害，而是击中要害：

> 操乃强梁者也！废三公而窃相位，恃力骄恣，专擅朝纲，何其恶哉！其贼有无君之心，不逊之志，欲盗神器，路人皆知为代汉也！盖天下事皆有因，强梁者必强权者，强权者必兵权者也。倘卸兵权，奉天子以令不臣，四海服也。四海服即四海平，君何不自省乎?

“交出兵权？”瞬间过目之后，他冷笑了。又沉思了。

显然，作者知晓王宫已由他严密控制而此书必定落入他手，才采用了这种既揭露又说理的方式,歹毒攻击中带着恳挚规劝。不论恶意诚意,你得佩服他切中要害的目光。

权势!

可不是嘛，拥护者希望他加强权势，反对者希望他丢掉权势。

还有，无君之心，不逊之志，代汉立魏，单耳人所代表的下层百姓肯定会赞成的。那么，反对势力为什么还如此强盛，如此顽固呢?

沉思中，他传话唤来了自己喜爱的三儿子曹植。

“至尊早已成竹在胸，何须问孩子？莫非又一番检试？”曹植听罢父亲的讲述，又看了那件飞书，粲然一笑说，“所谓不逊之志实际是一种鸿鹄之志。潜龙在渊，岂

[1] 绨是一种粗厚光滑的名贵丝织品，此种囊是诸侯王专用的盛书器具。

能不想升腾？至尊曾要求孩子常读《太史公书》，说这是一部有血性的著作。《陈涉吴广列传》中不是有名句：‘帝王将相宁有种乎？’汉高祖刘邦当初还不是一介布衣？再说，古代圣贤，莫不在天下危难之际挺身担当。周文王姬昌，商纣时为册封的西部诸侯，见殷商衰败，表面臣服，暗为剪商大业策划准备，因他们苦心经营，‘天下三分，其二归周’，终于在儿子手中夺得天下。孔子对周氏三代极力推崇，赞赏周文王为‘三代之英’。此人的‘不逊之志’何尝不是一种圣贤之心？”

“伟哉，三代之英！”曹操即刻激情涌动，不再头痛，吩咐上酒。“何以解忧，唯有杜康！”吟哦中连连举杯，仰脖灌了个半醉。

晕晕乎乎中，眼前飘来了荀彧、荀攸、崔琰、陈群、王粲的身影。他们提出的方略，或远或近，或国或家，或整体或局部，或徐缓或急切，都不失为真知灼见。但时势是变化的，乱云飞渡，此起彼伏，争夺的还是权势，又都利用权势来争夺，这就看你怎么应变，怎么把握。战国时期韩国名相申不害提出：“君必有明洁正义，若悬权衡以秤轻重。”既然时机还不成熟，就得打出拥汉的招牌，表明“奉天子以令不臣”的决心，将“无君之心”“不逊之志”遮掩，以求局势的安稳。

《让县自明本志令》这篇篇幅较长的公文很快公之于众了。曹操执笔写此文令时，细致回顾了自己的为官举事历程，言出肺腑，真挚感人，坚定地表示忠于汉家王室，从未有过“不逊之志”。针对政敌的攻击，斩钉截铁地表示：不能放弃兵权，这既是为了身家性命的安全，又是为了国家的命运。至于封地，可以退让，具体提出将所封的四县交出三县，食户三万减去二万。

“传令！”他朝陈群高声吩咐，“铜雀台的修复务必简易实用，决不许铺张奢华！”

四、兄弟争锋

看见路粹来了，曹操蓦然一惊。

“丞相如此谦逊，令我等不才鼠辈无地自容了！”路粹的铜铃大眼眨巴出三分愧疚七分欣喜，“丞相功高盖世，才气超人，却说什么素无大志，还要让出四分之三的封地。世人皆知丞相以信义取天下，奉天子以令不臣是丞相自己打出的旗帜；天子自迁都许昌后衣食无忧，朝纲有序；丞相自比周公，‘周公吐哺，天下归心’，四方志士莫不熟知丞相良苦用心，何人会质疑丞相有无君之心不逊之志……”

“呃——”曹操的黑豆眼乜斜过去，“足下有何秘事？”

“噢……杨修，他有异心，对丞相这道文令含沙射影……”

这天中午，路粹在铜雀台下碰见了一群文士，他们围着邯郸淳听他讲笑话。这位平日随和可亲的老者近年间一直在搜集口耳相传的笑话小段，正在编写中国第一部《笑林》。说的这个段子叫《楚人隐形》：楚国有个书生梦想发财，看到《淮南子》中有“得螳螂伺蝉自障叶，可以隐形”的句子，急忙来到门前樟树下，仰头仔细搜寻螳螂捕蝉时借以隐藏的那片树叶。一股风刮来正好吹落了那片叶子，与原先地面上的一层树叶混在一起，无法辨别，只好扫拢一起全部带回家中，一片一片检查。他每拿一片叶子就举起来问妻子：“你能看见我吗？”妻子不堪烦扰地说：“看不见了！”他以为那片叶子的确可以隐形，便拿着它去了集市，当着卖主的面伸手去拿货物。被擒归案，县官问他为何明目张胆偷盗他人财物？此人老实坦白，荒诞离奇的经过逗得哄堂大笑，最后没有治罪就把他放了。这个笑话怪味十足，那些文士笑毕便七嘴八舌议论起来，有的说这个书生过于幻想，有的怀疑他是否神志正常，还有人说这是喜欢文字游戏的人杜撰的故事。杨修却煞有介事地高声说：“当下就有这种人，以为自己以叶隐形，可以颠倒黑白，混淆是非，自欺欺人地大放厥词！”

曹操不解：“怎能说他矛头指孤？”

路粹挺直身子说：“讲这个笑话之前，他们刚刚议论了丞相的《让县自明本志令》。这几天，丞相的这个文令如迅雷排空，激得风生水起，大江南北，人人都在议论。”

“噢——”曹操暗想，“你是以小人之心度君子之腹吧？”但他还是笑着说：“杨修聪慧过人，喜欢人前显露才华，故意出彩，有时不分场合，口无遮拦，就会说出麻烦，不规不轨，极有可能。”

“那个刘桢，他怎么说的？”他又问了一句。

“他当时没有在场，可能和徐干到松林里去了。”

“我也是文人，我非常了解文人。”曹操诚恳地望着路粹，“他们身上或多或少都有些逸气，喜欢任性放达，无拘无束。有些人只知空谈，不重实际，不知天高地厚，竟然以非议礼法谤讪朝廷以求闻达，如孔融；有些人矫时慢物，孤傲狂悖，自以为是天下奇才，世间的人人事事都入不了他的法眼，动辄开口骂人，用脖子去撞刀口，如祢衡；有些人恃才负气，目空一切，即使三皇五帝治世他也会非议的，但又不愿直面上书，喜欢背地旁敲侧击，如刘桢。唉，这些人，既无自知之明，又无容人之量，既不尊重上司，又不礼让同僚，不要说在乱世，即使在太平年月，恐怕也难在世间立足哟！”

曹操虽然对路粹评说杨修的话半信半疑，但内心还是很喜欢杨修这位年轻人的。杨修出身世代簪缨之家，其父杨彪官至太尉，曾是他敬仰的同僚。杨修喜读书，有俊才，现任丞相府主簿，负责内外事务，可以说是自己身边的人，又和儿子曹丕、曹植交情甚笃，怎么会有异心？

他不去找杨修问及此事，但杨修却找上门来了。

“子公——”杨修总是这样谦恭地称呼，表示是他的弟子和晚辈，“曹家满门才俊，个个不凡，都是上佳公子。”

他一一叙说了曹丕、曹彰、曹植等诸公子的优长之处，重点评说曹植，说他如何有超拔高远之志，经天纬地之才，如何受人拥戴，被智士们看好；还说，相信子公本人也看好三公子。

“孤也看好？何以见得？”曹操兴趣大增。

杨修大眼睛流星似的闪过一缕光华，又倏忽闭住眼睑，小白脸上露出自信的微笑。他认为，曹操曾经说过：“治平尚德行，有事赏功能。”以后的岁月是平定的，主政者经邦治世，主要依靠自己的学识，德行，而不是武艺。另外，针对东汉衰落的根本原因，曹操打击豪强，抑制兼并，扶贫济弱，这是安定社会的良策大略，继续实施这一方略的合适人选也是曹植，因为他喜欢结交的人士多为正直的下层文士。

“对，他对王修也很崇敬！”曹操也想到这方面的情形。

杨修又强调说：“作为一个执政者，他在民众心目中的形象比他的才能更重要。以子公为例，正因为本身从严律己，执法公正，不徇私情，上阵杀敌总是亲临最危险的前沿指挥，抑制豪强体恤民情，自奉节俭不事奢华，诸多表现让人折服，赢得文武官员尤其是下民拥戴，才产生了一呼百应的威力。可是有些人却如同邯郸淳老先生讲的那个笑话中的楚人，手拿一片树叶就以为别人看不见自己，根本无视他人的存在，完全不顾时势的进展和民众的呼声，对子公大肆诽谤。所谓‘不逊之志’，交出兵权，都不是他们内心的目标。他们内心的目标是让子公下台，由软弱无能的人继续执政，让那个豪强猖獗下民贫弱的社会重新恢复！”

“切中要害！”曹操嘉许地笑了，“我几次出的谜题，如门架上写‘活’，杯盖上写‘合’，谜底都让贤侄猜中了。请猜下一道题：我将立谁为继承者？”

杨修不假思索：“立嗣乃家国要事，子公必然慎之又慎，还会继续观察考验，深思熟虑之后，才能定夺。”

过了几天，铜雀台上，曹操就来了一次命题测试。

曹丕和曹植，夹杂在将近一百名文士当中。这些人兴致勃勃地凭栏远眺之后，熙熙攘攘地来到歌舞台下，在垫席上密密坐成一片。

台上坐的是曹操和王粲。

王粲起身望着台下，喊了一声“整齐肃静——”又朝左侧的帷帐后面招了招手。

一位高大丰腴的中年妇人小步快走来到舞台中央，向曹操和台下众人分别揖了一礼，就在王粲的一侧恭正地站住身子。高髻广眉，脸庞阔大，神情端正大方，一袭深紫色的高领宽腰对襟曲裾绫锦深衣在她的身上显得松紧得体，毫不轻慢佻气。

“诸位认出来了吧？”王粲挤着笑眼，顿了一下，“蔡伯喈先生的女儿文姬，当今班昭，一代才女！不久前回归故里，今日与诸位会面，成为我们这个团体中的一员！”

在文士们惊喜的目光注视中，蔡琰走下台子。她看见了起立的邯郸淳和陈琳在招手，便走到他们身边坐下。

“雅士云集，如此彬彬之盛，天下归心，又有何忧！”曹操站在台口中央，矮胖的身子激动得微微颤抖。“自有风骚，英雄引领；累世诗文，尽显风情。古人云：‘诗言志，歌永言，声依永，律和声’[1]。《诗》三百篇，孔子亲自删定，风以动之，教以化之，此乃安邦定国的深层根基。孤也是文人，年轻时不想出将入仕，只愿在家乡造一精美房舍，秋夏读书，冬春狩猎。舞文弄墨，就像驰骋田猎一样心思狂飞！同类相惜，我理解诸位，愿为你们的笔墨生涯效力，让大家身上的逸气荡然散尽！今日聚会，先让我的两个儿子——曹丕、曹植，以铜雀台为题，各作一赋，比试高下。由仲宣作裁，诸位共赏吧！”

曹丕和曹植闻声登台，在几案旁落座。

曹植援笔在手，略一沉吟，便在素帛上落笔，那漆黑外凸的瞳仁似有光束射出，随着起落的笔毫疾走劲飞。

曹丕却手抚额头反复斟酌，等到下笔，曹植已经交卷。

“绝妙！绝妙……”王粲过目后连声赞叹，他走到台口正中，面朝众文士朗声吟诵：

从明后[2]之嬉游兮，聊登台以娱情。见天府之广开兮，欢圣德之所营。建高殿之嵯峨兮，浮双阙乎太清。立冲天之华观兮，连飞阁乎西城。临漳川之长流兮，望众果之滋荣。仰春风之和穆兮，听百鸟之悲鸣。天动恒其既立兮，家愿得而获呈。扬仁化于宇内兮，尽肃恭于上京。虽桓文之为盛兮，岂足方

[1]《尚书·尧典》

[2]明，尊敬之词；后，君也。指曹操。

乎圣明。休矣美矣！惠泽远扬。翼佐我皇家[1]兮，宁彼四方。同天地之矩量兮，齐日月之辉光。家贵尊而无极兮，等年寿于东王[2]。

文士仍不断唏嘘叫好，杨修、陈琳、邯郸淳、刘桢、徐干、阮瑀、应玚等还起身鼓掌，反应相当热烈。

曹丕边写边思，写写停停，终稿后又修改了一遍。但是，王粲阅罢，却勉强笑道："描景叙事，状物抒情，简洁顺畅，只是没有子建那么文思腾涌，辞采富艳。看来还是略逊一筹！"

曹操也拿着此稿过目，惋惜地说："仲宣评点精当。子桓呀，下笔过于平实，你平日喜欢骑射击剑，难道不需要神飞畅想？你还没有开窍呀……"

[1] 指汉献帝刘协。

[2] 传说居住在扶桑太帝宫的东王父。

第十三章 同一个夜晚

一、不欢而散

“我为何要将文姬赎回？难道没有难以告人的隐情？”

自从见到久违的文姬的那个瞬间，面对那张被风霜和蹂躏磨砺的面孔，他的压抑的内心就有几种声音响起。待她回乡扫墓，离别多日，常有她的面影在眼前飘动。夜间独醒，思念与惆怅尤为强烈。今日台上一见，她脸颜的青黑已被一丝红润代替，双颊的红坨基本消失，那种诗书才女独有的风韵，令他的爱慕之情陡然高涨。

“我想与她有枕席之缘，这是沉寂了十八年的夙愿呀！”他想起来了，自从她出嫁前夕抱住他的双臂倾诉衷肠的那一刻，这个不可启齿的愿望便产生了。

从铜雀台回来，他立即令人传来了董祀。本来，专程派人去接文姬参加今日聚会，文姬却说董祀陪她一块来的。前几天大司农王修禀报说董祀从南匈奴归来后并没有回到屯田的岗位上，看样子他可能一直和文姬待在一起。

董祀是他亲自点名选拔的下层官员。五年前，他在黄河的一片滩涂察看部队屯田，发现这片广袤的沙滩已经涌起绿色的波浪，齐蓬蓬的麦子长势健旺，丰产在望。这儿过去是一片不毛之地，贫瘠的沙滩连杂草荆棘也不能生长，屯田部队只能开河引水，借用淤泥，但因地势过高难以实现。统领告诉他，是一个名叫董祀的人发明了淘沙换土的法子，将远方的沃土拉运过来，将这儿的沙土挖出去，逐块更换，一边耕种，一边改良，荒凉的野河滩就变成绿茵茵的庄稼地了。他当即召见了这位刚满二十岁的小伙子，发现他五大三粗憨头憨脑的外形掩盖了内心的机智，虽然家境贫寒未进学堂却知礼达情善解人意。传令嘉奖，就地擢拔，小伙子当上了都尉。真是凑巧了，董祀还是蔡邕老夫子的舅家侄子，和比他年长八岁的蔡文姬是同辈亲戚，当年文姬出嫁他还是受邀请的送客。亲情难舍，他一直打探文姬的下落，终于在北征乌桓途中弄清了详细地址。

“董祀你知罪么？”看见董祀刚一进厅，他就厉声呵斥，“从南匈奴归来后，十日休憩已毕，你怎么未去屯田？”

董祀慌忙跪倒在地，不敢抬头，但回答的话音是洪亮的：“文姬说由她向丞相禀报，为我告假。扫墓祭祀，修缮房屋，耗财费力，她一个弱女子难以从事；再说，她一直怀有思子之痛，经常神思恍惚，没有人贴身服侍是不行的。”

曹操一惊，却平静地问：“你自以为是她合适的贴身侍人？”

“……”董祀支吾了一下，“不是在下以为，而是在下难以回避。从南匈奴回来的路上，她一直伤心哭泣，一阵儿放声大哭，一阵儿无声抽泣，我只好扶住她的身子，她就在我的怀里睡着了。黑天白日，三十个昼夜，我与她相依相偎在五尺见方的车厢里。我只能用我的心，我的身子，去温暖这个女人。丞相好不容易赎回了她，我要给丞相交一个活人呀！”

曹操笑了：“就这样，她对你有了依赖？”

“反正……反正有些离不开了。”

“今后就不用你侍候了。”他说明了安排，文姬将住在文昌殿，从事文典整理，自然有相应的机构人员照应。

“在下明白。”董祀频频磕头，好像自己犯了大错，“在下立即回部队屯田，不敢再接触那个女人了。”

“你何等聪明！”曹操又安慰道，“像你这样年轻力壮又有军功的汉子，何愁娶个端庄勤劳的黄花闺女？等你成亲的日子，孤一定赶去喝喜酒！”

支开这边的男人容易，络住那边的女人可就犯难了。文姬，她有坚定的信念，明确的是非，淡泊名利，洞察秋毫，你凭什么让她委身？在匈奴，性命之虞令她屈服，她一直将你视为尊兄，你还能以强势令她生畏吗？显然，只有从诗文情趣和父亲遗愿方面诱导，才有可能令她心悦诚服。

夜幕降临，厅内上了壁灯，蔡文姬才如约而来。在铜雀台会面时他就让她聚会之后来丞相府详叙。与文士们赋诗游园共赴酒宴之后，她才依依不舍地告别了这些文朋诗友。

“盛哉！美哉！乐哉！幸哉！”蔡文姬的兴奋难以抑制，她连声感叹，手之舞之，足之蹈之，又吟咏了父亲当年写的诗句，形容与雅士们相会的感慨：“‘济济群彦，如云如龙。君子博文，贻我德音。辞之集矣，穆如清风。’[1]看来天下文士都汇聚到尊兄的麾下来了！”

“青青子衿，悠悠我心！这一百多人都是我的嘉宾，是我三令五申广纳贤士，从五湖四海投奔而来。我曾对袁绍说过：‘吾任天下之智力，以道御之，无所不可！’我罗致的人才中，除了治国用兵之才，就是这些饱读诗书的文学之士。目前还不能说是济济可观，如云如龙，如此兴盛的景象有待来日！”

“尊兄真有再造乾坤的气魄呀！”她由衷地高兴，由衷地佩服，丰满的脸盘焕发出光润的红晕，“众多文士来集，学人荟萃，风骚勃兴，文学蓬转，不要说在汉一朝，以往任何时代也没有如此动人的局面！”

“像贤妹这样博学高雅的女才人，唯有一百年前的班昭了。”曹操也是由衷地高兴，由衷地佩服，“令尊大人，蔡老夫子，他在九泉之下也当为之抚琴高歌的！”

“不仅文学鼎盛，俊才云蒸，而且，——我听董祀说尊兄雷厉风行地推行新政，大兴屯田，打击豪强，济助下民，重用寒门庶族，这正是家父心中最迫切的希望。他在《述行赋》中明确表示过了。”

曹操触动了心事，走到她面前说：“令尊大人是个血性男子，他的《述行赋》激愤直陈了四件事：宦官王侯专权，民众冻馁而死，忠臣直谏抵罪，自身被迫赴京。当时我还是个在校读书的少年郎，给我等授课的宋先生讲解这篇赋时说作者挥笔写作时已有取死之道，做好了舍生取义的准备。当时，我的血直涌脑门，脚上的筋肉也像烧热了一般，当夜就和袁绍去行刺宦官头子张让。”

“好一个‘义’字了得！”蔡琰后来也听说过这事，情绪陡然高涨，“尊兄首举义兵，高擎义旗，讨伐董卓奋不顾身，对盟军将领说：‘诸军北面，我自向西！’表明一种冒死的决心！”

“对，把有利的战机留给他们，凶险的战斗留给自己。那些将领各怀鬼胎，按兵不动，我不这样做不行呀！”

“我听说尊兄后来果然陷入重围，马死人伤，即将被擒，幸亏一位将领将他的坐

[1] 蔡邕《答对元式诗》

骑让给你，才捡回一条性命。”蔡琰说着，眼圈红了。

曹操也喉头耸动，眼眶发酸。“作为主帅，不打最关键的恶仗不行。击败袁绍的关键一仗是火烧乌巢，我亲率精兵奔袭，一直等到敌人骑兵冲到三丈远的近身位置才下令阻击，将士们无不拼死作战。像这样面临绝境的战争，我历经过无数次了！”

蔡琰用手绢擦着眼睛，顿了一下，望着敞亮的厅间和几排黑漆几案说，“没有出生入死，哪来三分天下有其二的基业？哪来掌控大局的丞相职位？哪来建安以后文学蓬勃的盛景？如今大功告成，安然无恙，往后只需发号施令，稳享太平了！”

“哪里哪里，贤妹有所不知呀！”曹操的黧黑脸庞显出一丝苦笑，“境外和孙权刘备的战争一天也未停歇，境内斗争也很复杂，一方面是部队将领中有不少没有死心的归降人员，一方面是受打击的豪门世族伺机反扑，他们经常暗中勾结，反叛与谋杀防不胜防。看，这里面——”

几案后面的灰色帷帐被他哗啦一下拨开，露出一个小型兵器架，格虎大刀、长矛、钢斧以及戟剑弓弩一一插在上面，一个灰黑色的铁盔在外侧挂着。

“汉武帝金屋藏娇，尊兄却是帐内伏剑呀！”她满脸惊异。

曹操诡秘一笑，双手解开蓝色锦袍的腰带纽扣，将胸前的衽边拉开。她目光一瞥就惊呆了：一副完整的铠甲在他身上穿着。

来不及言语，她纵身一扑，将他的双臂抱住，脸孔压着他的肩头痛哭起来。

曹操也伸手将她搂定，无言无语，一任她的悲声化作哽咽。

“我向你交了根底，应当开心庆祝，怎能以泪洗面？”他吩咐上酒，将她牵手拉到几案旁，为面前的青铜爵斟满酒液。

举起酒杯，文姬忆起了往事。她说初为人妇，婚礼上和丈夫喝交杯酒，羞得脸皮发烧，不敢拿眼看卫仲道的脸庞。卫仲道是个书生，平日吟诗作文，与她唱和赠答，十分投情，往往一诗趣成，便取酒相庆，又必是交杯共饮，朗声欢笑，还要拿当初婚礼上的交杯酒说笑。后来嫁予左贤王。这个只知道骑马杀人的武夫，也有闺中柔情，他将劫掳汉人的美酒藏在地窖里，十二年膻肉酪浆，每餐都有几杯辣酒佐味。这次离别，他说咱们夫妻饮一杯交杯酒吧……

话未说完，她又仰着脖子大声哭号。

“往事飞逝，不光留下悲伤，也留下了磨炼。”曹操忽然面色沮丧，目光乜斜过来，黑豆眼闪烁着乞怜的热光，“虽然一个早亡，一个非汉，却都与贤妹有缘，共享夫妇之乐。想我虽然权倾朝野，妻妾成群，却无一位胸藏文墨意气相投的可意人儿为伴！”

他又大呼“悲哉”，连连仰脖饮了数杯。

蔡琰怔了一会儿，正要说话，曹操却发了酒疯，将青铜爵狠狠掷在地上，又一脚将几案踢翻，趔趄着走向砖墙弯腰向前扑去。看见他以头撞墙，她急得大喊大叫，飞跑过去抱住他的后腰。

抱他入怀，席地而坐，分不清酒水泪水，曹操的脸盘一片浆渍。

“尊兄，你我相知相依，情同手足，难道一定要有肌肤之亲吗？应该知道，我传承了父亲的秉性，有恪守，有血性，有人格的追求，做人妻不做小妾。那个左贤王，为娶我打发了所有妻妾，而且从此不近另外的女色。而尊兄呢，权谋多诈，喜怒无常，好酒贪色，这种脾性我不喜欢！即使你如今还是单身，我也未必肯嫁与你。”

“罢了罢了！”曹操大吼一声，推开她的身子，凛然坐到大厅当中点着蜡烛的几案旁边，一脸威严地问，“贤妹何出此言？难道在你的心目中我是这个样子？”

文姬也不再温和，她厉声回答：“我不明白，家父的得意门生，世人公认的一代大儒孔文举，他是怎样的人我岂能不清楚？他的言论不过是对你的做法发发牢骚而已，怎能以‘招合徒众，图谋不轨’‘谤讪朝廷’‘败伦乱理’为由，受诛弃市……”

曹操一顿，反而温和了，微笑着问：“不错！孔文举先生乃圣人之后，位高爵显，名满天下。他犯事受诛的过程，哪位官员文士讲与你的？”

“你想查究底细，顺蔓摸瓜，再来一次屠杀弃市吗？”蔡琰冷笑一声，起身在厅内踱起步子。“你为了权势，顺我者昌，逆我者亡，明杀暗戮，死了多少人？你霸道自私，视世人为奴隶，说什么‘宁我负人，毋人负我’……”

“对了！对了！为了权势我还要杀人！‘宁我负人，毋人负我’，有什么错？我有雄心，以天下为己任，我就是天下！人若负我，就是负天下！我宁可为天下而负人！你竟敢对我当面诽谤，这是毁谤朝廷，图谋不轨，你知晓吗……”曹操脸颜黑煞，浑身乱抖，眼珠子几乎要爆出来了。

在他发疯似的咆哮声中，在他喷火般的目光的注视下，她冷笑一声，昂起头颅，迈着悠然的步子离去了。

二、房中离合

曹丕这次受到的打击是前所未有的。当着众多文士的面，由一位公认的诗赋高手决断，宣布自己的逊色。想不到这万人瞩目的高台，这隆重热烈的集会，见证了自己的落败！

吴质一直在他的身边跟着。离开酒宴大厅，天已暮黑，吴质望着他丧气忧戚的脸孔问：“回去跟爱妾睡觉，还是去见他们？”曹丕说：“去见他们二位，我才能睡个踏实。”

老地方，位于东北官吏住宅区的那座常去的府宅，陈群与司马懿正在客厅里等候。

“你输的是文才，是辞采，但却赢得了稳重和仁厚。”陈群总是笑眯眯的样子，听罢了吴质的叙述，却从另一面分析了得失。

在四面壁灯的柔和光彩的照映下，司马懿那张皮色寡白的面孔更显苍白。他虽然老是蔫塌塌病恹恹的样子，但这阵子却直直挺起身子，用那双没有睫毛的眼睛定定瞅着曹丕的脸孔。

“你应当为他，为你的三弟，真情地高兴才对！”司马懿竟然语出突兀。

“他占了上风，我岂能高兴？”

司马懿反问道：“他有过人的才华，是位天生的文学之才，你怎能不高兴？”

曹丕似乎听出一些味道了，脸上掠过一丝笑意。

“不必嫉妒，而是要鼓励。”司马懿说得简单，“让他当诗文妙手吧，把主政的位子让出，两全其美。”

吴质似乎全都明白了，他一边为他们面前的铜觯斟酒，一边说：“怂恿，激励，让他多与文士们来往，染浓文人习气，只解风骚，不谙风云，长于诗文，疏于韬略，离官僚做派越来越远……”

“官僚做派？”曹丕的大胚子脸上闪出些许迷惘。

“就是阴一套，阳一套。”陈群仍然笑眯眯的，“翻手为云，覆手为雨。矫情自饰，把真心掩盖起来。”

曹丕惊讶了：“官僚是这个样子？”

陈群坦然说：“官吏者，无不受制于人，上下掣肘，左右为难，处处都有陷阱。要走好官路，仕途顺畅，没有这套本领就会性命难保。”

“嗟夫！”曹丕细小的眼睛一霎间亮晶晶的，“我想起了……”本想说，父亲在家里鼓励儿子们像《太史公书》中的项羽那样立帝王之志，暗施代汉之谋；在公署广众却高擎奉天子扶汉室的旗幡；在孔融当面大讲“鲁国男子”的赞词；背地却指派人罗织其言行错咎。

“我想起了秦丞相赵高指鹿为马的故事。”他瞬间改口，“赵高牵着一只鹿上了金銮大殿，对胡亥说是一匹好马，胡亥说分明是鹿怎么是马？赵高指派几个大臣辨认，他们都说是马，有几个正直的大臣坚持说是鹿，结果说真话的都被赵高杀掉了。”

吴质连忙向曹丕敬酒：“连我也开窍了。”

陈群又讲了他们设想的重要步骤：向他的父亲举荐他任五官中郎将和丞相副，在职务上大胜一筹，居要职，掌大权，还可得到磨炼。这是一步稳棋，它可以让关键的下一步顺理成章。

曹丕心里踏实了，对于夜间的交合之娱便有了迫切欲望。晚秋浑圆的月亮柔白淡红，照出他在庭院中徘徊的身影。他的脚步很轻，步子很小，怕踩出任何声响。他的目光躲闪不定，在南北相对的两间房子交替望着。面南的这间，红烛的光晕从窗棂透出，甄妃不论他是否归来，是否与她同夜，总是守着这一规矩。而面北的那间，漆黑一片，毫无光亮，郭妃早已进入梦乡了。这也是习惯。对于他是否上榻同夜，她无所谓，不在乎。这是一个女人自信的表现。她的吸引力就是一种魔力。他的爽畅，他的急切，她心中自知。

面对那间没有光亮的房间，他恨不得一脚踏入。但今夜的曹丕有心机了。他首选了红烛之屋。

甄妃开门后就钻进被窝里去了。她玉体全裸，听见敲门声就急忙下榻开门，他闪进门后正好看见她那洁白柔荑的身子。他受了感动，并有了冲动，不待脱衣就动了手脚。用双手掬住枕上的银盘大脸，一阵狂吻，雨点般落在她的脸颊、额头、鼻梁和双唇上。

“哎哟——”他欢畅地大喊一声，又俯下身子，噘起嘴唇压住她的双唇，期待她的咂吮。但是那香软的舌头迟迟没有伸出，犹豫困惑，头稍稍离开，忽然看见她的眼眶噙满泪水，原来她在无声饮泣，抽搐的脸庞因纵横扯动而变形，鼻梁上端的细密皱纹全都显现出来。像被铁锥扎了一下，倏忽间情趣全无。

“两月空房，备受冷落。”同情怜惜，给予抚慰，但却抛出了这样一套言语：“你知道我为什么要纳郭照吗？想来你也许知道。在房中，我的尽兴，我的贪馋，我的无厌，都源于你的俊美，你的贴心，你的倾情。就这样，我本是七分的力气，却使出了十分、十二分。耗得过多，耗得爽快，长此以往，会变成什么？难道一介病夫，一具骨骼，是你愿意看到的模样？一位高明的医生说君子贪婪房中，不能自制，必有绝色妻子内应，不如抽底换包，找个姿色差的，甚至丑八怪，自然就会节制。那个郭照，凭你的眼光，她的相貌品行，哪一点能和你比？两月以来，我跟她在一起，实话说，她不过是我的一味催眠药而已。”

甄妃仍然躺着，她的神情平静下来，眼睛对着插着红烛的青铜高杆，像是自言自语：

“豪门公子，一妻多妾，不算稀奇。多妾多子，人丁兴旺，本是好事，贱妾怎能嫉妒？再说，男人志比鸿鹄，心雄万夫，一生尽在风云波涛中激荡，功业没有尽头，一颗心不会安稳，对于女人，这皮肉枕头，胯下羔羊，怎么会拘守一人？我……起初……心存嫉恨……”

说着，她又哽咽了，语音颤颤，泪水横流。

这言语神态，令他心中战栗。

“我走了，睡在那个贱货身边，会安生些。”发了狠气，他从榻沿站起身子，拔脚就走。

“干什么去？”她高喊一声，纵身跃起，精身光脚，扑过来拉住他的胳臂，“你的气色成了何样了？青脸灰颊，眼窝凹陷，必是过度欢淫所致……”

曹丕犹豫了，感激了，心软了，但一想到那种特殊的欢愉，尤其是要与她共商对付三弟的法子，主意立即有了。

“松开！真是有失体统！”

一声喝令，她就僵住身子，张口无声，目光也呆滞了。

另一方，黑灯瞎火的屋子，那个女人睡意正酣。

他敲门良久，她才醒了。

开门时还打着哈欠，不想睁眼。棉油小灯的捻子上火焰一如黄豆，光朦朦，色糊糊，什么都照得影影绰绰的。她穿着特薄的浅黄色纺绸内衣，上了榻又打了个哈欠，旁边立座上的灯火正好被这喷出的一口气吹灭了。

“把灯点上。”她下了命令。

“是。”

刚点燃的灯火又被她的一个哈欠打灭了。

曹丕笑了，又点燃了。

但还有一个微小的哈欠，第三次打灭了灯。

“怪了！”他轻声感叹。

她惊诧道：“房子阴气太重。夫君是不是到对面房间去了？那条银练蟒沾身了吧？”

“没……没有，只说了几句话。”

郭妃推开了窗户，又拿起青铜觚给他身上浇了些酒。曹丕欲火难耐，很快剥光了自己的衣服，从枕头下面取出一条浅黄色系带递给郭妃，取出一条大红色丝带系在腰间，正好勒住肚脐眼。郭妃把内衣脱掉，将浅黄色丝带同样系在腰间，转过身面对曹丕，说了一声“唱了”，便上了软榻，双腿伸进被窝，摇头扭臂地唱了起来：

玄牝玄牝，众妙之门；

风生水起，枕席待君。

潜龙在渊，激荡游弋。

阴离吐焱，阳坎润津。

上九元亨，叠合利贞。

……

在她柔声浪气的歌声中，他觉得屋子里渐渐升腾弥漫了一股金色雾气，雾气笼罩下的一切都变了景致。她，分明成了一位桃花仙女，脸盘的颜色粉嫩光鲜，胸物特别炫目，两粒紫葡萄闪出幽光，硕大的玛瑙葫芦在暗影中浮颤。他立即纵身上前，去抢，去占，去贪。郭妃在舞动中朗声而歌，一迭连声，循环往复，一直唱至他软瘫在地上。他仿佛纵马山林，不断拉弓放弦。形体、丝带、热歌、劲舞，浑然一体，令他在狂热中愈发狂纵，龙啸声声，兴不可遏。

歌声歇止，郭妃长嘘了一口气："一架鲜葡萄解旱气了。"

他疲困至极，昏昏晕晕，直至天明，才有些活泛的力气，便将铜雀台上兄弟比赋自己落败的情形向她诉说了一通。

"夫君与吴先生从外面起雾，我从里面烧火，看他这杆青竹子能长到天上去？"她说着，桃花粉脸阴沉得如一池墨水，双眼闪出一丝诡谲的光彩，"我有河图洛书的法子，让他们夫妻难合阴阳，悖于术数……

三、尽兴之乐

对于曹植来说，这个晚上是一个欢庆之夜。

在酒宴大厅，曹植就成了抢眼的主角。雅士们还在为他的才思敏捷下笔琳琅而津津乐道，惊羡年方十九岁的贵公子有如此不可思议的才华，若不是亲眼所见，谁能相信眨眼之间一篇佳妙赋文就落笔而成了。人们把目光频频投向他，指指点点，议论纷纷。杨修、丁仪、丁廙、陈琳、阮瑀、应玚、邯郸淳等人去他的几案旁敬酒碰杯，有些陌生人也随后去了。王粲走到曹植跟前说："子建，你还是主动到各席敬酒，不然就混乱不堪了。"

就这样，把酒临席，一圈下来，带喝不喝的，也灌得醉醺醺的了。

"尽……尽兴……尽……兴……"

口吐涎水，闭住眼睛，东摇西晃，脚下打着无数个旋子，口中只说出这两个字。

和他一样高兴的是杨修、丁仪和丁廙。他们将他扶出大厅，扶上车子。

“走……德祖……家……再……尽兴……”他喊着，笑着，吐着，浓烈的酒气直喷到他们脸上。

杨修想逗惹他不断讲话，大声呼叫，用以解酒。他鼓足了气力问：“子建，今日能喝几成？”

“八……八成，只有……八成！”

“那两成呢，怎么没喝出来？”

“没……没有……十……十成的……心……”

“何谓十成的心？”

“得遇……十成……的……事……”

“何谓十成的事？”

“四海……安靖……天……天下……归心……”

“令尊得位，定于一尊？”

“对……对呀……至尊……众望……所……所归……”

丁仪适时插话：“那时候，三公子就成了太子，辅佐令尊，主持朝政。你的大哥，他只能带一支军队驻守边关。”

“不……不……不对……他是……文武全才……可堪……大任……”

“两强相争，必有一伤！”丁仪的单眼儿闪出一缕凶光，话音高得嘶哑，“趁他没有成气候，先要防范，削弱！”

“不……我们……是……同胞兄弟……”

说话间，车子绕街过巷，在晚霞、暮色、夜幕的演绎中，来到杨修住宅门口。曹植被搀扶下了车子后，扑通一声跌坐在地，一阵呕吐，将肚子里的积物翻江倒海喷泻得差不多了。

长信宫灯的淡红色光芒照亮了这间简易客厅。杨修吩咐弄好了醒酒茶和一盘大黄酥梨，帮助曹植解酒。

“子建，你说，如何尽兴？”杨修端起茶杯递到曹植手中，又指着通体鎏金的执灯宫女说，“有这忠实的宫女为证，六年前，刚占领邺城，大公子得到甄妃，新婚之夜，你郁闷难忍，和我与刘桢在这儿彻夜长谈，倾吐心中的烦闷。如今情形大变，北方稳定，令尊大人权势日益威重，你也娶了如意妻子，又在和兄长的竞争中胜出一筹，不难想象往后的情景。说，坦率地说，该怎样尽兴？”

曹植的眼睛已经可以睁开，并有了几分神采，说话不再吞吞吐吐，只是声音微弱：“如今能尽兴吗？”

“公子在车上说，待四海安靖，天下归心，至尊众望所归。”一贯沉默微笑的丁廙插话了，“兄长说三公子成了太子，辅佐令尊，主持朝政。到了那时日，才能尽兴吗？”

曹植轻轻摇头：“不，不会在那时。”

“等到何日？公子稳握天下神器之后？”

“非也！非也！”他连连摆手。

杨修将削好的梨片放在盘子里递到曹植面前。他朝丁氏兄弟凝目望着，左手的大拇指却指向曹植说：“公子志向非凡，他所说的时日，不仅四海安靖，天下归心，自己稳坐江山，还要看到国富民强，百姓舒心，万家安乐。”

曹植笑了，特别清晰的瞳仁放出晶晶光亮：“确实应该这样。难道圣人治国，三王之政，不是这样吗？”

丁仪兴奋而又好奇：“到那时日，公子如何尽兴？”

曹植神情激昂地站起身子，仰头朝上面望着，双臂缓缓向斜上方伸展，像咏哦诗文一样说：“四海安靖，稳坐江山，那时日，朕当推行先父主张，‘车辙马迹，经纬四极。黜陟幽明，黎庶繁息。於铄贤圣，总统帮域。封建五爵，井田刑狱。有燔丹书，无普赦赎。皋陶甫侯，何有失职？嗟哉后世，改制易律。劳民为君，役赋其力。舜漆食器，畔者十国。不及唐尧，采椽不斫。世叹伯夷，欲以厉俗。侈恶之大，俭为共德。许由推让，岂有讼曲？兼爱尚同，疏者为戚’[1]。”

杨修在他动情的吟咏声中似乎也进入那个想象的境界，他当即走到他的对面，弯腰揖礼，不敢抬头。“陛下圣明，万民幸甚。微臣敢问陛下，待到兼爱尚同盈满人间的时日，陛下如何尽兴？”

“那时日，朕将像庄子《逍遥游》中的大鲲，化为大鹏，水击三千里，扶摇而上九万里，冲上九霄，来一番抒情展意的逍遥！”

丁仪称赞说：“像庄子那般高洁洒脱，率性舒展，钦佩！”

丁廙摸着额角试探地问：“陛下肆意逍遥也不带一位如意伴侣？皇后，还是妃子？妻妾，还是情人？”

---

[1] 曹操《度关山》

曹植立即沉黯了脸色，苦笑着摇头不语。

“你可不敢再有暗恋甄妃的心思！”丁仪以严正的态度告诉他，既然志存高远，心怀天下苍生，就要抛开男女私情，丢掉闺房缠绵，尤其像这种牵扯家庭伦理方面的非正常关系，绝对不能纠缠。如今和大公子竞争、冲突、明争暗斗，甄妃裹在你这边就麻烦了，有可能因为这一步棋导致全盘皆输。

“但是兄长负心，纳了一个心地不善的小妾。”曹植坐下来忧郁地说，“我一看见嫂子惆怅不悦的样子就愤愤不平，心中的块垒很重！”

杨修赞同丁仪的看法，要他无论如何都要斩断这一缕情思。他分析，曹丕虽然这次落败，但他的优势仍然存在。他是长子，文武兼备，目前任丞相府守戎要职，背后扶持他的是几位股肱之臣，激烈的较量还在后面。

“痛哉！痛哉！”曹植仰面几声悲叹，又低声哽咽说，“罢了！……罢了……”

丁仪护送他回到家宅时，三更已过。

今夜要与她尽兴，为了示爱，更为了抒怀。

崔姝还没有上榻入寝。她是个特殊的爱美的人，只有在夜间才精心装扮，衣饰一新。曹家有尚俭之风，规矩极严，她的婆婆卞氏不但早就一一讲述有关规矩，还不断提醒她不得冒犯。她的嫁衣，她的母亲为她专心专意绣制的锦衣美履，几乎全部不能穿用。曹家的规令非常周密，衣饰方面从布料到颜色都一一说明，凡高贵的面料——丝绵绸缎，高贵的颜色——绛（朱红）、紫、金黄，高贵的饰物——金银珠玉翡翠玛瑙，都在禁止范围。尤其令人困惑的是，连中下层人家流行的刺绣品也不得使用。而她家本是刺绣世家，母亲是一方有名的刺绣高手，她的嫁衣全都是她高超技艺的炫示，自然也在曹家遭了禁忌。无奈之下，她除了回娘家穿戴几天，就是夜间在自己居室自我展耀。

此刻，在两根粗大的白蜡烛光的照耀中，她身穿朱红菱纹罗丝锦袍，头上饰满珠翠，手里捧着一件四方形白绸，用棕红、深绿、紫灰色丝线，绣出盛开的茱萸花和祥云仙树。曹植发现她在华贵瑰丽的服饰包裹中尤显姣美，得知她在为母亲赶绣“长寿锦”后特别感动，二话不说就揽起她的后腰抱进了帷帐。

自从那个荒野之夜他下了戒除“霉气脸”的决心，夫妇俩就有了“三日一合”的约定，平时各睡各的被窝。例外只有一次，即大哥曹丕纳小妾郭妃的当夜。迎亲的上午他在院子的蒲苇池边见到神色抑郁的嫂子，夜幕降临后他便想到了她的极度悲伤，恨不得将她热拥在怀给予抚慰，欲见不可，欲罢不能，便产生了以近代远的冲动，将崔姝裹入衾中缱绻了一夜。今夜要给她还情付债，以纯粹的真心去爱，便恢复了先前的高涨情趣，亲自动手为她宽衣解带，从头上的簪珥到脚上的鞋袜，全由他一一除去。

当她精赤的身子即将完全裸露时，他蓦然惊呆了：一件红布绣肚兜儿贴着腹心，精巧的蛙形布面上一只活生生的老虎昂头待扑，毛色黄润鲜亮，五彩斑斓，一派勃然生气。“卿为何添了这物件？”“完婚四年未能开怀，贱妾急了，求娘想个法子。娘听人说夫君有大才，外号绣虎，就让一只雄虎压住身子。”“母亲送我的枕头上是林中虎，安恬文静；这只虎是出山虎，一啸生风！”她有用俗语说：“雄虎有劲，桶才能下到井底，才能舀出深水。快，井台沿沿冒泡儿了！”

“幸甚至哉！幸甚至哉……”被惊喜震呆的曹植口里反复吟咏着这个句子，别无话语可说。

他俯下身子，面对鲜亮的红肚兜凝目良久，又用脸孔紧紧贴住了“绣虎”……

第十四章 红粉从中

一、不失阴德

自曹操占领了邺城，形势发生了重要转折，有一个人也随之发生了人生的重大转变。此人就是卞氏。

四十五岁的她“月水”干了。

仔细想来，那是一个月光惨淡的夜晚。她从儿媳甄宓的房间出来，已是二更时分。连续几天，都要去那个房间，为有明显身孕的儿媳做日常护理的叮嘱，尤其是对夫妇间房事禁忌有所暗示，故意让儿子看见她迟迟不肯离去的样子。正是十月深秋，北风在院子里打着旋儿，她身上一阵战栗，才注意到这是一个阴晦天气。抬头望着夜空，细心寻找月亮，终于看见了云层中的月牙，像淡墨水浸染过了的“蛾眉月”，给人冷漠悲凉的感觉。

一种不祥的预感立即产生。回到卧室，她迅速脱下上衣下裳相连的淡蓝色布袍，将下面的内衣褪下，用一片白布在那个地方粘抚。她凡事留心，自己的月事总会记住准确的时间，临到月水再来就会适时做好准备。近几年虽然出潮量渐渐减少，但时间周期差不了一两天。记得上次“见红”是在八月二十六日，那天夜晚天空晴朗，下弦月已残得像箱盖上的铜拉手。到了下一个“铜拉手”时，没有看见它的光临。今天看到了“蛾眉月”，说明已超过六天了。

看来，它确实断绝了，自己也绝望了。

偏巧当夜曹操犯了头疼病要他推拿，她在榻上坐着，两腿张开伸展，他的头就在她的大腿间顶着，任她的兰花指在上面飞舞。忽然间，他感到脸面有一丝冰凉，睁开眼睛，才看见她的脸颊眼窝泪水涟涟，追问之下才知晓了这事。她说从今以后夜里不能侍候夫君了，二十五年的枕席之欢该结束了。曹操说本丈夫未嫌贤妻老呀！她哽咽说已经不相宜了。他反问八十岁的老妪就不是人了吗？她说妇人绝了阴水就成了“干魔”，纯粹地亏丈夫，勉强应付就损了阴德。她还说曹家一门鼎盛，男子们既有灵气又有雄风，在女色面前都有天生的喜好，作为妇人，阴德不得不讲。他立即握住她的双手说：“善哉！常言说玄牝乃生我之门，死我之户；曹家要一门鼎盛下去，房帷之事就要当大事一样办得妥帖，千万不能滥施过淫，这事就交给你了！”

她擦着眼泪说：我明白。

她以往就很明白。

她的明白源自两个男人。十七岁时，已经登台三年的她被一位乡宦的儿子明媒正娶，这位乡宦是个风流倜傥的书生，多次观看她的演出而心生爱慕，重礼为儿子诚聘，闪电式完婚。新婚之夜才知晓与自己同庚的丈夫是个痨病身子，说一句话打三个咳嗽，整天在屋里躺着，榻边就放着痰罐儿。人家为“冲喜”娶的她，那个痨病身子虽然年幼，却早就盼着闺房之乐，一上手就急挖急抓，“霸王硬上弓”，猛拉快放，连连三发，人也累散了架子。他喘喘咳咳地说，医士让他看淡房事，万一难挨，记住口诀：“一更火，二更乐，三更谨慎，四更错，五更必是死人的药。”一觉睡到拂晓，他又来了精神，动手纠缠，她便用医师的言语劝阻，他却说“这东西太馋人，连坐金殿的皇帝也禁不住自己，咱一个烂烂草民还管啥哩？”不出三月，小丈夫就“冲”进了坟墓。

守寡的卞氏没能走出乡宦之家，四十多岁的公公以家使为名蓄养了她。夜间，弓马娴熟的他一边拿她行乐，一边让她哼唱曲儿，再吟出一首房中短歌要她一丝不挂地边唱边舞。鸡啼三遍，她有意挑逗，昏睡中的他被激惹得成了情不可遏的二月驴，急吼吼地撒起欢子。

当一个人在自己的意识里，对一件事既沉迷又惧怕，既为之欢畅又为之痛苦时，他就会陷入无边的泥淖，想拔腿反而会愈陷愈深。乡宦两年半时间除了落下一厚沓酸溜溜的《房帷行》杂体诗，就剩下一具皮包骨头的卧厩驴身子。卞氏有了闲暇在外面演唱，才碰见了真正赏识她的另一位乡宦。

此人便是为避权贵报复托病辞官回到故里的曹操。想起与他成婚的那个夜晚，卞氏在后来的长期回忆中总是心池荡漾，那一缕甜蜜与羞赧依然挥之不去。那段时光曹操过着秋夏读书春冬狩猎的悠闲生活，喜纳之日正逢盛夏燠热，几个月没有驰马山林的他就有了进山避暑的主意。那天晚上，高岗树林代替了洞房帷帐，一堆篝火代替了两根红烛，曹洪、曹仁、夏侯惇、夏侯渊等一帮宗亲兄弟烤肉谈笑代替了乡友闹房。野景野趣点燃了十足的野性，两桶家乡的九酿酒把他们一个个变成了火边醉鬼。当东方霞光落到她脸上时，她睁开眼睛并摇醒了身边的丈夫。曹操抱起她走到高岗的顶端，面朝一轮彤红的太阳，利索地扒下衣服，仰头四顾，放声高喊："'天地相合，以降甘露'[1]，天助我也！"她猛然感到身子炸裂一般疼痛，"哎哟"一声咬住他的肩膀。他立即哈哈笑了："本丈夫心大、胆大、命大、性子大，兴至情至，随心所欲，你可得咬紧牙关忍受呀！"她说房事宜慎，过度伤身，顾大头还是顾小头呀？他说本丈夫处事通达而不忘主旨，笔下纷纭却不乱章法，爱妾只管放心。后来在榻上，他也曾过度贪恋，她有时提醒，有时悄悄穿衣离开，天不亮就进了膳房或做女红了。

她就是这样，非常明白。

不光是她自己，后来作为正妻，还对一群小妾也明确提出了要求。曹操不看重战利品，却看重占领之地的绝色女人，在她之后正式给予小妾名分的美女渐渐增多，进入邺城时已经满十位了。十位红粉佳人差不多都是梅开二度，第一任丈夫都不如曹操这样势位煊赫，床帏之中也不如曹操那样刚柔相济，尝到甜蜜的她们难免怀有焦渴的愿望。她窥透了她们的心思，一个个都要有言在先："谁若失了阴德，房中犯禁，不避五更那服死人的药，事明之后非叫她服一服真药不可！"还有，为了曹家多子，夜间宠幸哪个当有安排，"月水"退了处于最佳时期的人优先，由她暗中指拨。再者，为了生出"岐嶷之姿"的孩子，平日里她们都应观舞听歌，室外游戏，保持心境和悦，到了那个夜晚不急不躁，前戏要好，正戏要饱，自己的心花在那一刻要绽开。她生的几个孩子——曹丕、曹彰、曹植、曹熊，个个聪明绝顶。她很自信，把自己的体会和方法向众佳人一一告知。那个生了天才少年曹冲（字仓舒，比曹丕小九岁，聪慧异常，曾留下"曹冲称象"的故事，十三岁病亡）的环夫人就接受过她的传教。那个活泼爱说脏话的尹夫人，和前夫生有一子，但入了曹门却八年不育。卞氏替她着急，从民间得来一法，让她在臀下垫一个布枕头，试了几次就成功了。

众小妾对她的称呼为"姐姐"，她称她们为"妹妹"。在她五十岁时，得到了最小的妹妹——二八歌女兰蕙。曹操给她叮嘱了，她也动了感情，以母亲般的疼爱，让这

[1] 老子《道德经·三十二章》

位受尽摧残的小妹得以妥善治疗。三月过后她就与曹操乐享房帷了。次日，她见到她立即跪下磕头，流着泪说贱身虽然和夫人以姐妹相称，实际上夫人比亲娘还亲。还说曹家对自己有大恩惠，只有生下孩子才算一份报答。再说，夫君年岁已长，如不及时安排，就会终生耽误，亲娘应多多关照才是。卞氏说："夫君年已五十六岁，七天八日才能临幸一回，这事算是一个乐子，要说生育，他还有这个本领吗？我问你，你虽然年纪不大，却也是磨道使惯的驴子——挨的'鞭子'不少。凭你的感觉，他一镬头下去能挖多深，还能打出水来吗？"她头一低，面带羞惭地说："夫君像年轻人一样哩，凶得很！"她脸一沉训斥道："这就坏了！他做得过甚，还不伤了身子？准是你太花太骚惹的兴儿！今后你多在艺伎班演出，见了夫君不要套亲近，房中之事能少尽量少，五更那一碗杀人的药千万要忌。"说得她连连点头：亲娘，贱身记住了。

但不久她就发现了不妙，兰蕙特别受到曹操宠爱，三五天就临幸一次，次次都是她的专夜。她生气了，和曹操闹了一仗：你不要命了？顾大头还是顾小头？曹操的黑豆眼闪出一丝诡谲："老骥伏枥，志在千里；一口嫩草，何其痴迷！"吟罢叹息："声色诗酒，样样诱人，但皆为我所用，岂能让我为它们所服？知晓了知晓了，下不为例！"她又将兰蕙找来，问她究竟使出什么招数作以引诱？她又用几句大话猛炸："是不是用了先前的水下功夫？你不招认，就向夫君讨个明白！"粉红花骨朵毕竟太嫩，立即下跪磕头认了。卞氏火了，疏淡的眉毛挑了几下，怒斥道："人家给你下面卡了一把锁，难道让我给你上面也卡一把锁不成？下作的东西吃糠的胚，人种里就缺你这号货！按家规，小妾犯禁，罚月金。半年不发，每月二两白银，共免掉十二两银子。"

兰蕙抬头不语，满脸沮丧，深汪汪的眼睛糊满了泪水。

二、房中秘诀

近几年，丈夫的女人越来越少了，儿子们的女人却越来越多了。卞氏生了四个儿子，别的妾妃共生了二十个儿子，只有她生的四个儿子娶了媳妇，曹丕又纳了郭照为妾，下辈的妻妾共有五位。以她老到的眼光，其中的甄妃最出色、最贤良，也最叫人放心。

甄妃的贵人相、亲和力和一腔忠诚，卞氏在见到她的当天就感受到了。她当时没有感受到这个儿媳也极为聪慧。只有当孙子曹睿表现出早慧的特质，她才想到了他的母亲何等聪明。

曹睿生下来时皮肤通红，体形瘦弱，分明有早产的迹象。他的脸胚子很大，眼睛细眯，活像了曹丕，卞氏仔细看过之后便放心了。他二十多天就脸上出现笑容，刚过满月就有专注的目光。两个月时他就会抬起头来，头颅灵活地转动着，用目光寻找什么。八个月时曹操抱着他，教他说“烈士壮心”，他竟然一顿一顿地发出四个“嘀”声，带有抑扬顿挫的音调。当天，曹操就对她说：“只有子建小时候像他一样！你给甄宓过招数了吧？”她笑了：“你不算算日子，她可能是新婚之夜就有了，我怎么来得及呢？”

细心的卞氏不会放过这个微妙的问题，她决定探究一番。当小孙儿在母亲怀里噙乳头咂吸得吪叽吪叽时，婆媳俩安详自得的目光相遇了。卞氏把靛蓝碎花棉布小裤递过去，要她垫在孩子后腰，一边这么做一边说：“孩生天生的灵醒，除了天生的父母，必有特别的遇合。婆媳如母女，说话没有内外。以我的感觉，在房中的那一刻，自己的心花尽量要绽开，要拼命朝这儿想。你说呢？”甄宓一直正眼望着她，目光毫不躲闪。当她说话时，她就这样全神贯注，而且在她的意识中，对婆婆无任何私情可能隐瞒。她的重眼皮很深的眼睛闪出明亮的光彩，将自己私下准备了黄杏核含在口里，在那一刻有破裂如刀割的痛感，一五一十说了出来。原来，她的心花不是刻意绽出来的。

特别聪慧的人是不会刻意追求方法的。

但是，其他的妻妾就不同了。她们刚嫁到曹家，就主动向婆婆讨教，寻问榻上招数。卞氏知道，曹家一门才俊，尤其是她生的几个都是超众精英，妾妃们都一一受过她的传导，外面便有了关于曹家有生聪明孩子的法术。

过分单纯的崔姝就在婚礼的第二天，面对婆婆，早早地讨教那个秘诀。卞氏没有生气，但她的心结一下子产生了。她在为子建担心：指望这个妻子能生出“岐嶷之姿”吗？她依然一脸从容，三分笑意，告诉她只有风雅之人，行风流之事，才能生出风华儿郎。她说你平时喜欢刺绣，但不要只当一个绣工，而要当一个绣师，要知道柳翠莺鸣风花雪月的妙处，让针下的色彩打动你的心弦。这还不够，还要吹拉弹唱，能歌善舞，与子建一起荡戏秋千，诗歌酬唱，把自己变得文文雅雅。到了这一步，再说那些招儿法儿。崔姝瞪大了眼睛，说崔家虽是名门望族，女流都不识字，也没有艺文技艺的操练，慢慢来吧。

“告诉你，有个歌诀可要记住！”她叮咛说。破她身子的那个痨病丈夫的《五更谣》，让她知晓了。

但不久就发现了曹植的“晦气脸”，除了将儿子痛斥一番，又将崔姝找来了。她知道，这个媳妇心机很浅，不需要大话去诈，便心平气和地询问了榻上情形。果然，五更的那服死人的“药”她让他吃了。

“我也禁不住呀！”崔姝面带羞惭直言道，“他一上手，我井沿沿的水就冒上来了，内心喜欢得不行，怎么制止他呢？”

她扑哧一声笑了，反而没有责备她的心情了。

“你的沿沿太低，这不成。”她笑着说，女人要是连男人的三分热火也浮不住，就太轻贱了，这种女人只能到背街偏巷的“女闾”卖肉去。堂堂曹家的媳妇，把自身要看得高贵些。

如果说崔姝的性情单纯而自卑，那么，后来的郭照就显得成熟、老辣而又心高气盛了。进入家门的当日，她就表现出与众不同的气度。她的头发乌黑浓密，在头顶挽成一个庞大的单环，上面插满了乡间野地的麦瓶花，翠绿的瓶状花托将深红的花朵高高举起，显得既华贵又朴素。纤腰长裙，对襟广袖，衣料却是普通棉布，特纺精染，细裁密针，通显乡间庶族闺中淑媛的风韵。卞氏看到这身装扮，就觉出了她的不凡。拜见公婆时，她作揖、下跪、叩首，既斯文，又尽力，不紧不慢，神情虔敬。坐了叙话，她灵动的杏核眼敢于平视久望，一点也不怯惧。她觉得这媳妇很有主见，心机深得不可捉摸，有意试探，就说：“当今天下大乱，征战不息，儿郎们带兵打仗，常有性命之虞，何苦要嫁给曹家？”郭妃冷静地说：“欲图大事必冒风险，要图风平浪静，曹家还是汉家天子的贴身幸臣？”她浑身一激灵，猛然被刺了一下，回击道：“听说你出身官宦人家，后来家道中落，沦为婢女。你的青眼圈是不是在侍候人的卑贱日子里熬煎成的？”郭妃却坦然笑了：“青色是最美好最富丽的颜色，天空是青的，‘青天大老爷’是老百姓的愿望；青龙是代表东方的灵兽；拿曹家来说，夫君出生时青烟罩满全屋，这是祥瑞之兆；夫君喜欢的青钢剑是护身之宝；子建小叔爱不释手的九华扇乃青竹所编，是御赐之物。公公大人诗曰‘青青子衿，悠悠我心’，表明一心招揽人才，求贤若渴。我这青眼圈进了曹家是苍天安排的呀！”

“甚是！甚是！”

卞氏心悦诚服地笑了。

如此精明的女人还需要房中提示吗？

答案是肯定的。愈是精明，愈是会投机犯忌，会别出心裁，会暗中出错。

不等卞氏开口，郭妃在新婚的次日就找上门来了。

她带来了一样东西——半张榻席大的一片白布，其实是一块包袱。卞氏不知道她拿这包袱来干什么，只见她慢慢打开，两个角儿提住，双手一抖，贴在胸前。她蓦地一惊，看清了那上面有一朵鲜红的花，和喇叭花一样萼身较长，却比喇叭花的萼身粗壮，又是纷繁的重瓣。

“是不是石榴花？”郭妃笑着提示。

“对，石榴花！”她肯定地说。

“你的儿子好威猛呀！他真是盖世英才，青龙入海，掀波鼓浪，把蒙封女王的陈膜顶破，血流浸洇，染成了石榴花”。她的杏核眼流光溢彩，青眼圈忽然变得蓝莹莹的，脸上粘腻的葡萄粉化成粉嫩的桃花瓣。

卞氏高兴至极，近前对着这“花”凝目良久，赞赏道：“真正的花，真正的血，真正的女儿身！这才奇了！”

“不奇，十六年前，我十岁时，就有先兆了。”

郭照的家庭是那个年月灾祸频生的典型写照。她的父亲郭永曾担任南郡太守，在与农民起义部队交战中死亡，母亲董氏带着五个儿女逃亡外地，赶上瘟疫流行，四个儿女先后死于流浪途中。母亲染上疟疾不能行走时，从行李中取出一个白布包袱，对她说：“孩子，女人就是一块包袱，必定由自己的男人打开。你自小心存大志，父亲为你取名‘照’而字‘女王’，说你必嫁真龙天子。这块包袱就是你的陪嫁，大喜之夜将它铺在身下，花绽血落，必有喜兆。”

“石榴花开，多子（籽）多福。”卞氏明白了，显得非常开心。

“不光多生，还要生出特别强壮特别聪明的儿郎！”郭妃的连头眉跳动了几下。

连头眉是曹操的首创，即以青黛的颜色画眉，并将两边的眉毛相连，以鼻凹处为交点，显得很长很弯，像天上的娥女抖动的翅膀，故称“仙娥妆”。有一次曹操观看艺伎班演员化妆，当一个女伎的双眉画完后，他受了启发，说眉毛的两头相连或许更好看，一试，再改，便弄成这样。

“你既美貌，又善于化妆，必定得到子桓的欢心。”于是，她趁机讲了，把那些禁忌，那个秘诀，说得非常仔细。

郭妃连连点头：“媳妇心中有数了。妻妾们都这样，曹门如何不兴盛呢？”

三、寿堂献艺

这是一个特殊的庆典：既要隆重，又要简便，既要尽显合家亲情，又要体现豪门风雅——为贺卞氏五十大寿曹家内人庭堂献艺正是这样的情形。

这天大雪纷飞，自夜晚延续的风搅雪至半上午时分戛然而止，风歇了雪也停了，一轮略显红颜的太阳在东南方的苍穹渐渐露出面目。曹家庭院的五间厅房里的人员也聚齐了。作为寿堂，平日合家吃饭的膳房略加收拾，里侧墙壁的正中钉着由曹操亲笔在上面书写的隶体“萱寿”[1]的一片红布，临墙不远摆了一个半尺高的圆形织锦绣垫，对面铺了几排坐席，就一切就绪了。

“那一天也是这样，先下后晴，大雪花变成大日头，——我的母亲后来告诉我的。”盘腿打坐在绣垫上的卞氏朝窗外望了一眼，总是血色很足的脸盘又拧过来，对着众内人正要开口，后脑勺倚靠着她的胸膛，屁股坐在她的双脚上的小孙子曹睿却说话了：“下雪了多好呀！扔雪弹、滚雪球、堆雪人、溜雪坡，天晴有什么好？”惹得众人一片欢笑。甄妃立即快步上前，将儿子牵手带到自己的位子。

连兰蕙在内的长辈小妾共十三人坐在前两排。前排正中位置的刘氏是卞氏之后的第一位小妾，二十八年前以“跳丸佳妙”的艺姿打动曹操，当时已经十七岁了。论容貌姿色她并不占优，但在街头村道的卖艺场上却身手不凡，九只鸡蛋大的弹丸在空中连续飞动而不落地，全凭两只手一抛一接的功夫。作为路过的看客，曹操在人们的喝彩声中同样连声惊叹，对这个身材匀称神色冷静的江湖女子顿生好感。后来曹操让她在闺房或院子重操旧艺玩给他看，他凝望着，思索着，吟咏着。不过，常常吟出的却只是这样一首：

日月自飞旋，往逝如弹丸；

何无徒伤戚，自当股掌间！

今日，正妻卞氏五十寿辰，曹操和曹丕、曹彰、曹植等儿子们征战在外，临行前写了一幅毛笔书法并做了叮嘱，让刘氏当贺寿聚会的主持。半老徐娘的刘氏依然身手矫健，起身站立，上下端直，面朝卞氏庄重地看着，再行顿首礼。她屈膝跪下，双手着地，头也缓缓俯下，触地后再缓缓抬起，然后站起身子。

她转过身来面朝众人，忽然变了脸色，露出跳丸艺人特有的讨钱时的笑容，这才开口说：“吉星高照，时逢大喜，尊夫人五十华诞，内人一起欢庆。先由夫人同辈——各位贤妹，顿——首——”

十二位小妾齐刷刷站起来，垂手肃立，面朝卞氏，按照刘氏的口令，“跪地”“叩首”“起立”“安坐”，在撩裙摆袖鞋踏膝磕的一阵响动声中，郑重完成了礼节。

但是，有一位却像晚辈孝子，她的额头挨地后不愿抬起，久久未动，待卞氏高声

[1]《诗经·卫风·伯兮》中“焉得谖草，言树之背”，谖草是一种忘忧草，即萱草，后人把母亲称为“萱堂”，为母辈祝寿叫“萱寿”。

呼叫“快快起来吧”，才慢慢抬头起身。她轻声呜咽，深汪汪的眼睛饱含泪水。

是兰蕙！

“今天是大喜之日，果然有人喜极而泣！”刘氏走到兰蕙面前，故意扮成鬼脸，用双手搁住她的脸蛋，又在她的腋下挠着搔着，直逗得她嘿嘿笑出声来。

“今日就是个笑，没别的！”活跃的尹氏环顾左右插话说，“尊夫人过寿，我们沾光，管她是几分的喜，我们是十分的喜。有喜才有笑，有笑才有乐，有乐才有庆，笑得乐得庆得我们眼珠子脸蛋子手腕子脚面子冒出火苗子都不要歇，直到她这大福大贵的人儿脸上笑出一只金凤来！”

众人拍手哄笑，一齐望着卞氏。

卞氏毕竟沉稳，依然只有三分笑意绽在脸上。她朝刘氏扬了扬手，做出催促的指示。

刘氏立即高声宣令：“下来，年轻的一辈，我的媳妇们，向尊夫人行稽首礼！起——立——”

稽首是大礼，拜父母，拜公婆，拜祖拜师拜庙拜墓，通行此礼。与顿首不同的是：额头着地后不急于抬起，要在地上停一段时间。甄妃、崔妃、郭妃等十位佳人个个都是名门闺秀，神情气韵，举手投足，足显平日教养。

“还有我元仲！”不等刘氏宣布下一个程序，曹睿就迈着跳跃的步子跑到前面，拉住卞氏的手腕说：“奶奶，我以诗代礼，三叔教我一首诗，我早就背过了，咏哦一下好吗？”

卞氏当然很高兴了，所以在场的人也都以笑声表示赞成。

“三叔前几天说，曹家是诗书之家，以诗贺寿是上等大礼。诗曰——

南山有台（南山生有莎草）
北山有莱（北山长有莱草）
乐只君子（快乐的君子们呵）
邦家之基（国家根基的依靠）
乐只君子（快乐的君子们呵）
万寿无期（祝你永寿不老）

南山有桑（南山有蚕有桑）
北山有杨（北山一片白杨）
乐只君子（快乐的君子们呵）

邦家之光（皆为国家增光）
乐只君子（快乐的君子们呵）
万寿无疆（万寿无疆）

南山有杞（南山枸杞茁壮）
北山有李（北山李树健旺）
乐只君子（快乐的君子们呵）
民之父母（民众称为父母样）
乐只君子（快乐的君子们呵）
德音不已（美德与声名远扬）[1]
……

小曹睿的脸蛋神情中有激越昂奋，童稚细嫩的声音中有抑扬顿挫，不但令众人惊异，也令卞氏动情。她连声叫好，众位内人也都呼叫起来。他知道自己成功了，得意了，举起双手跳起来喊“我就是乐只君子！”甄妃连忙招手让他过去，另有几个女人也招手叫他，他却一溜烟跑入姨娘郭妃的怀中。

“曹家大大小小的男人都是顶门杠子，老老少少的女人都有水色有眼色，杠子有水润，飞起来格外有劲，花儿绽得玄绽得妙，才生出一个个人物精儿！”爱说脏言粗话的尹氏有她自己的思路，看着前前后后的女人个个风韵不凡，小曹睿神童般聪慧，卞氏在这个场合仍然面带几分威厉，心中不免生出一丝讥嘲。

“献——艺——”

刘氏喊罢，自己先拿出绝活。她从布兜里取出鹿皮做的弹丸，五个，只有五个，毕竟上了年纪。特意染成红色的弹丸在空中划出一道弧形彩线，两端连住她的双手，口中还念念有词：“大、福、大、贵，夫、人、万、寿……”卞氏高声更正：“还是念至尊常吟的五言诗吧！”刘氏口停手不停地思索片刻，又念道：“日、月、自、飞、旋……”节奏一乱，丸还要接好，身子便左右晃动，头颅乱摆，脚步的移动骤然加快，红球险些落地，众人长吁一口气，又笑着鼓起掌来。

除了刘氏、兰蕙二位像卞氏一样是穷家艺人出身，其余二十多位全是名门闺秀，个个都有一技之长，琴棋书画，丝竹歌舞，无所不能。大厅里，几个大案上有人挥毫

[1]《诗经·小雅·樛木》

泼墨，笔锋圆润的隶体榜书“仁者寿”和工笔兼写的“松鹤图”渐现光彩；尹氏吹箫，环氏抚琴，杜氏敲鼓，秦氏打夹板，兰蕙与陈氏伴唱，甄妃、郭妃、崔妃及其他人则一起跳舞，将全家的至尊曹操的《短歌行》《观沧海》《龟虽寿》等名篇集体演绎了一番。

“不对呀，看——”一曲毕了，甄妃伸手指着郭妃，告诉她一个动作错了，“养怡之福，可得永年，幸甚至哉，歌以咏志”[1]表达的是热诚祝福与内心舒悦的情绪，双臂朝上头脸微仰跳着步子才好，而她手捂胸口低垂头颅停下步子显然是另一种情绪。

郭妃勉强笑着分辩，说手捂胸口低下头来停止步子正是一种祝福，不过比你说的那些动作更显虔诚罢了。

“胡说！”崔姝走过来纠正，“我看过几次艺伎队演出，尊夫人编排过的，哪里是这个姿势？你这只能表示怀疑与忧伤！”

“你见过多少场面？江南、长安一带怎么演的，你知道吗？”郭妃变了脸色，杏核眼瞪出了几缕火气。甄妃与崔姝正要再做辩解，环氏杜氏秦氏几位上了岁数的长辈围过来，虽是轻言慢语，却一致指出了郭妃的错谬。

郭妃不再吭声，扭过头去。尹氏一直在旁边悄悄看着，没有吭声。

“还有佳品献上——”刘氏面朝大家喊着，把甄妃写在红纸上的五言诗《养怡》展开宣示，并让她上前朗诵；崔姝潜心多日千针万线绣出的“长寿锦”也作为压轴戏展示了，众人一片喝彩，卞氏也连声叫好。

尹氏的目光又瞟过来，惊奇地发现郭妃并没有妒意，她反而显得非常开心，朝甄妃和崔妃咧嘴笑，拉住她们的手连声说“敬佩”。她似乎看到她的脸颊与连头眉毛有一股阴森森的绿气冒出，这女人厉害啊！

四、玄关一窍

回到闺房，郭照立即做了清净坐忘之功：盘腿打坐，稳身不动，以导引吐纳之法让心境湛然沉寂，将寿堂不快的一幕全然忘却。渐渐，转了功法，导入“进火”“退符”“大小周天”的境界，只觉胸膛滚热，全身紧缩，“海底”暖气上涨，“真阴”抽颤不止，两只乳房也憋胀鼓起来了。持续了半个时辰，意念自退，舒坦而疲惫，身子往睡榻上一躺，望着低垂四围的粉红色帷帐，自笑自言：夫君喜欢紧水荡鱼，就让他尽情消受吧！

---

[1] 曹操《龟虽寿》

郭照身上能有如此仙道功夫，基于昔日的饥饿流离困顿穷途。当父母亲人一个个融入荒草野地，自己困入饥寒交迫万念俱灰的苦海时，一位道高德硕的仙学老叟收养了她。道不远人，落难之人自带缘分，红尘欲念很快断绝，一心修道成仙。师徒数人住在洛阳西部的一座矮山上，几间茅棚，一片坡地，两只水桶，数盏油灯，日子清淡而又恬然。老道对她这个唯一的女弟子说：俗云女系五漏之体，眼耳鼻舌身，一遇声色香味，不免有漏。如何不漏？除了断除五根，精神内守，还要修练功法，以真火斩断赤龙。照恩师指点，几年修为，练得乳房干瘪，月水绝去。就在老恩师为她的修道之路再做引导时，她却忽然大放悲声跪倒在他面前，手捧母亲临终前交到手中的雪白布单，哭诉父母的愿望以及为她取名立字的实情，请求老恩师赐教退功法，还她女儿身。又经半年时日，由内功而转田间劳动，饮食配以蘑菇青笋，不仅渐渐有了月事，而且潮起潮落之后，反而经水艳红，胸部饱满，出脱得愈加妩媚。

当了地方官吏的婢女，她自然视野大开，宦门深深，妻妾娥女成堆，宫闱房帷之中往往是非纷纭，宠辱存亡可能就取决于房中一宿。思来想去，记起当年修炼时感觉海底灼烧内宫抽搐的情形，觉得这种奇妙畅爽将会激惹男子，成为房帷绝技，便私下自思自练。果然，夫君曹丕，这个精力饱满的振振公子，享受了几夜的动荡之乐，便像喜欢攀缘的猴子那样离不开她这棵深山大树了。但是，随着她对曹门家规秘事的了解，觉得夫君对自己的贪恋应当有个限度。在曹家，现有的人际秩序不能改变，婆婆卞氏以其母仪之德和几分威厉牢牢掌控着后院，违拗了她的意志就会大祸临头。甄妃，她的潜在对手，不但与卞氏，而且也与众内人处得极为融洽，对此人只能亲和不能疏远。好几次，她拒绝了曹丕，劝他去与甄妃过夜。对于曹睿，她知道这是个根本所在，是她一辈子也不可能改变的依靠，何况曹丕与吴质的谋略最终还是要体现在他身上，因而她就想尽法子取得小公子的喜欢。那个心直口快的崔妃，尽管不难对付，却还要稳住关系，再伺机下手。但她怎么也想不到，甄妃与崔妃倒先联合起来，让她在如此重要的场合大失颜面！

过了几日，曹丕征战回来，神情沮丧，告诉她此番出征关中，曹植向至尊建议对马超和韩遂使用离间计，至尊大为赞赏。此计正在实施，待日后关中克定，曹植立了大功，局面就难以收拾了。

快，针对崔姝，做好文章！

“玄关一窍”，她想起了老恩师常常说过的功法术语。在仙功修炼中，若找到了玄妙的一窍，就打开了秘密机关，进入了大道之门。她要狠下心来，找到曹家院中的“一窍”。

先瞅准了一个人：尹氏。这个人见了她总是显出一丝惶悚，但也流露出非同寻常的机警。这天她提着一包芝麻姜条酥糖敲开了她的房门。客气加亲热地说完套话，她就以闲话的方式说起院里的女人，试图以品评的方法得到答案。尹氏的目光躲躲闪闪，说家法规定不得背地议人长短，还是不要说这类话吧！她话里有话柔中带刚：“至尊的诗说‘日月自飞旋，往逝如弹丸’，一眨眼二十年过去后，至尊变成我家夫君，这规矩怕要改了吧？”尹氏旋即变得和颜悦色，说有话就明说吧，咱们关起门说私房话才显亲情哩！她说：“人敬我一尺，我敬人一丈，庶娘虽然比我年长不了多少，总算长辈呀，妾身说话算话，日后有了显达，定将庶娘高眼另看。”尹氏的内心被打动了，二人口无遮拦，掏出了心窝子。尹氏说门中有一人要注意，那个人爱下跪爱流泪，别看她出身低贱，年纪很小，但她身份特殊，是至尊永远不忍割舍的爱物。她又说尊夫人虽然严厉训斥了她，不知她房中是否有所改变，至尊依然对她宠幸有加。

尹氏还说，那个女人很有心劲。

对了，这“一窍”就是她了！

中国的道家与医家产生之先，总是和巫家混为一体，此中有彼，彼中有此，在后来的漫长岁月中，各派人物往往集医、巫、道三种于一身。郭照在仙道山林前后待了三年，也学得了一些禳灾咒语和草药祛病之法。她去兰蕙房间时，带了一包普通而又贵重的礼品：二两茵陈。兰蕙的两只深汪汪的大眼满含困惑：这不是蒿子草吗，拿它干什么？她笑了：三月茵陈是贵药，四月青蒿当柴烧；同样的野草，时间分贵贱。这是三月上旬刚出土绽叶的嫩芽芽，采药人把它及时入筐晒干炮制，用来防治肝病。庶娘不是生子心切吗？岂不知肝火过旺妨碍了受孕。比她还小七岁的兰蕙当即红了脸：怎么知道我肝火过旺？她盯住她的脸盘说，嘴唇红得像火炭，干裂粗纹，一环一环，额颅色黯，可能嘴干舌燥，口苦口臭，睡眠不稳，肌肤发热，排便不畅，是不是？兰蕙猛然拉住她的双手，连说“对了对了”。以她内心的兴奋感激，如果不是碍于辈分，便会扑通一声跪在她面前！郭照说了煎服的法子，又在房子四角手摸墙面察看了一番，从衣袖取出一张画了火龙的黄纸，一边念着咒语一边压在软榻的褥子下面。

“如此一来，肯定成了！”兰蕙信心大增。

“凡事成几分，在乎天地人！”她点点头笑着说，“如今天召地应，至于人的筋道，就看庶娘的了。”

兰蕙似乎看出了她这番关照的用意，问她有什么当紧的事要办。她的连头眉挑了两下，低声说夫君子桓作为嫡出长子，至今没有合适的名分，陈群等大臣已建议至尊，让子桓做五官中郎将和丞相副，却久久没有动静，能否在至尊面前美言一番？兰蕙为难了：曹家内人不言政事，规矩很严，谁都知晓，怎么吹这个枕边风？郭妃说吹与不吹要看时机，时机合适了就吹，不合适了就当这话风吹掉了。兰蕙似在沉思，不再言语。她起身要走，说这茵陈开水煎服，半年有效，三日一服，服副一停，其间的采买和药资庶娘不必劳神，全由妾身一手包了。

兰蕙起身送她时，泪水已汩汩滚滚。

第十五章 同一个夜晚

一、如此新婚

三九寒天，一个晴朗的日子，当熹微的晨光把村庄、塬地、河川照亮的时光，蔡家落成不久的三间瓦房门前已经挤满了贺喜与围观的乡邻。直直的村街和方圆数里的田野路上还有无数赶路的人朝这儿汇聚。蔡琰与董祀完婚的消息之所以广受关注，一则因为蔡邕和他的女儿名气大人缘好，父女两代人的遭遇令人悲伤同情；二则因为这次婚姻的形式比较特殊——招赘，即俗语说的“倒插门”，入赘的新郎又是蔡家的亲戚，军队的一名官员。尽管天寒地冻寒气逼人，一些老汉老婆冻得连鼻尖的流涕也结成冰棍，人们的兴致却丝毫未减。

正中一间的厅堂里，王粲、陈琳、邯郸淳、刘桢等人摆案铺席，将蔡邕的线描画像挂在墙壁上，案几上备了黄表牌位，上了香蜡纸火。西侧的客厅忙碌着当事人蔡琰，她已经按照“长裙连理带，广袖合欢襦”的婚习穿好了服装，刘桢的妻子嫽人正在为她梳理长发。剩下东侧的一间是寝室，即婚礼的落脚处——洞房，也有好几位年轻人在紧张布置。

当一轮浑圆的日头在东方地面露出通红的脸面时，送亲，即上门的新郎的“娘家”人马在锣鼓声中来到了。这是一支以军人为主的队伍，士兵们肩扛手提，带着粮食家私，个个满脸堆笑。董祀的头顶竖着高高的绛色木笄，身穿大红交领右衽大袖勾边锦袍，腰系宽板金黄绶带，骑在一匹高头大马上，行在队伍前头；后面是一辆单马矮厢的简易车子，坐着屯田部队的上司，大司农王修。

下马之后，按照主持者陈琳的口令，董祀拿着一只大雁，双手举过头顶，额头微低，一步一拢脚，慢慢朝门口走去。年近八旬的邯郸淳已在那里等候，望着董祀跪地叩首，还过揖礼，将大雁接过。门内的新娘由嫽人陪伴，她与董祀双双坐定，在面前的水盆里盥沐净手，二人并肩拜了天地。董祀还有几分羞窘，低着头，不敢拿正眼看周围的人们，文姬却与之相反，大大方方又带满脸喜气，总是将脸盘平平地挺着。

但是在拜高堂时，文姬却失了常态。面对父亲的画像，她总是忍不住泪水，昨夜还在心中自我告诫，今日无论如何都要始终保持笑颜，但这时却不能自持。她用手绢捂住眼眶，防止泪水冲了脸上的敷粉，跪地后却难以抵制心底的哀痛，竟然身子一歪，倒在一边。嫽人急忙将她扶起，她虽然跪定了，却大声呜咽，哭泣不止。陈琳转过身子抹去了眼泪，走到她跟前说："文姬，在这场合，你心里有话要对父亲说，想说就开口说吧，不要压在心里。"文姬已经哭得几乎散了骨头架子，身子软瘫得没有一丝气力，撑在地上的臂肘瑟瑟发抖，垂下的头颅难以抬起。王粲忍不住说："文姬，今天是大喜之日，令尊大人在九泉之下为你欢笑不已，看，他的脸上绽出了笑容！"蔡琰的肩膀耸动了一下。王修接着说："文姬呀，你泛览群书，精通音律，饱经忧患，天理人伦造化遇合自然了然于心，岂能没有超人理智？难道生离死别这些悲伤之事能毁了你的胸中大志？"蔡琰慢慢抬起头来，泪水浸漫的脸上一片狼藉。她凝望着父亲的画像，抽抽咽咽地说："父亲，女儿……不见您的音容……已经……二十年了，您……当年……惨死狱中，女儿……不在旁侧，后来……女儿……险些沦为……异乡之鬼，幸喜……今日……有了归宿，您的……事业有竟，蔡家……香烟……得续了……"

行过合卺礼之后，仪式移至门前场地，在大天之下广众之中，展示亲朋贺礼。关内侯丞相掾王粲奉命带来了曹丞相的贺礼：一面家传的青铜镜，当年汉顺帝刘保赏赐给他祖父曹腾的御用品；另有一捆精装空白竹简。王粲对蔡琰说，曹丞相的寄望不言自明。文姬连连点头，脸上又出现了笑容。

接下来就是弦歌庆贺了。嫽人和她的伎艺队在场地中央演出了《相和歌》中的《天地万年》，又演唱了《诗经》中的《关雎》和《桃夭》。

王粲和王修都是蔡邕当年器重的弟子，他俩记得老夫子写过一首诗《翠鸟》，二人经过仔细回忆，一字一句整理出来，要作为颂礼当众演唱。文姬操琴，董祀吹笳，嫽人弹筝，奏出《相和歌》中《翠鸟》的旋律，王粲和王修并肩站在一起齐声歌唱——

庭陬有若榴，（庭院的石榴盛开如火）

绿叶含丹荣。（绿叶衬出艳丽的花朵）

翠鸟时来集，（一对对翠鸟来集会）

振翼修形容。（抖动的羽翅在闪耀）

回顾生碧色，（顾盼啁啾中现出碧爪）

动摇扬缥青。（晃动出青白色的肚毛）

幸脱虞人机，（侥幸从虞人的机弩下脱身）

得亲君子庭。（君子的庭院给它们以亲热）

驯心托君素，（驯顺的鸟儿受到庇护）

雌雄保百龄。（雌雄相偕，白头到老）

颂诗演艺，弦歌曼舞，直至日头偏西，才用了午宴。当地又有长辈送子祝福的习俗，刘桢、嫽人和几位乡邻穿着老叟老妪的衣裳，抱着工艺娃娃，提着礼品笼，以亲戚的名义和一对新人谈笑嬉闹，三间房里盛满了哄笑。

临近傍晚，最后一位客人、文姬的长辈、她父亲当年的学兄邯郸淳亲手将洞房的两根红烛点亮，也告辞离去了。

吵嚷欢闹的人群与声音已不复存在，欢庆与喜气却在两个人的世界蔓延升华。榻上的粉红色绡帐从四面笔直垂落，里面的合欢被鸳鸯枕新褥新单铺就摆好，迎面的一边由黄铜挂钩吊起两个开边，曼妙的开口在烛光的映照下呼唤新人入帐。文姬已经疲累不堪，很想连人带衣浑腰躺下歇息一番，但还是在红烛旁边的绣花锦团上坐下了。董祀关了大门闭了二门走了进来，原本冲动的他又显得尴尬窘迫，轻声叫了几次姐姐，没有看见她的反应，就发愣地站在那儿。

“呆若木鸡！”文姬忽然高声说话，眉眼里有几分嗔怨与斥责，“我已经是你的妻子了，是与你执手同心的人了。乾坤造化，天尊地卑，夫君本是尊贵之身，难道公胤不敢叫我一声文姬？难道我这容貌肌体不能焕发你的欲望激情？”

董祀恍然大悟，多年深藏的雄本之火一下子冲开了封口，如火山岩浆一般喷射出来。他快步上前弯腰抱起了新娘，连连呼喊着“文姬呀我妻”，连连亲吻着她的嘴唇、脸颊、耳鬓、脖颈，文姬娇喘吁吁身子扭动肌肤热烫，抱着他肩膀的双臂做出暗示，他便搂起这柔软丰腴的身子走向榻帐。

“夫君不必动手，宽衣解带是妾身的事。”文姬说着，声音已经颤抖，眼睛又湿润了。红绡帐内，这个自小相识相处带着亲情的汉子，是她离开匈奴踏上归程直至今日感情与生活的依靠，是把内心的真情爱意全部倾泻给自己的人，历历往事中包含着多少对他的歉疚！离开左贤王的第一个夜晚，她哭了一路，思念两个孩子的悲怆久久在心头纠结，八分昏迷的心智放倒了她的身体，董祀的怀抱成了她的睡榻。夜间本来马歇人宿，可以找到舒服的客栈，但他考虑周密，怕左贤王事后反悔派人急追，便夜以继日稍息多行，风高残月依然车辚辚马萧萧。她被一阵猛烈的颠簸弄醒，还未睁眼，就感到面部热热地沾着什么东西，胸膛也有什么在抚动。用手一摸，才知道是一个人的脸孔在上面贴，手掌在那儿拭，怒火迸发，一个巴掌甩过去，承受着她的这个人直喊“小弟知罪了”。她决意远离他的肢体，要求独乘一辆车子，但是由于创伤巨大，悲怆袭来时大声哭号胡乱栽碰不省人事，如癫痫一样间歇性发作，董祀不得不再次将她搂抱在怀中。几天过去，她的情绪有些稳定，失常的发作渐少，但这个男人的胸怀已经不能离开了。

后来，董祀帮她建造的房屋落成，一天夜里他也住在这里，本来二人各宿一室，二更时分他却悄悄溜了过来，央告说既然完婚的大事说定，夫妻同房是早晚的事，我已经二十六岁，至今未近女身，姐姐能不想想一个老男子的心性吗？她板着脸说完婚是人生大事，奉天承地，告祭父母，盟誓发愿，当众合卺，才能成为夫妻。你想越过大礼，岂不可笑？他却苦笑哀求说天地神仙也体谅向善之人，你我的父母都已同眠地下，难道他们还不希望我们快乐？他说着一个急扑，一只粗大的手掌将她的双手牢牢攥定，另一只手哗啦一下揭开被子，双脚一跳就上了睡榻。她像一只暴怒的母狼，额头猛朝他的胯上撞击，董祀如遭了雷击，一霎间倒下身子跌在地上，面孔煞白，身子翻滚……

烛光透过柔红的薄帐照耀着这个狭小的空间，私密中的甜蜜才显得格外动人。文姬的眼泪在她动手为丈夫解脱服装时就忍不住了，随着手指的飞动，董祀的配合，那黑红的泛着一层油光的胴体，胸膛与两肱的突成疙瘩块的腱子肉，豁然显现在眼前时，她的泪水与颤抖的指尖同时飞落在上面了。

夜寒天冷，很快盖上红缎棉被。文姬与夫君贴面相拥，感到了他滚烫的体温，将他的身子抱得更紧。“有一件事妾身要说在前头。夫君如今还是宝贵的童子身，我却有两次成婚的经历，三十四岁，半老徐娘。夫君不会日后嫌弃吧？”“这个我知道，做过人妻又有何碍？”“岂止人妻，妾身曾遭劫难，土匪胡兵，路边山寨，成批成群，人尽为夫，成百上千种车轮碾过了那道辙印。夫君不觉妾身的卑贱？”“哪里哪里，这是没有法子的事，丈夫能够谅解。”“谅解？”文姬冷冷一笑，“公胤，小看了妾身吧？有一种女人，当她遭遇了肉体耻辱，便如同经了一次淬火，她的坚硬刚强就增加了几分，她的身子就足显宝贵。倘若不能这么看待，妾身就大为悲哀了。”董祀急忙说“是呀是呀”，一个腾跃，翻身而上，嘴唇贴着鼻尖说：“待生下两个儿子，爱妻的身子就更金贵了！”“什么？你说什么？”“儿子，两个儿子！难道你不爱儿子？我们的南面墙上，还挂着公干嫽人特意制作的布娃娃，胡萝卜牛牛怪逗人的……”他咯咯咯的笑声还在继续，文姬突然哭号放声，夹杂着“娘的陈儿，娘的留儿”的呼唤，头颅如同放过血的鸡脖子一般扭动起来……

二、蕙兰，兰蕙

蔡琰与董祀完婚的这天，曹操对几个重要的心腹之臣说：“蔡琰是我千方百计从匈奴赎救回来的，董祀是我发现提拔重用的。像他们这样身处危境，遭遇坎坷，得到我救助重用的人为数不少吧？”

善于逢迎的陈群依然笑眯眯地望着他说：“主公有‘周公吐哺，天下归心’的博大襟怀，多年来罗致的人才不仅济济可观，而且源源不断，因而能够驰骋天下，无所不可。”

“然而——”曹操黑糊糊的脸庞闪出几分愤怒，“我殚精竭虑奋不顾身，要成为天下人的托付，可那些强宗世族，本来也是读书知礼的名士，为何要拼命反对呢？”

“主公吊民伐罪，抑制兼并，伤害了豪门世族的利益，他们自然不会甘心，必然要伺机报复。”华歆的两道剑眉向上一蹙，反问道，“这个道理不是很简单吗？”

陈群却摇摇头，诡秘地压低声音说：“并非这么简单。荀家是颍川名门望族，荀家八龙名扬四海，荀彧与荀攸叔侄俩同为主公重要谋士，为何二人走到后来却要分道扬镳？”

说到荀彧，这个敏感的话题让曹操感到困惑棘手。他们的关系自他担任丞相以后发生了微妙变化。由于孙权刘备的密切联合，实施统一大业的计划步步受阻，这位昔日的战略家面临如此局面也毫无创意，他们为此切磋密议已经不是经常，“吾之子房”的中肯评价已经成为昔日美誉。这个足智多谋的人又是连接他与汉献帝之间的桥梁，他与汉献帝双双各怀心思，他必然看得一清二楚。他虽然下了《让县自明本志令》，表明自己忠于汉室，没有“不逊之志”，但又经常与陈群等心腹之臣密谋，不断做加强权势的努力，他也会看得明明白白。一年多来荀彧面色沉郁，见了他只是勉强装出微笑，其间的尴尬二人都会感觉到的。

“不要说这个了！”曹操不悦地朝陈群瞪了一眼，“今天是好日子，蔡邕夫子的女儿完婚，应当庆贺，做一番欢乐的游戏吧！”

议事厅的一角摆开了棋局。他与陈群一伙对弈，一人战三人。他本来棋艺超群，黑白大战中屡屡获胜，但这次却多次被“提子”，被成片围困，终于被杀得七零八落。

心不在焉，匆匆战罢就支走了他们。

在以往的政事军事对弈中，有一个人帮助他多次走出围困，壮大了势力，为他设计了一条通向成功的路线。但是这个人如今与他有了隔膜，甚至会站在他的对面，企图阻挡他的脚步。尽管如此，这个人这些日子郁郁寡欢，心情不爽，自己能听之任之，袖手旁观吗?

他当即决定去他的寓所探望。

荀彧小曹操八岁，平时饮食有节，动静有度，面色红润，衣着考究，够得上仪容伟美的正人君子了。但是近年间他却忽然变得两鬓苍白，面容消瘦，连两颊的颧骨也显现出来。曹操在他的客厅没有落座，而是伸手抓住他的臂肘，面对他的脸颜，久久凝目。惊诧、忧虑、愧怍，笼罩了他的心头，还未开口说话就眼眶发酸。“悲甚至哉！文若呀，有疾患在身，还是有焦虑在心？”

荀彧的感激自不待言。他没有料到曹操会突然屈尊前来探视，还带着鹿茸海参燕窝驼峰等珍贵补品，更没有料到他的心声如此恳挚。他没有慌乱，只是欠着身子，双手保持着揖礼的动作，从容地说:“在下身上无疾，心中无虑，只觉饮食起居，肌体精神，一切尚好，主公不必忧虑。”

“可足下形容憔悴，变化之大是显而易见的！”坐定之后，曹操一边饮茶，一边强调自己的看法。

荀彧偏过头，回避他紧追的目光，但是话语却露出犀利的锋芒：“在下七尺轻贱之躯，是为天地万民所生，一颗卑弱之心，是为天地万民所系，行止无愧天地，褒贬自有春秋，无论有疾无疾，都会无忧无虑。主公何必担心！”

“不错！不错！文若操志高古，冰清玉洁，为人所共仰，自然不会愧疚心虚，哪里有什么忧患？”曹操有些局促，黧黑的脸庞更显黝黯。本来，被下属绵里藏针的话语刺伤，一定会加倍报复，但此刻他却忍住了，体谅了，毕竟是真心前来探望，而且看见他如此落魄，心中盈满了歉意。他起身离开几案，在客厅踱着步子。墙角的木架上摆放着一盆兰草，一簇青翠细挺的叶片逶迤散开，当中的几枝绿茎上盛开着淡蓝色花朵，无数金黄的蕊絮吐露顶端，阵阵幽香扑面而来。

“蕙兰！”曹操认出来了，他曾在袁绍家的庭院见过这种花卉。秀色撩人，心潮荡起，一首熟悉的贴合心绪的咏兰诗作便脱口而出了——

芄兰之枝，（芄兰枝条多美妙）
童子佩觿。（童子佩戴如牙雕）
虽则佩觿，（虽然佩戴如牙雕）
能不我知？（才华不被我知晓）
容兮遂兮，（仪容姣美又洒脱）
垂带悸兮。（衣带飘飘如云朵）

芄兰之叶，（芄兰叶片多美妙）
童子佩韘。（童子佩戴如玉玦）
虽则佩韘，（虽然佩戴如玉玦）
能不我甲？（有才不与我交好）
容兮遂兮，（仪容姣美又洒脱）
垂带悸兮。[1]（衣带飘飘如云朵）

吟诵完毕，他仍然沉浸在诗意的哀怨中，忧伤地自语道：“如此清幽高雅的君子却无心与我热恋，岂不令人伤感！”

“小小蕙兰，本是山谷野草。”荀彧仍然站在原地，语调不紧不慢地说，“有幸得遇明主，将它捎带回来，培土整形，植于盆中，入得了厅堂，显耀于人前，感恩知遇，耿耿萦心，岂能白白忘掉？”

“可是这幽兰过于清高，与仰慕者有意疏远。茕茕孑立，独处高寒峰头，喜欢它的人不能不为之忧虑呵！”

“万物皆有习性，习性自成命运。宿命如此，奈何奈何！”荀彧苦笑一声，脸色依然平静得毫无表情。

曹操忽然像狂风一般飞跑过去，两只手紧紧扳住荀彧的肩膀，紧绷泪水的眼瞳牢牢对着他的眼睛，哽咽着问：“文若呀，难道……我们一起……举事，出生……入死，同舟……共济，还未……克成洪业，却要怀着……嫌隙……分手了么？”

“哪里有什么嫌隙，在下与主公是一个目标呀！”荀彧受了感动，脸上有了几丝

---

[1]《诗经·卫风·芄兰》

血色，眼睛也湿润了，话语却依然机锋锐利，“主公不是下了《让县自明本志令》，向天下人坦陈心迹了么？主公回顾往事，细叙经历，说明起兵之初志望有限，如今身为丞相，权位之尊已达极点，远远超过了当初心志，哪里有什么不逊之志？又列举诸多事例，说明曹家世受皇恩，朝廷又未亏负于自己，忠于汉室之心毋庸置疑。主公当年首倡义兵，数十年来以信义取天下，如今以告白天下的方式表明扶助汉室的心愿，还有什么人怀疑主公的一片忠心呢？那天，在下将这篇洋洋千余字的文令呈给圣上，连圣上也感动得泪水涟涟。荀彧期待着主公完成统一大业，汉祚盈满天下的一天，与主公正是耿耿一心，怎么会中途分手呢？”

是巧妙的应对和申辩，也是有力的暗示和警告，荀彧的此番话语令曹操在哭笑不得的窘迫中反而洗脱了内疚，内心的自尊与雄霸的火苗一下子蹿动起来。不过，没有外露，没有发作，他反而像有了特大喜事似的哈哈大笑起来。

“吾之子房呀，还有一件事不明白——”他的短睫毛下的黑豆眼一眨，诡秘而又故显困惑地说，“足下身上的清香不同以往，不是野艾、茵陈、茉莉的气味，倒像是……”他回头指着墙角木架上的蕙兰，满脸狐疑地望着他。

荀彧终于露出了几分笑容：“对，是用这种草熏的。后院的花圃栽着一大片小叶蕙兰，这个季节花开正盛哩！”

以蕙兰收场，所到之处留香不散的荀彧在他的眼里已经不再身带香气了。

出了荀府，他心里有一种难言的郁闷，斑白头发掩盖下的两个鬓角开始胀疼。荀彧实际上把一道难以逾越的屏障指明道清了：想代汉称帝，你如何向天下人交代？

这天夜晚，他要了兰蕙。

兰蕙在卞氏的调教下已经掌握了面额推拿技法，她也是有才华的艺伎，兰花指的飞动灵巧而有节奏，在她的箕形坐姿的两腿间仰躺受抚，阵发性的疼痛得到缓解。接下来是老寿星皇甫隆为曹家妻妾密授的一套房中养生功夫：咽津。道医认为，人的口中唾液乃天池之水，若能徐徐咽下，就会“神水灌灵根”，滋养气血，荡涤五脏，保全肾精；夫妻二人若能一边吻吮，一边咽津，必然会促进天池之水涌动，吞咽得充分而畅快。曹操依然仰面躺定，在与兰蕙的交舌咽津中，一直看着她那双深汪汪的眼睛。

自从她的身体完全康复，就得到了他的特别宠幸，每一次房中他都要专注地对视这双眼睛，思忖其中的什么蕴涵令他当初怦然心动。这个仅仅到了“破瓜”年岁的小女子，她的碧水深潭似的大眼中流溢着多种神采：热情，机警，一点恍惚，淡淡的忧虑，但这些眼睛他见得多了。接连好多个晚上，对着这双眼睛，都未找到满意答案。后来，卞氏严厉查问并辱骂了她，她眼睛里的一种神采终于显露：惊恐不安，有所哀求。他终于想起来了：这是他少年游猎时追赶的那只鹿王，九岔犄角的母鹿，正站在悬崖边上，面临猎手的捕杀。他最终失去了它，自己却掉到沟底。正是一种穷追不舍而又受到伤害的心理，他才选定了她。

这天晚上，他又从她的目光中看到惊恐不定的神采，便想到荀彧那始终镇定自若的目光。兰蕙似乎有所觉察，二人在帐中赤身相拥时，她诧异地问："夫君好像心里有什么不快？"他嘿嘿笑了，说今天见了蕙兰，一盆开蓝花的小草，寒冬季节的尤物，与你一样，令人开心提神。兰蕙说贱奴本来就是让人践踏的小草，能让夫君开心提神是梦中也不敢有的愿望。他说你本来不是小草，而是一只鹿王，长着宝贵的九岔鹿角。兰蕙愈加高兴，以口舌戏耍得他浑身抽颤，然后说自己服用了中药茵陈，若能生下贵子，就真的变成"鹿王"了。曹操既然爱她，自然希望她早有身孕，便有了相应的动作。

他一觉睡醒，已到四更。已经没有过多的瞌睡，便想穿衣下榻去书房读书。谁知刚要坐起，兰蕙便伸开双臂抱住他的脖子，香腮红唇贴在他的耳边说：五更的色不敢要，五更的津浆能不要吗？他说勿要勿要，这是一半的色呢！她说那就听贱奴唱歌吧，在被窝里听，直到天明，贱奴不忍心夫君去书房受冷。他看出了她的用心，问她究竟有何心事。她竟然光着身子跳下睡榻，双膝跪地，说贱奴要犯一回家法，说一点朝廷政事，于是就把擢升曹丕的要求提了出来。曹操困惑地望着她。她说柴坤孟虎等恶霸已让自己惊怕成病，一提起他们的名字就浑身筛糠似的打战。他们火烧铜雀台，杀害造反的佃农，丞相府更是袭击的目标，赶紧让自家人掌权把守，她的心里才踏实哩！曹操看着她娇小白嫩的身子瑟瑟发抖，并没有说什么，只管慢条斯理地穿衣套袍。兰蕙哇啦一声哭了起来。待他走到门边，她哭叫着猛扑过来，他转身迎面一脚，蹬在她的额颅上，她哎哟一声惨叫就栽倒了。

三、天子之剑

"蔡琰与董祀的婚姻，标明一个新的世道已经开启。"

朝歌县令吴质对曹丕这么说，既是喜悦的感叹，又含着深层的暗示。近些日子，随着平定关中的战争发生重大转机，陈群等人为曹操议定了建立王霸之业的方略，陈群推荐的几位人士都得到任用，上任不久的吴质便有了得意的预感。

"不错，局势确有大的变化。"曹丕面露微笑，但心中还是有些郁闷。他了解他的至尊大人的眼力和心力，知道他很难对付。他对吴质说，即使当了丞相副和五官中郎将也不能说明竞争成功，因为曹植确实才华过人，父亲太喜欢他了。

“我的父亲太厉害了！”曹丕的大胚子脸上布满阴云。

“世间最厉害的人，也敌不过一种潮流。”吴质摸着下巴中央的大瘊子说，“这种潮流在世人的心中涌动，合起来力大无比——它就是势利。”

曹丕还在纳闷，就被他拉着衣袖上了车子。

朝歌位于邺城的北邻，是殷商末期的四代帝都和春秋时期卫国的都城，英才辈出，地貌多姿，是一块富庶宝地。望着车厢外面的田野村庄，吴质告诉他这里的富豪很多，上任第三天就有人来县令府拜望，他们很快交了朋友。曹丕担心地说千万不能交这种朋友，豪门大户是我们的对立面呀！吴质说豪门望族是国家的支柱，他们缴纳的税赋多，出的士人多官员多，只要对下层百姓的盘剥不过分，仍然会天下太平。他说令尊大人打击豪强不过是一时之需，时势稍一安定就会改变这一方略。曹丕说平民百姓才是国家的支撑，孟子民为本的论说深得人心，我们曹家对此深信不疑。吴质说国家首先要考虑稳定，稳定了百姓才能保全性命，而稳定是靠主流的力量实现的。曹丕不想再说什么，他知道，不论吴质口头上怎么说，行为上总是为他效命的。

马车在寒风旷野里行驶了一个时辰，进入了一座高墙围筑深沟环绕的坞堡庄园。望着庄墙内高耸入云的砖砌望楼，曹丕料到这是一户来头不小的地主，必然有富丽堂皇的重楼高阁，有一望无垠的良田沃土，马牛猪羊布满山野，妖童美妾充盈内庭，歌伎倡优排列于深堂。这类豪强地主的家宅庭院他见得多了。尽管他不喜欢这些贪婪跋扈的“滥行匹夫”，但是法律还在保护他们的势位财产，只是不允许他们滥杀无辜横行无法罢了。

“此君是一位翩翩公子，仗义疏财，善解人意，很够朋友。”下了车子，指着远远迎上来的主人，吴质向曹丕这么介绍。

此人相貌衣着倒也平平，中等个儿，小头小脸，身穿紧身窄袖的布襦短衣，毫无大门显户的阔绰气色，却显出几分干练。

“君子待人以诚，有话说在明处。”吴质拍着年轻主人的肩膀说，此人不是一般人士，不是官方喜欢交往的人。这曾经是我们的仇敌！

曹丕一惊：“谁？”

“柴伦。”吴质毫不介意地笑着，“他的父亲就是柴坤！他是多次武装叛乱的首领，是火烧铜雀台的罪魁祸首！”

“正是这样，将军！”此人一脸平静，弯腰向曹丕揖了一礼。

曹丕惊诧得不知如何应对，这当儿，又出现了一位他非常熟悉的人物：叔父曹洪。

目瞪口呆！

从屏风后面走出的曹洪用两只黏红眼凝望着曹丕，笑得大大咧咧。这是带着一点诡秘，又显出满腔热忱与自信的笑容，鼻梁凹处的刀疤在笑的颤抖中幻出一道闪亮的红光。

“子桓！”曹洪在他愣神愣眼时快步走了过来，以一拳直戳胸膛的方式表示长辈的亲昵。“想不到吧，肯定想不到咱叔侄俩会在这儿碰面！柴家是恶霸富豪，和咱们水火不容，不是你死就是我活，怎么能拉扯成朋友？”

“何必要剑拔弩张互相残杀？”吴质摊开两手，淡然一笑，“孙子说：‘百战百胜，非善之善者也；不战而屈人之兵，善之善者也！’柴伦君是明智之人，也是一位义士。他能看清局势，接受忠告，既不再与我们为敌，还愿意为丞相实现统一大业慷慨解囊。这事即使上报给丞相，他也会欣然赞成的！”

曹丕的心里开始热了起来，孰料一直朝他憨笑的叔父却长叹了一声：“唉——”

满腹牢骚！曹洪一生跟随了他的堂兄，从少年山林狩猎到青年举事起兵，直到如今老了还征战在马背上，他太了解这位堂兄了！堂兄胆大心大，一生过着赤脚走刀刃的日子，虽说还算命大，但征战频繁法纪太严杀人过多，招来多少怨愤多少唾骂，夜里睡觉都得睁一只眼睛，端起碗也要防备是否有人下毒。这刀刃上跌爬的日子谁还愿意跟着他过呀？

“不说这晦气话了，今日各位大驾光临，聊备薄酒淡席，还请赏脸！”柴伦笑眯眯地邀请他们共赴午宴。

曹丕心中始终有些纳闷，在美酒盛筵的饮用之中，甚至在柴伦厅堂的古器玉璧金银错珍珠球面前，他都没有流露出一丝喜色。但是，当柴伦从案几上取出一把宝剑递到他手上时，他的粗重黑眉旋即一挑，细小的眼睛放出了灼灼亮光。从形制、颜色和分量判断，这是一把古剑，青铜柄把上镌着一只螭虎，三尺六寸长的剑刃寒光逼人，刃脊上有一道隐约可见的螭龙纹。一握在手，便有蛟龙出水猎猎风动的感觉，很想伸臂展腿鹰起鹘飞地舞动一番。柴伦说这是当年汉武帝佩用的宝剑，由他的祖上秘密传下来，至今整整三百年了。“将军将要君临天下，这把天子之剑当归其主。如今征战不息，天下未定，尚须各方援助，在下无德无才，却有一片侠义之心，只要用得上，将军只管开口！”

曹丕这才笑了："厚礼相赠，不知有何要求？"

"很简单，对于将军来说，不过是举手之劳。"柴伦的巴掌大的小脸上显出了轻松快意，"只要公子坐上龙椅后不再像令尊大人一样对强宗豪族苛刻，手腕子抬一下，让我们的腰杆子挺起来就行了！"

"异想天开，白日做梦！"曹丕挥拳大吼，一下子变成怒目金刚，扬头对着众人宣布说，"曹家倾家荡产，首举义兵，冒死征战，正是为了克定天下，拯救下民。往日豪强称霸一方，苛刻盘剥压榨贫苦百姓，贫富悬殊，才导致了下层暴动。曹家的车马岂能重蹈覆辙？"

说罢，望着他们面面相觑的尴尬脸色，曹丕冷笑几声，转身大步离去。

吴质在后面快步追随，赔笑赔礼，连声表示歉意愧疚。

上了车子，曹丕余怒未消，一直冷脸冷气，不愿开口说话。

"大公子，仆下错了悔了认了服了还不行？阎王也不斩认罪之鬼，何况我起心动意还不是为公子着想？"

为了表示愧悔，他将自己珍藏的一把宝剑送给曹丕。"这是一把仿制的龙虎剑，权当是天子之剑，以此表示我们的意愿。"

曹丕接受了这把剑。

傍晚到家，儿子曹睿刚一见他，照例吟诵叔父曹植教过的诗句："振振公子，归哉归哉！"

这激动欣悦的童声也是对母亲的呼唤。居室的门打开了，甄妃满脸堆笑地迎了出来。

这几天，妻子的银盘大脸有了一丝血色，锁在眉宇间的几分忧郁也消失了。按照和郭妃的密议，他有意对她亲近，除了夜夜相处，闲暇的日子还一起琴棋娱乐。甄妃也看出了他今日的欢喜，看见了那把宝剑。她双手捧剑仔细端详，察看外鞘、柄把和锋刃的颜色图案花纹，说这剑可能是仿品，仿的是"龙虎剑"，所雕的螭虎螭龙是有来历的。汉高祖入关中占了咸阳，得到秦始皇的蓝田玉玺，玺上有螭虎纽，刻文为"受天之命，皇帝寿昌"，大为高兴，汉代从此崇尚螭虎。到了武帝一代，又突出龙的天威，为他锻造的宝剑极长，柄有螭虎，刃带螭龙，人称龙虎剑，具有神武之力，王者风范。汉武帝多次去泰山筑坛祭天，登台封禅，都以龙虎剑作为贡品。这虽然是一件仿品，却也价值不菲。

小曹睿看出了他们的愉悦，指着墙边的古琴说："'振振公子'喜得宝剑，何不在母亲的琴声中舞动一回？”

曹丕与甄妃会心相望，同时惊喜地瞅着儿子，点点头笑了。

甄妃的手指间流淌出舒缓轻灵的曲音。这是她的创作，为至尊曹操的新作《气出唱》编配的曲调。曹睿曾经站在一旁观赏她的自抚自唱，想不到他竟能顺着曲调唱出所有的词句——

驾六龙，乘风而行。

行四海，路下之八邦。

历登高山临溪谷，乘云而行。

行四海外，东到泰山。

仙人玉女，下来遨游。

骖驾六龙饮玉浆。

河水尽，不东流。

解愁腹，饮玉浆……

曹丕闻声起舞，以他过人的膂力，娴熟的技艺，那柄“天子之剑”出鞘便有了灵性，极度地飘逸展脱。

当这种激情与舒畅延续到红帷帐中，化成二人赤身相拥的缠绵时，各自都有了回归昔日佳妙情境的冲动。曹丕奋力地将脸盘与她的脸颜贴近，火上泼油地说贤妻知道吗，今天是喜庆之日，蔡文姬与董公胤完婚，此刻正度洞房花烛夜哩！

“贱妾知晓夫君缘何而乐，也为夫君之乐而乐。”甄妃浑身烫滚，双臂将他搂得更紧，“一把天子之剑，是宝物，也是预示。看来夫君要在立嗣竞争中获胜了！”

“罢了罢了！立嗣一事至今没有进展的迹象，至尊仍然偏爱子建。”他说的是实情，却又掩盖了心机，“子建有盖世之才，至尊看重他的宏才博学，经邦治世需要泛览群书的大才，而非莽莽赳赳的剑戈斗士。再说，本夫也无心为此事去争，兄弟之间不分彼此，横竖都是曹家的后人。子建日后继位，岂能不用他的兄长？”

“至尊极有远见，听任他的裁定吧，安心尽自己的本分，不争为好！”她说得恳切平静，“子建确实有大才呢，英气，高蹈，率直，常怀古圣贤仁人之心，比夫君的心境单纯。他若能号令天下，世道也许会回到尧舜时代……”

“极是！极是……”曹丕连声称赞，他的双臂却渐渐松弛，身子也似乎萎蔫了。甄妃觉出了异样：“夫君，贱妾说错了吗？”“贤妻岂能有错？毕竟是燕赵大地罕见的才女呀！”“哪……”“唉，整日奔波，疲惫不堪，好自歇息吧！”

四、营中，帐中

四个人因为局势有利而一起喝酒，但喝过几杯，其中两个人的三只眼睛就对峙起来了。

杨修与丁仪的争执，难分高下。

杨修的流星般闪烁的眼睛里，溢出惯常自信的淡笑：下一步丞相大人可能要出军事方面的考题，对手曹丕，文武兼备，而三公子重文轻武，对军事兵法不甚了解，应该到军营考察一番。

丁仪的左眼射出一道锐利的冷光，看得出来他的心情非常沉重。他说，乱世年间老百姓除了战死饿死病死，还有不少人犯法而死。其所以犯法，是因为不懂礼法，受的教育不够。丞相大人主张外用武功内兴文学，文学即经学之师，要求给郡、国、县、邑设置文学掾，又专门颁布了《修学令》，明令满五百户的县设置校官，选拔才学优异的人任教。多年来主政者重军事轻文教，真令人担忧啊！何不到乡间考察一番兴办教育的情形?

三只眼睛都盯向曹植，待他裁定。

"'教化征伐，并时而用'，这是荀令公向至尊大人提出的方略。"曹植焦黑的眼珠闪出犹疑不定的神采，"一个军事，一个文教，都是国家大事，怎么分得前后？"

"不要考虑孰大孰小，而要考虑令尊大人的考题，考虑竞争的需要。"杨修仍然笑着。

一直沉默的十八岁的丁廙开口了："足下怎么知道曹公的心思？"

"揣测。很简单，就这两个字。"杨修扬起了小白脸。

曹植笑了："不错！家父的心机完全能被足下猜透，已经有不少佳话流传！"

杨修确实是一位猜测高手，而曹操也经常以出谜的方式既让部下应考又博众人娱乐似的，令身边的才子杨修出尽风头。有故事说曹公担任丞相后，工匠为相国府建造大门，刚造好门架，他前往察看，并不言说什么，让人在门架上写了一个"活"字。众人不知用意，纷纷猜度。杨修看后，说这门架造得过分宽大，拆毁另造吧！"'门'中一个'活'不是'阔'字么！"还有一事，有人送给曹公一杯乳酪，曹公在杯盖上写了一个'合'字，传到众人手中，人们都不明其意，杨修见了，打开杯盖就吃，他说曹公让我们一人吃一口，主公有赏，不必推辞。几件事都让他猜中了，曹操见了总会抚着他的肩膀说："德祖贤侄乃孤心腹之人也！"

“君子处世，可不能迎合上司的心思，更不能揣摸上司的心思。”丁廙的一双小眼睛像鼠目一样闪着黑亮亮的光彩，“人生在世，行止无愧我心，褒贬任人评说，何苦要看主子的眼色？”

杨修仰头一阵轻蔑大笑。

灰蒙蒙的天空有一群大雁飞掠而过，不时传来嘎嘎的叫声。

杨修扬手朝上面一指说：“看，大雁列队而行，有声有序，领头的那只是轮换的，你方领罢该我领。人间的领头者却要靠争夺，即使同胞兄弟之间也要明争暗斗。人连飞禽也不如呵！”

丁仪苦笑了一下说：“请三公子定夺吧！”

“去军营看看。”曹植说，那个伍长单耳人不仅是他父亲的亲密朋友，也是他崇敬的下层贫苦人，应该前去探望，从他那里既可以了解军队，也可以了解教育。

单耳人所在的青州军精锐部队青龙兵团驻扎在城西近郊，旷野上建造着一片灰蓝色低矮瓦房。车子临近，咚咚噹噹的金鼓演奏之声不绝于耳。进入军营，不出所料，在演兵场见到了那伙击鼓鸣锣敲刁斗的士兵。单耳人手执两根胳膊粗的短棍，精光的上身汗气腾腾，正用抡圆了打的技法擂击大鼓，四面铜锣三十六只刁斗排列有序，起槌落声，各有板眼，合成铿锵雄壮的交响。三通鼓罢，四十一名打击手全部举起槌子铜锣刁斗齐声高喊：“太平太平，天下大吉！曹公曹公，救世真人！”

凛凛乎！荡荡乎！《烈士壮心》！

“快穿上衣服，寒气逼人哪！”曹植对迎上来的单耳人催促说，又让丁廙把带来的糕点麻花分发给他们。杨修把单耳人的特殊鼓槌拿在手里仔细掂量，感慨地说：唯有此槌才打得此鼓，才打得天摇地动！青者，东方之土，五行为木，蓬勃峥嵘，唯有青州军才有此情此乐！

“今天是黄道吉日，蔡文姬正在举行婚典。”曹植心里这么感念，望着面前这张消瘦多皱冒着热汗的伤疤脸，心头涌起敬仰与感激的潮水，“列位有何喜事？滴水成冰的天气还在找乐子？”

“找啥乐子？这是日常操练，每天都要折腾一次。”旁边拿刁斗的年轻徒卒怨愤地说，“谁无故缺漏就打一百军棍，管叫你皮破肉烂！”

丁仪的那只左眼里满含困惑：“这是一种娱乐呀，怎么能当武艺操练？”

杨修也吃惊了：“每次都要脱成赤裸的上身？”

单耳人苦笑说：曹公规定，任何时候，都要赤身打鼓。这样也好，逼得你出力流汗，抡得欢放得开，解气提神，兄弟们就都欢腾起来。有时候呢，太疲劳，不舒服，有毛病，硬撑硬打，就会惹出病患。

边说边走，来到他们居住的营房。

兵营的房子是整齐划一的斜顶，后墙高，檐墙低，陡坡似的房顶上掺接着瓦片，大雨连阴雨也不会渗漏下去。这样的房子易建易拆，适合临时建筑。它的入深很短，用隔墙分成单间，一间住一伍，两间住一什，十间住一队，正好一排房子。单耳人至今还是伍长，领着四个徒卒住在一屋。靠门的盔甲架和兵器架上挂插着甲胄服装和刀剑弓弩，里侧靠墙铺着通间木板，上面堆叠着五个人的被褥，一个小案几上放着碗筷。干净整洁，有条不紊，小小房间封闭很好，曹植他们立即有一种暖融融的感觉。

但是出人意料的事情发生了：那个拿刁斗的年轻士兵刚进门就上了板铺，蒙头盖被地躺下，并像受了委屈的孩子一样哽哽咽咽地哭起来。单耳人被这哭声激怒了，他指着年轻人的被窝骂道："丢人丧脸！你知道来人是谁？曹公的三公子哪！还不快起来拱礼拜见？"那个士兵却哭得更加伤心，用被子紧紧裹住头颅，呜呜之声又闷又响。单耳人猛然扑过来，抡起拳头朝被筒狠狠打捶。那人一骨碌爬起来，朝单耳人的脸孔捅了一拳，刹那间，他的鼻血就淌下来了。

急忙劝架，拉开二人，待单耳人洗罢脸平静下来，那个年轻人仍然捂在被窝呜咽不止。单耳人凝望着那个起伏抽动的被窝，叹气，摇头，沉默，两行浊泪从眼角缓缓流了下来。

原来，曹操在军队中法令极严，连续颁布了《败军抵罪令》《军令》《船战令》《步战令》，作战纪律缜密细致，具体到琐碎而死板的地步，刑罚相当严酷。以步兵作战为例，开拔举幡，列兵布阵、擂鼓进攻、鸣金收兵诸项都有明确要求，多处有"不如令者斩"的规定。对于怯阵畏懦逃走的士兵，超过一天，其家人不把他抓起来，也不向官府报告，就会一同斩首。这个年轻人的哥哥在一月前的关中作战中黑夜失踪，不敢回到部队，悄悄回家后被当地官府抓住，连同他的父亲妻子一起被当场斩首了。

"他叫我去向曹公求情，可我……知道……曹公的脾气……"单耳人说着竟呜呜地哭出声来。

"何至于此？如此残酷，不近人情呀！"曹植气愤地说。

杨修却抑扬顿挫地吟出一首诗来：

瓮中无斗储，发箧无尺缯。

友来从我贷，不知所以应。[1]

望着曹植、丁仪和丁廙疑惑的脸色，杨修指着单耳人说，曹公当年初识这位穷苦汉子，被他讲述的窘迫家境所打动，当场吟出了这首诗。曹公是一贯体恤下民的，然而对徒卒却冷酷无情，令人百思不得其解！

“悲哉！”丁仪又谈起了他的君子之治，“天地之序，先春后秋；明智之治，先礼后刑，即可避免刑戮过甚，民怨尤多。”

“慎勿随意非议军政大事！”小小的丁廙又出反对之语，他的小鼠眼上的淡眉挑了几下，“曹公博学广识，这么多年，不知晓怎么治军吗？”

曹植仍然坚持己见，说古时的尧舜治国，看到庶民犯罪就惶悚不安，觉得这是自己治世不当的过错。《孙子兵法》有言，“将者，智、信、仁、勇、严”，只有诚信仁爱才能取得士兵的拥戴，怎能以酷厉刑法让士兵顺从呢？

曹植的内心很不平静。他向这些士卒安慰说，自己会及时向父亲禀报，改变过于严苛的法令，让军营中多一份温良，多一层仁爱。

回到家里，心里依然有一丝悲凉。

但是，妻子崔姝的一个少见的身体反应，却让他欣喜得几近疯狂。

她怀孕了！

是那个尽兴之夜恣意畅欢的回报么？是布枕上肚兜上的绣虎雄风大振的显示么？是唯有双方的真心挚爱才能感天动地的说明么？

“正是那夜，最是动心动情，绣虎上身，扑腾得山呼海啸，井水漫过了二道梁，不生出个嫩芽芽才怪哩！”崔姝抓着他的手轻轻地放在她仍然戴着的绣花肚兜上，他只有手感而不能目视，那只活生生威猛待扑的高岗虎立即浮现眼前。

“前三后一，夫君应当知晓，不要犯忌！”拒绝了他的拥吻，崔姝依旧躺在他的臂弯里，调皮而诡谲地笑着说，是娘家母亲根据她的“择食”反应确定了妊娠，并叮咛说前三个月和后一个月是危险期，千万不能沾她的身子。她准备将喜讯压住不向婆婆禀报，待几个月以后显怀了给她一个惊喜！

“我已经二十岁了！二十得子啊！大兄长十九得子，二兄长十八得子，曹门丁旺呵！”他感叹着，手掌还在她的肚腹上旋摸不已，“呃——，黄道吉日，喜讯频传，咱们有开花结果之喜，蔡文姬有洞房花烛之喜。让我们夫妇以一种特殊的方式向她遥

[1] 曹操《谣俗词》

遥地祝福吧！”

他和她的四只手掌掺叠，每一只都牢牢贴着对方的整体，稳稳地连接一起，在曈曈烛光的映照下，在垂垂绡帐的合围中，在波涛暂平的鸳鸯被外，久久凝结……

第十六章　锦绣陷阱

一、佳人春游

娇小、甜嫩、自感卑微的兰蕙，舞台上握惯木页夹板的双手，拿着明光锃亮的铜镜，站在临窗的光亮颇强的地方，端详着额头上的伤疤。

疼痛能忍，屈辱更能忍。比之过去，在孟虎与柴坤的身边，那百般的蹂躏残虐，尤其是下身扣锁时锥子扎钢针缝，比任人宰杀的猪狗差不了多少，——这一脚猛踹的惩罚又算得了什么？

能忍，但很难看，尽管只伤了一点皮。

咚咚！

能开门吗？她踌躇不安。

“庶娘！”郭妃的声音。

门开后，郭妃一见她就惊呆了！

“庶娘是第一功臣！”郭妃听罢她的叙述，双手掬着这位小自己七岁的长辈的脸庞，像对待小妹一样的亲热感激，噘着嘴唇在她的脸颊亲吻了一口说，只要话说了就立功了，吹一次风就加深一次印象，何况至尊这样城府很深的人往往心口不一，他内心赞成反而表面反对，重再来日，只要按既定方略行事，就有庶娘风光的一天。

“这好办，眉毛一画就遮住了。”

她的脸孔挺平，郭照用黏性很强的米粉打了一层底色，伤处打得厚些，又施了匀匀的胭脂，黛笔来去，长眉弯弯，在眉宇上端交会，恰到好处地将那儿盖住了。

铜镜里，俏丽的兰蕙笑了。

“这叫连头眉，很长、很弯、很显女人气。”郭妃说着，动手解开了她头顶的发髻，梳梳捋捋，两鬓留得很薄，缥缈如蝉翼，称为“蝉鬓”，头顶无环无鬟，贴着脑后的是紧凑的圆鬟，称“小堕马”。她说娇小玲珑是一种优势，盘旋而上一味求高的“灵蛇鬟”既与身材极不协调，又破坏了特有的身段。

“我是学甄妃的。”兰蕙说曹家的妻妾们模仿成风，每日都跟着甄妃的样式。听说她的梳妆台下有一条聪慧的绿蛇，每天清晨在案上盘结成一种形状，供主人作髻形模拟。

“千灵万灵，不如己灵。”郭照说，至尊的性情，时而至刚，时而至柔，时而残暴如剑，时而温雅如菊。归根结底，他是个多情的人。估计今夜他会专意临幸庶娘，庶娘的连头眉会让他高兴。

当夜，曹操果然又过来了。一见面，他就为她的仪容惊喜。“鲜嫩的花骨朵，又变成袖珍娇娃了！这种眉毛很有情致，可谓仙娥妆。”

他闻到了她体肤的异香，似曾熟悉这清淡的草木气息。他将她搂抱在怀，在逗舌吸吮、泅津饮玉泉的过程中，他才辨清这是野艾的气味，与一年前“吾之子房”荀彧身上的气味相似。他喜欢这气味，带一点草药的香气。他想起了她昨夜的话，想生孩子，她在服药。

其实，是郭照的主意，她生嚼了茵陈，余香不褪，长留口中。他用双手掬住她的脸盘，长久品咂，咣叽有声。他一边盯着这双深汪汪的大眼，一边渴饮这天池之水，只觉脚底飘忽，腰杆发热，浑身精气饱满。“养怡之福，可得永年。”他微笑吟咏，黧黑脸盘闪着油渍渍的光亮。

两天之后，曹丕如愿升任丞相副兼五官中郎将。

还有，曹家妻妾们纷纷传播着一条消息：艺伎班的女娥们全都画了仙娥妆。于是，学兰蕙的样子，仿照郭妃的连头眉，十有八九的女人都追风赶潮了。

没有为之动容的是甄妃和崔妃。

崔姝有自己的美容见解和主旨。她生于刺绣世家，以华丽绣服美化自身，这也是心智与巧手的体现，何必要给洁净的脸皮上涂来抹去呢？前几年，夫君子建喜欢敷粉，一张脸涂得白花花粉嘟嘟的，像一片白布蒙了，令她嗤笑不已，为此二人免不了口舌之争。

崔姝这天又动了针线。一块紫红色的丝绵布料裁剪成椭圆形，一圈翠绿色尖齿绕成轮状花边，当中以纯黄丝线绣出“长命百岁”四字，只待棉絮填饱就鼓成一个鲜艳的桃子，五色线绳顶上一穿就可以挂在婴儿脖子上了。

听见敲门声，她将绣品藏起来了。

来人是庶娘尹氏。她的发型是多环连耸的飞天髻，粉脸上画着连头眉，喜说粗俗言子的双唇薄薄的红红的，脸色有几分神秘。

“听说子建封侯了！平原侯，邑五千户！”她噘着嘴唇，压低声音，“比他大哥爵位高呀！五官中郎将，丞相副，不过是一个朝官，比不上王侯的一只靴子！”

“夫君说他不在乎这个，”她不明来意，问道，“庶娘有什么指教？”

尹氏脸神一沉，怨声怨气地说：“你真是一头卧厩驴呢！像腌在缸里的咸菜一样，整天窝在屋里干什么？有你这样不出门的大门娘子王侯家眷吗？是身段不苗条呢还是容貌不姣好？想必是缺衣少裙露皮现肉不敢见人了。对吗？”

尹氏又说到那天为卞氏贺寿，她的绣品“长寿锦”出够风头，看来绣衣绣裙就是她的夺人强项了。

“我不想出风头。”她如实说，自己只想安守本分。

“屁话！”尹氏一手拉住她的手，一手在她肩膀上重重拍着，说在这个世间，谁想安守本分，谁就是自寻倒霉。从大处看，各地诸侯中，凡是不想争强好胜攻占地盘的，都保不住自身；从小处看，一个乡野村夫，他不逞能显才，绝艺在身，让人雇佣，就只有去偷去抢，杀人越货。在曹家，男人上马征讨，下马为文，哪一个不争强好胜？女人呢，不靠歌舞管弦迷人就凭姿色风韵压人。平日里，这些女人一个个收拾得像五月的日头晒红了的鲜桃，高高地挂在树杈上。你大哥的两个女人，甄妃的灵蛇髻，郭妃的连头眉，都让闻风跟屁的女人们眼红，也给子桓的脸蛋子贴金了呀！

“那贱妾怎么办呢？”崔姝急了，心热了。

尹氏的责怪气色显得更重了：“本是庭院里的贵牡丹，硬是不开花朵往臭蒿子窝窝里藏呢！这么苗条的身段，柜里压着雅致的绣品，不穿不戴，不人前显摆，等着往棺材里入呀！”

崔姝的心病正在这儿，满腹的怨火让她点燃了。

泻火，不单是崔姝一个人的愿望，曹家门庭喜欢恣情装扮人前招摇的女人们都希望泻火。

烂漫无比的春天在城外的郊野尽显生机。田土上的一畦畦麦苗绿得发翠，好像天油泼过，带一层润润的光鲜；路旁河岸的柳树，万千丝条仿佛拢成鹅黄色的雾团；垂柳树下，奔涌的河水清冽澄碧；四野景物，明朗清鲜，连扑面三分寒的东风也尽显七分暖意。

一溜而行的俏佳人好似天上落下的仙女，为这自然的春色平添了人为的一景。她们，曹门的两代妻妾，正当青春年华的尹妃、蕙妃、郭妃、易妃、崔妃，好像从笼子里放出的鸟儿一样，有了无拘无束任意展翅的天地，一个个指点着呼喊着评说着，脸上都绽出难抑的笑容。

她们首先为之动情的不是大天野地的美景，而是她们自己的服饰。尹妃上身红缎襦下身绿丝裙，蕙妃一身朱红色的上窄下阔绫罗裙，郭妃宝蓝色长方形方片直裙，易妃上身绿绸襦下身红锦裙，崔妃上身广袖合欢襦下身系带藕丝裙。这些服装都是藏在各人的包袱里，以春野踏青的名义向卞氏禀报后，使了隐瞒的法子，带到野地后才换在身上的。

“噢呀噢！看看看——”

惊叫起来的是尹妃，她的两只凤眼瞪得圆溜溜的，手朝崔妃的身上指着。

无比光耀的她们发现了崔妃服装的优异，立即将她围住观赏。

“哎呀天，上襦下裙，全是一针一线绣出来的！”

“裙上的连理带，十样色彩绣着十种花鸟哩！”

“这是藕丝裙吧？真是细如藕丝的粉线，像这条条柳丝，不近看没法儿见其妙哇！”

“秀手秀针，巧夺天工！崔家绣品，名不虚传哪！”

叽叽喳喳，连声赞叹，吸引了路过的行人，附近田地挖野菜的，锄地薅草的妇女们，也都纷纷赶来，像观赏一件珍宝似的瞅着这身服装。

“可是清河的崔家绣品？”一位下了车子的雅士模样的汉子发问了。得到肯定答复后，他立即摇头晃脑地吟诵起来——

清河一崔绣，天上万锦图。

村姑得嫁衣，仙女下云头！

咏毕，他嘿嘿笑着说这是流传于清河当地的一首民谣，今日一睹真品，才知民谣传说一点不虚。

展脱的崔姝兴奋得满脸涨红：“这一身平常普通，不算什么，还有一些稀罕物件，采十二色十八针法，够上锦绮极品的，还在箱底压着呢！”

“噢呀呀！”尹妃又惊讶地喊起来，“把珍珠蛋蛋埋在泥土里，多伤心哪！这曹家，死规矩要把人绑疯哩！”

郭妃好像有了主意，她的脸盘倏然间灿若红桃，水泡眼扫视着众佳人说："死规矩要靠活人破，峰回路转，渠开水流，咱们要成全崔小妹一回哩！”

二、佳人再游

“咚咚！”

开门以后，崔妃吃惊了。

是甄宓，面容端庄和善的嫂子。甄妃在曹家有通情贤淑上下亲和的好名声，但是却很少串门走动，尤其是她这边，从来没有光顾过。

她是个多礼的人，在年轻的弟媳面前，她先欠下身子，点了点头，崔姝连忙弯腰揖礼。

她带来了一捆竹简，油光滑亮，颜色黯红，显然是古老的典籍。开卷展现，是小篆的《诗经》，西汉初年的版本，祖辈精心传下，作为陪嫁带到曹家，又当作礼物送给崔姝。

“闲暇无事，就翻翻看看，聊以自娱。”她的重眼皮很深的眼睛闪出几分欢愉，指着上面刀刻的文字说："关雎之情，木瓜之义，蟋蟀之鸣，硕鼠之思，意味深长，可以经常咏读。子建贤弟慧心敏才，重情重义，二人在闺房谈今论古，诗歌唱和，岂不甚好？”

崔姝连连颔首，心里犯疑：终究想干什么？

“我听说了，你们一群着惯素装的美人，在郊外锦衣绣服，华丽裹身，美美过了一回女人的面子瘾！”甄宓的神情语气分明含着不满与责备。不等崔姝开口，她又盯着她说："别想再展露了，这是犯家忌坏规矩的事情，千万不可掉以轻心。”

原来，她听到二弟媳易妃的讲述，知晓了她们的打算，才及时赶来劝阻的。

崔姝涨红了脸，偏过头去，抱怨说："家里不能穿，外面也不能穿，千针万线，点灯熬油，绣制的嫁衣只能压在箱底，这算什么家法？”

“这家法英明！至尊把奢侈看成最大的罪恶，俭朴看成公认的美德，对家庭日常用度、服饰摆设都做了细致规定，他自己不仅衣着朴素，还常穿有补疤的衣服，用木盆洗脸，为全家做出表率，全家为天下做出表率，倡导民众的淳朴风气。上行下效，此举绝非小事！”

“那……”崔姝欲言又止。

甄宓看出她的心事，要她直言无妨。

崔姝胸无城府，不知忍让，竟然当面揭开兄嫂的隐秘：“玉缕金带枕，多么昂贵，大哥大嫂怎么能用？曹家的规矩怎么不灵了？”

甄宓的银盘大脸即刻泛起红晕，她不自然地笑了一下，羞窘地说：“对，小妹言之有理。这个嫁品，我用过多年，自以为不出门户，上铺布巾，这样就遮掩过去了。”

她懊悔地表示：错了，它应该长久地压在箱底。曹家的法规不公，应该惩罚当兄嫂的！

崔姝比她还要懊悔。她说没什么，只要不显在外面，没有外人看见，用了也就用了，压在箱底还不是那样放着？

甄妃不再言语，脸色愣怔，两眼发直，似乎在思索什么。

当夜，曹植回来，也是懊丧的神气。

“差矣！差矣！”他连声叹气。

追问之下，他说了原委。那天去了军营，动了恻隐之心，今日禀报至尊，遭了劈头盖脸的训斥。仁慈，温情，怜悯，岂是用兵者的心肠？严厉，冷酷，无情，才能带好军队。若不从严执法，宽容一人，就会使人心波动，整体动摇，如蝼蚁之穴，溃堤千里。何况，军中之事，虚虚实实，蒙蔽士卒的耳目，使他们毫无所知，才能服从命令。怎能真诚地坦露心迹？

“天真书生，岂能带兵？”至尊失望地指着他的脸孔怒斥。

他既悔恨，又不甘心。

“对下层士卒不该坦诚吗？”他沉思，叹息，在榻前来回不安地走动。

忽然他的目光一惊，发现了那卷竹简。

她讲到了甄妃，她因何事而来，说了些什么，包括有关《诗经》的话语。

曹植忽然精神一振，神采焕发，手捧竹简，哗哗翻动，墨玉般的明眸对准了他喜爱的诗句，扯出朗润的声音读了下去：

昔我往矣，杨柳依依；
今我来思，雨雪霏霏[1]。
……

[1]《诗经·小雅·采薇》

“不错，关雎之情，木瓜之义，蟋蟀之鸣，硕鼠之思，颇有意味。每日沉浸其中，诗歌唱和，闺房之乐，胜似仙人！”他的语调激昂，上下拉长的月字脸红光盈盈。但接着他又苦笑了，“非也非也！是七尺男儿，当感念天地，报效万民，仿上古先贤，勠力上国，流惠下民，建永世之业，流金石之功。诗文辞章不过小小技艺罢了！”

“甄嫂的话对不对？难道这些嫁衣不穿，永久地压在箱里？”崔姝关心的，是下次的城中展示。

他当然赞成甄妃的主张，曹家厉行节俭，以那个家里只有十斛谷子的王修为楷模，志在破除世间侈靡风气，没有严明的家法不行。

“爱妻已是侯爵夫人了，”他安慰说，“有此殊荣，嫁给曹家还不知足吗？”

曹植的这番道理，被他的庶娘尹氏颠覆了。

次日，尹氏过来，为诱劝崔姝二次上路，她也抓住了“侯爵夫人”名号，以此大做文章。

“难道身为侯爵夫人，竟然不能穿上自己的嫁衣？”

“你们清河崔家，出了几个侯爵夫人？难道不该人间显摆一回？”

“曹家的家法大，它能吃人？能把一个侯爵夫人咋了？”

一个爱慕虚荣又守望尊严的人，可以抵制各种引诱与强压的威胁，却不能经受挑逗性的激惹。所谓劝将不如激将，正是抓住了人的将脸面看得胜过一切的弱点，遂使那些头脑单纯心机浮浅的人接受诱惑。

正是逢集的日子，平日寂寥的城内东西大道上，人来车往，熙熙攘攘。曹家的一溜佳人在人流的嘈杂涌动中出现了。今天，除了兰蕙在铜雀台忙于艺伎演出，其余四位都踊跃地“飞”出来了。她们中的另外三个好像揣透了崔妃的心理，存心让她凸显，让她大出风头，有意压抑淡化自己，在衣着服饰上降了品位，式样变得普通，颜色也是蓝、黑、灰的庄户人常见的耐脏之色。崔姝一人上了等级，她身穿朱红色高领菱纹罗丝锦袍，前胸后背绣着十二色祥瑞禽兽花卉，下摆染缬作画，镂金穿珠；腰系金黄镶边连理带，高耸的灵蛇髻上饰满珠翠，华贵，炫丽，耀眼，走到哪儿都会令人瞩目惊叹。

除了自家人的惊喜赞美，还有大批陌生人的艳羡围观，崔姝的愉悦心情与荣耀感陡然高涨。遇到拥挤而来的人群，郭妃与尹妃就会手指崔姝高声讲解：“这位侯爵夫人出身清河崔家，这身菱纹罗丝锦袍是崔家正宗绣品，十二色丝线十八种针法绣成，实乃崔绣极品！”讲解吸引了众多的人，鼓舞的只有一个人。她在鼓舞中显得益发高贵而美丽。人的一生有最美丽的时候。

人流汹汹，向前涌动。

另一位衣饰鲜丽无比的人是兰蕙，她已经人在高台，化妆完毕，和女艺人们聚在一起，准备演出。

高高耸立的铜雀台已与新修的金虎台、冰井台连在一起，浮桥相通，悬廊回环，三位一体，无论从哪个方向看，都显得巍峨多姿。曹操和陈群、钟繇、荀攸、程昱等谋臣在业已装修的各个房间巡视完毕，又来到铜雀台顶层的观演场。

曹操看见了兰蕙的背影。她正站在台边，凭栏远眺，目光对着下面的广场。

“当当当……”紧急的锣声，预示开演在即。

兰蕙转身疾走，不过她没有上演艺台，而是走到已经在台下正中位置落座的曹操面前，扑通跪倒，向他禀报什么。

“如此大胆！”曹操说着，立即起身，随兰蕙来到台边的围栏旁边。

朝下望去，从西园的花草湖林间蜿蜒伸来的沙土路上，人流滚滚，一直漫涌至广场，在这儿形成一个湖面形的人场。只见人头点点，密密麻麻，全都朝斜上方仰望，与台上的人目光相接。随着兰蕙的手臂，曹操看见广场的中央，一个身着朱红色锦袍的女人非常抢眼，那如皇后般高贵绚烂的服色令人瞩目，身旁围着一圈又一圈的行人，像观赏帝妃仙女一般对她驻足观望。隐隐地，下面有人高喊：“看，曹家艳妇！”“美色美服，胜过皇家！”

“究竟她是何人？”他黧黑的脸孔蒙上了一层冷霜。

兰蕙的身子哆嗦，眼光躲闪：“看样子……不会……是……崔姝吧？”

“快，下去察看！”他向身边的都尉下了命令。

三、佳人之死

直至黄昏，曹家的所有成员才陆续聚齐了。

没有在那五间厅堂，而是在大院里，全体站立，按男女辈分，一排一排，在灰天红云下整齐肃立，肃立得脸孔身子双臂双腿都僵僵的直直的呆呆的，唯有眼神振作而灵动，以听从讲话者的指挥。

一个人的低声抽泣似鸟似凤的哀鸣，呜呜咽咽凄厉悲惨，一声声低沉的无言的哭泣，浪涛拍岸般冲撞人们的心扉。

“看，面前这是何物？看……”

他伸出手，指的是四面低矮斑驳的围墙，几排土墙撑着木架苫着蓝瓦的房子，十几株槐柳，一眼带辘轳的井。

他问：为何朝廷官员一概搬至新建的吏宅区住了，曹家仍留在袁绍当年的军械场居住？

他问：六年前请王修在厅堂为诸子谈尚俭之道，叔治公有句警世之言：盖凡末代亡国之君，莫不是以奢侈享乐称著的！此语谁还记得？

他问：曹家法规，既有口谕，又有文令：每日食不过一肉，器物皆素不得涂油漆，衣物损坏复修而用，妇人不制文绣之服，不着朱红、金黄、紫色丝鞋，不许熏香。可曾记得？

他问：丧乱以来，法令弛坏，风俗教化日衰，豪门贵戚，衣服饮食，车舆庐第，穷极丽靡，竞相夸耀；儿女嫁娶，彩车数里，华帷竞道，一餐所耗，抵万民终生之需；京师名门，遇丧必厚葬，以江南楠木为棺，金缕玉匣，珍宝附随，广种松柏，庐舍祠堂，以耀乡里。此种奢侈之风，难道不该为之一扫？

他问：当今曹家，备受世人注目，又备享人间荣华，父辈位极人臣，子辈成年者皆有封赐，家人安享爵禄。当此国家倾危之时，不能挺身治世，效命疆场，当能安分守己，遵循家风教化，岂能以放纵荒唐之举，玷辱曹家声誉？

他问：我在外主事，言出法随，杀人从不眨眼。家里更严，不当死罪的当死罪论处。何况早就说过，为了整肃家风，我是要杀人的！

问到这儿，他的黧黑发青的脸庞，已沁出一层豆大的汗珠。一窝顺地趟来趟去的旋风呼呼刮来，带着初春暮色中的逼人寒气，把他围在当中，将他下颌苍白的短须芜乱地飘飘刮起。

旋风趟过他对面的家人的头顶时，他终于手臂一挥，露出了“底牌”——将一面四方白布扔向对面站着的卞氏。

卞氏的脸孔一直半平半低，眼睛不敢朝他直直对视，处于三分畏怯七分自责的状态。这是一个女性当家人应有的状态。惊诧，气愤，痛心，得知此事后她的内心犹如被人捅了一刀。如今在他面前，她却有些惧怕，心底深处郁积的是对自己沉重的谴责。这个儿媳，在她内心的印象实在太好了！

然而，在她双手接住迎面飞来的这片白布之后，她的心忽然又变得铁石般坚硬了。

她目送着他愤然转身疾步离去。

她高声喊叫："子桓！"

曹丕应声，走到前面，双手接过白布，摊开，看着上面朱砂书写的文字。

他双眼发怔，嘴唇绷紧。

只有四个字，却如一座山压在头顶。

"念！"卞氏催促。

"令……其……自……裁……"读毕，头脑轰然爆响，气血冲顶，一阵天旋地转，身子几乎跌倒。

场面立即乱似裹着柴火草芥的旋风，不少人做出惶急的反应，朝那个一直低声哀哭的女人扑去。她的哭声戛然而止，刹那间昏晕过去，栽倒在地。待崔姝苏醒过来，已经躺在自己卧室的榻上了。正是子夜时分，榻四周的帷帐倚墙束在一边，两根蜡烛的光焰柔白透黄，榻上榻下坐着的忙着的几个女人都是白煞煞的脸庞，焦灼悲痛的神色只能显露在脸孔和焦急的动作上。卞氏在这儿坐镇，她在榻上身子半躺，靠着绣墩盖着棉被，指挥着刘氏、甄氏和易氏。刘氏上了年纪老成中用，甄氏贤淑可靠，易氏是街头闯祸事件的知情人，卞氏才挑了她们在这儿侍候。断定崔姝仅为临时昏厥，她们摆弄她盖着被子长长躺下，在她的额颡反复地敷上温毛巾。被窝中的崔姝并没有安静歇息，她不断地蹬腿踹脚，纵腰跌臀，阵发性地哭号吼叫，忽而坐起身子，双臂挥动。她的眼睛一直闭着，泪水一直在淌。渐渐地，精力耗尽，她安睡了，鼻孔发出轻匀的鼾声。

"噢——，醒了！"甄宓看见她的眼睛睁开，两排乌密的睫毛扑扇了一下。

睁开了眼皮，漆黑的眼珠左右移动，脸孔也似轻轻摇摆。

"水——"卞氏看了一眼，高兴地吩咐。

这之前，她们一直无语。卞氏不开口，只有脸色和手势。

随着易妃手提铁壶向小碗倒水的咤咤声，几个人的脸上同时现出了微笑。

崔姝心底的惊雷也随之爆发。她的眼珠骨碌一转，突然翻身坐起，用凶怒的眼光扫视她们，头颅左顾右盼，目光在墙壁、地面、顶板上逡巡。卞氏"啊"了一声，三个女人立即动手，按住她的肩膀手臂，正要往被子里按动，她却双臂扭摆，奋力摆脱身子，大喊"看姑婆怎么收拾你"，双腿一纵，跳在地上，跑到门后拣了三尺长的笤帚，高高抡起扑打着什么，口里的叫喊声狂暴如狼嗥："鬼！恶鬼——血脸红发连头眉！鬼！恶鬼——血脸红发连头眉……"

刘氏、甄氏、易氏三人急了，正要赶去拦阻，被卞氏"呃"的一声拦住了。

崔姝吼叫扑打了一气，扇动的气浪将蜡烛的光焰掀得摇曳不定。待叫喊的声音渐低，她们以为她会歇下来，孰料她又有新的目标，衣架上悬挂的黑色深衣下面的那件小绣品，不知怎么竟想起来了。她望着榻边的衣架，走过去翻动了一下就卸下来了。

卞氏她们看见这精致的小绣品，一个个惊呆了。五色线绳系着的光鲜桃绣包，紫红底色上的纯黄小字，“长命百岁”的殷殷祝福，是一个将要成为母亲的女人的闺中秘事，是完婚多年终于盼得开怀的幸福女人的甘甜心事。而这，竟是她们从来不知晓的呵！

“看！看！桃绣包！长命百岁！喜！喜！喜！我有喜了，快生了，曹家添丁了，侯爵有后了！看！看！桃绣包……”她一手高高提着彩色桃绣包，一手在肚腹上拍打，昂头挺胸，跨起大步，笑眉笑眼地自述自夸，仿佛得意的街头艺人在招引看客。

卞氏终于忍不住了，她喊了一声“孩子”，泪水奔涌而出，手臂向外一伸就趴倒在榻上了。那三个女人不再顾及崔姝了，立即扑过去照看卞氏。

“哈哈哈，我肚子上有宝物哩！绣虎压身，是雄强的虎，发情的虎……”

此时的绣虎，她的夫君，同样丧魂失魄的曹植，正与他的大哥曹丕二哥曹彰待在一起。

地点相当微妙：曹丕与甄妃的居室，他的梦幻与思绪曾经放逐的神秘之乡。这儿，人伦家法，约定成俗，丈夫的长辈与平辈男子不得涉足。今天，曹丕情急之下，将他安顿在这里。作为兄长，他在宣读了父亲“令其自裁”的手谕之后几乎昏倒在地。但他毕竟年轻，昏沉沉的感觉是短暂的，弟弟曹植的痛苦如何减轻如何排除，这种忧心令他思索，令他行动。曹植其时已经扑到崔姝身边，抱住倒在地上的爱妻，脸上泪水纵横。直到他被四只强暴有力的胳膊架到这个他从来没有进入的房间，脸上依然泪水潺潺。

与泪水抗衡的只有另一种水液了：酒。

案几旁，左边大哥，右边二哥，连连举杯，频频劝饮。“忧从中来，不可断绝”“何以解忧，唯有杜康”吟咏着他们至尊的诗句，讲述以家国大业为重，不必在意一己私情的道理，性情憨直的曹彰还道出一串粗鄙言语：“鸡巴毛炒韭菜！女人嘛，不过是这么一盘菜！不想吃了叫她去毬，想吃了另炒一盘！”当夜，兄弟仨喝得烂醉，同宿一榻。

次日，大哥二哥带他进入军营，检查大部队出征前的各项准备。随之而来的是行军，是西征马超，是敌我对阵，殊死拼杀。看到士卒们戈箭穿胸，利刃断喉，一批一批地做了他乡野鬼，死了连一张草席也带不上身，他浑身的热血一次次地被点燃了。他们弟兄自幼在戎马军中长大，常常置身于两军对垒的险境之中，胸中都有一股慷慨赴死的侠义之情。曹植这天带着一队士兵攻城，自己率先攀附云梯而上，刚抓住顶端木桄，几个敌兵就居高临下地挥刀砍来，眼看成了无头血尸，下面的飞箭齐刷刷射倒了敌兵。登上城墙，挥舞利剑，冲杀呼喊，甲胄上涂满了黏糊糊的血浆。在杀人与被杀的境态中搏斗，自己完全变成了魔鬼。待东城这边的城楼拿下，西城那边还在混杀激战。夕阳下他浴着血色霞光立于高城之顶，向着远方莽莽泱泱的原野眺望，焦虑地感慨道：九州大地，何日一统？何日安靖？

当夜和士兵们一起浑身裹着铠甲睡在牛皮作帐麦秸当铺的临时营房，酣梦中崔姝披头散发满脸泥污地站在面前，浑身衣裙水渍淋漓。她冻缩着身子哭诉说：我已经到了阴间，夫君可要当心那一伙连头眉呀……

第十七章 子建再婚

一、井台凝思

崔姝死后，曹家最为恼怒的人是曹彰。这个生性刚直作战蛮勇的二公子，在关中战役结束归来后，才从妻子易灿口中得知崔姝落入陷阱的内幕。

“我和崔姝在前面走着，眨眼工夫，她俩就不见了！”纯朴的易妃事隔半年还记忆犹新，对这个细节耿耿于怀。那天，她们仨一路煽拨、怂恿、撩拨崔姝的炫耀之心，在人流的涌动中到了西园，熙熙攘攘，说说笑笑，眼看到了铜雀台下的广场，一不留神，郭妃和尹妃就不见了，任她东盯西望，就是没有踪影。她觉出了蹊跷，心生怕意，本想早早离开那儿，又怕崔姝一个人出什么意外，只好随她转悠。

“她们早就挖好了井，想着法儿把人往里面推。”易灿说着，泪水哗哗，“我也瞎跟着她们，出手推人！”

“歹心毒妇！何不向母亲告知？”曹彰气得一拳打在她胸膛上。

易灿说，崔姝犯事的当天，母亲就及时找她询问，完全知晓了内情。可是，母亲并没有怪罪郭妃的意思，反而说：“老鼠不咬浑全囤子。她自己有毛病，散出颗粒，才遭灾惹祸。”并一再叮咛：此事再勿说与他人。

“曹家怎么出了这样的妖妇？”曹彰的怒火更盛，他立即去见母亲。

卞氏盘腿打坐于三寸高的圆形绣墩，正在闭目练养。她的练养，模仿高道皇甫隆传授的静坐入定功法，闭目守静之后，仍然不睁双目，双臂却舞动起来，手掌在肩膀胸脯膝盖上下翻打，指形随之变化，轮番舞出优美的兰花指。

曹彰在她面前站了一会儿，终于开口了。

“曹家要执掌天下，后宫却出了妖孽！”他说出崔姝犯事的过程，认为郭妃是制造祸端的根源。

孰料母亲却依然闭着眼睛：“执掌天下，先得胸中容得天下。容得天下的人，即使妖孽成群，也不会伤他一根汗毛。”

“儿只是一个粗陋匹夫，”曹彰坦率而冲动，“胸襟太小，就是看不惯这种奸邪之妇！”

“门庭显赫了，什么鸟儿都要飞到檐下筑巢，何足为怪？”说着，她的兰花指又飞舞起来。

曹彰被母亲说的话语凝噎，只得顿了一下，才说：“三弟的媳妇死得太冤，她上了当，中了圈套，但人品并不坏。”

“谁叫她嫁与曹门？”卞氏依然闭目的脸上，皱纹随着口形裂成菊花瓣似的放射状，“这样的人，这样的事，这样的处置，于家国有利。”

曹彰懵了，也有些生气，转身拔腿，就要离开。

“子文！”

他愣了。

她的双眼睁开了，投来一束凶光。

“方才的话，可以说给大哥，却不能说给三弟。”

“记住！”

曹彰虽然对母亲的叮嘱似懂非懂，但在行动上却说一不二。而且，对大哥的怨愤，发自内心。

临近黄昏，从军营回来，他与曹丕在几排房子前面的大院相遇了。北风已带着凉意，吹得小池塘里的蒲苇倾斜晃动，白云似的絮花随风摇曳。曹丕正在蒲苇旁边徘徊观望，曹彰就急匆匆赶过来了。

“曹家要执掌天下，后宫却出了妖孽！”他劈头盖脸抛出了话题。

曹丕愣怔住了，默望着他，静静听着他的讲述。

“岂有此理！”他生气了，粗重的黑眉竖了起来，“真是小肚鸡肠，嫉妒之心可以杀人！只怨为兄平日指教不够，往后当严厉管教。”

“管教？”曹彰冷笑了，“这种奸邪之妇，曹门岂能容她？”

“豪门之家，贵妇、娇妇、贞妇、媚妇、荡妇、妖妇，何种女人没有？”曹丕的小眼睛一扑扇，无奈的神情显现出来，“邀宠相轻，争风吃醋，明枪暗箭，危机四伏！哪个女人不会算计？何况郭妃，也有她的显著长处，识大礼，重孝道，敬夫君，爱晚辈，难道你不清楚？”

曹彰气得唇上的黄茬短须乱抖：“屁话！胯下的马能驮能跑，却会把自家的人咬死，这马还能往槽上拴？”

说着，他举起了拳头。

曹丕沉默了，思忖着，说了软话：“请二弟放心，不是槽里拴的，就把它拴在橛桩上，让它晾在一旁。只可惜苦了三弟，他受了伤害，成了单身。迫在眉睫的事，是为他物色合适人儿，尽快完婚。为兄将功补过，还不行吗？”

曹彰还能说什么呢？他无言以对，内心的火气还未消尽，气咻咻地瞪了他一眼，脚在地上狠狠一跺，快步离去了。

夕阳已经隐没，霞云鲜红无比，半天如涂了血，池塘的水面也染得通红。曹植搬来的那块光洁的白石如镀了赤彩，蒲苇的娟丝般的花团也披了一层红霞。

曹丕仍然绕着小池塘徘徊踱步，不时向对面的井台观望。他的内心有冰也有火，有悔恨也有欣慰，有感情的煎熬也有功业的憧憬，胸腔似有潮水激荡，总是难以平静。

崔姝犯事的缘由他怎能不知道呢？不仅郭妃及时向他告知，而且事发之后母亲询问究竟，从易灿口中得知详情，分别对郭妃、尹妃严厉训斥，待他从关中战场归来，又对他指教了一番。“你的弟媳，善良单纯，又有身孕，硬是被几只毒手推入井中！”母亲气得脸色涨红，用手绢拭着眼泪。

按照家法，“令其自裁”的决定做出后，当事人须在三日内自寻死路，或自缢，或自戕，或服毒，如果自己不肯下手，逾期由家人强力执行。崔姝的情形特殊，她是受害之人，且神志不清，自己如何下手？卞氏只好暗中布置，给她的饭食中下了砒霜。本来，晚膳服药，次日就会收尸，但事有蹊跷，次日早晨卧榻上并没有她的尸体。其时曹氏父子已出征启程，卞氏安排家人四下寻找，终于在井水中找到尸体。经调查，这天的后半夜，在崔姝卧榻边侍候的两个女仆以为不再会发生什么，都在苫席上安然睡着了，恰恰这时崔姝起身，下榻，开门，走出，投井。她如何得以清醒，何故选择投井，众人百思不得其解。

只有卞氏悟出了道理：好人逼过头了心就特别歹毒，该死的时候也不会死，报复的手段更甚——叫你全家人吃不上净水！确实如此，在掩埋了崔姝的遗体后，曹家并没有另外打井。卞氏心里说:犯不着，清白自在人心，人正何必忌讳？但是，自那以后，每次吃饭饮茶，拿起碗筷杯盏，她就会一阵恶心，不想吞食饮用。

“这才叫损了阴德！”她把心里的怨气化成对郭妃的憎恶，不仅对她当面教训，还在曹丕战罢归来后，对他这么叮嘱：“从今往后，休要对她温存，别给她好脸色，叫她长久地在空房中凉着！”

除了母亲，妻子甄宓也及时向他诉说了一些情形。她从来不愿沾染是非，不去打听询问，但感觉崔姝犯事和那个心机很深行止诡异的郭妃有关，并敏锐地觉出此事关乎兄弟之间的较量。一种难以说清的痛苦像尖刀一样刺中了她的心扉。白天，神情恍惚，夜晚，噩梦不断。那天，崔姝的尸体从井底捞了出来，她主动参与了为她整容、穿衣、入殓的程序，泪水一直在默然的动作中流淌。梦中披头散发满脸青泥浑身水湿的崔姝朝她瞪着眼睛说：“大嫂，要当心那个连头眉，她是冲着子建和你来的！”

“夫君，这究竟是怎么回事呀？”甄宓双手搂着他的肩膀哭泣。在他作战归来的当晚，“小别胜新婚”的缠绵不再发生，负疚、苦恼、烦闷、纠结萦缠在心头，彻夜难眠呵！

身为丞相副、五官中郎将，他白天忙于军务政务，离开相府军营回到家里，那种感情上的煎熬又产生了。他走到这儿，站在池塘边，望着对面的井台，那简单的三面土墙驮着的覆着灰瓦的房顶，靠墙撑着的缠满吊绳的辘轳架，他仿佛看到了披头散发满脸青泥浑身水湿的崔姝，她正手持辘轳的撑架呼天抢地地痛哭。二弟曹彰这时候赶来了，他的激言愤语又让他想起母亲的斥责。

唉，眼前发生的一切，都是他刻意谋划的结果。既然有意为之，自然不顾情意，虽然弄出人命出乎意料，但也只是超出了分寸而已。而且，随着时局变化，立嗣一事刻不容缓，他与曹植之间的争夺还未见分晓，怎么能自我悔恨呢？

望着池塘对面的井台，想起眼前浮现的哭闹不休的崔姝，他忽然灵机一动……

二、二妃争媒

在曹家，唯一不知晓死因的人是曹植。不难想象，连曹彰这样敢怒敢言的人都叫卞氏封住了嘴，那些年幼的公子们与和顺的妻妾们谁还会惹是生非呢？

“悔之晚矣！平素没有对她言传身教，就连自己也敷粉装扮，矫饰，求奢，放任，犯了家规，造成影响，能怨何人？”悲伤之中，他常常这样思忖，安定自己的情绪。

在这之前，父亲和母亲已经分别与他交谈，当时，在去关中作战的途中，父亲没有乘车，与他乘马并辔而行。“家室不正，何以正天下？”他的短睫毛下的黑豆眼闪出谴责的凶光，大概又看出他的沮丧，抬起握着马鞭的手指着前后黑压压的人马队伍说：“‘赳赳武夫，公侯干城！’‘赳赳武夫，公侯腹心！’只要志存高远，勠力上国，流惠下民，建永世之业，流金石之功，风虎云龙地干一番事业，哪里还会有闺情恋意的伤感？指望尔等举大事，定乾坤，瞧你那灰心败絮的样子，真没出息！”母亲在他出发前就以训斥的口气说：“不想正事了就邪气上身，和人家不比诗赋琴弦，却要比衣饰的华丽。故意往刀刃上撞，还不是你平日喜好虚华惹的祸？”

“悔之晚矣，也就不必以痛苦的懊悔折磨自己了！”话是这么说，回到卧房，就不一样了。卧榻上的绣单绣被，斑斓花色的绣虎枕头，三面垂吊的粉红绡帐，衣架上挂着的长短衣裙，铜镜、奁匣、梳妆台，满眼旧物陈件，无不诉说着亡妻崔姝的往事。他时时恍若梦中，与崔姝忽聚忽别。夜间，真正做梦，有噩兆也有缱绻，令人费解的是，不论站在地上向他哭诉还是被窝中的欢爱，她都是披头散发满脸青泥浑身水湿的模样。“夫君，你知道我为什么要投井吗？想必一定知道。夫君明白，只要和你红绡帐中欢会，绣虎贴身，我的那儿就呼呼上潮，水波涟涟，漫上井沿。也许我就是水下仙呢！”

“妻为水下仙，夫乃酒中神。世路多凶险，梦里得欢娱。”他在惊悸后翻身坐起，穿了衣裳，拿起酒壶，一连自吟，一连斟酒。

“哎，贤妻，你原本并非我的私心所系！”这么一想，倒也轻松，而且，大为欢畅，他心坎深处藏匿的那个女人飘然出现了。

甄妃，他第一次见到的与大哥喜结良缘的婚礼上的女人，穿着当初的大红斜领广袖紧身长裾襦裙，三分谦柔，七分庄重，秀而不艳，娟而不媚，依然是婚礼上的风采神情，朝他大有深意地笑着。“子建君，往昔，妾有意躲避，怕失伦理违纲常，却负了君的情意。今日，妾适君愿，双双纵情展意，共话衷肠，温柔乡流苏帐，鸳鸯被合欢枕，风流欢度，如何？”说着，袅袅娜娜地走到他身边，张臂启唇，拥吻在怀，又拉他上了卧榻，宽衣解带，果然玉体雪白皓丽……

魂销魄散，他醒了。失意，惆怅，自负，连连叹息，难以入眠。

次日，有意无意，来到大院池塘边。蒲苇花团如白云浮现，光滑白洁的腊石在斜挂的日头下闪耀荧光，浅水圆面的小塘无波无澜。他绕着成片的蒲苇转悠，想着七年前在彰水河边大柳树旁，与甄妃相见，在那儿采蒲苇，移顽石的情景。如今，蒲苇由几个单株繁育成密不透风的小园，白花连片，蔚成风景，隐喻着他和她的心思寄托。

他看着，想着，心潮一激，不禁诵起旧诗："君当作磐石，妾当作蒲苇……"

"蒲苇韧如丝，磐石无转移！"

一个声音在应接。

甄妃！

她来了。不，她不知何时来到身旁，只是他过于专注，没有觉察罢了。

他望着她，目光相接的一霎，深情贮满了眼眶。她分明带着一缕忧郁，又倏地收回目光，偏过头去，怕他看出了伤感。

"嫂夫人……"他感动得泪水哗哗涌出。

"天行健，君子当自强不息！"她的很深的双眼皮一眨，被盈盈水光包围的眼珠透出一丝苦笑，"贤弟何必忧伤？人生多有不测，无论发生什么意外，都不能伤了自己身子。贤妹犯了家法，是她不知检点所致，要怨也只能怨她自己。当下要紧的是尽快续弦，妾来找贤弟，正是想到一位贤惠女子……"

自崔姝遗体埋葬以后，甄妃就想到这件当务之急的事，托人到娘家了解，得知家族中有一位姑娘比较合适，与曹丕商议后，由她直接说与曹植。

"她比贤弟小三岁……"她细致地说了她的情形，人品，相貌，性情，均属上等，尤其是头脑睿智，目光锐利，遇事善决断，有主见。

曹植听着，想着，眼前却又浮现出崔姝的音容，现出他与她新婚时情意契合房中缱绻的情形。而今，她却要从自己的感情生活中离去了。他的上下拉长的月字脸现出无限苦悲，目光凝视前方，恰好对着撑着辘轳架的井台，轻声吟诵道：

与汝初婚时，结发恩义深。
欢爱在枕席，盼子何殷殷。
窃慕棠棣篇，好乐如瑟琴。
无奈花落去，我今怀异心。
……

甄妃望着，听着，忍住眼泪，心里愈加悲伤。有情，有义，有才，有德，遭人中伤还蒙在鼓里，欠缺的就是心机！然而，这种人，才是心无瑕疵的正人君子！

她急于为他牵线，与此同时，还有一位牵线的女人，她就是郭照。

她的心底不但藏着阴鸷凶险，还埋着烈火般的热情。她挨了婆母卞氏的训斥，便也狡辩说误解了家法，以为在外面可以着华丽之装。她要将功补过，当然，这也是曹丕的授意，火烧眉毛的急事，为曹植物色一个如意妻子。她思索了一下，便与曹丕一起去找吴质。

他们的视野广阔，关系众多，很快物色了一个姑娘。

郭照带着七岁的曹睿到曹植的房间来了。

“桃之夭夭，灼灼其华；之子于归，宜室宜家。”曹睿刚进门，就站在叔叔面前满脸喜气地朗诵了几句诗。显然，这是郭妃教授给他的“见面礼”。郭照顺着《桃夭》的意思说，有一位灿若桃花的美人儿待字闺中，就看才高气盛的振振公子有没有慧眼了。曹植被她的热心打动，但对她所说的美人儿并无多大兴趣。

“一位真正的淑女，”郭妃的青眼圈仿佛有一团雾气冒出，脸颊如红霞染映，“品质清纯，无一丝邪念，极有才气，雅好诗文，如班昭在世，又重情意，柔刚有度。”

“妙哉！”曹植惊叹一声，“真有如此才德卓越的女子？”

“当然，这只是贱妾的看法。”郭妃反而没有肯定的意思，“贤弟才华之高，天下独绝，也许此人是村野鄙陋之辈，贤弟根本就不屑一顾。”

“何不先晤一面？”他反而急了。

在兖州济阴，吴质的远门亲戚中，有一位志趣非凡、喜读经史、温良贤淑的姑娘，当她坐上驶向邺城的那辆单马华帷的车子时，就预感到了命运之神的垂青。父亲告诉她，将要晤面的这个男人是当今名扬天下的曹家公子，而自己最仰慕的一百年前的班昭，就嫁给了曹家，并获得“曹大家”的称号。

她是陈菲，按辈分是吴质的表妹。吴质虽然举荐了她，但在她面前并未显出促成的热心。“嫁与豪门，未必是一件好事，汝当三思而为之！”她当即反驳说：“豪门若比虎穴，也当决意去入。‘不入虎穴，焉得虎子’，班超不是这么说吗？”吴质故意不悦地说：“以古仁人自比，岂不知‘杀身成仁’‘舍生取义’‘死义之士’的名号是如何来的？”“不就是一条命吗？”她望着担任朝歌令的表兄，倒显得很淡定，“男儿为英名留世甘当赴死，女儿的卑贱之身又有何惜？”

三、天作之合

当曹植坐着马车赶到这儿时，郭妃已在此等候多时。

西门豹故居，即四百多年前的魏国邺令西门豹居住的私宅，近年间修葺一新，三间两进的土木结构的普通房子，墙面换了土坯，灰瓦换残补新，门窗刷了油漆，曹操亲笔为门庭题写了匾额。门前的半面主干已老成空壳的白杨树，似乎得了偏顾的肥水，上面的枝枝杆杆显得特别葱茂。眼下天寒叶脱，撑起树冠的茂密枝条益发显得郁郁青青。

曹植过去常常来这儿游览，每每看到苍老的白杨树以及黄土墙灰瓦房，就会引发怀古思贤的肃穆之情。今天，来这儿为的是相亲。这个地点是人家女方提出来的，仅此一点就可看出对方的不同流俗。

站在白杨树下的郭妃欣喜地望着曹植，朝他神秘一笑，抬手朝门里指了一下。

他快步进前房，这三间屋子是当年邺令西门豹的会客室，正中放着几张案几，地面铺着苫席，四壁墙面用赭黄色的泥浆刷过。除了案几上放的陶质豆、簋及几只酒具，整个房间别无他物。他正要转身朝后面走去，听见从庭院中传来一个女人咏哦诗赋的声音——

唯令德为不朽兮，（只有美德永垂不朽呵）
身既没而名存。（身躯失去了而名望长存）
唯经典之所美兮，（典范的著作里赞美不绝呵）
贵道德与仁贤。（人们敬重的是美德与仁贤）
勉仰高而蹈景兮，（勉励自己履行高尚的言行）
尽忠恕而与人。（对人忠诚宽恕）
好正直而不回兮，（喜好正直而无怨无悔）
精诚通于明神。[1]（神明知晓我的忠诚）
……

曹植两腿生风，循声找去，庭院中站着一位妙龄女郎，身材高挑，面孔微黑，上身穿着淡白色宽袖襦衣，下面是藕粉色束腰大练裙，长裾曳地，大袖翩翩。微风吹来，她的没有挽紧的乌发在额前与耳鬓飘忽不定，裙裾与袖摆也随着她的身姿悠悠摆动。

“如此风流雅度，不逊才女班昭！”曹植心中只有惊叹，只有艳羡，只有爱慕的热流涌动。他想起去年写过的《芙蓉赋》，面前这位白衣粉裙心志高洁的雅女，不就是百花丛中少见的芙蓉吗？他目光专注地对着她，一边踱步，一边手摇九华竹扇，朗声吟诵道：

览百卉之英茂，（观览了百花的美丽）
无斯华之独灵！（没有你这样的独特风韵）

[1] 班昭《东征赋》

结修根于重埌，（盘结的根藕植于厚土）

泛清流而擢茎。（浮着清水抽出长茎）

退润王宇，（退可润泽君王屋宇）

进文帝庭。（进亦能美化皇帝门庭）

竦芳柯以从风，（挺立的芳茎随风摇曳）

奋纤枝以璀瓅。（摇动的纤枝猎猎有声）

……

着装素淡的女郎被他的咏哦感动，她不住眨动的眼睛现出喜盈盈的光彩，眼眸凝光，朝他慢步走来。他也快步迎上去，二人很快面对面站在一起了。

“百花中唯咏芙蓉，必是操志不凡之君子！”她的眼皮眨动得很快，但目光却不躲闪，显得从容而直率。

曹植接过话题，还以对偶的句式：“慕先贤之高节亮风，定乃冰清玉洁之淑女！”

说罢，又笑了：“既然淑女也对芙蓉欣赏有加，在下就将‘芙蓉公主’送作雅号吧！”

陈菲不置可否：“君子抬举，小女悉听尊便！”

“如此通脱，便是达人！”曹植饶有兴趣地问：“芙蓉公主能否告诉在下，方才缘何咏哦一代才女班昭的诗赋？”

陈菲歉然笑了一下，指着四面院墙上线条灵动的壁画说，西门豹当年同情黎庶，惩治邪恶，开渠引水，减轻税负，几百年来在民间传为美谈。身临其境，感慨不已，正好以班昭的诗赋抒怀，如此而已。

“听说芙蓉公主熟读经史，志存高远，常以班昭自比。当真如此吗？”

“岂敢岂敢！小女不过仰慕‘曹大家’，以她为楷模，自况自励罢了！”

“‘曹大家’，幸哉！惠班嫁给同乡曹世叔为妻，因博学高才，常被召入皇宫，为皇后贵妃诵经讲史，在乡邻中赢得‘曹大家’的雅号。”曹植的焦黑有神的眼珠放出两束晶光，“难道芙蓉公主不想当‘曹大家’吗？”

热血涌上了她的脸颊。这一霎间却生出难言的羞赧，呼吸急喘，急忙背过身子。

“怎么不想当？”郭妃不知什么时候已经走进庭院，也不知躲在哪里，但却清楚他们的谈话，快步走过来说，“天赐良缘，如此合辙对心，这个‘曹大家’，姑娘当定了。”

就这样，他选定了她。

没有必要和甄妃提到的那个女子会面了。

实在没有必要，他太钟爱芙蓉公主了。

他的母亲卞氏只好在内心苦笑了。郭妃热情出面，她就预感到一丝不妙。曹丕焦急的样子不难理解，但他的心底必然思谋的是自己的竞争。他们兄弟之间已经是战争中或博弈中的对手，谁都想胜谁都想赢，可是当弟弟的以正当的心思和真正的本领去应对，当哥哥的却使了奸心！如今又是热心热肠地为弟弟牵针引线，物色了这么纯正的一位淑女，难保没有包藏一种歹心？

“如此甚好！”想不到她把自己的担忧说给丈夫，曹操却分外欣喜。“怕什么？”他的黑豆眼定定地望着她，“难道曹家会正不压邪？”

“不……不怕。”她嗫嚅说，心里却对自己说：但愿如此！

曹植兴奋至极，恨不得当天就与她完婚！

但在当天夜晚，前妻崔姝却闯入梦境，极力阻拦他的新生的爱情。其实，她的贸然闯入，完全是他睹物思人的结果。自他战场归来踏入这个房间没几天，再也没有见到崔姝用过的衣物饰件，她的所有的陪嫁之物不知被收拾到哪里去了，就连窗前案几上的铜镜梳子，卧榻上的褥子布单被子，也全都换成新的。他能理解，家里要除掉与这个女人有关的所有气息。但是，不知何故，竟然在他的书箱里，那卷经常翻阅的竹简《庄子》中，夹着那件美艳玄奥的红布绣肚兜儿。他一阵惊喜，又定神端详，看到蛙形布面上一只活生生的老虎昂头待扑，毛色黄润鲜亮，五彩斑斓，一派勃然生气。崔姝任性而又得意的声音响在耳边：“娘听说夫君有大才，外号绣虎，就让一只虎压住身子。这只虎不同于枕头上的虎。这是出山虎，浑身有劲，一啸生风，有它贴在肚腹，贱妾岂能是个空身？”夜晚，刚一入睡，她就笑眯眯地站在他面前，身穿朱红菱纹罗丝锦袍，头上饰满珠翠，张开两臂抱住他的脖子，香腮贴脸地央求他快快抱上卧榻。他像往日那样为她一件一件解衣脱裳，直到红白玉体上仅露出那件红布绣肚兜儿。正待入衾共乐，她却双手捂着眼睛哭了。她哽咽着说夫君眼看要迎娶新人，忘却旧爱，贱妾心中不甘呀！他不知如何应答，正在尴尬之中，她却一骨碌爬起身子，手中拿着红布绣肚兜儿，朝他头上肩上乱打一气，并哭喊说：你为什么相信那个连头眉？她能给你找下什么货色？不行，我非死死地缠住你们不可……刹那间她变了模样，披头散发满脸青泥浑身水湿，怵得他浑身发抖，惊醒后再也不得安眠。

“哀莫哀于永诀，悲莫悲于生离！”悲哀伤痛中他也想出不忘旧情的办法。

新婚之夜，当他心仪的芙蓉公主以妻子的名义在红烛的柔柔光亮中与他双双执手时，他又想起了崔姝，但从思念的对比中更衬托出新人的雅致、贤淑、超俗。她一进门就脱了红衣红裙，卸掉乌发上的钗簪，蓬松的鬓发在脸孔周围芜乱颤动，那件藕粉色长裙又穿在身上了。随意，洒脱，落落大方，在目光的对流中已不再羞意躲闪了。

她一开口，首先开宗明义，表示自己对夫妇之道的理解："先贤惠班说：'夫妇之道，参配阴阳，信天地之弘义，人伦之大节也。'可见男女双方结为夫妻，是何等重要的事。尤其是曹家——"

"曹家怎么了？"他把她的手握得更紧。

"曹家是当今天下第一豪门，公子公主一个个龙章凤姿，志向非凡，在这攘夺纷争的年代，年轻一代的夫妇可就非同寻常了。"

"这是何意？"他觉得一个敏感的话题引出来了。

陈非笑盈盈地反问道："夫君在咏诵芙蓉的赋中有这么两句：'退润王宇，进文帝庭'，又称贱妾为芙蓉公主。请问：这是何意？"

"妙哉！妙哉！知我者，贤妻也！"曹植激情大动，猛然伸出双臂揽起她的身子，快步走到榻边将她放下。"来日本夫入主王宇帝庭，爱妻的温润文雅将惠及天下！"

这是非常独特的新婚初夜，悠然典雅与彬彬有礼尽显于红绡帐中。决意仿效班昭的妻子在丈夫的怀中平静地说：夫妇之间，阴阳有别，阳以刚为德，阴以柔为用，男以强为贵，女以弱为美。妻子应谦让恭敬，先夫后己，一生在夫君面前永远是卑弱下人。说毕，动手将他的衣裳一件件脱掉，又将自己脱得一丝不挂，平平躺在他的一侧，瞟来的目光三分娇羞七分期盼。感激增添了爱意，欲火更烈，曹植却先吟诗暗示："《关雎》中'参差荇菜，左右采之'，令人浮想联翩。贤妻知晓这对夫妇房中欢愉有什么寓意吗？贤妻此刻不是一颗翠生生的荇菜吗？"她握住他伸到胸脯的双手说："且慢，班昭说：'夫不贤，则无以御妇；妇不贤，则无以事夫。'依夫妇之德，《关雎》之义，夫君只有先立誓做君子为贤人方可御可采。"他的脸贴着她的脸说："这有何虑？鄙人志存高远，常追慕古圣先贤，思尧、舜、孔、庄，不甘沦为庸常之辈，岂能不守夫妇之礼？"她将他的两只手掌交叠握住说："能与夫君同帷，乃卑女一生幸事也！"欢愉中，他想到了崔姝及那件贴身遗物，便从枕下取出红布锈兜，说这是前妻有意留下的信物，是她对咱们喜结良缘的祈愿。她目光一凝就惊呼"妙哉"，说自己平素喜欢塘中莲花，这蛙形绣品正与水塘相关，而且一只斑斓绣虎压身，倚雄强而甘柔弱，阴阳合和方成永久……

第十八章 "天命在我"

一、"天命"之说

一件东西被他的双手紧紧攥住，让他专注地观望，反复地掂量。

它就是那个黄土疙瘩，取自邺城城墙的一个土块，八年来一直放在书房案头的宝贝。他从关中战场归来后的第一件事，就是将它握在手中仔细端详思索。它的分量骤然加重了！

疆土扩大，他已经完全掌握了中国北方地区。

他还没有放下手中的宝贝，陈群就应召赶来了。

"恭贺主公取得关中大捷！"陈群爽朗地笑着，突然压低声音："'涂高'的步履当跨入门槛了！"

"涂高"指的是多年来民间流传的谶语"代汉者，当涂高也"。在曹操和他的心腹党羽看来，它的内涵其实只有一个字：魏。这个字早在占领邺城的当夜他就和妻子说在枕头边上。这个字和那个土疙瘩一样，时刻在他的心头压着。

"依足下之见，第一步该如何迈出？"他的黑豆眼中闪出狡黠的亮光。

其实，方案早就议完：由汉献帝下诏给予他赞拜不名（朝拜时司仪唱礼不直呼其姓名）、入朝不趋（上朝时不必像其他大臣一样小步快走）、剑履上殿（可以带剑穿鞋）的特殊礼遇，与辅佐汉高祖刘邦的萧何所得到的礼遇一样，说明他功居首位，下一步即可封公建国了。

陈群说出了这个方案后，曹操没有说话。他双目微闭，沉思了一会儿，问："会引起反叛闹事的风潮吗？"

"反叛闹事……"一贯谨慎谦恭的陈群有些为难的样子，苦笑说叛乱起事者分为几种，一种是过去的归降部队，一种是一心拥护王室的势力，还有一种是受打击的强宗豪族。前一种可以用安抚的方式提前防止，第二种无法回避也不用回避，第三种可以用另一种策略去消解。如其不然，三种势力可能会相互勾结引起麻烦。

"第三种势力如何消解？"曹操显得饶有兴致。

"在下斗胆直言了！"陈群打消了顾虑，两眼直直地望着他说，"近年间那些豪强地主像抽了筋似的，不再势焰熏天横行不法了，也不敢隐瞒田土资财了，还不能私营盐铁大发横财了，想兼并他人膨胀自己的美梦破灭了。本来，大老鼠是吃惯了粮食又吃惯了小鼠，如今既不能吃粮食又不能吃小鼠，怎么会心里平顺呢？"

"以足下之见，如何让这些大老鼠心里舒坦？"曹操话语中含着显而易见的不满情绪。

"在下经常为此忧心忡忡。主公已是鬓发苍白的老人了，还要每逢大战亲率亲征，但是孙权刘备的势力日益增强，克定天下不可能一朝一夕，这就要稳定的局面来支持。维持稳定必须依靠社会主流力量，这主流正是威猛雄健的'大老鼠'，当年汉光武帝刘秀也对他们退让三分。如今他们让主公卡了脖子，如果能松动一下，就不至于乱跳乱咬了！"

"松动一下？"曹操本想对他严厉斥责，但看他真诚恳切的样子，想起他多年来为政清廉忠于职守，心里不再生气，和婉耐心地讲了自己的看法，"百姓乐意亲附，甘愿跟随我们，加上军队强盛，才是稳定局势的根基。汉光武帝刘秀当年对这些'大老鼠'退让三分，导致了豪族过分强盛，下民过分贫弱，酿成社会危机，导致东汉逐渐衰落下去，这正是发人深省的教训呀！"

陈群连连颔首，像往日那样柔声下气地说："主公明智，在下明白。当下还是按既定方略，加紧实施'涂高'密令为要！"

尽管陈群不再表示担忧，他还是看出了已然存在的隐患。这是至关重要的部署，他要继续了解，听听有识之士的见解。

他首先想到了司马懿。这是一位城府极深的谋略家，平日不愿显山露水，也不想功名大业，既可使用，又不可重用的玄秘人物。

司马懿依然是那副苍头黄脸有气无力的病恹恹的模样，并且添了大声咳嗽的毛病。曹操吃惊地说："仲达才三十出头的年纪，怎么成了多病之身，是忙于公务累坏的吧？"

司马懿说：“臣下一心牵念祖上留下的田亩私产，无意仕官前程，只图心境清闲，宁可回到故邑在先人墓园当一只看坟狗，也不愿在君王公侯门中为人鹰犬，还是放臣下回去吧！”说罢长跪在地，俯首不起。

曹操哈哈大笑，扶他起来，在他的肩上狠狠拍了几巴掌：“孤让人一根绳子将足下捆了起来，就是为了当鹰犬使。孤自幼喜好狩猎，没有一群像样的鹰犬怎么格虎呀？”

低声谈起这件秘事，司马懿却抖擞了精神，目光中闪出火辣辣的光气。他说：“主公乃命世之才，自有改变天地乾坤之大略。世间一切礼仪皆人的情志所为，只要顺乎世道人心，就不必多虑现存的规章法典。”曹操说出了陈群的“大老鼠”之忧，司马懿却沉默不语，恢复了耷头蔫脑憔悴多病的样子。曹操问：“仲达何故不语？”他咳嗽了几声说：“先贤说：成大事者不与众谋。主公何必与臣下谈此等大事？”曹操说：“仲达乃可成大事之人，当然要求教于密庭。”司马懿惶恐不安地说：“仆下乃主公之手臂而已，一切随主公之意，岂敢有‘大事’之想？”曹操本来熟读申不害著作，知晓他的比喻出自何典，故意问：“足下何等睿智，怎可为人手臂？”司马懿说：“战国时期韩国丞相申不害有言：‘君如身，臣为手。’主公必为一代君王，仆下第一个称主公为君，请受仆下一拜。”说罢，他郑重地参拜，跪地行了顿首礼，惹得曹操仰首大笑。

望着司马懿转身走去弯腰慢步的身影，他立即想起两位声姿高畅眉目疏朗的贤臣：荀彧和崔琰。他们心地光明挺腰做人，绝不畏畏缩缩低眉俯首，刚正直言让人既敬且畏。但是，荀令公已经不同于往昔，他以毫不妥协的姿态站在了他的对立面，不用询问，就可知晓他的态度。

崔琰，由于正派儒雅，善识人才，曹操任用他为丞相府东曹掾，掌管人事任免。曹植的妻子崔姝犯了家法被处死后，曹操亲自到崔琰家中向他和他的兄长解释，并赠予金银器物丝绸衣饰作为抚慰。深明大义的崔琰不但没有怨恨，还对曹门看重尚俭家法从严表示钦佩。

面对这位高洁耿直的雅士，曹操本可以通过别的臣僚与其交谈，了解他对这件事的看法。但他觉得崔琰毕竟不同于荀彧，不是一心拥护汉室的顽固派。

崔琰来到时，曹操专意在门口站立迎接，坐定后又将一杯酒递到他的手中。

“季珪君乃清忠高亮之士，令人敬仰！”曹操恳挚地赞叹说，“孤常常给别的臣僚说，君有伯夷的清高、史鱼的正直，贪鄙的人会仰慕君的名声而清廉，壮士会尊敬君的声誉而砥砺，足以引领一代时风了！”

“明公召在下到府上来，难道是为了以这种过分褒扬的方式给予贬损吗？”崔琰却不领情。他的头颅一直高挺，足有四尺长的垂垂髯须在胸前轻轻拂动，脸上现出不满的神色。

曹操尴尬地笑了："君的一言一行令人敬仰，孤方知《诗经》中的'高山仰止，景行行止'，并非只是一种空泛的赞扬而已！"

"明公究竟有何要事告知？"他显得急不可耐。

曹操又为他斟了酒，坐在他的身边说："有那么多的要事吗？不过是请君忙中消闲，叙旧聊天罢了！"

他说出了那句流传甚广的谶言"代汉者，当涂高也"。问他可否知晓这句谶言该当作何解？

崔琰的神色显得更为冷峻，眼皮眨了几下。显然，他看出了他的用心所在。

"自古以来，没有一家一姓可以永久王霸天下，刘汉亦然。"他直奔题旨，一点也不避讳。他说自古以来，每逢天下大乱，就有俗谣谶图流传于民间。这句谶言早在西汉末年就隐秘流传，王莽、刘秀都利用它为自己立命。到了东汉，大乱再起，眼看汉家气数将尽，孙坚、袁绍、袁术，都想利用它称帝。袁术以为袁姓出自陈国，其国君乃舜帝后人，袁家四世三公，门第很高，无人能比，又得到皇帝玉玺，自己名"术"，字"公路"，正应此谶，便装模作样地当了皇帝，为世间留下笑柄。其实，所谓谶语不过是一种把戏，一种策略。它的内容游移不定，可以任人解释。但是，它又能真正应验。究竟谁能应验呢？这就看天命了。天命在谁，谁就是赢家。

"高见！高见！"曹操频频点头，"依足下之见，'天命'当作何解？"

"明公何等明智，难道不知天命之意？"崔琰显得不屑一谈，眼睛直瞪过来，"天命，在天也在人，在民心也在己心。不少人说明公乃当今命世之才，看来带有上天的意志。上天的意志，其实是顺天之化，因地之利，顺时之变，应民之心，经纬万端中，另起世界。《尚书》中说：'惟天无亲，克敬惟亲；民罔常怀，怀于有仁。'上天没有固定的亲人，民众没有一定感怀的君王，务必以仁德待天下人！除此而外，别无它哉！"

曹操只觉浑身血液滚烫，而又有丝丝冷气钻心。他既喜悦，又胆怯；既想让他畅尽其言，又怕他话中带刺。崔琰似乎看出了他的心思，即刻站身起立，向他揖礼告辞。

二、"天命已在曹门"

当然，曹操明白崔琰话中的弦外之音。这让他想起了另一个人：蔡琰。在那个本想表示爱恋的夜晚，她却出乎意料地变脸，愤怒地斥责道：“你为了权势，顺我者昌，逆我者亡，明杀暗戮，死了多少人？你霸道自私，视世人为奴隶，说什么‘宁我负人，毋人负我’……”

那个体态丰满、脸颊两坨红晕、目光喷火一般对他挥臂怒斥的蔡琰，仿佛就在眼前站立，在脑海飘浮，任他睁目闭目，总也挥之不去。在她疯狂的谩骂声中，他又想到了被诛杀弃市的“鲁国男子”孔融，面色庄重一身清气的荀彧，冷倔的、束着朝天椎发型的刘桢，被处死的豪强柴坤、孟虎，以及铜雀台冲天的大火……

危乎哉，那些形形色色的“大鼠”！

此刻，他想到了一介寒碜卑贱的下民。

此人是他的下属的下属，比徒卒身份稍强一点的伍长单耳人。

当春阳寡白的脸庞斜挂在西郊旷野那排绽出毛絮芽尖的白杨树梢头时，他单车微服，来到青州军精锐部队青龙兵团驻扎的营房门前。

没有操练，也没有敲鼓鸣金自娱自乐的军营是冷凉寂静的。曹操亲自下令，给这支部队放假一月，让士兵们回家乡或者去附近的屯田区和亲人团聚。

他还特意对单耳人做了假期安排，让他参与留守，多挣一笔相当于伍长一年俸饷的银款。

单耳人正在营房门口坐着，一边领受着太阳的明媚温暖，一边在双膝上翻来翻去地拨弄着铠甲，原来他在专注地消灭另一种敌人——虱子。令人惊异的是，他的上下嘴唇红渍渍的，好像红漆刷过一般。

曹操走到他身旁时，他还没有发现。

“铠甲生虮虱，万姓以死亡。白骨露于野，千里无鸡鸣……”[1] 曹操常常见到士兵们在打仗的间隙如此这般地捉虱子，自己曾在一首诗中写过这情景，此刻一番吟诵，算是向他打招呼。

“我的天神、天王、天爷！”单耳人抬头看见了他，惊得大声呼叫，又扑通跪在地上。

盘腿坐在墙边的硬土地面，喝着随从人员弄来的茶水，他要单耳人不必放下手中的活儿，像说家常话一样，二人随心顺口地闲聊起来。

单耳人身边放着一摞兽皮铠甲，他说弟兄们的战袍上都有虱子。他说关中一战，整整十个月过的是没黑没明的日子，分不清夜晚与白天，宿营与行军没有什么差别，

[1] 曹操《蒿里行》

二十多斤的全副甲胄穿上身子再也没有脱过，身上的血即将被这些看不见逮不着的虫子兵吸干咂净了。他说着翻着找着，将皮袍针脚皱褶缝隙中隐藏的虱子艰难逮在手中，看一眼后像吃炒豆子一样扔入口中，香甜地嘎嘎嚼着，牙齿和嘴唇上自然红渍渍的。

看着他边逮边吃的样子，曹操的身子一阵阵发怵，心里又很辛酸。常言说：富人的金子，穷人的虱子。备受虱子折磨的穷贱之人，出于一种本能的仇恨，用这种方式将这些吸血鬼消灭，并希望得到“以血补血”的报偿，希望如此恐怖的打击后，它们不会卷土重来。

“苦哉，壮士！”曹操眼眶发酸，感叹说长期的拼命的战争，造成了徒卒的非正常生活。只有尽快结束战争，有了太平世道，贫苦民众才会消除种种痛苦。

“那些豪门大户，就是穷人身上的虱子。”单耳人继续说，黄巾军当年起事，指路的经书是《太平经》，《太平经》中把富豪比作粮仓中的老鼠，说这些“老鼠”财宝堆成山，眼看穷人饿死病死也不会救济，世道如此不公，引起盗贼抢劫是当然的事情。

曹操想起陈群的“大鼠”之忧，故意这么问：“眼下这些大老鼠听说孤要称公做王了，他们要合力反对，兴风作浪，怎么办？”

单耳人突然站起身子，挥舞拳头，血红的嘴唇翻成喇叭状，吼叫说：“青州军就把狗日的剁成碎块，煮熟，再焙干，像吃这虱子一样全都嚼了咽了！”

“田艾伍长，好兄弟好朋友，孤的忠实战士！”他站起身子，双手安抚着他的肩膀，一对暴突的黑眼珠对着这张失掉右耳留着长条伤疤的脸盘，心中滚烫。

“称公做王，坐上龙椅，这是有种有收、谁作务谁打粮的事，难道咱们蒸的白馒头能叫大老鼠吃了？”单耳人还说，青州军敲的太平鼓，高喊的“太平太平，天下大吉，曹公曹公，救世真人”，正是为了龙得正位，盼望这个夙愿早日实现呵！

曹操急忙摇手说，“龙位”“龙椅”这话可不敢随便说，当今是刘汉一朝，只能由刘门后裔执掌天下，旁姓外人岂能心存妄想？说得单耳人又挥动拳头，并说青州军弟兄要为真人登位嚷嚷呼叫。曹操又将话题引到“大鼠”，问起他的堂兄在魏郡那边生活的情形。单耳人说那边倒也平静，柴家再不敢横行无法草菅人命了，只是柴坤的儿子柴伦在外还不安分，扬言等机会回来报复杀人呢！曹操嘿嘿笑着说我死了还有儿子孙子，他要报仇杀人怕要等到好几辈以后了！

“那是当然的！”单耳人说，曹家的后人心向下层民众，正直善良，顺便说了曹植、杨修一行来这里探望他们的事。曹操听他详细叙述了事情经过，说来军营探望士卒是应该的，但他对军法从严的非议是错误的。以法治军，不严就会走样，就难以克敌制胜。他许愿说对军队尤其是青州军要加粮加薪，也许再打三年仗就可以裁军减员，众多兵士就可以解甲归田了。

三年！又是三年！当初大败乌桓，他估计三年之后即可扫平天下，孰料赤壁一战损失惨重，孙权刘备反而站稳坐大。好在关中收囊，汉中在望，孙权和刘备岂能不臣日久？他很焦急，恨不得一日之内就将顽贼歼灭。但冷静想来，也许还需八年、十年，为了鼓励士气，就将三年当作目标吧！

告别了单耳人，他心里暗自高兴。想不到这个身份低下的伍长用农人思维的方式为他的机密大业提出了理论依据。当然，他内心埋存的，还有典籍表明的合乎情理的依据。

这个依据，与往日的恩人桥玄有关。

带着两个寄予厚望的儿子，他专程来到豫州梁国睢阳境内的桥玄墓园。

枝叶苍翠的两株柏树只有碗口粗细，一左一右夹住一个锥形的黄土堆，前面的一通石碑简要记述了墓主人的生平，周围横竖无序地布满一个个新老坟茔，表明官至太尉的桥玄像普通士人一样埋葬在一片乱葬岗子。不要非议这安葬情形的草率简陋，内中的缘由只能令人肃然起敬。这位以刚毅果断著称，敢于打击豪强贪官的高官，去世后竟因家贫难以殡葬，由友人出资援助才解救了燃眉之急。当时处于黄巾大起义的前夜，曹操正在参与危机四伏的朝廷的对策谋划，不知晓告老还乡多年的桥玄恩师已经惨淡离世。十年后，他已担任东郡太守，并率军击溃了黄巾军主力，收编降军三十余万，成为握有重兵的一路豪杰，觉得有颜面也有必要去恩师墓前祭奠一番，便在东征途中来睢阳祭扫桥玄墓。

此番三曹父子到夕阳荒漠中的桥玄墓前，焚香烧纸，揖礼跪拜，奠了一壶酒，面碑凝目，不胜伤感。

“子建，这是当年我为桥公扫墓后写的一篇短文。”他取出一张浅灰色的四方宣纸，上面是他以章草书体写下的文章，交到曹植手中，“算作今日的悼文，读给老夫子听听吧！”

曹植展纸在手，目光一瞥，就字正腔高入情入境地诵读开来——

祀故太尉桥玄文

故太尉桥公，诞敷明德，泛爱博容，国念明训，士思冷漠。灵幽体翳，邈哉晞矣！吾以幼年逮升堂室，特以顽鄙之姿，为大君子所纳。增荣益观，皆由奖助，犹仲尼称不如颜渊，李生之厚叹贾复。士死知己，怀此无忘。又承从容约誓之言："殂逝之后，路有经由，不以斗酒只鸡过相沃酹，车过三步，腹疼勿怪。"虽临时戏笑之言，非至亲笃好，胡肯为此辞乎？匪谓灵忿，能诒己疾，旧怀惟顾，念之凄怆。奉命东征，北望贵土，乃心陵墓。裁致薄奠，公其尚飨！

曹丕专心领会，在"从容约誓"的"戏言"读过之后就朝着父亲扑哧一笑："亦庄亦谐，隽妙意趣，别开生面的祀文，表明至尊一贯的放达不拘！"

曹操在他们兴致勃勃地谈论祭文特色和桥公做官为人的品行之后，提出一个问题让兄弟二人回答：一代名士桥公与曹家大业有什么关系？

当然，这也是对他们考量测试的一种继续。

曹丕想占先机，故而即刻开口。他说，所谓"一代名士"，指的是经过舆论鉴定得到公众称誉的士人，他们在清议中对人物的褒贬评论可以成为地方察举的依据，对年轻学子的仕途前程至关重要。正因为有桥公的赞赏举荐，父亲才在公府征辟中胜出一筹，举孝廉成功，从此踏上仕途。没有桥公慧眼识才，哪有曹门当今的鼎盛？

曹植的漆黑眼珠瞪着曹丕，不以为然地笑了。他说兄长说的并未切中肯綮。征辟成功踏上仕途的人何其多矣，为何唯有曹家才可能执掌天下？论其根源，一代士人当初看重的，是至尊大人言谈气度中流露出来的旷达不拘的精神，是超人的机警、智慧和谋略，这种人才是经邦治世的大才。至尊大人正是以这种心性气度发展壮大势力夺得地盘赢得人心的。而且，在当下，虽然打下半壁江山，但这片天下姓刘而不姓曹。如何才能实至而名归？可惜礼教旧制成为不少人依奉的法典，成为必须打破逾越的一道障碍，这仍然需要通脱不拘的精神气度。一代士人桥公正在墓中举杯欢颜，注目并赞颂着曹门风虎云龙奋力开创的勇气！

曹操的黧黑脸颜泛出一层红彤彤的光气。他心里惊喜却没有赞赏之言，故意仰头望着天空，用悲哀的音调说："天叙有典，皇权天授。天命可在曹门乎？"

"何谓天命？太史公究天人之际，通古今之变，他的看法最有说服力。"曹植像往常一样引经据典话语滔滔，说《太史公书》中的"天"有多重含意，虽不乏宿命的天意，更注重的却是人为。如记载秦灭亡国，详细记述嬴政重用人才励精图治的雄才大略，而六国不能合力各怀异心，才造成"天方令秦平海内"。刚愎自用而又优柔寡断的楚霸王项羽拔剑自刎时大呼"天亡我，非用兵之罪也！"太史公昭然斥责说："身死东城，尚不觉悟而不自责……岂不谬哉！"在他看来，帝王成就大业，并无乱力怪神的玄秘援助，而是自己顺势而为刻意努力的结果。"太史公又说：'是以物盛而衰，时极而转，一质一文，终始之变也。’当今乱世，正是转化之时，天命已在曹门，至尊何必多虑！”他用手指着身边的碑石说：难道这不是桥公的在天之望吗？

“子建所言极是，这也正是我往日要你们看重太史公其人其作的原因所在。”曹操这才手捋连鬓白须朗声笑了。

“子桓呀，子建今日又胜你一筹！”他又将一记重槌敲在曹丕的心里。

三、复仇与建功

曹操得到特殊加封的消息，伴随着荀彧死亡的噩耗，在建安十七年的深秋十月，像裹着漫天浑黄色沙尘的北风一样席卷了华夏大地，让人们感到了时势气候的新的异变。本来，曹操像当年萧何一样受到皇帝特别礼遇并没有引起朝野上下多大的议论，但荀令公的突然死亡却猛然加大了风力并带起了大漠荒沙。

恐慌加愤怒的情绪笼罩在不少官宦、士人和大批豪门地主的心头，北方区域的特大地主尤甚。与曹丕同庚、二十六岁的柴伦，蔫头耷脑地坐在高高耸立的望楼顶端，不愿抬头朝格窗外面的田野阡陌和坞堡里的深宅高阁张望。

上午，在朝歌县城街头，他听到人们纷纷议论着荀令公死亡的消息，有人竟然拖着哭腔说是曹操赐了一杯毒酒将其“命”死的。但也有人说曹操正是真龙天子之命，是苍天安排接替汉献帝龙位来的，他的前几辈祖先贴身服侍了刘家儿郎，如今要打个颠倒才公平，献帝应服侍曹家儿郎了。替曹家说话的人多是一些百工农人贩夫，他们很少知道荀彧其人的职位性情，却把大权独揽的曹操看成救世的神仙。柴伦在十字街头看见一个白发白眉白须脸膛红润身腰笔挺的道家方士被众人团团围住，他正以太平道经歌的曲调唱着一首晦涩难懂的歌谣：

言居东，
西有午，
两日并光日居下。
其为主，
反为辅。
日载东，[1]

[1] “东”的繁体字“東”，篆书“曹”构体上从“東”下从“日”。

真人出；

黄气冲天，

绝火光。

唱得人们瞪目发呆，不得不听他的细解详说。依他看来，归结为“许昌”的主人反而成了辅手，曹家的土德灭掉了汉家的火德。

“妖道惑众，竟然替汉贼曹操张目！”一位身穿蓝色锦袍的中年人呵斥道，“荀令公离世之后，皇帝不吃不喝，整日郁闷。龙颜不悦，王室被黯云笼罩，天下志士无不殚虑，岂能容汝等歹徒替乱臣贼子说话？”

人群一阵躁动，一位头戴紫红丝巾的年轻士人仰头大笑。他转身朝众人环顾，一眼不看那位财主模样的怒斥者，摊开两手高声问道：“如今世间，哪一片土地哪一座房子哪一个鼻孔能出气的人，还姓刘归汉？南面的孙权，西面的刘备，北方的曹操，谁不给他们纳粮当兵？眼看国家崩裂，战争频仍，收拾这乱局的还不依靠曹操？”

“对呀，睁眼看看呀！”“曹操会打仗呀！”“曹操是大能人呀！”“曹操是吃老鼠的大猫呀……”

人群“炸窝”了，吵嚷吼叫的乱声杂调像一桶冰凉的水，不仅泼在了那位财主头上，也浇在柴伦心头。

“每逢伤心败意，就上上望楼。”

父亲生前常常这样对家人说。五岁时，柴伦开始记事，父亲每隔几年就上望楼指着远方的田野说：“渠坎外这片田亩抢过来了！”他不说“买”而说“抢”，可见费尽了周折之后的愉悦。他十八岁开始在自己的名下经营朝歌的三百顷良田后，才知晓要低价强买小地主的田园是多么艰难。除了银钱，还得靠官宦势力施压，要付出另外一笔“托情”银两。就在这一年，父亲和他一起站在新建的朝歌坞堡南侧的望楼上，仰头凝目朝遥远的邺城方向眺望，对他说大片的膏田沃土是望楼上看得见的，却要由看不见的地方产钱来“抢”，这看不见的地方就是大城市里的盐铁生意。

可是，没过几年，当他在洛阳城内和朝歌县城开办了铁店盐行之后，曹操就如初春的冰雹一般砸毁了新绽的枝梢嫩芽，不仅城里的盐铁生意遭禁，耕地被重新“度田”，租赋不能转嫁给佃户，就连父亲的老命也丢掉了。

此刻，柴伦在望楼最高层的瞭台石条上坐着，只觉得胸腔憋闷，街面上那些吵嚷的民众浇给他心头的那桶冷水凝结成沉重的冰块。他是为了化解郁积的烦恼而登上望楼，却没有想到望楼四周的景物更令人不快。

忽然，他想起了吴质，这个长他十岁的颇有心计的朝歌县令，他结交的这个朝廷命官，定然知晓时势的走向。

在县令府旁边一家常常会聚的酒肆的秘密房间，他们相见了。

“足下何必忧心忡忡？”吴质在只有两人的场合仍然压低声音，但脸上的笑容却显而易见。他说曹公的基业无人可比，天下必将由曹门执掌，这并非什么不幸，而是值得欢庆的好事。试想，假如不是曹公击溃并收编了黄巾军，那伙祖祖辈辈受着残酷压榨的下层农民起义成功之后，豪门大户不知会发生怎样的不测。他说曹公雄心勃勃抑豪强，扶贫弱，消除社会危机，企望开创一个太平世界，只是他个人的意愿。他像套在车辕中的高头大马一样驾着沉重的车子奔跑，随着前行的脚步，他的负担会愈加沉重，加之渐入老境，必然有力不从心传给后人的一天。

“传到曹丕身上，让他驾辕，还能算是幸事？”柴伦想起那天曹丕拒绝“天子之剑”的情形，那张冷气凛凛的大胚子脸长久地凝固在他的脑海。

吴质的声音压得更低，神色更加诡异：“那是当然！若传到曹植身上，那个心气更高心思更纯的三公子一旦继位，必然秉承其父志向，富豪门庭的遭遇可想而知！”

“难道曹丕不可以变通？”

“当然！他心眼活泛，看重现实，常有权变的策略。”吴质的目光定定地对着他，下巴中央的黑大瘊子也在短暂的停顿中不再上下闪动了，“他没有其父那样高远的目光、强大的心力、超人的谋略和弄权之术，在决策时就难以力排众议，就容易被臣僚驾驭了。”

“那才是明白人！”柴伦清秀的脸庞这才现出一丝笑意，“他的老子，真是一头不识时务乱踢乱咬自讨苦吃的笨驴！”

吴质趁机进言：当今乱世，正是江山社稷易主换姓之时，人们都在不失时机地投门靠势，依附有望升腾的“潜龙”，以待来日的发达。他的意思柴伦自然明白，那次馈赠“天子之剑”就是攀附的表示。吴质说“天子之剑”终究有一天会握在大公子手上的，不过，眼下他急需的，不是剑，而是弓（功）……

确实如此，曹丕的紧急之需是建功，是以显著的成就业绩证明自己才能的卓越，赢得父亲的信任。三弟曹植在父亲有意无意的测试中屡屡获胜，不过他赢的是空谈，是战争与防务之外的经史诗文，对于本职事务和战争却从未涉及。陈群、吴质等人和他的看法一致，相信他会在五官中郎将的岗位上建立功勋，树立威望。

身为五官中郎将，统领皇室侍卫，负责保卫都城和皇室安全，他必须周密部署，昼夜防备，时刻警惕，不能有一丝一毫的马虎松懈。上任两年，反叛动乱事件时有发生，由于邺城有大部队驻扎，平叛多由正规部队完成，很少由他独自指挥平定，自然鲜有崭露头角的机会。

夜深了。

天地间黑沉沉的，就连大街两旁的店铺也灯灭火熄，只留下两排屏障似的墨黑剪影。突然，一支数百人的队伍出现在丞相府所在的大街。此前他们化整为零，装扮成农夫分散在各条街巷，没有引起巡逻戍兵的注意。在他们骤然集结之后，便如虎群一般朝丞相府扑过去了。

丞相府门前同样一片漆黑，但漆黑的夜幕中却行进着一支巡逻队伍。就在这伙土匪与退役军人组成的突袭队奔袭过来时，迎面猛然响起高亢的号令声："放箭！"

随着冷箭齐发，嗖嗖的响声如飓风刮来，奔跑在前面的人瞬间惨叫栽倒，地上蜷曲扭动的身体成了后来者的"绊子"，队伍不打自乱。卫戍队统领者一声"冲杀"，自己狂嘶怒叫冲锋在前，以狂飙般的剑刃捅开一条肉身挟持的通道。

当一盏盏白纱蜡火的灯笼出现后，挑灯的人和察看的人全都发呆发怵了。悲乎，愤乎，惨乎，成片的横摆竖挺缺头少腿戳满血窟窿的尸体。在初冬寒冷的夜气中浮升起一股暗红色雾团，恶臭酸腥的气味向四周漫散，能把脏腑过纯的人喷倒！

"快哉！壮哉！智者的韬略！英雄的利剑……"

一边挥剑狂舞一边嘶声欢叫的人正是卫戍队统领曹丕，他的双脚像踩毡毯滚子一样从一个个尸体上踏过，从这头跑到那头，浑身舒坦燥热，亢奋无比。

"将军满脸血污，快洗一洗！"贴身卫士笑着提醒。

"这是我心里淌出的血呵！"他似乎在说笑话，手中的青钢剑仍然舞动着。

四、不谋而合

曹丕此举果然得到其父赞赏："吾儿夜间子时还在带队巡查！须知非常之功，正是靠忠勤王事之心，趁非常之时，立非常之举，才得以创建。"

然而，反叛骚乱的事件并不因曹丕的"忠勤王事"而减少。曹操为了成就霸业，害死优贤重臣荀彧，将要篡夺汉天子之位的消息不胫而走，华夏大地卷起的反曹风潮不断加剧。除了孙权刘备在自己统治的疆域叫嚣，北方的曹操地盘也屡屡发生军营和城乡的叛乱暗杀事件。

曹操不断得到下属官吏部将遇难阵亡的消息，对于这些熟悉的部下之死他虽然十分悲痛却并不为之震惊，但是一个很不起眼的下层庶民的被害，令他既伤痛又惊诧。

那天，惯于告密的路粹又来求见，说那个常常梗着脖子冷着脸孔犟着性子的刘桢，近日在几个文士面前出言不逊，说什么“孔文举不愧为‘鲁国男子’，他不仅刚烈血性，而且他的预言应验，荀令公果然一命呜呼！”

曹操心生怒气，却笑嘻嘻地说：“文士侠义，不平则鸣嘛！他定是骨鲠在喉，不吐不快。一通怨天尤人的牢骚发出，肚里也就松泛了！”

“他的哑巴妻子被前夫的儿子杀了，大卸八块……”

路粹说得这么确凿具体，是因为那个行凶报复的人故意暴露了自己的身份。

那天晚上，嫽人随着一个民间艺伎团在魏郡乡间演出，可以说是到了伤心之地，想起她当年落入孟虎手中的情形，不由得动了感情，在演奏曹操的名作《蒿里行》时伤心落泪，大放悲声，惹得台下一片哭泣之声。也许有人飞快告知了孟家，半个时辰过后，一队乘马狂奔的武士赶来，将已经演毕正在卸妆的嫽人在后台抓住，扭到前台当着还未走散的观众动了刀子，依照古代一种酷刑将她的身体肢解。武士们在台上像玩杂耍一样抛掷着嫽人的头颅，扬言说孟大公子是不好惹的……

“竟然如此嚣张，反了天了！”曹操在心里怒骂，却对路粹颔首笑道：“公干乃耿直之士，遭遇如此祸事，自然有怨有气。而后这群文士人前人后门里门外的情形，依旧留心观察，及时禀告。”

“嫽人嫽人，乱我心曲！”他的眼前不断出现那个面色凝重善弹秦筝的歌女的面影，在踱来踱去的不安思索中，吟哦了那首《诗经》中的《月出》：

月出皎兮，（月亮出来多晶亮呀）
佼人僚兮，（照得美人儿更俏丽呀）
舒窈纠兮，（安闲的步子苗条的身材）
劳心悄兮，（我的心中好烦闷呀）
月出皓兮，（月亮出来多晶亮呀）
佼人懰兮，（照得美人更娇丽呀）
舒忧受兮，（悠闲的步子灵动的腰呀）
劳心慅兮。（我的心儿突突跳呀）
月出照兮，（月亮出来如灯照呀）
佼人燎兮，（美人身上银光耀呀）

舒夭绍兮，（腰身柔软脚步儿闲呀）

劳心惨兮。（我的心中好凄惨呀）

吟咏完毕，他胸中的怒火似乎才被点燃，意识底层的“孟大公子”突然浮上脑海。一霎时，年轻时在山林格虎游侠任气的那股难捺的热火冲劲又冒了出来。“嫽人何辜？何不径直冲着曹操而来？将曹操大卸八块，油锅炸了，那才解气！孤家曹操倘若丢了兵权，王室、重臣、将领、豪门地主中的反对派和仇人岂不联手攻击，将孤八代祖宗的坟墓掘了、宗庙毁了，全家斩尽杀绝九族诛灭干净，世道彻底翻转过去了，尔等王公大人强宗豪右一个个振臂高呼‘幸甚至哉’，孤在阴间捶胸流泪哀叹‘悲痛甚乎’，那该何等惬意快活？”他开始还满腔激愤，后来竟然开怀大笑，笑得身子东倒西歪，像喝了开心酒似的手舞足蹈，但及至最后，又想起那个身世凄凉的歌女，热泪汩汩而下，流淌在满把苍白的胡须上。

“传！令魏郡缉拿杀害嫽人的凶手！厚葬嫽人，抚慰刘桢。孤要前往刘桢住所为嫽人吊唁！”

他还思谋：迅速部署一次规模盛大的歌舞演出，扬声威，鼓士气，自然也包含悼念嫽人的意思，让那些背地捣鬼暗算的人看看！

独自一人正在思忖，侍从禀报：蔡琰请见。

“怎么是她？”他有点诧异。

小步快走，亲迎于门首。

“尊兄！”

“贤妹！”

“锦袍下套着铠甲的魏公！”

“历尽坎坷依然不改志向的才女！”

“尊兄的头顶下颌多了一些白发白须！”

“贤妹脸颊上的黑红坨晕完全消失了！”

笑声中抚肩攀臂四目相对，恰似离别日久的亲兄妹相逢。

落座，饮茶，谈叙中知晓她和董祀婚后感情甚笃，在安定的生活中她已着手回忆整理父亲散佚的文稿和流失典籍的内容。

“回忆整理？”他暴突的黑豆眼闪出一丝疑虑，“那些经史文典，诗赋华章，无一不考究辞采，锤字练句，岂能靠回忆落笔纸上？”

文姬却淡然笑了：“小妹当年浏览时用了心思，过目之后又诵读一遍，至今能通篇背诵，落笔岂能有误？”

“一次诵读，记忆永久，旷世罕才也！”

“小妹来找尊兄，可不是为了得到夸奖。”她黑红的泛着一层油光的脸庞霎时阴沉下来，目光冷气森森，“听说反叛骚乱事件不断发生，近日嫽人被昔日仇人杀害，敌对势力如此猖獗，何不给予迎头痛击？”

“甚是甚是……”想不到她热心关注他的大业，“如何痛击？”

“小妹可以尽绵薄之力，利用弦歌舞蹈，声乐演艺，高台教化，斥恶扬善，鼓舞人心！”

“不谋而合！”曹操高兴得拍着巴掌，“真是心有灵犀，念想即通！”

“小妹要登台演唱，自述亲历，既畅抒胸臆，又明辨是非，让世人看看尊兄掀动翻转的是怎样一个世界！”

热血涌动上来，他真想张开双臂将她搂在怀中，在交体合心的狂烈情爱中表达内心的感激。

接连几天，在铜雀台、演兵场、文昌殿门前，艺伎班加上文人雅士的演出异常火爆，令人揪心动情。

开场鼓自然是少不了的。单耳人田艾和他的兵卒子伙伴依然光脊梁精胳膊抡圆了大槌，大鼓和刁斗的铿锵之声首尾呼应，当中夹杂着他们震天吼地的呐喊：“太平太平，天下太平；曹公曹公，救世真人！”单耳人上台前对曹操说，他听到嫽人被害的消息后非常气愤，今日上台，每一槌下去，恨不得吃虱子那样牙磕嘴咬，把那伙“大老鼠”全都砸死！

嫽人的缺失让艺伎班蒙上了一层悲凉。嫽人不在了，他们演出的曲目依旧，曹操的《薤露行》《蒿里行》，正好表达的是一种凄凉悲壮的情绪，每个人的表情动作都带着发自内心的悲哀。嫽人的秦筝传到兰蕙手里，她在轻挑急拈中指尖腕臂作用于丝弦上的声音，正是她非人遭际的心音流露。

压轴曲目是蔡文姬的演出。

她带着那把有名的焦尾琴登台了。

想不到董祀也上台了，他带着竹管胡笳，站在她旁边。

台下，曹操和他身边的陈群、王粲都瞪大了眼睛。

蔡文姬依琴坐定，抬头抚弦，容颜庄重地对着下面一片观众，目光已带几分凄凉。

弦音响起，胡笳和鸣，低沉而舒缓，似冷凉的西风渐起。

她开口唱道：

汉季失权柄，（汉末皇帝失去权力）

董卓乱天常，（董卓之乱坏了朝纲）

志欲图篡弑，（他谋图篡位自立）

先害诸贤良。（先要杀害众多贤良）

逼迫迁旧邦，（威逼迁都于旧都长安）

拥主以自强。（挟天子而自显威强）

海内兴义师，（九州大地涌现正义之师）

欲共讨不祥。（联合讨伐逆贼魔王）

她唱述的这些情形，正是台下的臣僚将官文士游子所经历所参与的往事，人们全都被她带入二十多年来腥风血雨的回忆之中。

“来兵皆胡羌，猎野围城邑……”随着胡人的进犯抢掠，她被掠掳到域外的匈奴境地，白天哭泣，夜晚悲吟，欲死不得，欲生不可。

她没有提及无奈嫁给胡人的遭遇。

心底深处最强烈的哀痛在演唱中细致描述——十二年后她终于得到了重返故土的机会，却不忍心与两个儿子告别：

儿前抱我颈，（儿子上前抱住我的脖颈）

问母“欲何之？（问母亲“将去何方）

人言母当去，（有人说母亲该回去了）

宁复有还时？（还会有回来的时光）

阿母常仁侧，（阿妈常常亲昵在身旁）

今何更不慈？（为什么今天却硬了心肠）

我尚未成人，（我还没有长大成人）

奈何不顾思？”（怎么连这也不去想”）

见此崩五内，（见此景我的五脏崩裂）

恍惚生狂痴。（恍惚后变得痴狂）

号泣手抚摸，（大哭中以手抚摸儿子）

当发复回疑。（出发时又心生犹疑）

兼有同时辈，（还有那些当年被掳的同伴）

相送告别离。（赶来送行道别离）

慕我独得归，（羡慕我独自归去）

哀叫声摧裂。（哀叫声摧肝裂胆）

马为之踟蹰，（连马儿也脚步犹豫）

车为不转辙。（车轮不转到辙里）

观者皆嘘唏，（观看的人都在叹息）

行路亦呜咽。（一路呜咽悲啼）

……

在激越亢亮的弦音笳声伴奏中，蔡琰的嗓音一路高扬上去，将一腔悲怆化为激愤的控诉，让人们在一片哭声中抬起头来。

“太平太平，天下太平；曹公曹公，救世真人！”台下的青州兵再也忍不住了，他们突然齐刷刷站立起来，振臂高呼，声震天宇……

第十九章 同一个夜晚

一、星夜会王修

演出结束后，已是黄昏时分。曹操备了晚宴，专为款待文姬董祀，令王粲、陈琳、杨修等几位文士作陪。

“激昂酸楚，催人泪下！”陈琳的雪白胡须随着脸肉的抽搐也抖动起来，“至情至性，动心动魄，才出好诗！”

王粲的神情七分兴奋三分忧伤，深眼窝与高颧骨都泛着暗红的光色，显然哭了很长时间。“震古烁今呀！自古以来，第一首长篇自述体诗作当数文姬的《悲愤诗》了。可以断言，此诗将彪炳史册，与日月同光！”

曹操曾在演出现场号啕大哭，演出后还反复念着：“念我出腹子，胸臆为摧败。”“出门无人声，豺狼号且吠。茕茕对孤影，怛咤糜肝肺。”此时他还沉浸在难以排解的悲情之中。

“有血有泪的人，缘情而作的诗。”他深情地望着蔡文姬，诚挚地赞赏说：“此诗写作的价值，已经超过了诗的自身。写作与经国大业相关，与本人的不朽英名相关，与自身的遭际相关，也与苦心经营的创造相关。今后，奖掖鼓励文士们多写诗文，众文士援笔振纸就是一支势不可当的青州军嘛！”

“主公高明！”王粲举起酒觯，朝曹操的杯中添酒，“让文士们的兴致用之于诗文，于国于己，都很有益。”

蔡文姬一直阴沉着脸没有开口，她还未摆脱沉痛的情绪。曹操朝陈琳使了个眼色，陈琳站起身子，拍着文姬的肩膀，又望着坐在下首的董祀说："文姬在诗中说：'托命于新人，竭心自勖厉。'你们的新日月是主公精心安排照料的结果。你们喜结良缘时，主公送了礼品，今日当着主公的面，应当补饮交杯酒，让主公看看你们欢天喜地的样子！"

董祀憨笑着立即起身并端起酒盏，文姬却说："还是先敬酒吧！主公神武明哲，开创了北方统一的局面，才有了文姬的新生，应当为尊兄诚心歉意地敬酒！"

"何为歉意？"王粲敏锐地觉出了一些蹊跷。

"我回来后听了一些风言浪语，对主公产生误解。后来四处走动，看到北方城乡民众日子安宁下来，正在恢复耕种，尤其是连年推行屯田制度，让自古荒芜的河滩岗坡以及战争以来闲置的土地得到开垦利用。夫君所在的屯田部队，造出黄粮千里，沃野弥望，春华秋实，五谷飘香。我拜望了大司农王叔治尊兄，他细致讲述了屯田给贫苦下民带来的好处……"

"王修其人，本是袁绍忠实部下，主公一再提拔重用，还是主公家里人人仿效的楷模……"杨修趁机插话。

忽然，曹操看见门口人影闪动，原来是曹丕在门外徘徊，似有什么事情发生。

他立即离席走去。

"大司农王修——"曹丕一脸怒气，声音却压得很低，"方才有人禀报，王修近日专程去荀彧墓地祭奠，并慰问他的家人，还扬言每年逢荀令公的忌日必亲赴墓园悼念。"

犹如一柄利剑刺中他的胸膛，不，不仅如此，还像一根搅屎棍打在他的头顶，内心除了痛苦，那种难以言说的恶臭感足以让他顷刻晕倒。

再没有心思与文士们饮酒，他对这边做了安排，就匆匆乘车去王修宅府了。

乍暖还寒的初春之夜，寒冷会随着夜时的纵深而不断加剧。曹操在车厢里独坐，望着未拉上帷帘的厢口外面的街景，那两排隐隐闪闪的灯火和稀疏流动的人影，判定已是二更时分。

这般时辰出门，也是经过这条街，是在几个月前，去向荀彧做一次特殊的探慰。

荀彧此时已在他布置的软禁之中。当他准备晋爵国公并加九锡时，曾派心腹之人秘密去找他征询意见，果然他明确表示反对，他这才下了决心，将他的职务调整，由尚书令改为参丞相军事，成为丞相府徒有虚名的武职官员，被他就近控制在身边。

荀彧，听说已经瘦成了一把干柴，但骨头也愈显，成为摆在他对面的一块坚硬的石头。他希望这位昔日的密友、重臣，他的儿女亲家，尽快地在这个世界消失，但心里又一阵阵伤痛。本来，荀令公就是未来的像萧何一样得到特殊礼遇的有功之臣，缘何落到今日如此凄惨的下场？

探访，面见，最后的交谈。

“荀……令……文若君……”见面时的称呼话语已经不再流畅，不再无拘无束发自内心。惯常的“吾之子房”，怎么也叫不出口了。

他看到了荀彧目光中的无限冷凉。他的身子已经非常孱弱，当搀扶他的下人刚一撒手，他就颤颤抖抖摇摆不定，一个趔趄将身后的那盆蕙兰撞跌在地，幸亏被下人及时扶住，才落座到一个特制的绣墩上。

他的目光迅速一瞥之后就不再呈现，那张白纸条一般狭窄的脸孔朝他平静仰起，双目紧闭成两条短线。

一言不发。

“文若君——”他原地站着，望着荀彧冷冰冰的脸孔，搭讪说：“日月催人，风物多变，只是贤弟的品行服饰未变，身上的衣香依旧。不知这浓郁的香气是园中兰草的，还是田畴上的艾叶野菊的？”

“我已不去细究，”他仍然闭目，口气淡定，“反正不是狗尿苔狼尾巴草的。”

“妙哉，妙哉！”曹操反而笑了，他慢慢踱步，望了一眼砖地上打碎了陶盆的兰蕙，忽然心中酸楚，恳挚地说：“兰蕙也罢，狗尿苔也罢，皆来世间一遭，为芸芸众生之一生，森列万象之一象，都有安然生存的权利。看见贤弟如此模样，孤的心肝肠胃都要碎了！难道你我一起同心举事，为的就是如今这样的结局吗？”

荀彧的眼睛睁开，迅捷地一瞥之后又闭上了。“在下有错，罪不容赦，主公依法处治就是了。”

曹操明知他在反讽，但却无言以对，尴尬地大声笑着，在他的身边坐下之后才说：“贤弟呀，孰对孰错，不是由自己说了算的。八百年前，春秋战国之交，像如今这样乱世纷争，百家争鸣，莫衷一是，反而成就了各派学术。但百家学术的目的是一致的：为了天下一统。难道你我在这一点上还有分歧吗？”

荀彧闭目的脸上现出一丝冷笑：“统一之后又将如何？你我同心举事，是为了扶助大汉王室呢，还是为了一家私利呢？”

“当然！当然！”曹操涨红了脸，故意高声大气地说，“谨守臣节，尊奉汉室，《让县自明本志令》已经昭布天下，孤岂能失信于世人？尽管圣上命孤参拜不名入朝不趋剑履上殿，也不会有不逊之志。”

“奇哉，怪哉，在下荀某倒是非颠倒，混淆了忠奸……”他睁开眼睛，拊掌大笑，鼓起气力想站起身子，曹操急忙双手搀着他的腋下扶他站起。二人相倚靠近，对面相望，在四面壁灯柔白的光色中，曹操看着这张没有一点血色的窄细脸孔忽然露出少见的狂喜，那双深深陷入大鳖般眼眶的青黑眼珠闪烁着一缕凶光，不禁浑身颤了一下。“在下愚钝，请问主公，汉献帝在宫中整日以泪洗面，王室宗亲如囚牢狱般不得自由，累世沐受皇恩的臣僚将领屡屡谋反举兵，这诸多事象，作何解释？”

曹操反而镇定自若，这些疑问与责难其实他早已思考过了。世间责备他的人都会说他“篡汉”，给他“汉贼”的骂名。“贤弟，孤可以问心无愧地回答：社稷之事，在于天命，也在于人心。天地自在，来日方长，孰是孰非，就让天命人心去鉴别吧！”

次日，他横下心来，让人给荀彧送了件特殊礼品：去掉食品的一只空盒子。以寓意逼他自杀，这是无法回避的事情，之后激发的一连串事端，包括嫽人惨死于歌舞台上，他都可以理解。但是今夜听到王修祭奠荀彧的消息，他发呆发懵了。

如果王修要做第二个荀彧，怎么办？总不能也命他去死吧？

灯光人影甚稀甚少了。大约三更时分，他来到一条偏僻小巷，车子停在栽着两株柏树的这家门前。

王修刚熄灯安寝，他没有料到曹操会在这个时候赶来，但他已料到了其中缘由。

“荀令公难道不该祭悼？”

当曹操有意问他可知今夜突然造访的原因时，他竟然这样反问。

曹操只好苦笑。

“荀令公功名显赫，持守道义，志高行廉，如冰之清，如玉之洁，堪为人臣典范。”他深凹的眼珠放出两束利光，留着两撇短须的高颧骨麻刀脸在蜡烛浑黄的光影中显得十分憔悴，也十分清癯。“何况在下曾与他同在袁绍帐下谋事，后来在下因哭祭袁谭犯了禁令，由于他的力保举荐才被主公任用，这份恩情总得报答。”

“不错，荀令公确实如此。‘吾之子房’，孤以往总是这样称呼，足见倚重之意。”他只好顺着他的意思，短睫毛下的黑豆眼闪出夸张的笑意，语调也尽量委婉，“然而，他的病逝，令不明真相的人大做文章，传言是孤派人强行令其服毒自杀。那些向来视孤为洪水猛兽的人趁机兴风作浪，反叛事件接连发生，连演奏孤的诗歌的哑巴艺伎也惨遭杀害。在这紧要关头，足下作为国之望臣，公然去荀令公墓园祭奠，岂不是为这股反叛势焰火上泼油吗？”

“在下可不管这些。”王修毫无忌惮地望着他，坦然地说他也听到了不少传言，有人说荀令公不识时务，以卵击石，竟然与曹公作对，独自在家忧愁，抑郁而死。他宁死不改忠于汉室的心志，真乃今世罕见的忠义良臣，可仰可敬。自己思之良久，若不为这孤寂的冤魂祭祀一番，良心的煎熬将无法忍受，因而便专程赶到他的家乡颍川，在他的族人陪伴下做了庄严祭悼。

曹操再也无法忍受，他伸出手臂指着他的脸孔斥责道：“荒唐！忤谬！大胆！汝为朝廷重臣，当以安靖天下稳定时局为重，岂能凭个人意气行事？身为幕僚，当以主子的意图为重，怎能毫无顾忌地放任一己一时的情绪？”

“王修宁可放弃官职势位，也要做一名忠贞之士！”说罢，他竟然转过身子，给了曹操一个脊背。

“叔治呀，孤终于明白了。”曹操倒平静下来，他知道如此无欲无求宁死不屈的士人是很难制服的，与其严厉制裁，不如收拢其心，但若不给予处治也会带来影响，便开诚布公地说，“大司农是个忙差，多在荒地僻土整日奔波，劳累不堪，暂且免了职务，休养在家，翻翻那些珍稀藏书，过一段安闲日子吧！”

二、暗夜宠郭照

五十九岁的曹操忙碌了一个白天又急急忙忙地星夜奔波，他五十一岁的妻子卞氏可就坐不住了。她从曹丕口中得知丈夫迫不及待地赶往王修宅邸的消息后，立即又将曹彰、曹植召集过来，对他们三兄弟以幽怨不满的口气说：“你们三个，大的二十六岁，小的二十一岁，都是有家室的人了，却没有谁能挑起父亲肩上的担子，让一个年近六旬的老翁昼夜劳碌，于心何忍？当年秦始皇十二岁继承父位，小小年纪就知道韬光养晦，等待时机排除异己势力，及早为吞灭六国蓄势备力。看你们如今的样子……”

“孩儿早就想顶替父职，挂帅领兵，西征流窜犬刘备，南讨不臣贼孙权！”曹彰反而一肚子火气，唇上的短碴黄须颤抖不已，“至尊总是要亲率大军，还要在关键的激战中亲赴战场，他对别人一百个不放心嘛！”

“至尊神武明哲，如天降真人，孩儿难以企及！”曹丕低首轻语，显出无比虔诚的神色，“正因这样，父母的指教对我辈至关重要，望母亲常常给予教诲。”

曹植倒像平素那样轻松随意，上下拉长的月字脸上绽出一缕笑意：“至尊受命于天，具有特别禀赋。拨乱戡凶，经邦治世，亡命奔波，是理所当然的事情，也为后辈儿孙行不言之教，母亲何必忧虑？”

卞氏更加生气，总是血色很足的团扇圆脸变成铁青的锈斑镜。她朝曹植愤怒地呵斥了一声“少教”，待曹植低下头，又朝他和曹彰挥手，令他俩回到房子躺在被窝里再回味今夜发生的事情。

“子桓，你是嫡亲长子，这般年纪还不能为我分忧，反而要我……为你担心。哎哟……”

房间里只剩下她和他两个人时，她的口气平和低缓了，脸色却更阴郁，扭过头去不再看他，唏唏嘘嘘连声叹息之后，皱皮包围的眼睛滚落下两行泪珠。

曹丕当即有一种心如刀扎的感觉。在这个家庭，让他心中最难忍受的事情有两件，一是父亲的训斥，二是母亲的哭诉。父亲脾气多变，平时谈笑不拘如友人，一旦凶怒起来如雷电劈闪，让你不由得瑟瑟颤抖。母亲却正相反，她平素不喜欢给子女下辈嬉嬉逗逗没大没小的模样，言谈举止中总要露出庄严威重的气色，发了狠气也不过语调加重了、话语尖刻了、神情严厉了，除了引起重视之外并没有多少畏惧。但是，她一伤心落泪就不同了。那少见的悲凄的眼神，那背过身去的不让人看见的泪水，那竭力压制却难以消止的哽咽，会让他产生无地自容的愧疚。

印象最深的那次，发生在两年前的那个黄昏。他从关中战场归来后见了母亲，她除了表示对久别儿子的挂念，并没有多说什么。天色暮黑，他带着在关中买的足有三寸厚的“锅盔”饼子去看望她，她正在绣团上盘腿闭目打坐，依皇甫隆教授的法子练功。清静入定，周围无人，窗棂透入的一缕灰青暮色泛映在她平静如雕塑的身上，那张平素红光焕发的团扇圆脸显得毫无血色。他静静站在原地，本想等待她做完功法再开口说话，不料她却开口了，轻轻地“嗯”了一声之后，又复归平静，身子依然如雕塑一般纹丝不动。他双手捧着“锅盔”走到她的对面，说这关中民间吃食有什么风味特色，自己一路怎样保管才避免它发霉变质。母亲却一言不发，既不问话插言也不讲说别的什么，依然闭目“坐忘”。发觉有些蹊跷，他的目光紧紧盯住她的脸孔，却首先听到唏唏嘘嘘的低哀叹息，走到她身边后才发现泪水已经溢出，流成两股细细的湿线。他吃惊地扑上去抱住她的脖子，贴身抱定后才发现她的胸腔在阵阵低声哀叹中猛烈起伏鼓动，而她的脸孔眉宇腮帮依然不见抽搐。

“娘呀，何故如此……”他焦急而又困惑。

啜泣无语。

后来她从内衣衣袋中取出一件小小绣品，放在掌心伸到他面前。他更加困惑：彩色丝线系着一个桃形绣包，点了灯火细看，丝线是黄、红、蓝、黑、绿五种颜色，桃为紫红色，上面四个纯黄小字："长命百岁。"

"它与子建的骨血相连，如今已是一个阴间冤魂的梦中念物。"她在持续不断的哽咽中说明自己心中有一个很难消散的块结，即使用道家方士持久修炼的功法也不会让它化释。他明白了原委，顿然内疚如犯罪。"我看你步入邪途了！怎么能让郭照这种女人近身……"

今夜，母亲单独留住他，又惹起了凄怆的啜泣。

"娘呵，孩儿不仁不孝，不明事理！"他吼吼地大声哭着，扑通一下跪倒在她面前。

她在啜泣中不断重复"嫡房长子"，说要是你一身正气，才华卓著，远在子建之上，立嗣之事早就定下来了，何必让你的父亲如此劳累？她还在低泣中说，你如今还不走正道呵，虽然瞒着我，我也能估摸清楚。呃，那个郭照，那个连头眉，根本不是个正路货色。今后的日子我揪心得厉害呀……

曹丕抱住母亲的双膝大放悲声，内心既有做了错事的愧疚懊悔，又有被戳破伤疤后的惶悚不安。

郭妃，这个暗中与他策应的人，此刻正等待他的幽会。作为爱妾，她已经不能得到正常的房中生活，婆母卞氏一个眼色一个手势就足以让这个家庭中的任何一个女人改变命运，何况她对曹丕做了明示，她的房间他已经不敢正大光明地进入了。

大约在丑时，即四更，他从巡夜值守的岗位回来，轻脚蹑步地穿过院子，进了那个诡秘房子。

像往常一样，黑灯瞎火的屋子，里面的女人并未酣睡。

他不敢鼓劲敲门。轻轻用食指关节叩门，刚叩了几下，她就醒了。

开门时还打着哈欠，身子晃来倒去。棉油小灯的捻子冒出黄豆般的弱焰，麻麻朦朦，照得什么都影影绰绰的。

她连续张口喷气打着哈欠，有三口是专意朝榻边立座上的油灯去的，但那黄豆般的光焰只是闪摆，却没有熄灭。

"身上未带阴气，没有让那条银练蟒缠身。"她穿着特薄的浅黄色纺绸内衣，好像为姣美的胴体上蒙了一层金色雾气，一双杏核眼闪出几分调笑的神色，"看来身上有晦气、丧气，这是何故？"

曹丕便将父亲连夜去找王修，母亲替父亲分忧，将他狠狠训斥的过程讲述了一遍，说母亲的伤心哭述让自己愧疚不安，眼下时势愈加紊乱，兄弟二人之间还难分高下，母亲特别指出要与甄妃亲近，与你疏远。

“这有何忧？”她反而轻松地笑了，拉他上榻脱衣，双双在暖被中躺卧后，口气和缓地说，诸种矛盾纠纷搅和一团，仍然有它的“玄关一窍”，就是在立嗣中获胜，要以这一“窍”为“发功”的目的，动中有静，静中有动，施行各种法术。目前时局已经对子建不利，既有外患，又有内叛，至尊必须选一位雄才大略文武兼备的人执掌旗幡。子建娶了一位清水出芙蓉的纯情女子做妻子，雅士配才女，必将演绎出一段令人捧腹的故事。

“至于亲甄姐疏贱妾，这也不必顾虑。”她用手掌拍着他的脸蛋说，“到了龙得正位的日子，夫君亲谁疏谁，心中有数就行了。”

“这还用说？”他搂住了她，“一路走过，风雨兼程，人情炎凉，冷暖自知。”

“夫君知晓什么，可知贱妾的损失吗？”

说变就变，一霎时，她的身子如冰柱般冷凉，脸上尽显葡萄粉般的灰蓝腻色，汪汪汩汩的泪水盛满了眉宇间的低洼。

他吃惊了：“何故如此，我的爱妾？”

“妾！妾！妾！我恨死了这个妾！”她揭开被子坐起身子，咆哮似的挥手吼叫说，“我是郭照，是日月之光，是人间女王，并非人下之人！想当初，我出生于官宦之家，未出满月便有贵人之象，孰料天下大乱，厄运陡生，父丧母亡，乞讨四方，出家离俗当了道姑，练功练得自绝月水失了人样，还了人样又当了婢女。嫁与曹门公子，曹门对外说‘纳’而不说‘娶’，生的子女称‘庶出’而非‘嫡出’。而且，即使是低三下四的‘庶出’，怕也难以实现了！”

曹丕瞪大了眼睛，只见她信手从枕头下面取出一块白布，贴着自己的身子展开，将四年前初夜的“落红”显示在他面前。

“石榴花，连婆母也说是多子多福的寓示，只怕要化成血染的泪花了！”

“四年未孕，今后还有可能，何必失望？”他将她强行拉进被内，虽然心里隐隐有些不快，但并没有她那么惨痛绝望。记得将她收纳不久，她就说过“当小妾的，生而无子，死而无坟”，二人在床笫尝试了许多法子，她又找秘方服草药，还暗自在屋里练道家的导引术，为了及早受孕费尽了心思。

郭妃的泪水依然流着，她哽咽了片刻，抬起头一声长叹，说也许应了一句老话：失阴德，必绝后。自从崔妃出事以后她就有了不祥的预感，夜夜在惊悸中失眠，白天没精打采，说睡着了像没睡，说没睡又有了睡意，总是形神不一，四体困倦。而怀孕的前提，女子当养其血而平其气，如此下去，怎么能行？

“边走边看吧，即使命中无子，本夫也要让你做人间女王！”

三、月夜祭嫽人

母亲让他离开后，他立即带上妻子陈菲，坐上马车朝北门外的荒郊野地赶去了。

车外，銮铃叮当，马蹄声疾。

车内，夫妻并肩执手，轻声絮语。

他叙说了母亲的担忧和训斥。至尊年近花甲还在彻夜奔走，兄弟们无一人可以顶替他的位置，母亲岂能不恼？她反而得意地笑了，说主要是夫君过于卓越，才让兄长不能独冠群才，导致难分伯仲。至尊大人以可定大事的贤才作为立嗣标准，而不是以长幼论定，才给了夫君争取的机会，只要继续努力，作为“曹大家”，“退润王宇，进文帝庭”的祝愿就会变成现实。

“妙极！曹大家！名至实归！”曹植的激情之火被点燃了，一下子用手臂搂住她的腰际，“当年班昭嫁给曹世叔，以饱学经史名闻遐迩，常常被王宫召去为皇后贵人讲授经文，赢得‘曹大家’的名号。如若立嗣成功，九州宾服，大魏一统，爱妻成了母仪天下的皇后，‘曹大家’岂止在宫廷显示才华，恐怕天下所有的文才秀士都会领略夫人的风采！”

“‘曹大家’可不是喜欢彰显的人！”她谦卑地柔声说，依班昭之见，女子应以卑弱下人自持，以甘守柔弱为美德，应在家里专心纺织，烹调美食，操劳内务。班昭在皇宫为贵人们诵经读史是不得已的事。若在男人面前说经道史，逞才显能，岂不乱了“妇德”“妇行”？

曹植摇着她的手臂大呼“谬哉”，他对上古时期的社会生活风俗礼仪是熟悉的，夏代之初男子主游牧、妇女主农桑，男子随从妇女居住生活，说明当时妇女的地位还要高于男子。自周代开始有了“诸侯一娶九女”的礼制，贵族男子一妻多妾的风气逐渐形成。秦国商鞅变法重视发展生产忽视礼法，一般家庭中妇女和丈夫地位平齐，妇女可以杀死通奸犯律的丈夫，丈夫殴妻与妻子殴夫同等处罚。到了汉代才有了明显变化，儒家尊崇的道德礼法标准愈演愈烈，加之征辟官员制度和连年战争让妇女失去发挥潜能的机会，只能从属于男子，班昭才明确地将一套男尊女卑的戒律提出，其中竟然有“夫有再娶之意，妇无二适之文”的诫言，岂不荒唐？

陈菲当然不服，认为女子即使牺牲了自身，也是为了家庭和顺社会安宁。在相依相握相攀相拥的友爱中，才子与才女唇枪舌剑，一路争执不休。

大约子时，到了北郊的那片岗地，即八年前他和曹丕一起操练骑射武功的地方。

子夜的野外是清凉、冷寂的，纵然这儿围拢着一伙人，点燃了几堆篝火，仍然没有些许的温热与喧闹。

当中一个坟堆，旁边四个火堆，火边又是人堆。二人下了车子沿小路到了坟前，才听见人们说话的声音。

一面等曹植，一面等月亮，众文士一直这样席地坐在露天野地的坟墓周围，一直在凄哀沉寂的气氛中等待着。

“正好月上中天，三公子来了！”站起身子迎上来的是杨修，他抬臂扬手指着南面斜上方的半轮月亮说，“我对各位雅士说足下肯定会赶来的，估计在子时，月升正南。”

“德祖兄预事如神！”曹植没有询问他是如何分析预料的，朝他拱手后绕着一个个火堆走动，朝每一位文士拱礼问候，将陈菲安排在蔡琰身边坐下，自己坐在刘桢旁边。

担任丞相掾并享爵关内侯的王粲是众文士中官高名显，又有诗赋方面的卓越成就，在文士堆里首屈一指，常常被推举为雅集的主持。他坐在刘桢的另一侧，此时与他交换了眼神，站起身子，望着偏南的半轮皎月吟诵道：

月出皎兮，

佼人僚兮，

舒窈纠兮，

劳心悄兮，

……

他将目光落到火光映红了的众人的脸上，凄婉地说：“面对皎皎月亮，心中哀哀不平，想起在这儿长眠的嫽人。今日是嫽人故去的‘头七’，是重要的忌日。”

言毕，沉默中，雅士们纷纷站起，垂臂肃立。

静静的默哀中，火焰随风飘摆的呼呼声，湿柴燃烧时的哧哧声，阵阵北风掠过野地树梢的唰唰声，全都清晰可辨。

另一种声音响起。谁在唏唏啜泣？

抽抽噎噎，一吸一顿，低声哽咽的是蔡琰和陈菲。

一直绷着脸一声不吭的刘桢发躁了，吼出大声埋怨道：“何必为她伤心？这等人，肉贱、身贱、艺贱，不值得汝等为之伤心！”

“胡诌！”蔡琰偏过身子望着刘桢，火光映照的大盘脸庞因生气成了酱色，朝这边斥责说：“没有死别的痛楚，反而对亡人这么不恭，嫽人尸骨未寒就受到如此侮辱，令人心寒哪！”

刘桢正欲反驳，被王粲和曹植拉住胳膊拦住了。

“公干兄，何必动气，坐下叙说。”曹植拉着刘桢的臂肘，强制他坐在原地。他听人说过，刘桢与嫽人近年间并不和睦，在家里常犯口角。嫽人是红遍冀州的名角儿，演出频繁，除了官方组织的艺伎队，还插空子随民间的草台班子频频登台。她是那种一听弦索响就动情入戏的演员，台下的观众都知道她是哑巴，目光都集中在她的身上，看见她的嘴唇张合自如，弹筝时神色阴沉凄凉，眼泪不断线儿地流下来。她的拿手曲目是曹操作词的《相和歌·薤露行》和《相和歌·蒿里行》，演到动情处往往不能自持，身子前仰后跌，甚至昏倒在地，引起台下一片哭声。刘桢眼看着她昼夜奔波过分劳累日渐憔悴，便设法阻止，因此产生纠纷。有人说嫽人没有给刘桢生下一儿半女，家里空寂，刘桢耐不住寂寞；也有人说嫽人当年被董卓“治”了，既不能生育又不能唱歌，这股仇气憋在心里，一辈子在外面演出方能感觉舒服。照这两种说法，二人的纠纷是无法调和了。

“她硬是自寻死命，自己把自己唱死的！”刘桢还在小声嘟囔，“要是听我劝阻待在家里，岂能有杀身之祸？”

“嫽人是这个年月的一个冰块。”王粲仍然站立，环顾左右望着众人说，“本来是一股清泉，很想流入大河，无论怎么流淌，流往何处，都抵不住严寒。寒流嚣嚣，无处不凶，将她冻成残渣，结成冰块，凝固在这里！”

年纪最长的邯郸淳经不住寒风的侵扰，不时咳嗽气喘。在沾满鼻涕泪水的胡须的抖动中，他手臂指着面前的坟墓，轻声吟诵道：

下有陈死人，杳杳即长暮；

潜寐黄泉下，千载永不寤。[1]

“在亡灵面前，何人能不洒一掬痛彻心扉的泪水？”陈琳流着泪喘着气说，“嫽人当年被董贼残害，董贼暴尸街头后她引火燃油将董贼点了天灯，此后一直在冀北做流浪艺人。她是天生的酷爱北方的大雁，任何季节都像三九寒天，长空啼号，声声凄咽。而尔等仁人贤士，何尝不是嫽人般的流浪儿？幸遇曹公救世心切，招贤纳士，各位文

[1]《汉·古诗十九首·驱车上东门》

士雅友才有了着落，得以施展才华。嫽人之死，足见群凶逆贼的猖獗。难道我等不能从嫽人遇害的悲恸中悟出一点什么？”

话音刚落，“噌”的一声，如同冰裂木折，古筝之声奋起，一曲激越昂奋的古筝曲音正从蔡琰的手指下急流般涌泻而出。她弹的是秦筝，嫽人的遗物。

古人云：激哀莫大于秦筝。在这寒夜的旷天野地，在被残杀的女艺伎的坟头，筝音传达的无尽激哀，还有何种乐音可与之相比？

曹植被筝声牵起身子，举首遥望星空，盯着悄悄西移的半面月轮，月轮附近银灰色的云团。在湍急的筝音的流淌声中，云团像自己的白骏马“鹏腾”撒开四蹄向西北方向疾驰。一股鼓荡周身热血的豪气骤然自心头升起，蓦地忆起在关中战场，在西北边陲，见到的众多的侠义勇士，不禁朗声咏诵道：

白马饰金羁，联翩西北驰。
借问谁家子，幽并游侠儿。
……
长驱蹈匈奴，左顾凌鲜卑。
弃身锋刃端，性命安可怀?
父母且不顾，何言子与妻!
名编壮士籍，不得中顾私。
捐躯赴国难，视死忽如归。[1]

“忠勇卫国，捐躯糜身，有一股英雄豪迈之气，真乃好诗！”王粲受了感染，连声叫好。

陈琳、阮瑀、应玚、杨修等也认为曹植的诗中有一种奋不顾身的慷慨之气。“君子乐奋节以显义，烈士甘危躯以成仁”。有了这种气概，建功立业扬名后世才有可能。

边说边搭柴添火，沾霜的树枝在火堆沤起了升腾的浓烟。独眼秀士丁仪的那只好眼也被四散的烟气熏了，他捂住眼睛说：“子建不只是文士群中的翘楚，更是一位胸怀壮志的领军人物，如若日后握有权柄，经国治邦必有过人方略！”

“惺惺相惜，众文士肯定会竭力扶持子建，他志向非凡，德才兼备，不愧为当世英才！”杨修高声附和。

筝声再度响起。蔡琰这回弹的是《诗经》中的《月出》，当年孔子为这首诗校定

[1] 曹植《白马篇》

的旋律。奋逸激响的乐段中透出和悦安谧的调音，清幽的月光下一个秀丽女子迈着安闲的步子悠然走来。陈菲的歌喉敞开，和着曲音将“月出皎兮，佼人僚兮”的美妙情境再次推出。

受到感染，文士们仿照秦人“和筝博髀”的习俗，用手掌狠劲拍响大腿，如同敲着有节奏的板节。

王粲如筝声一样激奋了。自嫽人在演出的夜晚被大卸八块的消息传出，直到奉曹丞相之令主持操办她的丧事，看着那皮革包裹的一团血肉放进棺材，在一队文士的号啕哭声中归于荒草野岗，他一直处于裂心欲死的情绪里。但在曹植的《白马篇》一吟，弹筝博髀和着歌声的情景一现，他的浑身涌动了无比豪壮的热流。

“昂——叽——昂叽——昂叽”一阵驴子的叫声自他仰头朝天的嘴唇间吼喊而出，这是卸下重套不堪劳累的疲惫驴子在地上打滚时充满怨愤的叫声，是田塍野外挣断缰绳的驴子撒欢扯蹄时奔放的呼喊……

刘桢再也不能沉默了。他的愧疚与痛苦忽然爆发了。猛扑过去，以头撞坟，如同打墙的石槌，一下一下去蹴、去碰、去砸，一面号叫着“嫽人哪，妻呀妻……”

第二十章 雅士林里

一、又一次明示

当曹丕、曹彰、曹植走进他们的至尊大人平时主政的议事厅时，一个个的目光都发怔发呆了。

曹操一个人在大厅的砖地上跺脚挥手，另一只手握着一张灰白色纸页，以《相和歌》的一种清调曲套唱纸页上的新诗，苍白头发与连鬓胡须包围中的黧黑脸盘漾泛出气昂昂的神色。

曹植听了一句就明白是怎么回事了，另二位仍然不明其因。

“我先试唱，然后让艺伎班被之管弦。你们也听听。”主政主军的大丞相此刻俨然如一个舞台上的艺伎，扯开嗓子以脚跺地挥动手臂进入了演唱角色。一口气唱完二十八句，意犹未尽，感慨地说：“‘弃身锋刃端，性命安可怀？父母且不顾，何言子与妻？名编壮士籍，不得中顾私。捐躯赴国难，视死忽如归。’气冲牛斗，豪情盈天！为国捐躯，视死如归，这是烈士情怀，壮士气概，侠士风骨，高士气度！何其悲壮豪雄！当年，你们的老子，崇尚侠客义士，和小伙伴整日游猎山林，渴望手格猛虎；后来又不顾凶险，黑夜潜堂入院，行刺张让。没有这股子热血在胸腔里闹腾，怎能算是堂堂男儿？没有这股子血性，‘赳赳武夫，公侯干城’的歌子怎么唱得出口？”

说到这里，他旋即转身走到自己常常倚坐的案几跟前，拿起常常翻阅的祖父的遗物——皇帝赏赐的金丝穿订的竹简《太史公书》，双手攥在胸前哗啦啦翻到前面的目录，朝三个垂手肃立的儿子望了一眼说："太史公笔下的《李将军列传》《卫将军骠骑列传》《刺客列传》《游侠列传》，读了会让你胸口灼烧，脚底发飘，耳边响起一片风声。当年你们的老子正是受了这几篇文章的鼓动，身上的血气才憋憋胀胀不由得向外冒腾的。子建的这首《白马篇》，写的这位戍守边塞的游侠儿，多么英豪，多么血性，多么爽气！他身上的精气神，与太史公笔下的侠客义士一脉相承，却又明晰了为国为民的精神指向。"

曹丕专注地望着父亲的面孔表情手势动作，听着他如江河泻流般滚滚滔滔的话语，心底的一股火气也升腾上来了。几年前在邺城郊外的野岗丛林中纵马驰骋，心中也有一种飘兮狂兮的冲动，那种情境下若有为国捐躯的机会自己也会甘心以赴的。

"子桓——"父亲的威厉目光对准了他，"你整日身不离青钢剑，精通一套过人剑术，却缺乏整日摇着九华扇的子建的爽豪之气。"

"子文——"他的冷厉目光又对准了二儿，"我早就令你认真读书，不能只重实战武艺，只当一个胸无文韬的武将。如今明白了吧？一首好诗的威力胜似十万精兵！不能再以披坚执锐，身先士卒，赏必行、罚必信为满足，应该腾出一只手来摸摸经文典籍了！"

"孩儿早就是临危不惧甘愿捐躯沙场的游侠儿了！"曹彰不满地抖动着双唇上的茸茸黄胡须说，"三弟才高，为人又很爽直，我早就说过，他是该坐正位的人，比那种心里有曲曲弯弯小道儿的人可靠！"

显然，这话语有弦外之音。他的妻子易氏曾经描述的崔姝遇害的经过，令他至今耿耿于怀。

"父亲过奖，孩儿只是心有所感，在那个野岗月明之夜，在嫽人之死激起的众文士低哀的境况中，情景交合，升腾了以往的思绪。"曹植反而显得局促不安，瞥了二位兄长一眼说，"其实兄长们各有优长，都是值得信赖的人才。"

"不错，三个人大体说来还是相当优秀的。"他暴突的眼珠闪出了明显的笑意，转身踱着步子，走到案几旁边坐定，招手让他们走过去，又说起立嗣之事。他准备下一道《诸儿令》，在三个重要的城市——面对孙权的寿春、面对刘备的汉中、关西重镇长安，各派一人领兵镇守，哪个儿子慈善、孝顺、有才能、品德好、服从命令、德才兼备，才会令他担当此重任。他又重申：你们的老子说一不二，不但对臣下没有偏私，对儿子更不会有所偏爱。之所以这件事悬而未决，还要再度考验，是为了让你们在竞争中激励意志，勃发勇气，增长才能，成为可定大事之人！

曹丕当日午后在王粲那里才知晓是他将曹植的诗作呈报父亲，并知晓了那天夜晚众文士祭悼嫽人的情形。他能想象出那夜的月亮、野岗、篝火、坟墓、古筝、吟诗、放歌和驴叫，想象出一个个文士哀伤激愤的面孔。他的心里也好似燃起了篝火！

傍晚，在一个偏背的小巷独院，他与吴质郭妃会面了。这儿，门前一株藤盘蔓绕的廊架葡萄，院内青砖铺地，几株海棠，两排厢房。郭妃在这儿常住，吴质不但是常客，还不时带来色艺绝佳的美女。在郭妃当面与另一名女子调情逗乐，郭妃不仅不反感反而极力促成；在她当面与吴质一起秘密议事，她尤显心机深诈。

“子建写出了好诗，父亲赞不绝口！”他神色沮丧，又不服气，心里非常憋闷，“子建的诗也确实写得出色，他的豪壮激烈超出我的想象，真是一只斑斓绣虎！”

“何不另辟蹊径，从另一条道上超越他？”吴质沉思了一会儿说，“论诗文子建确实在公子之上，但公子的心机与职务在他之上。当今天下贤士被令尊大人招纳麾下，邺城的文人集团就有一百多人，公子若能利用职权，为他们的聚会、宴饮、游乐提供方便，自然会受到大批文士的拥戴，这也正是令尊大人看重的‘内兴’之力。”

“他能带夫人去，夫君何不带甄姐去？”郭妃倒显得大度坦然，“论才学，甄姐与陈非相当；论姿色，甄姐倾国倾城，天下无双。咱们这一对，还抵不过他们那一对？”

吴质走后，在他与她的二人闺房中，她拒绝了他的示爱。

“留下精锐，与可用的人缠绵。”郭妃握住他的双手，一霎时脸颜褪尽了三月桃花般的水嫩粉红，青眼圈腾出一股灰色雾气，神色冷冷凛凛，柔滑的手掌手指变得冰凉如铁。

出乎他的意料，见到甄妃时，发现她早已全神沉入到那个动人的《白马篇》中了。

有趣的是儿子曹睿也热情加入，和着他母亲高亢激奋的琴声，仰起小脸伸长脖子，嫩声稚气地唱着诗中的句子。他的记忆力惊人，那张抄录诗稿的灰麻纸放在身边的几案上，诗句的字词含意看来也大体通晓了，烛光映照的通圆荧红的脸孔洋溢着这个年龄少有的意气凛凛的神情。

待歌声落尾，他大步上前，两臂一搂，抱起了儿子。

“你这振振公子，不如那个骑白马打仗的游侠儿！”儿子抚弄着他的头发，以讥笑嗔怨的口气说，“看人家那功夫，不论左边射，右边发，不论朝上朝下，都能打中目标，又不怕死。你呢，只能在练兵场上摆摆架势。这诗真让我喜欢，既能吟咏，又能和弦索歌唱。叔叔笔下厉害，人称曹门绣虎，父亲何日方能写出如此华章？”

甄妃与他交换了欣喜的眼色，拉住儿子的手说：“父亲常常带兵打仗，出没于兵戈马蹄之间，像这位乘白马的英雄一样纵横疆场，也是一位英勇豪迈的游侠儿！”

“那怎么写不出叔叔这样的好诗来？”他从父亲的怀中挣脱以后就模仿叔父曹植平时手摇九华扇和父亲操练青钢剑的动作，朝父亲瞪大眼睛问道，“平日练剑的功夫哪里去了？是不是太贪色，走了神，失了劲……”

“贪色？”他惊异、好笑而又不安，“你才九岁，胡诌些什么？什么叫贪色？”

“你除了有母亲，还有庶娘，如今很少到母亲这边来。而叔叔只有一个婶娘……”小小年纪的他说得有板有眼，被他的母亲急急用胳膊揽在怀中。曹丕的脸上红云笼罩，虽然狼狈，却也惊喜于儿子的聪慧。

哄走了孩子，甄妃照例点起了两根红烛。粉白轻柔的纱绡账内，当甄妃解纽宽带褪尽了外裙内衣，高旋紧盘的灵蛇髻变成蓬松披散的绕颈长发，皓体呈露体香四溢，姣态可人的面容对着他，秋水般明澈的眼眸送来热切期待的光波时，他如十年前的那个初涉爱河之夜一样焦渴难耐了。

“玉马临风了！”如那个初夜一样他发狂地大喊一声，纵力欢腾，放任马缰驰骋于平畴荒野。“通体柔白，如罩玉衣。”传说中的她肤色莹白，并非凡人，而是天生的尤物。“白马”是战争的宝物，“玉马”是房中的宝物，战争的目的是势位的确立，势位的确立还不是为了房中的安享？这“玉马”比“白马”更胜一筹啊！

甄妃久违了他的狂热与凶猛，也像那个惊魂之夜一样倾情呼应，在他疾风暴雨的袭击中失去了清醒的心神，飘飘游游，不能自已。冷静下来，她自责自怨，完全体谅了丈夫，不再为他的移情丧义幽怨，反而为自己的胸怀狭小愧悔。作为曹门未来当家人的妻子，没有容忍丈夫一切碎琐弊病的雅量，丈夫如何心神安恬地在外面闯荡呢？

“夫君今日兴致颇高，这是何故？”她好奇地问。

他拍着她的脸蛋，故意逗笑说：“这都是爱妻的错！爱妻琴弦拨动的翩翩‘白马’撞开了本夫的心扉，见了‘玉马’岂能不格外动情？”

谈叙中，曹丕才知道是陈菲将曹植的诗稿及时拿来，并细说了众文士月夜祭悼嫽人的情形。

“子建的诗确实让人振作，也很搭弦。”她爱意绵绵地抚摸着他的脸孔脖子，告诉他《相和歌》中的一种咏叹调很适合《白马篇》表露的情绪，她和陈菲试唱了几遍，还建议她改动了原诗中的两个字。

“夫君何不争取在雅士林中领袖群伦？”她鼓动说，“夫君既有才学，又有职权，可以关照和联络来自四面八方的文人学士，让他们大有雅兴逸致地舞文弄墨。贱妾愿随夫君一起与文士们交游。曹家兴文昌武，何愁天下不得太平？”

"妙哉！幸哉！快哉！"曹丕兴奋地大喊，和妻子紧紧抱在一起。激情骤发的同时他像在沙场上跃马挥戈一样喊道："玉马游侠儿朝文苑诗林冲过来了！"

二、刘桢放逸

"松柏才子刘桢发疯了！"

不知是谁发现了以咏哦松柏而声名鹊起的诗人刘桢近来精神异常，消息传出，不少文士心怀忧虑，急急忙忙朝那片松树林赶去。

位于铜雀台下的铜雀园，也叫西园，已经成为众文士乐于徜徉的地方。这里有清悠的漳渠水，葱茂的小树林，溢光流彩的百花园，碧叶连天的芙蓉池，还有经文阁、演艺厅、蹴鞠场、棋馆、酒肆、茶亭，凡能遣兴娱乐的，一应俱全。

所谓小树林，就是那片位于芙蓉池旁边的松树林，如今是发狂卖癫的刘桢的居住地。当王粲、陈琳一伙文友沿着林间小路赶到林子中央，几株古松掩映的那间石板房附近时，刘桢正在门口的空地场上撒狂放野。

天得一以清，
地得一以宁，
神得一以灵，
谷得一以盈，
万物得一以生，
侯王得一以天下正，[1]
……

吼着破锣嗓子，硬扯出来的嘶声中不乏浑厚的低音，将他心中推崇的大道唱出。头顶高高的朝天锥已经解散，飞瀑般的乱发半遮脸孔披拂在身后，渍斑灰土积满了的鸡心式青灰袍服解开了全部纽扣，一只胳膊与半边胸膛袒露出来，下面是不见袜履的两只赤脚，与这乍暖还寒的季节极不相称。他一边仰头歌唱，一边跳着蹦着，两腿不停地兜着圈子。在他旁边，徐干在一块石板上盘腿打坐，目不转睛地望着刘桢，噘嘴鼓唇，打着口哨，用悠悠的长啸之音为他放荡的演唱伴奏。

王粲、陈琳二人站在旁边，一个震惊而焦急，一个却是满脸喜气，以欢娱而欣赏

[1]《道德经·三十九章》

的眼神朝二人观望。

“不要怕，他服了散。”陈琳一只手轻轻捋着胸前的银须，朝王粲挤了挤眼睛说，刘桢可能服食了五石散，这是燥温之药，服用后五内如焚，浑身发热，必须以各种方式宣泄，如行走发汗、敞怀见风、大声吆喝……

一会儿，路粹、阮瑀、应玚、蔡琰、邯郸淳、丁仪、丁廙等文士陆续来了，他们各自找了树枝、柴干、石块、木片坐下，围成一圈，观看场子中央的刘桢放肆欢歌。

蔡琰带来了焦尾琴，在几位文士的帮助下，将几根木头支成琴台，供她临场伴奏。

刘桢唱罢了老子的《道》，又唱了庄子的《逍遥歌》，额头、脖项、胸坎已经汗珠密布，一把山羊胡子也被汗水打湿。

这当儿，曹丕携夫人甄妃赶来了。

尽管将高车驷马停在树林外边，没有了副丞相的出行威仪，一脸亲和平易的夫妇俩的光临还是引起了一阵骚乱。这些文士绝大多数是军政官职人员，按照官场礼仪是要叩拜揖礼折腾一番的，好在曹丕刚一闪面就伸出双臂做了按下不动的手势，他们还是迅速快捷地站起身子，朝曹丕拱手施礼。

王粲迎上前去，将曹丕甄妃引领到石板房门口的位置，有眼色的路粹在后面跟着，将二位文士坐着的木板要过去，供曹丕甄妃打坐。前面的人们全都向两边撤退，新组成的圆圈正好突出了曹丕的主座位置。

刘桢的演唱并未停止。看见曹丕后他愣怔了一下，手捻山羊胡子略一思忖，改变了思路，又扯开破锣嗓子唱道：

宇宙在于手，
万化生乎身，
万物皆备于我也！
我命在我，不属天地！
饮清溪，食松果，
长啸于野，露宿于林。
安知云雀乃大鹏哉，
翼若垂天之云！
扶摇直上，离俗绝尘！
抱朴涵冲，歙气凝神，我乃博大真人！
我命在我，自在天真，

动静自如，形神合一，

帝力于我何有哉。

……

他哼着唱着舞着扭摆着，声音愈来愈嘶，动作愈来愈大，及至后来，歪斜的身子几乎跌倒在地，淋漓的汗水在地上湿漉漉洒了一个圆圈。

文士们交头接耳之后都已知道刘桢服了散药，不如此狂歌浪舞是发不了汗的。而他之所以服药，必定空寂而伤感得难以忍受，根源还在于那个惨死的嫽人，因而在围观时难免给予同情，一个个硬装出来的笑容浮现得实在勉强。

“公干，快来饮酒！”曹丕令随从将带来的一坛酒打开，用一只陶碗盛满，他亲自捧着，走到刘桢面前，恭敬地双手递出。

“他不能饮酒！”徐干站起身走过去制止，“药后饮酒，火上泼油！”

“怕它个屁！”刘桢瞪圆的眼睛似乎喷出两股火来，一把夺过酒碗，咕咚咚仰头喝完，拍着紫红冒汗的胸膛说，“真人之身，刀砍斧剁也死不了的！快，上酒，上大碗！”

曹丕尴尬笑着，朝王粲使了眼色，几个文士上来七手八脚地架住刘桢，连劝带拉将他弄回石板房。

几只酒碗在雅士们手中轮番传递，咕咚咕咚的大口饮酒之声与嘻嘻哈哈的畅笑之声混杂交响，场子里变得活泛喧闹，春日和暖的阳光在他们的头顶白煞煞地闪射着。

唏唏嘘嘘，抱头耸肩，分明有人在哭泣！

是蔡琰，还有徐干、陈琳，三人都在低声抽噎。王粲朝他们注目望去，也不禁热泪盈眶了！

甄妃坐不住了。她的脸色凄冷，走到蔡琰身边，蹲下身子，掏出丝绢，为她拭泪。

蔡琰抬起泪眼望着众人说：“这年月，谁没有伤心欲绝的往事？各位文士背井离乡，抛却父母妻子，如蓬草一般随风飘零。世积乱离，人命危浅，一个品质纯正的雅士，也会变成疯子！”

陈琳眼泪哗哗地站起身子说：“各位文人学士遭罹战乱，亡命奔波，多少人丢掉了性命！能够一日三餐地活在世间多么不易！既然如此，何不珍惜当下的生命？何不思索人生的价值？何不让自己活得有滋有味、有模有样？”

“活出自己的脾气个性来！”像道家方士穿着玄色长袍的养性士人徐干从方才吹口哨的地方站起，他抬手朝胸脯一拍，高声大气地说：“像公干一样，活真人，显真性，我命在我，不属天地！像这林子里峭拔端直的松树一样，昂头向上，堂堂正正地活一回人，我心我口地吟诗作赋！”

文士们自然明白他话中的弦外之音。路粹眨巴着眼睛望着曹丕，又扫视着众人说：“生而为人，怎能不属天地，没有归依？古语云：皮之不存，毛将焉附？学人雅士倘若没有朝廷、豪雄、明主做依附，当如一截枯木，百无一用！当今乱世，如若没有曹丞相招贤纳士，诸位恐怕连用膳住宿的地方也难寻找，惶惶落寞如丧家之犬，还唱什么‘扶摇直上’‘堂堂正正’之类的高调？”

“话不能这么说！”曹丕大度地笑着，说他的父亲连下几道求贤令，欲以天下士人为依靠，他自己绝非想当靠山。他说，当今乱世，士人们的生存确实不易，但因其乱，各种束缚却也被打破，士人们不拘礼法，放任性情，一展才气，才能写出卓绝诗文。

王粲陡然来了兴趣，作为这群文士中官职最高的人，他深知曹操对他的信任与期望，自觉地肩负文士集团组织者的责任，对文友们的诗文写作特别关心。他的黑瘦脸庞溢满笑意，向曹丕提议：如何才能写出绝妙诗文？由他向各位讲述一番。

曹丕早有准备，加之受到刘桢、徐干表露出来的情绪的感染，他感触满怀，正想一吐为快。

“诸位乃彬彬君子，个个满腹经纶，在下岂能信口妄谈诗文？不过，公干的歌唱，伟长的长啸，文姬的琴音，令在下心潮放荡，意飞神驰，不禁感慨滋生。他们都是有禀性有逸气的人，慷慨放达，纵情敞怀，一任胸中的意绪天马般腾跃，无拘无束，肆意驰骋，才能产生感人华章。在下曾醉心于山林狩猎，马上放纵，深感老子所言‘驰骋田猎，令人心发狂’的精妙。心发狂，乃气所溢也！因而，可以说，著文以气为主，气有清浊之分，刚柔之别，人的气质有一定的格局，勉强用力是徒劳的。当下，国难当头，战乱未止，百姓涂炭，士人飘零，诸位正能任气行文，放情走笔，以此建功立业，名垂后世。”

王粲应和说：“自古以来朝廷重经史，轻诗文，诗文被视为雕虫小技，难登大雅之堂。如今曹丞相及公子兄弟喜诗倡文，将诗文看作建功立业之举，诸位文士当为之幸也！”

“不才还要明申：文章者，经国之大业，不朽之盛事也。人的一生，寿命与荣乐有限，而文章的传世却没有穷期，以此立德扬名，可以不朽！”曹丕又语调激昂地补充说。

“五官中郎将高屋建瓴，语重心长，一番教诲，令我等茅塞顿开！”路粹朝曹丕谄媚地笑着，又举目环视众人说，“诸位何不趁势而为，援笔在手，多著诗文，为曹家歌功颂德？倘若没有曹公这株参天大树，诸位如一群惶惶振翅的饥雀寒鸦，至今不知何处安栖。朝不保夕，何谈立德立言？曹公是真正的博大真人，救世英雄，我等为之讴歌，义不容辞！”

徐干、蔡琰、阮瑀、应玚、丁仪、丁廙等人显然不赞成路粹的看法，他们互相交换了眼神，正欲争先讲话，孰料这时候刘桢的狂躁症又发作了，他一溜烟似的从石板房跑出来，布袍已经脱掉，光着上身，赤脚披发，高声吼叫，一下子冲进人场，直扑路粹而去。

“你这卑鄙的奸细、败类、跟屁虫，只知道随污逐臭的屎壳郎！”他一把揪住路粹的衣领，推推搡搡，徐干也冲过去，二人将这个文弱书生打翻在地。

场面大乱，幸有王粲、丁仪等上前拉架，才将刘桢、徐干拖开。

“公干息怒！”曹丕走到刘桢身边，接过陈琳手中的布袍，一边帮助他穿衣一边劝道，“‘文质彬彬，然后君子’[1]，心里有话，不能心平气和地说吗？”

“心平气和！心平气和！心平气和！”刘桢像凯旋的将军一样得意地昂头大笑，“我如今身居高位，称孤道寡，号令三军，妻妾成群，岂止心平气和，即使飞扬跋扈，目空天下，各位士人又能将我如何？

谁也想不到甄妃来到刘桢身旁，双手捧着一杯热茶，她白润的脸颊现出七分凄苦三分微笑，重眼皮很深的眼睛深情地望着刘桢，声音柔婉地说：“公干先生心中屈憋悲凉，怎能不动气呢？不过，先将养身子要紧，来日方长，今后有的是机会，定让公干先生一吐为快！”

“噢——”刘桢惊疑之后情绪舒缓了一些，他目光凛凛地对着面前的这位绝色美人，长吸了一口气，阴沉的脸庞现出一丝冷笑，继而又大笑、狂笑！“天哪，果然‘妲己’再现，子桓捷足先登，有眼力，更有魄力呀！”

蔡琰匆匆走来，接过茶杯递向刘桢。刘桢却瞪了她一眼，又将冷笑的目光对准甄妃。“还是让她来吧！当年的袁公，今日的曹公，这些雄主们依靠下民的死灭成就自己的霸业，金屋深闺藏着多少红粉佳人，下等民众能够看一眼这些名媛佳丽，三生有幸哪……”

美人哭了。她背过身子，双手捂住脸孔，浑身颤抖不止……

三、蔡琰动气

“最恶毒的是‘妲己’二字！”曹操望着路粹，气得两只黑豆眼珠几乎跳了出来，

---

[1]《论语·雍也》

“当年孔融致信给孤，说‘武王伐纣，以妲己赐周公’。孤以为他必有史实可依，见面时问他此语出自何典，他却淡然一笑说：‘以今度之，想当然耳。’明目张胆地羞辱孤家，何其歹毒！刘桢早就与孔融沆瀣一气，诽谤朝廷，图谋不轨！”

“他还说……”路粹的铜铃似的大眼眨巴着，似乎不便言说，看到曹操期待地颔首示意，才又说出刘桢标榜自己是“博大真人”，显然这是针对主公“救世真人”而言，还说什么“这些雄主依靠下民的死灭成就自己的霸业……”

路粹走后，曹操立即将曹丕召来。

“刘桢如此猖獗，为何当日不来禀报？”他一脸愠色，注意观察儿子的神情。

曹丕倒很沉着，大胚子脸上毫无惧色。他从容地说：刘桢是有名的耿直士人，人称“松柏才子”，因妻子嫽人被叛匪残酷杀害而极度悲痛，无奈间服了五石散，药性发作，口出狂言，非常态所为，无蓄意谋反之象，当不予究查。

“我看你没有出息，大小不分，黑白莫辩，不可定大事也！”怒气泄后，又一条一条讲出了道理。首先，刘桢在公众场所丑化攻击主政者，有明显的恶意，而且以往就经常对朝廷横加非议，确属大逆不道；其次，严明法典，不能因其有亡妻之痛而偏袒，不能心慈手软。商鞅在秦国变法，首要之事就是看重刑名，改法为律，设法严厉，轻罪用重刑，重罪增加剁肉镬烹，刚开始百姓叫苦，三年后百姓称颂。

“铁石心肠！一定要铁石心肠！否则会惹出祸乱，后患无穷！”他的短睫毛下的突暴眼珠闪出两束冷凛的光芒，牢牢盯住儿子的脸孔，“当年大将军何进就因为无主见，何太后心肠软，没有及时诛杀张让，给了宦官最后一次翻盘的机会，引起天下大乱。何进何太后先后被诛杀，你能想到他们临死前是怎样后悔自己的‘善良’吗？那天夜里我与袁绍同去行刺张让，因被送夜宵的女娥发现没有得逞。在漆黑的夜幕中我爬墙上房并与卫兵厮杀，险些丢掉性命。当时就想，倘若何太后当时有一副铁石心肠，岂能让坏人得势？子桓呀，创霸业，当霸主，就要心狠，专权，霸道，宁可滥杀、错杀、误杀，也要斩草除根，不能因那一点善心留下后患。异己除尽，行为霸道，方能专权。只有专权，才能令行禁止，才能显尊得势。有了势，定了法，还须有诡秘的‘术’，如阴阳两面、声东击西、知雄守雌、审时度势……比如，除孔融、祢衡、荀彧、王修，就用了不同的‘术’。子桓呀，你知道法、势、术的这套学说是谁创立的吗？

“孩儿不晓得。”

“郑国人申不害。他在韩国为相，他的‘法’面对所有臣民，可以公示于众。‘术’即权术，由国君独掌，藏于胸中。‘术’有两种：任免、监督、考核臣下……为‘阳术’；

翻手为云，覆手为雨，声东击西，口是心非……为‘阴术’。”

“妙哉！权术即诡诈术，与孙子‘兵者，诡道也’同理！”曹丕顿时彻悟。

曹操这才笑了：“将帅御军，君王御臣，车夫御骡马，丈夫御妻妾。人要立身，首先是个‘御’字。要在天下称王称霸，就要有驾驭天下所有人的能力。”

说在兴头上，他的矮小微胖的身子在轻松的踱步中来去游动，青色丝布便帽下的黧黑脸孔闪出一层油亮亮的光彩。他心中欣悦，儿子们在竞争中激发了进取的心劲，在各自的奋发努力中增长见识显示才华，着实令人兴奋。与他们适时交谈，施以教诲，正是曹家创定洪业的大计之一。

然而心智超人的曹操没有料到，这番面授机宜的倾心之谈反而成了曹丕日后对付其弟曹植的有效之术，而他长期考察儿子们的策略注定了曹植成为曹丕的重要敌手。

望着曹丕转身离去手握宝剑大步跨越的背影，他好笑地想：这么高大威猛的汉子却心肠过软，看来还得你的老子杀出个样子，将恶名背在老子身上吧！

签发了将刘桢缉捕处死的文令之后，人还未抓，消息就已传得四散，蔡琰气势汹汹地找上门来了！

他实在没有想到！

难道这博学宏才的女才人是个变色虫？

“贤妹莫非为公干的犯律求情来了？”他快步迎上去，急忙让座。

“求情？”蔡琰冷笑了，宽阔硕大的脸盘闪着因气愤而红中带紫的光亮，淡黄的弯眉挑动了两下，“求情要面对有情有义的人，那些无情无义，冷血冷肉，只知专权，不循常理的人，人性早已泯灭，何谈一个‘情’字？”

“安坐饮茶，平心静气，岂不说得细致充分一些？”他克制着怒气，想起她那次不邀自来的激情演出，在危难关头挺身而出的慷慨义气，强烈的感激冲淡了心头升起的不快。

看到他一脸诚恳的神色，她在几案旁的衽席上落座了。

曹操令人沏茗捧茶，二人对面坐着。蔡琰渐渐平静下来，细密纹络包围的眼睛泛出了一缕温婉柔和的光彩。他询问她近日的生活，整理父亲遗文的情形。她一一作答，目光却透出警惕的思索，脸色毫无喜气。

“家父尤喜音律，能将《诗经》的所有篇章被之管弦。”说着，她站起身子，思索中蕴积了感情，脸盘涌上了鲜明的血色，“其中，《板》的一节，曲调的情绪非常恳挚。”她头一扬就扯开了清亮圆润的嗓音——

天之方难，（上天正降临灾难）

无然宪宪。（不要如此笑语喧喧）

天之方蹶，（上天正制造动乱）

无然泄泄。（不要如此无理妄言）

辞之辑矣，（辞令政通和顺）

民之洽矣。（臣民融洽平安）

辞之怿矣，（辞令苛刻败坏）

民之莫矣。（臣民蒙受灾难）

我虽异事，（我们虽然职务不同）

及尔同僚。（我与你们同僚相伴）

我即尔谋，（我找你们共谋大业）

听我嚣嚣。（把我的忠告当成谗言）

我言维服，（我的劝告入情入理）

勿以为笑。（不要以为这是笑谈）

先民有言，（古代贤人曾有训示）

询于刍荛。[1]（向割草打柴者垂询政言）

曹操倒很坦然，他以难得的欣赏的喜悦面对文姬，在她的歌声收尾之后高声叫好，在她重新落座后又称赞了一番，说当初一个臣子要规劝一个暴虐无道的天子何其艰难，他诚恳委婉，却不敢直抒胸臆，对于周厉王实行暴政与靡淫无耻的行为没有说明，还将他比作“天”。但是，话又说回来，一个暴君对于劝谏者敢言者一律诛杀，与一个企图安靖四海拯救万民的主政者排除异己的行为是有霄壤之别的。

“排除异己，竟然连孔融、荀彧、王修、刘桢这样世所公认的贤良之士也‘排除’了，难道这是仁政之举吗？”

曹操反而哈哈哈地报以夸张的怪声笑。他与她在上次的争辩中就涉及这个问题，旧调重弹，无法回避，只有耐心讲述，让她心悦诚服。

“贤妹呀，为兄也想过仁政，不过，那当在天下一统之后了。”他语气恳切，娓娓而谈，说如今正当乱世，须重法重刑，维护正常秩序，步调一致，舆论一律，确保令必行，禁必止，只要政令通达，要不了多少年月，天下就太平了。

[1]《诗经·大雅·板》

“尊兄也就成为焚书坑儒的秦始皇了！”

“秦始皇？不错！说来惭愧，只怕为兄与这千古一帝差之甚远！”他毫不在乎地哈哈大笑，粗声爽气，扬头晃脑，无限得意的样子，似乎一下子得了皇帝宝座。

“无耻！下作！不可理喻！”她愤慨至极，快步走出时，猛回头狠狠甩下这么几句，“要是杀了刘桢，有你的好戏看！”

第二十一章 明争暗斗

一、“老卒跪下了”

蔡琰吼叫着指斥着拂袖而去，令曹操陷入苦恼的沉思。

其实，他和蔡琰一样，对刘桢当前的处境充满了同情，而且，由于他的妻子嫽人被叛匪惨绝人寰地杀害，凝结在他心头的对他的“旧账”也一笔勾销了。刘桢，这位向往庄子超脱出世之风的文士，耿直孤傲，恃才放旷，不拘形迹，他完全理解他的性情。三十五年前，自己因牵涉亲戚案件托病辞官回到故里，就想过一种与世隔绝的日子，在五十里外的涡河堤湾建筑一座精美房舍，秋夏读书，冬春狩猎，书中养气，马上放逸，求一份洒脱自在，岂管它世间黑旗升白旗落、穷汉哭富人笑？无奈一道圣旨将他征为都尉，又迁升为典军校尉，为国为民讨贼立功的愿望才得以产生。后面的仕途，愈来愈紧地将他与朝廷绑在一起，又不断加重了开创曹家基业的欲念。身为一个以一己之身支撑天下的权势者就不能像庄子那样追求个人的逍遥自适，他可以听任这些孤芳雅士的清高矜持以至狂傲不羁，但绝不会允许他们对自己的声名恶意诋毁。“拨乱之政，以刑为先。”尽管他的脑海中不断浮现出嫽人在台上激愤弹筝的场景，想着她因夜夜赶场演出而遭到凶手屠杀的惨烈，还是牙一咬下了狠心，签发了将刘桢处死的文令。

天下熙熙，各怀心思。每个人都有自己的处境。你们这些文人如果能骑在我的马背上冷静思忖就会明白一切的！

他望着她气咻咻离去的背影，并没有丝毫气恼。

连着喝了几杯闷酒，曹操站起身子，踩着厅内的砖铺地面踱了几圈，目光一直盯着案几上并不过分显眼的那个拳头状的黄土疙瘩。他慢慢走过去，将它双手捧住。它并不沉重，但他的心忽然一沉，耳畔似乎响起了蔡琰愤怒的斥责声，听到了孔融、荀彧、柴坤、孟虎和他下令处死的王室亲信以及屡次反叛被诛杀的所有将官的响成一片的厉鬼嚎声。他蓦地急了，浑身发颤了，急忙放下土块，在兵器架上取下铁盔戴在头上，又伸手去取那把最具杀伤力的格虎大刀。动作过急，力不从心，将长长的铁质刀柄拔出架口的瞬间，还没有来得及调整手位就扬起双臂，过沉的刀头猛然压下来，将他的身子拖得打了几个趔趄，最终还是一屁股跌倒在地。

"老境至矣！吾哀矣！卧厩无用矣！"

叹息声中，他索性躺下身子，双手抱住额头，眼泪汩汩涌出，淌得满脸满手。

"嘿嘿哈哈呵呵咯咯……"

是何人在笑？

如此混杂如此喧哗如此幸灾乐祸的笑声！

是他们，方才的那伙对他恨入骨髓的厉鬼们！

"顺我者昌，逆我者亡！我——即——天下，天下——即——我——"他站起来，挥拳吼叫，环顾四周，又拿起格虎大刀，跨步挥臂，依着套路花子舞动起来，且伴着嘶声昂气地歌唱——

老骥伏枥，志在千里。
烈士暮年，壮心不已。
……

泪水，汗水；悲叹，高歌；颓然倒地，纵情狂舞……一会儿，便觉出了自己的失态。但这并不要紧，在厅堂，即使在臣僚面前，有时情势使然，忽哭忽笑喜怒无常地露出自己的真性情，反倒觉得内心自在。

"传——"他发话，令曹丕、曹彰、曹植急速来见。

齐刷刷，三个儿子在他面前颔首垂臂恭立一排。

他瞥了他们一眼，又转过身，背抄着手，脚步慢悠悠地兜着圈子。

"一个刘桢，丞相府的下层僚属，犯了律条，下了斩令，却惹起轩然大波。"他的黑豆眼闪出一束凶光，一一扫过他们瞪圆的眼睛，"你们说，对此人此事该如何处置？"

"从严执法，定斩不饶！"曹丕几乎不假思索地说。他明白父亲的用意，领会了父亲的"法""势""术"，一半真心，一半假意，心里是明白的，口气是坚定的。

曹彰非常恼火，他对这种仅凭手中一支秃笔坐吃官家俸禄的不规文人特别反感。他抹了一把唇上的茸茸黄须骂道：“吃在曹家，拉在曹家，却还要骂曹家倒曹家，要这号砸自家锅的歹货何用？灭了他，还不跟指甲盖儿抿死一只虱子一样？至尊大人何必多虑？”

“公干有错，事出有因，不必小题大做！”曹植却显得满不在乎，他的上下拉长的月字脸上堆满毫不在乎的笑意，黑漆的眸子从容地对准父亲。他认为松柏才子刘桢的品质是高洁的，实乃一位高逸之士。高傲拔俗，不循常流，向往庄子的自由飘逸，恃才傲物自视甚高，这是才华出众的文士常见的特征。这种名士必然不顾场合出言不逊，加之他近日遭遇丧妻之痛，心情郁闷，又服用了五石散，言语放肆是必然的。父亲不是三下求贤令，发出唯才是用的召唤吗？倘若诛了刘桢，招贤纳士天下归心的愿望就会随之破灭。

曹操耐着性子听他讲述，尽管“丧妻”“服药”“招贤纳士”等词语再次勾起他的心潮波涌，但沉吟之后的一个手势就表示出不容置辩的坚决否定。“当年商鞅变法刻薄寡恩，贵族多怨，士人也不理解。为了克成洪业，即使遭到众多的人反对也不必忧虑。太史公在《商君列传》中记载了商鞅一段石破天惊的见解：‘且夫有高人之行者，固见非于世，有独知之虑者，必见傲于民。……论至德者不和于俗，成大功者不谋于众。’”

“孩子明白，铭记于心了！”曹丕即刻回应。

“老矣，衰矣，尔等的至尊已经年迈力衰，连一把护身保命的大片刀也抡不动了！”他指着身边横撂在地上的格虎大刀，苍白发须包夹的黑脸庞显得非常沮丧。曹丕疾步上前搀住身子前后晃动的他，但是他用双手推开了，冷笑了几声说：“可定大事需要铁石心肠，有了铁石心肠才会有铁石法则！你们去吧，看他谁还敢来说情！”

当天下午，刘桢被关进大牢。

傍晚，落日的余晖染红丞相府门前的两排银叶杨时，一位甘冒风险为刘桢说情的人骑着快马赶来了。

论身份，他是曹操身边官职最卑微的人，然而这回他成功了。

曹操没有料到这个人会来说情。他想不起这个小小的伍长与刘桢有什么交情，从他的话语中才知道他与他的妻子嫽人多次同台表演，虽然他还未见过刘桢，但下层人的血脉相通，打断骨头连着筋，犹如亲人。

“你在郊外军营，怎么这么快就知晓要斩刘桢的消息？”他觉得非常蹊跷。

单耳人田艾倒显得从容镇定：“嫽人给我通报哩！”

“嫽人通报？”

“嫽人！谁能有她死得惨？她被杀的当夜我就被她的哭号闹醒了！她及时托梦，哭得呀，叫人听了身上的肉掉串串！她死了，成了鬼，舌头全了会说话了，说杀她的是三把尖刀一把长刀，四个壮汉，由一队部曲（豪族家兵）围成人墙，四人动手砍得准确麻利。她说：‘他们并没有先捅我的脏腑，而是首先从肩部剁了两条胳膊，再砍去两条腿，再将我的躯干分成三段，最后才割掉头颅。他们一是要让我把疼痛受够，二是要让我把羞辱受够。将我躯干砍为三截的界线，一条是横穿肚脐眼，一条是横连两只乳房的乳头，肚脐眼两半，乳头两半，柔刀子下，慢刀子划，不偏不斜，线打得一般直……’”

遭到如此狠毒残暴的杀戮，任谁将其过程叙述予人，都会悲痛失声，万难忍受。单耳人田艾早就哭得说不清字语了，曹操这个爱欢笑又多泪的人岂能不哭？

“他们实际冲着孤……对孤……恨之入骨呵！”曹操泪流满面，双拳向空中挥动，满厅转着身子吼叫，“既然托梦，就该说清是何人在幕后作祟？”

“他姓孟，孟虎的后人，与柴伦的后人柴坤是把兄弟。如今冀州乡下，袁绍那时的走红地主虽然受到主公打击，但他们不过由站着身子变成蹲下身子，上面矮了半截下面还很强壮，时时有伸腰挺头的可能。我堂兄的一颗心还在半空的树杈上悬着哩！”

曹操被他的话语惊得脸孔发紫。他走过去，伸出两只手掌掬住他干黄瘦小的脸蛋，眼睛对着眼睛，二人的心光一霎时如闪电烈火一般遇合在一起。无限豪情与火气激涌得浑身的每一寸肌肤发烧发胀，眼泪唰唰滚落下来，语音也很低沉：“你的铠甲上都生了虮虱，头上生了白发还在打仗；我年已六旬，在厅堂里也是锦袍下套着战袍。外有不臣的强贼，内有不满的豪绅，不得不外催战马，内用严法。但人情恩义总来烦忧，贤弟呀，你说天下太平的大业重要，还是私人情意重要？”

“两个都重要！”单耳人毫不含糊，左耳遗疤泛起血红之色，“眼下为嫽人丈夫的事老卒的心都疼烂了！”

“依贤弟看来——”

“放了他！”

“不放呢？”

“老卒立马死在主公面前！”

“贤弟呀……”他的泪水再次涌出，额上的青筋暴突。

“老卒跪下了！青州军士卒全都跪下了！”

“哎哟天哪！准了准了，将刘桢死罪免去……”

破涕为笑，二人紧紧搂抱在一起。

二、以信还信

其实，单耳人所说的“嫽人托梦”，一半是实，一半是虚。嫽人几次闯入梦中对他血泪控诉确有其事，但刘桢被捕的消息却是另一个人火速告诉他并要他前去营救的。

这个人就是曹植。

给曹植献此良策的是杨修。

杨修对焦灼不安的曹植说：“去找那个单耳人伍长吧，他和嫽人一样属于下层苦人，心脉相连，只有他能动真情敢冒死。再说，他和令尊大人有特殊交情。除了他，哪个僚臣官员敢往刀刃上碰？谁不知道令尊大人的严刑苛法？公堂之上，他对你们兄弟也不讲父子情分，他会给谁面子？”

“还有——”他又叮咛说，“千万不能暴露你我，否则，刘桢性命难保，我也会被革职的。”

秋日午后的刺眼阳光透过庭院柳树的枝叶，斑驳地落在杨修清瘦的小白脸上。他的神色是胆怯的，流星似的目光闪出躲避不安的神采。

“三公子，恕我直言，在下不便插手尔等兄弟之间，只想在陋院柳树下面享一份清静。”他说得恳切，显得又很愧疚，“半年来一直患膝关节病，出行不便，医士嘱我静养。”

后来刘桢减刑去采石场当劳役犯干苦力活，曹操看他坦然从容的样子动了恻隐之心，又将他释放了。刘桢降了官职，由丞相掾属变为相府小职员，起居茶饭总算有了着落。挚友们不免要欢聚庆祝，为此，曹植登门去请杨修，却被他拒之门外。

杨修听说刘桢获释的消息后，料定那几个文士会呼朋唤友热闹一番的，而曹植必是热闹场中最得意的人。一种痛切的不祥感即刻攫住了他的心。

思来想去，他写了一封信。

曹植满怀喜悦地登门请他参加集会时，在门卫那里见到这封信。

临淄侯子建赐鉴：

公干犯律，斡旋枝节，望惟藏之五内，切勿炫示于人，否则难免性命之虞矣！吾腿疾甚恶，远行疗治，不能一晤。尔等兄弟争锋，手足家事，不便涉介，日后当好自为之。吾避之远之，图自安耳。见谅！见谅！

臣修稽首

曹植看着素笺上的清秀笔迹，仿佛看到杨修转身躲避时惊惶不安、勉强做作的笑脸。他异常惶惑，仰头长叹一声："惠施归来兮！"

惠施是庄子的契友，他与庄子虽然常有争辩，但却是最理解庄子旷达心境的人。曹植常以庄子自况，好友杨修自然就成了惠施了。

心情郁闷的曹植立即去找丁仪、丁廙兄弟。

"人各有志，不必勉强。"丁廙先开了口，刚交十九岁的娃娃脸显出老成的严正神色，"人生如对弈，有人甘于平稳耗时，不愿下求胜的险棋，随他去吧！"

丁仪却摇摇头："德祖才高智广，常有先见之明。缺了他，怎能战胜对手？士人之心相通，我们一定会将他说服的！"

可是，他已经出门远行，有意躲避到不易寻找的地方，如何见到这位令人钦佩的智士呢？

三人商议？决定针锋相对，以信还信。

曹植的信函如下：

德祖仁兄大鉴：

昨蒙函柬见教，如醍醐灌顶！仆与兄长争锋，同室操戈，必祸及党羽，兄避之远之，图自安焉谬乎？思往昔仆以庄周自拟，慕鲲鹏抟扶直上，绝云气，负青天，以此等气概揄扬大义，勠力上国，流惠下民，建永世之业，流金石之功，彰示来世也。殊不知庄周之高洁，不为轩冕肆志，不为穷约趋俗，宁为泥涂之龟而不荣居于庙堂，岂为冠冕荣华汲汲于漩涡乎？今函告仁兄，仆当以涂汲之龟效之，罔顾立嗣，退出政事，终日与士友文朋混迹于山林酒肆，一卷书半觯酒钓于泽畔，岂不洒脱逍遥乎？

仆弟植揖礼

不出他们所料，杨修主动来见曹植，而且又非常急切。

"立嗣之事，关乎天下神器落入谁手，怎能轻言放弃？"他的眼光不再像流星般闪动，而是紧紧牢牢对准了他的眼睛，"令尊大人乃命世之大才，治世之能臣，鬼使神差，安靖天下。而能生于曹门，得其倚重，竞于立嗣者，万人不可求也，岂能拱手让给对手？再说，公子岂能与庄子相比？战国时代的庄子只是一个漆园小吏，地位卑下，穷困潦倒，怎能不愤世嫉俗，悲愤绝望？公子位享列侯之尊，名如众星捧月之显，才华绝世，领袖群伦，身负众望之托，怎能将自己看成独与天地精神相往来的庄子？再说，《庄子》中也不乏雄心励志，壮怀激烈的篇章，如鲲鹏之志，善生乐死，相濡以沫，天子之剑……”

曹植听着，心里一阵阵灼热，忘记了这是一场计谋，直爽地打断他的慷慨陈词：“仆怎能不知晓《庄子》？怎能不想为立嗣而奋争？倘若无鲲鹏之志，壮怀雄心，岂能援笔一挥而成《白马篇》？岂能为立嗣成功孜孜以求？只是为仁兄的畏惧退避苦恼焦急，与丁仪丁廙兄弟想出此法，信中有诈，为的是尽快见到并拉回仁兄，还望仁兄恕罪！”

向来料事如神并以此自得的杨修显得无比懊悔，他真诚地说，他和他的父亲有所预感，曹丕必将在立嗣争夺中胜出，因为他自身的条件优越，背后又有一个官僚集团支持。一旦他执掌大权，必然排除异己，那时候，想吃后悔药为时已晚矣！

“仆的父亲公允明哲，我的兄长笃厚恭谨，即使竞争失败，他们岂能将仆的亲信当作仇敌异党剪除？”他轻松地摇着淡青色的竹篾九华扇，月字脸上现出不屑的笑意。

杨修却脸色阴沉：“家父与令尊大人当年同为朝臣共事多年，他说令尊大人颇有心机，莫测高深，提醒在下远避是非。”

“倘若你我日后落难成了陆地之鱼，同吸湿气，相濡以沫，或者引颈就戮，同为刀下之鬼，令文友雅士在坟头鼓盆而歌，岂不是天大的快事？”一股豪气涌上心头，他的惯常如青笋般的脸颜蓦地充满了血色。

杨修苦笑无言。

他陷入了沉思。

其实，杨修的身上也是有血性的。弘农杨家，五世骨鲠之臣，世人有“世代忠烈”之誉。他的父亲杨彪任京兆尹时毅然处死了跋扈一时的巨宦王甫，并揭发了数名显宦的贪污行为。官渡之战前夕，官至司空的杨彪在家里对三个儿子说：“天下将落入曹氏之手，袁氏父子必败，中原黎庶蒙受袁氏之祸尽矣！”家风门气的熏陶让杨修周身的血液渗入了无法剥离的正义感。有时他在曹操面前故意卖弄超越常人的聪慧，既是因为曹操的宠爱滋长了他的放纵，也是他仰慕曹氏父子的立身行事而激发出来的热情。身为丞相主簿，他是曹操身边的机要文书，在他眼中这位一代雄主正在为天下苍生开创太平日月，为此他常常自感庆幸。

因为有了这份血性，他被丁氏二兄弟说服了。

丁仪、丁廙当天傍晚就来找他，说他们之所以坚定不移地支持曹植，是因为看中了他的纯正、善良、聪明，而他的对手曹丕却正好相反，他貌似笃厚，实则虚伪，背后的支持者系官僚贵族集团，若他得势，必有利于豪门望族，势必将寒门下层踩在脚下，日月将变了颜色。

他俩列举了不少事例，说到曹丕在那条街上的秘密馆舍，说到曹丕可能与柴伦暗中来往的……

杨修血液中的那股气息被点燃了。

“心系绣虎，何惧杀头！”三位年轻的文弱雅士的手掌交叠握合在一起。

三、谁占上风

建安十九年七月，曹操又准备率军出征了。

连着喝了三杯壮行酒，他站起身，勒紧腰间佩着金玺赤绂的紫红绶带，扶正头上的高挺华贵的远游冠，跨着大步走近四马并辔并以黄缯做华盖的车子，仰首向前面清一色红缨金盔的三百名虎贲（武士）瞥了一眼，又回头仔细望着车后手执铁钺（斧与大斧，表示有征伐杀戮之权）的护卫，黑豆眼仁这才漾出一丝显而易见的骄矜。两个侍从及时过来准备扶他上车，他却一摆手支走了他们。

“孤虽年已六旬，却未至垂暮之境！”

他不屑自语，双脚踩上阶板，手攀扶栏，身子一纵就上了车舆。

典军校尉夏侯渊适时拍马过来，朝他一拱手说：“启奏魏公，集结完毕，可否开拔？”

他笑着抬手做了绕动一圈的示意：“先昭示本公威仪吧！”

夏侯渊催马向前，对前面的两列旌旄旗手下了命令。这支由五百汉子组成的仅次于皇帝出巡的仪仗队，沿着演兵场四周的直行大道堂而皇之地行进了。

故展威仪，是他的蓄意安排。主要为出师有名，以天子亲封的九锡公侯讨伐九州地面的任何不臣之人，犹如官府捉拿一个盗匪歹徒，名正言顺，应当昭示全体将士；另外，他的内心其实充满了忧虑。近年来刘备、孙权在各自地盘稳固设防，从大局看天下已显三家鼎峙之势，他的焦急与无奈只有在自思自叹中消受，能在僚属将士面前一展得意只算一种掩人耳目的方式。

“太平太平，天下太平！魏公魏公，救世真人……”

誓师的齐整吼声，天崩地裂般响起。人们熟悉的这种声音来自他的那支亲信队伍——青州军青龙兵团，他们此刻正在场子中央昂首待发。

曹操显然有了振奋的心绪，他猫着身子探首车外，尽力朝场子中央伸头望着，手臂伸出朝那边频频摇动。

陈群、钟繇、荀攸、崔琰、司马懿等臣僚不论是随往出征还是安排留守，一齐聚拢在演兵场出口，等待短暂的送别仪式。当曹操的车舆缓缓驶近时，他们全都走上一步躬身揖礼了。

陈群是众臣僚推举的代表，他迅步走到车子一侧的靠近位置，既能面对曹操，又能看到众臣，环顾之后略一停顿，就朗声流利地道出一篇文辞考究的赞章来——

于穆我公，交兵若神；戎车列陈，如雷如震。振振京师，屡建殊勋。位乃丞相，总摄三军。九锡昭备，一统待身。四海肃虔，望风震慄。茫茫寰宇，我公康之；微微汉嗣，我公匡之；攘攘群杰，我公服之；喁喁黎庶，我公育之。以智克众，每征必举；四夷宾服，功夷圣武。翼帝王世，神武鹰扬；左钺右旄，威凌伊吕。年已耳顺，体壮志肃。神勇功显，圣德至天！

曹操连连摆手，大有不以为然的样子，朝群臣板着脸说："本公要是成了九霄之上的神仙，如何与各位爱卿一起对弈击壤蹋鞠投壶饮酒作乐？"

说得一脸恭肃的臣子们全都咧嘴笑了。

"孙权凭长江天堑顽守，刘备靠秦巴大山抵御，确实不易收复。"他的脸色平静而又庄严，短睫毛下的一双黑豆眼闪出一缕恳切的惋惜，"看着四十多岁的士兵依然甲胄在身随孤冒死征战，想起万千黎庶节衣缩食缴纳税赋支援前方，孤心中愧疚难忍。然而贼子不灭，国难未已，太平时日何以实现？孤今率军讨贼，顺天应人，上下同心，势在必得。留守后方的众卿，同样肩负重托，不可懈怠。待本公率军凯旋之日，再共聚同庆，举杯醉酒！"

一片掌声赞扬声畅笑声轰然而起。

正当曹操向夏侯渊注目欲下出发令时，相府主簿杨修走到这辆华贵无比的车子跟前，流星似的眼光蓦然一闪就对准了魏公。

"德祖莫非这般时候还要猜谜逗乐？"

"启禀主公，这般时候，何不让二位文才出众的公子一展才华，咏扬军威，以壮行色？"

不等曹操点头允诺，曹植就大步流星走到车子附近，挺脸朝父亲从容望着，焦黑的眸子里流出了热情，也流出了骄矜，再偏过头望着群臣，将同样的热情与骄矜昭示给众人。他右手的九华扇胸前一摇，就放声吟出一首辞章合范的赋作：

观雄兵之振振兮，望六师之所营。幡旗扬而蔽日兮，车马动而绝尘。至尊令而威显兮，神武举而建功。苍生喜而贼泣兮，斧钺耀而烁金。凭皇穹之灵祐兮，亮元勋之必克。挥朱旗以南指兮，渡大江而莫御。循戈橹于清流兮，浮云梯而优游。擒敌帅于中舟兮，振灵威于东野……

曹操只是入神地听，注目地看，右手的几根指头捻动腮上苍白的胡须，脸上似有一种会心的赞赏之色。群臣，尤其是王粲、崔琰、荀攸、陈琳等，一阵一阵地赞叹鼓掌，人们都被这位三公子出口成章的卓异才华折服了。

"不必嘉赏赞扬，此子不过熟读几册古诗，一时兴起，将眼前景物描摹一番，借物抒情，绘声绘色，故作喧哗，辞藻闪烁罢了！"曹操一脸不屑，向群僚扫视了一眼，又将庄重的目光对准曹植，"我当年任顿丘县令，二十三岁。想那时所作所为，一点也不懊悔。你今年正好二十三岁，如何进取，不负华年，当自思自勉！"

"多谢父亲指教！"曹植喜悦地揖礼。

"蓼蓼……者莪，匪莪……伊蒿。哀……哀……父……母……生……我……劬……劳……"[1]曹丕突然发疯似的跑过去，哭着叫着，以失常的声调喊出《诗经》中的名句，几十步的距离跌倒多次，一脸泪水地扑向这辆车子，踉跄中双手抓住车厢下的阶板，才勉强稳住身子。他用模糊的泪眼望着父亲，以无限苦悲的声调哽咽道："孩子……知晓……吾父……不忧年高，唯忧……天下不治，一己……之身，系天下之……安危，毅然……效命疆场，可孩子……怎忍……与吾父……分离，吾……肝胆……痛裂，五内……俱焚……呀……"

捶胸，顿足，哭成泪人儿！

曹操不忍凝目。他背过脸庞，也唏嘘落泪了。

"吾亦泫然悲之。"他抬起泪眼望着众人，"看来，肺腑之言再拙，也胜过妙构华文哪！"

曹丕从捂着眼睛的指缝间望去，发现三弟曹植已经灰头耷脑地僵呆在那里，月字长脸上布满了沮丧。

他怎能不沮丧呢？早有准备的他，依照杨修的分析，几日前就根据往常大军出征的场景写了初稿，在朗诵的声调表情方面又反复练习，临场稍加改动超常发挥，可以说水到渠成，效果极佳。可是临阵磨枪的大哥不敢正常比试，用了一手怪招，却令父亲心动，达到了战胜他的目的。

当天晚上，没有随军出征的丁廙来见曹植。这位小文友告诉他是吴质向曹丕出的

[1]《诗经·小雅·蓼莪》

主意。他在现场看得一清二楚，曹丕当时慌了手脚，吴质在他耳边悄声说着什么，曹丕才突然哭着扑向父亲的车子！

“吴质？”他心里咯噔了一下。

吴质也是颇有文才的朋友，尽管接触不多，但此人的相貌神情却难以忘却。

三个月后，杨修和丁仪随军返回邺城。

“吴质是我们的主要仇敌！”杨修再次提起吴质。

他迟疑了：“此人也是一位雅士。他与兄长同谋，我也无话可说。”

“非也！”杨修的小白脸涨满红云，“他并非良善之辈，一贯阳奉阴违，身为朝歌县令，暗中与当地豪门勾连，有说不清道不明的关系。若让他们得逞，今后的日月就难说了。”

丁仪眨动着那只独眼说，吴质除了经常出入那条小街的秘密馆舍，还暗中去曹丕的五官中郎将府邸。身为朝歌令的他属于外官，与内官来往是违反法令的。

他们选定以此事为线索，准备当场抓住把柄。

不久，布置的暗哨查得：曹丕派人用马车载着几个废旧竹箱，将吴质藏匿其中拉进府内。

杨修当即向曹操汇报了此事。

曹操立即令人查找。

然而，这辆载着废旧竹箱的马车驶出时，箱内却装着满满的绵帛。查遍曹丕的府内，也不见吴质的踪影。

“德祖呀，若有闲暇读些书吧，何必捕风捉影无事生非？”曹操的脸色阴沉了。

第二十二章 厅堂内外

一、风雅之根

曹家的大大小小两个辈分的妻妾们在五间厅堂里聚齐了，尽管乌发高旋的灵蛇髻与墨眉弯弯的连头眉将她们中的大多数分成两派，但是在这种显示个人教养与做派气度的场合，每位佳丽的眉眼神情都显出真切恳挚的无比亲热。

卞氏的目光专注地在这些女人的脸孔上扫来扫去，她的脸色与目光中的三分威厉在这个场合显得特别分明。她的屁股与腿脚下面的蓝布绣墩抬高了她的身姿，五十三岁的腰板挺得如立柱一般笔直，尤显出她有意加重这个场合的庄严氛围。

“每月逢十，各位从自己门帘子里走出来，在这儿云鬟厮磨，齐齐整整，静静肃肃,听一回有益的教诲。”她的目光依然随着左右摆动的未饰名贵钗簪的头颅扫来扫去，扬起手臂朝身边的另一个人点动了兰花指，“由子建的妻子陈菲继续开讲。曹门有幸，添了这样一位谙熟经史的才女，真正的‘曹大家’;诸位有幸，能够经常听到她的讲解。曹门要风雅，要鼎盛，离不开学识与品行。女人呢，是家门中的脏腑。脏腑虚弱，何谈整个身子壮实？诸位，不论年齿长幼，学问深浅，都要静心为学。好了，就由陈菲开讲吧！”

“只是诵读，岂敢在各位长辈和年长的姐姐面前信口开河？”陈菲的目光谦和，笑容谦和，说话的声音也是谦和的。她看见形形色色的面孔都在朝她挺着，形形色色的眼睛都在朝她望着。在她看来，所有的面孔都是和善的，所有的目光都是亲热的。

她想起三年前第一次在这儿为众女眷诵读经文的情景，忆起了满厅堂的俏娘子的惊异的眼睛。论年纪，她和庶娘兰蕙同庚，是这群俊女中最鲜嫩的花骨朵。但今日却无比荣耀地打坐在众人面前，负起诵经释意的“典训”之任。“这可是当今天下第一家的曹门呀！而我，真正成了心向往之的‘曹大家’了！”一股得意的豪情在心头升起，这么多惊异的目光只能增强她的自信。她镇定自若地看了众人一眼，然后依照自己的身份，虔敬地弯腰俯首行了庄重的稽首礼。虽然也有平辈嫂夫人在座，她还是毕恭毕敬地施了对待长辈的大礼。

“是卑人向坤元献言，应该向全体女眷推荐……”

卞氏笑着插言：“何谓‘坤元’，先向在座的各位讲清楚。”

“‘坤元’是我对婆母大人，内庭之首的卞老夫人的尊称。”陈菲抬头朝坐在后排的甄妃望去，二人的目光相遇后，她点头笑着说，“大嫂也是饱读经史的有识之人，想必知晓坤元的出处？”

甄妃略一思忖，就抬头一笑说：“这个称呼有深意，也很确切。《易经 · 彖上传》中有句‘至哉坤元’，坤元就是坤之首，坤之极致，意思是与至尊大人共开天地。”

说得众人一片惊喜赞叹，掌声轰然而起。

郭妃脸上倏地掠过一道绿黑阴影，但她鼓掌时间最长，还站起身朝众人环顾说：“从今往后，贱内们都称老夫人为‘坤元’如何？”

掌声和欢笑声再次响起。

陈菲开始讲述《女戒》，她非常推崇的班昭的著作。她在嫁入曹家不到三天时就迫不及待地向婆母卞氏提出建议，认为曹家妻妾满庭，人数不少，多有才艺，若要长久和睦，就得将班昭的《女戒》作为经常效法的经典。望着婆母疑惑的脸色，她知道这位长辈可能对班昭的这篇著作不甚了解，便娓娓而谈，讲解了《女戒》的“卑弱”“夫妇”“敬慎”“妇行”“专心”“曲从”“叔妹”等七节的要领。卞氏听得饶有兴致，当即决定，要她定期向全体女眷讲授。

“卑弱第一。”她虽然手捧黄丝绢手抄本《女戒》，却并不用眼睛去看，烂熟于心的文字清晰流畅地以几分清甜的语音道出，“谦让恭敬，先人后己，有善莫名，有恶莫辞，忍辱含垢，常若畏惧，是谓卑弱下人也。”

不少人交头接耳，窃窃私语。

“卑弱下人？”尹夫人不好意思地望了卞氏一眼，还是大着胆子提出了不同看法。她说曹家并非显赫世家，之所以能在动乱年间崛起，主要在于至尊大人有过人的胆量，过人的谋略，在家里女人面前也有过人的情感。他从来不把女人当作卑弱下人。虽然家法严厉，说变脸就变脸，但他和老夫人让各位读书立德，长进才艺，过舒心日子。至尊多次说不能将女眷甚至侍人当下人看，要求妾妃在他面前知无不言，言无不尽，以主人的身份看待自己。这又怎讲？

陈菲说，至尊与坤元给我们体面，给我们尊严，并不等于我们身份的改变。女人就是女人，生下来就不同于男人，《诗经·小雅·斯干》中说："乃生男子，载寝之床，载衣之裳，载弄之璋……乃生女子，载寝之地，载衣之裼，载弄之瓦。"璋乃宝王，瓦为纺车上的小器，弄璋与弄瓦不仅表示了司职的区别，还标志着身份的贵贱。身为女人，只有将自己看得卑贱，才能忍辱含诟，战战兢兢，服侍丈夫。

卞氏频频点头："我在至尊面前就是卑弱下人。唯有这个心念，家庭才能永久和顺。"

"要是男子横行霸道蛮不讲理怎么办？"曹彰的妻子易灿高声提问，惹得哄堂大笑。

陈菲从容地柔声说："'夫不贤则无以御妇，妇不贤则无以事夫。'夫妇都应是贤德之人，如果丈夫不贤，妻子就可以理直气壮地离弃。汉代的法典，就有'有义则合，无义则离'的条款。"

看似温柔低调的陈菲竟然会说出这话！

淡妆素衣温文尔雅的女人们一下子哑声屏气，个个瞪大了眼睛。

"曹门添了一位奇女子，柔顺多礼，又有骨气。"卞氏当晚就对曹操这么夸赞。

曹操却皱起眉头："子建骨气奇清，心地纯正，这女子也是有骨气的才女，二人是否配得久长？"

卞氏倒很坦然："难道绣虎不恋山岗上的青竹？——这女子是青笋刚变的外皮还挂着粉嘟嘟腻蓝的新竹。"

在往后的日子里，每月三次，陈菲照例都要在厅堂为众女眷讲授《女戒》，后来又增添了《诗经》《礼记》《论语》《史记》《汉书》等典籍。

"圣人，吾不得而见之矣，得见君子者斯可矣。"[1]

以高亢得近乎歌唱的声音，显示着节奏分明的抑扬顿挫，仿照父亲教她朗读的声调，她总能将自己崇敬圣人君子的感情融化其中。

而且，每每读及孔夫子关于圣人君子的论述，她总会想到一头银发的父亲。陈菲的祖辈历经六代都是地方小官，在县邑所办的学校任经师，主管教育。职务虽低，却

[1]《论语·述而篇第七》

赢得“俊士”“造士”的美名。东汉以来，郡县普遍设学立校，学、校皆置经师（或称文学掾、文学史）。经师者，儒家经学之师也，当然要选拔鸿儒秀士来任职。按照《礼记·王制》的规定，乡里选出秀士，秀士中选出俊士，俊士中选出造士，层层竞试，逐级选拔，俊士和造士成为官员的身份倒在其次，令人仰慕的俊才名声就显得无比重要。兖州济阴陈家连续六代在经师选拔中胜出，在方圆百里深得士人及庶民赞誉，人们认为这样清白廉洁书礼传家的门庭，胜过一门数侯累代三公的显耀世家。而以此为荣耀为追求的陈家愈加重视儒家经学的传承，并注重躬行实践为人师范。可惜董卓之祸打乱了社会秩序，各地学校纷纷停办，朝廷哪里还顾得上选置经师？陈菲的祖父被迫回到乡里，不到三年就郁郁寡欢苦闷而亡。她的父亲眼看朝廷恢复教育无望也愁苦不堪，刚交三十岁就白发苍苍。然而，这位白发学子并没有在学业上懈怠。“善人，吾不得见之也，得见有恒者，斯可矣。亡而为有，虚而为盈，约而为泰，难乎，有恒矣。”[1]孔子的这段论述是陈家数代人勤勉有成的心气所在。所幸曹操于建安八年下了一道《修学令》，他占领的北方地盘全面恢复学校选拔经师。三十六岁的白发人已经银发稀疏难掩红光闪溜的“谢顶”，但脸盘的笑容却比春天里南山坡的桃花还要鲜艳。“孔老夫子说当今的圣人也难得一见，我看曹孟德就是当今圣人！古人说知行完备的至善之人为圣人，曹孟德统一中原，平定边患，除豪强，抑兼并，兴屯田，济贫弱，倡文教，活脱脱一个拯救世人的神仙，岂能不是至善之人？”

陈菲想起父亲对公公至尊大人的赞誉，面对一张张风韵犹存或者俏丽俊秀的脸孔，她诵读讲解的声调不由得一高再高。

在经过了与丈夫曹植的亲密相处，读了他的诗赋文稿，理解了他的骨气与心气，又读了公公至尊的诗赋文令，还有兄长曹丕的诗文抄本，她觉得自己摸清了曹家的门风之根，即这个家庭的底气。

“卑人嫁入曹门已经三年，生的孩子都两岁了。”她如实而又欣喜地向面前的内人们诉说自己的发现，“在这些日子里，卑人一直思索曹门的风雅之根。当然，卑人如今是心中有数了。不过，卑人还是想先听听诸位的高见。”

她首先想听甄妃的看法，笑着指着要她回答。

甄宓似乎成竹在胸，当即平静地说，曹家人眼界宽阔，心胸博大，以天下为己任，以救世为目标，父子几代，同为这个目标而奋进。

[1]《论语·述而篇第七》

郭照是第二位发言的。她说曹门的底气足，根子在皇庭帝宫扎着。当年老祖宗与几任皇帝亲如手足，皇家脉气传了过来，子女们龙章凤姿，不逊王庭风雅，酝酿潜龙升腾。

尹夫人仍然说的是粗俗言子：曹家出男人，能弄大事，个个硬棒，硬成，硬气。肾脏好，元气饱，能御能纳，子嗣多，人丁旺。

曹彰的妻子易灿说，曹家是一个文武盛地，经文诗赋，刀枪剑戟，马上马下，帐里帐外，既通儒书，又精武艺。根子在文武。

"跳丸佳妙"刘氏笑嘻嘻地说，曹家人天性真，爱耍闹，精游戏，多才艺，爱饮酒，好打猎，会耍闹的人干事情才有门道。

环氏、杜氏、秦氏、陈氏等上了年纪的妾妃一致认为，曹门的根子在于大德，即尚俭。古人讲"俭为德之共，奢乃恶之大"[1]，至尊的诗中说"侈恶之大，俭为共德"[2]，曹家因正此家风还杀过人哩！

兰蕙，以忧郁不安的眼神望着陈菲，得到她的鼓励后才鼓着勇气说：曹家大善。至尊的诗中说"天地间，人为贵"为救世人，至尊遭遇了多少险情，老了还远征打仗，曹家大大小小都是善人。

众口纷纭，莫衷一是。

陈菲微黑的脸孔一直绽放着笑意，每一位讲毕她都会频频点头称赞一番。但她自己的看法却与众不同。

"读古书，慕圣道，乃曹门的家风之源，风雅至极。"她提高了音调，脸孔涨起了红潮，话语中透出由衷的敬仰。"至尊大人雅好读书，二十六岁时朝廷令公卿举荐能通《尚书》《毛诗》《左传》《谷梁春秋》者任议郎，他因能明古学而被选中。他本想在家乡涡河边建造一座精美房子，秋夏读书，冬春狩猎，以读书为终生乐事。卑人看到在至尊的书架上秦以前的旧本竹简帛书多达二百余种，而孔子、孟子、老子、庄子、孙子、太史公、申不害、商鞅等圣哲先贤的著作尤为看重，三皇五帝，伯夷，叔齐，殷汤，文王，武王，周公，齐桓公，晋文公，这些圣贤人物多次出现在他的诗文中。大哥子桓也通晓《诗》《书》《易》《礼》《春秋》和诸子百家。至于卑人的夫君，才是嗜书如痴，对于汉代以前的文典，靡不毕览。他对圣人贤士高蹈君子怀有高山仰止之情。据卑人所知，他已将羲皇以来圣贤人物一一写入诗篇，倾情颂扬。他不仅开口圣人闭口君子，

[1]《春秋·左传》

[2] 曹操《度关山》

而且躬身践行，以君子之风自律，心地澄明，言出肺腑，一心报效国家，五言诗《白马篇》不仅被众文士推崇，还深得至尊大人赞赏……”

“请勿扯得太远！”郭照似乎发觉了她的用心所在，冷冰冰地抛出不满的情绪，“这是什么场合，尽量不要怀有私心。”

尹氏此刻也站在郭照一边：“不能光夸耀自己丈夫呀，别人不好读书就不能建功立业了？”

议论声骤然而起，一片吵嚷。

“安静——”卞氏急忙打手势制止了吵嚷，“我们的‘曹大家’怎能别有用心？她的话，令人清透心扉，她的气韵风度，是一种淡雅之美，更是一种高贵之美……”

二、密室密议

陈菲没有料到郭妃会当众反对她的评说，她也不怕她和尹氏甚至更多的女眷联合起来反对她的看法。

即使说她有意抬举自己的丈夫也无关要紧。自己的丈夫原本如此，理应在曹家成为未来的“至尊”，自己言出肺腑，问心无愧。

她心中有数，非常自信。

支持她的人，一言九鼎。此人就是当今的至尊。

那天，即曹丕、曹植为出征的父亲送行争宠斗智的先一日，在曹家少年郎聚集的诗文教习堂上，她的公公曹操正在为孩子们讲授如何写好诗歌，她抱着两岁的儿子曹志从厅堂门口经过，他瞟了她一眼就喊她也进去听讲。

她两臂垂下站在孩子们后面，让曹志站在前排正中位置。

曹操早已将他的纲领要言用毛笔写在一张灰白色麻纸上，他手握一根细长的竹竿逐行指着，一字一句领读道：

风雅卓识，首在胸襟。

标举华辞，四达通脱。

振纸抒怀，可雄万夫。

深更灯明，诗中剑舞。

此气人何有哉！

他又逐字逐句讲解了所包含的意思，忽然将短睫毛下的暴突眼珠对准了她。

“曹大家——”幽默的称呼中透出舒悦的爱怜，“如何写好诗文，首在胸襟。胸襟不凡，方有不凡意气。你觉得如何？”

功德巍巍学识超群的公公能向她这个年轻的晚辈商榷讨问，实在出乎意料。

单纯直率的心性打消了瞬间的犹豫，她立即以谦恭的口气说：“卑人岂敢在至尊面前饶舌？不过，趁这个机会正好可以向至尊讨教。依曹家的情形，父子三人都是诗文妙手，尤其是至尊与卑人夫君的诗，才大思丽，卓尔不群，虽然在于胸襟，胸襟却并非根由。根由何在？在于明古学，慕圣道。至尊的诗文中常以列圣列贤为例，抒发经邦治世忧国忧民之情思，‘於铄贤圣，总统帮域’，企望治国者当为圣贤之人。卑人的夫君，更是古圣先贤的追慕者，他将二十多位圣人贤士写成系列赞诗，倾情倾思，心向往之。人说他的诗才藻宏富，骨气奇清，实在是因为他追古人慕高风，远非顾及眼前名利的庸常之辈可比。这既是写好诗文的源本，也是曹门风气的根由。有了这样的根源，才会看重民本，崇尚节俭，整齐风俗，开创千秋大业。”一番激越感慨，令曹操瞪圆了黑豆眼珠：“曹门大幸！添了古雅高才之妇！

有公公的称赞在心里鼓励，她对郭妃等人的非议当然会一笑置之。

然而郭妃却像变了一个人似的，次日专意找上门来道歉。

她是曹家数十名妻妾中衣饰最朴素的女人，麻衣布裙，来自民间的家织土布，染成乡间民女习惯的青绿色，头上的发髻上缯着与乌发同色的丝线，倒显得愈发清纯。只有她的连头眉是下功夫描画的，那种纤细如丝，黑亮似漆，弯曲若彩虹的技艺，大有神来之笔的妙韵。此刻，见到陈菲，她脸上的笑容就像她的连头眉一样，令人注目令人心动。

“贤妹的评论本无谬误，贱妾不该当众责怪，实在抱歉！”她拉住陈菲的双手，目光里盛着暖盈盈的亲切意味，“贱妾的夫君确实缺乏子建贤弟那样的高蹈与才华，他只是一个平庸务实的将领，比高才大德的子建贤弟相差好几个台阶。再说，贤妹是贱妾牵线架桥嫁到曹家的，贤妹好不容易赢得曹大家的名声，贱妾本该不遗余力地支持，岂能反过来拆贤妹的台？看，当姐姐的多蠢多傻！”

“罢了罢了，事情已成以往，何必再说？”陈菲不仅顿然消气，还满怀感激地说：“妯娌之间应当互相宽容，淑姐为卑人树立了风范。”

郭妃的青边眼漾出灼亮的喜光。

她的内心也在笑。她看出了陈菲感激中的得意。

昨晚，怀着一腔气愤的她，与夫君曹丕一起去见吴质了。

老地方。一条偏背的小巷独院，一轮半圆的月亮贴在几株海棠树的上空，两旁厢房幽暗的烛光从格子窗棂淡然透出，青砖地上铺着一张苫席，他们悠闲地在上面坐着。

她愤愤然地说了陈菲在女眷训典讲堂上有意为自己丈夫制造口碑的经过，想不到吴质反而开怀大笑。他说我们希望的正是他们夫妇读古书慕圣道，只要他们一心一意当冰清玉洁的君子，注定会败下阵来。要不，我怎么会物色这样一个表妹嫁给他？曹丕似乎领会了他的意思，对她说："你向来是有心机的人，怎么不会火上泼油，却要迎头泼冷水呢？让他们高风亮节崇尚空谈自命清高吧，眼前时势需要的是战胜顽敌，谁若一味提倡古仁人之心，而且身体力行，就会被残酷的现实斗争打垮。"

吴质忽然压低声音，以惊惶的语气说："知道吗，你们的至尊大人虽然三下求贤令，说什么'自古受命及中兴之君，曷尝不得贤人君子与之共治天下者乎'，但他对于真正的贤人君子却视若虎狼！孔融、荀彧是什么下场？王修怎么被罢了官？那个曾经因狩猎严厉训斥我们的崔琰，你们等着吧，这种心志高迈的正人君子，如果不改弦易辙，转变性情，注定和荀彧一个下场！"

"呵呵！"她恍然大悟，不由得惊叹了。

曹丕却是另一番感叹："倘若不铲除他们，就会丢掉权位。权、势、术，执政者奥秘的法宝，至尊大人已经明示过我了。"

夜静更深，谈兴正浓。郭照令人备了果品肉菜和美酒。

想不到，曹丕忽然一阵狂喜，风卷残云一般动着筷子，连饮了两觚酒。

"公子在送别父亲的智斗中以动情真哭赢得好评，又在杨修告发在下私通内官的事件中巧妙周旋应对，胜事连连，岂不快哉？"吴质也频频举杯，下巴中央的大瘊子在月光下隐隐闪动。

曹丕并不答话。突然，他发怒似的哗啦一声掷下酒杯，快步走到院子中央，嗤的一声抽出腰间的青钢宝剑。

他要舞剑了！

骨骼宽大臂力过人的他喜欢舞剑。清晨操练，比试展演的时候，喜气盈盈的时候，怒发冲冠的时候，他都会以青钢剑的寒光弧线来励志，来展才，来庆贺，来泄愤。此刻，午夜朦胧的月光下，看不清他脸上的神色，只见身子翻飞手臂狂舞银光缭绕，一边敞开嗓子唱着七十多年前的著名士人张衡的赋文：

尔乃龙吟方泽，

虎啸山丘。

仰飞纤缴，

俯钓长流。

触矢而毙，

贪饵吞钓。

落云间之逸禽，

悬渊沉之鲨鰡。[1]

吴质在旁边不断高声叫好。郭照看得眼花缭乱，听得似懂非懂，心里正在踌躇，曹丕已收剑站定，仰头朝空中大喊：“待曹丕佩了天子之剑，定要将那几个圣人君子打成禽兽鱼鳖，将他们剁成肉酱！”

“公子确实郁闷太久，心里憋屈得厉害！”吴质走到他身边，拉他往苫席上落座。

“我惧怕母亲的……哭声……哪……枉为……长子……哪……”他说着竟号啕大哭，身子晃动，急得她急忙上前搀扶抚慰。抽抽噎噎，述说心事，母亲对他几次悲痛训斥，让他这个不肖之子无地自容。如今虽然赢了几个回合，但陈菲的才识分明得到父亲母亲的赞赏，子建背后的几个文士也很有才华，胜负依然难见分晓……

夫君的悲伤倏然激发了她的豪迈气概，她握住他的双手说：“退一步看，即使子建执政，他又能怎样？大不了他为君王，夫君为臣子，难道要上刀山下火海搭上性命吗？”

吴质倒在一旁哈哈大笑。他分析了当下时势，说了陈群、司马懿的估计：不久，魏公将晋爵为魏王，必将引起朝野震动。随着局势转变，立嗣一事当迅速揭晓，如果魏王还没有明确意向，陈群、司马懿将鼓动崔琰直言禀告，并串通有声望的重臣联合上书，建议立大公子为魏国太子。

“如此甚好！”曹丕破涕为笑。

“唉——”吴质又苦笑着叹息一声，“为了内外妥帖，加快进展，还有一个不是法子的法子。”

“何种法子？”曹丕急了。

“在下思来想去，没有办法，实在不得已呀！”他伸长脖子，嘴唇附在他的耳边嘀咕了几句。

“狗屁言子，荒唐！可恶！卑鄙！是可忍，孰不可忍！”他愤然骂道，又抽出青

[1] 张衡《归田赋》

钢剑架在他的脖子上……

三、二访王修

“斯文扫地！何谈风雅！目不识丁的乡野农夫才会这样！”曹植的沮丧是短暂的，他望着父亲的仪仗銮驾渐渐混迹于人流车马的吵嚷喧嚣中，这才恢复了镇静的思维。

丁仪、丁廙二兄弟连一霎时的沮丧也没有。不屑、嘲笑、厌恶，反转过来又化成轻松、快活与自信。二丁兄弟俩都是文职，没有随大军而去。他俩一直在曹植身边默默站着。

“真是卑俗，贩夫走卒也会以哭声泪水送别！”独眼秀士丁仪首先回应曹植的看法。

丁廙哼哼冷笑几声，他的看法总是尖锐而深刻：像这种在父亲面前刻意做作，以哭声眼泪来换取信任，将哭声眼泪作为手段和伎俩用来对付弟弟，这样的人切莫说君子，就连一个正经人也不够格了！

说得曹植蓦然发呆。他怎么也想不到昔日正派诚恳的兄长突然会变成这样。矫情自饰，虚伪至极！他的心头一阵发凉。悲乎哉，悲夫！

他手中的九华扇不再摇动，月字脸拉得更长，神色异常凄冷。

异常凄冷的情境中，他想到一个人。

这是一位与曹家门风相关的人，一位喜欢读书廉明守俭不畏权势的忠贞之士，他一贯景仰的现世正人君子，而今被免去职务遭到冷遇的人——王修。

王修因祭奠荀彧被免职后一直赋闲在家，但是他并没有固守在家里。

本来他是一心想待在家里读书的。他不缺书。他先后在孔融、袁绍、曹操手下任职，不论职务高低俸禄多少，家里只维持十斛谷子的存粮，其余的银饷大多用来买书。被免黜了大司农职务回归旧宅，除了拉回一马车书籍再无什么余物可带。闭门读书，明经守身，正是他最乐意的选择。他对妻子和两个儿子说：从今往后我足不出户了，全家老小都当读书郎，看谁字音准确记忆快捷吟诵得有情有调。

不出三日，发现正在上学的两个儿子仅《尚书》中就有八个字的读音错讹，他一一为之纠正，并教妻子学会了《诗》中的《硕鼠》的朗读。

在妻子和儿子的女声与童声的参差交混的读书声中，他抚着上唇的两撇苍白短须在小院悠然漫步。三间厅堂一排杂物库及所有的房檐下都放着书柜书箱，约有四分之三的书籍还未曾展卷细读。

“读书人也很贪婪！”他望着廊檐下垒得交叠错落的各种木箱，内心一阵好笑。

“幸好丢官回家，有了安闲日子。”他的高颧骨深眼窝的麻刀脸露出舒悦的笑意。

因为书，一个人登门求助了。

蔡琰，她父亲当年的藏书，她一直视若珍宝，逃亡途中遭到强盗抢劫，流散于南皮一带的春秋时期的旧版《三坟》《五典》，王修用三十斛谷子换了回来。她回归后听陈琳说过此事，在整理父亲文稿的间隙，趁王修罢官回家，便及时上门拜访了。

在这里，长她十岁的“叔治兄”不仅赠还了当年散失的珍贵书籍，还让她浏览了他的典籍收藏。从古书谈起，圣贤，忠贞，嗟生，忧时，愤世，疾俗，牵扯不断的话题，愈谈愈深入的投机，让她在欣悦感动中萌生了一个念头：邀请他去家里看看自己整理的文稿，加上王粲，一起就父亲的文集编纂事宜磋商讨论，帮助她对一些诗文审订校点。

孰料王修却苦笑摇头，说自己是被罪之人，声名狼藉，不便与人交往，只有闭门读书，默坐澄心，与妻儿安度晚年。

王修的执拗脾气蔡琰是知晓的。她不再勉强，过了几日却让王粲登门邀请。低矮黑瘦的王粲和他一样属于貌寝之人，也一样由丑陋的外貌包藏着超人的才华志向，二人在归属曹操前虽未曾谋面却彼此心向往之，后来在邺城常常相遇，三言两语便洞见肺腑，所思所忧所喜所乐都有共同的维系。王粲这次登门带着曹操的问候，他说虽然罢免了足下的官职却未削减俸银，曹丞相不过为一时情势之需而犯颜，内心并不认为足下有什么过错。古今读书人明性见道，志在澄清天下，欲澄清天下首在澄清人心，一代鸿儒蔡伯喈先生的人品文品堪称君子示范，其女文姬仅凭当年记忆将父亲文稿逐一整理，劳苦可想而知，有识之士岂能不为之动心？

王修没有料到矮子王粲的一席话语竟然打动了他，更没有料到蔡琰家里的情形尤其令他感动。三十七岁的蔡琰已经和董祀生了两个孩子，新的婚姻生活天伦之乐并没有让她完全沉浸于安逸之中，亡父的昔日印记和诗赋文辞一经忆念便带来痛苦折磨。当年相依为命的父女俩因为琴声弦歌而乐趣横生，如今将父亲的遗诗被之琴弦便涕泪漫流。王修与王粲看到蔡琰一边抚琴一边吟唱而满脸泪水的样子，二人常常执手同泣。

出乎王修意料的事情还在后头。

他没有想到此番离家出行躲过了一场杀身大祸。十天后返回家院，他眼前一黑就昏倒在地了。

院墙内的所有房屋已经焚烧成一片焦黑的灰烬，他的所有藏书成为黑灰中隆起的高堆，更令人痛心的是灰烬中裹埋着两具尸体，他的妻子和小儿子被人放火前杀死在厅堂，大儿子因随他出行才幸免于难。

和一年前嫽人遭到仇敌凶残杀害的案件一样，王修家人被害一事同样震动了朝野。曹操亲临现场察看，他站在四堵墙内的一片狼藉中仰头叹息怆然泪下："十斛谷子百卷藏书，一腔正义两条人命，天顾君子哉？"

曹操在丞相府为王修安排了住所，并委任了一个既不显眼又不繁忙的职务。但是他热衷于一件怪事：要为亡妻和亡子守灵三年。为妻子和晚辈如此哀悼，可谓破天荒的奇异之举，必为一般读书识礼的人所不齿，也会被为官做宦的同僚所嘲笑。但是王修我行我素，他将这片旧房庄基变成了墓园，在门前的两株柏树旁边搭了一座茅庵，白天绕着两个坟堆转悠，夜晚在简陋的茅庵中歇息。

王修此举招引来不少视他为知音的文士，其中就有曹植、丁仪和丁廙。

在这里，在他们三位年轻才子的心目中，王修是真正的义士，真正的读书人，是罕见的尊重自己内心情感的人，权势、礼教、世俗、名声，都被他漠然置之。丁仪认为"叔治先生"具有孔夫子那样的节操，是当今士人"智者不惑、仁者不忧、勇者不惧"的典范。曹植却认为"叔治君"颇有庄子风骨，"不为轩冕肆志，不为穷约趋俗"，真正的高洁之士。年纪最小的丁廙却不热衷于评论王修其人，他认为这儿发生的杀人纵火事件才令人关注令人深思。

"行凶行恶的必是反曹公一统天下，憎恶下层民众的一伙！"他的一双鼠目一样的小眼闪出凶辣辣的光火。

说得曹植、丁仪都愣怔了，点头了。

"这伙，与那伙，有无关联？"丁廙所说的"那伙"，是指他们的对手——曹丕、吴质等人。

说得曹植、丁仪又愣怔了。曹植脸上又现出狐疑的神色，他想起这兄弟二人曾经说过的传言。难道一贯真诚的兄长真的和那些不甘压抑的豪门大宗暗中有拉扯吗？

此刻，送走了父亲和他率领的大军，想起曹丕的刻意做作，想到他以号哭流泪换取父亲的信任，这才看清了他的性情：两面三刀，披着伪装，为了实现个人欲望什么手段都可以使用。

他立即想到了王修，和丁氏兄弟一起赶到这位执拗的守墓人那里。

想不到，王粲、蔡琰、陈琳、刘桢、徐干等文士早已聚集在墓园门前的两株柏树下。高高的黄土墓堆旁边铺满黑色纸灰，蜡烛明灭，紫香缭绕，阴冷的漩涡风在茅草棚的四周呼啸。

王粲迎上来对曹植小声说：魏公又下了令，要将王修强行送回丞相府，但他宁死不服，立志为亡人守灵，看来他要当死义之士了！

“不，”曹植急了，“情况复杂，叛匪嚣张，不能眼看着让他遭遇不测，一定要设法将他送回丞相府！”

“他说若离开墓园，他会以绝食抗争！”

曹植苦笑了。

“我向魏公禀告，派兵卒在这儿防守，加强保护。”王粲无奈地说。

他依然不经意地摇动手中的九华扇，一直在沉思默想，心思牢牢地凝固在那个悬疑的问题上。兄长，你作为曹门长子，面对这儿的血迹灰烬、墓土尸骨、内心何思何感？

第二十三章 不同的夜晚

一、司马家训

“天地之大，黎庶为本；邦国之贵，帝力以尊……”

一句训词落笔写罢，司马懿就会悄悄地从前至后念出声来。实际上，每一句字词乃至每一个读音，都是自己在心里和着诵读《诗经》的惯常节奏默念了多少遍，几经反复推敲斟酌，最终又经过手中的毛笔落在一张粗硬的旧麻纸上的。他现在在誊抄，案几上方的吊式纱灯把略带昏黄的光亮撒满小厅，也照亮了他面前的一方月白色民间土布。他手中的毛笔正一笔一画往这上面着力。

“治乱无常，兴亡有运……”

司马懿写着念着，念着写着，心里总觉得一阵阵发毛发怵，好像有一个人的眼睛在身边藏着，目光在他的笔下注视。

“父亲——”

他猛然一惊，手中的笔哗啦一下掉在地上了。

“父亲，丞相府东西曹掾长文先生驾到。”大儿子司马师又低声禀告，并弯腰将地上的毛笔捡了起来。

司马懿像往常那样不露声色地望着儿子，用手指着桌面表示了收拾清理的意思，站起身子慢慢踱步到小厅外面。

当他在半轮月亮的透明清晖中走动时，一下子成了腿脚蹒跚身子摇晃的残疾人。

他以这样的姿态来迎接自己的挚友陈群，维护自己在他以及所有的外人眼中的“风痹”患者形象。

二人在客厅坐定，司马懿在灯光中上半截身子不时扭摆，说话时抬起的手臂也轻轻抖动，手指也痉挛似的微微颤抖。陈群对他惯常的病态不屑一顾，他目光定定地凝望着他，白净微胖的脸庞显出一种神秘的激动。

陈群将神秘的激动保持了一段时间，终于开口说：“魏王有赞辞了！”

司马懿猛然心生大喜，预感将有重要喜讯传来，但只点了点头，以专注的目光期待下文。

“魏王得意起来就会夸赞他的僚属……”

几天前，即建安二十一年五月的一个吉日，曹操进位魏王，九州内外一片震动，乌桓和匈奴的单于也前来朝贺。一连三个夜晚曹操都在轮番与臣僚将士弦歌饮酒，常常白天睡至正午时分方醒。正好今天午后陈群有事禀报，曹操此时已经完全没有了酒意，但沉醉时的兴奋仍然表现在他泛着黑色油光的脸盘上。

“诸将士大夫与孤甘苦与共，群士不遗余力，上下齐心，方有今日盛事。”他暴突的黑豆眼闪出一缕喜光，“然而股肱之臣，社稷之士，有三五足矣！除了足下，钟繇、荀攸、崔琰、贾诩、程昱、王粲，还有那个职位不高的年轻主簿司马懿，他真是一位克己尽职忠能勤事的优贤之士！”

司马懿闭住眼睛，微颤不止的头颅偏了过去，一副不以为然不在乎于心的木呆神气，心里却在回味，却在思索着情理之中意料之外的那一幕场景。他与曹操之间的心理沟通相当微妙。他能切实感觉到明察秋毫的主子对自己既想使用又不放心，他在曹操面前示弱的方略并没有完全奏效，他应该再有新的招式。作为丞相主簿，他和年龄相当职务相同的杨修在日常作风上大不相同。他在休闲的时光没有去找文朋雅士小聚游乐，而是骑马去野荒远地查看水利农垦。三个月前，正值早春二月，乍暖还寒，在漳河分支堤堰的一个废弃支渠里，他正在渠底的积水中用树枝探测淤泥的深度，想不到一彪人马沿堤岸巡查而来，单马简车上坐的正是曹操，他也来查看这条支渠废弃的缘由。看见污水中的司马懿湿了衣服脏着脸孔泡在污水中似在探测什么，明白了他的用意，又不解地问：“仲达身患风痹，怎么能在冷水中浸泡？”他苦笑说：“足不涉水如何知晓积淤情形？”曹操急令手下将他拖到岸上，同乘一车，聆听了他的详细的水利垦田规划。

“魏王赏识的必会扶摇擢升！”陈群说着，手捋一缕清须笑了一下，又不无担心地说，大公子曹丕立嗣之事还没有明显迹象，不知高深莫测的曹公究竟有什么想法。

“曹公心高,有意让儿子们在竞争中得到激发,增长才干;儿子们也真是龙虎奇才。”他感叹说，曹公为人处世尚通脱、重实际，面对复杂处境，权位一定会交给已经有些韬略的大公子的。

“还可以动用一个人——”司马懿压低声音说，“此人忠诚，廉明，敢于犯颜直谏，曹公说他‘有伯夷之风，史鱼之直’，必要时让他出面。”

陈群听罢他的设想，当即拊掌大笑：“足下奇谋也！”

陈群来访无疑给他内心潜藏的某种宏远的目标增添了一份信心。他在几案的誊写中挥毫更有情致，悄声诵读更有内力。

待月白色的土布上四言一行的黑色小篆布满时，他即刻召来了夫人林氏及两个儿子。面孔微黑身板壮实的林氏手里拿着一竿长箫，两个儿子穿着紧身窄袖绕襟深衣，往常这个时辰他们一家四口都会集中在小院内练拳脚杂艺。

司马懿站起身子三五下就解纽宽带脱掉了宽袖袍服，露出合体紧身的上衣下裳。他望着他们，朝门口一摆头，他们就都走出去了。

箫声低鸣，那舒缓柔和的声音自女贞树下的林氏的箫管中流出，传出沉静、轻缓、柔和的意绪，与明柔的月光丝丝缕缕融合了。和着音韵，司马父子三人在一旁打练的是坤式柔拳。他们走的是“禹步”，也叫八卦步，圆环步，举手伸臂多呈抱球捧月状，动作极缓极柔，因而也称“软拳”。整个套路安舒圆活，松柔慢匀，开合有序，如行云流水，连绵不断。司马懿三岁就和他的祖父、父亲练习这套拳路，祖父常常煞有介事地告诉他，司马家族本出自上古帝王高阳之后，历朝累代为夏官（主管军事），周朝改夏官为司马，遂改姓为司马。为人手下将领而不能王霸天下，出自帝王之胄的司马氏家族自汉初就世代练起了软拳。祖父告诉他，这种拳，取人刚我柔，以静制动之法，人不知我，我独知人，动则急应，缓则缓随，不显骤力，紧要处四两拨千斤，丹田发力，就可致敌于死亡。“修身练已，长生久视，连绵不断，等待发力的时节。”祖父常常捋着胸前的飘飘白须，淡眉下的老花眼挤出一丝诡谲，对他再三叮嘱。他的父亲司马防是祖父八个儿子中的老二，曾任洛阳令和京兆尹，积劳成疾累死任上也没有位及三公，咽气前把他的手指攥得很紧:“软拳打的是后劲，一辈接一辈的人打成连环，才能碰上发力的时节。”到了他执掌家事时,八兄弟分成一门门小户,但软拳都在延续。初遇曹操，他就料定此人可定大事，是可以依附缠绕的大树，便以坚辞不就的方式赢得好感，继而以支持封公建魏的进言变成亲信，如今又以忠能勤事的品行得到赏识，看来势位胜过父亲的机会有望到来。

今夜，在小院半轮月亮的清晖中，林氏的箫声依旧，大儿子司马师和小儿子司马昭的身手招式依旧，而他，受到陈群喜讯激励的心境就不同于以往了，走步与手臂的伸曲似乎尤显安舒松柔。

回到小厅，这种感觉在延续中加深，觉得自己誊抄整理的《训示》恰逢其时。

他拿起那片月白色的四方土布，瞥了一眼上面工整的墨迹，面朝他们朗声吟诵道：

天地之大，黎庶为本；邦国之贵，帝力以尊。

治乱无常，兴衰有运。英雄虎争，吞风吐云。

吾族奋起，道法为根。以柔克刚，以弱事人。

居下处安，和光同尘。人不防我，我忠且顺。

柔拳内打，怡心健身。绵延不绝，历久弥韧。

借力发力，等待时运。天降大任，司马斯人！

他咏诵得一字一板，声声有调，宽阔周正的脸盘上泛起了一层油亮的红云。

他淡眉下的丹凤眼有力地凝望着他们，谈论先祖，又说现世，细评雄霸狡诈的曹操，又讲孔融、荀彧、王修等的悲剧。他说当今时势纷纭争斗，归根结底是家族之争，是汉室刘氏、冀州袁氏、阉门曹氏与他们司马氏之间的争夺，是一个踩着另一个的尸体向前冲杀，或者说一个踩着另一个的肩膀向上攀登。他说，“审计重举，明画深图”是曹操注释《孙子兵法》时概括的精髓之言，确实如此，争来斗去，就看谁谋划得“重”、运筹得“深”了。

二、“衮雪”与“火蛋”

五十六岁的卞氏现时成了魏国王后，距离举国坤元母仪天下只有一步之遥了。稳健老成的她深知这最终的一步全靠自己的丈夫来发力决断，而丈夫当今的第一要务是保重身体。“天地间，人为贵”，这是他说过的话，而今用给他自己最为恰当。已入老境的他需要合理膳食，需要劳逸适当，需要养生功法，需要杜绝房事。尤其是后一条，她深知对于他来说有些犯难。除了他即将消失的欲望还会积重再生，家里的美妾俏妃都是勾魂惹事的魔鬼，尤其是那个鲜嫩得黄花闺女一般的兰蕙，她至今还未开怀生育，其内心的火热急切自她那一双深汪汪的大眼中表露无遗。为此，她想了专门对付的办法。在铜雀台的顶楼，这些妾妃们每人固定一个房间，平日除了弦歌演练就是编织劳作，夜晚各在自己房间住宿，不得随便下楼，设专人检查管理。那个将她视为救命亲娘的兰蕙成了笼中鸟盆中鱼，一瞥见她的影子就掉过头抹眼泪，内心的恨火喷出来肯定会将她烧死。

曹操的夜晚由卞氏操控，他是心甘情愿的。夫妻二人同居一室，却分榻另睡。她陪他练习道家高士皇甫隆传授的气法，晚膳后一个时辰的盘腿打坐呼吸吐纳，令他心清气爽。饮用了一杯清水，他头枕淡青色的慰项石仰面躺着，任她在头颅、脖颈和双肩上推拿，享受飞动的兰花指在肌肤上摸抚挤拈的舒悦。

接下来就是皇甫隆这位神秘方士秘示的神秘法术了：练精，也叫神水灌灵根。道家认为人的唾液为天池之水，可以资精气血，荡涤五脏，如神水一般灌通肾液，多咽会健脾养肾，百骸顺畅。多生津液的方法是夫妻二人相拥长吻，以交口吮舌之法引生津水。卞氏为此精心准备，她将自己的口腔洗漱干净，饮用了大杯的泡着陈皮山药枸杞的温水，以她无限的亲情与他搂抱逗舌，以上下相宜的方式把自己舌下的液水淌入他的口内。真是“津津有味”！他深长地吸，大口地咽，喉头随着咕咚咕咚的响声耸动不已。后来，有一次，他明显觉得自己的那个秘处也悄然勃动了。

“乐甚至哉！乐甚至哉！何不乘兴让本夫一御？”他猛然伸臂将她掀翻，动手去解她深衣上的纽扣，却发现纽扣很紧很密，连一个也不能松动，就连腰间的连绊软带也多缠了几匝，下裳也用细丝底带缚住脚踝，根本无法触及她的肉体。

她从容镇定地望着他，总是血色很足的团扇圆脸板得很僵，语气冷冷地说：“该忍当忍。房中不忍，何以包容天下？”

“善哉坤元！恢恢之气，不让雄夫！”

然而，时间一长，他就设法摆脱了她的控制。夜间烦躁，只不过是他心中烦忧的表象。他心中最纠结的是天下不治，统一大业未竟。他要永不停歇地将烈士壮心化为一张九州完图，给单耳人田艾那样的老兵走卒一个交代，让青州军这样信任他的劳苦民众看到太平年月出现的一天。他急于要做的事并非龙得正位黄袍加身，这种顺序沿革的目标在他牢牢掌握军政大权的时势下已经不会落空，而不能看着大好河山统率在一面煌煌“魏”旗之下，戴着残缺不全的王冠才是剜心般的痛苦。他眼下需要的是强盛的军队，富足的供给，安定的后方。他要亲自抓部队训练、远征部署，需要夜以继日地筹划。

晚上不能回家而要在魏王殿中或丞相府内与僚属议事，理直气壮，卞氏只有默认。她没有料到也无法料到会有最担心的事情发生，更不会料到这暗夜中的故事包藏着十分丑恶的用心。

这是个风雅而又诡异的夜晚，曹操自始至终是在激情中度过的。在魏王府，他和曹洪、曹仁、夏侯惇等早年一起狩猎后来又搭伙举兵的亲族将领商议如何在秦巴山地用兵，及至黄昏过后点上蜡烛，昂奋的眼神在灿明的光焰照映下再度昂奋了。

“对酒当歌，人生几何！”曹仁放声喊出他诗中的名句，意在讨酒。

上了一坛家乡特产九酝春酒，在你一杯我一盏、你一言我一语的痛饮中回忆叙说四十多年前那次狩猎遇险的经过，他们一齐说阿瞒哥命大胆大心大，如今王位坐大，眼看曹家要叫天下人称万岁爷了！

不料当啷一声曹操将手中的青铜爵砸在地上，闷声不语，扭头耷脑，一会儿才摇头叹息：“知我者谓我心忧，不知我者谓我何求！”[1]他说了心中的郁闷：眼看孙权、刘备已成对峙之势，而自己成了老迈之人，统一大业的宏愿怕要付诸东流了！

曹洪，自以为对他有救命之恩的这位堂弟，在他面前说话相当放肆：“夜间在被窝里能征能战，能骑在雌马身上耍鞭子，白天也就能耀武扬威，能骑在千里马上攻城拔寨。”揪住他把柄似的一阵咯咯大笑，又用一对总是红黏黏的疙夹眼牢牢对着他的脸孔。

“爽哉，那一回，乘兴之为，必得其乐！”他在几个知己的弟兄面前毫不避讳。

那是军营中屈指可数的一个畅爽之夜。在几经冒死作战夺取阳平关后，据守汉中的张鲁适时归顺，曹军顺利进入汉中，并得到张鲁积攒多年的财物珍宝。当夜，他下令在郡府大摆筵席，慰劳将士。夜间子时，他正准备熄灯安寝，忽然听见卫兵在门外通报，说曹将军有要事求见。“这般时辰，有何要事？”踌躇间，门口人影一闪，大咧咧笑着的曹洪一只手朝外一指，进来一位穿着紧腰素裙低头耷脑的妇人。他这才想起这位堂弟的惯常作为。不过，渐入老境，春情自减，他已经连续两年没有在军营夜纳当地美女了。今夜特殊，汉中占取，形势有了较大转机，特别令人振奋，曹洪才重操旧业，物色了附近一位俏丽女郎，既要供他欢娱，又含有庆贺之意。

“汉中多水，女子肤色好，润透了，水色得不掐也会流出嫩汁儿！”曹洪挤着黏红眼笑着，走过去附耳说：“这是本地有名的‘火蛋’，小心今夜烫着了！”

曹洪刚一走出，女人就抬起头，果然是白润光鲜的脸盘，忽闪水灵的大眼，身材显得高高挑挑。他手捻下颌苍白的胡须，一双黑豆眼闪出灼灼热光，对着面带三分羞

[1]《诗经・王风・离黍》

惭的女郎吟诵道：

南有乔木，（南方大树高又高）
不可休思。（不可歇凉枝叶少）
汉有游女，（汉江游女多妖娆）
不可求思。（要想求爱真徒劳）
汉之广矣，（浩渺汉水多宽广）
不可泳思。（不能泅渡去她身旁）
江之泳矣，（滔滔江水起大浪）
不可方思。[1]（不能摆渡空惆怅）
……

《诗经》中的“周南”“召南”多收编自汉水流域采集的民歌，面前的这位俊俏女子也许就是那性情高傲的“游女”吧？谁知这女子在他的吟哦声中抬头挺胸，随着他刚落的话音，竟然出口就唱——

关关雎鸠鸟，
在河洲上游。
窈窕天上女，
君子何用求？

一声高亢的拖音甩开后急速收尾，她就像饿羊奔食一般，张开双臂猛跑过去，扑入他的怀中。

“游女”不仅皮肤白嫩细滑，而且确实在房中爱欲炽热如“火蛋”。她说这是一个鱼水之乡，白天是捞鱼渡水的劳作，夜晚是漂鱼荡水的欢娱，老天爷叫人活，不叫人死。她说这儿的人喜欢唱歌，一边干活儿一边吊嗓子。“先摸头发边，柔滑像丝线；二摸眉毛边，柳叶月牙尖；三摸耳朵边……”她抓住他的手腕，引导他的手掌。随着自己的歌声，在她的身子各个部位逐一抚摩。有序地触抚之后，那双温热薄巧的嘴唇从他的耳边移到他的双唇上，强烈疯狂地吮吻起来。他的情绪难以自控，在剧烈的扭动中突然感到山崩地裂一般的冲动、畅爽与欲喷，“游女”立即静静地压住他的身子，很快又咯咯大笑起来。她说蛇没进洞就产卵了，产了也是白产，不过，产过卵以后才有味道，就像肚子饥的人先打个尖，不急了不饿了才能静下心细嚼慢咽。她又唱了一

[1]《诗经·周南·汉广》

阵山歌，准备一举腾跃时被他制止了。他说房中之事，既可娱乐，又会伤身，过犹不及，还是顺其自然吧。“游女”当然乐意。头枕着他的胳膊，唇嘬在他的耳边，逐一回答他的提问。想不到一连串回答过后，曹操忽然恼怒如凶恶的狮子：“滚！滚！快滚回去……”

曹操的烦躁是有来由的。这位“游女”确实是个游荡女伎，多年来，她不光流浪在汉中各个城镇，还去过巴蜀一带的山城，对那里的民风习俗自然地貌相当熟悉。她说西边的山岭非常险峻，层峦叠嶂，处处天险，有的是悬崖峭壁，有的是狭长的“一线天”，有的是深涧挡路，有的是毒虫瘴气虎狼肆虐。这些情形对于曹操来说无异于泼了一头冷水，他麾下的将领近日一个个摩拳擦掌，都想乘胜进军西征益州的刘备呢！

“幸亏没有出兵攻打刘备，如其不然，就像那场房事，还没有进洞就下蛋了。”回来后安坐于魏王府，他还常常想起那个能唱善摸的“游女”。

曹洪、曹仁、夏侯惇等人饮酒完毕四散走开之后，王粲、钟繇和邯郸惇三人又赶来了。钟繇不仅是曹操的股肱之臣，还是他的一位“书友”，他们都是推崇蔡邕书法并受过蔡老夫子指教的人。钟繇听说曹操在西征汉中经过栈道咽喉褒城石门时，看到褒河水流湍急，被礁石撞击的水花犹如漫天雪团散落，便当场题了大气传神的“衮雪”二字。他们三人是看字来了，请他再次挥毫，展示“衮雪”笔意的妙趣。

曹操骤然兴起，心潮也像河水一样涌动起来。三个月前，即在阳平关战胜张鲁兄弟以后，部队洗尘休整，他带着一班心腹僚佐去游览久已闻名的褒谷风光，沿峡谷，乘小舟，溯河而上，直奔石门。天朗风和，阳光明灿，只见汹汹褒水一泻而下，巨浪滔天，向面前巨大狰狞的礁石撞击，银花四溅，纷纷扬扬，恰似鹅毛大雪倏然而落。“拿笔来拿笔来……”一声呼唤，文房四宝齐全，振纸挥毫，写下隶体“衮雪”二字，狂放，雄浑，不羁，大气，旁边的文武官员全都叫好。曹洪提问：“主公这‘滚’字，怎么少了旁边的三点水？”他指着身边的河水说：“衮在水边，何以缺水？”又引来一片笑闹声。

曹操知晓他们是来切磋书艺的，便在旁边的案几上铺开宣纸，连写了三张隶体“衮雪”，左看右看都不觉满意。钟繇说时过境迁，兴致已退，何必强求和原作一样？这几幅也是有品位的。“衮”字上边的三点一口似水花，下边一撇一捺一竖钩，三钩均朝上翘起，如奔腾的水流。“雪”字平和、内秀、平静、朴实，合二为一，阳刚而不失柔美。邯郸惇也就“衮”字的起笔落笔谈起蔡邕的书法九势：“夫书肇于自然，自然既立，阴阳生焉；阴阳既生，形势出矣。藏头护尾，力在字中，下笔用力，肌肤之丽。

故曰：势来不可止，势去不可遏，惟笔软则奇怪生矣。”[1]

“‘肌肤之丽’，老夫子之喻何其妙哉！”曹操想起了蔡邕的《青衣赋》，其中那个绮丽的婢女很惹人喜欢，作者明确表达了对她的思念。“老夫子并不是迂腐呆子，而是流动着热血的活人！他的身上也有格虎游侠的精神！”

“势来不可止，势去不可遏。”王粲提高了嗓音，显然意在强调，“主公千万不可为天下未能一统心怀忧伤。时势如流水，一个河段一处风光，流到何处，必是何处的风光。当今天下三分，主公若能在北方稳定发展，以待时机……”

“待在何日？孤已白发……”话语至此，他又后悔了。王粲、钟繇等人毕竟是儒雅之士，不像身边那班侍从武将可以对他们大发肝火。他仰头叹息一声，才说：“笔势、水势、军势、时势、皆有成因。顺势而为，知天命，尽人事，孤明乎于心……”

送走这帮文士，他独自一人面对吐着淡红色光焰的蜡烛，心中暗暗发笑：世人皆知我借河水免写了三点水，却不知我忌讳水哉！当年长江一场水战，大伤士气，至今还对孙权依凭的江湖畏怯三分。

他又拿起毛笔，在宣纸上龙飞凤舞，以自己擅长的草书写下“肌肤之丽”“汉有游女”“火蛋”……

“又是一个‘火蛋’！”侍人通报后曹洪闪了进来，身后跟着他最年轻的爱妾兰蕙。曹洪眨巴着黏红眼诡秘地低声说，小嫂子托人求情，无论如何要服侍兄长一夜，没办法，背着卞夫人，将她从严密看管的铜雀台弄了出来。

曹洪前脚出门，兰蕙就放声大喊“夫……君……，至……尊……”迫不及待地扑过来，双膝跪地，低头伏在他脚面呜呜咽咽地哭起来。

“兰有秀兮菊有芳，怀佳人兮不能忘……欢乐极兮哀情多，少壮几时兮奈老何！”[2]他一边咏叹着一边揽她入怀，双手掬住那白里透红沾着渍渍泪迹的脸蛋，俯首亲吻时，一行悲戚的泪水倏然滚落下来，滴洒在她的脸庞。

“夫君，至尊，救命恩人，我的亲爹……”她像凶狠的恶狼一样猛然抱住他的脖子，热吻中一阵激烈的冲动，仿佛想把他整个身子吸吞进去，火烫的身子发摆子似的抽颤起来。他被她深情的喊叫、急不可耐的气色强烈打动，朝那边他常常倚坐的几案指了一下。

“也许这是本夫的最后一御了！”在平展安稳的几案上，当毫无遮掩的两条身子

---

[1] 蔡邕《九势八诀》

[2] 刘彻《秋风辞》

在明灿灿的光亮中展露时，他不禁悲喜交集，忍不住朝那女性最遮掩的地方仔细凝目。这里，曾给他了无限欢愉与无限遐想，印记着乡间民女惨遭蹂躏的悲苦和富族豪门肆嚣的恶迹，也记录着他对一层难民解救的事迹。他颤颤悠悠的双手像抚摩她的脸颜一样从她的身子上轻轻悠悠抚拭而过。

兰蕙始终是迫不及待的神情迫不及待的动作，稍微用了惯常的技法后，就以快捷的举动吸引了他。“贱妾在亲爹的枕席上这么由得，肯定能生个胖大小子！”兰蕙噘着红润小唇轻声在他耳边撒娇，“亲爹既能上马带兵，又会握笔作文。可接替亲爹掌玉印的，也一定要文武双全，既能快马生风，又能笔下成文，不能单打一少半撇子……”他觉出了她的微妙暗示，唉，时势险恶，竟然到了这一步……

三、假意真情

曹丕在这个夜晚也是频频吟诗。

和他的父亲相反，刚交三十岁的他年富力强，精力、气血和爱欲、情欲像大江起潮一般奔涌高涨，不要说那么多的嫔妃渴望求欢他父亲竟然长期漠然置之，他只要因故发生了隔夜空房也会身心憋闷难忍，引起无端的狂躁。就这一点而言，父子俩截然不同。但是爱欲和情欲强烈似火的他得到妻妾佳丽的柔情献媚后仍然会烦躁不安。这是情欲房事以外的烦忧，深层次的烦忧，就这一点而言，父子俩又是相同的。不过，他父亲烦忧的是天下不治，他烦忧的是立嗣未果。

为此，他烦忧了好几个年头。

他没有料到会因此而犯下一桩罪过。

在苦水将一颗心深淹浸泡的伤痛懊悔中，他常常独自在房间吟诵一首古诗：

相鼠有皮，（看那老鼠还有毛皮）
人而无仪！（却只见有人不自尊）
人而无仪，（倘若做人不自尊）
不死何为？（活着不死还做甚）
相鼠有齿，（看那老鼠有牙齿）
人而无止。（却见有人无廉耻）
人而无止，（倘若做人无廉耻）

不死何俟。[1]（活着不死待何时）

……

他的声音轻得像蚊子的振翅之鸣，但他的脸孔上已淌着汩汩泪水，细小的眼睛有些红肿。

“为了一身皇袍，腰佩天子之剑，我昏了头坏了脑，好糊涂呵！”他发疯一般呼喊咆哮，用拳头朝自己额颅狠狠砸击。

“吴质，你这猪狗养的，禽兽不如！”

骂了一句，再骂一句，又觉得应该挨骂挨揍挨刀子的其实只是他自己。

那天，在那个僻背小巷的秘密庭院，他朝吴质气咻咻地骂着，并将宝剑架在他的脖子上。

然而，他后来还是依照吴质的话乖乖地做了。

兰蕙，他的庶娘，成为他的胯下之物。

而兰蕙在那该死的要命的一刻，却视他为救命恩人。

她非常感激那个连头眉。郭妃直截了当地对她说：发霉的种子是不管用的。先前吃的草药，洗的汤水，都不抵一粒饱满的种子。

曹丕，飒爽威猛的大公子，往常见面总朝她揖礼弓腰的年长晚辈，在她心里简直就是天上一尊威风凛凛的大神大仙，只要借助他的瞬间一乐，自己多年来的愿望就会实现。往后的日子，不仅后人得爵，还会有一根无形的绳子将她牢牢绑在他的身子上，“兰蕙就会真正成为人所看重的名兰贵蕙了”。

当那天秘密的鬼使神差般的二人天地出现时，羞怯但很兴奋的她望了他一眼就发懵了，惊呆了，犹豫了。

他面孔朝里斜着身子躺在榻上，五月正午的阳光透过糊着彩纸的格子窗辐射了满屋子的绚烂亮色，把他瑟瑟发颤的头发照映得一清二楚。但她的彷徨犹疑只有片刻工夫。素有的卑贱此刻给了她泼天的胆气，她三两下就扒掉自己的外裙内衣，一丝不挂的嫩白身子猛扑过去，红润的小圆脸往他的脸盘热贴猛粘。但刹那间她又懊丧了，羞愧了，自责了：他满脸泪水，悲伤委顿，还愤愤地推了她一把。“哎哟”一声伤叹之后她悲情大恸哭声大作，边哭边诉说自己一生的遭遇。“天老爷不给贱女子刀子宽的路走，给我遇合一个做贼割包的人也能开怀留后，硬是孟家柴家曹家这些有权势的只

[1]《诗经·鄘风·相鼠》

爱折花不能结籽的老强盗，把我一个轻贱女子往地缝里踩呀……”曹丕着急了，胆怯了，犹豫了，她的控诉无异于提醒警告，如若立嗣落败曹家失势，孟家柴家所有豪宗强右就会反扑过来，那时候哭天不应呼地不灵，父亲也只能九泉落泪了。“杲杲苍天，知我罪我！”他的胸腔炸裂一般放声吼叫起来，狂撕猛拽丢剥了身上的袍服，苍鹰捕小鸡一般朝她旋风急下狠扑过去……

这一扑腾，多少悔恨留在心头！

《相鼠》之诗，流泪长吟，亦不能令他释怀。

父亲那双短睫毛下暴突的眼睛，总在他的眼前灼灼闪现。

然而，在父亲面前，在母亲及所有的家人面前，他还是他，一如既往的神色举止，一如既往的精明干练恭谨仁厚。

他蒙蔽了所有应该蒙蔽的人。蒙蔽与反蒙蔽之间较量最激烈的对手是他的妻子。

甄宓，具有倾国倾城之色的她已经三十四岁，银盘大脸上的莹白渐渐褪去了，那层水润润的亮色，变成了僵巴巴的苍白，眉宇、眼角和唇边添了似隐似现的网状纹络，下巴也显而易见地失去了贵气的圆弧的美妙。她，在家人心目中总是上下亲和笑意盈盈的样子，岂不知她强忍硬装心里窝了多少暗气！她知晓，曹丕当年一见钟情本来倾倒于她的色相，随着年纪渐老红颜褪去他怎能不无动于衷？况且，对于豪门世家来说，不要说年少的公子哥儿，即使年长如公公至尊这样的老迈男子，他们任意纳一房黄花闺女也不会受人非议。但是她与夫君曹丕感情的日渐疏淡，并非出于以上这类原因。凭良心说，她虽然对他纳了郭照心生妒意，但不久就理解了想通了适应了，甚至还对他鼓励说：“只要曹家人丁兴旺，碰上合适的女人就及时迎纳不要错过。”但是他迎纳的是什么人？那个连头眉郭照，不就是暗怀杀人之心的歹妇吗？背过她，背过公公至尊婆婆坤元，他和她干了多少不可告人的异事鬼事！据说他们常常在一个隐秘地方聚集，除了为立嗣之事密谋计议，还为丈夫曹丕采供民间美女。据曹彰的妻子易妃暗中探听，那个诡秘之地还与吴质等外官以及那种不三不四藏头盖尾的人有联系。像她这种温良贤淑宁可苛刻自己也不愿谴责别人的心性，只能将种种疑惑满腹怨气压在心底，在曹丕面前除了恳挚伺候，并不想多说什么。

让她能够安于忍耐的另一个原因，是儿子曹睿渐渐长大，十二岁的他早慧聪颖，深受至尊坤元以及全家人的喜爱。作为曹家的长房长孙，第三代中的头生男儿，他的身份地位无比优越。另外，他的庶娘郭妃，叔父曹植，对他疼爱有加。往后不论家庭纠葛怎么演变，他都会成为曹家的“顶门杠子”。当今，大半个天下由曹门支撑，人间最大的尊荣日后就要由他安享。

儿子有如此前景，她还有什么不能忍受呢？

近日，曹丕自称军政事务烦冗，连续五天五夜没有回家了。

疑惑、忧虑、埋怨，在她的心头缕缕闪过，最终化为一腔担忧，过度疲累加之无节制的欢淫，岂不伤了身体？

夜晚，红烛吐焰，因为他的不归，犹显茕茕空房的黯寂。

这天傍晚，两根铜架上的红烛点燃不久，他满脸笑容地回来了。

正好，儿子曹睿和女儿曹彬还没有去自己房间睡觉。“振振君子，归哉归哉！”曹睿依旧以这样的吟咏方式欢迎父亲，并且以他能够理解的夫妻感情，回头望了一眼母亲，故作生气的样子，挺头板脸地咏诵道——

君子于役，（丈夫服了兵役）

不知其期。（归来不知何期）

曷至哉？（何日才回家园？）

鸡栖于土时，（鸡已上巢栖息）

日之夕矣，（夕阳西方落去）

羊牛下来。（牛羊下了岗地）

君子于役，（丈夫服了兵役）

如之何勿思！（叫人如何不思念呢）

曹丕觉得好笑而又有几分感动，蹲下身子将两个孩子揽入怀中，向他们朗诵并讲解了《诗经》中的《击鼓》。诗中的人物孙子仲被征调到远方打仗，久戎不归，却也思念家室，心痛难忍。

也许是早熟儿子的理解与诗情打动了心扉，当红烛的光亮中只剩下夫妇二人，当他伸开双臂将她拥揽入怀时，她不禁伏着他的肩头恸哭了。方才，她静静地观察，专注地凝目，发现他明显消瘦了，变黑了，憔悴了。她似乎意识到已经有什么不测之事发生了！

为她拭泪，执手、爱抚、亲吻，待她说出了心中的忧伤，他反而嘎嘎嘎地笑了，笑声里包含着对她的嘲戏：本夫不过几天几夜忙碌在副丞相府邸、兵营里和卫戍巡查的城街上罢了，壮墩墩的身子好端端的人，为何操那么多的心？

“不对！夫君的眉心已经发青了！脸神有一层阴郁的底色，包括仰头大笑的样子。”她定定地望着他的大胚子脸，望着这双不住眨动的小眼睛，说得忧郁而坚定，“如果没有很重的心事，没有揪心的纠缠，不会是这个神色！”

“贤妻明察！如此知我怜我，丕愧疚难当哟！”他顺势编撰，说自己近日确实心生焦虑。眼看三足鼎立已成格局，父亲忧心忡忡，连年征战耗损了大量兵力财力，庶民百姓负担加重，早年英勇强壮的将士如今都成了白发人，那些离乡背井的兵卒更为凄惨，他们一把年纪了还要远征奔袭冒死作战。来自四面八方的兵士们久役不归，他们的父母妻子小儿郎可就惨了。他说他连续几天在青州军的营房慰问老兵，为他们送去新衣新被。和他们一起投壶饮酒，询问他们的后顾之忧。一个来自崂山小镇的伍长拿出分别二十年的妻子寄来的一首短诗，即以相和歌平调曲中的《燕歌行》为曲调填写的四句歌词。她在信中说由于思念太重内心悲怆，唱了几句就哽咽不止。他捧着那四句歌词读着唱着就热泪汹涌，泪水催动了诗情，眨眼工夫以妇人的心思写一首完整诗篇：

秋风萧瑟天气凉，草木摇落露为霜。
群燕辞归雁南翔，念君客游思断肠。
慊慊思归恋故乡，君何淹留寄他方？
贱妾茕茕守空房，忧来思君不敢忘，
不觉泪下沾衣裳。援琴鸣弦发清商，
短歌微吟不能长。明月皎皎照我床，
星汉西流夜未央。牵牛织女遥相望，
尔独何辜限河梁？[1]

今夜，在她面前，他吟着、唱着、哭着，尽管是去年秋末写的一首旧诗，却牵出了一片真情。

甄妃按捺不住悲伤的情绪，拉住他的衣襟痛哭失声。难道这不是自己久久抑郁的心声吗？

四、神秘的幻景

对于功名的向往，女人的思恋，曹植接连几个夜晚都神思驰荡，心潮难平，究竟吟哦写就了多少诗篇，他自己也难以说清。

---

[1] 曹丕《燕歌行》

他从带兵驻守的孟津急速赶回邺城，向父亲禀报了布防事务后，回到房中见到陈非，已经二更了。

望着她在烛台边借着通明的烛光面对手中的一件刺绣品凝目出神，他蓦地吃了一惊。

陈非慌忙起身揖礼，双双执手相望，在亲热的目光对视中，看他的脸色正常，神采依旧，便张开两臂深情一抱，将脸孔贴在他的脖颈上说："夫妇之好，终身不离。卑弱下人，日夜思君！"

她的脸颊高热如火，呼吸带着微喘，双手搂得愈来愈紧。每次夫妻团聚她都是如此礼节，如此话语，如此深情。

"彼采葛兮，一日不见，如三月兮……"[1] 像往常一样，他一边在她的脸颜抚吻，一边吟诗回赠。

待他在榻边落座，她将方才仔细端详的那件绣品，由婆母卞氏在儿子曹苗满月那天亲手戴在他脖子上的"绣桃"，双手捧在他的面前。她朝隔壁房间扬手指了一下，说儿子睡着了，这件爱物取下来了。近日，庶娘尹夫人神色诡异地来找她，说孩子脖子上的那玩意儿有来历有故事呢。她问她有何来历何故事？她只是神神秘秘地笑着，说这等事还是问你的夫君为好，旁人说出来就惹下是非。她还说曹家院子向来有文明的风雅，也有血腥的风雨。这儿是龙腾虎跃之地，既出龙，也生虎，龙虎同穴，必然争斗。你如今是"曹大家"，知书达理，教化众人，必然知晓龙胜虎虎败龙的大理。她左顾右盼压低声音，显出既严厉又恳挚的神情说：夜深人静以后你到临门的前院去转转，惨痛的厉鬼哭叫声能把人吓死！说得她头皮发紧身子打战。她很纳闷，问她究竟是何用意？她说你的夫君不过是一只虎，而且还是"绣虎"，花狸儿毛纹包着的菜虎，不会吃人，只会逗花舔草，院子里的池塘、蒲苇、白石、深井，都记录着这只花狸虎惹下的是非。你还是劝他莫要心高气盛，莫要再和龙斗，趁早窝在山洞，免得伤了己身，再连累亲人。

冲天的怒火，难言的羞愧，一并在他的心头滋生。他握住她的双手说："龙虎之谈，纯属嬉笑娱乐之谓，何谓龙何为虎，难道是先天注定的吗？如若先天注定，至尊为何要我们兄弟互相竞争？"

"当然，卑下明白这个道理。"陈非的眼睛里闪着一缕疑惑，"这五色丝线吊着的

---

[1]《诗经·王风·采葛》

长命桃子，还有那院子的池塘、蒲苇、白石、深井，究竟有哪些神秘的故事？”

烛火像溅了油似的猛地跳跃了一下，火焰猛然向高处蹿动。外面起风了，从窗棂刮进来，在屋子里轻轻吹拂。

夜深了，接近三更，正是人们酣然入梦的时节。

“何不到院子去看看？”陈菲总想着尹夫人说过的不三不四的话。

曹植没有迟疑，他是个纯粹的人，心里不留滓渣，很想在那儿向她吐露心迹，诉说近日遭遇的不可思议的幻景。

半轮月亮在澄明的天际浮游，清晖笼罩了整个空间，静静地泻在小院的景物上。池塘的水面闪着碎银般的光线，小片蒲苇却显出立体的黑影。周遭是寂静、清凉、明亮的，风的呼呼声更清晰了，蒲苇的黑影似乎轻轻摆动。

他与她在池塘边站着，望着眼前的水塘和对面的黑黢黢的井台。

曹植对着水塘久久凝目，只见铺银般的水面闪起粼粼波光，一圈一圈的弧面向远方推动，池面渐渐扩大，变成浩瀚无边的江流，落日绚丽的余晖淋漓抛撒，把沧海般的洪流染得斑斓似锦。

“看，那边，江水的中央，像太阳一样升起，像芙蓉一般出水，正在向我们悠然走来的，不是一位姣丽多情的女神吗……”

他凝神望着，即兴喊着，挥手指着，双脚跳着……

几天前，他在洛河的滩涂上见过这位美神，她的相貌神色与嫂夫人甄宓一模一样，而且名字也叫宓。

能去洛河寻觅女神，缘于父亲的精心安排。

孟津，洛阳近郊的一座古城，是传说中的龙马负图之处，伏羲画卦之所，也是八百诸侯会盟，刘邦绝河亡秦之地。父亲安排他在此带兵驻防，临行前指出了他重文轻武的弊病，要他注意加强军务训练。孟津位于黄河之滨，南面毗邻古都洛阳，洛河就在附近。说来奇怪，白天巡营操练，马上舞剑，夜间头一落枕，就有佳人飘然而至，对他敞开心扉，诉说心事，不论是她的姿色情态还是言谈举止，都适他所愿，二人钟情倾心，执手相拥。他在极度的欢娱中惊醒，空空房中，怅然良久，细思细忖，觉得这可心的佳丽颇像嫂子甄妃。在他的内心深处，确实常有甄妃的影子。钟情也罢，好感也罢，一经吐露心迹，两个人见面总会有些尴尬。前妻崔姝去世后，每次遇面她总是躲躲闪闪欲言又止；他和陈菲成婚后，她的脸上多了欣悦的笑容。有一次二人在池塘边相遇，周围无人，她定定地望着他，诚挚地笑着说：“新婚宴尔，莫贪闺房之欢；

来日方长，当思磐、蒲之寓。”她的手朝那丛蒲苇和水中的大石指着，旋即转身离去了。她的似有隐衷，她的真情实意，牢牢萦绕在他的心头，他很想对她倾诉一番，也很想听到她的倾诉。大哥添了美妾，还经常在外面寻欢作乐，她心中藏着多少悲凉？无奈母亲早有叮嘱，他和她是不能单独接触的。

莫非她托求洛神与我相见？

莫非洛神知晓我与她多年隐蔽的恋情？

击鼓其镗，（战鼓敲得响咚咚）

踊跃用兵。（练兵场满是喊杀声）

土国城漕，（举国筑城备战）

我独南行。[1]（我独自南行）

……

他随口吟诗，心里被南行洛河的打算鼓舞着，毫无睡意。

次日，忙完军务，骑着心爱的白马鹏腾，像他在《白马篇》中写的“幽并游侠儿”一样，策缰纵马，矫健如飞，一霎时就赶到洛河岸边。

没有滚滚滔滔的咆哮，没有惊心动魄的潮声，横亘东西的大河，在这儿显示着稳定的博大和平静，寓示着另一种动人的辉煌。夕阳刚刚沉没，半天的落霞在水面泻金流赤，多色多姿的巨幅彩画变化多端，眨眼间如万马奔腾驰过原野，再如乱箭横飞直射敌营，再如单耳人的鼓队腾挪跳跃奋臂击打，再如满坡春阳照得山花烂漫……他焦渴地凝望着变幻无穷的江面，希望看到一位姣美佳人。随着流霞渐远，浩渺的水面如一抹清幽恬淡的平湖，忽然，一群白鹭、白鹤、白鹳自天边缓缓飞来，临到江心便不再前翔，啪啪鼓动双翼在空中盘旋，发出乱纷纷喜滋滋的鸣叫声。刺目的银光如庞大的背景在遥天闪耀，照亮了整个水面，中央处的江水闪动了一下，徐徐冒出一位粉面女郎，光彩照人的神色犹如东海跃红日，淡雅高洁的模样恰似清水出芙蓉。女神在一片淡雾中露出迷人的笑脸，她朝他专注地望着并频频招手致意。曹植心里一热，挥鞭打马驰过一片浅水湿地，无奈面对大江深流“鹏腾”只有刨腿跺足，前后打着趟子。眼看白若玉雕的女神飘游至岸边却又悠悠南浮远去，他焦灼地招手、呼喊，将古诗中的个别字儿略加改动便高声朗诵了——

南有乔木，（南方有高树）

[1]《诗经·邶风·击鼓》

不可休思；（树下难久留）

洛有神女，（洛水有神女）

不可求思。（叫人难追求）

洛之广矣，（洛水宽阔呀）

不可泳思；（不能游过去）

江之水矣，（江水浩荡呀）

不可方思。（不可渡过去）

……

女神的脸色也忧郁了，她紧蹙眉头，朝他哀伤地望着，悠悠忽忽地飘过来，流着泪水吟诵道：

扬罗袖以掩涕兮，泪流襟之浪浪。

悼良会之永绝兮，哀一逝而异乡。

叹人世之险恶兮，防阴鸷之不良。

举高标当奋蹄兮，惟英名之永芳。

……

女神飘飘远去，频频回眸，那身材形体眉眼情态恰似甄妃再现。

怔怔地望着佳人远去，又怔怔地骑马返程。

此刻，月光下，他依然怔怔地与妻子对望。

讲述了洛河岸边的奇景奇遇，他说，嫂夫人可能有满腹忧患，并对我有什么暗示吧！

"心有所思，目有所见。"陈菲完全是不以为然的样子，"岂能有真正的河神女仙，不过是你心里对嫂夫人思念太深。当然，卑下并不怀疑夫君与嫂夫人的关系。心驰神往，说明对于贤德之人的思慕。况且夫君能将此类男女私情说在卑下当面，可见心地的清白。"

曹植感动地抱住她的身子说："贤明之妻，了知我心；夫妇契洽，本一人也！"

"然而，那个女人之死——"陈菲扬手指着对面的井台，有些恐惧的颤声说，"死得多可怕呀！那个绣着'长命百岁'的满月绣桃又是怎么回事？"

曹植从来不愿提及此事，他也不时梦见那个披头散发满脸青泥浑身水湿的女人，她总是悲悲切切满腹怨愤的神色。此时当着深明大义的陈菲，他原原本本地讲了前妻崔姝触犯家法遭到处死的过程。但是他并不了解她是如何死的。陈菲便把尹夫人所说的情形告诉了他。

曹植望着半轮月亮，沉吟无语。

“这位爱打扮慕虚荣的姐姐也很可怜，有了六个月的身孕，不但没有见到儿郎，还连累了无知的生命，落下了一片骂名。”她愤愤地说。

曹植好像忽有所悟：“或许这其中包藏着一些人的密谋。既然有人搬弄是非，把这件事往立嗣的竞争上引，说明起事者的目的正是在这上面。”

陈菲也看出了尹夫人的用心。她说，此人背后必然有一帮人，他们是“龙”的支持者，二嫂易灿也这么认为。“立嗣不仅是个人的事，它关乎国之存亡民之苦乐，不必丧气，即使让我也做井下之鬼，也要扶持夫君奋力走好一程！”

“‘退润王宇，进文帝庭’，贤妻的心愿注定会实现的！”

第二十四章 情乎？计乎？

一、对酒，《对酒》

建安二十二年四月，闪着炫目亮采的阳光带着初夏的温热，将光束照在了魏国都城邺城最为荣耀的一面旌旗上。这面唯有天子出行才可张扬的黄灿灿绸面绣龙旌旗，是汉献帝近日宣命魏王曹操特制使用的。它的出现象征着皇帝出巡，从城中央的司马门至城西端的金明门，东西中轴线上的这段整整三里路程完全严密警戒，断绝了所有的行人车辆。身穿紫红纹龙袍服、腰佩金质印玺红色印绶、头戴高挺的远游冠的曹操气宇轩昂地坐在四马并辔的车舆上。后面的一溜车子拉着一群特殊的“将士”：文士和歌女，也拉着几十车特殊的“粮草”：九酝春酒。

曹操是前几天才享得这面天子之旌的尊荣的。预计在不久，即下半年的十月，还会获得天子头戴的悬垂十二根玉串的王冠，乘坐特制的六马金根车。在通向帝王的道路上，只差毫厘之遥就走到终点。但是，仔细看他的脸庞，那肌厚肉重的两腮已显得松垮垮的，两只暴突的黑豆眼不再闪出光气，两鬓花白的乱发稀疏得可怜，把黑黢黢的脸色衬托得更显阴暗。

说得准确一点，他的脸颜十分憔悴。

但是他的腰板撑得很直，脖子与头颅尽量往高耸挺，朝两边的士兵和驻足的路人招手时，脸腮和眼睛总要颤抖地挤弄出夸张的笑意。

“魏王出巡向西，莫非要去慰劳青州军？”

“对了，听说青州军炸了营，不想跟他再打仗了！”

“那个单耳人跟他闹翻锅了……”

曹操的眼睛昏花，但耳朵好使，两边看热闹的七嘴八舌，声声入耳。看来，青州军近日人心不稳，外界已经传出风声。前天，青州军首领向他禀报说将士们在营房啼哭闹事要求解甲归田，他们归降过来已经二十五年，不少人在家里成了爷字辈，行军打仗不堪其苦，眼看消灭孙权刘备无望，返土还乡之心因曹操获得天子之旌而陡然加急。昨日，单耳人田艾也来找他，一见面就哭倒在地，说兄弟们再也收揽不住了，大伙儿起了散心，当年的救世真人曹公当了魏公又当了魏王，眼看成了天子，咱们的心意也尽了。曹操隐隐觉得内中有什么蹊跷，扶他安坐并倒了一杯酒递给他，要他说出心底的话。单耳人猛饮了满杯酒说出了真情。原来，在朝廷，在民间，纷纷传播着一条颇有来头的消息：魏王身边再也没有荀彧、王修这样敢讲真话的臣僚了，剩下的恭顺之臣都想稳升自己的官位，还期待日后豪门望族重新飞扬跋扈，因为他们是魏王身边的股肱之臣。听到这样传言，特别痛恨豪族大户的青州军将士完全绝望了，加之他们背井离乡为时已久，便闹起了退伍回乡的风潮。

“捕风捉影，谣言惑众，岂可信哉！”他的口气是坚定的，神色是气愤的，但不得不承认这股流言像利剑一样刺透了自己的软肋。是的，群臣中除了崔琰等个别人，再也无人敢于口出悖言，发出不同的声音了。这些臣僚都尽力揣测他的心思，顺从他的主张，甘当他的应声虫。他们大多出身名门世家，内心对于抑兼并除恶霸深有抵触。他的堂弟曹洪不但暗中和豪族地主勾结私置大片耕地，还对他直言不讳地表示担忧，认为如此抑强扶弱会导致根基不稳。他虽然对这位堂弟做了财产处罚，但并未狠下心来追查到底。对于孟虎、柴坤的后人刺杀嫽人和王修的妻子这类反叛报复案件也没有足够重视，忠贞之士王修至今没有妥善安排。在内为了加强自己权势，对外急于征讨孙权刘备，将不少重要事务忽略了！

他伸手摸着单耳人左耳留下的一绺通红的伤疤，混浊的小眼睛闪出挑逗的神情，歪着头说：“咱兄弟俩早就约定，孤若称帝，你再种地；孤入黄土，你回故土。如今孤既未称帝又未入土，你何故要解甲归田？”

不待单耳人回答，他又昂起头，以悲凉伤惨的声调，颤抖着花白的连鬓胡须，为他咏哦了当年他们第一次见面时以他的家庭情状为素材即兴写的一首五言诗：

粒米不足舂，

寸布不足缝。

瓮中无斗储，

发箧无尺缯。

友来从我贷，

不知所以应。[1]

单耳人当即抱住他的肩膀低声哭泣，泪流满面。

“贤弟要退伍还乡了，咱兄弟要分别了，好，明日孤来营房送行，和贤弟及众弟兄痛饮一回。明日酒场上见！”

当晚，他没有合眼，手里一直攥着那个土疙瘩。

青州兵，单耳人，他们的离心离德，是一个危险的信号。

百姓亲附，甲兵强盛，这两条是他不断发展壮大的根本大计。如何才能让所有的下民百姓亲附呢？

他想起了《太平经》，黄巾军的根基太平道尊奉的理论经典，它追求的是“无灾异、无病疫、无战争，君明臣贤，家富人足，各得其乐”的太平世道，主张帝王当行道德，百官个个廉洁爱民。这是苦难百姓心底强烈的向往呵！

他又想起了自己当年亲眼所见：“铠甲生虮虱，万姓已死亡。白骨露于野，千里无鸡鸣。生民百遗一，念之断人肠。”想起了家乡邻居中那位靠野外套兔子糊口的“高粱秆”叔，想起了学堂里生性孤高一身正气的宋先生，想起了名士桥玄、何颙、许邵以及被豪强杀害的嫽人、王修妻子……

“曹家人明古学慕圣道……”儿媳陈菲绝非有意恭维，他当时却感到唐突，三思之后才觉得自己的根祗也许正是如此。

一幕幕往事，一个个人物，在思潮奔涌中闪上脑际。一夜无眠，他在插着格虎大刀的兵器架边绕着圈子踱步，不断思索着明晰着太平图景的具体意象，再落笔成诗。

绸面龙旗在徐徐风动中微微飘荡，它导引着魏王一彪人马穿过金明门，又行数里，来到青州军青龙兵团的驻地。

青龙兵团众将士今天特别激动特别愉悦。他们很快就要和久别的亲人团聚了，而且魏王要亲自为他们饯行。思乡心切，虽然面临着变天变世道的可能。叶落归根，活一天是一天吧！他们早膳后就集合在一起，营房外的练兵场前搭了彩门，校阅台前也插满了旌旗。

---

[1] 曹操《谣俗词》

曹操的车舆在营防门口出现时，单耳人的鼓队立即欢腾起来，大鼓、铜锣、刁斗一齐擂动敲击，喧天撼地，个个显出无比的畅快。

曹操下了车子，朝单耳人摆了摆手，喧闹之声就停止了。

“攒下气力在台子上打，让众人观赏，不必为孤一个人费力费神。”他哈哈大笑，拍着伍长单耳人的肩膀。

单耳人田艾却低头不语显得羞愧不安。

已经升任侍中的王粲发觉这伙打鼓敲锣的人都低着头不好意思，他对他们鼓气说：“今日魏王请大家饮酒，应当振作精神痛痛快快豪爽一回！”

“对酒当歌，人生几何？譬如朝露，去日苦多！”曹操抬眼望着众人，以惋惜的口气说：岁月如清晨的露水一样转瞬即逝，二十五年前第一次见到田艾，他还是个毛头小伙，瘦骨嶙峋的样子，一阵风能把人吹倒，偏偏背着铁锅扛着长矛，一只手还提着铺盖卷。跟着他的还有他的母亲、妹妹和两个弟弟。他的父亲在老家被地主逼债时打死了，他的媳妇被土匪抢走了，一个妹妹逃难途中饿死了……

“兄长呵，救命真人呀……”单耳人放声痛哭，抱住他的肩膀。

练兵场上黑压压地站着三千名士兵，他们是青龙兵团最有战斗力的三个曲，曾在官渡之战中引诱袁绍的十万大军过河作战，配合曹操亲率的骑兵多次以少胜多创下奇迹。曹操是依靠青州军声名显赫的，自然特别关照这支部队，每年总要多发一些饷粮给他们，服装也是冀州的细棉布特做。此刻，在初夏的灼亮阳光照射下，他们哗的一声全都屁股着地，以彻底轻松的坐姿观赏文艺演出。

艺伎队的歌女们首先登台，她们表演了几首流行曲目，又演唱了曹操的《薤露行》《蒿里行》，那苦悲的音调，哀伤的表情，令人心里顿生凄凉。

一群大袖翩翩的文士上台了！杨修、丁仪、丁廙、阮瑀、陈琳、应场等二十多人站成三排，在甄宓、陈菲等弹奏的琴声中，演唱了曹植的《白马篇》。一个乘着白马的北方豪勇青年，为解救国难，抛却父母妻子家庭，甘愿捐躯献身，视死如归。这种大无畏的英雄气概，由他们高亢的歌声和剽悍的动作表现得酣畅淋漓。

黑瘦低矮的王粲上台了。其貌不扬其才卓越的王粲的第一个举动是扮了一个驴脸——额颅的皮肉尽量朝上绷，张开嘴巴下颌尽量往下拉，上下骤然抻长了好几寸。这头驴子弯下腰来，大嘴几乎抻到地面，背上好像压着沉重的驮子，一步一顿一走一喘地绕着圈子，努力向外瞥视的眼睛闪着痛苦的神色。忽然，驴腿踉跄了几下，跌倒在地，扑腾着挣扎着就是爬不起来，只好平展展地趴在地上，发出“呃喔——呃喔——”

的嘶鸣，其声如悲啸，如风唳，如猿啼，如鬼哭，任谁听了都会浑身发疟疾似的打寒颤。台下静到极点，只见他缓缓站起身子，沉痛而庄重地说：“驴子可怜呵，让这不公的世道压得只有身子贴着土地一命呜呼了！黄巾军把那些贪得无厌无法无天横行无忌残害下民的豪强地主喻为官仓老鼠，是它们的疯狂吞噬，穷苦人才没有活路。如果不抑制豪强，不扶济贫弱，就没有太平世道。各位都是黄巾军出身，谁还不向往太平世道？可是细致说来，太平世道究竟是何等模样？连在下也不知晓。且看魏王是怎么描绘的——”

由卞氏平时指教的艺伎班及时登场，十八名年轻女艺人分成二排，已经有了三个月身孕的兰蕙，曹彰的妻子易灿，在前排显眼的位置亮相。由甄宓、陈菲等操琴伴奏，她们演唱了《相和歌》中最舒展最和悦的曲子《对酒》，唱出曹操昨夜新填的词：

> 对酒歌，太平时，吏不呼门。王者贤且明，宰相股肱皆忠良。咸礼让，民无所争讼。三年耕有九年储，仓谷满盈。斑白不负戴。雨泽如此，百谷用成。却走马，以粪其土田。爵公侯伯子男，咸爱其民，以黜陟幽明。子养有若父与兄。犯礼法，轻重随其刑。路无拾遗之私，囹圄空虚，冬节不断。人耄耋，皆得以寿终。恩泽广及草木昆虫。

下面的士卒们听着看着，忍不住齐刷刷站起身子，吼破嗓子振臂高呼：“太平太平，天下太平……”

一片吵吵嚷嚷声中，三位曲长令人将魏王带来的美酒当场分与众人，每人一只红陶碗，倒得满口满沿，端在胸前。

曹操也端着盛满酒的红陶碗登场了。他一上台就对着众人哈哈大笑，双手高高擎起酒碗说：“幸甚至哉！能与青州军精锐三曲诸位将士一起对酒，实乃大幸。诸位即将返回故里，与亲人团聚，与土地为伍，三年耕种有九年储蓄，仓谷满盈，衣食无忧，就连好马也退出战场，用于耕地送粪。路无拾遗，老有所养，人人皆可颐养天年。宰相臣僚，各级官吏，皆为忠良，爱育黎庶。这诸多太平景象何以产生？归根结底——王者贤且明！孤乃魏王，非帝王也！然而贤且明的宏愿尚在。老骥伏枥，志在千里，烈士暮年，壮心不已！诸位尽管放心回去，安享太平。乱臣贼子孙权刘备，他们联手攻打过来，由孤率军抵御；那些败落的割据头目，受打击的豪强地主，顽固的守旧势力，他们居心叵测，伺机反叛，亦由孤亲率精兵迎头痛击。诸位尽管放心，看，孤的身板硬朗，手脚矫捷，耳聪目明，不让少年。不必忧虑，诸位尽管放心，和父母妻子儿女乡亲一起安享太平！”

他微胖的黧黑脸庞堆满笑意，暴突的黑眼珠不住眨动，一边高声说话，一边热泪长流。

屏住呼吸凝望着他的士卒们全都一脸哭相，他们感动了，愧悔了，不知所措了。

曹操继续说："天晴气爽，阳光和暖，在这祥瑞吉日，孤为诸位将士送行。尔等与孤一起举杯，对酒同饮。对酒兮，酒必酣，人必醉——"

"不是送行，是壮行！"单耳人边跑边喊，他麻利地上了台子，站在曹操身边，朝下面高声喊叫："大伙儿各回各家，谁来抵抗顽敌，保护咱们的地盘？魏王已经老迈年高，还连年带兵征讨，弟兄们怎能忍心当逃兵？快，鼓队打手们快快上台，今日鼓要抡圆了打，酒要破肚皮喝，魏王要死下心跟定。为我们的大军壮行！"

二、文姬求情

"'王者贤且明'，何等精辟何等高明！真是一语中的！"路粹的铜铃似的大眼不住眨巴，说话的语气和敬畏的样子显得十分谦恭，"从以往漫长的历史看，不论是江山一统的大国还是分封割据的小国，盖凡富国强兵威盛一时的，皆是'王者贤且明'；盖凡国运衰落民怨沸腾的，皆是王者愚且昏！在下还注意到，明公其实在往昔的诗里已经写过'王者'的话题了。"

"何以见得？"曹操顿时有了兴致。

"'惟汉廿二世，所任诚不良。沐猴而冠带，知小而谋强'[1]。皇帝不能知人善用，祸起萧墙，宫廷大乱，天下分崩。如此明晰的评判，尖锐的指责，唯有明公这样的盖世之才才能自出心杼！而且，这也表明明公作为一代圣王敢于向世人表白的雄心！"

此话正中下怀。曹操激动地站起来，手摸花白胡须，眼睛瞪着路粹诚恳地说："然也然也！孤确实有如此心态。《史记》为何要为帝王诸侯连篇累牍地作传？十二本纪、三十世家，全写的是帝王诸侯他们开元建国的功绩，言谈举止的神采，不虚美，不隐恶，一一为之实录。太史公的良苦用心何在？正是要告诉世人：国家的盛衰兴亡，皆缘于君王。只可惜孤只是魏王，不是君王，且永远不做君王！"

"此乃明公贤明之所在。孔子曾经教诲他的弟子：施于有政，是亦为政……"

曹操一个坚定的手势就制止了他的话语。他压低声音问："又有何异事秘闻？"

[1] 曹操《薤露行》

路粹的声音更低：王修、刘桢、徐干、蔡琰经常在一起串通，妄议朝政，贬损主公。蔡琰竟然说刘桢因平视甄妃而受刑，可见士人地位之低，主公专权至极。又说王修本不该罢官，他去祭悼荀彧，并无过错可言……

曹操这回没有立即发怒，他平静地支走了路粹，一个人思谋着处置的计策。

“文姬呀，你究竟有何目的？难道我对你不够恩义？当年千方百计四处托人打听你的下落，不惜重金美玉，从外域将你赎回，又成全你的婚事，让你衣食无忧，一心一意整理父亲的遗著。我何处亏待于你？刘桢、徐干，你们这些放浪文人，空慕老庄遗风，单求人格独立，我行我素，意气用事，哪里顾及一个主政者的权威？如果将剿灭群凶、经邦治世的重担压在尔等肩头，我来当旁观的文士，且看尔等何等狼狈！”

思来想去，忽然眼皮一眨：声东击西。

派人调查蔡琰的丈夫董祀的过失，很快有了结果：由他负责的淮河某段滩涂屯田秋季没有注意防洪，成熟的谷子遭到大水袭漫，损失惨重。

“以渎职罪论处！”曹操下了决心。

“不用刀子用鞭子，杀不了你，疼死你！”他的黑豆眼放出两束得意的凶光。

王粲被召来了。

“仲宣，你那一声驴叫，何时何故学成绝技的？”先开玩笑。王粲为新建的魏国拟制了完备的礼仪典章，成为他倚重的宠臣。

“在下当年在刘表麾下很不得志，得了一个‘黑驴’的绰号。”脸色黑如木炭的王粲从来没有笑过，这时候却笑了，笑得很苦。像他这样黑瘦低矮、羸弱多病的人，内心多忌的刘表只能对他下眼观看。满腹憋屈的他有一日在路边见到一头黑驴卸了重驮就地打滚，一边身子翻腾一边“昂——叽”乱吼，其声高亢豪迈，尖啸震耳，令他惊恐发呆。那头驴子胡滚乱叫了一通，站起身子显得格外清爽精神。于是他就仿学驴声，一遍遍叫啸呼喊，练得既真切又带感情，胸中的悒郁顿然消散了。

曹操觉得有趣：“天地之间，万象森列，各物自有灵性，得启悟者必智士也！蔡伯喈先生当初慧眼识才，可谓惺惺相惜。”由此说到蔡琰，说到董祀，说到查出河滩的谷田被洪水冲淹之事，听得王粲当即吃了一惊。

“主公莫非要怪罪董祀？”

“罪行昭彰，当然要依法论处！”

“文姬一生坎坷多舛，适才有了美满家庭，看在伯喈先生面上，饶恕了她的丈夫吧！”

“这种知恩不报、孤芳自赏、桀骜不驯的人，让她尝尝自己栽种的苦果，不会没有益处。”

王粲旋即跪倒在地哀告说：“文姬和刘桢的性情是不一样的。她重感情，知恩义，火烧铜雀台事件后她主动登台演唱《胡笳十八拍》，以自身的经历宣示主公的功绩。她在不少场合都讲述主公的业绩，内心的拥戴是真诚的。”

“她是个变色龙，忽热忽冷，反复无常！”曹操仍然怒气冲冲。

“她毕竟不是从政的官员，一介文士，不平则鸣，口无遮拦，胸无城府，足见性情的单纯。”王粲的额头几乎着地，微微抬起眼睛向上瞥了一下，又说，“假若文姬悲伤过度出了差错，伯喈先生的遗文何人可以整理？”

曹操愣了，悠悠踱着步子，走到王粲身边，拉他平身。

本来，他是让王粲通知众文士在西园聚会，想以一起游乐饮宴的方式笼络文人，安定士心，并由王粲宣布诛杀董祀的消息，不料反被王粲说服。

文士集会仍然举行。

西园即铜雀园，随着铜雀台边金虎台、冰井台的建立，三台临近的西园日渐热闹起来。四月天本是炎凉合适的游览旺季，引自彰河的长明沟的水流缓缓穿过园中，清澈见底的渠水里鱼儿游动，野鸭嬉戏；渠岸两旁的银叶杨迎风飘闪着明镜般的叶子。芙蓉池里的荷叶满眼铺展，净水绿叶，尽显鲜嫩的清幽。松树的树冠相连，笼罩成一派青碧，啁啾的飞鸟在碧林的上空盘旋。百花园里，牡丹虽谢，蔷薇盛开，流光溢彩，飞蝶扑面。通往三台的蜿蜒的沙石路上，还有亭阁馆榭，彩绘石雕，茶舍酒肆，杂艺摊点，走一处就有一方热闹。

一百二十多位文士跟在曹操后面，指点着谈论着说笑着，游览了各个景点，回到铜雀台，在展艺厅坐定。备酒在先，各人面前的几案上摆着杯盏。

这是一次几乎囊括曹操麾下所有文士的盛会。这些人或在政界军界担任各种职务，或做曹丕曹植的文学侍从，或在郡县任文学掾，他们在曹氏父子的带动激励下焕发出舞文弄墨的强烈情趣，形成中国文学史上少见的作家群体。西园的风景建设是在他们的游历聚会高谈畅啸中逐渐完善起来的，但如此大规模高规格的聚会，数年也难逢一次。

曹操和王粲面朝众人坐在前面的板台上，邯郸淳、陈琳等老者和曹丕曹植坐在前排，阮瑀、应玚、刘桢、徐干、杨修、丁仪、丁廙、吴质、路粹等也忝列其中。曹丕、曹植、杨修、吴质、应玚等上台朗诵了临时写就的游园诗赋。

“曲池扬素波，列树敷丹荣。上有特栖鸟，怀春向我鸣……”王粲咏罢自己写的五言诗，深眼窝里的眯眯小眼放出两束激奋的亮光，“今我何德何能，与魏王及众文士同游共赏。一路观鱼跃碧池，花满圃苑；闻风啸松林，树间鸟语。标举华辞，唱和赠答，逸兴竞爽，此乐何及！当今天下分崩，兵荒马乱，诸位离乡背井，抛舍亲人，挣扎于逃亡途中。幸有明主曹公，自建安元年迎献帝迁都许昌，文士们纷纷慕名而来，才有了落栖之地。曹公不但以一代雄主的身份奖掖文学，而且雅好诗章，登高必赋，有道是‘昼率三千壮士破敌阵，夜接一应词人赋华章’。大公子子桓以副丞相之重，妙善辞赋，并提出文气之说，称‘文章乃经国之大业，不朽之盛事’。三公子临淄侯子建以绝世之才，体气英逸，倚马可待，下笔琳琅，辞采华茂，多有奇文华章。有他们的带动激励，诸位文思驰跃，奋而援笔，记乱离之世相，抒忧国之胸臆，情感寄托于诗，生命化而为诗，诗中有我，我中有诗，诗歌有了坚实的风骨。从体格上来看，抛开四言正体，让五言腾涌，描摹细致，个性突显，开一代诗风……”

王粲滔滔乎雄辞，激情溢于言表，手舞足蹈，谈锋正健，不料身边的曹操却打了个制止的手势。

“孤依旧写了不少四言。四言正体，心到辞涌，意随口出。”曹操插话说，“孤少时喜游猎，整日游荡山林，期盼遭遇猛虎，刀割手刃，方称英雄。手中的刀叫格虎大刀，可见意气之盛。犬子曹丕说：‘文以气为主，气之清浊有体，不可力强而致。’[1]气者，在于文士谓之气，形之于文者谓之风格，既有先天之因，又有后天之学，自成根祗，不可强求。孤写过四言、五言、杂言，任气贯通，顺势而为。‘对酒当歌，人生几何？譬如朝露，去日苦多’。”他唱起来了，举着青铜酒杯，双眼微微闭合，似有酩酊醉意，“这词是唱出来的，并非苦思冥想援笔振纸写出来的。胸腔里，骨缝间，喉结中，蕴藉的一股气息，汹涌而出，势不可当。”

他的黑豆眼朝台下扫视，发现刘桢梗着脖子，头上的朝天锥翘得老高，一双圆溜溜的杏核眼直瞪着他，似乎有些不服。他也把眼睛瞪过去，直言不讳地说：“气如其人，如公干的诗，高风跨俗，直白口语。‘亭亭山上松，瑟瑟谷中风……岂不罹凝寒，松柏有本性’。气过其文，雕润很少。他这个人多有逸气，仰慕老庄，不为轩冕肆志，不为穷约趋俗。他的诗里，就有如此坚挺昂扬的浩然之气。”

“‘气过其文’作何解释？”刘桢突然冒出了反驳的话语，“是文气不足？不够典

---

[1] 曹丕《典论》

雅？过于直白？难道简约明白就不是好诗？”

王粲面对刘桢嗔怨地说：“‘气过其文’未必是贬义，魏王评点的不仅真诚，而且切中肯綮，公干不必计较。”

徐干却替刘桢辩解：“‘气过其文’,当然是贬义。《毛诗序》说:‘诗者,志之所之也。在心为志，发言为诗。’‘气过其文’，当指言之不凿，气过于盛矣！”

“何人的诗文无有瑕疵？说你的诗言之不凿气过于盛又有何谬？”王粲气得脸色黯黑，手指徐干高声反驳。

“然也然也，你们也太挑剔固执！”众人一窝蜂似的冲着刘桢、徐干吼叫。

刘桢却不屑地冷笑道：“‘月明星稀，乌鹊南飞。绕树三匝，何枝可依？’[1]夜鹊竟如此可怜，飞来绕去，好不容易找到一棵树，就要奴颜婢膝地依赖攀附……”

刘桢轻蔑的神情，引起会场一阵喧哗骚动。

此时又有新的更大的骚动发生。

蔡琰如一个失态的乞丐似的踉跄赶来，出现在大厅门内，众人眼前。

“尊兄呀——”她一声悲恸焦急的哭喊，跌跌撞撞地前行几步，跪倒在倚着板台的正中地面。

众人全都站起身子观望。只见蔡琰蓬头垢面，额颅不知撞破了还是划破了，宽阔的脸面抹着几绺血污，裙裾撕掉了半边，双脚无鞋，乱发披散，跪倒的身子瑟瑟发抖。

王粲赶紧下台，扶她在衽席上坐定。

听着她的哀告，人们才明白她的丈夫董祀触犯了法令，被判死刑，她是紧急赶来求情的。

曹操在台上一边捋须踱步，一边感叹说，一个屯田都尉，带领九名士兵，垦种十顷滩田，该收一百担谷子。洪季前不筑护堤，不做预防，每年必发的一场大水卷着污泥将谷秧埋得一干二净。

“念奴夫乍到新地，人地两生，不谙水情汛事，请千万宽恕一次，留他一条性命。”蔡琰又跪倒了。

“这年月，粮食就是人命。尚刑名，厉法禁，是孤治军治吏的主要法则。何况，执行处死的命令已经发出。”

“尊兄精通弓马武艺，喜爱养马，后厩良马快骏多不胜数，何不派快马追赶，以

---

[1] 曹操《短歌行》

解燃眉？”蔡琰仍是一副哭腔。

曹操的手臂指向刘桢：“公干是有骨气的血性汉子，为人正直，从来不徇私情。足下说说该如何处置？”

刘桢窘得满脸通红，偏过头去，不吭一声。

“仲宣说说如何处置？”他又扬起手臂指着王粲。

王粲急忙跪倒：“饶董祀一命，依了文姬所愿吧！”

曹操面朝众人高声问：“诸位说说，如何处置？”

“依文姬所愿，饶董祀一命。”众人全都跪倒了。

“哈哈哈……”曹操爽快大笑，微胖的黑脸膛闪出一层油光，“生而为人，谁也不能脱离人伦大系。父子有亲，君臣有义，夫妇有别，长幼有序，朋友有信，诸多关系包含着恩义二字。蔡伯喈先生当年奖掖后学，对孤多有教诲，言之谆谆，期望甚高。念此，孤不惜重金美玉百匹绸缎，从匈奴将文姬赎回，并成全她的婚事。文姬乃先生唯一脉系，何况她还在整理父亲遗文，孤怎能忍心杀掉她的丈夫？然而，国有法，军有律，家有戒，一人偏私，难以服众。孤本是性情中人，诸位知晓，折了战将，病死臣僚，孤都会怆然流涕，痛不欲生。诸位贤士也一样，是孤苦心孤诣从各地招募来的。‘青青子衿，悠悠我心；但为君故，沉吟至今’。正是为感念诸位雅士的真情倾诉。古语说：‘皮之不存，毛将焉附。’此语的另一面即是：毛之不附，皮何以用？孤与诸位正如皮与毛之关系。孤无诸位，便成废物，诸位无孤，难以立命。命运如此不可须臾分割地把孤与诸位连接在一起。孤凭任诸位之智力，方能澄清天下。个别文士对孤怀有异心，孤也不去计较。至于董祀之罪嘛，就看在诸位面上，将其死罪豁免，仲宣立即令人快马追赶行令官。今日雅士咸集，游目骋怀，吟诗作赋，飘飘放意，令人喜不自胜。现与文姬一起共赴酒宴……”

第二十五章 急转直下

一、崔琰游说

正像陈群、司马懿所预谋的那样，紧要关头，崔琰出动了。

时值六月，魏王府门前的两排松树上蝉声聒噪，蒸闷的燠热似把万千利箭射向空气中的生灵，繁茂叶片间的小蝉虫只得以拼命吼叫来发泄怨气。

崔琰依然穿着长及脚面的黑色绛绿袖衣袍服，腰系板带，头戴进贤冠，两鬓的苍白长发也向上捋平束进冠里，尽管额头冒汗浑身热湿却如此衣冠齐整。

曹操正手捧孙权送来劝他称帝的文书，一边阅读一边哈哈大笑。看见崔琰进来，他急忙趋身迎接，拉住他的双手顺势说："天气如此暴热，还有人想把孤架在火炉上烧烤，季珪呀，孤如何消受得了？"

他穿着白色棉布短袖深衣，头上无冠，白发用木笄束住，赤脚穿着可以浇水的草鞋，案上放着几把折扇。

"何人敢谋害主公？"崔琰接过他递来的扇子，扇得脸上脖子的汗珠像雨点一样洒在地上。

"两面三刀的孙权，他想博得孤的欢心，腾出手来对付刘备，讨好地劝孤称帝，让孤成为拥汉派攻击的目标。"

崔琰一直直身站立，以急迫的眼神望着曹操。

"主公明智，识破了乱臣贼子的阴谋。"他显出忧心忡忡的焦灼神色，"然而有一件事，不是别人架着火炉把主公放在上面烤，而是主公自己以干柴烈火烧烤自己，烧烤曹家，烧烤艰难开创的王霸大业！”

“此话怎讲？”

崔琰冷笑了：“十二年前，袁氏后人骨肉相残的悲剧可能在曹家重演！立嗣立长，乃前人传下的普遍法则。袁绍一意孤行，偏私立幼，祸起萧墙。主公仿效圣贤，择贤而立，殊不知他们兄弟在争夺中互生仇隙，暗自培植党羽，各拉势力，蓄得剑拔弩张之势，若有不测，怕要血流成河了！”

曹操心中一震，沉思片刻，心里说：知子莫若父，即使他们兄弟反目，也不至于伤害对方。至于各方党羽，也不过三五知己，塘中小鱼，起不了大浪。

“主公已是老迈之人，若突遭意外到了百年，这一堆无头乱麻岂不更加紊乱？”崔琰昂起红润的脸膛，一只手不断捋着胸前的苍白长须，神情中含着深重的焦虑。

曹操尴尬地点头笑着。这位敢出逆言的臣僚，不但直言不讳，坦率刚正，而且毫无禁忌，说得他哭笑不得。近年间愈临老境，愈重生养性，虽然从来没有什么忌讳，但也不喜听那些不祥之言。

“足下所言极是，这事该到了决断的时候。”送他走出时他拉住他的双手，又在他的肩上轻轻拍了两下，“都过了耳顺之年，切望保重！”

自从崔姝赐死以后，他对崔琰添了一份歉疚之情。而且，这位要臣清廉忠诚，他与毛玠负责东西曹，除了坚持选贤任能，特别强调节俭。他们自己穿粗布衣服，吃粗茶淡饭，士人纷纷仿效，以清廉节操自励，即使显贵的大臣，车马服饰也不敢超出常规。

崔琰看出了曹操的恳挚与感激，他内心的赤诚之情益发激涌，化作比火焰焰的太阳还要火十分的热情，刚出魏王府大门就径直去找中郎将曹丕。

昨夜，陈群登门拜访。他白净微胖的脸庞显得焦灼不安，急切地叙说了曹丕与曹植为立嗣之事明里暗中争夺不休的情形，谈了自己和不少臣僚为之担忧的心事，希望他能出面向曹操禀告。“足下清廉耿直，以直率敢言令群臣敬重，连魏王也敬畏三分。立嗣之事十年来悬而未决，眼看酿成危难，文武臣僚无人敢谏，难道能让孙权刘备静看我们的笑话吗？”

“然也然也！”他的热诚之火就这样熊熊燃烧起来了。

大路两边尽是枝干粗壮的大树，树上似有万千只蝉，那拼命撕扯的鸣叫声炽热暴躁得能把人抛向空中。

五官中郎将府内的操练场上，也可以听见四面高墙外传来的一片蝉鸣。

比蝉声更响亮更兴奋的是人们的喝彩声。毒火喷炙的日头下，曹丕与他的副手邓展正在比试剑术。奇怪的是他俩的手中并未拿剑，而握着一杆甘蔗，也没有穿甲戴盔，都光着精溜溜的上身。只见二人不断跳动挥舞，你进我退，杀中带喊，甘蔗的黑影在刺目的阳光下闪出无数弧圈，数十名围观的士卒屏声敛气。曹丕先以“剑走偏锋”的技法赢了一局，又以虚实难分的策略，先卖个破绽与对方，再一招过去，击中邓展的脸颊。

一阵叫好声响过，曹丕正欲第三次进攻，忽然听见一声威厉的怒斥：“是正式操练，还是逗笑取乐？朝廷府曹，整肃之地，岂能如此荒唐？”

曹丕看见了衣冠整齐怒气冲冲的崔琰，连忙喝退众人，穿了服装，将这位长辈领到客厅。崔琰翻出老账，十年前他看见曹丕与吴质贪迷狩猎，衣衫扯破，蓬头垢面，受到他一顿痛斥。想不到这位身负众望的大公子如今还是任性放荡，不成体统。

“看来曹家基业要毁在尔等不肖之子手中了！”安坐在衽席上，他既不饮茶，也不用扇子，只是气咻咻地唠叨，惹得曹丕尴尬赔笑，连连揖礼。

“大人不顾盛夏炙热莅临敝府，必有训言指教。”曹丕的大胚子脸上显出恳挚歉疚的神情。

“公子已到而立之年了吧？”他手捋长须，昂着头颅，以一贯的高声大气说，“秦始皇嬴政像汝这般年纪已亲理朝政八年。他胸藏大略，养精蓄锐，开始了扫灭六国的征程。汉光武帝刘秀二十八岁起兵，三十岁称帝，开始削平天下。汝正当年富力强，可定大事，令尊大人却别出心裁，立嗣立贤，让尔等兄弟相争，优柔寡断，久久搁置，悬而未决……”

曹丕吓得转脸失色，连连摆手，示意他不要如此高声。

“尔等兄弟亦不明智，各自逞能，全力较劲。道高一尺，魔高一丈，争来斗去，难分高低。除了伤和气，生仇隙，添党羽，闹分裂，还能有何收益……”

“先生所言极是！不过……不过大人究竟有何教诲？”曹丕怕他继续指责父亲，惹出是非，又觉得他说的是实情，是自己心中的纠结，便轻声而紧张地提醒催促。

崔琰胸有成竹。他说他主张立嗣之长，只要他改正任性放荡贪图逸豫的毛病，一心谋图天下大业，就可立为太子。至于兄弟之间的争夺，他愿意当面劝说曹植，让他有一个明智的决断。

“这……恐怕不妥。”曹丕的心跳骤然加快。他连忙摇手，故意显出一种开朗的大度，尽说三弟的才华抱负，说天下即将太平，正需要三弟这样一心只读圣贤书的大智之士来经邦治世。

崔琰嘲笑地摇头：三足鼎立之势已成，战争正在恶化，一个只读圣贤书的文士如何主宰军政大局？

“罢了罢了，不必说了，三公子那边我去游说！”临走，他表明自己高迈的决心。

他又去临淄侯府找曹植，却扑了空。

曹植此时带着陈菲去了西园的芙蓉池。

崔琰闻讯赶到这儿时，未见其人，先闻其诗：

览百卉之英茂，（观览了百花的美丽）

无斯华之独灵！（没有你这样独特的风韵）

结修根于重壤，（盘结的根藕植于厚土）

泛清流而擢茎。（浮着清水抽出长茎）

退润王宇，（退可润泽君王屋宇）

进文帝庭。（进亦美化皇帝门庭）

“‘退润王宇，进文帝庭。’你们想入非非，做白日梦吧？”崔琰接过二人你一句我一句咏诵的诗句，以明显揶揄的口气，冷冰冰地插了进来。

曹植和崔琰至今保持着当年的亲戚感情，也很敬重这位长辈的禀性品行。他慌忙停了手中的九华扇，弯腰拱手揖礼，陈菲也急忙行礼问候。

“你们兄弟，真是纨绔公子！一个衣冠不整玩剑打逗，一个花前柳下摇扇赏景。南面孙贼，西方刘寇，四海烽烟，九州难民，令你们的令尊大人‘忧从中来，不可断绝’。你们倒优哉游哉，全无一点焦急忧虑的心思！”

曹植显得愧疚不安，陈菲也很困窘，二人只有垂首恭立。

崔琰看着他们恳挚歉顺的样子，火气消退，情绪平和，指着池中连片的翠绿莲叶和点点冒出的鲜艳荷花说：“碧叶连天，出于清水；红花皎艳，纤尘不染。这些无声的生灵，尚且洁身清雅，不染流风败腐。可是你们兄弟，不以天下为重，不能顾全大局，也不知兄友弟悌，为了争夺太子之位，处心积虑，绞尽脑汁，争来斗去，互不服让，一连十年没有结果。未知三公子做何感想？”

曹植的月字长脸上恢复了自信，漆黑的瞳仁闪出几分矜持。他说这是父亲的主张，只有经过不断比试才能分出高下，各人在比试考验中显才华也见不足，这样做可以激励心志，增长才干，克服弱点，并不会损伤手足情分。

“已经人头落地了，还谈什么手足情分！”崔琰惊爆了一件往事。他听有人传言，侄女崔姝之死，正是他们兄弟争锋的结果。他将听到的情形和盘托出，听得曹植当即懵了。

“本公已直言不讳劝过你的父亲，如此竞争立嗣，怕要等候孙刘赤手空拳来接管北方地盘了！立嗣立长，这是天经地义的规矩，当弟弟的有何道理与兄长竞争……”

二、兄弟结盟

别无选择，他必须在兄长面前主动退让，心甘情愿地退让，雷厉风行地退让。

当这个意愿在心里像铆钉一样钉住时，他的心也像利剑刺中似的血流汹涌了。

放弃！像尧舜那样以圣贤之德治理天下的宏愿，像父亲在《对酒》诗中所描绘的“王者贤且明”以及臣僚忠廉下民安泰的太平图景，十年来自己呕心沥血付出的种种努力，这一切都将因自己的放弃而化为泡影了！

他像被剔掉了浑身的骨条似的身子软蔫蔫地躺在榻上，无声抽噎，一任泪水长流。

陈菲默坐在榻，心里也很难受。

是她，毫不犹豫地提出：放弃！退让！立即向兄长表明心迹，成全他的太子地位。

她说，曹家满门风雅，其根源在于明古学慕圣道。为了天下大业，早立嗣，免内乱，弟弟服从大局，主动退让，不过是仿效了伯夷叔齐而已。往日口口声声说效法圣人君子，事到临头却为自己盘算，这不是口是心非的伪君子吗？

她说，她所推崇的班昭，她的著作《女戒》，其核心精义就是识大体明大义。夫妇之间，妇人以谦顺为主，曲意顺从，才能与丈夫及家人和睦相处。兄弟之间，一刚一柔，才能并济。立嗣只立一人，这个人必须是强者，相当于夫妇中的丈夫，当弟弟的要像妻子那样忍辱含垢，成全兄长，才能百事和顺。

说得曹植不断点头。本来，长辈崔琰的话已经令他有了几分震惊。自己和兄长之间早已产生裂隙，如果继续明争暗斗，手足之情将一笔勾销。

点头，认可，主动放弃，成全大哥。

他因此而释然，也因此而痛苦。

“夫君若能这样去想，就心平气和了。”她为他拭泪，为他扇凉，为他抚摩，说出自己心里的一个纠结：崔琰所说的那个姐姐崔姝之死，其实她早已听二嫂易灿说过了。豪门险恶，内藏杀机，天底下都是如此，自己要多操一份心，后脑勺也长上眼睛，父亲在她出嫁前就叮咛过了。前车之辙，后车之鉴。如果不知进退，她也可能像前面那个女人一样被阴谋所杀，或者夫妻双方都掉入陷阱，那将多么悲惨，多么恐怖！

“贤妻……明智……你我应当……愉悦才是！”曹植勉强一笑，慢慢坐起身子。

当即要做的事是告知那几位心腹朋友，让他们知晓自己的决定，理解自己的用心。

不出他的意料，他们三位都不同意他主动放弃。

是在丞相主簿杨修家里。名贵的青铜长信灯已经点亮，通体鎏金的年轻宫女跪坐执灯，圆形轨道上调节的罩口正对着他们，烛焰稳定，明光柔和，把杨修、丁仪、丁廙嘴噘脸吊愤愤不平的神情映照得一清二楚。他们颇感意外，说曹公何等明智何等雄豪，一切都在他的掌控之中，岂能因兄弟比试争锋而引起内乱。他们对天下大势深怀忧虑，历来社会动荡不安皆因豪强放纵下民贫弱，两极分化严重，曹公看到了这个症结并决心扭转。除了抑制豪强，倡兴屯田，安抚贫民，还提出了太平世界的设想。“王者贤且明”是天下太平的根本所在，而立嗣立贤正是成全这一根本的正确法则。三公子与大公子相比，一个是贤者、清者、正者，一个是奸者、浊者、贪者。将太子之位拱手让予曹丕，无异于将天下交给了奸佞之徒。

“非也非也！兄长岂能如此卑劣？”曹植认为他们言过其实，大哥曹丕是有些矫情自饰，也喜好女色，但终究是个正派、精明、才华卓著的人。当今战乱不休，正需要像他这样精通武艺善于用兵的人来主事，而且他也不乏文才，通晓百家经典，是可以依赖的经邦治世之人。

“看来，我们只有引颈受戮，束手待毙了。”杨修忽然放声大哭。这位总是喜欢预测并以此卖弄张扬的才子，忽然预感到自己的厄运即将来临。

丁仪猛然站起身子，用他那只独眼瞪着曹植：“子建，做事对得起朋友吗？当初德祖不愿介入你们兄弟之间的争夺，写了一封书信婉转告退，你读后坐卧不安，想尽办法，引诱他出面，坚定地成为你的同谋。如今我等还在一如既往地坚持，你却突然变卦。我等往后若有性命之虞，你如何承担？”

“汝等二人原来也是卑琐之徒！”二十岁出头的丁廙却冷笑了，他的一双小眼像鼠目一样闪着黑亮亮的光彩，神采悠然地在一旁踱着步子，“我等乐意为子建助一臂之力，并非仅仅看重他的前程，而是看重圣贤之道与天下大业。如今他意外生变，向奸诡投降，不过使圣贤蒙羞，反倒成全了我等以身殉道的心志，也会让世人对于奸邪丑恶势力的猖獗引起足够重视，让胸怀天下的志士仁人多一点经验教训，这岂不是一件可喜可贺的好事？”

尽管他们三人的角度看法不同，神情话语有异，但都深深刺痛了曹植。惭愧，内疚，悲痛，不安。他只有流着泪水仰头长叹：

知我者，谓我心忧；

不知我者，谓我何求。

悠悠苍天，

此何人哉？

是呵，他确实弄不明白，是何人把自己折磨得痛苦不堪，是父亲，兄长，还是自己？思来想去，只能怨自己。父亲和朋友对自己满怀殷切希望，如果自己才华卓越，文武兼备，较之兄长有明显的优势，早就确立为太子了。

“请诸位放心，我会与兄长立誓结盟，他执掌大权后，一定会善待各位的！”说完这几句话后，他硬着头皮匆匆离开了杨家。

回到曹家大院，已是子夜时分。

一弯瘦削的残月斜挂西天，在黯蓝的天穹显出寡白的清寂，并把它可怜的晖光静静地流泻下来。院子里的池塘，柳树，井台，全都显出朦胧的轮廓。

他望了池塘一眼，心里一动，就轻脚缓步走过去了。

甄妃凄美的面容像流星似的不断在塘水和蒲苇丛中闪现。她的面目神色是忧虑的，悲凄的，痛楚的。贪色的兄长一旦坐上龙椅，她必定会遭受冷遇。

他似乎听见了她亡命的呐喊：“不！你不能将应得的地位权力拱手让给这个负心人！他喜新厌旧，逸豫享乐，翻手为云，覆手为雨，贤弟要当心呀……”

这边的呐喊声未息，那边的哭号声又起。

那边——对面的井台上，前妻崔姝仿佛在黑乎乎的辘轳架旁放声痛哭。崔琰的话点破了崔姝的死因，陈菲把崔姝被害的过程说给了他。披头散发满脸青泥浑身水湿的她此刻撕心裂肺地大声哭喊：“夫君呀，你千万不要相信大哥，他宠爱的连头眉郭妃根本不是良善之人，他们的鬼点子很多，你要是放弃了，妹妹陈菲将和我一样，成为井中冤鬼……”

他惊惶、感动，又毛骨悚然。

回到房中，陈菲还在灯下等他。看他满脸凄怆的样子，问明情形，她说那三位文士清高拔俗志向高蹈，却不顾眼前复杂局面，不能顾全大局，不知谦让是更高尚的品德，是不识时务的清谈家。至于夜幕下的这两个女人，不过是他的幻觉而已。他们三位的话语像锥子一样刺痛了你，你也就顺着他们的意思胡思乱想，她们就在你的眼前活泛了喊叫了啼哭了。

“人只要守住本分，不喧哗显摆，不张扬自大，怎能让人趁机设套？”她微黑的脸上显出了无比自信，一边为他宽带解衣，一边轻声说，“女人以卑弱为第一，在家人面前敬慎恭让，守妇德——不必才明绝异也；慎妇言——不必辩口利辞也；整妇容——不必颜色美丽也；谨妇功——不必工巧过人也。以班昭的《女戒》为鉴，便有了可靠的自尊，立身何惧？”

说得他频频点头，不由得紧紧抱住了这位深明大义可敬可爱的“曹大家”。

为了尽快与大哥交谈，次日凌晨他早早穿衣出门，在院子静静等候。

但是，从天色拂晓至日上三竿，还不见曹丕的影子。嗟夫！夜不归宿！也许正像流言所说，他在那个僻背小巷的秘密住所与红粉佳人共度良宵呢！

他火速赶往中郎将府。正如昨日崔琰所看到的那个场景，在三伏天炎炎烈日的烘烤下，在那个正方形的操练场上，光着上身光着头颅光着脚板的曹丕和他的副手邓展正以甘蔗代剑比试正酣。料想不到的是，旁边居然撑着巨大的黄色伞盖，父亲魏王正安坐在下面，以喜悦的神情饶有兴致地观赏并赞叹着。

矫悍机敏的大哥总能抓住对方的破绽，自己也能卖出破绽，辗转腾挪进退周旋之中总能伺机击中对方面部。

“妙在诡道！”父亲魏王扬手指着场中，朝周围的人高声评点说，“虚则实之，实则虚之，虚虚实实，料敌机先，故而子桓胜矣！”

曹丕迎着父亲谦逊一笑：“昨夜值守巡查，一夜未眠，有些疲累，不如此游戏，非打盹丢魂不可……”

曹植混杂在人群中不敢露面。他暗自分析，父亲可能听到有人禀报后特来实地察看，虽然碰到逗乐的一幕，却以不同流俗的看法，对他赞不绝口。

父亲走后，光着头颅光着上身光着脚板的大哥没有穿衣挂袍就和他亲热见面了。

相拥相抱！

他愧悔的泪水滴落在他黝黑的肩膀上。

树上蝉虫的疯狂聒噪声遮掩不了兄弟俩关于前程命运这个重要瞬间的激情对话。“三弟有望成功，何必轻言放弃？为兄不过一介武夫，平生喜好弓马剑术，早就想为贤弟保驾护安。”曹植更为感激，含泪说了一通“立嗣立长”“戒除内讧”“顾全曹家”“心忧天下”等大理高论。曹丕也感激涕零，他拍着赤光光的胸膛庄重许诺：“倘若日后得了正位，与三弟共享天子尊荣。”曹植仍然带着哭音说：小弟不图一己之利，只要那几个心腹之友安稳无忧即可。曹丕抬头望着火轮般的日头发誓说：“日月可鉴，负心者必遭水火之祸……”

三、懈惰与犯禁

在世间，自觉地寻求堕落，甘愿背负颓废声名的人，必定有不可告人的阴谋。在这个过程中，他会因表演得真切而得意，也会为失去宝贵的名声而痛苦，快乐与痛苦像一日三餐一样，天天伴随着他。

曹植却不一样。他只有表演成功的暗自得意，并无任何失去什么的感觉。他相信大哥，在未来的一天，他得了正位，与他共享天子尊荣时，这一切都会昭示世人。退一步说，即使兄弟盟约不便公之于众也无关要紧，即使不能共享天子荣华，自己和朋友能够施展才华，实现天下太平的抱负，也就心安理得了。

“夫君此举堪比许由、巢父，高品高风，至美至洁，实为当今之圣贤也！”为他推波助澜大唱赞歌的，正是曾被他呼为芙蓉公主，被他的母亲卞氏称为真正的“曹大家”的妻子陈菲。在她的眼中，曹门出圣人君子，是水到渠成的必然。

《庄子》中记载的许由、巢父不受禅让的故事是夫妇二人近日经常谈论的话题，有趣的是许由、巢父和那个池水的主人，都是人格高洁之士，他们依次拴在同一个故事链上，层层推进，读来饶有兴味。

“夫君发言为论，下笔为诗，何不就此为诗传之后世？”

曹植轻摇九华扇，漆黑的眸子闪出了灿灿亮光，微微仰脸随口吟道——

尧让许由，（尧想让位给许由，许由逃隐）

巢父是耻，（尧又找巢父，巢父视以为耻）

秽其溷听，（他认为玷污了自己的听觉）

临河洗耳。（到河池来洗耳朵）

池主是让，（池主愤怒地斥责）

以水为浊。（为何污浊了池水）

嗟此三士，（感动的三位高士）

清足厉俗！[1]（清纯之操，足以针砭贪浊之风）

“夫君此举比之三位高士更胜一筹！”她搂住他的肩膀，拿过他的竹扇，一边徐

[1] 曹植《许由巢父池主赞》

徐扇风一边说，那三位高士为后人留下高洁的印象，然而夫君也许会留下一段屈辱的浊迹。

“圣人不利己，忧患在黎民！”曹植慨然一笑，嘴唇贴着她耳边的鬓发说：“今之子建，已非昔日可比。是贤妻高识远见，启颖导悟，子建才有如此境界！”

为了变成一个新的形象，他首先在仪表上做文章。曹门以尚俭出名，可是衣着朴素并不意味着邋遢寒碜，简单随意也不等于轻贱散漫。但是他如今要的就是邋遢寒碜轻贱散漫。除了官方军政正式场合，其他外出事宜，譬如访友、游园、文士雅集，他都会以白粉敷面——本来他就喜欢敷粉，因母亲暗中指教他才舍弃了这种已然时尚的男士化妆。头戴仆役使用的白帻巾，穿本色麻布缝的交领短裾袍，腰间系一根松软破旧的粗麻绳，赤脚穿裂帮漏趾的灰短靴，唯有宽绰的衣袖和布巾上考究的木笄，才显出一点文士气。

“嗟夫！子建——”远远的地方，人们以犹疑的目光盯着他，指手画脚地议论着。

“哎哟三公子，发生了何种变故？”陈琳瞪着一双昏花眼睛，摸住他腰间松垂的麻绳端头，下巴的银白胡须像大风拂动似的颤抖。

曹植坦然地摇着竹扇，反问道：“穷酸吗？败象吗？难道王孙公子就一定要处处高人一等？世间多少人比吾这身装束还不如呢！”

“然也然也！”陈琳连忙点头，望着他的粉面白脸说：“这年月，曹公倡导清峻通脱，文士们不拘礼法旧俗，放纵心中隐欲，旷荡洒脱，展现自我。三公子风流倜傥，也来仿一回老聃演淳庄周梦蝶？”

“岂止要仿，晚生是要真心步老庄的后尘了！”

“公子莫要开这种玩笑！”陈琳轻声提醒，“《白马篇》忠烈高扬，豪气冲天，激励了多少壮士？公子是可定大事之人，岂能有遁世之思？”

“清峻通脱发展到极致，不就是老庄之风么？恬淡自适，清高放逸，只要像老子那样清静无为，自隐无名为务，像庄子那样不为轩冕肆志，不为穷约趋俗，就会觉得天宽地畅，任我优哉游哉！”

他说着，不觉间触发了内心深处隐藏的那份逸性，浑身的血液顿然热烫鼓胀，由不得手舞足蹈，以他熟悉的鼙舞的姿势动作，唱唱喝喝地扭动起来：

天得一以清，
地得一以宁，
神得一以灵，

谷得一以盈，

万物得一以生，

侯王得一以为天下正，[1]

……

“呜呼！不可思议……”陈琳低头悄语，连声叹息。

曹植要的正是这种效果。

他希望获得更显著的效果。

不久，得到机会，他有意渎职了。

发生在秦巴山地的战争，需要一个将领带兵救援被围困的部队，他得到了任命。显然，他的至尊大人仍然希望他得到实战的磨砺，加强他的军事才能。

是夜，他放开肚腹，喝得酩酊大醉，次日清晨昏睡卧榻，误了启程时机。

“父亲这回肯定会怒不可遏！”他得意地对陈菲说，“至尊何等神明！然而他却不知晓这个儿子的良苦用心。日后，明白了这个儿子为了曹家为了天下，就该吟一首《感吾儿》了。”

此举无疑产生很大反响，出乎意料的是第一个找他并大加斥责的竟然是二哥曹彰。他如今带兵驻守长安，已经是一个显赫的将军，当年嘴唇上黄茸茸的淡毛小须已经长成硬扎扎的长胡须了。敦实的身胚，斗形的大脸，陡斜的两道剑眉，斜横扎的黄须，加上一副凶悍的神气，活脱脱一个打鬼的钟馗。当他气冲冲走进临淄侯府，一脚踢开房门出现在他的眼前时，钟馗的凶恶之气几乎能把人吓得瘫倒。

他挥拳怒吼：纵酒误事，你中了邪了？

他拱手赔笑：对酒当歌，曹门谁不喜酒？

他一拳揍过去：屁话！酒事大还是军事大？

他揉着肩膀：弟无心军事，亦无心政事，一心想着酒事。

他懵了，眼瞪须竖，伸出的拳头颤抖不止。

他笑了，抱住二哥的脖子时又哭了。

他不能说出真情，但又无法面对对自己寄予殷切期望的二哥。

“到底发生了何等鸟事？叫鬼缠住了？”

曹彰的铁钳大手抓住他的肩膀推来搡去，脸色恼怒而痛苦。

[1] 老子《道德经·三十九章》

他流泪沉默，一会儿才啜泣说，人各有志，如今已厌恶戎马仕途势位纷争，热衷于诗文写作，像父亲先前所愿，秋夏读书，春冬逍遥，为后世留下一些诗赋文章也就一生了却了。

他终于忍不住了，颤抖的拳头猛然打出去了。

不过，砸在了自己胸口。

“曹门要改换家风，自己挖根倒灶了！”他栽头碰脑地哭闹着呼喊。这个凶悍粗率只喜带兵打仗的汉子成了卓越的预言家，七年后他就死于曹丕凋剪亲族兄弟枝叶的阴谋之中。

曹植在临淄侯府中静静等候父亲的怒斥或一纸罚令。过了几天，他等来了出乎意料的消息。大哥曹丕急匆匆地来找他，诡秘地眨着眼睛说，一向威严的父亲怎么也不相信发生的事情，他似乎看出了蹊跷，“子建并非轻漫放荡者流，其中不知有何隐情。”他对爱妾兰蕙这样解释，兰蕙向他及时报告了这个情况。“如果至尊大人知晓了真相，你我兄弟都会失去信任，他也会气极伤身，后果不堪设想。”“大哥放心，我会设法让父亲彻底失望的！”

一个人要是存心让人失望，其实也不是什么难事。不久曹操就特别吃惊地听到了曹植违行驰道私开司马门的消息。所谓驰道，是帝王的车辆专用的道路，司马门是魏王宫的后门，这一天曹植乘着驷马华车腰胯宝剑指挥驭手强行冲上卫兵把守的驰道，他气宇轩昂地坐在华盖下面享受帝王堂而皇之畅行无碍的尊严，打开司马门时竟抽出利剑指着主管宫门的公车司马破口大骂。盛怒之下的曹操当即下了一道手令，将此事通报臣僚，并公然表示了自己的遗憾：“自临淄侯私出，开司马门至金门，令吾异目视此儿矣！”接着他就下了《立太子令》，明确指定曹丕为太子。有趣的是这么一道重要文书没有下给官署，而是下到二儿曹彰手中，由他向外宣布。看来他们兄弟之间的微妙关系他是相当清楚的。

第二十六章 雅士末日

一、王粲灵前

乱世多祸，生命无常。除了战争和饥荒，还有令人莫名其妙又十分恐怖的瘟疫。曹植在《说疫气》一文中描写道："建安二十二年，疠气流行。家家有僵尸之痛，室室有号泣之哀。"

就在这次流行大疫中，王粲成了曹魏阵营侯爵以上高官中唯一的死难者。

王粲之死令曹操十分悲痛。他是随他南征孙权归来途中死去的。他决定打破常规隆重祭悼，下令在铜雀台下安设灵堂，哀悼七天，除了由他率领臣僚百官举行公祭，另由众文士集会以诔文哀辞祭奠亡灵。

噩耗是在陈琳的号啕哭声中传遍文士圈的。六十五岁的他没有坐车而是乘马，为的是走小径越溪涧行程快捷。"呜呼哀哉，天杀吉士！"他总是大放悲声先哭一阵才告诉亡友的死讯，往往惹出对方的恸哭，造成两个人或三个人相抱痛哭的场面。

但也有个别反常的人对他"呜呼哀哉，天杀吉士"的哭喊无动于衷，甚至还会报以轻蔑的冷笑。

此人就是刘桢。

住在松树林中的树枝石板庵的刘桢，此时正与养性士人徐干"扪虱而谈"。在午后偏过头顶的太阳的朗照下，二人都脱了衣袍光着膀子安闲地坐着逮虱，袍服在膝盖上摊着，随着双手的翻动，眼睛紧紧盯住贴身布里的夹缝，在针脚密连的缝隙中寻觅善于隐藏的虱子。和一字不识的老兵单耳人消灭虱子的风姿有所不同的是，单耳人捉住虱子后扔到嘴里狠劲咬嚼，把自己弄成血口红牙，还要报仇解恨地大骂；而满腹诗书的刘桢和徐干却不屑于动口嚼牙，而是用两个大拇指的指甲盖儿相对着扪，染红的只是丁点之地，也不屑于侮骂，只是嘲讽地称此等小虫为“寒门内客”。对待这些以他人之血中饱私身的小家伙，他俩连谈论的兴趣也没有。

当马蹄声如一阵疾风响在耳际，汗水泪水打湿了脸面的陈琳出现在面前时，两个人惊愕地站起来了。

知晓了王粲的死讯，刘桢好像有所预感似的抿嘴一笑说：“该死！该死！飞蛾扑火，死由自取，实非天意所为！”

陈琳气得浑身如农夫手中的筛子一样旋抖不止，一手擦拭着汗水眼泪，一手指着刘桢的脸孔，嘴唇颤抖着，竟然只说了一个字：“你……”

徐干急忙搀扶陈琳坐在旁边的一块光圆石头上，端来一碗水递给他，望了仍然气呼呼的刘桢一眼，慢慢说明了原委。

自从上次游园饮宴曹操利用蔡琰丈夫犯事之机羞辱教训了刘桢，这位真诚、任达、超迈、不拘的文士就上书辞去了丞相府小吏的职务，不再领取官府分文俸禄，一心隐居林中。王粲自觉惭愧，不久便来探望。后来，王粲又对曹操借故杀了耿直铮臣崔琰心生不满，来他的林中石屋一吐暗气。他便直言相劝，要王粲挺身做人，脱离官场樊笼，毅然辞去曹魏官爵，来林中一起过闲云野鹤的日子。王粲苦笑摇头，说功名利禄毕竟是人生所求，自己也不能免俗，还是在官场身不由己地混吧！

“君使臣以礼，臣事君以忠。”[1] 陈琳不再恼怒，却又替王粲辩护说：仲宣归曹后得到倚重，高官封侯，名重位显，才能得到发挥，为魏国始建宗庙兴造制度典章多有建树，又作了大量诗赋。曹操总体来看是一位贤明主子，可倚可附。

“闭嘴！”刘桢的火气又冒上来了，他霍然站起身子，挥动着精赤赤的胳膊说，“为人鹰犬，还要替主子张目，真是不知人间有羞耻二字！快滚回去，我等正在扪虱而谈！”

温温恭人陈琳再次气晕了，他抖索着嘴唇又只说了一个字：“你……”

后来又陆续来了应玚、杨修、蔡琰、曹植，他们费尽口舌，也都未能说动刘桢。

之后又来了一个人，他成功了。

曹丕，新任太子，一位颇有权势的人，他使一心远离权势的刘桢屈服了。

[1] 孔子《论语·八佾》

刘桢和徐干如期赶到铜雀台下的祭奠现场，顿然被弥漫在灵前的悲怆气氛感动了。

白花花的孝布挽幛纸札，黑压压的吊唁队列，泪浆浆的哀伤面孔，惨烈烈的一片哭号，一人一物一声一色无不显示深沉的悲恸。刘桢低垂着头，放慢脚步，走到烛光曈曈香烟弥漫的祭台，看见王粲的画像挂在迎面正中的布幔上。脸色如炭，额颅外突，面孔狭窄，眼睛眯小，一副苦相。但这熟悉的眼睛却包含着无尽的意气。是忧伤、侠义、思索，还是隐忍着的火山般的激情？望着这画像上的活灵活现的眼神，他蓦然想起二十年前在长江渡口他们几人相处的情形。当时他浪迹江南，结识了王粲与另一位文士蔡睦（字子笃），恰巧三人同庚，一见如故，就像结义兄弟似的友情甚笃。王粲有菲薄的俸禄，常在长江边的小酒肆中请客，三人一面饮醪酒吃鲈鱼，一面观看捕鱼小舟在江心风浪中出没，以此品味人生，激发情志。相貌丑陋的王粲不为刘表看重，内心憋屈郁闷，却不愿在朋友面前宣泄，只有在朋友离别时痛哭失声，并在惜别的感伤中吟哦成诗。有一次蔡睦返回故里，他在痛苦的思念中写成《赠蔡子笃》，先交给他看，由他传给别的文士，一时风靡大江南北，成为士人别离诗的名篇。

祭奠仪式由太子曹丕主持，他神情悲凄地宣读悼词，不时发出难抑的哭啼声，其悲哀的神色并不亚于两年前为父亲远征送行临场发挥的情形。接着是各位文友致哀，首先上前的是临淄侯曹植，他动笔写好了《王仲宣诔》，却不看手中的白色宣纸，以凝重镇定的音调吟出前面的序文：

维建安二十二年正月二十四戊申，魏故侍中关内侯王君卒，呜呼哀哉！皇穹神察，哲人是恃。如何灵祇，歼我吉士。谁谓不痛！早世即冥，谁谓不伤！繁华中零，存亡分流，天地同期。朝闻夕没，先民所思。何用诔德？表之素旗；何以赠终？哀以送之……

他的苦咏痛吟节奏分明，抑扬有致，长达一百七十八句的四言韵律畅晓凄怆，只有在结尾“生荣死哀，亦孔之荣，呜呼哀哉”之后，才扯出哭泣的一串长声。全场顿时哭声一片。

在陈琳、邯郸淳、应玚、徐干、杨修、吴质、丁仪、丁廙、蔡琰等人致哀读文之后，曹丕特意安排刘桢上前祭读。

刘桢胸有成竹，他没有写稿，而要咏诵王粲自己的作品，以那首著名的离别诗为作者送别。他板着四方大脸抖动着山羊胡子从容说：“仲宣与吾同庚，早逝即冥，人何不哀？昔年一首《赠蔡子笃》，传遍文士圈，催动了多少相思之泪！今以此诗追念亡灵：‘悠悠世路，乱离多阻。济岱江衡，邈焉异处。风流云散，一别如雨……’”泪水夺眶而出，哽咽不止，不得不停住。静默既久，曹丕急了，正要催他下场，只见他又抬起头，恳挚地说：“风流云散，涕泪涟涟。仲宣当年以驴声抒怀，胸中苦闷，一吼而泄。今我仿君，以其人之道悼其人之灵。”说罢弯下身子，鼓足气力，以凄厉尖啸之声，仿驴子哀鸣之音，“昂——吼，昂——吼——”全场悲哭之声更甚。

陈琳踉踉跄跄扑过去，双臂伸展，抱住了正在下场的刘桢的肩膀。

不幸就在这一刻显现出来了。

二、嫽人坟前

陈琳染上了疠气！

不光是他，刘桢、徐干、应玚也染上了！

在抱住刘桢肩膀的那一刹那，陈琳猛然一声咳嗽，接着就大口喘气，浑身像剔除了骨头架子似的软软地向下坠沉。

刘桢顺势去扶去抱，他心里发慌，看到陈琳如此气力虚弱，他立即有了不祥的预感。就在这一霎间他的心跳骤然加快，浑身燥热，像服了五石散似的需要跑动发汗。回到林中小屋就卧病在榻了。

徐干、应玚发病的消息是随着魏国疫情发布的文令由曹植传给刘桢的。曹植带着几袋油炸酥饼和一箱水果前来看望，告诉了徐干、应玚的病情。这场疫灾是董卓之乱以来二十八年间的第三次流行瘟疫，大江南北秦巴内外均有疫情，曹魏军队中死亡约五万人，庶民不计其数，臣僚中只有下层官员三十多人，死者多为荆门蓬户之贫民，或阖门而殁，或覆族而丧，而貂衣鼎食之家少有人亡。

“天地不仁！下民何辜？青天何在？”躺在树枝编织的卧榻上的刘桢挥动拳头怒吼，他一生常常感叹的正是这几句话，这是他心中永远挥之不去的纠结，也是他养成拓落不羁习性的根源所在。想不到人间的这种不公，以杀手疠气的方式将他击倒。

曹植也十分痛苦。他扶刘桢坐起身子，取出一个大鸭梨递过去。他咬着、嚼着，苍白浮肿的脸上有了一丝血色。

“知我者子建也！”他显出无比开心的样子，高声大气地吼出一句话，引出一连串的咳嗽。一会儿才轻声说：“贤弟，为兄不久就归于荒草野岗，到了阴间冥界，那里没有威权霸道飞扬跋扈之人，没有战争、饥荒、疠气，却有起伏的岗地、奔腾的河流、开阔的松树林，我等会在这自在之地等你，等你来一起放逸尽欢……”

“知我者子建也”，说得曹植的月字长脸上落满泪珠。其实，他并不了解刘桢的心事。有了这一箱鸭梨，他的最后的心愿就会实现了。

次日，即祭悼聚会的第三日，曹丕来了，——确切地说，是曹丕带着秘书令路粹来了。曹丕心知肚明，正是因为路粹告密并煽风点火，他的至尊大人才动气盛怒，仅因刘桢敢于平视甄妃而险些命丧刑场。他必须将路粹带来交给他们处置，而此一举，也正是那天刘桢答应去参加追悼聚会的交换条件。

不难想象，当曹丕离去，只留下路粹一个人时，这位人鬼不像的奸佞小人面临怎样的尴尬。

陈琳、徐干、应玚，三位文士已先期到达，他们专意等着路粹，同病相怜加上同仇敌忾，面对文人圈中的败类，仇恨的火焰一下子撩拨起来。

他们毕竟是文士，文质彬彬的风雅之人，岂能出语粗鄙，动了拳脚？——何况病魔已经吞噬了他们旺盛的体力。

“文蔚先生大驾光临鄙民陋夫之间，我等幸甚！幸甚！”徐干的半截身子倚墙屁股挨地坐着，带着轻喘的颤声说话，目光中含着明显的鄙夷。

“文蔚乃魏王心腹幸臣，我等在荒郊野外能一睹风采，三生有幸哟！”脊背靠着大树的应玚也冷冰冰地扔来一句凉腔。

难堪局促的路粹并不恐惧。他们都是孔融诗文的崇拜者，也都是刘桢的朋友，因而对他深怀忌恨，尤其是刘桢，还因他背地告密而险些丢掉性命。但此刻他们都在死亡的边缘挣扎——一个倚墙，一个靠树，一个伏在木墩上，一个躺在石板上，全是比死人多了一口气的棺材瓤子，谁还有缚鸡之力？他转动身子环顾四周，走到一向温和谦恭的陈琳面前，拱手施礼，说：“孔璋兄，在下是陪太子探望公干来的，和诸位不期而遇，有何教诲，恳望面赐，路粹切切记之。”

双手撑在木墩上的陈琳一改平日总是谦笑的神色，冷凛地回答：“知人者智，自知者明。汝为何物，难道不自知？人与飞禽走兽，本不同类，何言教诲之事？”

“文蔚是当今名士，岂能不是人？”刘桢撑着胳膊从石板上坐起，冷笑说，“不过，不是一般之士，是险士。以笔作刀，以舌为剑，背后发力，置人于死地而不露面。心机深得放得下丈八长矛！”

“险士！然哉！”徐干拍膝浪笑。

“险士！妙哉！”陈琳捋须大笑。

“险士！快哉！”应玚颔首浅笑。

路粹惊慌片刻又镇定下来，铜铃似的大眼眨巴了几下，反而笑咧咧地说："恶意中伤也罢，心存忌妒也罢，在下也不计较。身为士人，谁不想功名尊荣？魏王乃一代明主，能为他效鹰犬之劳，即使如庄子所嘲笑的舔痔者，又有何耻何辱？"

"这才是一句实话！既有无耻之心，又有害人之意，由记典小吏升为秘书大令，一代明主没有亏待你！"刘桢一边嘲讽，一边将身旁木箱中的大鸭梨扔给他们三位。

白煞煞的太阳已经升到正南方的位置，阳光从树丛梢头斜射过来，石板小庵前面的院场骤然明亮了许多。路粹转身看了一下太阳，正欲转身离开，又听到徐干叫他，说要给他看一件东西。他犹豫着，只见徐干一边大口嚼梨一边朝他招手，他慢步走了过去。徐干脱掉袍服，光着膀子，在膝盖上的衣袍内里摸来摸去，一声"有了"，伸出一只拳头，在他眼前晃动。"究竟是何物？"路粹好奇地瞪大眼睛，待他张开手指，弯腰细瞅，才看清了掌心一只红嘟嘟的硕大虱子。

"嗟夫！"路粹惊悚了一下。

"寒门内客！不就是足下的尊容么？"徐干仰头嘿嘿大笑。

"扪死他！"

"扪死他！"

"扪死他！"

随着一阵喊声，刘桢从石板上纵身而起，一个饿虎扑食的腾跃，越过半个场院的距离，带着呼呼的冷风凌空而下，老鹰抓小鸡般将路粹压倒在身下。另外三人一拥而上，用两块石头片子，下垫上砸，朝那头颅上使劲，也算是一种"扪"吧……

就像远征之师攻克了敌国的都城，胜利的喜悦陶醉了他们的身心，病魔也在战斗的激情中荡然飞离。通体舒畅，大口吃梨，高声谈笑，无比愉悦。

刘桢的第二个心愿是要到嫽人坟前去做最后的祭奠，也许自己会倒在这里不再生还，与孤独的亡妻在此遇合。

刘桢的去向另外三人知晓后引起了一片赞同，他们说这个归宿好，如此死去，曹家会妥善安排，他们夫妇就地合葬，其余三人的坟墓也不会离得太远。

四位雅士跌跌绊绊、歇歇爬爬，不知赶了几天路程，终于在嫽人墓前停下了。野地荒滩，孤坟蓑草，阴风低回，寒鸦聒噪。刘桢把最后一个鸭梨一包酥饼掏出来放在坟顶，把披散的乱发丝缕不紊地扎成朝天锥，将破烂的宽袖绕襟青灰袍服的纽环扣好，朝躺在地上几乎奄奄一息的他们三位笑着说，他要宣读早就写好的诔文了。这篇《嫽人赋》是人称松柏才子的倾情之作，尽逸之作，也是他人生压轴的绝笔。你们三位可要洗耳恭听，也许没有收尾就绝气了先去了。说完，他就挺直身子对着坟头咏诵起来——

鹑奔奔而双飞兮，燕啾啾以比翼。
雄雉只单难鸣兮，绕野冢之孤堆。
汝乃秦地秀苗兮，歌筝一并称奇。
月皎皎舒窈纠兮，人佼佼曰嫽人。
逢危厄吾振救兮，奈魔邪而无力。
陷董卓之阴薮兮，点天灯而贼毁。
路迢迢其修苦兮，衔虎口而重厄。
冀地恶霸擅恣兮，乡曲豪举无忌。
惨蹂躏实不堪兮，剁舌而成哑女。
逐荒郊而落拓兮，幸相逢于野地。
叹遇合之奇巧兮，委成全乃天意。
奋秦筝之激愤兮，寄情怀于演艺。
摇星斗于嫽声兮，撼日月之光宇！
献己身于纷争兮，遭八卸而碎身。
鬼神泣而泯绝兮，孤冢荒而草萋。
游子哭而无归兮，客死遂成野鬼。
揽余涕以于坟兮，永伊郁其谁叙。
……

第二十七章 不同的夜晚

一、萧瑟之夜

诗、酒、声、色，他要在这个夜晚极尽可能地集中享用，却还赶不尽内心的寂凉。

六十四岁，这个年龄的人犹如秋后飒飒西风中飘摇待落的黄叶，谁都很难经受人生晚境的衰败凄凉。对于特别喜好女色的曹操来说，白天在政务军机的忙碌中还能从容打发时光，安闲的夜晚心绪就一片萧瑟了。

与女人同衾共枕，他已经不能快马生风。当年乖巧的“弹丸佳妙”刘夫人，善解人意爱说骚言的尹夫人，叫床声一如他的琴声一样婉转妙趣的环夫人，善打夹板也善于掌握衾中节奏的秦夫人……如此十多个令他夜间狂荡丢魂的爱妾，在他如今的昏花目光中已经黯然失色了。

唯有兰蕙，这鲜嫩骨朵依旧是粉面桃花，魅力一丝不减。夜晚的欢愉由她开始。

用罢晚膳，暮色把铜雀台的琉璃飞檐染得一派绛红时，兰蕙就抱着两岁的儿子曹茂来了。他在铜雀台二层的养怡阁中安坐，兰蕙将曹茂递到他怀中，顺便站在他身后为他做肩胛推拿。小曹茂是他心中的至宝，是令他开心的玩物。望着他襁褓中额头宽阔两腮饱满的大胚子脸，就想起曹丕当年刚出生的样子。同样的白朗朗肉乎乎，同样的坚实灵颖活蹦乱跳，而他们兄弟俩前后相距整整三十年！三十年，说明自己大阳大刚，体格强健。站在他双膝上比他还要开心的末尾小儿经不住他的激惹，伸手抓住他王冠上的玉串毫不松手，非把它据为己有不可。“如此雄霸如此强势，这小子也是英雄虎争的派头！”

看到他喜眉喜色的样子，兰蕙就使出三分矜持，日渐白腴的脸盘朝外挺了起来，深汪汪的眼睛流露出一丝不满，手上捏压推揉的动作也加重了。“人家都是夫人了，贱妾还是姬！想必将来棺材里装一只老鸡！”母因子贵，兰蕙生了孩子不到半年就由妾升为姬，但仍然觉得不够，在她看来，夫君金口一开什么就都有了。自这个孩子出世后，她脸上身上骨子里带着的卑下气息忽然消失了，随着月子里身体的滋润丰腴，高贵之气也像婴儿的啼哭声一样高亢起来了。最能体察出这一变化的人是卞氏。她当面指教她说：“高低拿不稳的人根祇浅，明显卑下和尊上的人都是不自重的！”兰蕙有所收敛了一些，但也只是在卞氏面前。一个受到过分摧残的人心性是不够健全的，她的嗜欲很深，一旦有了施展的机会，绝不会轻易放过。本来，按照卞氏的看法，她是永远也不会晋升身阶的，但曹操以照顾曹茂为由还是说服了卞氏。

此刻，兰蕙正在向曹操抱怨并撒娇，卞氏从容地走进来了。像往常那样，她要抱过孩子，把这个比她的孙子曹睿还要小十岁的庶子抱在怀中亲逗一番。她用自己的额头与小曹茂的额头玩牛抵仗的游戏，一边唱着民间儿歌：“抵抵抵，长气力；曳车车，挂犁犁；长大是个驾辕的！”曹茂蹬腿舞拳地大叫大笑，曹操与她也跟着大笑。卞氏的目光忽然冷下来，乜斜的目光从兰蕙的脸上扫过。这是一种无声的命令。这样的目光一扫，她就该知趣地抱着孩子迅速离开。今天，她抱着孩子往外走去，觉得背后有卞氏追踪的目光。果然，她蓦然回头，卞氏疑惑的眼睛正好与她相对。

养怡阁其实就是养生堂健身房，是曹操养性练气的场所。卞氏除了双手推拿之法，还跟着道家方士百岁寿星皇甫隆学了不少养生法术，导引、坐忘和大周天小周天气法她已熟练掌握。她要为丈夫传授指导，开始的“导引”是一套甩手、踢腿、引体向上的形体动作，下来的“坐忘”是一套入静入定排除杂念的功法，是后面练习呼吸吐纳的前提。可是曹操坐下来却忘不了，他一闭眼就心里发慌，想起没有剿灭的孙权刘备，想起江南和西南的大片土地。还有那个近日赐死的崔琰，曾被他褒肯为“有伯夷之风，史鱼之直，贪夫慕名而清，壮士尚称而厉”的东曹掾，神色威厉而又满腹委屈。扪心自问，令崔琰自裁之后他也十分懊悔，老小老小，人老了就像少年一样容易感情冲动，听说他在臣僚中散布不恭之语就怒火中烧，生怕自己的权威受到损伤。他沉痛地觉出自己丧失了正常的心性，变成权势的奴隶，而周围这帮文武臣僚又成为自己的奴隶，他们为了一己名位丧失了独立意志，成为他工具般的附庸。“皮之不存，毛将焉附？”看来，自己这张陈年老皮负担不轻，自己可要长久地活呀！

希望像传说中的道家神仙那样长生不老，又清醒地认识到人生如朝露一般短暂，人寿有限，时不我待，几案上放的黄土疙瘩还不足以达到它应有的分量，怎能不令人忧伤？

四时更逝去，

昼夜以成岁。

大人先天而天弗违。

不戚年往，

忧世不治。

存亡有命，

虑之为蚩。[1]

……

他写的这首感怀年老的诗由艺伎班的女伶们登台演唱，而他，在养怡阁与卞氏做完了养性功法，来到三层的演艺大厅，观赏品味中又心潮起伏，黑豆眼中盈满了泪水。

兰蕙随着妻妾嫔妃们也在台下观看。她的目光总是游移的，躲闪的，惶恐的，谨慎的，既想看老夫君曹操的表情，又怕遇见婆婆般的卞氏的目光，还怕女人堆中有谁朝她挤眉弄眼！诡秘！白天有鬼，夜间也有鬼！她怎能不过提心吊胆的日子？

接着便是曹操夜晚最需要的时段：就寝。从亥时半至寅时终了，他要以安稳的睡眠解除疲累，赢得次日饱满的精力。但是事与愿违，不论是躺在卞氏身边，还是独身而卧，或者有别的妾妃侍候，他都不能酣然入梦。当着卞氏的面，那个道家百岁寿星皇甫隆为他传授了“取坎填离、握固不泻、还精补脑”之术。老方士再三叮嘱，这种法术与其说在人，不如说在天，只有幸遇合适的妇人，才能配合得恰到好处。这个人不一定十分美貌，但却有十分感激的心，她自然会拿捏得十分精妙。这样的人是太上老君赐的，这种交接是神仙安排的遇合。后来他的多次试验，证明了皇甫隆此言不虚。卞氏当然不行，她只能令他的情绪败灭。别的妾妃也不行，她们并不缺乏热情，也十分谙熟交合之法，但在“满”与“溢”的微妙关头却拿不稳。这是男人与女人互相磨合掌控的时刻，对于男人的体味，女人要心有灵犀。她既能让男人“满”而又不让其“溢”就恰到好处。只有兰蕙，她会揣摸，善领会，能让这年迈夫君激流澎湃惊涛拍岸，长时间的浪花飞溅，却不会轰然决堤。

[1] 曹操《秋胡行》

这种欢愉带来的好处是心里不再发虚，不再有亏空的恐慌，次日也觉不出有什么疲劳。但是数月过后，他忽然觉得腰酸腿软，双耳吼鸣，说话很费力气。“一个贪恋欢娱却连性命也不顾惜的人，何谈可定大事？”从此，他视这个粉嫩骨朵、衾中精灵为害人的魔妖。

前半夜，要想着法子消磨时间。他令贾诩、程昱、陈群、钟繇、曹仁、曹洪、夏侯淳等文臣武将和他一起玩蹴鞠。蹴鞠是汉初兴起的一种以足踢皮球的游戏，即一千八百多年后席卷全球的足球运动的前身。在西临城墙的校兵场，四面铁杆上挂起吊子灯，在一片浑黄泛红的光亮中，一班人为曹军，一班人为刘军，围绕着一个滚在地上的皮鞠抢夺攻守。额头的汗珠从下巴银白的胡须上滴落胸前，气喘吁吁跑不动了的他索性一屁股坐在地上，扬手朝前面的“曹军”喊道：“迂回前进，右翼呼应，防孔明伏兵，沿定军山坡路，直捣敌之老巢！”

如此消耗体力的游戏对于他已经不能适应。他想起了王粲、陈琳、应玚、阮瑀等逝去的文士，如果他们健在，一起弦歌酒宴，投壶赋诗，放放逸气，该多么畅快！

他忽然想起一个人。

王修，和他对弈！

此人已经白发白眉，背也显出佝偻，但深陷的眼睛却黑白分明，走路的步履依然轻快。刚进养怡阁大门他就不屑地望了曹操一眼，拱礼之后讽刺似的问：“主公唤被罪之人有何赐教？”如今他成了丞相府中一名无业平民，因曹操担心他在乡间为妻子守墓被害，派人像押解囚犯似的将他送到丞相府，让他安心读书，又恢复他大司农的职务而遭拒绝。在他看来，身在丞相府如同身陷囹圄，真正成为囚犯。

“叔治呀，整日面壁苦读，夜间得一闲暇，何不对弈厮杀一回？”王修苦笑了：“在下如豆腐，主公似猛虎，何以势均力敌？”曹操的黑豆眼一瞪：“足下面对豪强，大刀阔斧，毫不怯惧，何以豆腐自况？”“往昔有明主撑腰，抑强助弱，顺势而为罢了。”“山不厌高，海不厌深，孤依然广纳贤才，足下何故推辞不就？”“一面选用才士，一面杀戮才士，岂非口是心非？”曹操做好了尽量容忍的准备，咧嘴一笑反问道：“足下若主持军国大事，遇部下谤讪朝政，贬损人格，当如之何？”王修坦然回答：“自古圣贤广开言路，兼听则明，偏听则暗，不同政见何以惧之？当年汉武帝何其雄哉，也未因言废人，主父偃上书反对对匈奴作战，与他的主张相反，反而得到重用。先圣舜帝制刑明律，却主张宽恕罪人，《尚书》记载他的教诲：‘钦哉，钦哉，惟刑之恤战！'[1]杀伐任性，舆论一律，恐怕只能走上秦始皇的暴政之路！""秦始皇……哈哈哈……"曹操竟然得意地大笑起来，"秦始皇当年若不专断独行，如何扫六合成一统？将孤与秦始皇相类比，实在是高抬孤了！""道不同，不相与谋。王修告辞！"曹操一把揪住他的胳膊说："眼见得官仓老鼠未除，百姓头上的青天还只有半面亮着，叔治何以忍心？"王修的麻刀脸被烛台上的光焰染得通红，他甩开曹操的手臂说："在下无德少才，只有回乡守墓，与厉鬼为伴！"说罢转头就走。"来人！将王修押回原处，严加幽禁！"他心力交瘁，伏在棋盘上连声叹息，汗汁泪水一并在脸上流淌……

二、和畅之夜

对于太子曹丕来说，这个夜晚只要一卷书，一把剑，一个美女，就足够了。

本来他是不需要一本书的。夜晚，是忙碌了一天的青年官员娱乐销魂的时刻，尤其像他，志得意满大功告成，何苦要莘莘学子一般伴着烛光硬往经书里钻？但他现在就要这样，孤灯黄卷，孜孜不倦，不管自己是否悉心于学，都必须做出一副样子，一种姿态，让他的至尊大人，让臣僚们和世人，看看魏国太子的风范。

夜间亥时，为他伴读并做辅导的是司马懿。在他被正式册令为太子的当日，司马懿就被任命为太子傅。是他看出了曹丕的喜形于色，第一次以夫子身份与他见面时，就很严厉地批评说："太子之'太'，何其重也！将接替君主宗庙社稷，不可无忧戚之感，不可无惶惧之情。汝却喜不自胜，得意扬扬，岂非天下轻薄子乎？"训得他浑身打了个寒噤。这如今是他最感激最敬仰的人。他知道，在陈群背后，就是这位深谋远虑而又不愿炫示的高人。按照他出的主意，他去向父亲借书，并向他禀告了自己夜晚读书一个时辰的计划。父亲在高呼"善哉，书中养气，吾儿可定大事矣"后，从案头取了他常常翻阅的《太史公书》，祖传的金丝穿订色泽暗红的旧式竹简。

司马懿看见了顶页篆体"太史公书"四字，目光闪出了一丝灼亮。长久假装患风痺病的他双手微微颤抖，扯开竹简时头和身子也颤抖起来。"此乃汉昭帝始元年间王宫刊出的藏书，紫竹金线，昭帝亲自题写的书名"。

"父亲为何先将这本书交予我读？"曹丕的粗重黑眉向上一挑，觉得有什么深意

[1]《尚书·舜内》

藏在其中。

“他是把‘天命’交到你手里了！”司马懿的鹰钩鼻子抽了一下。他说魏王经过艰苦卓绝的努力，已经扫除了通往帝王之路的所有障碍，但由于九年前发布了《让县自明本志令》，他要重诺守信，在天下人眼中不失信义。当孙权上书给他劝他当皇帝，他将书信出示群臣，并说：“倘若天命在吾，吾为周文王矣！”太史公察古今之变，究天人之际，体现物盛而衰，时极而转的规律，主张权变，以成功为统计，对开国皇帝多有赞颂，与迂腐儒生之徒的主张大相径庭。

“权变！此乃它教给你的第一要义！”司马懿又强调了一句。

说得曹丕的大胚子脸在四壁闪亮的烛光中泛起彤彤之光。

他期望往后的一天，在权变中代汉登基，龙吟天下，让父亲的心愿得以了结。

他的心头蓦地一热，想起了那把天子之剑。也许，他手中的权变，和父亲的不同，正体现在这把剑上。

那个直接为他出谋划策的吴质，也是最热烈地对他表示祝贺的人。当天晚上，在那个背巷的小院，他来了，带着一把剑。他曾经见过这把剑，汉武帝佩用过的宝物。五年前在柴坤的儿子柴伦的坞堡庄园，这把剑令他怦然心动，但他非但没有接受它，还义正词严地谴责了他们一伙。如今，吴质又将它拿来，说此一时彼一时也，足下如今距王位仅一步之遥，难道日后执掌天下，还要像令尊大人一样与豪宗强族为敌吗？说得他一时语噎。

就此它归属于他，挂在了他的剑室。在这个秘密小院的一间斗室，墙壁上添了一把剑。先前的三把：飞景、流采、华铤，都是四尺二寸长，重一斤十五两，均由当今良工所锻造，光似流星，气成紫霞，有一种精良钢铁的质感，浑身喷薄着杀气。现在添的这把，仅三尺六寸，分量却三斤整，初试手感过沉，掂摸惯了反而有一种舒适感，手臂与剑一拍即合，越是挥舞越会生出一股激情。再说它的锋利，《战国策》形容某名剑可断牛马、截金银、触了椽柱削为三截，此剑你不必去试，单看它剑身瓦蓝的光色，就觉得这番比喻绝非虚夸。

接连几天，爱不释手。

送走司马懿，他心烧火燎地赶到那个秘密小院。

狡猾的吴质，料他迷上此剑。他天黑进城，早来这儿等待，连头眉郭妃陪着说话。吴质站起身子迎上去摸住他的手掌说：“这手已经摸过了天子之剑，成了真龙天子的鳞爪，往后在宫廷正式佩用了此剑，想摸这双手就不容易了。”

迅速跑过去握住这宝贵“鳞爪”的是曹睿。他已经十五岁了，身材颀长，皮色白皙，脸形像曹丕的大胚子，眼睛却似甄妃那样圆大并有很深的重眼皮。他的性格偏向他的叔父曹植，酷爱诗文而不喜武艺，宠爱他的郭妃夜晚常常带着他游走娱乐，这个秘密之地对于他并不陌生。在这里，他见过父亲的几位心腹朋友，见过父亲在葡萄架下舞剑，也见过一些形迹诡秘的红粉佳人。春情初萌的他在曹家大院的美女群中想入非非热血涌动，总觉得背后有母亲的目光在监视。在这儿，在庶母郭妃身边，就觉得天阔地广。他渴望见到动人心魄的女人，并恍惚觉得来这里的女郎都和自己的父亲有关。

此刻，他握住父亲的双手仔细瞧着，想看看这双既握过无数剑柄，也摸过无数美女的手，究竟藏着何种奥秘。

“振振君子！你这手，也是巴掌大，指头长，白白净净，光光溜溜的，跟本公子相比，并没有多大差别。”曹睿失望地叹了口气。

“怎么会有差别？”郭妃翻看抚拭着他的双手说，“都是真龙的鳞爪，自然是一样的。”

曹丕的脸色顿时阴沉下来，显然，他内心的伤疤被刺伤了。尽管他和郭照都十分疼爱曹睿，但郭照却以犹疑的口气向他询问：这孩子只怀了八个月，连新婚之夜在内，究竟是早产还是别的……她望着他的眼睛不敢再说什么，就这，当即挨了一顿狠打！他的拳头猛砸在她的胸膛、肩膀、脖子和脸孔上，打得她浑身青肿鼻口出血，表明了自己充分的自信，但没有想到阴影却愈来愈重地留在心口。本来，甄妃如果再生男孩，或者郭妃也生下男孩，就有了另一种立嗣的可能，可这两个颇得风情又不失强健的女人却让人大失所望！心口的这道阴影哪怕只有百分之一的真实，也会是严重的致命的。当年天下之争，其实就是袁曹两家之争。如果曹睿是袁家的脉系，岂不是终了还是袁家获胜？

曹丕瞪了郭妃一眼，旋即去剑室取了天子之剑，在小院清亮的月光下狂舞起来。凶神恶煞的寒光嗖嗖闪动，蛮野、剽悍、愤懑和豪勇之气都在这声色中映现。

郭妃知趣而精明，她将曹睿安顿歇息之后，就去干曹丕最关心最乐意的事情。正是子时当腰的时辰，子，子，子，生子最佳的时辰。当年，十五岁的她在山林，在道观，在女师爷的指教下练功，正是在这个时辰发力，才断血断红，断子绝孙。有一个来自乡间的女子薛灵芸，十五岁，容貌绝世，由吴质采选而来。她已为她黑色的秀发扎成双鬟，用深黛之笔画了细长交合的连头眉。此刻，她在一间逼仄的房间躺着，在绣榻绡帐红烛熏香的催情中等待太子初御。郭妃让她褪去身上最后一件遮物，说这屋子虽然窄小简陋，却是龙楼凤阙，在这绣榻上躺过的女人，日后不为贵妃，也为昭仪。接着就唱了民间的“烧包歌”，唱得她自己的眼圈发黑眉心放火，她的脸立时成了粉面桃花。

曹丕在吃完一整只莲子山药炖乌鸡后又喝了一碗大枣保元汤，在薛灵芸身边躺下来，嘴里似乎还有未消散的生姜味。美味美色是人生荣乐的体现。在这里，几乎夜夜都有美少女供他享用。他在她们已有八成花色的胴体上狂歌劲舞，并在吮吻逗摸的戏情中窥探其内心的隐秘。她们的心志性情也各式各样，但有一点是相同的：她们日后将被正式纳为嫔妃，都会发自内心毫无保留地迎合你的肉欲。作为少女，她们的初夜没有羞涩没有惧怕，不适的过程即使眼含泪水面孔还在勉强笑着，稍得欢娱便畅快地大声呻唤，进而手脚腰臀都有了动作，在爹呀，爸呀的亲昵喊声中，口腔唇舌也要爱在特别的地方。她们贫穷而稚嫩，天机浅而欲望深，恨不得把肉身子变成火烧在你身上。和她们相比，知性的成熟女人甄妃和郭妃就显得热情不足了。

与她们度夜，在畅爽之余会想到权势的重要，会增强人激进奋斗的力量。曹丕在这里，在这样的时刻，面对早就等待着他的新人，他都会心潮涌动。此刻，他伸出如椽的胳膊正要将薛灵芸拥搂怀中时，她扑哧笑了一下，伸手抓住早就备好的百子铃，一边摇得锵啷啷脆响，一边用婉转的曲调唱道：

有情惠风起魏城，

无涯黄土压火凶。[1]

振振君子挺长戈，

掬得龙子遍地生！

“善哉！善哉！知吾心合吾意者小佳人也！”曹丕大感欣悦大受鼓舞，他贴住她的双唇狠劲一个深吮，在忘命的连连呼喘闭气中，一个侧身的猛子就飞鹞般旋上去了。

三、惊惑之夜

接连发生的几件事，让曹植懵了，陈菲也犯疑了。

即使是铁打钢铸的雕像也会在阴晦的日子里黯然失色。曹植忽然之间过上了没有

[1] 按照“五德终始”的说法，汉为火德，魏为土德，隐含魏兴汉灭之意。

阳光的日子。他的阳光就是他的至尊大人。他的至尊大人再次见到他时已经是一种异样的目光。这异样的目光其实早就写在他亲自起草的文令中了。针对他私自乘车驰用御道并打开王宫的司马门，他的父亲盛怒之下处死了主管宫门的公车司马，并下了一道手令，文令中就有一句“令吾异目视此儿矣”。在确立兄长曹丕为太子的几天之后，当他在自家大院的井台边见到匆匆赶回的父亲时，发现他的气色脸神完全变了。在二人目光相逢的一霎间，父亲那常见的微黑脸庞一下子阴沉如乌漆发亮的铁盘，黑豆眼直直瞟过来的光线带着令人不寒而栗的怒气，但随着一声冷笑这目光又柔和了，七分绝望三分安慰的神色令他更加惴惴不安。“人各有情志，汝执意欲为放浪文人，以翰墨诗赋为道，为世间留下逸气之作，成一家之言，未尝有何不妥。汝当好自为之！”说罢头颅一偏就前趋着身子急急走过去了。

如瓢泼大雨猛烈地自天而降，他忽然浑身冰凉胸腔窒闷，沮丧的情绪冲袭了他的身心。父亲的失望霎时变成了他的绝望。

他疲疲沓沓地回到房间，如一根木头似的坐在几案旁边，脸色呆僵，久久沉默。往事历历，浮现眼前：铜雀台上援笔在手，妙思泉涌，顷刻成文，一篇《登台赋》赢得父亲惊喜而赞许的目光；在故乡的碾台边，口若悬河，引经据典，以深刻的治本之见回答父亲提出的如何实现国富民强的问题，父亲笑意的目光含着多少欣慰！桥玄墓前，谈论一代名士桥玄和曹家的关系，话语滔滔，别出心裁，指出了曹家人通脱放达不拘陋规旧俗的精神，父亲激赏的目光何等温暖！演出台前，当艺伎们表演的《白马篇》将气氛推向高潮，台上台下一片欢腾时，父亲向他回眸一笑，那目光何等欢欣！两年前奉命赴孟津带兵，父亲为他送行，分手的一刻老人家分明激动了，以嘶哑之声吟哦“赳赳武夫，公侯干城！击鼓其镗，踊跃用兵”，那目光中含着滚烫的激励！如今，他的目光异样了，他自记事至今从未见过这种令人寒心的目光！

陈菲抱着三岁的曹志过来，把孩子往他的怀中递。他目光僵滞地望了她一眼，却没有丝毫反应。

看他如此失神颓丧，她就问他发生了什么事情。待知晓了原委，她也感觉到似有什么不测将要发生。

“可以向至尊大人说明。”她提议。

“不妥！”他坚定地摇头，认为这么做无异于出卖大哥。

“其实，至尊大人未必事事正确，处处明智，他并不是令人高山仰止的圣贤！”陈菲忽然石破天惊地冒出这几句话。

曹植又惊又吓，又十分恼怒。他连声斥责“荒谬！大胆！不规！”并以班昭《七戒》中的“妇行”“敬慎”“曲从”来教训。他知道，自从崔琰被父亲下令赐死后，她一直耿耿于怀。她曾对他说这位老臣是亲眼见过的忠良之士，人们说他清廉贞正冰清玉洁，这种刚正之臣多么难得，仅因在不当的场合说了几句不够妥帖的话，就置之于死地，怎么能说得过去？

曹植说至尊大人主宰大半个天下，为了加强权势，不得不剪除异己，尤其是在乱世，严刑峻法之下难免有所偏失。陈菲反驳说古代圣贤之君行不言之教，以德行服天下。倘若夫君日后权高位显，能将崔琰这样一身正气两袖清风的贤臣轻易杀掉吗？想不到话刚说出，曹植就拉住她的手臂失声痛哭。原来他的内心也为这件事痛惜不已。崔琰是他前妻的叔父，也是多次直言教导他的良师，是屈指可数的铁骨铮铮的长辈，实在是死得冤枉呀！

“良知未泯，夫君是正直的良善之人呀！”她说着，也不禁抱住他低声啜泣。

“为尊者讳，为亲者讳，为贤者讳。”[1]孔子的这番叮嘱成为夫妇二人相拥哭泣后的互相安抚之辞。

她的泪水浆洗着的脸孔贴着他的同样沾满泪渍的月字长脸说：退润王宇，进文帝庭，贱妾的信条至死不渝。只要大哥日后得了正位，共享天下尊荣的日子就会到来。

暮色四合时曹植就赶到五官中郎将府邸。他想尽快见到大哥。之前他见到了丁廙。杨修和丁仪已经有意回避他的接触，他只好暂时疏离他们。丁廙听罢他的叙述反而仰天大笑：“幸哉幸哉！令尊大人未将公子划为异党，而只视为放浪文人，可得安宁矣！若太子日后登基，公子必成圈牢之物。愿令尊大人长寿百岁！”说得他心头一阵惊悚。在壁灯黯红色的光亮中，他见到了从客厅走出的大哥。他不想耽误大哥的课读。每晚亥时是大哥与太子傅司马懿研习经典的时刻。他也不愿向大哥诉说父亲异样的目光，冷漠而失望的话语神色，不愿向他诉说自己将永久保守秘密的心思和当下惶惑痛楚的心境。他说是路过这里顺便探望，在自家院子已经几日没有遇面。曹丕的大胚子脸被壁灯的光焰染得一抹血红，惊喜而亲昵的情绪自眉眼口唇间溢出。他的双手搭在他的肩胛用力摇动，高声大气地询问他有何紧要事情，讲了几天来一件接一件处理的政事军务，希望他安心在临淄侯府中任职，并注意与文人集团联络。上次疠疫流行，王（粲）、徐（干）、陈（琳）、应（玚）、刘（桢），一时俱逝，痛不可言，

[1]《春秋公羊传·闵公元年》

余下的文士少有绮思奇才者，急需召集才人雅士共商诗文大计。

大哥的真挚热诚让他心中的困惑疑虑凄凉失落顿时风消云散。按捺不住兴奋的心情，返回途中又特地去了西园的芙蓉池观赏了荷塘月景。看到残月下一抹平滑的密叶伸向苍茫的天际，分不清水与荷叶的差别，但扑鼻的清馨气味在迷幻的幽境中绵绵袭来，令人顿生迷醉。“览百卉之英茂，无斯华之独灵！结修根于重埌，泛清流而擢茎。退润王宇，进文帝庭……”诗情在暗香浮动月影朦胧中喷涌而出……

子时的残月在曹家大院已经看不到了，它躲在了西墙外边。曹植回到院子时，只能看到井台、池塘、蒲苇和四面墙壁的黑洞洞的轮廓。池塘边儿似乎多了一个黑桩般的异物，他停住脚步凝望过去，听见那儿有什么响动。走近了才发现是一个人，而且是心中最惦念的嫂子甄妃。她看清了是他就转身欲走，他一声“且慢”便留住了她。二人保持着丈余的距离，彼此都沉默无语，只听见她难以抑制的咳嗽声。曹植先开口问道：“嫂夫人何故子夜出门在此？”她没有回答，转身朝里面走去。这时一个人影朝他们这儿悠然走来，他还没有辨认清楚是谁，猛然听见一阵唰唰的响声，像沙土一样的东西暴雨般在周围落下，惊得他们心神不定。随着两面墙头霹雳闪耀的火光，浓浓的烟雾哗然而现，一个女人的惨叫声如泣如诉，凄厉地响在耳际：“崔姝如今是水中鬼，没到过世间的儿子落了个瘫子鬼。我亲手绣的五色丝线光鲜寿桃挂在了另一个娃子的脖项，有一个外号‘曹大家’的女人知晓这档子事嘛？你跟我一样是水中的命，芙蓉公主离不开水啊……”

井台边，“哎呀”一声栽倒的那个不辨面目的人正是陈菲。待曹植和甄妃将她搀回房间，喝了水，静了神，躺在榻上，她才说尹夫人日暮时分找她说曹志戴的桃绣包是有来历的，夜间子时院子井台边有一个女人声声哭诉，会说清楚其中的奥秘。她便在子时躲在井台墙边准备啼听，看见了嫂夫人和夫君，又遇到这令人惊悚的一幕。曹植气得浑身发颤。“何人捣鬼？”甄妃满脸泪痕，手捂胸口连声咳嗽，莹白的银盘大脸顿时一片乌青……

第二十八章 末路风雅

一、"终令""遗令"与葬礼

一个奇怪而又富有意味的梦令他陷入前所未有的沮丧。一个久违的人无比清晰地出现了。他的第一句话就令他浑身一颤。"黑丁子！"他为他起的绰号。世间只有他一人如此称呼他，对他皮肤黑身材矮的丑相无情嘲笑。世间也只有他一人对他进行自淫自乐的教唆，知晓他在新娘子的身体上撒欢，并鼓励他为任意享用女色而奋力开创基业。他以农人的智慧把男人的东西称为"顶门杠子"，并不无激赏地称他为曹家的"顶门杠子"。他自己呢，姓高，又细又长的身材，赢得乡邻们送的"高粱秆"的外号。"黑丁子！黑丁子……"他喊叫着朝他慢慢走来，像刚从碾盘上慵懒地起身，疲倦而又诡诈地笑着说："万物都有定数，杠子也有年月。吃饱搁碗，杠子没用了就撂了，回咱老家去……"

他惊得翻身而起，这似乎是一种不祥的预兆，而且预备在先是明智之举。思忖片刻，当即在亮着烛光的几案上写了《终令》：

> 古之葬者，必居瘠薄之地。其规西门豹祠西原上为寿陵，因高为基，不封不树。《周礼》冢人掌公墓之地，凡诸侯居左右以前，卿大夫居后，汉制亦谓之陪陵。其公卿大臣列将有功者，宜陪寿陵，其广为兆域，使足相容。

他下笔从容，开首就明确指出不要厚葬，选用瘠薄土地，依照原有的高度作圹基，不堆土，不植树。其次是确定了建造寿陵的地点。在本书的开头，曹操占领邺城后首先登临城墙，在向西眺望的一霎，正好血红的夕阳如滚球般向下沉落，这一刻就预定了这个位置，在西面西门豹祠附近的岗地上选造墓陵。最后要求墓地范围宽阔，可以充分容纳陪陵。

此后一年多的战争马不停蹄，西征南讨接二连三，自知来日无多的悲凉化为剿灭顽敌的急切行动，鞍马劳顿，无功而返，他在过度劳累又屡屡失望的灰败情绪中感到“高粱秆”在“老家”向自己招手了。

“鸡肋！”他深感自己成了食之无味弃之可惜的东西，那夜在巴蜀山地的布防中便以此作为口令。善于预测自作聪明的杨修猜中他有撤兵的意思，建议有关将领做好撤兵的准备。他当即以扰乱军心的罪名下令诛杀杨修。被缚了双臂的杨修在他面前仰头大笑，连呼“子公英明”，说他提早替太子剪除异党，避免内讧，确保了曹家政权。他冷笑说“汝当知罪，斩汝者当汝也”！杨修坦然笑道：“斩吾者子建也！”他的流星似的大眼射出平日少见的冷凛的光芒，像利剑一样从曹操的脸上划过。

杨修的头颅高高挂在军营外面松木椽子搭建的营门上。次日，在崇山峻岭的寒风中，在杨修的头颅还在向地面不断滴血的营门前，他终于下令撤军。回眼望着往日招人喜欢的以卖弄聪明为乐趣的白面书生的首级，看着一滴一滴向下淌落的带着热气的血汁，他猛然大喊一声“呜呼”，头一偏，滚下两颗泪珠。

这颗头颅的滴血绵延不断，两个月后南征关羽从摩陂回到洛阳，白天一闭目夜晚一落枕总会看见黯红色的血滴一颗连一颗地朝下坠落。他心里总在发毛，偏偏有人报告了一件离奇怪事：整修花园的人移栽梨树时发现砍断的树根竟然流出了鲜红血液。一听这话他蓦地犯了头痛病，就像万千针尖在头皮四周乱扎，当即昏晕过去了。

昏晕之中他似乎飘飘悠悠飞升到了仙界，在朵朵白云的九霄之上，清楚地看见杨修的正在滴血的头颅，也看见了崔琰、荀彧、孔融三人满脸血渍地站在旁边。那个孔融，依旧闪着黑眼仁少白眼仁多的雪亮白眼，荀彧一改往日矜持庄重的神色，崔琰的拂胸长须飘飘颤抖，他们指着杨修的头颅怒斥道：“奸诡之徒，出尔反尔！表面三令五申招贤纳士，实际内心嫉贤妒能，根本容不得有识之士！”他有了三分惧色，想据理力辩却无法开口说话，双唇就像被铁钳夹着一样。眼看着他们气势汹汹地走来，孔融还嘿嘿冷笑说：“你这赘阉遗丑，奸诈小人，打着慕圣道的旗帜，推行可鄙的王霸之道，为了个人专制，因言废人，独断专行，何其虐何其残也！”曹操不能答言心急万分，忽然听见一阵爽朗的笑声响自头顶，抬头看见何颙、桥玄、许邵三位以品评人物称著的老名士站在袅袅白云之中，当中的何颙白发白眉白须，朝孔融颔首笑道：“文举此言差矣！汉末大乱，群生涂炭，非超世之才不能济也！孟德以雄武之姿，运筹演谋，鞭挞宇内，非专制王霸不能为也！申不害主张危难时刻君主独揽一切，决断一切；商鞅刻薄厉法，不随流俗，不拘旧礼，他们二人才辅佐国君成就了霸业。孟德揽申、商之法术，审视杀伐，为了权势，不得不为之呵！”“伯求先生岂能为篡逆之贼张目！”只见斜上方碧澄的天幕上，一片耀眼的黄旌旗金根车，汉灵帝刘宏、汉少帝刘辩、汉献帝刘协以及他们的先祖汉光武帝刘秀、汉武帝刘彻、汉高宗刘邦等汉家天子云集一起。曾经钦点曹操在朝廷为郎并出任洛阳北部尉的汉灵帝怒气冲冲地指着何颙训斥说：“曹操本是朝廷命官，却利用剿灭叛匪黄巾军强扩势力，拥兵自重，挟天子以令诸侯，名为汉相，实为汉贼。眼看魏将代汉，神器被盗，天理可容乎？”说得旧臣何颙、桥玄、许邵皆低头不语。这关头，忽听一片呼天抢地的哭声，那些黄巾军的将士、单耳人、嫽人，以及大批饿死战死患痨疾而死，包括文士王粲、陈琳、阮瑀、应玚等，痛哭后齐声怒斥汉天子一伙说：“魏王崛起之时，尺土一民，皆非汉有，何言篡盗？他忧时念乱，心系黎庶，平定边患，统一中原，除豪强，抑兼并，兴屯田，济贫弱，倡兴教育，奖掖文学，改革风俗，厉行节俭，使国家解除祸乱，黎民得以生活。实为救世之真人，千古之雄才也……”

在惊骇与欣慰，痛憾与喜悦，交织缠绕，若明若暗的梦境中，他简要地回顾一生，明显意识到末日的来临。稍一清醒，就向侍人口述了《遗令》，对自己的后事做了具体细致安排。他再次强调薄葬，务必简便办理，“无藏金玉珍宝”，因为“天下尚未安定”，不必遵照古礼。他重申了陵墓的位置，“葬于邺之西岗上，与西门豹祠相近”。人之将死，总念亲情。他割舍不下的是曾经共度良宵的爱妾们和歌舞班的艺伎，要求将她们安置在铜雀台，善待优抚。他希望在阴间也能听到她们的声音，要在铜雀台的正堂上安放灵床，早晚祭祀，每月初一、十五两天，从早至午向着灵床歌舞。爱妾嫔妃要经常从铜雀台上眺望西陵墓田。余下的熏香分给他的夫人们，不要用来祭祀。妻妾们闲暇时可以学着编织有丝带饰物的鞋子，卖了可补贴家用。“分香卖履”的典故由此而生，后世有人觉得一代雄主临终时考虑得未免琐屑，一代兴风狂啸之人也如此伉俪情深！

他惦念在心的还有王修、单耳人、蔡琰和小儿子曹茂，在口述中为他们的前景做了具体设想。

不久，即建安二十五年（公元220年）正月二十三日，曹操在洛阳病逝，灵柩运回邺城，于二月二十三日在他所嘱的高陵安葬。古代建筑和墓葬一般坐北向南，但高陵却坐西向东，朝向太阳升起之地。当年那首暗中流行的谶谣：“言居东，西有午，两日并，王者盛。日载东，天下兴。黄土硬，灭火星。”篆文“曹”字具有“日载东”（“东”为繁写体“東”）的构形，墓的构形体现了他克成洪业的愿望，也体现了他一贯的性格作风。他身穿形如布袋的“缀衣”，不带玺印，陪葬的明器是没有染色的陶器，常所用的各种武器和用品以及保健器物慰项石等也陪伴左右。

素旗，素幛，素服，一片缟素；号泣，低泣，啜泣，四面悲泣。高陵四周，方圆数十里广袤的岗地上，早春的寒风吹拂着逶迤排开的素白灵幡，百官的送葬队列后面络绎着一溜一串的庶民百姓，拥挤堵塞的人群朝四面扩散，潮水一般汹涌的人流淹没了整个西原。

在墓口东侧的坡地上，上百人组成的锣鼓刁斗队正在击鼓鸣金，他们头上绾着一圈白布，光着上身，敲出节奏极慢的“点乐”。单耳人在当中的巨鼓上狠狠擂着，鼓槌只有一个，其实是一根杠子，双手抡起在头顶盘旋如同车轮飞转，猛然朝下一砸，随着“嘣”的一声，四面的铜锣刁斗一齐敲响，但也只是一击而已。这缓慢的击打声之间的很大空隙留给众人在注目观察，充分体会击鼓人的表情动作。单耳人窄刀子似的瘦长脸上布满悲痛，泪水流干的眼睛红肿鼓胀，额上的汗水湿透了一圈白布。他今天的任务是要将鼓皮打破，这是预先商量好的。鼓破人散，心尽情干。青州军将士自得知曹操的“遗令”后就有了这个意愿，而曹操在临终前也下令青州军将士解甲归田。“太平太平，天下太平！魏王魏王，救世真人！”在间歇性的整齐的呼喊声中，单耳人双臂的力量如神力灌注，“扑”的一响就敲透了正中的鼓面。

在陵墓西侧二十里外的人群外侧，一株迎着飒飒西风的古柏树下，蔡琰席地而坐，奋飞的手指在焦尾琴上抚动，一旁站着的董祀吹着胡笳，悲凉的乐声中王修面朝东方陵墓咏哦着《魏王诔》：“华夏饮泪，黎庶含悲。神隐功显，身殁名飞……”

二、权变、宫变与态变

代汉献帝而成为天子，黄袍加身，打坐金殿，曹丕得意后做的第一件事，是将父亲传给他的黄土疙瘩，像耍球丸似的在两只手上扔来扔去。

“这褐黄坚硬的圆球，其实是邺城的城墙土。”他一边抛接戏玩，一边朝升任为丞相长史的司马懿说，“十五年前，先王刚一占领邺城就迫不及待地剁下一块城墙土，这黄土疙瘩代表占领的地盘。另一方面，当年黄巾军的口号‘苍天已死，黄天当立’。‘土德为黄，黄衣为王’。这东西在先王的手里就成了宝贝。”

“先王的心机藏得很深。”司马懿那没有睫毛的眼睛搭蒙着，鹰钩鼻子抽了一下，“从占领邺城开始，他就有了代汉之心。建安元年迎献帝于许昌，那时还是真诚拥戴。然而这代汉意图，分为好几个步骤，直至陛下手里，才走完最后一步。”

“足下莫非又说权变？”他想起了四年前刚立为太子，和他一起阅读《太史公书》的情景，大胚子脸上现出颇为矜持的笑意。

“权变！审时度势，稳妥应变。”司马懿说，“海内初定，应缓和矛盾，安定人心，发展生产，国力强盛时再对外用兵。”

曹丕并不想只做一个守成之君。父亲留下的黄土疙瘩在他手里要加重分量。不久就向吴开战，他亲自统兵，但又不敢冒险激战，究其实是自己未有过强的兵力，也没有他父亲敢于用奇的胆量，终于无功而返。

“痛哉！至尊大人，儿出征未捷，有攻无克，空耗兵力，深以为憾！当下时局，三足已成鼎立之势，此一时彼一时也！儿子无能呵！”他的细小眼睛挤出两行痛疚的泪水，落在绣着青龙黼黻的锦袍上。

与他关系最为亲密的朋友——司马懿、陈群和吴质，成了他倚重的股肱之臣。他们像老练的赌徒一样早就对他押注，早就存有向强宗豪右妥协的意图，如今胸无大志的曹丕只求眼前局势平稳，便采纳了他们的建议。首先，官方选拔征用人才采用九品中正制，由世家豪族把持察举，寒门庶族子弟难以入选，官员由士族世代垄断。对于豪强擅恣，下民代出租赋，纷纷沦落为地主门下的陡附，如此损国害民之事，也不下令追查。盐铁允许私营。迅速暴富的豪强地主大肆扩张势力，疯狂兼并土地。

受益的豪门大户中，有一位是由吴质引荐并赠他天子之剑的柴伦。过去，柴伦是暗客，如今，柴伦不仅是明客，还成了他金殿上身着锦袍的官僚。柴伦经常赠送罕见的金玉珠宝给他，并由衷地感激说：“如今这世道才通畅和顺了，天下本来就是由世家大族支撑的，他们是朝廷的台柱子，那些穷杆子只能是脚底下踩的，他们永远翻不起大浪。”

曹丕的亲疏爱憎是分明的。陈群的家族是颍川的大地主，司马懿的家族是河内的名门望族，曹丕依靠他们一步步坐上龙椅，也心安理得地推行他们的主张，东汉以来强宗豪右把持天下的局面又恢复了。他担心惧怕的是本族的兄弟，尤其是曹植和曹彰。他当了皇帝下令斩杀的第一刀就是曹植的党羽丁氏兄弟。正像他的二弟，那个只爱打仗不喜读书的野莽汉子曹彰所预料的那样，他要“挖根倒灶”。

丁仪和丁廙以及他们的男孩子是在子夜时分被杀在自己家里的。丁仪在酣睡中被震耳的嘈杂声惊醒，刚一睁眼就被短剑割断喉咙。丁廙正在灯下挥毫，修订他的著作。像在预料中一样，房门彻夜未关，案头有酒，他品酒吟诗，在粉白的宣纸上落下最后一笔。当带血的钢刀在他面前举起时，这位二十六岁的书生凝望着刀刃说：“这不是青龙刀吧？闻听子桓落生时满屋青烟罩着一条隐龙。器小之人即使为龙也不过是一头青面兽罢了！”后来这话传到曹丕耳中，他动了念头，下令将丁仪著的《刑礼论》和丁廙著的《补续汉书艺文志》印行面世。

曹彰、曹植及几个异母兄弟都成了圈牢之物。他们身为王侯，却不能如普通老百姓那样自由来去，兄弟之间不准来往，不能通信。曹彰不久就被药枣毒死，其时只有三十五岁。曹植几次面临杀身之祸，幸有母亲卞氏干预才保住性命。有一次曹丕命他在七步之内作诗一首，否则便会丧命。曹植毕竟是诗赋奇才，绣口一吐，泪珠与语珠俱落：“煮豆燃豆萁，豆在釜中泣，本是同根生，相煎何太急！”

同样自家相煎的还有“连头眉”与“灵蛇髻”。

身为小妾的郭照是锅下的旺火，正妻甄宓却成了滚水中的豆子。久守空房只能在寒风中观望蒲苇的甄妃无奈中吟诗抒怀：

蒲生我池中，其叶何离离。傍能行仁义，莫若妾自知。

众口铄黄金，使君生别离。念君去我时，独愁常苦悲。

想见君颜色，感结伤心脾。念君常苦悲，夜夜不能寐。

莫以豪贤故，弃捐素所爱，莫以鱼肉贱，弃捐葱与薤。

……

本来她表述了对丈夫的思念与担忧，期望自己莫遭遗弃，但曹丕却认为她有怨恨之心，赐她一死。当然，郭妃的挑唆必不可少。四十一岁的甄妃死前已不再是莹白如雪的银盘大脸，她憔悴枯瘦得犹如一株割下晒干当柴烧的蒲苇棍子。善观天人的郭照心存忧虑，怕她在阴间哭闹，还要在尸体上做文章，令人掰开嘴巴填满糠草，以乱发蒙住脸面。

郭妃取代甄妃成了帝后。她心胸豁达，并不在乎丈夫是否与自己过夜，反而用尽心思为丈夫物色爱妃。那个由她训导的在榻上善歌浪叫的农家少女薛灵芸很能让曹丕动情，当年是迫不得已藏藏躲躲的暗纳，如今要堂而皇之地明选迎纳。皇宫共派出十辆彩绘之车，一车四马，车轮外周镶嵌金质花边，以朱红色丹砂涂饰车毂。套在骏马脖子上的轭木镶着珠玉连缀的飞龙珍凤，龙凤口中含着精巧的串铃，随着马蹄一路锵锵和鸣，响过泱漭的平畴林野。车队距京城还有八十里时，天色已暮，大路两边点起高大红烛，逶迤西去，宛若火龙，皇室车马与围观的人群塞满道路，尘土遮蔽了半天星月。距京城五十里之内，每里竖五尺高的铜表，直通后宫门外的土台。土台高三十丈，四周布满烛火。魏文帝曹丕携郭后登上高台观望烛光车马之盛，想起昔日宋玉《高唐赋》中描写的情景。当年楚怀王游于高唐，梦中与神女相会，“朝为行云，暮为行雨”，一片空灵迷蒙，总是看不清对方真实确切的面容。眼前通明繁盛的烛火如同白昼，不但可以看得真切，而且显出皇家天子才有的威势气派。

兴之所至，当即吟诗一首：

昔者朝为云，暮若连阴雨。
云雾何蒙蒙，哪得见神女？
今非朝与暮，天地如临旭，
火龙腾山隅，美人夜来兮！

郭照连声称好，她拖着高扬的腔音重吟后面两句，并提议将灵芸改名为“夜来”。当晚在红帷之中，他身贴身脸贴脸地感受着夜来的真切存在，耳朵贴在她的双唇上，欣赏她一边摇着百子铃一边婉转歌唱的妙音，还一根一根地数着她眼睑上又黑又长的睫毛。

从民间少女夜来身上得到的欢娱令他深深着迷。经历了甄妃的玉马驰骋，郭妃的紧水荡鱼，兰蕙的口舌之妙，女闾夜店成熟妓女的种种技法，才尤显带着青涩的嫩果特有的鲜润纯清。由此而找到门径，令人物色十三岁至十五岁的年少俊女。在榻上，他喜欢显示自己的膂力，结合弓马剑术的功法，随心所欲地创造姿势，令那些在剧痛和羞怯中惊惶不安的新妃最终笑出泪来。没有母亲卞氏监督的“五更谣”的禁忌，也没有他父亲为了来日征战便尽力克制榻上欲望的那种豪狠，在安享太平的日月中一味在声色中沉溺，只当了七年天子，四十岁时就一病不起。御医用遍了药方也不见起色，只好请来道家方士皇甫隆。老寿星年已一百零八岁，依然鹤发童颜，神采奕奕。他一进后宫大门就惊呼“阴气过重，玄牝锁龙”。待见了满脸枯黄眼眶深黑的曹丕，没说三句话，便摇头叹息：“水火之灾，多在帝王。陛下享尽人间至乐，乐极生悲，当无憾矣！”他惊得一头大汗，想起十二年前与三弟曹植的盟誓，不解地问水火之灾是何含意？老方士说肾为人的后天之本，肾精乃人体之水，肾气为命门之火，肾之衰竭足以令人死亡，故而称水火之灾。曹丕叹息一声，当即召见司马懿等臣僚安排了后事。

继位的曹睿自幼受到曹操、曹丕、曹植的宠爱，小时颇聪明，被誉为“岐嶷之姿”。虽然他的文才武略胸襟抱负远逊于他的祖父父亲，但他在享乐奢侈方面却相当胜出。

在为母亲报仇除掉了郭妃之后，他大修宫室，广选民女，年幼的少女初潮即纳，迎娶的车队不亚于他父亲当年喜纳薛灵芸的盛况。那夜也有一位喜唱房歌的新妃不经意间唱了路途听到的歌谣："车马汹汹多尘埃，百里红烛连高台，皇家逸乐不惜财，土里生金新王来。""土里生金"，是指将有"金德"代替"土德"，一个新的王朝将要诞生。他当即下令斩了这位初夜欢度之妃。

曹睿去世时只有三十五岁。虽然又经历了曹芳、曹髦、曹奂三代才由司马家族取而代之，实际上魏国政权在曹睿以后就奄奄一息了。表面看来司马家族历经三代四十五年的"软拳柔打"才建立晋朝，曹家"挖根倒灶"重用外族导致灭亡，其实曹家败在一点：奢靡豫逸，遭了"水火之祸"。试想一下，曹丕和曹睿如果能像他们的先祖曹操一样，房中克制，通达节俭，活到六十六岁，曹睿死时就拖后了五十七年，他毕竟沉稳而有主见，又有较强的权威，司马家族怎么会有可乘之机？仔细思忖，这"水火之祸"源于平日的专横骄奢，专横骄奢源于权力的私有和专一，导致了权贵阶层的盘根错节。虽然曹操当年对东汉末年朝廷权柄旁落失去人心的现象有所警惕，以王修做楷模并告诫儿子们应当尚俭戒奢，但曹家，包括后来的司马家族，还是输在了帝王专权下，权贵阶层明争暗斗这个总根源上。没有新的政治体制的产生，不论皇朝如何变化，权贵阶层总是坚如磐石，下民贫弱就是必然的了。

三、深井、圈牢与梦境

曹植已经沉静下来。从丁仪那天晚上风急火燎地传报杨修被斩的消息算起，直到他被人打倒似的昏昏晕晕躺在榻上，次日茶饭不思，神情恍惚，后来又连声哀叹，自己用双拳砸着胸口，一连三天都处于悲哀到激愤再到绝望的情绪里。当二嫂向他说了妻子陈菲出事的情形后，他才真正地震惊了，冷静了。陈菲被这件事刺激得怒不可遏，她在院子里狂喊乱叫，说什么"曹家挂羊头卖狗肉，看起来读古书，慕圣道，高谈'王者贤且明'，却一个又一个地杀害忠臣贤士……"她当即就被家丁缚住双臂拉走了。他这才觉得事态严重了。

他不断地想着妻子，想起她自那夜受了刺激后，已经神志失常，不是一个身心健全的人了。她常常瞪大眼睛凝望着没有目标的什么地方出神，偶尔尖啸地喊叫："鬼火！鬼火！井水里的凶鬼上岸放火了！"她还曾扑过去抓住儿子曹志胸前的红绣包扯来揪去，被制止后又仰脸哈哈大笑。看到这情景，他的身心像被毒蛇咬噬一样阵阵发疼。他背过身子擦干自己的泪水，拉着她的双手走到榻边，坐下身子揽她入怀，让她的半个身子躺在自己的臂弯里，用额头在她的脸盘上轻轻抵抚，两眼对两眼地久久凝视，勾唤她心底隐藏的深切记忆。看到她微黑的脸盘渐渐有了活泛舒悦的神色，他就兴奋地歌窈窕之章，诵芙蓉之诗，并带她去了西园的芙蓉池，观赏晴天丽日下的出水芙蓉。“览百卉之英茂，无斯华之独灵……”她抬头望着连天碧叶，心潮涌动，情不自禁，吟哦他写的《芙蓉赋》，但只咏诵了四句就皱眉语噎。他知道，“退润王宇，进文帝庭”，此二句她已不愿吟出。父亲杀了崔琰，她耿耿于心，不能释怀，他趁机开导说，自古帝王之尊，靠权势维持，自有其谋术法典，常人不知内情。当臣僚子女的，只需尽到自己的本分。班昭的《女戒》不是要求妇人善事丈夫的父母，逆来顺受，多加忍耐，曲意顺从吗？说得她又是点头，又是叹息。夜晚，他早早地与她上榻共枕，避免她一个人在室外的夜幕下走动。和崔姝一样，陈菲一进帷帐就春情涌动，急不可耐，不过她不会像崔姝一样说“水早已漫到井沿沿”之类的粗俗话，而笑吟吟地咏哦道：“春水漾漾，君子洋洋。”而且，作为“卑弱下人”，她要亲手为夫君脱去衣袍。如今，在灯影红帷之中，她在欲情骚动时显得更为急切，高潮过后及至风平浪静，她都不忍释手，整个夜晚都会倚搂着他的肌体。就这样，渐渐地，她不再呆滞狂躁了。

谁知杨修之死的噩讯触发了她的病症。

二嫂易灿走后，母亲就急匆匆来了。她脸上惯常的血色很足的红晕已经消退，忧郁与愤慨催煎的团扇圆脸显出过分的苍白。她瞪大眼睛望着他说，曹家从来没出过一个敢于犯上的人，这是忤逆之罪，而不是什么差错，千刀万剐也是应该的。说罢她就掏出布巾擦拭泪水。这个当初最叫曹家人称赞的媳妇，一个实至名归的“曹大家”，第一个将她奉为“坤元”的儿媳，将要像罪犯一样被除去了。她的眼睛越擦越红，说自己不为一个媳妇，而是为儿子，昔日最可定大事的绣虎，如今落到这一步，又遭遇第二个妻子的自毁，真是天灭多难之才！

两天之后人刚睡定的亥时，苦闷中的曹植出乎意料地见到了陈菲。她被人从疯人坊中带回。带回她的人是甄妃。她以陈菲本是病人为由说服了婆母，又去疯人坊中探望，顺便带她回家。服了大量礞石磁石等药物的陈菲已经变成痴愣愣的木头似的呆子，他当着甄妃的面就抱住她哭了。

痴妻在他的抚爱中安睡于衾帐。多日后，她在与儿子曹志的嬉闹中露出笑颜，在与嫂子甄妃的诗歌唱和中有了读与写的欲望。这是曹植喜欢看到的风雅。

但是，又一次引起陈菲犯病的人却是曹植自己。

他在种种痛不欲生的折磨中焦渴地等待着，盼望着兄长为王称帝的一天。不久，大哥曹丕继位为魏王，几个月后又代汉天子成了魏文帝，他几次求见却被拒之门外。很快就传来了丁仪丁廙双双被杀并灭满门男丁的消息。五雷轰顶，痛定思痛，带着愤懑、无奈与聊以自慰的幻想，写成一首五言诗：

高树多悲风，海水扬其波。
利剑不在掌，结友何须多。
不见篱间雀，见鹞自投罗。
罗家得雀喜，少年得雀悲。
拔剑捎罗网，黄雀得飞飞。[1]
……

诗笺是藏在几案上的文稿箱中的，他对妻子有意封锁了一切不愉快的消息。但陈菲偏偏在他外出时翻动了他的文笺箱，这首新诗令她震惊异常。他回来后一见她的脸色神情便觉得不妙，不将实情道出可能会有更大的隐患，他只有将所知晓的和盘托出。在那一霎间陈菲倒很平静，像没有发生过血雨腥风，但她从此就一直平静一直沉默，连饭食茶水也不思不动，夜间躺在他的怀里仍不动不语，在晕红的烛光中她的双眼始终圆鼓鼓地睁着。她痴得更加厉害了。

曹植不可能长期待在家里侍候痴妻。他几次被押到皇宫接受兄长的盘讯，多次面临莫须有罪名险遭诛杀，而没有勇气向这位无信无义的“鹞鹰”诘问，更没有勇气对他严厉谴责。他希望自己的低三下四能够得到他的怜悯，终于被他任用，得到“勠力上国，流惠下民”的机会。但是他的大哥“挖根倒灶”的方略已经铁定，不久，二哥曹彰就在一次阴谋中被毒死。屠刀在他的头顶霍霍飞旋，自命尚且难保，妻子如何照料？

他几近麻木如一潭死水般的心境，忽然有一块石头投下，溅起了层层浪花。嫂子甄妃暗中差人送来她的一件遗物——娘家陪嫁的玉缕金带枕。此时她已经被害埋葬了三天。“生不同衾，死当同枕”。也许这个愿望就是对那个负心而刻毒的“鹞鹰”的一种报复吧！

曹植只能独自将这如宝的信物抚抱在怀默默流泪。

[1] 曹植《野田黄雀行》

以爱心牵萦的女人，为何总是如此命苦？他的妻子陈菲已于两月前投井而亡。之前，她的狂躁不安甚于以往，常常在夜幕降临后呼喊哭闹，说看见了墙上的鬼火，说崔琰、杨修、丁仪、丁廙四位仁人贤士在九霄云外对她瞩目注视，说她未曾谋面的姐姐崔姝在万顷波涛中苦苦等她。她说她是芙蓉公主，爱水多水，天生离不开水，回归于水是最好的下场。她神志懵懂似又清醒，白天将五岁的儿子曹志抱在怀中怎么也不肯丢手，黄昏脱下平素喜穿的白衣粉裙，折叠后放在几案上，又用夫君常用的九华扇压住，天色黑定后就疾步走向了院子的井台。本来她在屋里有佣仆看管，但在那一刻她躲过了所有人的眼睛。次日有人绞水时发现了水中的女鞋，其时曹植还在曹丕的深宫里接受审查。

两个女人留下的白裙玉枕，无不诉说着对大哥的满腔仇恨。还有他陆续听到的反常情况：司马懿、陈群等不断受宠，依靠豪门强宗推行九品中正制，允许盐铁私营，取消对大地主的“度田”，许多农户迅速沦为豪族的奴隶式的徒附。就在他忧心如焚的时候，蔡琰、董祀登门告辞，说他们夫妇决定离开中原，沿着洛河河堤到嫽人的家乡秦地去过茅屋草舍青山绿水的清静日子，顺便告诉他：王修重回亡妻坟园守墓不久就被人杀害了。

重重痛苦变成的忍耐，一直坚持到曹丕去世曹睿继位。这个曾经被他宠爱，在他的教授下见了父亲回家就高喊“振振君子，归哉归哉”的俏皮侄子，如今并不顾念旧情，还变本加厉地推行父亲制定的倚外排内方略，对懿亲藩王隔离监视。眼看着曹魏朝廷失去人心，权柄旁落，曹睿掉入奢靡腐化的泥潭，他毅然挥笔上表，要求对他试用，陈述“忧国忘家，捐躯济难，忠臣之志也！”在振纸挥毫的那一刻，《白马篇》中的北方游侠献身边陲的豪迈气概，又一次涌动了他周身的热血。

这一年，他四十一岁，已经病入膏肓。

当夜，清澄的圆月，把寂寥的旷野照得如同白昼。他果然乘着白马鹏腾，赴大将军府邸上任。心驰神往，信马由缰，先去了那片文士墓地。荒草野岗上有刘桢嫽人的合葬墓，还有王粲、陈琳、徐干、应玚、阮瑀等分别安葬的坟墓。奇怪的是这些亡灵竟然如往昔一般健在，还添了王粲、王修、杨修、丁仪、丁廙、邯郸淳、蔡琰、董祀、单耳人等一帮旧友士兵。他们像在铜雀台下游园饮宴一般兴致勃然，正在将自己的得意之作被之管弦。蔡琰手抚焦尾琴，董祀吹着胡笳，嫽人弹奏秦筝，单耳人擂响大鼓，文士们则轮番咏哦演唱。看见他策马而来，他们全都笑嘻嘻地迎了上来。他顿时热泪滂沱，满腹的苦闷怨愤化成了哽咽悲啼。王粲和王修拉住他的胳膊说：“公子何必忧伤！

岁月悠悠，世事无常，即使我辈宏愿未了，后辈儿孙中自有励志雄图者奋起，白马风骨当万世传承耳！何不为众友歌一曲《白马篇》？”他望着单耳人的鼓队，这些由苦难下民组成的士兵队列，感慨地说：“我等文朋雅士风云际会，慷慨任气，以拯救天下黎庶为共心，以实现太平时月为宏志，仆下就歌一首先父的遗作《对酒》吧！

对酒歌。太平时，吏不呼门。

王者贤且明，

宰相股肱皆忠良……

爵公侯伯子男，

咸爱其民，以黜陟幽明……

路无拾遗之私。

囹圄空虚，冬节不断。

人耄耋，皆得以寿终……

鹏腾在明灿的月晖中驰骋如飞，越过原野山川，转瞬来到孟津以南的洛河岸边。这里曾是他带兵期间观涛励志喜见神女之故地。他勒马凝神，眺望河面，果然看见一位绝色美人，如旭日升自朝霞，芙蓉出自绿波，踏着粼粼水面飘然而来。她分明是传说中的女神宓妃，但容颜神色却既像甄宓，又似崔姝和陈菲。他急忙挥鞭打马，鹏腾惨痛地嘶叫一声，双蹄刨地，不肯向前。美人袅袅飘至岸边，以长袖掩面，哭泣后又故作笑容，说多情多义的人回归水中，本不是悲苦之事；君子是人间真正的君子，虽为世俗所不容，却为民心所重，何必终日苦叹抑郁？说罢微笑转身，飘飘而去。他大呼“何不同归于水？”再度打马，鹏腾一声亢奋的嘶叫，天际间仿佛划起了一道闪亮的红线，人与马变成了一只飞腾呼啸的绣虎，越过水波浩渺的河域，朝着浩瀚无际的天宇奔冲而去……

2007.5—2012.11 初稿

2017.11 改定

后记
POSTSCRIPT

在有关三国的各种史料和民间传说中，曹操和他的儿子曹丕、曹植的逸闻趣事，长久不衰地传播至今，可谓脍炙人口了。20 多年前，我在一个艺术家汇聚的场合，发现几个编剧和导演对三曹和甄妃的故事津津乐道，后来不断看到这方面的文史资料，觉得这个素材可以与建安文学萦系，“三曹、七子、一蔡”和这个传奇的美妃可以交缠在一起，兴趣徒增。过了几年又看到一篇文章，说曹操的业绩对现代社会有切实的鉴示作用。曹操打击豪强，扶助贫弱，厉行节俭，改革陋俗，尚通脱，重实际，是个深受下层平民喜欢的革新家。“文章有神霸有气”，这个角色写起来是一种挑战，虽不好拿捏，弄好了却有意思，便跃跃欲试了。

曹操家族无疑是中国历史上少有的豪门，豪门深深深几许，多以风雅在其中。三曹不仅是中国文学史上的重量级人物，还一个个具有文人雅士重情率性的心气，如果多写风雅——诸如声色诗酒、书剑风月，便避开了习见的同类作品的窠臼。但是，曹操作为一个政治谋略家、军事家，他面临的主要矛盾，与王室、袁绍、孔融、崔琰，还有孙权、刘备，更重要的是与强宗豪右的斗争，想回避，一方面是不可能，另一方面就会失去宝贵的思想认知。既要有政治斗争的风云，又要有诸多风雅的韵致，如何揉搓得水乳交融，却不是一朝一夕能思索清楚的。不过，下笔时，确定从占领邺城切入，其时曹操一生的目标发生了重要转折，他的种种改革与施政方针都得到了充分展示。而且，在邺城，曹丕得到了甄妃。以此开笔是毋庸置疑的。

可靠的历史观，是写好历史题材小说的关键所在。当今对于曹操的评价，基本上不存在否定的声音。“至少是一个英雄”，鲁迅当年的感慨不能说不新潮大胆而十分重要，今天谈及曹操，就会对鲁迅十分钦佩。“代汉”而不是“篡汉”，已经得到普遍认同。这集中体现在和荀彧的关系上。于是，打破史料局限，不但力挺了曹操，还在多次写到曹操与荀彧的相处中，注意了二人关系发展的层次。应当说，曹操的意图明确坚定，毫不退让，但对荀彧又是仁至义尽的。曹操对不法豪强地主的打击，对下层平头百姓的体恤扶助，以此构成矛盾的线索，衍生了一系列故事。我觉得，这是时代赋予的一种思想意识，也是作者应有的社会观。曹操意在彻底改变东汉以来豪强愈强、贫民愈贫、两极分化严重的局面，创造太平世界，推行一条庶族政治路线，确实令人称道。王修，作为打击豪强的一线人物，他的坚贞不贰，曹操与他的倾力配合，单耳人、嫽人、兰蕙、刘桢、蔡文姬、曹植，他们心血凝汇，构成正义的一派。可惜下民的得势只是昙花一现，历史便在这儿沉思了。

三曹与建安文人，无疑是写作的重点，但在构思中，却不能成为全书的主线。在这方面，稗官野史较多，“刘桢平视”，路粹做奸细以刀笔杀人，都是很生动的素材。建安文人及建安风骨，是激励后人的重要一笔。文学的自觉，实际上是因曹氏父子对文学的钟情、理解和重视起了作用。还要写不少女人，卞氏、甄妃、郭妃、蔡琰、嫽人、兰蕙、崔姝、陈菲、尹夫人、易灿，一群形形色色的女性。其中，曹门的女人八位。另有演艺的歌女、受虐的民女、落难的才女，没有这么多女人，就不会有斑驳绚烂的世道图景，也不会有风雅可谈。琴棋书画，风花雪月，帷帐闺房，不可回避地要写。豪门的种种女人，战乱年月的各色女人，本来大有展现的空间，但我并没有写出她们的极端本相。

写长篇，我离开了电脑。案牍伏首，笔触稿纸，好几次，在人物与故事的情感波澜中，心灵遭受了打击，悲苦，窘惑，难以自拔。“我要效仿曹植！”我内心的呼喊自不量力，狂妄异常。曹植，只解风骚，不识风云，长于诗文，胸无韬略。他慈善，敏感，奇才异质，而且有叱咤风云的《白马篇》，有“勠力上国，流惠下民，建永世之业，留金石之功”的雄心，在《七启》这篇意气风发的长文中，表述了“君子乐奋节以显义，烈士甘危躯以成仁”，说“雄俊之徒，交党结伦，重气轻命，感分遗身”，主张向荆轲看齐。曹植其实可算是一介雄夫，是够格的一代伟人。翻阅《曹植集校注》，惊异于他著作的丰赡，才华的卓异，志向的邈远，后来的惨剧，令人久久黯然。我分析，当今不少人对此人只是皮毛了解。因而，我笔下的曹植，他不自雕励，饮酒不节，尽管放浪形骸，也不至于耽误重大的军机要事。他的懈惰、犯禁，完全出于成全兄长的隐秘意图的自觉。

写历史小说，常常在虚构与史实之间徘徊，让史实与虚构交错。构思完成，下笔顺畅时，已经分不清哪些是史实，哪些是虚构了。很想在这个“戏”中融入新的切实的思考，开掘更深的极致的人性，拓展更广邈的文化空间，也许，这只是作者的一厢情愿罢了。

想起写作中的一条花絮。我的同乡、年轻的文学作者朱子，那年中秋节将一首抒怀诗以短信发给我，其时我的心思正激扬在曹操横槊赋诗的高昂情绪中，便针对曹操的诗歌特色回了即兴拼凑的短句：

无题（一）

风雅卓识，首在胸襟。

标举华辞，四达通脱。

振纸抒怀，可雄万夫，

秋夕灯明，诗中剑舞！

此气人何有哉！

无题（二）

铜琶铁板。大江东去；

月明星稀，乌鹊南飞。

秦王扫六合，汉祖唱大风；

常吟建安诗，少读花间词。

偏颇之爱，当有同类乎？

后来写到曹操与儿子谈论诗文，顺便将上面一则照搬。书稿打印后，我请朱子校对，他成了本书的第一位读者，发现书稿中有给他发的短信，情绪甚为激动。他说书是感人的，自己禁不住几次落泪。当然，他的感觉，有待广大读者一一验证。

这本书，是中共陕西省委宣传部 2011 年重点文艺作品资助项目，荣幸、激励、感奋，无以言表。书稿得到著名批评家李星先生的指点，又在朋友圈中辗转数年，我也在不断雕琢打磨。交到陕西人民出版社，这里的同仁是良师益友，热忱精诚，令我修改了不妥之处。写风雅，展风云，流风韵，铸风骨，化风气，靓风华，也算是为中华文明巨轮的推进献出一朵小小的浪花吧！

张兴海

2017.12.2